Buch

Für die beiden mächtigsten Nationen der Welt ist – trotz Abrüstung – kein Ziel wichtiger als die Errichtung eines Abwehrsystems für Star-War-Raketen.

Mit ihren geheimnisvollen Bauten in der Nähe der afghanischen Grenze sind die Sowjets nun den Amerikanern einen gewaltigen Schritt voraus, denn von hier aus haben sie erstmals mittels eines Laserstrahls einen US-Spionagesatelliten »geblendet«. Nur zwei Männer sind jetzt noch in der Lage, diesen Vorsprung aufzuholen: der CIA-Spezialist Jack Ryan und Oberst Filitow, hochrangiger Spion der Amerikaner im Kreml – eben »der Kardinal«.

Als er die Wahrheit erkennt und weitergeben will, bricht die Hölle los: Um so viel wie möglich zu erfahren, müssen die Amerikaner Filitow so lange wie möglich in der Kälte lassen, während ihm andererseits der KGB heiß auf der Spur ist...

Autor

Tom Clancy, Jahrgang 1948, studierte in seiner Heimatstadt Baltimore Englisch und war jahrelang als Versicherungsagent tätig. Eine Meuterei auf einem sowjetischen Zerstörer regte Clancy, der sich immer schon für militärische und rüstungstechnische Probleme interessiert hatte, dazu an, seinen ersten Techno-Thriller *Jagd auf »Roter Oktober«* zu schreiben. Mit diesem Buch gelang ihm auf Anhieb ein sensationeller Erfolg, und die Verfilmung mit Sean Connery in der Hauptrolle war eine der Kinosensationen des Jahres 1990.

Im Goldmann Verlag liegen von Tom Clancy vor:

Jagd auf »Roter Oktober«. Roman (9122)
Die Stunde der Patrioten. Roman (9804)

TOM CLANCY
DER KARDINAL IM KREML

ROMAN

Aus dem Amerikanischen
von Hardo Wichmann

GOLDMANN VERLAG

Originaltitel: The Cardinal of the Kremlin

Umwelthinweis:
Alle bedruckten Materialien dieses Taschenbuches
sind chlorfrei und umweltschonend.
Das Papier enthält Recycling-Anteile.

Der Goldmann Verlag
ist ein Unternehmen der Verlagsgruppe Bertelsmann

Lizenzausgabe mit Genehmigung des Scherz Verlages,
Bern und München
Copyright © 1988 by Jack Ryan Enterprises Ltd.
Gesamtdeutsche Rechte beim Scherz Verlag, Bern und München
Umschlaggestaltung: Design Team München
Umschlagfoto: Bach Superbild/Ducke, Grünwald
Druck: Elsnerdruck, Berlin
Verlagsnummer: 9866
AK · Herstellung: Heidrun Nawrot/sc
Made in Germany
ISBN 3-442-09866-1

7 9 10 8 6

Prolog

Sie nannten ihn den Bogenschützen. Das war ein Ehrentitel, auch wenn seine Landsleute vor einem guten Jahrhundert ihre Bogen weggelegt hatten, sobald die ersten Feuerwaffen in ihrem Land auftauchten. In gewisser Hinsicht war der Name ein Symbol für die Zeitlosigkeit des Kampfes. Der erste der Invasoren aus dem Westen – denn als solche sah man sie – war Alexander der Große gewesen, und viele waren ihm gefolgt. Am Ende waren sie alle gescheitert. Ihr islamischer Glaube sei die Grundlage ihres Widerstands, behaupteten die afghanischen Stammeskrieger; doch verbissener Mut war für diese Männer ebenso charakteristisch wie ihre dunklen, erbarmungslosen Augen.

Der Bogenschütze war ein junger Mann und alt zugleich. Wenn er den Wunsch und die Gelegenheit hatte, in einem Bergbach zu baden, sah man die Muskeln an seinem dreißigjährigen Körper; die glatten Muskeln eines Menschen, für den die Überwindung einer dreihundert Meter hohen, nackten Felswand ebensowenig bemerkenswert war wie ein Bummel zum Briefkasten.

Alt an ihm waren die Augen. Afghanen sind durchweg gutaussehende Menschen, deren markante Züge und helle Haut rasch von Wind, Sonne und Staub gegerbt werden und sie älter erscheinen lassen, als sie tatsächlich sind. Die Spuren im Gesicht des Bogenschützen hatte jedoch nicht der Wind hinterlassen. Bis vor drei Jahren war er Mathematiklehrer gewesen, Hochschulabsolvent in einem Land, in dem die meisten es für ausreichend halten, wenn sie den Koran lesen können; er hatte, wie es Sitte war, früh geheiratet und zwei Kinder gezeugt. Doch seine Frau und seine Tochter waren tot, zerrissen von den Raketen eines Suchoi-Kampfflugzeugs. Sein Sohn war verschollen, verschleppt. Nachdem die Sowjets das Dorf seiner Frau aus der Luft zerstört hatten, waren ihre Bodentruppen gekommen, um die überlebenden Erwachsenen zu töten und die Waisen einzusammeln und zur Erziehung und Ausbildung in die Sowjetunion zu schicken. Alles nur, weil seine Frau die Enkel noch einmal der

Großmutter zeigen wollte, entsann sich der Bogenschütze, alles nur, weil eine sowjetische Streife wenige Kilometer vom Dorf beschossen worden war. An dem Tag, an dem er davon erfahren hatte – mit einwöchiger Verspätung –, hatte der Mathematiklehrer die Bücher säuberlich auf dem Pult aufgestapelt und war aus der Kleinstadt Ghazni in die Berge gegangen. Eine Woche später war er nach Einbruch der Dunkelheit mit drei Männern in die Stadt zurückgekehrt und hatte sich seiner Vorfahren würdig erwiesen, indem er drei sowjetische Soldaten tötete und ihnen ihre Waffen abnahm. Diese erste Kalaschnikow hatte er noch heute.

Den Namen Bogenschütze trug er aber aus einem anderen Grund. Der Anführer der kleinen Gruppe von *mudschaheddin* – «Märtyrer Allahs» – war ein einfühlsamer Mann, der nicht auf den Neuankömmling hinabsah, nur weil der seine Jugend mit dem Erlernen fremdländischen Teufelszeugs verbracht hatte. Er warf dem jungen Mann auch seinen anfänglichen Mangel an Glauben nicht vor. Als der Lehrer zu der Gruppe stieß, waren seine Kenntnisse vom Islam höchst oberflächlich, doch der Anführer erinnerte sich an die bitteren Tränen des jungen Mannes, als ihr Imam ihn im Willen Allahs unterwies. Binnen eines Monats war aus ihm der härteste – und erfolgreichste – Kämpfer der Gruppe geworden, eindeutig eine Manifestation von Gottes Willen. Und ihn hatte der Führer schließlich auserwählt, nach Pakistan zu reisen, um mit Hilfe seiner mathematischen und naturwissenschaftlichen Kenntnisse den Einsatz von Boden-Luft-Raketen zu erlernen. Die ersten SAM, mit denen ein stiller, ernster Mann aus *Amerikastan* die *mudschaheddin* ausgerüstet hatte, waren sowjetische SA-7 gewesen, bei den Russen als *strela* oder «Pfeil» bekannt. Wirksam war diese erste tragbare Luftabwehrrakete nur, wenn sie mit großem Geschick eingesetzt wurde, und über dieses verfügten nur wenige. Unter ihnen war der Mathematiklehrer der Beste, und seine Erfolge mit den russischen «Pfeilen» trugen ihm bei den Männern der Gruppe den Ehrennamen Bogenschütze ein.

Nun wartete er mit einem neuen Geschoß, der amerikanischen Stinger. Er lag auf dem messerscharfen Grat hundert Meter unter dem Gipfel des Berges, von dem aus er das Gletschertal in seiner gesamten Länge überschauen konnte. Hinter ihm war Abdul, sein Beobachter. Bezeichnenderweise bedeutete sein Name «Diener», denn der junge Mann trug zwei weitere Raketen für das Abschußgerät und besaß, wichtiger noch, die Augen eines Falken.

Der Bogenschütze suchte das gebirgige Gelände ab, besonders die Grate, und mit einem Ausdruck, der Jahrhunderte des Kampfes widerspiegelte. Ein ernster Mann, der Bogenschütze. Freundlich zwar, doch man sah ihn nur selten lächeln; er zeigte kein Interesse an einer neuen Frau; in seinem Leben war Platz für nur eine Leidenschaft.

«Da!» sagte Abdul leise und zeigte.
«Ich sehe ihn.»

Das Gefecht auf der Talsohle – eines von mehreren an diesem Tage – hatte dreißig Minuten gedauert, und es war Zeit, daß die sowjetischen Soldaten Unterstützung von ihrem zwanzig Kilometer hinter der nächsten Bergkette gelegenen Hubschrauberstützpunkt bekamen. Die Sonne glitzerte kurz auf der verglasten Nase des Mi-24 Hind, der zehn Meilen entfernt eine Bergkette umflog. Höher, weiter in der Distanz und außer Schußweite kreiste eine zweimotorige Transportmaschine Antonow-26, beladen mit Beobachtungs- und Funkgeräten zur Koordination der Boden- und Luftoperationen. Der Blick des Bogenschützen aber folgte nur dem Mi-24 Hind, einem mit Raketen und Maschinenkanonen bewaffneten Kampfhubschrauber, der in diesem Augenblick von dem kreisenden Befehlsstandflugzeug mit Informationen versorgt wurde.

Die Stinger war für die Russen eine herbe Überraschung gewesen, und bei ihrem Bemühen, mit der neuen Bedrohung zu Rande zu kommen, änderten sie ihre Lufttaktik täglich. Das Tal war tief, aber enger als die meisten. Wenn der Pilot die Mitstreiter des Bogenschützen treffen wollte, mußte er geradewegs in dieser Felskluft anfliegen. Er würde dabei Höhe halten, mindestens tausend Meter über der Talsohle für den Fall, daß die Schützen dort unten ein Stinger-Team bei sich hatten. Wie erwartet näherte sich der Pilot von Lee, damit der Wind sein Rotorgeräusch um wenige, womöglich entscheidende Sekunden verzögerte. Ein Funkgerät in der kreisenden Antonow war auf Frequenzen eingestellt, auf denen die *mudschaheddin* sendeten, damit die Russen eine Warnung vor ihrem Herannahen abhören und auch Hinweise auf den Standort eines Raketenteams gewinnen konnten. Abdul hatte denn auch ein Funkgerät dabei, das er abgeschaltet in den Falten seiner Kleidung trug.

Langsam hob der Bogenschütze das Abschußgerät und nahm den anfliegenden Hubschrauber ins Visier. Sein Daumen bewegte sich seitwärts zum Aktivierungsschalter, und er schmiegte den Backenknochen an den Leitholm. Augenblicklich belohnte ihn das schrille Zwitschern der Sucheinrichtung des Abschußgerätes. Der Pilot hatte die Lage abgeschätzt, seine Entscheidung getroffen. Zum ersten Zielanflug kam er auf der anderen Seite des Tales nach unten, knapp außerhalb der Reichweite der Rakete. Der Hind hatte die Nase gesenkt, und der Bordschütze, der vorne und leicht unter dem Piloten saß, nahm die Position der Guerillakämpfer ins Visier. Vom Talboden quoll Rauch auf: Die Sowjets markierten mit Mörsergranaten die Stellungen ihrer Gegner, und der Hubschrauber änderte leicht den Kurs. Es war fast soweit. Flammen fauchten aus den Raketenabschußrohren des Hubschraubers, und die erste Salve fegte dem Boden entgegen.

Dann aber stieg eine andere Rauchschleppe auf. Der Hubschrauber wich mit einem ruckartigen Schlingern nach links aus, als die Rauchquelle gen Himmel jagte, zwar in sicherer Entfernung von dem Hind, aber doch ein eindeutiges Gefahrenzeichen. Der Bogenschütze packte die Lafette fester. Der Helikopter kam nun seitlich auf ihn zu, wurde im inneren Ring des Visiers größer. Das Geräusch an der Wange des Bogenschützen veränderte sich. Die Rakete hatte das Ziel nun erfaßt. Der Pilot des Hind beschloß, das Gebiet, aus dem das Lenkgeschoß auf ihn abgefeuert worden war, anzugreifen; zu diesem Zweck zog er die Maschine weiter nach links und drehte sie leicht. Als er die Felsen, aus denen die Rakete gekommen war, mißtrauisch musterte, kehrte er dem Bogenschützen ahnungslos die Austrittsdüse seines Triebwerks zu.

Der Lenkflugkörper signalisierte dem Bogenschützen nun seine Bereitschaft, doch der blieb geduldig. Er versetzte sich in die Lage des Piloten und schätzte, daß er mit seinem Hubschrauber noch näher herangehen würde, ehe er auf die verhaßten Afghanen schoß. Und so kam es. Als der Hind nur noch tausend Meter entfernt war, holte der Bogenschütze tief Luft, stellte die Flugbahnüberhöhung ein und flüsterte ein kurzes Rachegebet. Der Abzug betätigte sich fast wie von selbst.

Die Lafette bäumte sich in seinen Händen auf, als die Stinger im Bogen ausgestoßen wurde und dann ihre Flugbahn zum Ziel erreichte. Trotz der Schleppe aus fast unsichtbarem Rauch konnten die scharfen Augen des Bogenschützen sie verfolgen. Der Lenkflugkörper fuhr die Steuerflügel aus, und diese bewegten sich dann auf Befehl des Computerhirns, einem briefmarkengroßen Mikrochip, um Bruchteile eines Millimeters. Oben in der kreisenden An-26 sah ein Beobachter die winzige Wolke und griff nach dem Mikrophon, um eine Warnung weiterzugeben, doch seine Hand hatte das Instrument kaum berührt, als die Rakete schon traf.

Die Stinger prallte direkt gegen eines der Triebwerke des Hubschraubers und explodierte. Die Antriebswelle des Heckrotors war gebrochen, und der Hind begann sich heftig nach links zu drehen, als der Pilot versuchte, ihn mit dem Auftrieb des Hauptrotors zu landen. Inzwischen rief der Bordschütze schrill über Funk um Hilfe. Der Pilot brachte das Triebwerk auf Leerlaufdrehzahlen und den Steuerknüppel in Normalstellung, heftete den Blick auf ein ebenes Gelände von der Größe eines Tennisplatzes, legte dann alle Schalter auf Null und aktivierte die Bordlöschsysteme.

Der Bogenschütze sah den Mi-24 mit der Nase zuerst hundertfünfzig Meter unter seinem hochliegenden Platz auf einen Felsvorsprung aufschlagen. Zu seiner Überraschung fing die Maschine beim Auseinanderbrechen nicht Feuer. Der Hubschrauber überschlug sich und kam dann auf der Seite liegend zur Ruhe. Der Bogenschütze hastete bergab, dicht gefolgt von Abdul.

Der Pilot hing kopfunter und kämpfte mit den Gurten. Er hatte Schmerzen, doch das bewies, daß er am Leben war. Das neue Modell dieses Hubschraubers hatte verbesserte Sicherheitseinrichtungen, die ihn in Verbindung mit seinem Geschick den Absturz hatten überleben lassen. Weniger Glück hatte sein Bordschütze gehabt; der Mann hing reglos mit gebrochenem Genick, die Hände schlaff zum Boden ausgestreckt. Der Sitz des Piloten war verbogen, und die gekrümmten Metallstreben des zersplitterten Kanzeldaches bildeten nun ein Gefängnis für ihn. Die Notöffnung war verklemmt, die Sprengbolzen wollten nicht zünden. Er nahm die Pistole aus dem Schulterhalfter und begann die Streben des Metallrahmens eine nach der anderen zu durchschießen. Dabei fragte er sich, ob die An-26 den Notruf empfangen hatte und ob der Rettungshubschrauber schon unterwegs war. Sein Notfunkgerät steckte in einer Hosentasche; dieses würde er benutzen, sobald er in sicherer Entfernung von seinem zerschmetterten Vogel war. Der Pilot zerschnitt sich beim Auseinanderbiegen des Metalls die Hände, aber er schuf sich schließlich einen Fluchtweg. Er löste die Gurtschlösser und kletterte aus der Maschine.

Sein linkes Bein war gebrochen. Das zackige Ende eines weißen Knochens ragte aus der Kombination; obwohl er wegen der Schockeinwirkung noch kaum Schmerz empfand, entsetzte ihn der Anblick der Verletzung. Er steckte seine leergeschossene Pistole ins Halfter und nahm sich eine lose Metallstange als Krücke. Er mußte weg. Er humpelte zum anderen Ende des Felsvorsprungs und sah einen Pfad, auf dem er sich gerade bergab wenden wollte, als er etwas hörte und sich umdrehte. Im Nu wurde aus Hoffnung Horror, und der Pilot erkannte, daß der Feuertod ein Segen gewesen wäre.

Der Bogenschütze pries Allah und zog den Dolch aus der Scheide.

Viel kann nicht von ihr übrig sein, dachte Ryan. Der Rumpf war größtenteils intakt – zumindest an der Oberfläche –, aber die grobe Arbeit der Schweißer war so auffällig wie die Nähte im Gesicht von Frankensteins Monster. Ein treffender Vergleich: Der Mensch erschuf diese Dinge, die ihre Schöpfer dann binnen einer Stunde zu vernichten in der Lage waren.

«Erstaunlich, wie groß sie von außen aussehen...»

«Und wie eng sie innen sind?» fragte Marko nachdenklich. Es war noch nicht so lange her, daß Kapitän Marko Ramius von der Rotbannerflotte sein Boot in dieses Trockendock gesteuert hatte. Während seiner

Abwesenheit hatten Techniker der US Navy es seziert wie Pathologen eine Leiche, hatten die Interkontinentalraketen entfernt, den Reaktorantrieb, die Sonar- und Fernmeldegeräte, die Sehrohre und selbst die Herde aus der Kombüse – alles kam zur Analyse auf Basen im ganzen Land. Er war auf eigenen Wunsch nicht zugegen gewesen, denn sein Haß auf das Sowjetsystem schloß die Schiffe, die es baute, nicht ein. Auf diesem Boot war er gerne gefahren – und *Roter Oktober* hatte ihm das Leben gerettet.

Und das von Ryan. Jack fuhr sich über die haarfeine Narbe auf der Stirn und fragte sich, ob sein Blut jemals von der Konsole des Rudergängers gewischt worden war. «Es überrascht mich, daß Sie das Boot nicht selbst hinaussteuern wollten», bemerkte er, zu Ramius gewandt.

«Nein.» Marko schüttelte den Kopf. «Ich wollte mich nur von ihm verabschieden. *Roter Oktober* war ein gutes Schiff.»

«Das kann man wohl sagen», stimmte Jack leise zu. Er betrachtete sich das zur Hälfte reparierte Loch, das der Torpedo in die Backbordseite gerissen hatte, und schüttelte stumm den Kopf. Die beiden Männer sahen schweigend zu und standen abseits der Matrosen und Marines, die die Anlage seit dem vergangenen Dezember bewachten.

Schmutziges Wasser aus dem Elizabeth River strömte in den Betonkasten; das Trockendock wurde geflutet. Heute nacht sollte *Roter Oktober* auslaufen. Sechs amerikanische Jagd-U-Boote «desinfizierten» gerade den Ozean östlich des Marinestützpunktes Norfolk, angeblich Teil einer Übung, an der auch einige Überwasserschiffe teilnahmen. Es war neun Uhr an einem mondlosen Abend. Noch eine Stunde, dann war das Trockendock geflutet. Die dreißigköpfige Besatzung war bereits an Bord. Sie sollte die Dieselmaschinen starten und das Boot zu seiner zweiten und letzten Fahrt auslaufen lassen. Ziel: der tiefe Ozeangraben nördlich von Puerto Rico, wo *Roter Oktober* in achttausend Meter Tiefe versenkt werden sollte.

Ryan und Ramius sahen zu, wie das Wasser über die den Rumpf stützenden Holzblöcke stieg und zum ersten Mal seit fast einem Jahr den Kiel des Unterseebootes benetzte. Nun flutete es rascher herein, kroch an den an Bug und Heck aufgemalten Tiefgangsmarken hoch. An Deck des U-Bootes ging eine Handvoll Matrosen in orangefarbenen Schwimmwesten auf und ab, bereit, die vierzehn schweren Trossen loszuwerfen.

Das Boot selbst blieb stumm, hieß das Wasser mit keinem Anzeichen willkommen. Vielleicht weiß *Roter Oktober*, welches Schicksal es erwartet, sagte sich Ryan. Ein unsinniger Gedanke – aber er wußte auch, daß Seeleute schon seit Jahrtausenden ihren Schiffen eine Persönlichkeit zuschreiben.

Endlich hob das Wasser den Rumpf von den Holzblöcken; er kam mit dumpfen, eher spür- als hörbaren Schlägen leicht schaukelnd frei.

Wenige Minuten später sprang grummelnd der Diesel an; die Trossen wurden eingeholt. Gleichzeitig nahm man die Persenning, die die seewärtige Öffnung des Trockendocks verschlossen hatte, herunter; nun sahen alle den Nebel, der draußen überm Wasser hing. Das Wetter war perfekt für das Unternehmen und mußte auch so sein: Sechs Wochen hatte die Navy auf eine mondlose Nacht und den dicken Nebel gewartet, der sich um diese Jahreszeit oft über die Chesapeake Bay senkte. Als die letzte Trosse losgeworfen war, ließ ein Offizier oben auf dem Turm ein tragbares Preßlufthorn ertönen.

Die Matrosen auf dem Bug holten die Flagge ein und entfernten den Flaggenstock. Zum ersten Mal fiel Ryan auf, daß es die Flagge der Sowjetunion war. Nette Geste, dachte er und lächelte. Am achterlichen Ende des Turms setzte ein Seemann die sowjetische Seekriegsflagge mit dem roten Stern und dem Wappenschild der Rotbannerflotte. Die amerikanische Navy, wie immer traditionsbewußt, ehrte den Mann, der neben ihm stand.

Ryan und Ramius schauten zu, wie sich das U-Boot mit eigener Kraft rückwärts zu bewegen begann, sacht von den beiden Bronzeschrauben hinaus auf den Fluß getrieben. Ein Schlepper bugsierte es herum, bis sein Bug nach Norden wies, und binnen weniger Minuten war es außer Sicht. Nur das Pochen des Diesels klang noch eine Weile über das ölige Wasser des Kriegshafens.

Ramius schneuzte sich und blinzelte mehrere Male. Doch als er sich vom Wasser abwandte, klang seine Stimme fest.

«Nun, Ryan, hat man Sie eigens hierfür aus England eingeflogen?»

«Nein, ich habe einen neuen Job.»

«Können Sie mir verraten, was Sie machen?» fragte Marko.

«Es geht um Rüstungskontrolle. Ich soll die nachrichtendienstliche Gruppe unseres Verhandlungsteams koordinieren. Im Januar fliegen wir.»

«Nach Moskau?»

«Ja, zu Vorverhandlungen. Und was tun Sie?»

«Ich arbeite auf den Bahamas bei AUTEC. Viel Sonne und Sand. Bin ich nicht schön braun?» Ramius grinste. «Alle zwei, drei Monate fliege ich nach Washington. Wir arbeiten an einem neuen Geräuschdämpfungsprojekt.» Wieder ein Lächeln. «Streng geheim.»

«Großartig! Dann müssen Sie mich zu Hause besuchen. Ich bin Ihnen noch eine Einladung schuldig.» Jack reichte ihm eine Karte. «Rufen Sie mich ein paar Tage vor Ihrer Ankunft an; das mit der Agency regele ich dann.» Ramius und seine Offiziere standen unter striktem Schutz der

CIA. Was Ryan am meisten verblüffte, war die Tatsache, daß ihre Story nicht durchgesickert war. Die Medien hatten nichts erfahren, und auch die Russen kannten das Schicksal ihres Raketen-U-Bootes *Roter Oktober* vermutlich nicht.

Ryans Trauer um das Boot wurde von dem Gedanken an seinen Verwendungszweck gemäßigt. Er entsann sich seiner eigenen Reaktion damals vor einem knappen Jahr im Raketenraum des Unterseebootes, als er den scheußlichen Dingern so nahe gewesen war. Jack akzeptierte die Tatsache, daß Kernwaffen den Frieden wahrten – sofern die Zustände, die auf der Welt herrschten, überhaupt als *Frieden* bezeichnet werden konnten –, doch wie die meisten Menschen, die sich über dieses Thema Gedanken machten, wünschte er sich einen besseren Weg. Immerhin: ein Unterseeboot weniger, sechsundzwanzig Interkontinentalraketen weniger, einhundertzweiundachtzig Kernsprengköpfe weniger. Statistisch gesehen nicht viel.

Aber wenigstens etwas.

Zehntausend Meilen entfernt und zweitausendvierhundert Meter überm Meeresspiegel stellte ein für die Jahreszeit atypisches Wetter ein Problem dar. In der Tadschikischen Sowjetrepublik kam der Wind von Süden und trug noch immer Feuchtigkeit vom Indischen Ozean mit sich, die sich als unangenehm kalter Nieselregen niederschlug. Bald kam der richtige Winter, hier immer früh und gewöhnlich auf den Fersen des brennend heißen, luftlosen Sommers.

Die Arbeiter waren überwiegend junge, eifrige Mitglieder der Jugendorganisation Komsomol; sie waren hierhergebracht worden, um bei der Fertigstellung eines 1983 begonnenen Projekts zu helfen. Einer von ihnen, ein Doktorand von der Staatsuniversität Moskau, rieb sich den Regen aus den Augen und reckte sich, um ein Ziehen im Rücken loszuwerden. So setzt man doch keinen vielversprechenden jungen Naturwissenschaftler ein, dachte Morosow. Anstatt mit diesem Theodoliten herumzuspielen, könnte er in seinem Laboratorium Laser bauen, aber er wollte erstens die Vollmitgliedschaft der KPdSU erlangen und zweitens um den Wehrdienst herumkommen. Die Zurückstellung wegen des Studiums und die Arbeit beim Komsomol hatten da schon viel geholfen.

«Nun?» Morosow drehte sich um und sah einen der Projektingenieure, einen Mann vom Tiefbau, der sich als jemand bezeichnete, der etwas von Beton verstand.

«Ich lese die Position als korrekt ab, Genosse Ingenieur.»

Der ältere Mann beugte sich vor und schaute durch das Fernrohr. «Stimmt. Und das wäre Gott sei Dank auch die letzte.» Beide fuhren beim Donner einer fernen Explosion zusammen. Pioniere der Roten

Armee sprengten wieder einmal außerhalb der Einzäunung eine Felsnase weg. Man braucht kein Soldat zu sein, um zu merken, was sich hier tut, dachte Morosow.

«Sie gehen geschickt mit optischen Instrumenten um. Wollen Sie vielleicht auch einmal Bauingenieur werden?»

«Nein, Genosse. Ich studiere Hochenergiephysik und befasse mich vorwiegend mit Lasern.»

Der Mann grunzte und schüttelte den Kopf. «Dann kommen Sie womöglich an diesen gottverlassenen Ort zurück.»

«Ist dies etwa –»

«Von mir haben Sie nichts gehört», sagte der Tiefbauingenieur mit fester Stimme.

«Ich verstehe», erwiderte Morosow leise. «Ich hab auch schon so etwas vermutet.»

«Und ich würde diese Vermutung für mich behalten», meinte der andere und wandte sich ab.

«Muß ein guter Platz für astronomische Beobachtungen sein», bemerkte Morosow.

«Wie soll ich das wissen?» erwiderte der Tiefbauingenieur mit dem Lächeln eines Eingeweihten. «Ich bin noch nie einem Astronomen begegnet.»

Morosow lachte in sich hinein. Er hatte also doch richtig geraten. Sie hatten gerade die Positionen der sechs Punkte vermessen, an denen Spiegel aufgestellt werden sollten – im gleichen Abstand von einem Gebäude in der Mitte, das Männer mit Gewehren bewachten. Er wußte, daß mit solcher Präzision nur auf zwei Anwendungsgebieten gearbeitet wurde. Das eine, die Astronomie, sammelte einfallendes Licht. Das andere sandte Licht nach oben. Hier mußt du hin, sagte sich der junge Wissenschaftler. Was hier geschieht, wird die Welt verändern.

I

Es ging ums Geschäft, es wurde verhandelt. Alle Anwesenden wußten das. Alle brauchten es. Und doch war jeder Anwesende so oder so entschlossen, ihm ein Ende zu setzen. Für jeden in der St.-Georgs-Halle im Kremlpalast gehörte dieser Dualismus zum normalen Leben.

Die Teilnehmer waren vorwiegend Russen und Amerikaner und zerfielen in vier Gruppen.

Zuerst die Diplomaten und Politiker. Diese erkannte man leicht an überdurchschnittlich guter Kleidung und aufrechter Haltung, roboterhaftem Lächeln und vorsichtiger Ausdrucksweise, die auch das häufige Zuprosten unbeschadet überstand. Sie waren die Herren, sich dessen auch bewußt, und demonstrierten es mit ihrem Verhalten.

Zweitens die Soldaten. Abrüstungsverhandlungen gab es nicht ohne diese Männer, die über die Waffen bestimmten, sie prüften und pflegten und sich dabei einredeten, die Politiker würden den Befehl zum Start niemals geben. Die Militärs in ihren Uniformen standen vorwiegend in geschlossenen kleinen Gruppen, gegliedert nach Waffengattungen, jeder mit einem halbvollen Glas und einer Serviette in der Hand; ihre ausdruckslosen Augen schienen den Raum nach einer Bedrohung abzusuchen wie ein unbekanntes Schlachtfeld. Und genau das war diese Umgebung auch für sie, ein unblutiges Schlachtfeld, auf dem echte Treffen definiert wurden. Die Soldaten trauten nur ihresgleichen – und oftmals ihren Feinden in andersfarbigen Uniformen mehr als ihren eigenen Herren im weichen Tuch. Bei einem Soldaten, selbst bei einem aus dem anderen Lager, wußte man wenigstens, woran man war; etwas, das man von Politikern, auch von den eigenen, nicht immer behaupten konnte. Sie sprachen leise miteinander, achteten immer darauf, wer zuhörte, hielten gelegentlich inne, um einen raschen Schluck zu trinken, begleitet von einem erneuten Rundblick im Raum. Sie waren die Opfer, aber auch die Raubtiere – Hunde vielleicht, an Leinen gehalten von Herren, die sich für die Meister der Lage hielten.

Auch dies zu glauben, fiel den Soldaten schwer.

Drittens die Reporter. Auch sie waren an der Kleidung zu erkennen, immer zerknittert, weil zu oft in zu kleine Koffer gepackt. Es fehlte ihnen die Glattheit der Politiker, das starre Lächeln; statt dessen hatten sie fragende Blicke und den Zynismus der Zügellosen. Viele hielten ihr Glas in der Linken, manchmal zusammen mit einem kleinen Notizblock anstelle der Papierserviette, die Rechte barg halb versteckt einen Stift. Sie zogen ihre Kreise wie Raubvögel. Einer fand jemanden, der zu reden bereit war, andere merkten das und kamen herüber, um die Information aufzusaugen. Wie interessant die Information war, erkannte der flüchtige Beobachter an der Geschwindigkeit, mit der sich die Reporter zur nächsten Quelle bewegten. In dieser Hinsicht unterschieden sich die Presseleute aus Amerika und anderen westlichen Ländern von ihren sowjetischen Kollegen, die sich um ihre Herren scharten wie Günstlinge bei Hof – um ihre Loyalität unter Beweis zu stellen und als Puffer gegen ihre ausländischen Kollegen zu wirken. Zusammen aber stellten sie das Publikum dieser Theatervorstellung dar.

Viertens die letzte Gruppe, die unsichtbare, die kaum jemand zu identifizieren vermochte. Das waren die Spione und die Abwehragenten, die sie jagten. Sie ließen sich leicht von den Sicherheitsoffizieren unterscheiden, die vom Rande aus argwöhnisch alle beobachteten, unsichtbar wie die Kellner, die mit Champagner und Wodka in Kristallgläsern auf Silbertabletts ihre Runden machten. Selbstverständlich waren unter den Kellnern Abwehragenten, die sich mit gespitzten Ohren durch den Raum bewegten, auf einen Konversationsfetzen lauschend, eine zu leise Stimme oder ein Wort, das nicht zur Stimmung des Abends paßte. Eine leichte Aufgabe war das nicht. Ein Streichquartett in der Ecke spielte Kammermusik, der offenbar niemand zuhörte; doch auch dies gehörte zu diplomatischen Empfängen. Hinzu kam das Gewirr der Stimmen der über hundert Anwesenden. Jene, die in der Nähe des Streichquartetts standen, mußten laut sprechen, um sich überhaupt verständlich zu machen. Die resultierende Kakophonie war gefangen in dem sechzig Meter langen und zwanzig Meter breiten Ballsaal mit Parkettboden und Stuckwänden, die den Schall reflektierten. Und die Spione nutzten ihre Unsichtbarkeit und den Krach, um sich zu den Gespenstern des Festes zu machen.

Aber sie waren gegenwärtig. Das wußte jeder. Jedermann in Moskau hat etwas über Spione zu erzählen. Wer sich einigermaßen regelmäßig mit jemandem aus dem Westen traf, meldete das. Kam es nur zu einem Treffen, und ein vorbeigehender Beamter der Moskauer Miliz oder Offizier der Armee bemerkte es, wurde die Sache zur Kenntnis genommen. Seit Stalins Zeiten hatte sich zwar einiges geändert, aber Rußland war noch immer Rußland, und sein Argwohn Fremden und ihren Ideen gegenüber war viel älter als jede Ideologie.

Die meisten Anwesenden dachten nur am Rande daran – abgesehen von denen, die aktiv mit diesem Spiel befaßt waren. Die Diplomaten und Politiker, in vorsichtiger Ausdrucksweise geübt, machten sich im Augenblick nicht übermäßig viele Gedanken. Die Reporter sahen darin lediglich ein amüsantes Spiel, das sie nicht direkt anging. Am meisten dachten die Militärs darüber nach. Sie kannten die Bedeutung von Geheiminformationen, schätzten und begehrten sie – und verachteten jene, die sie mit List und Tücke sammelten.

Selbstverständlich gab es auch eine Handvoll Leute, die sich nicht so leicht in eine Kategorie einordnen ließen – oder in mehr als eine paßten.

«Und wie hat Ihnen Moskau gefallen, Dr. Ryan?» fragte ein Russe. Jack drehte sich um.

«Ich fand es leider nur kalt und dunkel», antwortete Ryan nach einem Schluck Champagner. «Wir bekamen wenig Gelegenheit, uns etwas anzusehen.» Das sollte sich auch kaum ändern. Das amerikanische Team war erst seit gut vier Tagen in der Sowjetunion und sollte nach Abschluß der der Plenarsitzung vorausgehenden technischen Verhandlungen am nächsten Tag heimfliegen.

«Das ist sehr schade», bemerkte Sergej Golowko.

«Ja», stimmte Jack zu. «Wenn der Rest Ihrer Architektur so stilvoll ist wie dieses Gebäude, würde ich gerne noch ein paar Tage dranhängen.» Er nickte anerkennend zu den schimmernd weißen Wänden, der gewölbten Decke und dem Blattgold hin.

«Jaja, die dekadenten Romanows», stellte Golowko fest. «Für diese Pracht mußten die Bauern schwitzen und bluten.» Ryan lachte.

«Nun, wenigstens wurde aus ihren Steuern etwas Schönes, Harmloses und Unsterbliches. Wenn Sie mich fragen, ist das besser als häßliche Waffen, die in zehn Jahren technisch überholt sind. Ist doch eine großartige Idee, Sergej Nikolajewitsch. Lenken wir unseren politisch-militärischen Wettstreit auf das Gebiet der Schönheit um.»

«Sie sind also mit den Fortschritten zufrieden?»

Zurück zum Geschäft. Ryan hob die Schultern und setzte seine Inspektion des Raumes fort. «Über die Tagesordnung sind wir uns wohl einig. Nun müssen die Herren da drüben am Kamin die Details ausarbeiten.»

«Und halten Sie auch die Frage der Verifizierbarkeit für befriedigend geregelt?»

Damit ist es bestätigt, dachte Ryan und lächelte dünn. Golowko ist von der GRU. «Nationale Technische Mittel», ein Begriff, der Spionagesatelliten und andere Methoden der Überwachung fremder Länder bezeichnete, gehörte in den USA überwiegend zum Gebiet der CIA, fiel aber in der Sowjetunion in den Zuständigkeitsbereich des militärischen Nachrichtendienstes GRU. Eine vorläufige Vereinbarung über die Vorortinspektion war zwar im Prinzip erzielt worden, doch die Hauptlast der Verifizierung würde die Satellitenaufklärung zu tragen haben – Golowkos Bereich.

Daß Jack Ryan für die CIA arbeitete, war kein besonderes Geheimnis. Seine Teilnahme an den Abrüstungsverhandlungen war ein Gebot der Logik. Sein gegenwärtiger Auftrag war die Überwachung bestimmter strategischer Waffensysteme in der Sowjetunion. Bevor ein Abrüstungsabkommen unterzeichnet werden konnte, mußten beide Seiten ihre krankhaft mißtrauischen Institutionen davon überzeugen, daß ernste Streiche des Gegners ausgeschlossen waren. Jack beriet den Chefunterhändler auf diesem Gebiet, wenn dieser sich die Mühe machte, zuzuhören.

«Verifizierbarkeit», erwiderte er nach einem Augenblick, «ist ein sehr technisches und diffiziles Problem, mit dem ich leider nicht besonders gut vertraut bin. Was halten Ihre Leute von unserem Vorschlag zur Begrenzung landgestützter Systeme?»

«Wir sind von unseren landgestützten Raketen abhängiger als Sie», sagte Golowko und war nun, da sie zum Kern der sowjetischen Position kamen, mehr auf der Hut.

«Ich verstehe nicht, warum Sie nicht ebensoviel Gewicht auf U-Boote legen wie wir.»

«Eine Frage der Zuverlässigkeit, wie Sie wohl wissen.»

«Ach wo, Unterseeboote sind doch verläßlich», köderte ihn Ryan und betrachtete dabei eine prachtvolle antike Uhr.

«Ich muß leider sagen, daß es bedauernswerte Zwischenfälle gab.»

«Ach ja, das Yankee, das vor den Bermudas sank.»

«Und das andere.»

«Wie bitte?» Ryan drehte sich wieder um und mußte sich zusammennehmen, um nicht zu lächeln.

«Ich bitte Sie, Dr. Ryan, beleidigen Sie meine Intelligenz nicht. Der Fall *Roter Oktober* ist Ihnen genauso bekannt wie mir.»

«Wie war der Name noch mal? Ach ja, das Typhoon, das Sie vor den Karolinen verloren. Ich war damals in London und wurde nicht informiert.»

«Ich finde, daß diese beiden Zwischenfälle unsere Probleme gut illustrieren. Wir können uns auf unsere Raketen-U-Boote nicht so uneingeschränkt verlassen wie Sie auf Ihre.»

«Hmm.» *Von den Kommandanten ganz zu schweigen*, dachte Ryan und war bemüht, sich nichts anmerken zu lassen.

Golowko blieb hartnäckig. «Darf ich Ihnen eine Frage zur Substanz stellen?»

«Gerne, solange Sie keine Antwort zur Substanz erwarten.» Ryan lachte in sich hinein.

«Werden Ihre Nachrichtendienste Einwände gegen den Vertragsentwurf erheben?»

«Also bitte, wie soll ich darauf eine Antwort wissen?» Jack machte eine Pause. «Wie sieht es denn bei Ihnen aus?»

«Unsere Staatssicherheitsorgane befolgen ihre Anweisungen», versicherte Golowko.

Wie du willst, dachte Ryan. «Wenn unser Präsident einen Abrüstungsvertrag akzeptiert und glaubt, ihn durch den Senat bringen zu können, ist es gleich, was CIA und Pentagon denken –»

«Aber Ihr militärisch-industrieller Komplex –», unterbrach Golowko.

«Darauf reitet man bei Ihnen viel zu gerne herum. Ehrlich, Sergej Nikolajewitsch, das wissen Sie doch besser.»

Golowko aber war vom *militärischen* Nachrichtendienst und mochte in der Tat ahnungslos sein, sagte sich Ryan zu spät. Das Ausmaß der Mißverständnisse zwischen Amerika und der Sowjetunion war amüsant und überaus gefährlich zugleich. Ryan fragte sich, ob die hiesigen Nachrichtendienste die Wahrheit ans Tageslicht brachten, wie es die CIA gewöhnlich tat, oder ihren Herren lediglich sagten, was sie hören wollten, wie es die CIA in der Vergangenheit allzuoft getan hatte. Vermutlich letzteres, dachte er. Die russischen Nachrichtendienste waren zweifellos ebenso politisiert wie einstmals die CIA. Eine gute Seite von Judge Moore war, daß er hart gearbeitet hatte, um dem ein Ende zu setzen. Andererseits hatte Moore keinen besonderen Ehrgeiz, Präsident zu werden; das unterschied ihn von seinen sowjetischen Pendants. Hier hatte es ein Direktor des KGB bis an die Spitze geschafft; mindestens ein weiterer hatte den Versuch unternommen. Das machte das KGB zu einer politischen Größe und beeinträchtigte damit seine Objektivität. Jack seufzte in sein Glas. Die zwischen den beiden Ländern existierenden Spannungen würden nicht verschwinden, wenn alle falschen Vorstellungen ausgeräumt waren, doch die Beziehungen mochten dann einfacher zu handhaben sein.

«Darf ich einen Vorschlag machen?»

«Aber sicher», antwortete Golowko.

«Lassen wir die Fachsimpelei. Erzählen Sie mir lieber etwas über diesen Saal, und ich lasse mir derweil den Champagner schmecken.» Das spart uns beiden morgen eine Menge Zeit, wenn wir unsere Kontaktberichte abfassen müssen.

«Gut. Soll ich Ihnen einen Wodka holen?»

«Danke, der Sekt ist vorzüglich. Einheimisches Gewächs?»

«Ja, aus Georgien», sagte Golowko stolz. «Schmeckt besser als Champagner aus Frankreich, finde ich.»

«Ein paar Flaschen würde ich schon gerne mit nach Hause nehmen», gestand Ryan zu.

Golowkos Lachen war ein heiteres, machtbewußtes Bellen. «Ich werde dafür sorgen. So, der Palast wurde 1849 fertiggestellt, Baukosten elf Millionen Rubel, damals eine beträchtliche Summe. Der letzte große Palast, der erbaut wurde, und meiner Meinung nach der schönste...»

Ryan war natürlich nicht der einzige, der einen Rundgang im Saal machte. Die meisten Mitglieder der amerikanischen Delegation hatten ihn noch nie gesehen. Russen, die sich bei dem Empfang langweilten, führten sie herum und erklärten. Mehrere Mitglieder der Botschaft zokkelten hinterher und behielten das Ganze im Auge.

«Nun, Mischa, was hältst du von den amerikanischen Frauen?» fragte Verteidigungsminister Jasow seinen Referenten.

«Was uns da entgegenkommt, ist nicht unattraktiv, Genosse Minister», bemerkte der Oberst.

«Aber es ist nicht genug an ihnen dran – ah, Ihre schöne Elena war ja auch dünn. Eine wunderbare Frau ist sie gewesen, Mischa.»

«Nett, daß Sie sie nicht vergessen haben, Dimitri Timofejewitsch.»

«Hallo, Oberst!» rief eine der Amerikanerinnen auf russisch.

«Ah, Mrs....»

«Foley. Wir haben uns im letzten November beim Hockey kennengelernt.»

«Kennen Sie die Dame?» fragte der Verteidigungsminister seinen Referenten.

«Mein Großneffe Michail spielt in der Juniorenliga, und ich wurde zu einem Spiel eingeladen. Hallo, was tun Sie hier?»

«Mein Mann arbeitet an der Botschaft. Dort drüben ist er und führt Journalisten herum. So etwas habe ich in meinem ganzen Leben noch nicht gesehen!» Ihre glänzenden Augen sprachen von mehreren Gläsern – vermutlich Champagner, dachte der Minister. Sie sah aus, als spräche sie diesem Getränk gerne zu, war aber attraktiv genug und hatte sich die Mühe gemacht, ein annehmbares Russisch zu lernen, was für Amerikaner ungewöhnlich war.

«Die Böden sind so schön, daß es fast ein Frevel ist, auf ihnen zu laufen. So etwas gibt es bei uns zu Hause nicht.»

«Bei Ihnen gab es zu Ihrem Glück auch keine Zaren», erwiderte Jasow als guter Marxist. «Aber als Russe muß ich gestehen, daß ich auf den Kunstsinn der Romanows stolz bin.»

Mrs. Foley wandte sich zurück an Mischa. »Diese Orden trugen Sie bei unserer letzten Begegnung nicht», sagte sie und wies auf drei goldene Sterne an seiner Brust.

«Vielleicht habe ich meinen Mantel nicht ausgezogen –»

«Er trägt sie nämlich immer», versicherte ihr der Marschall. «Ein Held der Sowjetunion geht nie ohne seine Orden. Oberst Filitow ist der einzige lebende Mann, der sich drei dieser Orden an der Front verdient hat.»

«Wirklich? Was muß man tun, um gleich drei zu bekommen?»

«Gegen Deutsche kämpfen», erwiderte der Oberst knapp.

«Deutsche töten», warf Jasow unverblümt ein. «Mischa ist einer der besten Panzeroffiziere, die je gelebt haben.»

Nun wurde Oberst Filitow tatsächlich rot. «Wie viele andere Soldaten tat ich in diesem Krieg nur meine Pflicht.»

«Auch mein Vater wurde im Krieg ausgezeichnet. Er leitete zwei Kommandounternehmen und rettete Männer aus Kriegsgefangenenlagern auf den Philippinen. Er sprach nie viel darüber, bekam aber einen Haufen Orden. Erzählen Sie Ihren Kindern von diesen glänzenden Sternen?»

Filitow erstarrte. Jasow nahm ihm die Antwort ab.

«Oberst Filitows Söhne sind seit einigen Jahren tot.»

«Das tut mir leid!» rief Mrs. Foley und meinte das auch so.

«Es ist schon lange her.» Er lächelte. «Ich erinnere mich noch an Ihren Sohn bei diesem Spiel – ein prächtiger junger Mann. Lieben Sie Ihre Kinder, Sie werden sie nicht ewig haben. Würden Sie mich nun einen Augenblick entschuldigen?» Mischa entfernte sich in Richtung Toiletten. Mrs. Foley schaute den Minister betroffen an.

«Ich wollte ihn nicht treffen –»

«Sie konnten es ja nicht wissen. Mischa verlor im Abstand von wenigen Jahren seine Söhne und seine Frau. Ich begegnete ihr als junger Mann – reizendes Mädchen, Mitglied des Kirow-Balletts. Traurig. Genug. In welcher Mannschaft spielt Ihr Sohn noch einmal?» Ihr hübsches junges Gesicht verstärkte Marschall Jasows Interesse für Hockey noch.

Nach einer Minute fand Mischa die Toilette. Selbstverständlich wurden Amerikaner und Russen zu verschiedenen geschickt. Filitow wusch sich die Hände und schaute in den goldgerahmten Spiegel. Dabei hatte er nur einen Gedanken: *Schon wieder. Wieder ein Auftrag.* Er seufzte und ordnete seine Kleidung. Eine Minute später war er wieder draußen in der Arena.

«Entschuldigen Sie», sagte Ryan, der beim Umdrehen mit einem älteren Herrn in Uniform zusammengestoßen war. Golowko sagte etwas in Russisch, das Ryan nicht mitbekam. Der Offizier machte eine

Erwiderung zu Jack, die höflich klang, und ging hinüber zum Verteidigungsminister.

«Wer war das?» fragte Jack seinen russischen Begleiter.

«Der Oberst ist persönlicher Referent des Ministers», erwiderte Golowko.

«Für einen Oberst ein bißchen alt, nicht wahr?»

«Er ist ein Kriegsheld. Wir zwingen nicht alle diese Männer in den Ruhestand.»

«Das ist wohl fair», kommentierte Jack und ließ sich weiter über den Saal informieren.

Nach Mitternacht löste sich der Empfang auf. Ryan bestieg die ihm zugewiesene Limousine. Auf der Rückfahrt zur Botschaft sagte niemand etwas. Alle spürten die Wirkung des Alkohols, und in Autos, die leicht zu verwanzen waren, redete man in Moskau nicht. Zwei Männer schliefen ein, und auch Ryan wäre beinahe von Müdigkeit übermannt worden. Wach hielt ihn die Gewißheit, daß sie in fünf Stunden abflogen, und angesichts dieser Tatsache blieb er lieber müde, um dann im Flugzeug richtig schlafen zu können – etwas, das er erst seit kurzem fertigbrachte. In der Botschaft angekommen, zog er sich um und ging hinunter in die Kantine, um Kaffee zu trinken und sich Notizen zu machen.

Die Ergebnisse der vergangenen vier Tage waren erstaunlich positiv. Ein Vertragsentwurf lag auf dem Tisch. Wie alle ähnlichen Papiere der letzten Zeit waren sie von den Sowjets eher als Verhandlungswerkzeug denn als Verhandlungsdokument gedacht. Einzelheiten standen bereits in der Presse, und schon lobten gewisse Kongreßmitglieder im Plenum die Fairneß des Vorschlags. Warum ging man nicht einfach darauf ein?

In der Tat, warum nicht? fragte sich Jack und lächelte ironisch. Verifizierbarkeit war ein Grund. Der andere... Gab es denn einen anderen? Gute Fragen. Warum hatten die Russen ihre Haltung so radikal geändert? Es gab Hinweise, daß Generalsekretär Narmonow die Verteidigungsausgaben reduzieren wollte, aber entgegen den Vorstellungen in der Öffentlichkeit tat man das nicht bei Kernwaffen. Kernwaffen waren angesichts ihrer Wirkung billig, eine höchst kostengünstige Methode, Menschen zu töten. Ein Kernsprengkopf und seine Rakete waren zwar nicht billig, aber doch sehr viel billiger als die vergleichbare Vernichtungskraft von Panzern und Artillerie. War Narmonow aufrichtig an der Verringerung der Atomkriegsgefahr gelegen? Doch diese Gefahr ging nicht von den Waffen an sich, sondern wie immer von den Politikern und ihren Fehlern aus. War das Ganze nur symbolisch gemeint? Mit Symbolen konnte Narmonow leichter aufwarten als mit Substanz, sagte sich

Ryan. Und wenn das Angebot nur symbolisch war – an wen richtete es sich dann?

Narmonow hatte Charisma und Macht. Was für ein Mann war er? Worauf wollte er hinaus? Ryan schnaubte. Dafür war er nicht zuständig. Ein anderes CIA-Team war hier in Moskau damit befaßt, Narmonows politische Verwundbarkeit zu untersuchen. Seine Aufgabe, die leichtere, war es, die technische Seite zu analysieren. Nur kannte er leider die Antworten auf seine eigenen Fragen noch nicht.

Golowko saß bereits wieder in seinem Büro und machte sich in Langschrift umständlich Notizen. Ryan, schrieb er, würde dem Verhandlungsangebot widerstrebend zustimmen. Und da Ryan das Ohr des Direktors hatte, bedeutete das wahrscheinlich auch, daß die CIA seiner Empfehlung folgen würde. Der Nachrichtendienstoffizier legte den Stift hin und rieb sich die Augen. Mit einem Kater aufzuwachen, war an sich schon schlimm genug, aber wach bleiben zu müssen, um mit ihm den Sonnenaufgang willkommen zu heißen, war mehr, als man von einem sowjetischen Offizier verlangen konnte. Er fragte sich, warum seine Regierung das Angebot überhaupt gemacht hatte und warum die Amerikaner so bereitwillig darauf einzugehen schienen. Selbst Ryan, der es doch eigentlich besser wissen sollte. Was hatten die Amerikaner im Sinn? Wer manövrierte hier wen aus? Eine ausgezeichnete Frage.

Er kehrte zurück zu Ryan, dem Mann, auf den er am vorhergehenden Abend angesetzt worden war. Weit gekommen war er für sein Alter, ein Rang, der dem eines Obersten im KGB oder GRU entsprach, und erst fünfunddreißig. Was hatte er geleistet, um so schnell nach oben zu kommen? Golowko zuckte die Achseln. Vermutlich Beziehungen, die waren in Washington ebenso wichtig wie in Moskau. Mut besaß der Mann – den hatte er vor fünf Jahren bei dieser Geschichte mit den Terroristen in London bewiesen. Außerdem war er ein fürsorglicher Familienvater, etwas, das Russen mehr respektierten, als die Amerikaner glauben wollten – das implizierte Beständigkeit und somit Berechenbarkeit. Und vor allem, dachte Golowko, war Ryan ein Denker. Warum leistete er dann keinen Widerstand gegen einen Pakt, von dem die Sowjetunion mehr profitierte als Amerika? *Trifft unsere Einschätzung der Situation etwa nicht zu?* schrieb er. Wissen die Amerikaner etwas, das uns unbekannt ist? Oder: Wußte Ryan etwas, das Golowko noch verborgen war? Der Oberst runzelte die Stirn und dachte dann an etwas, das *er* wußte, Ryan aber nicht. Der Gedanke provozierte ein schwaches Lächeln. Das gehörte alles zu dem großen Spiel.

«Sie müssen die ganze Nacht marschiert sein.»

Der Bogenschütze nickte ernst und stellte den Rucksack ab, unter dem er fünf Tage lang geächzt hatte. Er war fast so schwer wie der, den Abdul geschleppt hatte. Der junge Mann stand kurz vorm Zusammenbruch, wie der CIA-Offizier feststellte. Beide Männer suchten sich Sitzkissen.

«Trinken Sie etwas.» Der CIA-Mann hieß Emilio Ortiz, war ebenfalls dreißig Jahre alt und hatte die Muskeln eines Schwimmers, mit denen er sich ein Stipendium an der University of California erkämpft hatte. Ortiz verfügte über eine seltene Sprachbegabung: War er nur zwei Wochen einer Sprache, einem Dialekt oder einem Akzent ausgesetzt gewesen, konnte er als Einheimischer durchgehen. Zudem war er ein einfühlsamer Mann, der die Sitten und Gebräuche der Menschen, mit denen er arbeitete, respektierte. So bot er auch jetzt kein alkoholisches Getränk an, sondern Apfelsaft.

«Allahs Segen über dieses Haus», sagte der Bogenschütze, als er das erste Glas geleert hatte. Dem Mann stand die Erschöpfung ins Gesicht geschrieben, aber anmerken ließ er sich nichts. Anders als sein junger Träger schien der Bogenschütze gegen solche menschlichen Schwächen gefeit zu sein.

«Möchten Sie etwas essen?» fragte er.

«Das kann warten», erwiderte der Bogenschütze und griff nach seinem Rucksack. «Ich habe acht Raketen abgeschossen und sechs Flugzeuge getroffen, aber eines hatte zwei Motore und entkam. Von den fünfen, die ich zerstörte, waren zwei Hubschrauber und drei Jagdbomber. Der erste Hubschrauber, den wir abschossen, war der neue Mi-24 Hind, von dem Sie uns erzählten. Sie hatten recht. Er hat einige neue Ausrüstungen. Hier sind ein paar Teile.» Der Bogenschütze holte sechs grüne Platinen für den Laserdesignator hervor, der nun zur Standardausrüstung des Mi-24 gehörte. Der Captain der US Army, der bislang schweigend im Schatten gestanden hatte, trat vor, um sie zu untersuchen. Mit leicht zitternden Händen griff er nach den Gegenständen.

«Haben Sie auch den Laser?» fragte er in ungelenkem Paschtu.

«Er wurde zwar schwer beschädigt, aber ich habe ihn.» Der Bogenschütze drehte sich um. Abdul schnarchte. Er hätte beinahe gelächelt, aber dann fiel ihm ein, daß auch er einen Sohn hatte.

«Sind die neuen Raketen da?» fragte der Bogenschütze.

«Ich kann Ihnen zehn geben. Es ist ein leicht verbessertes Modell mit fünfhundert Metern größerer Reichweite. Und ich habe auch Rauchraketen da.»

Der Bogenschütze nickte ernst, und seine Mundwinkel verzogen sich zu etwas, das in einer anderen Zeit der Beginn eines Lächelns gewesen sein mochte.

«Dann kann ich mir jetzt vielleicht ihre Transportflugzeuge vornehmen. Die Rauchraketen funktionieren vorzüglich, mein Freund. Jedesmal treiben sie die Eindringlinge näher zu mir. Und der Feind hat diese Taktik noch nicht durchschaut.» *Aha, kein Trick also, sondern eine Taktik,* dachte Ortiz. *Jetzt will er also Transportflugzeuge angreifen, hundert Russen auf einen Streich töten. Himmel, was haben wir aus diesem Schullehrer gemacht?* Der CIA-Mann schüttelte den Kopf. Das war nicht seine Angelegenheit.

«Sie sind müde, mein Freund. Ruhen Sie sich aus. Essen können wir später. Bitte ehren Sie mein Haus, indem Sie hier übernachten.»

«Es ist wahr», bestätigte der Bogenschütze. Zwei Minuten später war er eingeschlafen.

Ortiz und der Captain gingen die mitgebrachten Geräte durch. Darunter fanden sie ein Wartungshandbuch für die Laserausrüstung des Mi-24 und Sprechtafeln. Bis zur Mittagszeit war alles katalogisiert und zum Versand an die Botschaft bereit; von dort aus würde es sofort nach Kalifornien geflogen und einer kompletten Analyse unterzogen werden.

Die VC-137 der Air Force hob pünktlich ab. Es handelte sich um eine Sonderausführung der guten alten Boeing 707; das vorgestellte «V» besagte, daß sie für den Transport von VIP-Passagieren gedacht war, und die Kabinenausstattung spiegelte dies auch wider. Jack lag auf der Couch und ergab sich seiner Müdigkeit. Zehn Minuten später wurde er an der Schulter gerüttelt.

«Der Chef will Sie sprechen», sagte ein Teammitglied.

«Schläft der denn nie?» grollte Jack.

Ernest Allen hatte den größten Raum in der Maschine, eine Kabine direkt über den Flügeln mit sechs gepolsterten Drehsesseln. Auf dem Tisch stand eine Kaffeekanne. *Wenn ich jetzt keinen Kaffee trinke,* dachte Ryan, *rede ich bald unzusammenhängendes Zeug. Trinke ich welchen, kann ich nachher nicht mehr schlafen.* Nun ja, fürs Schlafen wurde er nicht bezahlt. Ryan goß sich eine Tasse ein.

«Läßt sich das verifizieren?» fragte Allen ohne Umschweife.

«Das kann ich noch nicht sagen», erwiderte Jack. «Es ist nicht nur eine Frage der nationalen technischen Mittel. Die Überwachung der Zerstörung so vieler Raketen –»

«Man bietet uns beschränkte Vor-Ort-Inspektion an», bemerkte ein jüngeres Mitglied des Teams.

«Das ist mir klar», versetzte Jack. «Die Frage ist nur: Bedeutet das überhaupt etwas?» *Und die andere Frage ist: Warum sind sie plötzlich mit etwas einverstanden, das wir schon seit über dreißig Jahren verlangen...?* «Die Sowjets haben viel Arbeit auf ihre mobilen Startrampen verwandt. Und wenn sie nun mehr haben, als wir wissen? Meinen Sie vielleicht, wir könnten ein paar hundert mobile Raketen ausfindig machen?»

«Unsere neuen Satelliten tasten die Erdoberfläche mit Radar ab, und dann –»

«Das wissen die Russen auch, und dieser Art von Überwachung können sie sich entziehen, wenn sie wollen – Moment: Wir wissen, daß unsere Flugzeugträger den russischen Seeaufklärungssatelliten RORSAT ausweichen können und das auch tun. Schiffe bringen das fertig, warum dann nicht auch Züge?» gab Jack zu bedenken. Allen gab keinen Kommentar und überließ seinen Untergebenen das Argument. Schlauer alter Fuchs.

«Die CIA wird sich also dagegen aussprechen – verdammt, dabei ist das die größte Konzession, die die Sowjets je gemacht haben!»

«Gut, es ist also ein massives Zugeständnis. Das wissen wir hier alle. Doch ehe wir akzeptieren, sollten wir sicherstellen, daß sie nicht etwas konzediert haben, das inzwischen irrelevant ist. Es gibt auch noch andere Überlegungen.»

«Sie werden sich also dagegen aussprechen?»

«Nein, ich empfehle nur, daß wir uns Zeit lassen und unsere Köpfe benutzen, anstatt uns von der Euphorie mitreißen zu lassen.»

«Aber der Vertragsentwurf ist – ist fast zu gut, um wahr zu sein.» Der Mann hatte gerade Ryan recht gegeben, ohne es allerdings zu merken.

«Dr. Ryan», sagte Allen, «was halten Sie von dem Abkommen, unter der Voraussetzung, daß die technischen Details zu Ihrer Zufriedenheit geregelt werden können?»

«Sir, vom technischen Standpunkt aus gesehen hat eine fünfzigprozentige Reduzierung der abwerfbaren Kernsprengköpfe überhaupt keine Auswirkung auf das strategische Gleichgewicht. Sie wäre –»

«Das ist doch Wahnsinn!» wandte der jüngere Mann ein.

Jack streckte den Arm aus und zielte mit dem Zeigefinger auf ihn. «Sagen wir mal, ich habe nun eine Pistole auf Ihre Brust gerichtet, eine Browning mit dreizehn Patronen. Ich erkläre mich einverstanden, sieben Patronen aus dem Magazin zu nehmen, aber damit bleibt mir immer noch eine mit sechs Patronen geladene Waffe, die auf Ihre Brust zielt – fühlen Sie sich jetzt sicherer?» Ryan lächelte. «Also, ich persönlich nicht, und darum geht es hier. Wenn beide Seiten ihre Inventare um die Hälfte reduzieren, bleiben noch immer *fünftausend* Sprengköpfe, die unser Land treffen können. Dieses Abkommen würde also nur den Overkill-Faktor reduzieren. Wenn wir aber anfingen, über eine Reduzierung auf jeweils tausend Sprengköpfe zu reden, fände ich, daß wir auf dem rechten Weg wären.»

«Halten Sie denn ein Limit von tausend Sprengköpfen für erreichbar?» fragte Allen.

«Nein, Sir. Manchmal wünsche ich mir das, aber andererseits sagt man mir, ein Limit von nur tausend Sprengköpfen könnte einen Atomkrieg ‹gewinnbar› machen, was das auch immer bedeuten mag.» Jack zuckte die Achseln und schloß: «Sir, wenn das gegenwärtige Abkommen zur Unterzeichnung kommt, wird es sich besser ausnehmen, als es in Wirklichkeit ist. Mag sein, daß sein symbolischer Wert an sich schon einen Gewinn darstellt; dieser Faktor sollte berücksichtigt werden, aber das fällt nicht in meinen Zuständigkeitsbereich. Die finanziellen Einsparungen auf beiden Seiten werden real sein, aber angesichts der Gesamtausgaben für die Verteidigung doch ziemlich gering. Beide Seiten behalten die Hälfte ihrer gegenwärtigen Arsenale – und selbstverständlich die modernere und wirkungsvollere Hälfte. Das Resultat bleibt konstant: Einen Atomkrieg könnte keine Seite überleben. Ich sehe nicht, daß dieser Vertragsentwurf die ‹Kriegsgefahr›, was immer das sein soll, reduziert. Dazu müßten die verdammten Dinger entweder ganz abgeschafft oder irgendwie funktionsunfähig gemacht werden. Und wenn Sie mich fragen, müßte erst letzteres getan werden, ehe man das erste versuchen kann. Dann wird die Welt sicherer – vielleicht.»

«Und es beginnt ein ganz neues Wettrüsten.»

«Sir, dieses Rennen hat schon längst begonnen.»

2

Es gehen gerade neue Bilder von Duschanbe ein», erfuhr Ryan am Telefon.

«Gut, ich komme in ein paar Minuten rüber.» Jack erhob sich und ging über den Korridor zu Admiral Greers Büro. Sein Chef stand mit dem Rücken zu der grellweißen Schneedecke auf dem Hügelland vor der CIA-Zentrale.

«Was gibt's, Jack?» fragte der Admiral.

«Es geht um Duschanbe. Das Wetter hat überraschend aufgeklart. Sie sagten doch, Sie wollten verständigt werden.»

Greer schaute auf den Monitor in einer Ecke seines Zimmers. Das Gerät stand neben dem Computerterminal, das zu benutzen Greer sich weigerte – zumindest, wenn jemand ihm bei seinen Versuchen, mit den Zeigefingern und, an guten Tagen, einem Daumen zu tippen, zusah. Er hätte sich die Echtzeit-Satellitenbilder live in sein Büro übertragen lassen können, vermied das aber in letzter Zeit. Warum, wußte Jack nicht.

«Okay, marschieren wir rüber.»

Ryan hielt dem stellvertretenden CIA-Direktor die Tür auf, und sie wandten sich nach links zum Ende des Korridors auf der Direktionsetage im obersten Stockwerk des Gebäudes. Hier befand sich der Direktionsaufzug, der den Vorteil hatte, daß man nicht zu lange auf ihn warten mußte.

«Immer noch Schwierigkeiten mit der Umstellung?» fragte Greer. Ryan flog ungern und war erst seit einem knappen Tag wieder zurück.

«Nein, ich habe mich völlig erholt, Sir. Flüge in westlicher Richtung machen mir nicht so viel aus.» Trotzdem war er froh, wieder festen Boden unter den Füßen zu haben.

Die Tür ging auf, und die beiden gingen durch das Gebäude zu dem neuen Anbau der Abteilung für Bildanalyse.

Der Vorführraum hätte Hollywood Ehre gemacht. Das Minikino hatte rund dreißig Sitze und eine Riesenleinwand. Art Graham, der Leiter der Abteilung, erwartete sie.

«Gutes Timing. Noch eine Minute, dann haben wir die Bilder.» Er sprach kurz am Telefon mit dem Vorführraum. Die Leinwand wurde sofort hell.

«Schwein gehabt. Das sibirische Hoch drehte scharf nach Süden ab und stoppte die Warmfront wie eine Mauer. Perfekte Sichtverhältnisse. Die Bodentemperatur ist etwa Null, und die relative Luftfeuchtigkeit kann auch nicht viel höher sein!» Graham lachte in sich hinein. «Wir haben den Vogel eigens in Position manövriert, um das auszunützen. Er war bis auf drei Grad direkt über der Anlage, und ich bezweifle, daß der Iwan Zeit hatte, diesen Überflug vorauszusehen.»

«Da ist Duschanbe», flüsterte Jack, als ein Teil der Tadschikischen Sowjetrepublik sichtbar wurde. Die erste Übersicht bekamen sie durch Weitwinkelkameras. Insgesamt hatte der umlaufende Aufklärungssatellit KH-14 elf Übersichten aufgenommen. Der Vogel war erst seit drei Wochen im Orbit und entstammte der neuesten Generation von Spähern. Duschanbe – vor ein paar Jahrzehnten noch Stalinabad – war eine der uralten Karawanenstädte. Nach Afghanistan waren es keine hundert Meilen; Timur-Lengs legendäres Samarkand lag nicht weit im Nordwesten, und vielleicht war Scheherazade vor tausend Jahren hier durchgezogen.

Doch mit dem Seidenhandel hatte das gegenwärtige Interesse der CIA an Duschanbe nichts zu tun. Nun kam ein Bild von einer der hochauflösenden Kameras, die erst in ein tiefes Gebirgstal spähte, wo Beton und Stein eines Wasserkraftwerks einen Fluß stauten. Obwohl der Damm nur fünfzig Kilometer südöstlich von Duschanbe lag, liefen die Hochspannungsleitungen nicht zu dieser Stadt mit 500 000 Einwohnern, sondern führten zu einer Reihe von Berggipfeln fast in Sichtweite der Anlage.

«Das sieht aus wie die Fundamente einer neuen Mastengruppe», merkte Ryan an.

«Ja, parallel zur ersten», stimmte Graham zu. «Die Anlage erhält neue Generatoren. Nun, wir wußten ja die ganze Zeit, daß sie nur die Hälfte der verfügbaren Leistung des Wasserkraftwerks liefert.»

«Wie lange dauert es, bis der Rest ans Netz geht?» fragte Greer.

«Da muß ich erst bei einem unserer Fachberater fragen. Der Bau der Hochspannungsleitung nähme nur ein paar Wochen in Anspruch. Ich gehe davon aus, daß die Fundamente für die neuen Generatoren schon liegen. Nun müssen nur noch die Aggregate eingebaut und angeschlossen werden. Höchstens sechs Monate noch, vielleicht acht, wenn das Wetter schlecht wird.»

«So schnell?» fragte Jack verwundert.

«Man hat Personal von zwei anderen Wasserkraftwerken abgezogen.

Über diese Anlage ließ man kein Wort verlauten, nahm für ihre Fertigstellung aber Bautrupps von zwei weithin publizierten Vorhaben. Der Iwan weiß seine Anstrengungen zu konzentrieren, wenn's sein muß. Sechs bis acht Monate, das ist eine vorsichtige Schätzung, Dr. Ryan. Es kann durchaus schneller gehen.»

«Wie hoch wird nach der Fertigstellung die Leistung sein?»

«Der Bau ist nicht besonders groß. Gesamthöchstleistung mit den neuen Generatoren? Elfhundert Megawatt, schätze ich.»

«Eine Menge Strom für diese paar Berggipfel», sagte Ryan wie zu sich selbst, als das Bild wechselte.

Der Berg, der bei der CIA den Codenamen «Mozart» trug, war beileibe nicht klein, nahm sich aber im Vergleich zum Himalaja, zu dessen westlichstem Ausläufer er gehörte, winzig aus. Zum Gipfel war eine Straße gesprengt worden, und oben hatte man auch einen Hubschrauberlandeplatz gebaut. Insgesamt bestand der Komplex aus sechzehn Gebäuden. Ein Wohnblock für die Ingenieure und ihre Familien, erst vor sechs Monaten fertiggestellt, ein Theater, ein Krankenhaus. Eine Bodenstation neben dem Gebäude mit den wenigen Geschäften empfing über Satellit Fernsehprogramme. Diese Art von für sowjetische Verhältnisse schon fast übertriebener Fürsorge war außergewöhnlich und nur hohen Parteibürokraten und bei hochwichtigen Verteidigungsprojekten Beschäftigten vorbehalten. Dem Wintersport diente die Anlage jedenfalls nicht.

Das machten die Umzäunung und die Wachtürme überdeutlich; drei parallele Zäune mit jeweils zehn Meter Abstand. Der äußere Zwischenraum war vermint, im innern patrouillierten Hunde. Am inneren Zaun standen in zweihundert Meter Abstand die Wachtürme. Die Soldaten, die sie bemannten, waren in Betonbaracken von überdurchschnittlicher Qualität untergebracht.

«Können Sie einen Wachposten herausvergrößern?» fragte Ryan.

Graham sprach in sein Telefon, und das Bild veränderte sich sofort. Mit zunehmender Vergrößerung wurde aus einem sich bewegenden Fleck ein Mann, der einen langen Mantel und vermutlich eine Pelzmütze trug. Er hatte einen großen Hund von unbestimmbarer Rasse an der Leine und eine Kalaschnikow über der rechten Schulter. Der Atem von Mann und Hund war in der kalten Luft sichtbar. Ryan beugte sich unwillkürlich vor.

«Kommen Ihnen die Schulterklappen dieses Mannes grün vor?» fragte er Graham.

Der Aufklärungsexperte grunzte. «Ja, der ist vom KGB.»

«So dicht bei Afghanistan?» fragte der Admiral nachdenklich. «Sie wissen, daß wir dort Leute im Einsatz haben. Wetten, daß die ihre Sicherheitsvorkehrungen mehr als ernst nehmen?»

«Diese Gipfel müssen ihnen wirklich wichtig gewesen sein», bemerkte

Ryan. «Siebzig Meilen weiter wohnen ein paar Millionen Leute, für die den Willen Gottes erfüllt, wer Russen tötet. Diese Anlage ist wichtiger, als wir dachten, nicht nur eine neue Einrichtung – dazu sind die Sicherheitsmaßnahmen zu umfangreich. Wozu ausgerechnet hier bauen, wo man erst eine neue Stromversorgung errichten muß und dem Feind ausgesetzt ist? Im Augenblick mag das eine Forschungsanlage sein, aber die Russen müssen Größeres damit vorhaben.»

«Zum Beispiel?»

«Angriffe auf meine Satelliten vielleicht», meinte Art Graham.

«Haben Sie sie in letzter Zeit irgendwie gekitzelt?» fragte Jack.

«Nein, seit wir ihnen im letzten April eins auf die Rübe gegeben haben, ist zur Abwechslung mal die Vernunft am Ruder.»

Das war eine alte Geschichte. Mehrere Male waren im Lauf der letzten Jahre amerikanische Aufklärungs- und Frühwarnsatelliten «gekitzelt» worden – man hatte Laser- oder Mikrowellenstrahlen auf die Satelliten konzentriert, stark genug, um die Rezeptoren zu blenden, doch nicht intensiv genug, um ernsten Schaden anzurichten. Warum hatten die Russen das getan? Nur als Test, um zu sehen, ob das im NORAD-Befehlszentrum im Cheyenne Mountain in Colorado einen Aufruhr auslösen würde? War es der Versuch gewesen, die Empfindlichkeit der Satelliten zu prüfen? Oder eine Demonstration, eine Warnung vor ihrer Fähigkeit, Satelliten zu zerstören? Oder nur pure Spielverderberei? Schwer zu sagen, was die Sowjets dachten.

Selbstverständlich beteuerten sie regelmäßig ihre Unschuld. Als ein amerikanischer Satellit über Sari Schagan vorübergehend geblendet worden war, behaupteten sie, eine Erdgas-Pipeline habe Feuer gefangen. Daß die nahegelegene Tschimkent-Pawlodar-Pipeline Öl transportierte, das war der westlichen Presse entgangen.

Der Satellitenüberflug war nun beendet. In einem Raum in der Nähe wurden zwanzig Videobänder zurückgespult, und die gesamte optische Erfassung konnte nun in Ruhe ausgewertet werden.

«Sehen wir uns ‹Mozart› und ‹Bach› noch einmal an», befahl Greer.

«Tierischer Trip zur Arbeit», stellte Jack fest. Von dem Wohn- und Stromkomplex auf «Mozart» bis zu der Anlage auf «Bach», dem nächstgelegenen Gipfel, war es zwar nur ein Kilometer, aber die Straße sah halsbrecherisch aus. Sie sahen nun ein Standbild von «Bach». Hier betrug die Distanz zwischen innerem und äußerem Zaun mindestens zweihundert Meter, und der Boden schien aus nacktem Fels zu bestehen. Jack fragte sich, wie man dort Minen legte. Aber vielleicht war das gar nicht notwendig, dachte er. Das Gelände war mit Bulldozern und Sprengstoff planiert worden. Von den Wachtürmen mußte es aussehen wie ein Schießstand.

«Die machen Nägel mit Köpfen, was?» bemerkte Graham leise.

«Das bewachen sie also...», meinte Ryan.

Innerhalb der Umzäunung standen dreizehn Gebäude. Auf einer Fläche von der Größe zweier Fußballplätze, die ebenfalls planiert war, sah er zehn Löcher in zwei Gruppen. Eine Gruppe war im Sechseck arrangiert, jedes Loch mit rund zehn Metern Durchmesser. Die zweite Vierergruppe war rautenförmig, die Löcher etwas kleiner, vielleicht nur siebeneinhalb Meter messend. Jedes Loch enthielt eine im Fels verankerte, viereinhalb Meter dicke Betonsäule, gekrönt von einem Metalldom aus halbmondförmigen Segmenten.

«Die Dinger lassen sich öffnen. Ich frage mich, was da drin ist.» Greers Frage war rein rhetorisch. In der CIA-Zentrale in Langley, Virginia, wußten etwa zweihundert Leute über Duschanbe Bescheid, und sie alle wollten wissen, was sich unter diesen Metallkuppeln verbarg. Die Anlagen existierten erst seit wenigen Monaten.

«Admiral», sagte Jack, «Ich muß eine neue Schublade aufziehen.»

«Und welche?»

«Tea Clipper.»

«Kleinigkeit!» murrte Greer. «Dazu habe ja nicht mal ich Zugang.»

Ryan lehnte sich zurück. «Admiral, wenn die Russen in Duschanbe tun, womit wir uns bei Tea Clipper beschäftigen, müssen wir das unbedingt wissen. Wie sollen wir ahnen, wonach wir Ausschau zu halten haben, wenn man uns nicht sagt, wie diese Dinger aussehen?»

«Das sage ich schon lange.» Der Admiral lachte. «Aber da wird Judge Moore erst zum Präsidenten gehen müssen.»

«Gut, dann geht er eben zum Präsidenten. Was, wenn die Aktivität hier mit dem neuen russischen Abrüstungsvorschlag in Zusammenhang steht?»

«Vermuten Sie das?»

«Wer kann das sagen?» fragte Jack. «Mag ja nur ein Zufall sein. Aber ich glaube nicht an Zufälle.»

«Gut, ich werde mit dem Direktor reden.»

Zwei Stunden später fuhr Ryan in seinem Jaguar XJS, einem schönen Andenken an seine Zeit in England, nach Hause. Er liebte die seidenweiche Durchzugskraft des Zwölfzylinders so sehr, daß er seinen geliebten alten Golf außer Dienst gestellt hatte. Und wie es seine Gewohnheit war, verdrängte Ryan die Arbeit aus seinen Gedanken, schaltete hoch und konzentrierte sich aufs Fahren.

«Nun, James?» fragte der Direktor der CIA.

«Ryan glaubt, daß die neue Aktivität auf ‹Bach› und ‹Mozart› im Zusammenhang mit den Abrüstungsverhandlungen stehen könnte, und ich glaube, daß er recht hat. Er will über Tea Clipper informiert werden. Ich sagte ihm, da müßten Sie erst zum Präsidenten.» Admiral Greer lächelte.

«Na schön, ich lasse ihm ein Schreiben ausfertigen, damit General Parks Ruhe hält. Für Ende der Woche ist ein voller Test angesetzt. Ich werde dafür sorgen, daß Jack sich den ansehen kann.» Moore lächelte schläfrig. «Und was meinen Sie?»

«Ich meine, daß er recht hat: Duschanbe und Tea Clipper sind im Grunde identische Projekte. Viel zu viele Ähnlichkeiten, das kann kein Zufall sein. Wir müssen unsere Einschätzungen anpassen.»

«Gut.» Moore wandte sich ab und schaute aus den Fenstern. Die Welt wird sich also wieder einmal ändern. Es mag zehn Jahre oder länger dauern, aber bis dahin geht das wenigstens mich nichts mehr an, sagte sich Moore. Aber Ryan wird sich damit herumschlagen müssen. «Ich lasse ihn morgen hinfliegen. Und vielleicht haben wir mit Duschanbe Glück. Foley hat KARDINAL mitgeteilt, daß wir an der Anlage interessiert sind.»

«KARDINAL? Gut.»

«Aber wenn etwas passiert...»

Greer nickte. «Hoffentlich ist er vorsichtig.»

«Seit Dimitri Fedorowitschs Tod ist es im Verteidigungsministerium nicht mehr so wie früher», schrieb Oberst Michail Semjonowitsch Filitow mit der Linken in sein Tagebuch. Es war noch früh, und er saß an dem hundert Jahre alten Schreibtisch aus Eiche, den ihm seine Frau kurz vor ihrem Tode gekauft hatte, vor fast – ja, dreißig Jahre waren es nun im kommenden Februar. Mischa schloß kurz die Augen. Dreißig Jahre.

Kein Tag verging, ohne daß er an seine Elena dachte. Ihr Bild stand auf seinem Schreibtisch und zeigte eine junge Frau mit dünnen Beinen, die die Arme erhoben und den Kopf geneigt hatte. Das runde, slawische Gesicht trug ein breites, einladendes Lächeln, das ihre Freude, als Mitglied des Kirow-Balletts tanzen zu können, perfekt widerspiegelte.

Auch Mischa mußte lächeln, als er sich daran erinnerte, wie ein junger Panzeroffizier als Belohnung eine Karte für die Vorstellung bekommen hatte. Wie bringen sie das wohl fertig? Balancieren auf den Zehenspitzen wie auf nadelscharfen Stelzen. Er entsann sich, als Kind auf Stelzen gelaufen zu sein, aber die Anmut dieses Mädchens! Und dann hatte sie dem feschen jungen Offizier in der ersten Reihe zugelächelt. Ganz kurz nur, nur für ein Augenzwinkern hatten sich ihre Blicke getroffen, dachte er. Und ihr Lächeln hatte sich ein wenig verändert. Sie hatte für diesen zeitlosen Augenblick nicht mehr für das Publikum, sondern nur für ihn allein gelächelt. Eine Kugel ins Herz hätte keine vernichtendere Wirkung auf ihn haben können. An den Rest der Vorstellung konnte Mischa sich nicht mehr erinnern; bis auf den heutigen Tag wußte er nicht einmal, was überhaupt gegeben worden war. Er entsann sich noch, den Rest der Vorstellung unruhig abgesessen und sich seinen nächsten Schritt überlegt zu haben. Leutnant Filitow galt bereits als vielversprechender junger Mann, ein brillanter Panzeroffizier, dem Stalins brutale Säuberungen Chancen und rasche Beförderung gebracht hatten. Er verfaßte Artikel über Panzertaktik, übte innovative Gefechtsübungen im Feld und argumentierte vernehmlich gegen die falschen «Lehren» aus dem spanischen Bürgerkrieg.

Und was soll ich jetzt tun? hatte er sich gefragt. Wie man die Bekanntschaft einer Künstlerin machte, hatte man ihm bei der Roten Armee nicht beigebracht. Dies war kein Mädchen vom Land, das sich aus Langeweile jedem auf der Kolchose hingab – und besonders einem jungen Offizier des Heeres, der sie aus der Ödnis herausholen mochte. Mischa erinnerte sich beschämt an seine Jugend; damals hatte er mit seinen Schulterklappen jedes Mädchen ins Bett gelockt, das ihm unter die Augen gekommen war.

Ich weiß noch nicht einmal, wie sie heißt, hatte er sich gesagt. Was soll ich tun? Am Ende hatte er die Sache angepackt wie ein militärisches Unternehmen. Gleich nach Ende der Vorstellung hatte er sich zur Toilette durchgekämpft und sich Gesicht und Hände gewaschen. Schmutz unter den Fingernägeln wurde mit dem Taschenmesser entfernt, das kurze Haar angefeuchtet und glattgekämmt, die Uniform glattgezogen und von Fusseln befreit. Am Ende war er vom Spiegel zurückgetreten, um sich davon zu überzeugen, daß seine Stiefel so auf Hochglanz waren, wie es sich für einen Soldaten gehörte. Damals war ihm aufgefallen, daß andere Männer in der Toilette ihn mit unterdrücktem Grinsen musterten, geahnt hatten, was der Zweck des Ganzen war, und ihm mit einem bißchen Neid Glück wünschten. Mit seiner Erscheinung zufrieden, hatte Mischa das Theater verlassen und sich beim Portier nach dem Bühneneingang erkundigt. Das hatte ihn einen Rubel gekostet; und bald darauf war er auf einen zweiten Türsteher gestoßen, einen bärtigen alten Mann, der Ordensbänder für Verdienste in der Revolution am langen Mantel trug. Mischa hatte sich von dem Kameraden besonderes Entgegenkommen erwartet, mußte aber feststellen, daß dieser alle Tänzerinnen als seine Töchter ansah – und nicht als lose Frauenzimmer, die man Soldaten überließ. Mischa hatte erwogen, dem Alten Geld anzubieten, sich aber dann gehütet. Statt dessen hatte er ihm ruhig, sachlich – und wahrheitsgemäß – gesagt, tief beeindruckt von einer einzigen Tänzerin zu sein, deren Name ihm fremd sei und die er nun einmal kennenlernen wolle.

«Und warum?» hatte der alte Türsteher kalt gefragt.

«Weil sie mir zugelächelt hat, Großväterchen», hatte Mischa im ehrfürchtigen Tonfall eines kleinen Jungen geantwortet.

«Und Sie haben sich in sie verguckt», sprach der Türsteher streng, schaute ihn dann aber versonnen an. «Aber welche es ist, wissen Sie nicht?»

«Sie war – im Glied, also keine Vortänzerin. Wie sagt man dazu? Auf jeden Fall werde ich ihr Gesicht mein Leben lang nicht vergessen.» Das hatte er schon damals gewußt.

Der Türsteher musterte ihn und sah, daß er aufrecht stand und daß seine Uniform sauber und adrett war. Dies war kein arroganter NKWD-Offizier, der nach Wodka stank, sondern ein gutaussehender junger Soldat. «Genosse Leutnant, Sie haben Glück. Wissen Sie warum? Weil ich selbst einmal jung war und das nicht vergessen habe. In zehn Minuten kommen sie heraus. Stellen Sie sich dort drüben hin und sagen Sie keinen Ton.»

Gedauert hatte es dreißig Minuten. Heraus kamen sie in Zweier- und Dreiergruppen. Mischa hatte die Tänzer gesehen und hielt sie für – nun ja, was ein Soldat halt von einem Mann hält, der beim Ballett ist. Als die Tür aufging, war er von dem hellen Licht, das auf die finstere Gasse fiel, geblendet worden und hätte sie beinahe verpaßt – so anders sah sie ohne Schminke aus.

Er sah das Gesicht und versuchte zu entscheiden, ob sie die Richtige war, näherte sich seinem Ziel so vorsichtig, als läge er unter deutschem Feuer.

«Sie hatten Sitz Nummer zwölf», sagte sie, ehe er den Mut zum Reden gefaßt hatte.

«Jawohl, Genossin Künstlerin», hatte er gestammelt.

«Hat Ihnen die Vorstellung gefallen, Genosse Leutnant?» Ein schüchternes, aber irgendwie einladendes Lächeln.

«Es war herrlich!»

«Fesche junge Offiziere sehen wir nicht oft in der ersten Reihe», bemerkte sie.

«Die Karte bekam ich zur Belohnung für gute Leistungen in meiner Einheit. Ich bin bei den Panzern», erklärte er stolz. Fesch hat sie mich genannt!

«Hat der Genosse Panzerleutnant einen Namen?»

«Ich bin Leutnant Michail Semjonowitsch Filitow.»

«Elena Iwanowa Makarowa.»

«Eine viel zu kalte Nacht für jemanden, der so schlank ist wie Sie, Genossin Künstlerin. Gibt es in der Nähe ein Restaurant?»

«Ein Restaurant?» Sie lachte auf. «Wie oft kommen Sie nach Moskau?»

«Meine Division ist dreißig Kilometer von hier stationiert, aber in die Stadt komme ich nur selten», gestand er.

«Genosse Leutnant, selbst in Moskau gibt es nur wenige Restaurants. Wollen Sie mit in meine Wohnung kommen?»

«Aber – ja, gerne», hatte er gestottert, und in diesem Augenblick ging die Bühnentür wieder auf.

«Marta», sagte Elena zu dem Mädchen, das gerade herauskam, «heute haben wir militärischen Schutz auf dem Heimweg!»

«Tania und Resa kommen gleich», hatte Marta erwidert.

Das hatte Mischa doch tatsächlich erleichtert. Zur Wohnung waren sie dreißig Minuten lang unterwegs gewesen – damals war Moskaus U-Bahn noch nicht fertig, und es war besser, zu Fuß zu gehen, als so spät noch auf eine Straßenbahn zu warten.

Ohne Schminke hatte sie noch hübscher ausgesehen. Die kalte Winterluft gab ihren Wangen Farbe, und ihr anmutiger Gang verriet die zehnjährige Ausbildung. Sie schien dahinzugleiten, während er mit seinen schweren Stiefeln neben ihr hertrampelte. Er kam sich vor wie ein Panzer neben einem Vollblutpferd und war bemüht, ihr nicht zu nahe zu kommen, weil er Angst hatte, ihr auf die Füße zu treten. Ihre Kraft, über die ihre Anmut so gut hinwegtäuschte, sollte er erst noch kennenlernen.

Noch nie war ihm eine Nacht so schön vorgekommen wie diese. Mein Gott, dachte er, am 14. Juli könnten wir goldene Hochzeit feiern... Unwillkürlich griff er nach einem Taschentuch und wischte sich die Augen.

Dreißig Jahre ist sie tot, und bei diesem Gedanken krampften sich seine Finger um den Stift, bis sie weiß wurden. Noch immer überraschte ihn, daß Liebe und Haß so gut zueinander paßten. Mischa wandte sich wieder seinem Tagebuch zu.

Eine Stunde später erhob er sich vom Schreibtisch und ging an den Kleiderschrank, legte die Uniform eines Obersten der Panzertruppe an. Im Grunde war er schon pensioniert, stand aber noch auf der Personalliste des Verteidigungsministeriums. Zudem war er ein dreifacher Held der Sowjetunion, der für die *Rodina*, die Heimat, gekämpft und geblutet hatte. Sein Unterhemd verbarg die bleichen Narben, für die er den letzten Stern erhalten hatte – eine deutsche 88-mm-Granate hatte sich durch die Panzerung seines Tanks gebohrt und die Munition in Brand gesetzt. Er aber hatte mit brennenden Kleidern den Turm geschwenkt und die deutsche Geschützbedienung mit einem letzten Schuß aus seiner 76-mm-Kanone ausgelöscht. Als Folge der Verletzung konnte er den rechten Arm nur noch zu fünfzig Prozent gebrauchen, hatte aber trotzdem die Überreste seines Regiments noch zwei Tage lang geführt. Wäre er, wie der Rest seiner Besatzung, ausgestiegen – oder hätte er sich auf

Rat des Regimentsarztes evakuieren lassen –, wäre er vielleicht ganz genesen, aber nein, er hatte zurückschießen müssen, konnte seine Männer nicht im Stich lassen. Wäre die Verbrennung nicht gewesen, er wäre womöglich General oder gar Marschall geworden. Hätte das einen großen Unterschied gemacht? Nein, entschied er. Er hätte dann weitergekämpft und wäre womöglich gefallen. So war ihm mehr Zeit mit Elena vergönnt gewesen. Täglich war sie ihn im Krankenhaus in Moskau besuchen gekommen, erst entsetzt über das Ausmaß seiner Verletzungen, später so stolz auf sie wie Mischa selbst. Niemand konnte mehr behaupten, er habe seine Pflicht für die *Rodina* nicht getan.

Doch nun erfüllte er seine Pflicht für Elena.

Filitow verließ seine Wohnung und ging zum Aufzug. An seiner rechten Hand baumelte eine Aktentasche; zu viel mehr taugte seine rechte Körperhälfte nicht mehr. Die *Babuschka*, die den Aufzug bediente, begrüßte ihn wie immer. Die beiden waren gleichaltrig, sie die Witwe eines Feldwebels aus Mischas Regiment, dem er persönlich den goldenen Stern an die Brust gesteckt hatte.

«Was macht Ihre kleine Enkelin?» fragte der Oberst.

«Ein Engel», war die Antwort.

Filitow lächelte, unter anderem über das Wort «Engel», das siebzig Jahre des «wissenschaftlichen Sozialismus» überlebt hatte.

Der Wagen stand bereit. Der Fahrer war frisch eingezogen und hatte gerade erst seinen Führerschein gemacht. Er salutierte streng und hielt mit der anderen Hand den Schlag auf.

«Guten Morgen, Genosse Oberst.»

«In der Tat ein schöner Morgen, Feldwebel Schdanow», erwiderte Filitow. Die meisten anderen Offiziere hätten höchstens gegrunzt, aber Filitow war ein Frontsoldat, dessen Erfolg im Feld das Resultat seiner Sorge um das Wohlergehen seiner Männer gewesen war.

Im Wagen war es angenehm warm, denn die Heizung war schon vor fünfzehn Minuten voll aufgedreht worden. Filitow wurde immer kälteempfindlicher, typische Alterserscheinung. Gerade hatte er mit Lungenentzündung im Krankenhaus gelegen, schon zum dritten Mal in fünf Jahren. Einer der nächsten Krankenhausaufenthalte mochte der letzte sein, das wußte er. Filitow verdrängte den Gedanken. Würde er es überhaupt merken, wenn seine letzte Sekunde kam? fragte er sich. Würde es ihn überhaupt scheren?

Ehe der Oberst die Frage beantworten konnte, fuhr der Wagen am Verteidigungsministerium vor.

Ryan war überzeugt, nun schon zu lange im Dienst der Regierung zu stehen. Inzwischen hatte er gelernt, das Fliegen – nun, nicht gerade zu mögen, aber wenigstens die Bequemlichkeiten zu schätzen, die damit verbunden waren. Er war nun vier Flugstunden von Washington entfernt, in einem C-21 Learjet der Air Force, den eine Pilotin im Rang eines Captain, die ihm wie eine Studentin im Erstsemester vorgekommen war, gesteuert hatte. Wirst alt, Jack, sagte er sich. Vom Flughafen auf den Berg hatte ihn ein Hubschrauber gebracht, keine Kleinigkeit in dieser Höhe überm Meeresspiegel. Ryan war zum ersten Mal in New Mexico. Die hohen Berge waren unbewaldet und die Luft so dünn, daß er unnatürlich schnell atmete.

«Kaffee, Sir?» fragte ein Sergeant und reichte Ryan einen Thermosbecher, der in der kalten, von einer Mondsichel kaum erhellten Nacht heftig dampfte.

«Danke.» Ryan trank einen Schluck und schaute sich um. Es waren nur wenige Lichter zu sehen. Hinter der nächsten Bergkette konnte er den Widerschein von Santa Fé sehen, die Distanz aber nicht abschätzen. Er wußte, daß er dreitausendfünfhundert Meter überm Meeresspiegel war. Abgesehen von der Kälte war es wunderschön. Seine Finger am Plastikbecher waren steif. Er hatte die Handschuhe daheim gelassen.

«Noch siebzehn Minuten», verkündete jemand. «Alle Systeme arbeiten normal. Tracker auf Automatic. Signalerfassung in acht Minuten.»

«Wohnen Sie hier in der Nähe?» fragte Ryan den Major, der in seiner Nähe stand.

«Vierzig Meilen in dieser Richtung.» Der Mann machte eine vage Handbewegung. «Für hiesige Verhältnisse praktisch um die Ecke.»

Das ist der Mann, der an der Staatsuniversität New York promoviert hatte, sagte sich Ryan. Wie ein Soldat sah der neunundzwanzigjährige Major nun wirklich nicht aus: keine einsiebzig groß, rappeldürr, Akne im eckigen Gesicht. Im Moment waren seine tiefliegenden Augen auf jenen Sektor des Horizonts gerichtet, in dem die Raumfähre *Discovery* auftauchen sollte. Ryan entsann sich der Dokumente, die er auf dem Flug hierher gelesen hatte, und wußte, daß dieser Mann vermutlich nicht mal befugt war, ihm die Farbe seiner Wohnzimmertapete zu verraten. In Wirklichkeit wohnte er am Los Alamos National Laboratory, lokal als «der Hügel» bekannt. Er hatte die Militärakademie West Point als Jahrgangsbester absolviert und nur zwei Jahre darauf in Hochenergiephysik promoviert. Seine Dissertation war als streng geheim eingestuft – überflüssigerweise, wie Jack fand, der sie gelesen und ebenso unverständlich wie Kurdisch gefunden hatte. Schon wurde Alan Gregory im gleichen Atemzug mit Stephen Hawking oder dem Princeton-Professor Freeman Dyson genannt. Der Haken war allerdings, daß nur wenige Leute seinen Namen kannten. Jack fragte sich, ob jemand erwogen hatte, auch noch *diesen* als Staatsgeheimnis zu klassifizieren.

»Alles bereit, Major Gregory?« fragte ein Generalleutnant der Air Force. Jack fiel sein respektvoller Ton auf. Gregory war kein gewöhnlicher Major.

Ein nervöses Lächeln. «Jawohl, Sir.» Der Major wischte sich die feuchten Handflächen am Hosenboden ab. Tröstlich zu sehen, daß der junge Mann Emotionen hatte.

«Sind Sie verheiratet?» fragte Ryan. Darüber hatte in der Akte nichts gestanden.

«Verlobt, Sir. Sie hat über Laseroptik promoviert und arbeitet auf dem Hügel. Am 3. Juni heiraten wir.» Die Stimme des jungen Mannes war so spröde wie Glas geworden.

«Gratuliere. Da bleibt wohl alles in der Familie, was?» Jack lachte in sich hinein.

«Jawohl, Sir.» Major Gregory starrte weiter zum Südwesthorizont.

«Signal erfaßt!» rief jemand hinter ihnen.

«Schutzbrillen!» kam der Ruf über Lautsprecher. «Alle Augenschutz anlegen.»

Jack hauchte in die Hände, ehe er die Plastikbrille aus der Tasche nahm und aufsetzte. Nun war er praktisch blind; Mond und Sterne verschwunden.

«Erfassung! *Discovery* hat Abwärtsverbindung hergestellt. Alle Systeme arbeiten normal.»

«Ziel erfaßt!» verkündete eine andere Stimme. «Abfragesequenz einleiten... Ziel eins im Strahl... Autofeuer-System scharf.»

Kein Geräusch verriet, was geschehen war. Ryan hatte nichts gesehen – oder vielleicht doch? fragte er sich. Da war ein flüchtiger Eindruck gewesen... wovon? Habe ich mir das nur eingebildet? Neben ihm atmete der Major langsam aus.

«Versuch abgeschlossen», drang es aus dem Lautsprecher. Jack riß sich die Schutzbrille herunter.

«Ist das alles?» Was hatte er da gerade gesehen? Was war da passiert? Hinkte er mit seinen Informationen so weit hinterher, daß er trotz Briefing nicht verstand, was sich vor seinen Augen abspielte?

«Laserlicht ist praktisch unsichtbar», erklärte Major Gregory. «In dieser Höhe gibt es kaum Staub oder Feuchtigkeit in der Luft, die es reflektieren könnten.»

«Wozu dann die Schutzbrille?»

Der junge Offizier lächelte und nahm dabei seine ab. «Nun, falls ein Vogel zur falschen Zeit in den Strahl geriete, gäbe es einen spektakulären Lichtblitz, der Ihren Augen schaden könnte.»

Zweihundert Meilen über ihnen hielt *Discovery* weiter auf den Horizont zu. Der Shuttle sollte noch drei Tage im Raum bleiben und «routinemäßige wissenschaftliche Aufgaben» ausführen, diesmal vorwiegend ozeanographische Studien, wie man der Presse gesagt hatte, ein Geheimauftrag der Navy. Seit Wochen schon stellten die Zeitungen Spekulationen über die Mission an, die ihrer Auffassung nach etwas mit dem Orten von Raketen-U-Booten aus der Umlaufbahn zu tun hatte. Kein besserer Weg, ein Geheimnis zu hüten, als es hinter einem anderen zu verstecken. Jedesmal, wenn sich jemand nach der Mission erkundigte, hatte der Sprecher der Navy den Auftrag, keinen Kommentar zu geben.

«Hat es geklappt?» fragte Jack. Er schaute zum Himmel, konnte aber den Lichtfleck, der den Raumgleiter bezeichnete, nicht ausmachen.

«Das müssen wir erst sehen.» Der Major machte kehrt und ging zu einem in der Nähe abgestellten geschlossenen Lkw mit Tarnanstrich. Der Dreisternegeneral folgte ihm; Ryan kam hinterher.

In dem Fahrzeug, wo Temperaturen um den Gefrierpunkt herrschten, spulte ein Unteroffizier ein Videoband zurück.

«Wo waren die Ziele?» fragte Jack. «Das stand nicht in meinen Briefing-Unterlagen.»

«Ungefähr fünfundvierzig Süd, dreißig West», erwiderte der General. Major Gregory saß vor dem Fernsehschirm.

«Das ist bei den Falklands, nicht wahr? Warum ausgerechnet dort?»

«Eigentlich näher bei South Georgia», gab der General zurück. «Eine schöne ruhige Gegend, und die Entfernung stimmt auch ungefähr.»

Und die Sowjets hatten, wie Ryan wußte, innerhalb eines Radius von dreitausend Meilen keine Möglichkeit, Daten zu sammeln. Der Tea-Clipper-Test war genau zu einem Zeitpunkt durchgeführt worden, zu dem sich alle sowjetischen Spionagesatelliten unterm Horizont befanden. Außerdem war die Distanz identisch mit der zu den Abschußanlagen der sowjetischen Interkontinentalraketen entlang der Transsibirischen Eisenbahn.

«Fertig!» sagte der Unteroffizier.

Bemerkenswert war die Qualität des Videobildes nicht, das vom Deck der *Observation Island*, einem Telemetrieschiff, aufgenommen worden war. Neben dem ersten TV-Gerät befand sich ein zweiter Monitor, der das Bild von dem «Cobra Judy»-Raketenverfolgungsradar des Schiffes zeigte. Beide Schirme stellten vier in einer leicht unregelmäßigen Reihe arrangierte Objekte dar. Rechts oben eingeblendet war die Anzeige einer Digitaluhr, die drei Stellen hinter dem Komma angab.

«Treffer!» Ein Punkt verschwand in einem grünen Lichthof.

«Fehlschuß!» Ein zweiter blieb unberührt.

«Fehlschuß!» Jack runzelte die Stirn.

«Treffer!» Ein zweiter Punkt löste sich auf.

«Treffer!» Nur noch einer übrig.

«Fehlschuß.»

«Fehlschuß.» Dieser letzte ist hartnäckig, dachte Ryan.

«Treffer!» Also doch. «Gesamtzeit: 1,806 Sekunden.»

«Trefferquote fünfzig Prozent», sagte Major Gregory leise. «Und das System hat sich selbsttätig korrigiert.» Der junge Offizier nickte langsam und unterdrückte ein Lächeln. «Es funktioniert.»

«Wie groß waren die Ziele?» fragte Ryan.

«Drei Meter. Sphärische Ballons.» Gregory verlor rapide die Beherrschung und sah nun aus wie ein Kind, das von Weihnachten überrascht worden ist.

«Also der gleiche Durchmesser wie eine SS-18.»

«So ungefähr», bestätigte der General.

«Wo ist der andere Spiegel?»

«Zehntausend Kilometer hoch und im Augenblick über Ascension. Offiziell handelt es sich um einen Wettersatelliten, der seine Umlaufbahn verfehlte.» Der General lächelte.

«Ich wußte gar nicht, daß man Satelliten in einen so hohen Orbit bringen kann.»

Major Gregory kicherte nun tatsächlich. «Wir auch nicht.»

«Sie schickten also den Strahl von hier aus zum Spiegel des Shuttle, von *Discovery* zu diesem zweiten Spiegel über dem Äquator und von dort aus zu den Zielen?»

«Korrekt», bestätigte der General.

«Und das Zielsuchsystem befindet sich dann auf dem anderen Satelliten?»

«Ja», antwortete der General und klang nun etwas widerwillig.

Jack rechnete im Kopf nach. «Gut, das bedeutet, daß Sie ein drei Meter großes Ziel über... zehntausend Kilometer ausmachen können. Ich wußte nicht, daß das möglich ist. Wie bringen Sie das fertig?»

«Das brauchen Sie nicht zu wissen», versetzte der General kalt.

«Vier Treffer, vier Fehlschüsse – acht Schüsse in knapp zwei Sekunden, und der Major sagte, das Zielsuchsystem habe sich nach Fehlschüssen selbsttätig korrigiert. Gut, wenn nun von South Georgia SS-18 aufgestiegen wären, hätten die Schüsse sie unschädlich gemacht?»

«Wahrscheinlich nicht», gestand Gregory. «Die Laseranlage gibt nur fünf Megajoule ab. Wissen Sie, was ein Joule ist?»

«Vor dem Abflug hab ich in meinem Physikbuch aus dem College nachgeschaut. Ein Joule ist gleich der Arbeit, die verrichtet wird, wenn der Angriffspunkt der Kraft ein Newton in Richtung der Kraft um einen Meter verschoben wird. Und ein Megajoule ist eine Million Joule. Soweit ich das verstehe –»

«Ein Megajoule hat ungefähr soviel Energie wie eine Stange Dynamit.

Wir haben also gerade fünf losgelassen. Der tatsächliche Energietransfer ist einem Kilo Sprengstoff äquivalent, doch die physischen Effekte sind nicht unbedingt vergleichbar.»

«Sie wollen damit sagen, daß der Laserstrahl das Ziel nicht durchbrennt, sondern eher eine Schockwirkung hat.» Ryan war mit seinem naturwissenschaftlichen Latein praktisch am Ende.

«Wir nennen das ‹Impact Kill›», antwortete der General. «Doch ja, im großen und ganzen haben Sie recht. Alle Energie trifft innerhalb weniger Millionstelsekunden ein, also wesentlich schneller als jedes Geschoß.»

«Demnach ist alles, was ich über Schutzmaßnahmen wie eine hochglänzende Außenhaut der Rakete oder ein rasch rotierendes Geschoß –»

«Purer Unfug.» Major Gregory lachte wieder. «Das mit der Rotation finde ich ganz besonders komisch. Eine Ballettänzerin kann vor einer Schrotflinte eine Pirouette drehen, aber nützen wird ihr das nichts. Irgendwo muß die Energie nämlich hin, und da bleibt nur der Raketenkörper, der flüssigen Treibstoff enthält. Der hydrostatische Effekt allein wird die Tanks platzen lassen – *wuff!* Ende der Rakete.» Der Major grinste, als erzählte er gerade von einem Streich, den er seinem Lehrer gespielt hatte.

«Gut, und nun möchte ich wissen, wie das alles funktioniert.»

«Moment mal, Dr. Ryan», begann der General, aber Jack schnitt ihm das Wort ab. «General, Sie wissen genau, daß ich für Tea Clipper zugelassen bin. Also lassen Sie bitte den Unsinn.»

Major Gregory wurde von dem General mit einem Nicken bedacht. «Sir, wir haben fünf Ein-Megajoule-Laser –»

«Wo?»

«Sie stehen direkt auf einem, Sir. Die anderen vier sind um diesen Gipfel herum vergraben. Die Leistungsangabe erfolgt selbstverständlich per Puls. Jeder Laser gibt innerhalb weniger Mikrosekunden eine Pulskette von einer Million Joule ab.»

«Und ist wie rasch wieder aufgeladen?»

«In 0,046 Sekunden. Mit anderen Worten: Wir können zwanzig Schuß pro Sekunde abgeben.»

«So rasch war Ihre Schußfolge aber nicht.»

«Das war auch nicht erforderlich, Sir», erwiderte Gregory. «Der begrenzende Faktor ist derzeit noch die Software zum Zielen. An diesem Problem wird gearbeitet. Zweck dieses Tests war die Evaluierung eines Teils des Software-Pakets. Daß die Laser funktionieren, wissen wir, denn wir haben sie schon seit drei Jahren. Die Laserstrahlen konvergieren auf einen Spiegel rund fünfzig Meter von hier und werden zu einem einzigen Strahl gebündelt.»

«Dann müssen sie aber genau aufeinander abgestimmt sein, oder?»

«‹Phased-Array Laser› heißt der Fachbebegriff. Alle Strahlen müssen genau in Phase gebracht werden», antwortete Gregory.

«Und wie bringen Sie das zuwege?» Ryan hielt inne. «Ach, lassen Sie, das verstehe ich ja doch nicht. Gut, der Strahl trifft also den Bodenspiegel –»

«Der sich aus Tausenden von Segmenten zusammensetzt, die von jeweils einem piezoelektrischen Chip gesteuert werden. Das nennt man ‹adaptive Optik›. Wir senden einen schwachen Abfragestrahl zum Spiegel – dieser befand sich vorhin am Shuttle – und messen die atmosphärische Strahlablenkung, die dann von einem Computer analysiert wird. Der Spiegel wird dann verstellt, um die Verzerrung zu kompensieren, und erst dann lassen wir den Waffenstrahl los. Auch der Spiegel an der Raumfähre ist mit adaptiver Optik ausgerüstet. Er bündelt den Strahl und reflektiert ihn zu dem Spiegelsatelliten ‹Flying Cloud›. Dieser wiederum fokussiert ihn auf das Ziel.»

«So einfach ist das?» Ryan schüttelte den Kopf. Es war immerhin so simpel, daß im Lauf der vergangenen neunzehn Jahre vierzig Milliarden Dollar für die Grundlagenforschung ausgegeben werden mußten – nur, damit dieser eine Test durchgeführt werden konnte.

«Ein paar Kleinigkeiten müssen wir noch ausbügeln», räumte Gregory ein. Diese kleinen Details würden noch einmal fünf Jahre in Anspruch nehmen und weitere Milliarden kosten. Entscheidend für Gregory war, daß sie das Ziel nun tatsächlich im Auge hatten. Nach diesem Systemtest war Tea Clipper kein Phantasieprojekt mehr.

«Und Sie sind der Mann, der bei der Arbeit am Zielsystem den Durchbruch erzielte. Sie fanden den Weg, der es dem Strahl ermöglicht, sich seine eigenen Zieldaten zu besorgen.»

«So ungefähr», antwortete der General anstelle des jungen Mannes. «Dr. Ryan, dieser Teil des Systems ist so streng geheim, daß ich mich weigern muß, ihn ohne schriftliche Ermächtigung weiter zu diskutieren.»

«General, ich bin hier, um dieses Programm gegen sowjetische Anstrengungen auf ähnlichem Gebiet abzuwägen. Wenn Sie von meinen Leuten wissen wollen, was die Russen treiben, muß ich erfahren, wonach wir Ausschau zu halten haben.»

Auch dieses Argument entlockte dem General keine Antwort. Ryan zuckte die Achseln, langte in seine Jacke und reichte dem General einen Umschlag. Major Gregory schaute verwundert zu.

«Fahren Sie fort, Major Gregory», sagte General Parks nach der Lektüre.

«Den Algorithmus nenne ich ‹Fächertanz›», begann Gregory und legte das Prinzip dar.

«Und das ist alles?» fragte Ryan verdutzt, als der junge Mann geendet hatte, und er wußte, daß jeder mit dem Projekt Tea Clipper befaßte Computerexperte ähnlich reagiert haben mußte: Warum ist *mir* das nicht eingefallen? Kein Wunder, daß alle sagen, er sei ein Genie. «Das ist ja unglaublich simpel!»

«Gewiß, Sir, aber wir brauchten zwei Jahre, bis es funktionierte, und einen Cray-2-Computer mit der erforderlichen Rechengeschwindigkeit. Es ist zwar noch etwas mehr Arbeit drin, aber wenn wir erst einmal analysiert haben, was heute schiefging, haben wir die Sache in vier, fünf Monaten im Kasten.»

«Und der nächste Schritt?»

«Der Bau eines Fünf-Kilojoule-Lasers. Ein anderes Team ist da kurz vorm Ziel. Wenn wir dann zwanzig dieser Laser kombinieren, können wir einen Hundert-Megajoule-Puls aussenden, zwanzig Pulse pro Sekunde, und jedes beliebige Ziel treffen. Die Aufprallenergie entspräche dann der Wirkung von zwanzig bis dreißig Kilo Sprengstoff.»

«Und das wird jede denkbare Rakete zerstören.»

«Ja, Sir.» Gregory lächelte.

«Sie wollen mir damit sagen, daß Tea Clipper funktioniert.»

«Wir haben die Systemarchitektur validiert», korrigierte der General. «Und haben einen langen Weg hinter uns. Vor fünf Jahren sahen wir uns mit fünf Hürden konfrontiert; nun sind es nur noch drei. In weiteren fünf Jahren gibt es keine mehr. Dann können wir mit dem Bau des Systems beginnen.»

«Die strategischen Implikationen...» sagte Ryan und hielt inne. «Mein Gott!»

«Tea Clipper wird die Welt verändern», stimmte der General zu.

«Sie wissen wohl, daß die Russen bei Duschanbe mit etwas Ähnlichem spielen.»

«Ja, Sir», antwortete Major Gregory. «Und vielleicht wissen sie etwas, das uns noch unbekannt ist.»

Ryan nickte. Gregory war schlau genug, um zu wissen, daß jemand anders noch schlauer sein mochte. Bemerkenswerter junger Mann.

«Gentlemen, draußen in meinem Hubschrauber liegt eine Aktentasche. Würden Sie die bitte holen lassen? Sie enthält ein paar Satellitenfotos, die Sie interessant finden könnten.»

«Wie alt sind diese Aufnahmen?» fragte der General fünf Minuten später bei Durchsicht der Bilder.

«Zwei Tage», erwiderte Jack.

Major Gregory schaute sie sich eine Minute lang an. «Gut, da haben wir zwei Installationen, die sich leicht unterscheiden. Die hexagonale Anordnung hier – die mit den sechs Säulen – ist ein Sender. Das Gebäude in der Mitte hier soll wohl sechs Laser enthalten. Die Säulen stellen wahrscheinlich optisch stabile Spiegelmontierungen dar. Die Laserstrahlen kommen aus dem Gebäude, treffen auf die Spiegel, und diese konzentrieren den Strahl computergesteuert auf ein Ziel.»

«Was meinen Sie mit ‹optisch stabil›?»

«Die Spiegel müssen mit großer Exaktheit gesteuert werden, Sir», sagte Gregory zu Ryan. «Durch Isolierung vom Boden schaltet man Erschütterungen durch Schritte oder Fahrzeuge aus. Werden die Spiegel auch nur um ein kleines Mehrfaches der Laserfrequenz bewegt, geht der gewünschte Effekt verloren. Hier optimieren wir die Isolierung gegen Vibrationen durch Stoßdämpfer, wie sie ursprünglich für den Einsatz in U-Booten entwickelt wurden. Klar? Diese andere rautenförmige Anordnung ist der Empfänger.»

«Wie bitte?» Jacks Verstand war wieder einmal auf eine Grenze gestoßen.

«Sagen wir mal, Sie wollten eine sehr gute Aufnahme von etwas machen. Eine erstklassige Aufnahme. Dann würden Sie einen Laser als Blitz benutzen.»

«Und wozu vier Spiegel?»

«Vier kleine Spiegel sind einfacher und billiger herzustellen als ein großer», erklärte Gregory. «Hmm, ich frage mich, ob sie versuchen, ein Hologramm zu erstellen. Wenn sie ihre Strahlen exakt in Phase bringen könnten, wäre das theoretisch möglich. Zwei Aspekte sind zwar trickreich, aber... Verdammt!» Seine Augen leuchteten auf. «Verdammt interessante Idee! Über die muß ich nachdenken.»

«Wollen Sie mir sagen, daß die Russen diese Anlage bauen, nur um Fotos von unseren Satelliten zu machen?» fragte Ryan scharf.

«Nein, Sir. Dafür läßt sie sich zwar einsetzen, kein Problem. Wäre die perfekte Tarnung. Und ein System, das in der Lage ist, von einem Objekt im geostationären Orbit ein Bild zu machen, mag ein anderes, in einer tieferen Umlaufbahn fliegendes ausschalten können. Und wenn Sie sich diese vier Spiegel hier als Teleskop vorstellen, vergessen Sie nicht, daß ein Teleskop auch die Linse einer Kamera oder ein Zielfernrohr darstellen kann. Wieviel Strom steht der Anlage zur Verfügung?»

Ryan legte ein Foto hin. «Im Augenblick gibt das Wasserkraftwerk etwa fünfhundert Megawatt ab, aber –»

«Es werden neue Hochspannungsleitungen gebaut», merkte Gregory an. «Wozu?»

«Das Kraftwerksgebäude ist zweistöckig – aus diesem Winkel sieht man das. Sieht aus, als würde die obere Hälfte einsatzbereit gemacht. Damit wäre die Spitzenleistung auf rund elfhundert Megawatt erhöht.»

«Wieviel geht auf diesen Berg?»

«Wir nennen ihn ‹Bach›. Vielleicht hundert Megawatt. Der Rest fließt zu ‹Mozart›, das ist die neue Stadt auf dem nächsten Gipfel. Sie verdoppeln also die verfügbare Leistung.»

«Mehr als das, Sir», stellte Gregory fest. «Sofern sie nicht vorhaben, die Größe der Stadt zu verdoppeln, muß man doch davon ausgehen, daß der zusätzliche Strom für die Laser bestimmt ist.»

Jack blieb fast die Luft weg. Warum ist dir das nicht eingefallen?

«Das bedeutet fünfhundert Megawatt mehr», fuhr Gregory fort. «Was, wenn sie gerade einen Durchbruch erzielt haben? Ist es schwer, herauszufinden, was sich dort tut?»

«Sehen Sie sich die Bilder noch einmal an und sagen Sie mir, wie leicht sich die Anlage Ihrer Ansicht nach infiltrieren läßt», schlug Ryan vor.

«Oh.» Gregory schaute auf. «Wäre schön zu wissen, wieviel Saft aus ihren Instrumenten kommt. Seit wann existiert die Anlage, Sir?»

«Vier Jahre, aber sie ist noch nicht fertig. ‹Mozart› ist neu. Bis vor kurzem waren die Arbeiter in diesen Baracken untergebracht. Aufmerksam wurden wir, als zusammen mit der Umzäunung die Wohnblocks gebaut wurden. Wenn die Russen anfangen, die Arbeiter zu verhätscheln, weiß man, daß das Projekt Priorität hat. Ist es eingezäunt und mit Wachtürmen gesichert, steht fest, daß das Militär etwas damit zu tun hat.»

«Wie sind Sie darauf gestoßen?» fragte Gregory.

«Rein zufällig. Die Agency wollte ihre meteorologischen Daten über die Sowjetunion auf den neuesten Stand bringen, und einer der Techniker beschloß, eine Computeranalyse der für astronomische Beobachtungen günstigsten Orte anzufertigen. Einen dieser Plätze sehen Sie hier. Während der letzten Monate war das Wetter ungewöhnlich wolkig, aber normalerweise ist der Himmel dort so klar wie hier. Das gleiche trifft auf Sari Schagan, Semipalatinsk und Storoschewaja zu.» Ryan breitete weitere Fotos aus. Gregory betrachtete sie.

«Die sind verdammt fleißig.»

«Guten Morgen, Mischa», sagte der Marschall der Sowjetunion Dimitri Timofejewitsch Jasow.

«Guten Morgen, Genosse Verteidigungsminister», erwiderte Oberst Filitow.

Ein Feldwebel half dem Minister aus dem Mantel, ein anderer brachte ein Tablett mit Teegeschirr herein. Beide zogen sich zurück, als Mischa seine Aktentasche öffnete.

«Nun, wie wird heute mein Arbeitstag, Mischa?» Jasow schenkte zwei Tassen Tee ein. Draußen vor dem Ministerratsgebäude war es noch dunkel. Die Innenseite der Kremlmauer wurde von Flutlichtern bläulichweiß angestrahlt; in den Lichtkeulen tauchten Wachposten auf und verschwanden wieder.

«Sie haben ein volles Programm, Dimitri Timofejewitsch», erwiderte Mischa. Jasow hatte nicht Ustinows Format, doch Filitow mußte zugestehen, daß er einen vollen Arbeitstag leistete, wie es sich für einen Offizier gehörte. Wie Filitow kam auch Marschall Jasow von der Panzertruppe, wenngleich Jasow beim Stab und nicht im Feld brilliert hatte wie Mischa. Jasow war vor allem ein Mann der Partei, denn sonst hätte er es nie zum Marschall gebracht. «Heute kommt die Delegation von der Versuchsstation in der Tadschikischen Republik.»

«Ach ja, ‹Heller Stern›. Der Bericht ist heute fällig, nicht wahr?»

«Pah, Akademiker», schnaubte Mischa. «Keinen blassen Dunst von richtigen Waffen.»

«Die Zeit der Säbel und Lanzen ist vorbei, Michail Semjonowitsch», sagte Jasow grinsend. Er hatte zwar nicht den überragenden Verstand Ustinows, war aber auch kein Trottel wie Sergej Sokolow, sein Vorgänger. Was ihm an Ingenieurwissen fehlte, machte er durch ein unheimliches Gespür für die Vorteile neuer Waffensysteme und die Psychologie des Sowjetsoldaten wett. «Diese Erfindungen sind höchst vielversprechend.»

«Gewiß, aber mir wäre es lieber, wenn ein richtiger Soldat das Projekt leiten würde und nicht diese verträumten Professoren.»

«Aber General Pokryschkin –»

«Der war Kampfpilot. *Ein richtiger Soldat,* habe ich gesagt, Genosse Minister. Piloten setzen sich für alles ein, solange es nur genügend Knöpfe und Instrumente hat. Außerdem verbrachte Pokryschkin letztlich mehr Zeit an Universitäten als in Flugzeugen. Man läßt ihn nicht einmal mehr an den Steuerknüppel, Pokryschkin hat schon vor zehn Jahren aufgehört, Soldat zu sein.»

«Sind Sie auf einen neuen Posten versessen, Mischa?» fragte Jasow verschmitzt.

«Den will ich nicht!» Filitow lachte, wurde dann ernst. «Nein, Dimitri Timofejewitsch, ich will nur sagen, daß die Berichte über die Fortschritte von ‹Heller Stern› zwangsläufig verzerrt sind, weil wir keinen richtigen Militär vor Ort haben, der die Unsicherheitsfaktoren im Gefecht kennt und weiß, wie eine Waffe beschaffen zu sein hat.»

Der Verteidigungsminister nickte nachdenklich. «Ja, ich kann Ihrem Argument folgen. Diese Leute denken an ‹Instrumente›, nicht an ‹Waffen›. Die Komplexität des Projekts macht mir Sorgen.»

«Wie viele bewegliche Teile hat dieses neue Aggregat?»

«Keine Ahnung – Tausende wahrscheinlich.»

«Ein Instrument wird erst zu einer Waffe, wenn es von einem gewöhnlichen Soldaten zuverlässig bedient werden kann – oder sagen wir hier, wenigstens von einem Oberleutnant. Hat überhaupt ein Außenstehender eine Zuverlässigkeitsstudie angefertigt?» fragte Filitow.

«Nein, nicht daß ich wüßte.»

Filitow griff nach seiner Teetasse. «Na bitte, Dimitri Timofejewitsch. Meinen Sie nicht, daß sich das Politbüro für so etwas interessiert? Bislang war es bereit, dieses experimentelle Projekt zu finanzieren, aber» – Filitow trank einen Schluck Tee – «die Delegation wird um weitere Mittel ersuchen, um die Anlage zur Einsatzbereitschaft zu bringen. Und wir haben kein unabhängiges Gutachten über das Projekt.»

«Und wo sollen wir das herbekommen?»

«Von mir natürlich nicht, dazu bin ich zu alt und ungebildet Aber wir haben helle junge Oberste im Ministerium, besonders in der Fernmeldeabteilung. Die wären kompetent, sich diese elektronischen Wunder einmal anzusehen. Das ist aber nur ein Vorschlag.» Filitow, der nur den Samen für eine Idee gepflanzt hatte, verzichtete auf weiteren Druck. Jasow war viel leichter zu manipulieren als einstmals Ustinow.

«Gibt es im Panzerwerk Tscheljabinsk noch Probleme?» fragte Jasow als nächstes.

Ortiz sah zu, wie der Bogenschütze eine halbe Meile weiter den Berg erklomm. Zwei Männer und zwei Dromedare. Mit einem Guerillaverband wohl kaum zu verwechseln. Andererseits wußte Ortiz, daß die Sowjets einen Punkt erreicht hatten, an dem sie auf so gut wie alles schossen, was sich bewegte. *Vaya con Dios.*

«Jetzt könnte ich ein Bier vertragen», merkte der Captain an.

Ortiz drehte sich um. «Captain, ich komme mit diesen Leuten nur so gut aus, weil ich so lebe wie sie. Ich halte mich an ihre Gesetze und Sitten. Das heißt, kein Alkohol, kein Schweinefleisch; das heißt auch, daß ich mich von ihren Frauen fernhalte.»

«Mist.» Der Captain schnaubte. «Diese ungebildeten Halbwilden –» Ortiz schnitt ihm das Wort ab.

«Captain, wenn ich so etwas noch einmal höre, ist das Ihr letzter Tag hier. Diese Leute arbeiten für uns. Sie bringen uns Dinge, an die wir sonst nirgendwo herankommen. Ich erwarte, daß Sie ihnen den Respekt erweisen, den sie verdienen. Ist das klar?»

«Jawohl, Sir.» Himmel noch mal, der ist ja schon selbst ein Kanake.

3

Sehr eindrucksvoll – vorausgesetzt, Sie finden heraus, was die da treiben.» Jack gähnte. Er war von Los Alamos zurück zum Luftwaffenstützpunkt Andrews in Kalifornien geflogen und litt wieder einmal an Schlafmangel. «Dieser Gregory ist unglaublich helle. Er brauchte gerade zwei Sekunden, um die Installation auf ‹Bach› zu identifizieren, und zwar praktisch Wort für Wort wie das NPIC.» Der kleine Unterschied war, daß das National Photographic Intelligence Center vier Monate und drei schriftliche Berichte gebraucht hatte, bis seine Analyse stand. «Außerdem möchte er, daß wir jemanden in die Anlage einschleusen.»

Admiral Greer hätte beinahe seine Tasse fallen gelassen. «Der Junge sieht zu viele James-Bond-Filme.»

«Ist doch schön, daß noch jemand an uns glaubt», meinte Jack lachend und wurde dann wieder ernst. «Wie auch immer, Gregory will wissen, ob sie bei der Ausgangsleistung ihrer Laser einen Durchbruch erzielt haben. Er vermutet, daß der Großteil des jetzt vom Wasserkraftwerk verfügbaren Stroms für ‹Bach› bestimmt ist.»

Greer machte schmale Augen. «Eine schlimme Vorstellung. Glauben Sie, daß er recht hat?»

«Die Russen haben viele gute Laserspezialisten, Sir. Nikolaj Bosow bekam den Nobelpreis und arbeitet seitdem an Laserwaffen, zusammen mit dem berühmten Friedensaktivisten Jewgenij Welikow, und Chef des Laserinstituts ist ausgerechnet der Sohn von Marschall Ustinow. ‹Bach› ist fast mit Sicherheit eine Laseranlage. Nur müssen wir wissen, von welchem Typ die Laser sind – chemische, Excimer oder freie Elektronenlaser. Er glaubt, daß es letztere sind, aber das ist nur eine Vermutung. Er legte mir anhand von Zahlen die Vorteile einer hochgelegenen Lage dar, und wir wissen auch, wieviel Energie sie einsetzen müssen, um den gewünschten Effekt zu erzielen. Er versprach zudem, die Gesamtleistung des Systems zu berechnen. Angesichts Gregorys Aussagen und der Tatsache, daß auf ‹Mozart› Wohnanlagen eingerichtet worden sind, müssen wir annehmen, daß die Anlage bald getestet und in zwei oder drei Jahren einsatzbereit sein wird. Sollte das der Fall sein, verfügen die Russen bald über einen Laser, der unsere Satelliten ausschalten kann; vermutlich durch einen ‹weichen› Abschuß, wie der Major sagt, bei dem die Kamerarezeptoren und Sonnenzellen durchbrennen. Der nächste Schritt aber –»

«Ich weiß. Es läuft mal wieder ein Wettrennen.»

«Wie stehen die Chancen, daß Ritter und die Operationsabteilung herausfinden, was in den Gebäuden auf ‹Bach› vor sich geht?»

«Die Möglichkeit können wir ja diskutieren», meinte Greer zurückhaltend und wechselte das Thema.

Fünf Minuten später saß Jack im Auto. Die Heimfahrt nach Peregrine Cliff verlief reibungsloser als gewöhnlich und dauerte nur fünfzig Minuten statt fünfundsiebzig. Cathy war wie immer bei der Arbeit, Sally in der Schule und Jack im Kindergarten. Ryan holte sich in der Küche ein Glas Milch, ging dann nach oben, schlüpfte aus den Schuhen und fiel ins Bett, ohne die Hosen ausgezogen zu haben.

Der Oberst der Fernmeldetruppe Gennadi Iosifowitsch Bondarenko saß Mischa aufrecht und stolz gegenüber.

«Wie kann ich dem Genossen Oberst zu Diensten sein?» fragte er Mischa.

«In Ihrer Akte steht, Sie kennen sich gut mit elektronischen Geräten aus, Gennadi Iosifowitsch.» Filitow wies auf die Personalakte auf seinem Tisch.

«Das ist meine Arbeit, Genosse Oberst.» Bondarenko war sich seiner Fähigkeiten durchaus bewußt. Er hatte bei der Entwicklung von Laserzielgeräten für den Einsatz auf dem Gefechtsfeld geholfen und bis vor kurzem an einem Projekt mitgearbeitet, das sich mit Lasern anstelle von Funk für sichere Kommunikationsverbindungen an der Front befaßte.

«Was wir nun besprechen werden, ist streng geheim.» Der junge Oberst nickte ernst, und Filitow fuhr fort: «In den letzten Jahren hat das Ministerium ein ganz spezielles Laserprogramm finanziert, das ‹Heller Stern› heißt – selbstverständlich ist auch der Name des Projekts geheim. Sein Hauptzweck ist die Anfertigung qualitativ hochwertiger Aufnahmen von westlichen Satelliten, doch nach der endgültigen Fertigstellung könnte es auch in der Lage sein, sie zu blenden, falls das aus politischen Gründen notwendig sein sollte. Geleitet wird das Projekt von Akademikern und einem ehemaligen Kampfpiloten – unglücklicherweise gehört er in den Zuständigkeitsbereich der Luftabwehr. Ich persönlich hätte lieber einen richtigen Soldaten an der Spitze gesehen, aber –» Mischa hielt inne und machte eine Geste zur Decke. Bondarenko nickte zustimmend.

«Der Minister wünscht, daß Sie hinfliegen und das Waffenpotential der

Anlage beurteilen, insbesondere hinsichtlich der Zuverlässigkeit. Wenn wir das verdammte Ding schon zur Einsatzreife bringen, dann sollten wir wenigstens wissen, ob es auch funktioniert.»

Der junge Offizier nickte nachdenklich, aber seine Gedanken rasten. Das war ein Leckerbissen von einem Auftrag. Er war dem Minister durch dessen Referenten direkt verantwortlich. Wenn er gute Arbeit leistete, bekam er den Stempel des Ministers in seine Personalakte. Damit waren ihm die Sterne eines Generals, eine größere Wohnung für seine Familie, eine gute Ausbildung für seine Kinder und so viele andere Dinge garantiert, für die er sich jahrelang abgemüht hatte.

«Genosse Oberst, weiß man von meinem Kommen?»

Mischa lachte spöttisch. «Wird das bei der Roten Armee jetzt so gehalten? Kündigen wir Inspektionen etwa an? Nein, Gennadi Iosifowitsch, die Wahrheit garantiert uns nur der Überraschungseffekt. Hier habe ich einen Brief für Sie; er ist von Minister Jasow persönlich. Der wird Sie durch die Kontrollen bringen – die Sicherheit obliegt unseren Kollegen vom KGB», fügte Mischa hinzu. «Hiermit haben Sie freien Zugang zur gesamten Anlage. Sollten Sie irgendwelche Schwierigkeiten bekommen, rufen Sie mich sofort an. Über diese Nummer bin ich immer zu erreichen.»

«Wie detailliert soll das Gutachten ausfallen, Genosse Oberst?»

«So detailliert, daß auch ein müder, alter Panzersoldat wie ich kapiert, worum es bei dieser Hexerei geht», sagte Mischa ohne Humor. «Glauben Sie denn, daß Sie bei allem durchblicken werden?»

«Wenn nicht, werde ich Sie informieren, Genosse Oberst.» Eine vorzügliche Antwort, fand Mischa. Bondarenko würde noch weit kommen.

«Sehr gut, Gennadi Iosifowitsch. Wann können Sie abreisen?»

«Handelt es sich um eine große Anlage?»

«Ja. Dort wohnen vierhundert Akademiker und Ingenieure und ungefähr sechshundert Arbeiter. Für Ihr Gutachten können Sie sich eine Woche Zeit lassen. Gründlichkeit ist hier wichtiger als Schnelligkeit.»

«Dann muß ich eine Uniform zum Wechseln einpacken. In zwei Stunden kann ich unterwegs sein.»

«Bestens. Dann nichts wie los.» Mischa schlug eine neue Akte auf.

Wie üblich blieb Mischa einige Minuten länger im Büro als sein Chef. Seine persönlichen Dokumente verschloß er in Aktenschränken, den Rest ließ er von einem Boten abholen und ins Zentralarchiv bringen. Der Bote lieferte eine Aktennotiz ab, derzufolge Oberst Bondarenko um 17.30 Uhr mit Aeroflot nach Duschanbe abgeflogen war; für den Transfer vom Flughafen zu «Heller Stern» sei gesorgt. Filitow nahm sich vor, Bondarenko zu seiner Geschicklichkeit zu gratulieren. Als Mitglied des

Generalinspektorats des Ministeriums hätte Bondarenko sich nämlich auch mit einer Sondermaschine zum Militärflughafen der Stadt bringen lassen können – wo Angehörige der Sicherheitskräfte sein Eintreffen bemerkt und an «Heller Stern» weitergemeldet hätten. So aber bekam Bondarenko die Chance, die Leute unten in Tadschikistan ohne Vorwarnung anzugehen.

Filitow erhob sich und griff nach Mantel und Aktentasche. Einen Augenblick später verließ er sein Büro. Sein Sekretär, ein Unteroffizier, bestellte automatisch seinen Wagen. Das Fahrzeug stand bereit, als Mischa aus dem Gebäude trat.

Vierzig Minuten später war Filitow in bequemen Kleidern. Der Fernseher lief und verbreitete einen Schwachsinn, der nur aus dem Westen importiert sein konnte. Mischa saß allein am Küchentisch und hatte eine Halbliterflasche Wodka neben seinem Teller stehen. Die Abendmahlzeit bestand aus Schwarzbrot, Wurst und Mixed Pickles und unterschied sich kaum von dem, was er vor zwei Generationen mit seinen Männern im Feld gegessen hatte. Er fand, daß er einfache Speisen besser vertrug als feine, eine Tatsache, die das Krankenhauspersonal bei seiner letzten Lungenentzündung gründlich verwirrt hatte. Nach jedem zweiten Bissen trank er einen Schluck Wodka und starrte aus dem Fenster, dessen Vorhänge auf eine bestimmte Art arrangiert waren. Die Straßenlaternen von Moskau brannten hell, an den Wohnsilos leuchteten zahllose gelbe Rechtecke.

An die Gerüche konnte er sich jederzeit erinnern, den Duft der guten russischen Erde, den Gestank nach Diesel und den Treibladungen für ein Panzergeschütz. Für einen Panzersoldaten waren dies die Gerüche des Kampfes, zusammen mit dem häßlichen Gestank brennender Fahrzeuge und verbrennender Besatzungen. Er starrte aufs Fenster, als wär's ein Fernsehschirm, und wie immer in den Nächten, in denen er Verrat beging, kehrten die Gespenster zurück.

Denen haben wir's gezeigt, was, Genosse Hauptmann? fragte eine erschöpfte Stimme.

Zurückziehen mußten wir uns trotzdem, hörte er sich dem Unteroffizier antworten. Doch ja, wir haben den Kerlen gezeigt, daß mit unseren T-34 nicht zu spaßen ist. Gutes Brot, das Sie da gestohlen haben.

Gestohlen? Genosse Hauptmann, ist es nicht eine schwere Arbeit, diese Bauern zu verteidigen?

Und eine durstige auch? war die nächste Frage des Hauptmanns.

Allerdings, Genosse. Der Unteroffizier lachte in sich hinein. Von hinten wurde eine Flasche gereicht, kein Wodka vom Staatsmonopol, sondern Samogan, der russische Schwarzgebrannte.

Morgen früh kommen sie wieder, sagte der Panzerfahrer nüchtern.

Und dann schießen wir mehr graue Panzer ab, meinte der Ladeschütze.

Und danach, dies sprach Mischa nicht aus, ziehen wir uns weitere zehn Kilometer zurück. Nur zehn – wenn wir Glück haben und das Regimentshauptquartier nicht wieder solche Scheiße baut wie heute nachmittag. Auf jeden Fall werden Guderians Panzerspitzen diesen Bauernhof überrollt haben, wenn morgen die Sonne untergeht. Mehr Boden verloren.

Kein Gedanke, dem man sich gerne ergab. Mischa wischte sich sorgfältig die Hände ab, ehe er die Tasche seiner Uniformjacke aufknöpfte. Zeit, etwas für seine Seele zu tun.

Zierlich ist sie, bemerkte der Unteroffizier, der zum hundertsten Mal seinem Hauptmann neidisch über die Schulter sah. Zerbrechlich wie Kristallglas. Und was Sie für einen prächtigen Sohn haben. Zum Glück sieht er Ihrer Frau ähnlich, Genosse Hauptmann.

Ich komme zurück zu dir, versprach er dem Foto. Ganz bestimmt, Elena.

Und dann war Post gekommen, an der Front ein seltenes Ereignis. Nur ein Brief für Hauptmann Filitow, aber an Briefpapier und der zierlichen Handschrift erkannte er seine Wichtigkeit. Er schlitzte den Umschlag mit dem Dolch auf und zog den Brief so sorgfältig heraus, wie seine Hast es zuließ, denn er wollte ihn nicht mit Öl von seinem Kampfpanzer beschmutzen. Sekunden später sprang er auf und schrie seine Freude zum Abendhimmel.

Im Frühling werde ich wieder Vater! Muß in der letzten Urlaubsnacht passiert sein, drei Wochen, bevor dieser brutale Wahnsinn begann...

Unteroffizier Romanow war Kommandant eines Panzers geworden und bei Wjasma gefallen. Nachträglich hatte man ihm den Rotbannerorden verliehen. Mischa fragte sich, ob dieser Romanows Mutter für den Verlust ihres blauäugigen, sommersprossigen Sohnes entschädigt hatte.

Die Wodkaflasche war nun zu drei Vierteln leer, und wie so oft saß Mischa allein am Tisch und weinte.

So viele Tote.

Diese Narren vom Oberkommando! Romanow bei Wjasma gefallen. Iwanenko vor Moskau vermißt. Leutnant Abaschin bei Charkow – Mirka, der schöne junge Dichter, der schmächtige, sensible junge Offizier mit dem Löwenmut, gefallen beim fünften Gegenangriff, aber er hatte den Weg freigemacht für Mischa, der sich mit den Überresten seines Regiments über den Donez zurückziehen konnte, ehe der Hammer fiel.

Und Elena, das letzte Opfer...

Er stand auf und taumelte zum Schlafzimmer, ließ im Wohnzimmer das Licht brennen. Eine halbe Stunde später fuhr ein Wagen die Straße entlang. Auf dem Beifahrersitz saß eine Frau, die gerade ihren Sohn vom Hockey abgeholt hatte. Sie schaute nach oben und stellte fest, daß hinter bestimmten Fenstern Licht brannte und daß die Vorhänge auf ganz bestimmte Art arrangiert waren.

Die Luft war dünn. Bondarenko stand wie üblich um fünf auf, schlüpfte in seinen Trainingsanzug und fuhr mit dem Aufzug nach unten. Mit einem Handtuch um den Hals trat er ins Freie und schaute auf die Uhr, runzelte die Stirn. In Moskau kannte er seine Route und wußte genau, wann er seine fünf Kilometer hinter sich hatte. Die Aussicht war atemberaubend. Kurz vor Sonnenaufgang hoben sich die schroffen Gipfel gegen den roten Himmel ab wie Drachenzähne. Er lächelte. Sein jüngster Sohn malte am liebsten Drachen.

Der Flug war zuletzt spektakulär gewesen. Der Mond hatte die Wüste Kara Kum beleuchtet, und dann war das schwarze Ödland jäh Fünftausendern gewichen. Hoch aus der Luft hatte er Duschanbe im Nordwesten schimmern gesehen. Zwei Flüsse, Kafirnigan und Surchandarja, berührten die Halbmillionenstadt, und so wie ein anderer Mann am anderen Ende der Welt fragte sich Oberst Bondarenko, warum sie ausgerechnet an dieser Stelle entstanden war. Unwirtlich war die Lage gewiß, aber vielleicht hatten die langen baktrischen Karawanen hier haltgemacht. Er riß sich aus seinem Tagtraum. Bondarenko wußte, daß er seinen Frühsport nur hinausschob. Er band sich zum Schutz vor der eiskalten Luft die Chirurgenmaske über Mund und Nase, machte Lockerungsübungen und lief dann los.

Sogleich stellte er fest, daß er unter der Stoffmaske schwerer atmete als gewöhnlich. Natürlich, die Höhe. Nun, das würde seinen Lauf etwas verkürzen. Schon lag der Wohnblock hinter ihm, und er schaute nach rechts, kam an einem Gebäude vorbei, das laut Lageplan mechanische und optische Werkstätten beherbergte.

«Stehenbleiben!» rief eine scharfe Stimme.

Bondarenko, der es haßte, wenn sein Lauf unterbrochen wurde, grollte. Ausgerechnet jemand mit den grünen Schulterklappen des KGB störte ihn. Schnüffler und Schläger, die sich als Soldaten aufspielten. «Was gibt's, Feldwebel?»

«Ihre Papiere bitte. Ich kenne Sie nicht.»

Zum Glück hatte Bondarenkos Frau mehrere Taschen auf den Nike-Jogginganzug genäht, den sie auf dem grauen Markt in Moskau ergattert und ihm zum Geburtstag geschenkt hatte. Er trat auf der Stelle und händigte seinen Ausweis aus.

«Wann sind Sie angekommen, Genosse Oberst?» fragte der Feldwebel. «Und was treiben Sie so früh am Morgen?»

«Wo ist Ihr Vorgesetzter?» versetzte Bondarenko.

«In der Wache, vierhundert Meter in dieser Richtung.»

«Dann kommen Sie bitte mit; reden wir mit ihm. Ein Oberst der Roten Armee ist einem Feldwebel keine Rechenschaft schuldig. Na los, Sie können auch ein bißchen Bewegung vertragen!» forderte er den Mann heraus und lief los.

Der Feldwebel war zwar gerade erst über zwanzig, trug aber einen langen Mantel, ein Gewehr und einen Patronengürtel. Schon nach zweihundert Metern hörte Gennadi ihn schnaufen.

«Hier, Genosse Oberst», keuchte der junge Mann eine Minute darauf.

«Sie sollten weniger rauchen», merkte Bondarenko an.

«Was, zum Teufel, geht hier vor?» fragte ein Leutnant des KGB von seinem Schreibtisch.

«Ihr Feldwebel hat mich angehalten. Ich bin Oberst Bondarenko und mache meinen Morgenlauf.»

«In westlicher Kleidung?»

«Was geht es Sie eigentlich an, was ich trage und wann ich meinen Sport treibe?»

«Genosse Oberst, ich bin der wachhabende Sicherheitsoffizier. Ich kenne Sie nicht vom Sehen und bin auch von meinen Vorgesetzten nicht über Ihre Anwesenheit informiert worden.»

Gennadi griff in die Tasche und reichte dem Mann seinen Sonderausweis. «Ich bin ein Vertreter des Verteidigungsministeriums mit Sonderstatus. Der Zweck meines Besuches geht Sie nichts an. Ich bin mit persönlicher Ermächtigung des Marschalls der Sowjetunion Jasow hier. Wenn Sie weitere Fragen haben sollten, setzen Sie sich über diese Nummer mit ihm in Verbindung!»

Der KGB-Leutnant las die Papiere aufmerksam durch. «Entschuldigen Sie, Genosse Oberst, aber wir haben Anweisung, die Sicherheitsvorschriften genau einzuhalten. Es ist auch ungewöhnlich, daß ein Mann in westlicher Kleidung im Morgengrauen hier herumrennt.»

«Ich habe den Eindruck, daß es auch für Ihre Männer ungewöhnlich ist, überhaupt zu rennen», bemerkte Bondarenko trocken.

«Auf diesem Gipfel ist nicht genug Platz für ein richtiges Ertüchtigungsprogramm, Genosse Oberst.»

«Wirklich?» Bondarenko holte lächelnd Notizbuch und Bleistift hervor. «Sie behaupten, die Sicherheitsvorkehrungen ernst zu nehmen, lassen aber Ihre Männer die Trainingsnorm nicht erfüllen. Besten Dank für den Hinweis. Ich werde das Thema bei Ihrem Vorgesetzten zur Sprache bringen. So, kann ich jetzt gehen?»

«Eigentlich habe ich Anweisung, jedem offiziellen Besucher einen Begleiter beizugeben.»

«Vorzüglich. Ich jogge sehr gern in Begleitung. Wären Sie so freundlich, mir Gesellschaft zu leisten, Genosse Leutnant?»

Nun saß der KGB-Offizier in der Falle. Fünf Minuten später japste er wie ein Fisch auf dem Trockenen.

«Worin sehen Sie die größte Bedrohung?» fragte Bondarenko – boshafterweise, denn er verlangsamte seine Schritte nicht.

«Wir sind hundertelf Kilometer von der afghanischen Grenze entfernt», stieß der Leutnant keuchend hervor. «Gelegentlich greifen Banditen sowjetisches Territorium an, wie Sie wohl gehört haben.»

«Nehmen sie Verbindung zu den hiesigen Bürgern auf?»

«Festgestellt haben wir das bisher noch nicht, aber die Möglichkeit macht uns Sorgen. Die Einheimischen sind vorwiegend Moslems.» Der Leutnant begann zu husten. Gennadi blieb stehen.

«In dieser kalten Luft finde ich eine Gesichtsmaske nützlich», sagte er. «Sie wärmt die Luft etwas an. Stehen Sie gerade und atmen Sie tief durch, Leutnant. Wenn Sie Ihre Sicherheitsmaßnahmen wirklich so ernst nehmen, sollten Sie und Ihre Männer in ordentlicher körperlicher Verfassung sein. Die Afghanen sind fit, das kann ich Ihnen versprechen. Vor zwei Wintern war ich bei einem *Speznas*-Team, das sie über ein halbes Dutzend Berge scheuchte. Aber erwischt haben wir sie nicht.» Daß die Soldaten der sowjetischen Elitekommandotruppe von den Afghanen in einen Hinterhalt gelockt worden waren, verschwieg er.

«Na ja, wir senden natürlich jeden Tag Streifen aus.»

Die lässige Gleichgültigkeit, mit der das herauskam, fand Bondarenko beunruhigend, und er nahm sich vor, sich um die Sache zu kümmern. «Wie weit sind wir schon gerannt?»

«Zwei Kilometer.»

«In der großen Höhe keine Kleinigkeit. Kommen Sie, wir laufen zurück.»

Der Sonnenaufgang war spektakulär. Die flammende Scheibe schob sich hinter einem namenlosen Berg im Osten hoch, und ihr Licht kroch an den Hängen hinab, scheuchte die Schatten in die tiefen Gletschertäler. Diese Anlage war keine leichte Beute, selbst nicht für die *mudschaheddin*. Die Wachtürme waren alle geschickt plaziert und hatten mehrere Kilometer freies Schußfeld. Aus Rücksicht auf die Zivilisten, die hier lebten, setzte man keine Suchscheinwerfer ein, doch Nachtsichtgeräte waren ohnehin die bessere Lösung, und Bondarenko war sicher, daß die KGB-Truppen diese benutzten.

Er verließ den Leutnant bei der Wache und ging zurück zu seinem Wohnblock. Die Morgenbrise drohte den Schweiß in seinem Genick gefrieren zu lassen. Er ging hinein und fuhr mit dem Aufzug nach oben. Daß es so früh am Morgen noch kein heißes Wasser gab, wunderte ihn nicht. Der Oberst ertrug eine kalte Dusche, ließ sie die letzten Reste des Schlafes vertreiben, rasierte sich, legte seine Uniform an und ging dann in die Kantine zum Frühstück.

Der Dienst im Ministerium begann erst um neun; auf seinem Weg lag ein Dampfbad. Im Lauf der Jahre hatte Filitow gelernt, daß nichts einen Kater so wirkungsvoll verscheucht wie Dampf. Übung hatte er genug. Selbst so früh am Tag war er nicht allein im Sandunowski-Bad sechs Straßen vom Kreml entfernt; eine Reihe anderer, vermutlich ebenfalls wichtiger Leute stapfte die Marmorstufen zum Dampfbad hinauf, denn es gab Tausende von Moskowitern, die mit dem Oberst die Krankheit und das Gegenmittel gemein hatten.

Seine Augen waren blutunterlaufen und verquollen, als er sich auszog. Nackt nahm er sich ein dickes Badetuch vom Stapel am Ende des Raumes, und eine Birkenrute. Filitow atmete die kühle, trockene Luft des Umkleideraums ein, ehe er die Tür zu den Dampfräumen öffnete.

Zwei Männer in den Fünfzigern führten ein Streitgespräch, vermutlich über Politik. Über dem Zischen des Dampfes, der aus einem Kasten in der Mitte des Raumes kam, hörte er ihre rauhen Stimmen. Mischa zählte noch fünf andere Männer, die in mürrischer Einsamkeit ihren Kater ertrugen. Er suchte sich einen Platz in der ersten Reihe und setzte sich.

«Guten Morgen, Genosse Oberst», sagte eine Stimme.

«Guten Morgen, Genosse Akademiker», begrüßte Mischa den anderen Stammgast. Er hielt die Birkenrute fest umklammert und wartete, daß der Schweiß zu fließen begann. Lange dauerte das nicht – die Raumtemperatur betrug fast sechzig Grad. Als erfahrener Badbesucher atmete er vorsichtig. Das Aspirin, das er zum Morgentee genommen hatte, begann zu wirken, doch sein Kopf war noch immer schwer. Er schlug sich mit der Birkenrute auf den Rücken, als wolle er das Gift aus seinem Körper austreiben.

«Und wie fühlt sich der Held von Stalingrad heute morgen?»

«Ungefähr so gut wie das Genie aus dem Kultusministerium.» Das löste ein gequältes Lachen aus. Mischa konnte sich nie an seinen Namen erinnern... Ilja Wladimirowitsch Dingsbums. Welcher Depp lachte schon, wenn er einen Kater hatte? Der Mann trank wegen seiner Frau, hatte er gesagt. Säufst also, um von ihr loszukommen, was? Du protzt hier herum, daß du deine Sekretärin fickst, aber ich würde meine Seele geben, wenn ich nur Elenas Gesicht noch einmal sehen könnte. Und die Gesichter meiner Söhne.

Der Mann ließ sich nicht abwimmeln. «Gestern stand etwas von Abrüstungsverhandlungen in der *Prawda*. Kann man auf Fortschritte hoffen?»

«Keine Ahnung», versetzte Mischa.

Ein Wärter kam herein, ein kleiner, vielleicht fünfundzwanzigjähriger Mann, der die Anwesenden zählte.

«Möchte jemand etwas zu trinken?» fragte er. Alkohol war in den Dampfbädern strikt verboten, aber das bewirkte, wie jeder echte Russe sagen würde, nur, daß der Wodka noch besser schmeckte.

«Nein!» kam die Antwort im Chor. Auf einen Nachtrunk hatte heute morgen niemand Lust, wie Mischa leicht überrascht feststellte. Nun ja, es war mitten in der Woche. Am Samstagmorgen würde es ganz anders aussehen...

Das ist also der Neue, dachte Mischa. Er blieb noch zehn Minuten sitzen und ging dann hinaus. Der Wärter saß im Vorraum. Filitow reichte ihm die Rute und das Handtuch und stellte sich dann unter die kalte Dusche. Zehn Minuten später war er ein neuer Mensch. Der Schmerz und die Depression waren verschwunden, die Belastung lag hinter ihm. Er kleidete sich rasch an und ging nach unten, wo sein Wagen wartete. Sein Feldwebel bemerkte den forschen Schritt seines Chefs und fragte sich, was daran so heilsam war, wenn man sich dünsten ließ wie ein Fisch.

Im Dampfbad hatten es sich zwei Männer inzwischen anders überlegt und den Wärter gebeten, etwas Alkoholisches zu besorgen. So trottete der Mann durch die Hintertür und zu einem Laden, der unter dem Deckmantel einer chemischen Reinigung Wodka verkaufte. Beim Erwerb der Halbliterflasche gab er auch eine kleine Filmkassette an den Mann weiter, die ihm sein Kontaktmann zusammen mit der Birkenrute überreicht hatte. Der Wärter war erleichtert. Die Reinigung war sein einziger Kontakt. Er kannte den Besitzer nicht und hatte den Erkennungssatz in der Furcht ausgesprochen, die Spionageabwehr des KGB habe diesen Teil des Moskauer CIA-Netzes bereits unterwandert. Er wußte, daß sein Leben so gut wie verspielt war, aber seit dem Jahr in Afghanistan und den Dingen, die er dort gesehen hatte und zu tun gezwungen worden war, mußte er einfach etwas tun. Kurz fragte er sich, wer der vernarbte alte Mann gewesen war, entsann sich aber dann, daß ihn die Identität des Fremden nichts anging.

Die Reinigung hatte vorwiegend Ausländerkundschaft – Reporter, Geschäftsleute, ein paar Diplomaten – und es kam auch gelegentlich ein Russe, der im Ausland erstandene Kleidungsstücke pflegen lassen wollte. Eine Frau holte einen englischen Mantel ab, entrichtete drei Rubel und ging. Sie lief zwei Straßen weit zur nächsten Metrostation, fuhr mit dem Aufzug hinunter zum Bahnsteig und nahm einen Zug der Schdanowsko-Krasnopresnenskaja-Linie, die auf Stadtplänen lila eingezeichnet ist. Der Zug war so überfüllt, daß niemand gesehen haben konnte, wie sie die Kassette weitergab. Selbst sie bekam das Gesicht des Mannes nicht zu sehen. Dieser stieg an der nächsten Station, Puschkinskaja, aus. Zehn Minuten später fand eine weitere Übergabe statt, diesmal an einen Amerikaner, der wegen eines diplomatischen Empfangs am Vorabend etwas später auf dem Weg zur Botschaft war.

Sein Name war Ed Foley; er war Presseattaché an der US-Botschaft. Er und seine Frau, auch sie CIA-Agentin, waren seit fast vier Jahren in Moskau und freuten sich schon darauf, dieser trostlosen grauen Stadt ein für allemal den Rücken kehren zu können. Ihre beiden Kinder hatten schon zu lange auf Hot Dogs und amerikanische Ballspiele verzichten müssen.

Erfolglos war ihre Zeit hier nicht gewesen. Die Russen wußten, daß die CIA eine Reihe von Ehepaaren eingesetzt hatte, doch daß diese Spione ihre Kinder mit ins Ausland nehmen könnten, war eine Vorstellung, mit der sich die Russen nicht so leicht abfanden. Auch hatte ihre Legende ihre Besonderheiten. Ed Foley war Reporter bei der *New York Times* gewesen, ehe er zum Außenministerium ging – er erklärte, das Gehalt sei ähnlich und als Polizeireporter käme man nicht so weit herum. Seine Frau blieb meist zu Hause bei den Kindern, sprang aber gelegentlich als Aushilfslehrerin an der anglo-amerikanischen Schule im Leninski-Prospekt 78 ein. Ihr ältester Sohn spielte Hockey, und die KGB-Männer, die ihnen überallhin folgten, hatten in ihrer Akte stehen, Edward Foley II sei für seine sieben Jahre erstaunlich gut. Ärgerlich fand die sowjetische Regierung an der Familie nur die unangemessene Neugierde, mit der sich der ältere Foley um das Verbrechen auf den Straßen der Hauptstadt kümmerte, das wesentlich zahmer war als das, was er in New York beschrieben hatte. Doch damit war nur seine relative Harmlosigkeit bewiesen. Für einen Geheimdienst konnte er nicht arbeiten, dafür war seine Neugier viel zu offensichtlich. Schließlich waren Agenten bemüht, sich nach Möglichkeit unauffällig zu verhalten.

Die letzten Straßen von der Metrostation zur Botschaft ging Foley zu Fuß. Er nickte erst dem Milizionär vor dem Eingang des bedrohlich wirkenden Gebäudes höflich zu, dann dem Marineinfanteristen in der Halle. Offiziell wurde die Botschaft vom Außenministerium als «eng und schwer instand zu halten» beschrieben. Genausogut könnte man eine ausgebrannte Mietskaserne in der Bronx als «attraktiven Altbau» bezeichnen, dachte Foley. Sein Büro, ehemals ein Lagerraum mit Besenkammer, war bei der letzten Renovierung entstanden. Die CIA benutzte den Raum, dessen Besenkammer zu einer Dunkelkammer umgebaut worden war, nun schon seit zwanzig Jahren, aber Foley war der erste Bürochef, den man hier untergebracht hatte.

Foley, dreiunddreißig, hochgewachsen und sehr schlank, war ein

New Yorker irischer Abstammung, in dem sich hohe Intelligenz mit sehr langsamem Puls und einem Pokergesicht verband. Er war im letzten Studienjahr von der CIA rekrutiert worden und hatte vier Jahre bei der *New York Times* gearbeitet, um seine «Legende» aufzubauen. In der City-Redaktion entsann man sich seiner als ausreichend gutem, wenngleich faulem Reporter, der eine fachmännische Prosa schrieb, aber im Grunde nie auf die Suche nach Stories ging. Sein Redakteur hatte ihn ohne Bedauern an die Regierung verloren. Der augenblickliche Korrespondent der *New York Times* nannte ihn einen Nebbich, einen langweiligen obendrein, und zollte ihm so das höchste Kompliment im Spionagegeschäft: *Der? Für den Geheimdienst ist der doch viel zu dumpf.* Aus diesem und anderen Gründen hatte man Foley mit der Führung des ältesten und produktivsten im inneren Zirkel plazierten Agenten der CIA betraut: Oberst Michail Semjonowitsch Filitow, Codename KARDINAL. Der Name an sich war schon so geheim, daß nur fünf Leuten in der Agency bekannt war, daß er mehr bedeutete als einen rotgewandeten hohen Kirchenmann mit diplomatischem Rang.

Rohinformationen von KARDINAL wurden als Special Intelligence/ Eyes Only-DELTA klassifiziert, und für die Geheimhaltungsstufe DELTA waren in der ganzen amerikanischen Regierung nur sechs Männer zugelassen. Jeden Monat wechselte man das Codewort für die Daten selbst; diesen Monat lautete es SATIN, und diese Informationen waren nur knapp zwanzig anderen Leuten zugänglich. Selbst unter diesem Titel wurden die Informationen unweigerlich umformuliert und mit versteckten Änderungen versehen, ehe sie die DELTA-Bruderschaft verließen.

Foley nahm die Filmkassette aus der Tasche und schloß sich in der Dunkelkammer ein. Den Entwicklungsprozeß beherrschte er im Schlaf. Binnen sechs Minuten war die Arbeit getan, und Foley räumte auf.

Foley folgte seit dreißig Jahren unveränderten Prozeduren. Er schaute sich die sechs Aufnahmen durch einen vergrößernden Kleinbildbetrachter an, prägte sich jedes Bild ein und begann, auf seiner privaten Reiseschreibmaschine eine Übersetzung zu tippen. Es handelte sich um ein mechanisches Modell, dessen Farbband so abgenutzt und verschlissen war, daß selbst das KGB mit den Abdrücken nicht viel anzufangen wissen würde. Wie viele Reporter war er ein schlechter Maschinenschreiber, häufig übertippte er und ixte er aus. Auf dem chemisch behandelten Papier konnte er nicht radieren. Für die Transkription brauchte er über zwei Stunden. Als er fertig war, prüfte er den Film noch einmal, um sich davon zu überzeugen, daß er nichts ausgelassen und grammatikalische Fehler vermieden hatte. Zufrieden, aber mit einem Zittern, das er nie ganz unterdrücken konnte, knüllte er den Film zusammen und warf ihn in einen Metallaschenbecher, wo ein Streichholz den einzigen direkten

Hinweis auf die Existenz von KARDINAL zu Asche reduzierte. Anschließend rauchte er eine Zigarre, um den Geruch nach verbranntem Zelluloid zu vertuschen. Die maschinengeschriebenen Seiten wurden gefaltet und kamen in seine Tasche; dann ging Foley nach oben in den Fernmelderaum der Botschaft. Hier gab er eine harmlose Depesche an Fach 4108, Außenministerium, Washington, auf: «Betrifft Ihre Schreiben vom 29. Dezember. Kostenaufstellung mit Kurier unterwegs. Foley. Ende.»

Als nächstes setzte er sich mit dem Kurier der Botschaft in Verbindung. Schon seit den dreißiger Jahren hatte die US-Vertretung einen Mann, der die Diplomatenpost aus dem Land schaffte, doch heutzutage erfüllte dieser auch noch andere Aufgaben. Der Kurier war zudem eine von nur vier Personen in der Botschaft, die wußten, für welche Behörde Foley in Wirklichkeit arbeitete. Der pensionierte Unteroffizier der Army hatte in Vietnam mit dem Hubschrauber Verwundete vom Gefechtsfeld evakuiert und sich dabei vier hohe Auszeichnungen verdient. Wenn er Menschen anlächelte, tat er das auf russische Art, mit dem Mund und fast nie mit den Augen.

«Haben Sie Lust, heute nach Hause zu fliegen?»

Die Augen des Mannes leuchteten auf. «Wo am Sonntag das Football-Endspiel ist? Was für eine Frage! Soll ich um vier herum bei Ihnen vorbeikommen?»

«Gut.» Foley schloß die Tür und ging zurück in sein Büro. Der Kurier buchte einen Platz in einer Maschine der British Airways, die um 17.40 Uhr nach London starten sollte.

Der Zeitunterschied zwischen Washington und Moskau würde garantieren, daß Foleys Nachricht früh am Morgen einging. Um sechs betrat ein CIA-Mann den Postraum des Außenministeriums, nahm das Depeschenformular aus einem der zwölf Fächer und fuhr weiter nach Langley ins Hauptquartier.

Als Bob Ritter um 7.25 Uhr zur Arbeit kam, lag das Formular auf seinem Schreibtisch. Ritter war der für Operationen zuständige stellvertretende Direktor der CIA. Ihm unterstanden alle Agenten im Feld und alle Ausländer, die als Agenten angeworben und beschäftigt wurden. Die wichtige Nachricht aus Moskau kam sofort in seinen Aktenschrank, und dann bereitete er sich auf den allmorgendlichen Vortrag des Nachtdienstes vor.

«Es ist offen.» In Moskau schaute Foley auf, als es an die Tür klopfte. Der Kurier trat ein.

«Die Maschine geht in einer Stunde. Ich muß mich beeilen.»

Foley griff in seinen Schreibtisch und zog einen Gegenstand heraus, der wie ein teures silbernes Zigarettenetui aussah. Der Kurier nahm den Gegenstand vorsichtig entgegen und steckte ihn in seine Brusttasche. Darin lagen gefaltet die maschinengeschriebenen Seiten, zusammen mit einer winzigen pyrotechnischen Ladung. Wurde das Etui unsachgemäß geöffnet oder auch nur einer jähen Beschleunigung oder Verzögerung ausgesetzt – zum Beispiel einem Aufprall auf hartem Boden –, ging die Ladung los und zerstörte das hochbrennbare Papier. Es konnte dabei auch die Kleidung des Kuriers in Brand setzen, womit seine Vorsicht beim Umgang mit dem Etui erklärt war.

Ein Fahrer der Botschaft brachte Augie Giannini, den Kurier, zum Scheremetjewo-Flughafen bei Moskau, wo er dank seines Diplomatenpasses die Kontrolle umgehen und sofort die BA-Maschine besteigen konnte. Er saß in der ersten Klasse und auf der rechten Seite des Flugzeugs. Der Sack mit der Diplomatenpost lag auf dem Fenstersitz; Giannini nahm den Platz in der Mitte ein. Da Flüge aus Moskau selten vollbesetzt waren, hatte er links von sich ebenfalls einen freien Platz. Als die Maschine von sowjetischem Boden abhob, applaudierten die rund hundertfünfzig Passagiere wie üblich. Das amüsierte den Kurier immer wieder. Giannini holte ein Taschenbuch hervor und begann zu lesen. Selbstverständlich konnte er während des Fluges weder trinken noch schlafen, und er beschloß, mit dem Essen bis nach dem Umsteigen zu warten. Es gelang der Stewardeß aber, ihm eine Tasse Kaffee aufzudrängen.

Drei Stunden später setzte die 747 in Heathrow auf. Auch hier waren die Kontrollen nur flüchtig. Als Mann, der mehr Zeit in der Luft verbrachte als die meisten Verkehrspiloten, hatte er Zugang zu den Warteräumen der ersten Klasse. Nach einer Stunde ging eine 747 nach Washington, Dulles International Airport.

Überm Atlantik ließ sich der Kurier ein PanAm-Dinner schmecken und genoß einen Film, den er bislang noch nicht gesehen hatte – eine Seltenheit. Als er sein Buch durch hatte, war die Maschine schon im Landeanflug auf Dulles. Fünfzehn Minuten später stieg er in einen unauffälligen Ford der Regierung, der sich nach Südosten wandte. Giannini setzte sich neben den Fahrer.

«Haben Sie das Etui?» fragte der Mann im Fond.

«Ja.» Giannini nahm es aus der Brusttasche und reichte es mit beiden Händen nach hinten. Der CIA-Mann nahm es entgegen, ebenfalls mit beiden Händen, und steckte es in einen mit Schaumstoff ausgeschlagenen Kasten. Der CIA-Mann, ein Spezialist für Selbstschüsse und Bomben, war Ausbilder beim technischen Dienst der CIA. In Langley fuhr er mit dem Aufzug hoch zu Ritters Büro und legte das Etui auf den Schreibtisch.

Ritter ging an seinen Kopierer und vervielfältigte die Bögen aus Flammpapier mehrere Male, nicht so sehr aus Gründen der Sicherheit, sondern zur Unfallverhütung, denn ein Stoß leichtentzündlichen Papiers in seinem Büro war ihm unangenehm. Noch bevor alle Kopien fertig waren, hatte er schon zu lesen begonnen. Wie üblich schüttelte er nach dem ersten Absatz den Kopf. Ritter ging an seinen Schreibtisch und drückte auf den Knopf, der ihn mit dem Büro des Direktors verband.

«Sind Sie beschäftigt? Der Vogel ist gelandet.»

«Kommen Sie rüber», erwiderte Judge Moore sofort. Nichts war wichtiger als Informationen von KARDINAL.

Auf dem Weg holte Ritter Admiral Greer ab, und dann betraten die beiden das geräumige Büro des CIA-Direktors.

«Sie werden es nicht glauben», meinte Ritter beim Aushändigen der Bögen, «dieser Mann hat doch tatsächlich Jasow überredet, einen Oberst auf ‹Bach› zu schicken und ein ‹Zuverlässigkeitsgutachten› über das ganze System anzufertigen. Dieser Oberst Bondarenko soll dem Minister in allgemeinverständlichen Begriffen berichten. Da Jasow diese Aufgabe an Mischa delegierte, geht der Bericht natürlich erst über dessen Schreibtisch.»

«Dieser junge Mann, den Ryan kennenlernte – Gregory, nicht wahr? – wollte, daß wir jemanden nach Duschanbe einschleusen», stellte Greer mit einem Lachen fest. «Und Ryan sagte ihm, das sei unmöglich.»

«Ich wünsche nur», merkte Judge Moore nüchtern an, «jemand würde Mischa klarmachen, daß es alte Spione und kühne Spione gibt, aber nur wenige alte *und* kühne Spione.»

«Er ist sehr vorsichtig», meinte Ritter.

«Ich weiß.» Der Direktor sah sich die Seiten an.

Seit dem Tod von Dimitri Fedorowitsch ist es im Verteidigungsministerium nicht mehr so wie früher, las Moore. Manchmal frage ich mich, ob Marschall Jasow diese neuen technischen Entwicklungen ernst genug nimmt, aber wem soll ich meine Zweifel vortragen? Würde das KGB mir glauben? Ich muß meine Gedanken ordnen. Genau, erst muß ich meinen Kopf organisieren, ehe ich Vorwürfe erhebe. Aber kann ich die Sicherheitsvorschriften brechen...

Habe ich denn eine andere Wahl? Wer wird mich ernst nehmen, wenn ich meine Zweifel nicht schriftlich festhalten kann? Es fällt mir schwer, gegen eine so wichtige Vorschrift zu verstoßen, aber die Sicherheit des Staates muß vorgehen.

So wie Homers Epen mit einer Anrufung der Musen anhoben, begannen die Nachrichten von KARDINAL unweigerlich auf diese Weise. Entwickelt hatte sich die Idee in den sechziger Jahren. Die Meldungen des KARDINALs waren anfangs Fotografien von Blättern aus seinem

Tagebuch. Russen sind unverbesserliche Tagebuchschreiber. Jede Eintragung begann mit einem slawischen Schrei aus tiefstem Herzen, seinen Sorgen über die politischen Entscheidungen im Verteidigungsministerium. Manchmal gab er seiner Besorgtheit über die Sicherheitsvorkehrungen für ein spezifisches Projekt oder die Leistungen eines neuen Panzers oder Flugzeuges Ausdruck. In jedem Fall wurden die Meriten eines neuen Waffensystems oder einer politischen Entscheidung eingehend erörtert, aber im Mittelpunkt des Dokuments stand immer ein angenommenes Verwaltungsproblem innerhalb des Ministeriums. Sollte Filitows Wohnung jemals durchsucht werden, mußte man das Tagebuch mit Leichtigkeit finden, da es ja nicht versteckt war, und Mischa würde zwar bestimmt wegen Verstoßes gegen die Sicherheitsvorschriften einen Rüffel einstecken müssen, andererseits aber wenigstens die Chance haben, sich erfolgreich zu verteidigen. So dachte man wenigstens.

Wenn in ein, zwei Wochen Bondarenkos Bericht vorliegt, kann ich vielleicht den Minister überzeugen, daß das Projekt für das Land von entscheidender Bedeutung ist, schloß die Eintragung.

«Es sieht also so aus, als hätten sie bei der Laserleistung einen Durchbruch erzielt», meinte Ritter. «Mein Gott, was wird, wenn sie vor uns ans Ziel kommen?»

«Das ist noch nicht das Ende der Welt. Vergessen Sie nicht, wenn das Projekt erst einmal für durchführbar erklärt wird, dauert es zehn Jahre, bis es zum Einsatz kommt», gab der Direktor zu bedenken. «Der Himmel fällt uns also noch nicht auf den Kopf. Dies könnte sogar eine für uns günstige Entwicklung darstellen, nicht wahr, James?»

«Ja, wenn Mischa uns eine brauchbare Beschreibung des Durchbruchs besorgen kann. Auf den meisten Gebieten sind wir den Russen voraus», erwiderte Greer. «Ryan wird diese Information für seinen Bericht brauchen.»

«Dafür ist er nicht zugelassen!» wandte Ritter ein.

«DELTA-Informationen sieht er nicht zum ersten Mal», stellte Greer fest.

«Einmal, nur einmal, und damals aus gutem Grund. Gut, für einen Amateur leistete er verdammt gute Arbeit. James, nützlich an dieser Information ist nur der Hinweis, daß der Iwan bezüglich Leistung einen Durchbruch erzielt hat, und das hatte der junge Gregory ohnehin schon vermutet. Sagen Sie Ryan, wir hätten den Verdacht mit Hilfe anderer Quellen bestätigt. Judge, Sie können dem Präsidenten sagen, daß etwas am Dampfen ist, aber das wird ein paar Wochen warten müssen. Lassen wir es für eine Weile in diesem Kreise.»

«Finde ich vernünftig.» Judge Moore nickte. Greer erhob keine Einwände mehr.

Er war versucht, der Meinung Ausdruck zu geben, dies sei KARDINALs wichtigster Auftrag, aber das hätte in diesem Kreise zu dramatisch geklungen, und zudem hatte KARDINAL der CIA im Lauf der Jahre eine ganze Menge wichtiger Daten geliefert. Judge Moore schaute sich den Bericht noch einmal an, nachdem die anderen gegangen waren. Am Ende hatte Foley die Anmerkung hinzugefügt, Ryan sei buchstäblich vor Marschall Jasow mit KARDINAL zusammengestoßen. Moore schüttelte den Kopf. *Was für ein Pärchen, diese Foleys.* Ryan hatte gewissermaßen tatsächlich mit Oberst Filitow Kontakt bekommen. Moore schüttelte noch einmal den Kopf. Seltsame Welt.

4

Jack machte sich nicht erst die Mühe, nach der «Quelle» zu fragen, die Major Gregorys Verdacht bestätigt hatte. Feldoperationen waren eine Angelegenheit, von der er sich überwiegend erfolgreich fernhielt. Entscheidend war, daß der Bericht den Verläßlichkeitsgrad 1 bekommen hatte – nach der neuen Einstufung der CIA, die anstelle der Buchstaben A bis E die Ziffern 1 bis 5 verwendete. Sicherlich hatte ein Harvard-Absolvent sechs Monate lang gearbeitet, um zu dieser genialen Lösung zu kommen.

«Und spezifische technische Informationen?»

«Lasse ich Ihnen zukommen, sobald sie eingehen», erwiderte Greer.

«Ich habe nur noch zwei Wochen Zeit», gab Ryan zu bedenken. Termine waren nie angenehm, besonders, wenn die betreffenden Dokumente für den Präsidenten bestimmt waren.

«Irgendwo habe ich das auch mal gelesen, Jack», bemerkte der Admiral trocken. «Die Leute von der ACDA hängen jeden Tag an der Leitung und schreien nach dem verfluchten Ding. Am besten gehen Sie mal rüber und halten persönlich Vortrag.»

Ryan verzog das Gesicht. Der Zweck seines Gutachtens war die Vorbereitung der nächsten Runde der Abrüstungsverhandlungen. Die für Rüstungsbegrenzung und Abrüstung zuständige Behörde ACDA brauchte es natürlich auch, damit sie wußte, was sie verlangen und konzedieren konnte. Ein zusätzliches Gewicht auf seinen Schultern, aber Ryan arbeitete eben, wie Greer gerne zu sagen pflegte, unter Zeitdruck am besten. Jack fragte sich, ob er vielleicht einmal ein Projekt vermasseln sollte, nur um das Gegenteil zu beweisen.

«Wann muß ich hin?»

«Das habe ich noch nicht entschieden.»

«Geben Sie mir zwei Tage Vorwarnung?»

«Wir werden sehen.»

Major Gregory war zur Abwechslung einmal zu Hause. Ungewöhnlich war noch, daß er sich den Tag freigenommen hatte, doch sein Wunsch war das nicht gewesen: Sein General hatte entschieden, daß man dem jungen Mann den Arbeitsdruck anzusehen begann. Daß Gregory auch daheim arbeiten könnte, war ihm nicht in den Sinn gekommen.

«Hörst du eigentlich nie auf?» fragte Candi.

«Was sollen wir denn sonst zwischendurch tun?» Er sah von der Tastatur auf und lächelte.

Die Wohnsiedlung hieß Mountain View. Umwerfende Originalität ging ihr ab, denn in diesem Tal des Landes mußte schon die Augen zukneifen, wer keine Berge sehen wollte. Gregory hatte zu Hause einen vom «Projekt» gestellten Personalcomputer von Hewlett-Packard, auf dem er gelegentlich seinen «Code» schrieb. Dabei mußte er auf die Sicherheitseinstufung seiner Arbeit achten, aber gelegentlich meinte er im Scherz, für das, was er tat, im Grunde überhaupt nicht zugelassen zu sein. So etwas kam bei der Regierung nicht selten vor.

Dr. Candace Long war mit ihren knapp einsfünfundsiebzig größer als ihr Verlobter, gertenschlank, und hatte kurzes, dunkles Haar. Ihre Zähne standen ein wenig schief, weil sie keine Spangen hatte ertragen wollen, und ihre Brillengläser waren noch dicker als Alans.

Kennengelernt hatten sie sich bei einem Seminar für Doktorkandidaten an der Columbia University. Sie war Optikexpertin und konzentrierte sich auf adaptive Spiegel, ein Gebiet, das sie gewählt hatte, weil es gut zu ihrem Hobby, der Astronomie, paßte. Da sie in New Mexico lebte, konnte sie mit ihrem Meade-Teleskop selbst Beobachtungen vornehmen und durfte gelegentlich auch mit den Instrumenten des Projekts die Himmel durchforschen – weil, wie sie zu sagen pflegte, dies die einzig wirksame Methode sei, sie zu kalibrieren. Alans Leidenschaft für Verteidigungsmaßnahmen interessierte sie kaum, aber sie war sicher, daß es für die zu diesem Zweck entwickelten Instrumente alle möglichen «richtigen» Anwendungen auf ihrem Interessengebiet gab.

Viel hatte in diesem Augenblick keiner der zwei an. Die beiden Leute bezeichneten sich fröhlich als Streber, und wie es sich halt oft so ergibt, waren Gefühle füreinander in ihnen erwacht – Gefühle, die ihnen ihre attraktiveren Kommilitonen nicht zugetraut hätten.

«Was machst du da eigentlich?» fragte sie.

«Es geht um die Fehlschüsse. Das Problem liegt im Steuercode für die Spiegel, glaube ich.»

«Wirklich?» Es war nämlich ihr Spiegel. «Bist du sicher, daß es an der Software liegt?»

«Ja.» Alan nickte. «Im Büro habe ich die Daten von Flying Cloud. Er hat richtig fokussiert, aber in die falsche Richtung.»

«Wie lange hast du gebraucht, bis du den Fehler gefunden hast?»
«Zwei Wochen.» Er zog die Stirn kraus, schaute auf den Bildschirm und stellte das Gerät ab. «Zum Teufel damit. Wenn der General rausbekommt, was ich hier treibe, läßt er mich nicht mal mehr zur Hintertür rein.»
«Sag ich doch dauernd.» Sie schlang die Hände um seinen Hals. Er lehnte sich zurück und legte seinen Kopf zwischen ihre Brüste. Recht hübsche Dinger, dachte er. Für Alan Gregory waren Mädchen eine erstaunliche Entdeckung gewesen. In der High-School hatte er sich zwar gelegentlich mit Mädchen verabredet, aber für den größten Teil seines Lebens eine mönchische Existenz geführt. Bei der Begegnung mit Candi hatten ihn anfänglich nur ihre Ideen zur Konfiguration von Spiegeln interessiert, doch beim Kaffee in der Mensa war ihm auf recht klinische Art aufgefallen, daß sie, hm, nun, attraktiv war und nicht nur auf dem Gebiet der Optik gut drauf. Irrelevant war die Tatsache, daß nur ein knappes Prozent der Bevölkerung ihr Bettgeflüster hätte verstehen können. Sie jedenfalls fanden ihre Gespräche ebenso interessant wie die Dinge, die sie im Bett taten, und als gute Wissenschaftler besorgten sie sich Lehrbücher – so nannten sie das nämlich –, mit deren Hilfe sie alle Möglichkeiten durchprobierten. Und wie jedes neue Forschungsgebiet fanden sie die Sache aufregend.
Gregory zog Dr. Longs Kopf zu sich herunter.
«Auf die Arbeit hab ich erst mal keine Lust mehr.»
«Ist so ein freier Tag nicht schön?»
«Vielleicht läßt es sich deichseln, daß ich nächste Woche wieder einen kriege...»

Boris Filipowitsch Morosow stieg eine Stunde nach Sonnenuntergang aus dem Bus. Zusammen mit vierzehn anderen Ingenieuren und Technikern, die nun am Projekt «Heller Stern» arbeiten sollten, war er auf dem Flughafen Duschanbe vom KGB-Personal empfangen worden, das ihre Ausweise peinlich genau prüfte, und während der Busfahrt hatte ihnen ein Hauptmann des KGB einen ernsten Vortrag über Sicherheitsfragen gehalten. Über ihre Arbeit durften sie mit keinem Außenstehenden sprechen, auch in Briefen nicht verraten, was sie taten und wo. Ihre Post lief über ein Postfach in Nowosibirsk – über sechzehnhundert Kilometer entfernt. Daß ihre Briefe gelesen wurden, brauchte der Hauptmann gar nicht erst zu sagen. Morosow nahm sich vor, seine Umschläge nicht zuzukleben, denn er wollte vermeiden, daß seine Familie sich Sorgen machte, wenn sie feststellte, daß seine Briefe geöffnet und wieder zugeklebt worden waren. Abgesehen davon brauchte ihm nichts Kummer zu bereiten. Die Sicherheitsüberprüfung für diesen Posten hatte lediglich vier Monate gedauert. Die KGB-Offiziere hatten seinen Hintergrund durchleuchtet und tadellos gefunden, und selbst die sechs Verhöre, die er über sich hatte ergehen lassen müssen, waren mit einer freundlichen Note abgeschlossen worden.

Der KGB-Hauptmann beendete seinen Vortrag mit einer gewissen Leichtigkeit, beschrieb das gesellschaftliche und sportliche Programm, Zeit und Ort der zweiwöchentlichen Parteiversammlungen, an denen Morosow regelmäßig teilzunehmen gedachte, sofern es seine Arbeit erlaubte. Die Unterkunft, fuhr der Hauptmann fort, sei jedoch noch ein Problem. Morosow und die anderen Neuankömmlinge sollten in Schlafsälen untergebracht werden, in jenen ersten, von den Bauarbeitern errichteten Baracken. Es drohe jedoch keine Überfüllung, meinte er, und die Baracken hätten auch einen Aufenthaltsraum, eine Bibliothek und sogar ein Teleskop auf dem Dach; es habe sich gerade eine kleine Astronomiegruppe zusammengefunden. Stündlich verkehrten Busse zur Wohnsiedlung, wo es ein Kino, ein Café und ein Bierlokal gab. Insgesamt lebten einunddreißig unverheiratete Frauen auf dem Komplex, schloß der Hauptmann, aber eine sei mit ihm verlobt, «und wer sich an die heranmacht, wird erschossen». Einem KGB-Offizier mit Sinn für Humor begegnete man nur selten.

Es war schon dunkel, als der Bus durchs Tor in den Komplex fuhr, und alle Fahrgäste waren müde. Von der Unterbringung war Morosow nicht allzusehr enttäuscht. Alle Betten waren zweistöckig; er kam in einem oberen unter. Schilder an der Wand forderten Ruhe in den Schlafsälen, da die Arbeiter hier drei Schichten fuhren. Der junge Ingenieur war es ganz zufrieden, sich umzuziehen und schlafen zu legen. Zur Einweisung wurde er der Sektion Richtapplikationen zugeteilt. Beim Einschlafen wunderte er sich noch, was «Richtapplikationen» wohl sein mochten.

Angenehm, daß Lieferwagen so weitverbreitet sind und daß der zufällige Beobachter nicht sehen kann, wer drinsitzt, dachte Jack, als der weiße Kastenwagen auf seinen Abstellplatz rollte. Fahrer und Beifahrer waren natürlich von der CIA. Der Fahrer stieg aus, sah sich kurz um und schob dann die Seitentür auf. Ein vertrautes Gesicht kam zum Vorschein.

«Tag, Marko», sagte Ryan.

«Also so wohnt ein Spion!» rief Kapitän Ersten Ranges Marko Alexandrowitsch Ramius, ehemals Sowjetmarine, ausgelassen. «Oder eher ein Steuermann!»

Jack lächelte und schüttelte den Kopf. «Marko, darüber dürfen wir nicht reden.»

«Weiß Ihre Familie denn nicht Bescheid?»

«Nein. Aber keine Sorge, meine Familie ist nicht zu Hause.»

«Verstanden.» Marko Ramius folgte Jack ins Haus. Laut Paß, Sozialversicherungskarte und Führerschein hieß er nun Mark Ramsey; auch dies wieder ein origineller Einfall der CIA, der aber zur Abwechslung einmal sinnvoll war: die Leute sollten in der Lage sein, ihre neuen Namen leicht zu behalten. Marko hatte, wie Jack feststellte, etwas abgenommen und war tief gebräunt. Bei ihrer ersten Begegnung in dem Raketen-U-Boot *Roter Oktober* hatte er die für einen U-Boot-Fahrer typische käseweiße Gesichtsfarbe gehabt. Nun schien er aus einer Anzeige des Club Mediterranée zu kommen.

«Sie sehen müde aus», merkte «Mark Ramsey» an.

«Ich muß viel in der Weltgeschichte herumfliegen. Wie gefällt es Ihnen auf den Bahamas?»

«Na, Sie sehen ja, wie braun ich bin. Weiße Strände, Sonne, jeden Tag schönes Wetter. Wie damals auf Kuba, aber die Menschen sind netter.»

«Sie arbeiten am AUTEC, nicht wahr?» fragte Jack.

«Ja, aber darüber darf ich nicht sprechen», erwiderte Marko. Die beiden Männer tauschten einen Blick. AUTEC war das Unterseeboot-Testzentrum der amerikanischen Marine im Atlantik, wo Männer und Schiffe sogenannte Minikriege führten. Was dort geschah, war streng geheim. Die Navy hütet ihre U-Operationen eifersüchtig. Marko arbeitete Taktiken für die Navy aus, spielte zweifellos bei den Übungen die Rolle eines sowjetischen Kommandanten, lehrte und instruierte. Auch bei der sowjetischen Marine hatte man Ramius den Schulmeister genannt. Das, worauf es ankommt, ändert sich nie.

«Und wie gefällt es Ihnen?»

«Das dürfen Sie keinem erzählen, aber man hat mich eine Woche lang ein amerikanisches U-Boot befehligen lassen – der echte Captain überließ mir alles. Und ich habe einen Flugzeugträger versenkt! Jawohl! Ich habe die *Forrestal* versenkt. Die Nordflotte würde stolz auf mich sein, oder?»

Jack mußte lachen. «Und was hat die Navy dazu gesagt?»

«Der Captain des Bootes und ich, wir haben uns fürchterlich besoffen. Der Captain der *Forrestal* war bitterböse, aber sportlich fair – in der Woche darauf kam er zu uns und besprach die Übung. Immerhin hat er dabei etwas gelernt, das kommt uns allen zugute.» Ramius legte eine Pause ein. «Wo ist die Familie?»

«Cathy ist bei ihrem Vater zu Besuch. Joe und ich vertragen uns nicht besonders gut.»

«Weil Sie ein Spion sind?» fragte Marko.

«Nein, eher aus persönlichen Gründen. Kann ich Ihnen etwas zu trinken anbieten?»

«Ein Bier wäre angenehm», erwiderte er. Jack ging in die Küche;

Ramius schaute sich derweil um. Die Decke des Wohnzimmers war fünf Meter hoch. Man sah dem Haus an, daß es viel Geld gekostet hatte. Ramius zog die Stirn kraus, als Jack zurückkam.

«Ryan, ich bin nicht auf den Kopf gefallen», sagte er streng. «Bei der CIA werden Sie nicht gut genug bezahlt, um sich so etwas leisten zu können.»

«Kennen Sie sich mit der Börse aus?» fragte Ryan lachend.

«Ja, ein Teil meines Geldes arbeitet dort.» Alle Offiziere von *Roter Oktober* hatten soviel auf der hohen Kante, daß sie nie wieder zu arbeiten brauchten.

«Tja, ich verdiente dort viel Geld und beschloß dann aber, die Geldgeschäfte aufzugeben und etwas anderes zu tun.»

Ein neuer Gedanke für Kapitän Ramius. «Sie sind also nicht geldgierig und meinen, daß Sie genug haben?»

«Braucht man denn mehr als genug?» war Jacks rhetorische Gegenfrage. Der Kapitän nickte nachdenklich. «So, und jetzt möchte ich Ihnen ein paar Fragen stellen.»

«Aha, zum Geschäft.» Marko lachte. «Das haben Sie nicht vergessen.»

«Während Ihrer Vernehmung erwähnten Sie eine Übung, bei der Sie eine Rakete abschossen, woraufhin man eine Rakete auf Sie abfeuerte.»

«Stimmt, das war vor Jahren – 1981 im April, am 20. April. Ich befehligte ein Boot der Delta-Klasse, und wir schossen aus dem Weißen Meer zwei Raketen ab – eine ins Ochotskische Meer, die andere auf Sari Schagan. Wir sollten natürlich U-Boot-Raketen testen, aber auch das Raketenabwehrradar und die Gegenschlagkapazität – man simulierte den Abschuß einer Rakete auf mein Boot.»

«Der ein Fehlschlag war, wie Sie sagten.»

Marko nickte. «Die Raketen von unserem Boot flogen perfekt. Die Radaranlage in Sari Schagan funktionierte, war aber für den Abfang zu langsam – Computerstörung, sagte man. Der dritte Teil des Tests hätte beinahe geklappt.»

«Der Gegenschuß. Das war das erste Mal, daß wir von so etwas hörten», meinte Ryan. «Wie wurde der Test eigentlich genau durchgeführt?»

«Sie wissen ja, daß die gesamte Grenze der Sowjetunion von einem Radarzaun gesäumt ist. Diese Radaranlagen erfaßten den Raketenstart, und man errechnete, wo sich das U-Boot befinden mußte – ganz einfach. Dann wurden die strategischen Raketenstreitkräfte alarmiert, die binnen drei Minuten mit Lenkwaffen, die für solche Zwecke in Bereitschaft stehen, zurückschossen.» Er legte eine kurze Pause ein. «Gibt es so etwas in Amerika denn nicht?»

«Nein, nicht daß ich wüßte. Aber unsere neuen Raketen werden aus viel größerer Entfernung gestartet.»

«Stimmt, aber die sowjetische Idee ist trotzdem nicht übel.»

«Wie zuverlässig ist das System?»

Ein Achselzucken. «Nicht sehr. Das Problem ist der Bereitschaftsgrad des Personals. In Krisenzeiten ist jeder voll auf dem Posten; daher mag das System manchmal funktionieren. Aber jedes Mal, wenn es klappt, treffen viele Bomben die Sowjetunion *nicht*. Das ist ein für die sowjetische Führung entscheidender Faktor. Gibt es so etwas in Amerika denn nicht?»

«Ich habe noch nie von so etwas gehört», erklärte Ryan wahrheitsgemäß.

Ramius schüttelte den Kopf. «Uns erzählte man, Sie hätten so etwas. Nach dem Abschuß tauchen wir tief und entfernen uns mit äußerster Kraft.»

«Im Augenblick möchte ich herausbekommen, wie sehr die Sowjetunion daran interessiert ist, die Ergebnisse unserer SDI-Forschung abzukupfern.»

«Interessiert?» Ramius schnaubte. «Im Großen Vaterländischen Krieg kamen zwanzig Millionen Russen ums Leben. Meinen Sie, die sowjetische Führung will so etwas noch einmal zulassen? Ich sage Ihnen, die Sowjets sind da klüger als die Amerikaner. Wir mußten eine härtere Lektion lernen. Jawohl, wir haben guten Grund, die *Rodina* zu schützen.»

Ein anderer Charakterzug der Russen, den man nicht vergessen darf, sagte sich Jack. Nicht so sehr die Tatsache, daß sie ein abnorm langes Gedächtnis hatten; in ihrer Geschichte waren Dinge passiert, die niemand vergessen konnte. Wer von den Sowjets erwartete, daß sie ihre Verluste im Zweiten Weltkrieg vergaßen, konnte genausogut die Juden auffordern, den Holocaust zu verdrängen.

Jack überlegte: Vor gut drei Jahren hatten die Russen also eine großangelegte ABM-Übung gegen von U-Booten gestartete ballistische Raketen durchgeführt. Das Such- und Zielauffassungsradar hatte funktioniert, doch dann war wegen einer Computerstörung ein Systemversagen eingetreten. Das war wichtig. Doch –

«Und die Computerstörung lag an –»

«Mehr weiß ich nicht. Ich kann nur sagen, daß es ein ehrlicher Test war.»

«Was meinen Sie damit?» fragte Jack.

«Unser ursprünglicher Befehl lautete, von einer bekannten Position aus zu feuern. Doch kurz vor dem Auslaufen wurde der Befehl geändert. Geheimanweisung nur an den Kapitän, ein neuer Befehl, unterschrieben von einem Assistenten des Verteidigungsministers. Irgendein Oberst der Roten Armee. An den Namen kann ich mich nicht mehr erinnern. Der Mann wollte, daß der Test unter realen Bedingungen stattfand. So bekam ich Anweisung, an eine andere Stelle zu fahren und zu einer anderen Zeit abzufeuern. Wir hatten einen General an Bord, der platzte, als er den neuen Befehl sah. Er war stinkwütend, aber was taugt ein Test schon ohne Überraschungseffekt? Amerikanische Raketen-U-Boote rufen ja auch nicht erst die Russen an und teilen ihnen mit, an welchem Tag sie schießen wollen. Entweder ist man bereit, oder man ist nicht bereit», schloß Ramius.

«Man hat uns nicht von Ihrem Besuch unterrichtet», stellte General Pokryschkin trocken fest.
Oberst Bondarenko war um eine ungerührte Miene bemüht. Er hatte zwar einen schriftlichen Befehl vom Verteidigungsminister und kam von einem ganz anderen Teil der Streitkräfte, hatte es aber dennoch mit einem General zu tun, der bestimmt über Protektion im ZK verfügte. Doch auch der General mußte sich vorsehen. Bondarenko trug seine neueste und bestgeschnittene Uniform mit mehreren Reihen von Ordensbändern, einschließlich der beiden Tapferkeitsauszeichnungen, die er sich in Afghanistan verdient hatte, und dem Abzeichen der Stabsoffiziere des Verteidigungsministeriums.
«Genosse General, ich bedaure etwaige Unannehmlichkeiten, aber ich hatte meine Befehle.»
«Selbstverständlich», meinte Pokryschkin mit einem breiter werdenden Lächeln und wies auf ein silbernes Tablett. «Tee?»
«Gerne.»
Der General rief nicht die Ordonnanz, sondern schenkte selbst zwei Tassen ein. «Sehe ich da ein Rotes Banner? Afghanistan?»
«Jawohl, Genosse General. Ich war dort eine Zeitlang eingesetzt.»
«Und wie haben Sie sich den Orden verdient?»
«Ich war einer *Speznas*-Einheit als Sonderbeobachter zugeteilt, und wir verfolgten eine Gruppe Banditen. Unglücklicherweise waren diese klüger, als der Führer unserer Einheit glauben wollte, und er ließ zu, daß wir ihnen in einen Hinterhalt folgten. Die Hälfte des Teams wurde getötet oder verwundet, inklusive des Einheitsführers.» Der den Tod verdient hatte, dachte Bondarenko. «Ich übernahm den Befehl und rief über Funk Hilfe. Die Banditen zogen sich zurück, ehe überlegene Kräfte eingesetzt werden konnten, ließen aber acht Tote zurück.»
«Wie kommt ein Fernmeldexperte dazu –»
«Ich meldete mich freiwillig. Wir hatten Probleme mit der taktischen Kommunikation, und ich beschloß, die Sache selbst in die Hand zu

nehmen. Eigentlich bin ich kein Feldsoldat, Genosse General, aber manche Dinge muß man halt selbst erkennen. Das ist eine andere Sorge, die mir diese Anlage hier bereitet. Wir sind der afghanischen Grenze gefährlich nahe, und Ihre Sicherheitsmaßnahmen kommen mir ... nun, nicht gerade lax, aber ein wenig zu gemütlich vor.»

Pokryschkin nickte zustimmend. «Sicherheit obliegt dem KGB, wie Ihnen zweifellos aufgefallen ist. Die Truppe untersteht mir zwar, steht aber nicht strikt unter meinem Befehl. Was die Vorwarnung betrifft, habe ich eine Übereinkunft mit den Frontfliegern getroffen. Die Luftaufklärungsschule benutzt die Täler der Umgebung zum Üben. Ein Freund, der mit mir zusammen die Frunse-Akademie besuchte, hat sich bereiterklärt, das gesamte Gebiet überwachen zu lassen. Wer sich uns von Afghanistan her nähern will, hat einen langen Marsch vor sich und wird bemerkt, bevor er hier ankommt.»

Bondarenko nahm das mit Zustimmung zur Kenntnis. Pokryschkin hatte also doch nicht wie zu viele Generale alles vergessen.

«So, Gennadi Josifowitsch, was wollen Sie nun genau wissen?» fragte der General. Jetzt, da die beiden sich gegenseitig ihre Professionalität bewiesen hatten, war die Atmosphäre etwas entspannter.

«Der Minister wünscht ein Gutachten über Wirksamkeit und Zuverlässigkeit Ihrer Systeme.»

«Was verstehen Sie von Lasern?» Pokryschkin hob bei dieser Frage die Augenbrauen.

«Mit ihrer Anwendung bin ich vertraut. Ich war in Goremykins Team, das die neuen Laserkommunikationssysteme entwickelte.»

«Tatsächlich? Einige dieser Anlagen stehen hier.»

«Das war mir unbekannt», sagte Bondarenko.

«Ja, wir benutzen sie auf den Wachtürmen und zur Verbindung der Laboratorien mit den Läden. Das ist einfacher als Strippenziehen und auch sicherer. Ihre Erfindung hat sich als sehr nützlich erwiesen, Gennadi Josifowitsch. Gut. Ihren Auftrag hier kennen Sie natürlich.»

«Jawohl, Genosse General. Wie dicht stehen Sie vorm Ziel?»

«In drei Tagen soll ein großangelegter Systemtest stattfinden. Dem werden Sie doch noch beiwohnen können?»

«So etwas werde ich mir nicht entgehen lassen.»

«Gut.» General Pokryschkin erhob sich. «So, und nun möchte ich Ihnen meine Genies vorstellen.»

Der Himmel war klar und blau, hatte jenen dunklen Ton, den man hoch in der Atmosphäre sieht. Bondarenko stellte überrascht fest, daß Pokryschkin selbst fuhr, einen UAZ-469, das russische Äquivalent eines Jeeps.

«Sie brauchen mich gar nicht erst zu fragen, Oberst. Ich fahre selbst, weil wir hier oben keinen Platz für unnötiges Personal haben und – na ja, weil ich halt Pilot war. Warum soll ich mein Leben einem bartlosen Jüngling anvertrauen, der kaum schalten kann? Was halten Sie von unseren Straßen?»

Gar nichts, war die Bemerkung, die sich Bondarenko verkniff, als der General eine Gefällestrecke hinunterraste. Die Straße war keine fünf Meter breit, und auf der Beifahrerseite gähnte ein Abgrund.

«Das sollten Sie mal versuchen, wenn alles vereist ist!» Der General lachte. «Aber mit dem Wetter hatten wir in letzter Zeit Glück. Letzten Herbst regnete es zwei geschlagene Wochen lang, höchst ungewöhnlich für hier. Eigentlich sollte sich der Monsun über Indien ausregnen. Aber der Winter war dafür angenehm trocken und klar.» Am Ende des Gefälles schaltete Pokryschkin hoch. Nun kam ihnen ein Laster entgegen, und Bondarenko mußte sich beherrschen, um nicht das Gesicht zu verziehen, als die rechten Räder des Geländewagens in das Geröll am Fahrbahnrand gerieten. Pokryschkin machte sich seinen Spaß mit ihm, aber das war zu erwarten gewesen. Der Laster fegte mit einem knappen Meter Abstand vorbei, und der General steuerte zurück zur Mitte der asphaltierten Straße, schaltete vor einer Steigung zurück.

«Hier ist noch nicht einmal genug Platz für ein ordentliches Dienstzimmer – jedenfalls nicht für mich», stelle Pokryschkin fest. «Die Akademiker haben Vorrang.»

Nun wurde auf den letzten Metern der Steigung das Testgebiet «Heller Stern» sichtbar.

Es gab drei Kontrollstellen. General Pokryschkin hielt bei jeder an und zeigte seinen Passierschein.

«Und die Wachtürme?» fragte Bondarenko.

«Sind rund um die Uhr bemannt. Hart für die Männer. Ich mußte Heizlüfter in die Türme stellen lassen.» Der General lachte in sich hinein. «Es gibt hier mehr Strom, als wir verbrauchen können. Ursprünglich ließen wir zwischen den Zäunen Wachhunde laufen, mußten diese Praxis aber aufgeben, denn vor zwei Wochen sind uns mehrere erfroren. Ein paar sind noch da, aber die gehen nun mit den Streifen. Am liebsten würde ich sie ganz loswerden.»

«Aber –»

«Nur noch mehr hungrige Mäuler», erklärte Pokryschkin. «Wenn es zu schneien anfängt, müssen wir die Lebensmittel mit dem Hubschrauber einfliegen lassen. Wer Wachhunde bei Laune halten will, muß sie mit Fleisch füttern. Können Sie sich vorstellen, wie es um die Moral bestellt ist, wenn die Hunde sich nur von Fleisch ernähren, die Wissenschaftler aber nicht genug bekommen? Auch der KGB-Kommandant findet, daß die Hunde den Aufwand nicht wert sind, und versucht, die Genehmigung für ihre Abschaffung zu bekommen. Wir haben auf allen Wachtürmen Nachtsichtgeräte, mit denen wir Eindringlinge ausmachen können, noch ehe ein Hund sie riecht oder hört.»

«Wie stark ist die Wachmannschaft?»

«Eine verstärkte Schützenkompanie, hundertsechzehn Mann unter einem Oberstleutnant. Rund um die Uhr haben mindestens zwanzig Wachen Dienst; die Hälfte hier, die Hälfte auf dem anderen Berg. Hier haben wir permanent zwei Mann auf jedem Wachturm, dazu vier auf Streife, nicht zu vergessen die Männer an den Kontrollstellen. Die Anlage ist gesichert, Oberst. Und um ganz sicherzugehen, führten wir letzten Oktober eine Übung durch, bei der ein *Speznas*-Team versuchte, die Höhe zu erstürmen. Der Schiedsrichter erklärte alle für tot, ehe sie auch nur bis auf vierhundert Meter an unseren Zaun herangekommen waren.» Pokryschkin drehte sich zu Bondarenko um. «Zufrieden?»

«Jawohl, Genosse General. Bitte haben Sie Verständnis; ich bin von Natur aus vorsichtig.»

«Für Feigheit haben Sie Ihre Orden aber nicht bekommen», bemerkte der General leichthin. «Neuen Ideen stehe ich immer aufgeschlossen gegenüber. Wenn Sie irgend etwas zu sagen haben – meine Tür steht Ihnen immer offen.»

Bondarenko kam zu dem Schluß, daß er General Pokryschkin mochte. Der Mann war weit genug von Moskau entfernt, um sich nicht wie ein aufgeblasener Bürokrat zu benehmen, und anders als viele andere Generale schien er beim Rasieren auch keinen Heiligenschein im Spiegel zu sehen. Vielleicht bestand doch noch Hoffnung für diese Anlage. Das würde Filitow freuen.

«Man fühlt sich wie eine Maus, über der ein Falke kreist», bemerkte Abdul.

«Dann mach's wie die Maus», versetzte der Bogenschütze ungerührt. «Bleib im Schatten.»

Er schaute zu der An-26 auf, die fünftausend Fuß über ihnen flog; so hoch, daß das Heulen der Turbinen sie kaum erreichte. Schade, für eine Rakete zu weit entfernt. Andere Raketenspezialisten der *mudschaheddin* hatten Antonows abgeschossen, doch nicht der Bogenschütze. Bedauerlich, denn so konnte man sogar vierzig Russen auf einmal töten. Die Sowjets hatten inzwischen gelernt, die umgebauten Transportflugzeuge zur Bodenüberwachung einzusetzen. Das machte den Guerillas das Leben schwer.

Die beiden Männer folgten einem schmalen Pfad am Hang eines Berges, und die Sonne hatte sie noch nicht erreicht, obwohl ihre Strahlen schon das Tal erhellten. Neben einem mageren Fluß standen die Ruinen eines ausgebombten Dorfes. Ehe die Bomber kamen, hatten hier rund zweihundert Menschen gelebt. Er konnte die Krater sehen, in unregelmäßigen, zwei bis drei Kilometer langen Reihen. Die Bomben waren durch das Tal marschiert, und die Dörfler, die nicht der Tod ereilt hatte, waren nach Pakistan geflohen. Zurückgeblieben war nur Leere. Kein Essen für die Freiheitskämpfer, keine Gastfreundschaft, noch nicht einmal eine Moschee zum Beten. Noch immer fragte sich der Bogenschütze manchmal, warum der Krieg so grausam sein mußte. Wenn Männer gegeneinander kämpften, war das noch ehrenhaft, aber was die Russen da taten... Und uns nennen sie unzivilisiert!

So viel war ihm verlorengegangen. Seine Zukunftshoffnungen, sein ganzes früheres Leben gerieten mit jedem Tag weiter in Vergessenheit. Noch immer konnte er die Gesichter seiner Frau und seiner Kinder sehen, aber sie waren nun wie Fotografien – zweidimensionale, leblose grausame Erinnerungen an eine Zeit, die nie wiederkehren würde. Doch sie gaben seinem Leben wenigstens einen Sinn. Wann immer er Mitleid für seine Opfer verspürte, wenn er sich fragte, ob Allah das billigte, was er tat –, dann konnte er die Augen schließen und sich sagen, daß ihm das Jammern eines sterbenden Russen so süß in den Ohren klang wie die leidenschaftlichen Schreie seiner Frau.

«Fliegt weg», sagte Abdul.

Der Bogenschütze drehte sich um. Sonnenstrahlen blitzten auf dem Seitenruder der Maschine, die nun über den nächsten Bergkamm flog. Selbst von diesem felsigen Grat aus hätte er die Antonow nicht erreichen können. Die Russen waren nicht auf den Kopf gefallen und flogen nicht niedriger als unbedingt erforderlich. Wenn er so eine Maschine abschießen wollte, mußte er nahe an einen Flugplatz herankommen... oder sich eine neue Taktik einfallen lassen. Interessanter Einfall. Der Bogenschütze schritt weiter über den endlosen Felsenpfad und begann sich mit dem Problem zu befassen.

«Wird es auch funktionieren?» fragte Morosow.

«Es ist ja der Zweck des Tests, das herauszufinden», erklärte der Leitende Ingenieur geduldig und dachte an die Zeit, in der er jung und ungeduldig gewesen war. Morosow hatte echtes Potential, das bewies seine Arbeit an der Universität. Der Sohn eines Fabrikarbeiters aus Kiew hatte sich mit Intelligenz und Fleiß einen Platz an einer der Eliteanstalten der Sowjetunion verdient und sie mit Auszeichnung absolviert – so glanzvoll, daß er vom Militärdienst befreit worden war, ungewöhnlich für jemanden, der nicht über politische Beziehungen verfügte.

«Und das ist die neue optische Beschichtung –» Morosow betrachtete sich den Spiegel aus nächster Nähe. Beide Männer trugen Overalls,

Masken und Handschuhe, damit sie die Oberfläche von Spiegel 4 nicht beschädigten.

«Wie Sie erraten haben, ist dies ein Element des Tests.» Der Ingenieur drehte sich um. «Fertig!»

«Räumen!» rief ein Techniker.

Sie kletterten über eine Leiter an der Säule hinunter und dann über einen Steg auf die Betoneinfassung des Loches.

«Ganz schön tief», bemerkte Morosow.

«Ja, wir müssen feststellen, wie effektiv unsere Maßnahmen zur Vibrationsisolierung sind.» Das machte dem Leitenden Ingenieur noch Kummer. Er hörte den Motor eines Geländewagens, drehte sich um und sah, wie der Kommandant einen anderen Mann ins Lasergebäude führte. Schon wieder Besuch aus Moskau. Wie sollen wir mit unserer Arbeit zu Rande kommen, wenn uns dauernd Parteihengste über die Schulter gucken?

«Haben Sie General Pokryschkin schon kennengelernt?» fragte er Morosow.

«Nein. Was ist er für ein Mensch?»

«Mir sind schon unangenehmere begegnet. Wie die meisten Leute hält er die Laser für die wichtigste Komponente. Lektion Nummer eins, Boris Filipowitsch: Entscheidend sind die Spiegel und die Computer. Die Laser sind nutzlos, wenn wir sie nicht auf einen bestimmten Punkt im Raum richten können.»

Die Lektion verriet Morosow, für welchen Teil des Projekts der Mann verantwortlich war, doch die wahre Lektion kannte der frischgebackene Ingenieur bereits: Das gesamte System mußte perfekt funktionieren. Ein fehlerhaftes Segment konnte die teuerste Anlage der Sowjetunion in ein Sammelsurium seltsamer technischer Spielereien verwandeln.

5

Die umgebaute Boeing 767, Codename «Cobra Belle», war kaum mehr als eine Plattform für ein riesiges Infrarot-Teleskop und mit einem unansehnlichen Buckel gleich hinter dem Flugdeck versehen, der ihr das Aussehen einer Schlange verlieh, die gerade einen viel zu großen Brocken verschlungen hat.

Erstaunlicher noch war die Beschriftung auf dem Seitenleitwerk: U.S. Army. Diese Tatsache, die die Air Force zur Weißglut trieb, rührte vom ungewöhnlichen Weitblick oder Starrsinn der Army her, die selbst in den siebziger Jahren ihre Raketenforschung weitergeführt und in ihrer sogenannten «Hobbywerkstatt» die Infrarot-Sensoren an Bord der Cobra Belle erfunden hatte.

Doch Cobra war inzwischen ein Programm der Air Force, das in Koordination mit dem Cobra Dane Radar bei Shemya lief und oft zusammen mit einer Maschine namens Cobra Ball, einer umgebauten Boeing 707, flog, weil Cobra der Codename einer ganzen Familie von Systemen zur Erfassung und Verfolgung sowjetischer Raketen war. Die Army ergötzte sich an der Tatsache, daß die Air Force ihrer Hilfe bedurfte, und achtete argwöhnisch auf Versuche, ihr das Programm zu stehlen.

Die Besatzung ging lässig die Checkliste durch – es war noch viel Zeit. Die Männer kamen von Boeing. Bisher hatte sich die Army mit Erfolg Versuchen der Air Force widersetzt, eigene Leute ins Cockpit zu bringen. Der Kopilot, ein ehemaliger Offizier der Air Force, fuhr mit dem Zeigefinger an den Positionen entlang und las sie vor, während Pilot und Bordingenieur/Navigator Knöpfe drückten, Instrumente ablasen und die Maschine für einen sicheren Flug vorbereiteten.

Der unangenehmste Aspekt der Mission war das Wetter am Boden. Die zu den westlichen Aleuten gehörende Insel Shemya, vier Meilen lang und zwei Meilen breit, erhob sich an ihrem höchsten Punkt nur zweiundsiebzig Meter über die schiefergraue Meeresoberfläche. Was auf den

Aleuten als normales Wetter galt, hätte zur Schließung der meisten anderen Flughäfen geführt, und das Schlechtwetter hier weckte bei der Crew der Boeing Sehnsucht nach der Eisenbahn. Man war auf dem Stützpunkt gemeinhin der Auffassung, die Sowjets testeten ihre Interkontinentalraketen nur über dem Ochotskischen Meer, um den überwachenden Amerikanern das Leben sauer zu machen. Heute war die Witterung einigermaßen akzeptabel. Man konnte bis fast zum Ende der Startbahn sehen, wo Dunstkreise die blauen Lichter umgaben. Wie die meisten Flieger bevorzugte der Pilot Tageslicht, aber das stellte hier im Winter die Ausnahme dar. Er zählte die Pluspunkte auf: Wolkendecke bei fünfzehnhundert Fuß; es regnete noch nicht. Auch Seitenwind war hier ein Problem, aber der Wind kam hier sowieso aus allen möglichen und unmöglichen Richtungen – oder, korrekter, es war den Leuten, die die Startbahn angelegt hatten, gleichgültig gewesen, daß Winde bei Flugoperationen einen wichtigen Faktor darstellen.

«Shemya Tower, hier Charlie Bravo. Bereit zum Rollen.»

«Charlie Bravo, frei zum Rollen. Wind aus zwei-fünf-null, fünfzehn Knoten.»

«Roger. Charlie Bravo rollt.» Zehn Minuten später startete die Boeing zu einem weiteren Routineflug – wie man erwartete.

Zwanzig Minuten darauf erreichte die Cobra Belle ihre Diensthöhe von 15 000 Metern. Die Maschine glitt so sanft dahin wie ein Verkehrsflugzeug, aber die Insassen genossen nicht den ersten Drink und machten sich Gedanken übers Abendessen, sondern waren bereits losgeschnallt und an der Arbeit.

Es waren Instrumente zu aktivieren, Computer in Gang zu setzen, Datenverbindungen herzustellen und Sprechfunkverbindungen zu testen. Die Maschine war mit allen vorstellbaren Kommunikationssystemen ausgerüstet und hätte sogar einen Hellseher an Bord gehabt – wäre das entsprechende Programm des Verteidigungsministeriums so erfolgreich verlaufen, wie ursprünglich erhofft. Der Kommandant war ein Artillerist mit einem Grad in Astronomie, der zuletzt in Westdeutschland eine mit der «Patriot» ausgerüstete Raketenbatterie befehligt hatte. Die meisten Menschen sahen Flugzeuge und wollten sie fliegen; er aber war immer nur daran interessiert gewesen, sie abzuschießen. Da er für ballistische Raketen ähnliche Gefühle hegte, hatte er an der Entwicklung einer Modifikation mitgeholfen, die die Patriot-Rakete in die Lage versetzte, nicht nur sowjetische Flugzeuge, sondern auch andere Lenkgeschosse vom Himmel zu holen.

Er hielt eine Unterlage vom militärischen Nachrichtendienst DIA in Washington in der Hand, die ihn darüber informierte, daß die Sowjets in vier Stunden und sechzehn Minuten einen Testabschuß der Interkontinentalrakete SS-25 durchführen würden. Woher diese Information stammte, verriet die Unterlage nicht, aber der Colonel konnte sich schon denken, daß man sie nicht einem Artikel in der *Iswestija* entnommen hatte. Cobra Belle hatte den Auftrag, den Abschuß zu verfolgen, alle Telemetriesendungen der Rakete abzufangen und die Sprengköpfe im Flug zu fotografieren. Die so gesammelten Daten sollten später zur Feststellung der Leistung und ganz besonders der Zielgenauigkeit der Sprengköpfe analysiert werden.

Als Missionskommandant hatte der Colonel nicht sonderlich viel zu tun. An seinem Steuerpult zeigten farbige Leuchten den Status verschiedener Bordsysteme an. Da Cobra Belle noch verhältnismäßig neu war, funktionierte alles. Außer Betrieb war heute nur eine Reserve-Datenverbindung, und während der Colonel seinen Kaffee schlürfte, war ein Techniker dabei, sie wieder instand zu setzen. Es kostete den Colonel einige Mühe, interessiert dreinzuschauen, obwohl er eigentlich nichts zu tun hatte, aber wenn er anfing, gelangweilt zu wirken, gab er seinen Leuten ein schlechtes Beispiel. Er zog den Reißverschluß seiner Ärmeltasche auf und nahm einen Schokoladenriegel heraus. Der Colonel lutschte fünf Minuten lang an dem Riegel und kam dann zu dem Schluß, daß *irgend etwas* getan werden mußte. Er schnallte sich los und ging nach vorne zum Flugdeck.

«Morgen, Leute.» Inzwischen war es 0004-Lima oder 12:04 Uhr Ortszeit.

«Guten Morgen, Colonel», antwortete der Pilot für seine Crew.

«Läuft hinten alles gut?»

«Bislang ja. Wie sieht das Wetter im Patrouillengebiet aus?»

«Massive Wolkendecke in zwölf- bis fünfzehntausend», antwortete die Navigatorin und hielt ein Satellitenfoto hoch. «Winde aus drei-zwo-fünf, dreißig Knoten. Kurs von Shemya laut Navigationssystem korrekt», fügte sie hinzu. Normalerweise wurde die 767 nur von Pilot und Kopilot geflogen. Hier war das anders. Seit dem Abschuß der koreanischen Passagiermaschine durch die Sowjets achtete jedes Flugzeug überm Westpazifik peinlich genau auf die Navigation. Für Cobra Belle war das ganz besonders wichtig, denn die Sowjets hassen Spähflugzeuge. Man ging zwar niemals näher als fünfzig Meilen an sowjetisches Territorium heran und hielt sich auch dem sowjetischen Luftverteidigungsraum fern, doch die Russen hatten trotzdem zweimal Jäger aufsteigen lassen, um deutlich zu machen, daß ihnen Cobra Belle nicht gleichgültig war.

«Nun, wir sollen ja nicht sehr nahe ran», bemerkte der Colonel und schaute zwischen den beiden Piloten hindurch aus dem Fenster. Beide Turbofan-Triebwerke liefen normal. Die Navigatorin zog angesichts des Interesses des Colonels die Augenbrauen hoch und wurde mit einem Schulterklopfen besänftigt.

«Flugzeit zum Beobachtungsgebiet?»

«Drei Stunden und siebzehn Minuten, Sir.»

«Dann hab ich wohl noch Zeit für ein Schläfchen», meinte der Colonel auf dem Weg zur Tür. Er zog sie hinter sich zu und ging am Teleskop vorbei zur Hauptkabine. Warum waren die Besatzungen heutzutage so unglaublich jung?

Vorne tauschten der Pilot und der Kopilot Blicke. Der Opa traut uns wohl nichts zu. Sie machten es sich in ihren Sitzen bequem und suchten den Himmel nach den blinkenden Positionsleuchten anderer Maschinen ab, während der Autopilot das Flugzeug steuerte.

Morosow trug wie die anderen Wissenschaftler in der Steuerzentrale einen weißen Laborkittel mit angestecktem Ausweis. Er arbeitete sich immer noch ein und würde wahrscheinlich nur vorübergehend bei dem Team bleiben, das die Spiegel steuerte. Inzwischen hatte er erkannt, wie wichtig dieser Teil des Programms war. In Moskau hatte er die Funktionsweise von Lasern verstehen gelernt und im Labor eindrucksvolle Experimente durchgeführt, aber nicht wirklich verstanden, daß die Arbeit mit dem Austritt der Energie aus dem Instrument erst beginnt.

«Test», sagte der Leitende Ingenieur in sein Mikrophon.

Man prüfte die Kalibrierung des Systems, indem man die Spiegel auf einen fernen Stern ausrichtete.

«Gäbe ein tolles Teleskop ab, was?» meinte der Ingenieur mit einem Blick auf den Monitor.

«Die Stabilität des Systems macht Ihnen Sorgen. Warum?»

«Wie Sie sich vorstellen können, muß es sehr akkurat arbeiten. Und das System in seiner Gesamtheit wurde noch nie getestet. Sterne lassen sich leicht erfassen, aber...» Er zuckte die Achseln. «Nun ja, das Programm ist noch jung, mein Freund. So wie Sie.»

«Warum erfassen wir einen Satelliten nicht mit Radar?»

«Gute Frage.» Der ältere Mann lachte. «Habe ich mir auch schon gestellt. Hat wohl etwas mit Rüstungskontrolle oder so zu tun. Für den Augenblick, sagte man uns, genüge es, wenn wir die Zielkoordinaten über Kabel bekommen. Unfug!» schloß er.

Morosow lehnte sich in seinen Sessel zurück und sah sich um. Am anderen Ende des Raumes war das Laserteam am Werk; dahinter stand flüsternd eine Gruppe uniformierter Offiziere. Dann schaute er auf die Uhr – dreiundsechzig Minuten bis zum Testbeginn. Einer nach dem anderen entfernten sich die Techniker in Richtung Toilette. Morosow verspürte kein Bedürfnis und auch der Abteilungsleiter nicht, der sich schließlich mit seinen Systemen zufrieden erklärte und alles in Bereitschaft gehen ließ.

37 000 Kilometer überm Indischen Ozean schwebte ein Satellit in einer geostationären Umlaufbahn. Sein Schmidt-Teleskop mit Cassegrainschem Reflektor war permanent auf die Sowjetunion gerichtet, und seine Aufgabe war die Frühwarnung vor einem Abschuß russischer Raketen auf die USA. Seine Daten gingen über die Bodenstation Alice Springs in Australien an verschiedene Einrichtungen in den Vereinigten Staaten. Im Augenblick waren die Sichtverhältnisse exzellent. Fast die gesamte sichtbare Hemisphäre lag im Dunkeln, und gegen den winterkalten Boden zeichnete sich auch die kleinste Wärmequelle deutlich umrissen ab.

Techniker, die von Sunnyvale in Kalifornien aus die Infrarotbilder des Satelliten beobachteten, vertrieben sich gerne die Zeit mit dem Zählen sowjetischer Industrieanlagen. Da war das Stahlwerk Lenin bei Kasan, dort die große Raffinerie bei Moskau, und hier –

«Köpfe hoch», riet der Sergeant. «Energieblase bei Plesezk. Sieht so aus, als stiege von der Testanlage eine Interkontinentalrakete auf.»

Der Major vom Nachtdienst setzte sich sofort mit «Crystal Palace» in Verbindung, dem Befehlszentrum NORAD im Cheyenne Mountain in Colorado, um sicherzustellen, daß man die Satellitendaten auch dort empfing.

«Das ist der angekündigte Start», sagte er zu sich selbst.

Das helle Bild des Flammenschweifs der Rakete begann sich nach Osten zu wenden, als das Geschoß auf die ballistische Flugbahn ging, die ihm seinen Namen gegeben hatte. Der Major kannte die Charakteristika aller sowjetischen Raketen auswendig. Wenn dies eine SS-25 war, mußte die Abtrennung der ersten Stufe jetzt erfolgen.

Der Schirm leuchtete grell auf, als plötzlich ein sechshundert Meter messender Feuerball erschien. Die Kamera im Orbit führte das mechanische Äquivalent eines Augenzwinkerns durch und veränderte ihre Empfindlichkeit, nachdem ihre Sensoren von dem jähen Energieausbruch geblendet worden waren. Drei Sekunden später war sie in der Lage, eine Wolke aus heißen Trümmern zu verfolgen, die im Bogen zurück zur Erde stürzten.

«Sieht aus, als wäre sie zerplatzt», merkte der Sergeant überflüssigerweise an. «Zurück ans Reißbrett, Iwan –»

«Das Problem mit der zweiten Stufe scheinen sie immer noch nicht im Griff zu haben», fügte der Major hinzu und machte sich kurz Gedanken über die Natur des Problems. Die Sowjets hatten überhastet mit der Produktion der SS-25 begonnen und sie bereits mobil auf Eisenbahnwagen zu dislozieren begonnen, aber ausgereift war der Feststoff-Vogel offenbar noch nicht.

«Crystal Palace, wir nennen das ein Testversagen siebenundfünfzig Sekunden nach dem Start. Überwacht Cobra Belle den Test aus der Luft?»

«Ja», erwiderte der Offizier am anderen Ende. «Wir rufen sie jetzt zurück.»

«Fein. Nacht, Jeff.»

Der Missionskommandant an Bord der Cobra Belle bestätigte zehn Minuten später den Funkspruch und schaltete den Kanal ab. Dann schaute er auf die Uhr und seufzte, denn er hatte noch keine Lust, nach Shemya zurückzukehren. Der für die Geräte verantwortliche Captain schlug vor, die Zeit für die Kalibrierung der Instrumente zu nutzen. Nach kurzer Überlegung nickte der Colonel zustimmend. Maschine und Besatzung waren so neu, daß alle die Übung vertragen konnten. Das Kamerasystem wurde in MTI-Modus gebracht. Ein Computer, der alle vom Teleskop ausgemachten Energiequellen registrierte, begann, sich nur auf bewegliche Ziele zu konzentrieren. Die Techniker an den Bildschirmen sahen zu, wie der Moving-Target Indicator rasch die Sterne eliminierte und einige in niedrigen Umlaufbahnen fliegende Satelliten und treibenden Raumschrott fand. Das Kamerasystem war empfindlich genug, um noch über tausend Meilen die Körperwärme eines Menschen zu erspüren, und bald stand eine Reihe von Zielen zur Auswahl. Die Kamera erfaßte sie eines nach dem anderen; die Bilder wurden digitalisiert und auf Magnetband gespeichert. Dies war zwar nur eine Übung, aber die Daten würden trotzdem automatisch an NORAD gehen, um das Register aller im Orbit befindlichen Objekte zu ergänzen.

«Der Durchbruch ist atemberaubend», sagte Oberst Bondarenko leise.

«Ja», stimmte General Pokryschkin zu. «Erstaunlich, wie so etwas passiert. Eines meiner Genies merkt etwas und sagt es einem anderen, das es wiederum einem dritten erzählt, und das dritte gibt etwas von sich, das zurück zum ersten dringt, und so weiter. Wir haben hier die besten Köpfe des Landes versammelt, aber der Erfindungsprozeß erinnert nach wie vor an das blinde Huhn. Etwas eigenartig, aber das macht es halt so spannend. Gennadi Josifowitsch, das hier ist für mich so aufregend wie mein erster Alleinflug. Dieses Projekt wird die Welt verändern! Nach dreißigjähriger Arbeit ist es uns vielleicht gelungen, die Grundlagen für ein System zu entdecken, das die Heimat gegen Raketen schützt.»

Bondarenko fand, der Test würde erweisen, inwieweit das eine Übertreibung war.

Die Steuerzentrale war vom Lasergebäude getrennt und viel zu eng für die Männer und Anlagen. Über hundert Ingenieure arbeiteten hier, darunter sechzig Doktoren der Physik, und selbst jene, die sich nur Techniker nannten, hätten an jeder Universität der Sowjetunion lehren können. Sie saßen oder standen meist rauchend an ihren Konsolen, und die Klimaanlage für die Kühlung der Computer hielt nur mit Mühe die Luft rein. Überall Digitalanzeigen. Die meisten zeigten die Zeit an: Greenwich-Zeit, die für die Satelliten galt; Ortszeit; und natürlich Moskauer Zeit. Von anderen ließen sich die genauen Koordinaten des Zielsatelliten Kosmos 1810 ablesen, der am 26. Dezember 1986 vom Kosmodrom Tjuratam gestartet worden war und noch in der Umlaufbahn schwebte, weil er nicht mit seiner Filmkassette zurück zur Erde gekommen war. Telemetrisch ließ sich feststellen, daß seine elektrischen Bordsysteme noch funktionierten, doch sein Orbit verfiel langsam. Im Augenblick war sein Perigäum – der Punkt, an dem er der Erde am nächsten kam – hundertachtzig Kilometer hoch, und diesem Punkt näherte er sich nun, direkt über Heller Stern.

«Wir fahren an!» rief der Chefingenieur über die Sprechanlage. «Letzte Systemprüfung.»

«Kameras bereit», meldete ein Techniker. «Kryogenfluß normal.»

«Spiegelsteuerung auf Automatic», erklärte der Ingenieur neben Morosow. Der junge Mann saß auf einem Drehsessel und starrte auf einen noch dunklen Monitor.

«Computersequenzen auf Automatic», verkündete ein dritter.

Bondarenko schlürfte Tee und war erfolglos bemüht, ruhig zu bleiben. Schon immer hatte er dem Start einer Raumrakete beiwohnen wollen, es aber nie arrangieren können. Dieser Test aber war ähnlich aufregend. Um ihn herum verschmolzen Männer und Maschinen zu einer einzigen Entität, um etwas geschehen zu lassen. Ein Mann nach dem anderen verkündete seine Bereitschaft und die seiner Geräte. Endlich:

«Alle Lasersysteme unter Strom und bereit.»

«Wir sind schußbereit», beschloß der Chefingenieur die Litanei. Alle Augen wandten sich zur rechten Seite des Gebäudes, wo ein Team die Kameras auf einen Sektor des Nordwesthorizonts gerichtet hielt. Ein weißer Punkt erschien, stieg an der nachtschwarzen Himmelskuppel höher...

«Ziel aufgefaßt!»

Der Ingenieur neben Morosow hob die Hände vom Steuerpult, um nicht versehentlich einen Knopf zu berühren. Das Automatic-Licht blinkte.

Zweihundert Meter weiter drehten sich die um das Lasergebäude arrangierten Spiegel gleichzeitig und gingen in fast vertikale Stellung, als sie sich auf das Ziel über dem von zackigen Bergen markierten Horizont einstellten. Eine Kuppe weiter verhielten sich die Spiegel der Bildkonfiguration ähnlich. Draußen erklangen Alarmsignale, und rotierende Warnlichter befahlen allen im Freien Stehenden, sich vom Lasergebäude abzuwenden.

Auf dem Monitor neben der Konsole des Chefingenieurs stand ein Foto von Kosmos 1810. Als letzte Rückversicherung gegen Irrtümer mußten er und drei andere das Ziel visuell eindeutig identifizieren.

«Das da ist Kosmos 1810», meldete der Captain dem Colonel an Bord der Cobra Belle. «Kaputter Aufklärungssatellit. Bremstriebwerke müssen versagt haben – der Vogel kam auf den Befehl der Russen nicht zurück. Er ist jetzt in einem verfallenden Orbit und sollte noch vier Monate oben bleiben. Sendet noch immer Routinedaten. Nichts Wichtiges, soweit wir es beurteilen können; er sagt dem Iwan nur, daß er noch da ist.»

«Die Sonnenpaddel müssen noch arbeiten», bemerkte der Colonel. Der Trabant entwickelte innen Wärme.

«Ja. Warum haben die das Ding bloß nicht abgeschaltet? Wie auch immer, Bordtemperatur fünfzehn Grad. Schön kalter Hintergrund zum Messen. Bei Sonneneinstrahlung hätten wir den Unterschied zwischen Bord- und Solarwärme womöglich nicht feststellen können –»

Die Bewegung der Spiegel des Laser-Senders vollzog sich nur langsam, auf den sechs Fernsehschirmen aber wahrnehmbar. Ein Laserstrahl geringer Leistung prallte von einem Spiegel ab, suchte das Ziel. Er diente nicht nur dem ganzen System als Visier, sondern erzeugte auch auf einem Monitor der Hauptkonsole ein hochaufgelöstes Bild. Die Identität des Zieles war nun bestätigt. Der Chefingenieur drehte einen Schlüssel um, der das ganze System «scharf» machte. Heller Stern war nun ganz der menschlichen Kontrolle entzogen, wurde nur von dem Hauptcomputerkomplex der Anlage gesteuert.

«Ziel erfaßt», sagte Morosow zu seinem Vorgesetzten.

Der Ingenieur nickte zustimmend. Die Entfernungsanzeige wies zunehmend geringere Werte auf, als der Satellit mit 30 000 Stundenkilometern auf sie zu und seiner Vernichtung entgegenraste. Das Bild, das sie sahen, war ein leicht ellipsoider, unscharfer Fleck, der sich wegen seiner inneren Wärmeentwicklung weiß gegen den schwarzen, kalten Himmel abhob. Nun war er genau in der Mitte des Fadenkreuzes.

Sie vernahmen selbstverständlich kein Geräusch, denn das Lasergebäude war gegen Kälte und Schall isoliert. Vom Boden aus gab es auch nichts zu sehen. Doch hundert Mann starrten auf die Bildschirme und ballten im selben Augenblick die Fäuste.

«Zum Teufel!» rief der Captain. Das Bild von Kosmos 1810 wurde jäh so hell wie die Sonne. Der Computer reduzierte zwar sofort die Empfindlichkeit, kam aber für mehrere Sekunden nicht mit dem Temperaturanstieg des Zieles mit.

«Was ist da passiert... Sir, innere Hitze kann das nicht sein.» Der Captain gab einen Befehl ein und erhielt die Digitalanzeige der Temperatur des Satelliten. Infrarotstrahlung ist eine Funktion der vierten Potenz. Die von einem Objekt abgestrahlte Wärme ist gleich dem *Quadrat des Quadrates* seiner Temperatur. «Sir, die Temperatur des Zieles stieg innerhalb von zwei Sekunden von fünfzehn auf ... rund achtzehnhundert Grad Celsius... Moment, sie fällt – nein, steigt wieder. Steigerungsrate unregelmäßig, fast als... Jetzt fällt sie. Was, zum Teufel, war das?»

Links von ihm drückte der Colonel Knöpfe an seiner Kommunikationskonsole und aktivierte eine verschlüsselte Datenverbindung zum Cheyenne Mountain. Dann sprach er in dem gelassenen Tonfall, den sich Soldaten für die ärgsten Krisensituationen aufheben. Der Colonel wußte nämlich genau, was er gerade gesehen hatte.

«Crystal Palace, hier Cobra Belle. Bitte halten Sie sich für eine Superblitz-Meldung bereit.»

«Bereit.»

«Wir haben einen Hochenergie-Vorfall. Ich wiederhole, wir verfolgen einen Hochenergie-Vorfall. Cobra Belle gibt einen Stoppball bekannt. Bitte bestätigen.» Als er sich zu dem Captain umdrehte, war sein Gesicht blaß.

In der Befehlszentrale NORAD mußte der Wachoffizier erst sein Gedächtnis strapazieren, bis ihm einfiel, was ein Stoppball war. «Himmel!» sagte er zwei Sekunden darauf ins Mikrophon. Dann: «Cobra Belle, wir bestätigen: Stoppball. Bitte warten Sie, wir setzen uns hier in Bewegung. Himmel noch mal!» sagte er noch einmal und wandte sich an seinen Stellvertreter. «Senden Sie Stoppball-Alarm ans NMCC und richten Sie aus, man könne sich auf harte Daten gefaßt machen. Und machen Sie Colonel Welch ausfindig und schicken Sie ihn zu mir.» Dann griff der Wachoffizier nach einem Telefonhörer und tippte die Nummer seines höchsten Vorgesetzten ein, dem Oberbefehlshaber der nordamerikanischen Luft- und Raumverteidigung, CINC-NORAD.

«Ja», meldete sich eine bärbeißige Stimme.

«General, hier Oberst Hendriksen. Cobra Belle hat Stoppball-Alarm gegeben und erklärt, womöglich gerade einen Hochenergie-Vorfall wahrgenommen zu haben.»

«Haben Sie NMCC informiert?»

«Jawohl, Sir, und Doug Welch wird auch hinzugezogen.»

«Liegen die Daten schon vor?»
«Werden bereit sein, bis Sie hier sind, Sir.»
«Gut, Colonel. Ich mache mich sofort auf den Weg. Schicken Sie eine Maschine nach Shemya und lassen Sie diesen Army-Mann holen.»

Der Colonel an Bord der Cobra Belle sprach nun mit seinem Fernmeldeoffizier und wies ihn an, alle vorliegenden Daten über Digitalverbindung an NORAD und Sunnyvale zu senden. Dies war in weniger als fünf Minuten erledigt. Als nächstes befahl der Missionskommandant der Crew, nach Shemya zurückzufliegen. Es war zwar noch für zwei Stunden Patrouillenflug Treibstoff an Bord, doch er nahm nicht an, daß sich heute noch etwas ereignen würde. Was bisher geschehen war, genügte. Der Colonel hatte gerade das Privileg gehabt, etwas mitzuerleben, das in der Geschichte der Menschheit nur wenige zu sehen bekamen: einen gewaltigen Umbruch. Und anders als die meisten seiner Mitmenschen verstand er dessen Bedeutung. Eine Ehre, sagte er sich, auf die ich lieber verzichtet hätte.

«Captain, sie sind uns zuvorgekommen.»

Jack wollte gerade in die Ausfahrt vom Interstate Highway 495 abbiegen, als sein Autotelefon ging.

«Ja?»
«Sie werden hier gebraucht.»
«Gut.» Die Verbindung wurde unterbrochen. Jack nahm die Abfahrt und blieb in der rechten Spur und wandte sich zur Auffahrt zurück auf den Washington Beltway und zur CIA. Typisch. Er hatte sich eigens den Nachmittag freigenommen. Ryan fuhr murrend zurück nach Virginia.

Major Gregory und drei Mitglieder seines Software-Teams standen an einer Tafel und zeichneten ein Ablaufdiagramm für die Spiegelsteuerung, als ein Sergeant den Raum betrat.

«Major, Sie werden am Telefon verlangt.»
«Ich bin beschäftigt. Kann das nicht warten?»
«Es ist General Parks, Sir.»
«Die Stimme seines Herrn», murrte Al Gregory, warf dem Nächststehenden die Kreide zu und ging hinaus. Eine Minute später war er am Telefon.

«Ein Hubschrauber ist unterwegs, um Sie abzuholen», sagte der General ohne Umschweife.

«Sir, wir versuchen gerade, etwas in den Griff zu kriegen –»
«In Kirtland steht ein Learjet für Sie bereit. Nicht genug Zeit für eine Zivilmaschine. Packen können Sie vergessen. Und jetzt los, Major!»
«Jawohl, Sir!»

«Was ist da schiefgegangen?» fragte Morosow. Der Ingenieur starrte zornig auf die Konsole.

«Thermisches Ausblühen! Verdammt, ich dachte, das hätten wir inzwischen hinter uns.»

Auf der anderen Seite des Raumes erzeugte der Laser mit schwacher Leistung ein monochromes, bräunliches Bild. Ein Techniker ließ zum Vergleich auf der linken Bildschirmhälfte den Zustand des Satelliten vor dem Schuß erscheinen.

«Keine Löcher», merkte Pokryschkin säuerlich an.

«Na und?» fragte Bondarenko überrascht. «Mann, Sie haben das Ding glatt zerschmolzen!» Und so sah der Satellit auch aus. Ehemals glatte Flächen waren nun gewellt von der Hitze, die immer noch abgestrahlt wurde. Die Sonnenzellen am Satellitenkörper schienen ganz weggebrannt zu sein. Bei näherem Hinsehen erkannte man, daß sich der gesamte Satellitenkörper bei der Energieaufnahme verzogen hatte.

Pokryschkin nickte, aber seine Miene blieb unverändert. «Eigentlich hätten wir ein Loch durch das Ding brennen sollen. Wäre uns das gelungen, sähe es so aus, als wäre der Satellit von einem Stück Raumschrott getroffen worden. Das ist die Art von Energie, die wir brauchen.»

«Aber jetzt können Sie jeden beliebigen amerikanischen Satelliten zerstören!»

«Heller Stern wurde nicht zur Zerstörung von Satelliten gebaut, Oberst. Das können wir schon jetzt mit Leichtigkeit.»

Nun verstand Bondarenko. Heller Stern war als ASat-Einrichtung ausgelegt worden, aber der Durchbruch bei der Leistungsausbeute hatte die Erwartungen um ein Vierfaches gesteigert, so daß Pokryschkin zwei Sprünge auf einmal tun wollte: eine ASat-Fähigkeit demonstrieren *und* ein System, das auch für die Abwehr von ballistischen Raketen geeignet war.

Bondarenko verdrängte diesen Gedanken und dachte über das Gesehene nach. Was war schiefgegangen? Dieses thermische Ausblühen wohl. Beim Durchbohren der Atmosphäre gaben die Laserstrahlen einen winzigen Teil ihrer Leistung in Form von Wärme ab. Diese hatte zu Turbulenzen in der Luft geführt, den Strahlengang gestört und den Strahl breiter als geplant gestreut.

Aber trotz allem noch immer kraftvoll genug, um aus über hundertachtzig Kilometer Entfernung Metall zu schmelzen, sagte sich der Oberst. Als Fehlschlag konnte man das nicht bezeichnen, eher als gewaltigen Sprung in eine völlig neue Technologie.

«Irgendwelche Schäden am System?» fragte der General den Direktor des Projekts.

«Nein, denn sonst hätten wir kein Nachfolgebild bekommen. Es hat den Anschein, als reichten unsere Maßnahmen zur Kompensation atmosphärischer Störungen für den Abtaststrahl aus, nicht aber für die Hochleistungstransmission. Ein halber Erfolg, Genosse General.»

«Tja.» Pokryschkin rieb sich die Augen und sprach dann fester. «Genossen, wir haben heute einen großen Fortschritt demonstriert, aber wir haben auch noch viel Arbeit vor uns.»

«Und dafür bin ich zuständig», sagte Morosows Nachbar. «Dieses Problem lösen wir auch noch!»

«Brauchen Sie noch einen Mann für Ihr Team?»

«Wir beschäftigen uns teils mit Spiegeln, teils mit Computern. Verstehen Sie davon etwas?»

«Das müssen Sie entscheiden. Wann fangen wir an?»

«Morgen. Es wird zwölf Stunden dauern, bis die Telemetrieleute ihre Daten sortiert haben. So, ich nehme jetzt den Bus, fahre in meine Wohnung und trinke einen. Meine Familie ist noch eine Woche verreist. Haben Sie Lust, mir Gesellschaft zu leisten?»

«Was war denn das?» fragte der Bogenschütze.

Sie hatten gerade einen Kamm erklommen, als der Meteor erschien. Zumindest hatte es erst so ausgesehen, als zöge ein Meteor seine feurige Bahn über den Himmel. Doch die schmale goldene Linie war hängengeblieben und hatte sich sogar nach oben verlängert – sehr rasch zwar, doch wahrnehmbar.

Ein dünner goldener Strich, dachte der Bogenschütze. Die Luft hatte geglüht. Wie kam das? Er vergaß nun, wo er war und was er war, entsann sich seiner Studienzeit. Nur Hitze erzeugte so etwas. Die Reibungshitze beim Eintritt eines Meteors in die Atmosphäre ... doch diesen Strich konnte kein Meteor erzeugt haben. Selbst wenn die Bewegung nach oben keine Illusion gewesen war – das Auge konnte einem Streiche spielen –, hatte der goldene Strich fast fünf Sekunden lang am Himmel gestanden, vielleicht auch länger. Der Bogenschütze ließ sich abrupt nieder und holte seinen Notizblock hervor. Der CIA-Mann hatte ihn gebeten, alle Vorkommnisse in einer Art Tagebuch festzuhalten. Er schrieb Datum, Uhrzeit, Ort und ungefähre Himmelsrichtung auf. In ein paar Tagen brach er nach Pakistan auf; vielleicht würde der CIA-Mann das interessant finden.

6

Als er eintraf, war es dunkel. Gregorys Fahrer bog vom George Washington Parkway ab und hielt aufs Pentagon zu. Ein Wachposten öffnete das Tor und ließ den unauffälligen Ford durch, der die Rampe hochfuhr, eine Handvoll geparkter Wagen umrundete und direkt an der Freitreppe hinter einem Bus anhielt. Gregory kannte die Prozedur gut: Passierschein vorzeigen, durch den Metalldetektor gehen, dann weiter durch einen Korridor mit den Flaggen der US-Bundesstaaten, vorbei an der Cafeteria zur Einkaufspassage, die beleuchtet und eingerichtet war wie ein Verlies aus dem 12. Jahrhundert.

Die Räume der Strategischen Verteidigungsinitiative SDI lagen direkt unter den Läden und nahmen einen Raum ein, der bisher Bussen und Taxis vorbehalten gewesen war –, ehe das Auftauchen von Autobomben das Verteidigungsministerium zu dem Schluß gebracht hatte, daß Fahrzeuge unter dem E-Ring keine brillante Idee waren. In diesem Teil des Gebäudes fand man daher die neuesten und sichersten Büros – für das neueste und unsicherste militärische Programm des Landes. Hier holte Gregory einen weiteren Passierschein hervor, zeigte ihn den vier Männern am Schalter und hielt ihn dann gegen eine in die Wand eingelassene Metallplatte, die den ins Papier eingebetteten Magnetcode las und beschloß, den Major einzulassen. Nun kam er durch ein Wartezimmer zu einer Doppeltür aus Glas. Beim Eintreten lächelte er erst der Empfangsdame und dann General Parks' Sekretärin zu. Die nickte, lächelte aber nicht zurück, weil sie es ärgerlich fand, so spät noch im Büro sitzen zu müssen.

Auch General Parks war nicht in bester Laune. Sein geräumiges Büro enthielt einen Schreibtisch, einen Couchtisch für Kaffee und vertrauliche Gespräche und einen großen Konferenztisch. Die Wände bedeckten gerahmte Fotografien diverser Aktivitäten im Weltraum und zahlreiche Modelle existierender und imaginärer Raumfahrzeuge und -waffen. Parks, sonst eigentlich ein umgänglicher Mensch, galt als einer der hellsten Köpfe der Regierung. Gregory stellte fest, daß er heute abend Gesellschaft hatte.

«Und so trifft man sich wieder, Major», sagte Ryan und drehte sich um. In der Hand hatte er ein Ringbuch, in der Mitte aufgeschlagen.

Gregory stand stramm – vor Parks – und meldete sich wie befohlen zur Stelle.

«Wie war der Flug?»

«Ausgezeichnet, Sir. Steht der Cola-Automat noch da? Ich bin total ausgetrocknet.»

Parks grinste kurz. «Nur zu, so eilig haben wir's auch wieder nicht.»

«Man muß den Jungen einfach mögen», meinte der General, nachdem sich die Tür hinter Gregory geschlossen hatte.

«Weiß seine Mami eigentlich, was er nach der Schule treibt?» meinte Ryan lachend und wurde dann ernst. «Er hat von der Sache noch nichts zu sehen bekommen, nicht wahr?»

«Nein, dazu war keine Zeit, und der Colonel von der Cobra Belle kann erst in fünf Stunden hier sein.»

Jack nickte. Deshalb waren von der CIA nur er und Art Graham von der Satelliteneinheit hier. Alle anderen durften ungestört schlafen, während sie hier das Briefing für morgen früh vorbereiteten. Parks hätte sich die Arbeit ersparen und seinen leitenden Wissenschaftlern überlassen können, aber das entsprach nicht seinem Stil. Je näher Ryan Parks kennenlernte, desto mehr mochte er ihn. Parks entsprach der Definition eines Führers und hatte eine Vision, der Ryan gerne folgen konnte. Er war ein hoher Offizier, der Kernwaffen haßte und die letzten zehn Jahre seiner Karriere mit dem Versuch verbracht hatte, sie zu eliminieren. Für Leute, die versuchten, gegen den Strom zu schwimmen, hatte Ryan etwas übrig.

Gregory kehrte mit einer Dose Coke zurück. Zeit, an die Arbeit zu gehen.

«Was gibt's, Sir?»

«Wir haben ein Videoband von der Cobra Belle, die einen sowjetischen Interkontinentalraketentest überwachen sollte. Der russische Vogel – eine SS-25 – explodierte, aber der Missionskommandant beschloß, in der Luft zu bleiben und mit seinen Geräten zu spielen. Und dabei sah er das da.» Der General nahm die Fernbedienung des Videorekorders und drückte auf PLAY.

«Das ist Kosmos 1810», erklärte Art Graham und reichte Gregory ein Foto. «Ein Aufklärungssatellit, der versagte.»

«Das ist ein Infrarotbild auf dem Schirm, oder?» fragte Gregory und trank einen Schluck Coke. «Himmel!»

Was ein winziger Lichtpunkt gewesen war, explodierte wie eine Sonne in einem Science-fiction-Film. Das Bild veränderte sich; das computerisierte Imaging-System versuchte, mit dem jähen Energieausbruch Schritt zu halten. Am unteren Bildrand erschien ein Digitaldisplay, das die Temperatur des glühenden Satelliten anzeigte. Nach wenigen Sekunden verblaßte das Bild, und der Computer mußte wieder kompensieren, um Kosmos im Auge zu behalten. Eine Sekunde Störungen auf dem Schirm, dann begann sich ein neues Bild zu formen.

«Das ist nun neunzig Minuten alt. Wenige Umläufe später flog der Satellit über Hawaii», sagte Graham. «Dort haben wir Kameras, die russische Satelliten aufnehmen. Sehen Sie sich mal das Bild an, das ich Ihnen gegeben habe.»

«Ah, ‹vorher› und ‹nachher›, stimmt's?» Gregorys Blick huschte von einem Bild zum anderen. «Sonnenzellen total weg... ist ja heftig. Aus was ist der Satellitenkörper?»

«Vorwiegend aus Aluminium», erwiderte Graham. «Die Russen bauen massiver als wir. Das Gerippe könnte aus Stahl sein, besteht aber wahrscheinlich aus Titan oder Magnesium.»

«Das liefert uns einen Höchstwert für den Energietransfer», sagte Gregory. «Man hat den Vogel also abgeschossen, weit genug erhitzt, um die Sonnenzellen zu verkokeln und wahrscheinlich die elektrischen Schaltungen innen zu ruinieren. Wie hoch war der Satellit?»

«Hundertachtzig Kilometer.»

«Kam der Strahl von Sari Schagan oder von der neuen Anlage, die Mr. Ryan mir gezeigt hat?»

«Von Duschanbe», antwortete Ryan. «Der neuen Installation.»

«Die neuen Hochspannungsleitungen sind aber noch nicht fertig.»

«Tja», merkte Graham an, «sie können also die Leistung, die wir gerade demonstriert gesehen haben, mindestens verdoppeln.» Er klang wie jemand, der gerade bei einem Familienmitglied eine unheilbare Krankheit festgestellt hat.

«Darf ich die erste Sequenz noch einmal sehen?» fragte Gregory, und das klang fast wie ein Befehl. Jack stellte fest, daß General Parks sofort auf die Bitte reagierte.

Fünfzehn Minuten lang stand Gregory keinen Meter vom Bildschirm entfernt, trank sein Coke und starrte. Bei den letzten drei Durchläufen wurde das Band im Einzelbild-Modus abgespielt, und der junge Major machte sich Notizen.

«In einer halben Stunde kann ich Ihnen eine Vorstellung von der Leistung geben, aber im Augenblick habe ich das Gefühl, daß die Russen da Probleme haben», sagte er schließlich.

«Thermisches Ausblühen», meinte General Parks.

«Und Schwierigkeiten beim Zielen, Sir. So sieht es zumindest aus. Ich brauche etwas Zeit zum Arbeiten und einen guten Taschenrechner. Meinen habe ich nämlich daheim vergessen», gestand er zerknirscht.

«Und die Leistung?» fragte Ryan.

«Ich brauche etwas Zeit, bis ich Ihnen einen verläßlichen Wert liefern kann», versetzte Gregory, als spräche er zu einem zurückgebliebenen Kind. «Im Augenblick stellen die Russen mindestens achtmal soviel wie wir auf die Beine. So, ich brauche jetzt einen Platz, an dem ich in Ruhe arbeiten kann. Darf ich mich ins Frühstückszimmer setzen?» fragte er Parks. Nachdem dieser genickt hatte, entfernte sich Gregory.

«*Achtmal* soviel», meinte Art Graham. «Verdammt, da könnten sie unsere Aufklärer ausräuchern. Fest steht, daß sie jeden beliebigen Fernmeldesatelliten ruinieren können. Nun ja, es gibt ja Mittel, die zu härten...»

«Drei Jahre», flüsterte General Parks und goß sich Kaffee ein. «Sie sind uns mindestens um drei Jahre voraus.»

«Nur bei der Leistungsabgabe», sagte Graham.

Jack schaute von einem zum anderen und verstand zwar die Bedeutung dessen, was ihnen Kummer bereitete, nicht aber die Substanz. Nach zwanzig Minuten kam Gregory zurück.

«Ich schätze die Spitzenleistung auf fünfundzwanzig bis dreißig Millionen Watt», verkündete er. «Wenn wir bei der Senderkonfiguration von sechs Lasern ausgehen, dann reicht das leicht. Nur eine Frage, genug zusammenzustellen und ihre Strahlen auf ein Ziel zu bündeln. Soweit die schlechten Nachrichten. Die guten wären, daß sie eindeutig Probleme mit thermischem Ausblühen hatten. Die Höchstleistung brachten sie nämlich nur für wenige Tausendstel Sekunden ins Ziel. Dann begann der Strahl auszublühen. Die Durchschnittsleistung lag zwischen sieben und neun Megawatt. Zudem sieht es so aus, daß sie obendrein Zielprobleme hatten. Entweder sind die Spiegel nicht vibrationssicher montiert, oder es ist ihnen noch nicht gelungen, die Erdrotation zu kompensieren. Vielleicht trifft auch beides zu. Was immer der Grund sein mag, es gelingt ihnen nicht, genauer als um drei Bogensekunden zu zielen, was bedeutet, daß ihr Strahl im Falle eines geostationären Satelliten nur um plusminus hundertvierzig Meter exakt trifft. Solche Ziele sind aber relativ stationär, und der Bewegungsfaktor kann sich in beide Richtungen auswirken.»

«Wie kommt das?» fragte Ryan.

«Nun, wenn man zum Beispiel ein bewegliches Ziel treffen will – und Satelliten in einer niedrigen Umlaufbahn fliegen ziemlich schnell, rund achttausend Meter pro Sekunde – ist eine Bogensekunde vierzehnhundert Meter breit; wir verfolgen also ein Ziel, das sich mit einer Geschwindigkeit von fünf Grad pro Sekunde fortbewegt. Soweit klar? Thermisches Ausblühen bedeutet, daß der Strahl auf dem Weg durch die Atmosphäre eine Menge Energie verliert. Wer ein Ziel am Himmel rasch verfolgt, muß also immer wieder ein neues Loch durch die Luft bohren. Allerdings dauert es eine Weile, bis das Ausblühen wirklich ernst wird. Hat man allerdings noch Vibrationsprobleme jedesmal dann, wenn man den Zielpunkt ändert, fügt man der Zielgeometrie eine neue Variable hinzu, und das macht alles sehr viel schlimmer. Auf ein stationäres Ziel wie einen Kommunikationssatelliten zu schießen ist relativ einfach, aber man richtete den Strahl so lange in die gleiche Ausblühzone, daß am Ende fast alle Energie in der Luft verlorenging. Kommen Sie soweit mit?»

Ryan grunzte zustimmend, obwohl er wieder einmal am Ende seines Lateins angelangt war. Graham sprang ein.

«Wollen Sie damit sagen, daß wir uns keine Sorgen zu machen brauchen?»

«Nein, Sir! Wenn die Leistung zur Verfügung steht, braucht man sich nur Gedanken zu machen, wie sie anzubringen ist. Wir haben das schon geschafft. Das ist nämlich der einfache Teil.»

«Wie ich schon erklärte», sagte der Ingenieur zu Morosow, «stellt die Laserleistung nicht das Problem dar. Das ist der einfache Teil. Knifflig ist es, die Energie ins Ziel zu bringen.»

«Und was kann Ihr Computer nicht korrigieren?»

«Es muß sich um eine Kombination von Faktoren handeln. Mit den betreffenden Daten befassen wir uns heute. Das Hauptproblem? Das Programm vermutlich, das atmosphärische Effekte kompensieren soll. Wir hatten gehofft, das Ausblühen durch eine Veränderung des Zielprozesses ausschalten zu können – na ja, es hat nicht geklappt. Die theoretischen Vorarbeiten für den Test haben drei Jahre in Anspruch genommen. Das war mein Projekt. Und es hat nicht funktioniert.» Er starrte zum Horizont und zog die Stirn kraus.

«Die gesteigerte Leistung des Lasers wurde also so erreicht?» fragte Bondarenko.

«Ja. Zwei unserer jüngeren Leute – er ist zweiunddreißig, sie erst achtundzwanzig – fanden einen Weg zur Vergrößerung des Durchmessers der Brennkammer. Jetzt müssen nur noch die Wellenmagnete exakter gesteuert werden», erläuterte Pokryschkin.

Der Oberst nickte. Das Entscheidende an den freien Elektronenlasern, an denen beide Seiten arbeiteten, war die Tatsache, daß man sie einstellen konnte wie einen Sender im Radio, also die Lichtfrequenz wählen, die man senden wollte – zumindest in der Theorie. In der Praxis lag die höchste Leistungsabgabe immer im selben Frequenzbereich – und das war der falsche. Wäre man bei dem Test in der Lage gewesen, eine andere Frequenz zu benutzen – eine, die die Atmosphäre besser durchdrang –, hätte sich das thermische Ausblühen um rund fünfzig Prozent reduzieren lassen. Doch dazu war eine bessere Feinsteuerung der supraleitenden Magneten erforderlich. Wellenmagnete hießen sie, weil sie ein zuckendes Magnetfeld durch die geladenen Elektronen in der Brennkammer des Lasers schickten. Unglücklicherweise hatte der Durchbruch bei der Vergrößerung der Brennkammer auch einen unerwarteten Nebeneffekt auf die Steuerung des magnetischen Feldflusses gehabt. Hierfür gab es noch keine theoretische Erklärung, und die Wissenschaftler glaubten an ein kleines, noch unentdecktes Design-Problem in den Magneten. Die leitenden Ingenieure sahen den Fehler natürlich in den Theorien der Wissenschaftler, denn *sie* wußten, daß ihre Magnete richtig funktionierten. Die Diskussion war lebhaft, aber freundschaftlich – hier suchten hochintelligente Menschen nach der Wahrheit.

«Das Hauptproblem liegt also in der Computersteuerung des magnetischen Feldflusses und der Spiegel.»

«Korrekt, Genosse Oberst.» Pokryschkin nickte. «Und wir brauchen Unterstützung und zusätzliche Mittel, um diese Schwierigkeiten zu überwinden. Richten Sie in Moskau aus, daß die wichtigste Arbeit bereits getan und der Beweis der Funktionsfähigkeit erbracht ist.»

«Genosse General, Sie haben mich überzeugt.»

«Falsch, Genosse Oberst, Sie sind nur intelligent genug, die Wahrheit erkennen zu können!» Beide lachten herzhaft und schüttelten sich die Hände. Den Rückflug nach Moskau konnte Bondarenko kaum erwarten. Die Zeiten, zu denen ein sowjetischer Offizier nur mit Angst als Hiobsbote auftrat, waren längst vorbei, aber wer gute Nachrichten mitbrachte, konnte seiner Karriere nur nützen.

«Hm, mit adaptiver Optik können sie nicht arbeiten», meinte General Parks. «Nun möchte ich wissen, woher sie ihre optische Beschichtung haben.»

«Davon höre ich nun schon zum zweiten Mal.» Ryan stand auf und ging um den Tisch herum, um die Blutzirkulation in seinen Beinen wieder in Gang zu bringen. «Was ist denn an den Spiegeln so wichtig? Sie sind doch aus Glas, oder?»

«Nein, für Glas ist die anfallende Energie zu groß. Im Augenblick verwenden wir Kupfer oder Molybdän», sagte Gregory. «Bei einem Glasspiegel befindet sich die reflektierende Schicht auf der Rückseite. Diese anderen Spiegel haben sie vorne. Hinten wäre dann das Kühlsystem.»

«Wie bitte?» fragte Jack verständnislos.

«Das Licht wird nicht vom nackten Metall, sondern von einer optischen Beschichtung widergespiegelt», erklärte Graham.

«Wozu dann überhaupt Metall verwenden?» wandte Jack ein.

«Um die Spiegeloberfläche so kühl wie möglich zu halten», antwortete der Major. «Inzwischen sind wir schon wieder weiter und hoffen, demnächst einen Spiegel aus Diamant herzustellen.»

«Was sagen Sie?»

«Aus künstlichem Diamant, hergestellt aus Kohlenstoff zwölf – das ist ein Kohlenstoffisotop und perfekt für unsere Zwecke. Das Problem ist die Energieabsorption», fuhr Gregory fort. «Wenn die Oberfläche viel Licht aufnimmt, sprengt die Wärmeenergie die Beschichtung vom Glas, und der Spiegel fliegt auseinander. Ich habe das mal bei einem Halbmeterspiegel erlebt; klang, als hätte Gott mit den Fingern geschnalzt. Mit dem C-12-Diamanten hat man ein Material, das bezüglich Wärme praktisch supraleitend ist und eine höhere Energiedichte und einen kleineren Spiegel zuläßt. Bei General Electric hat man gerade gelernt, aus Kohlenstoff zwölf Diamanten von Edelsteinqualität herzustellen. Candi befaßt sich bereits mit der Frage, wie daraus ein Spiegel herzustellen ist.»

Ryan blätterte seine dreißig Seiten Notizen durch und rieb sich die Augen.

«Major, ich möchte Sie bitten, mich mit Erlaubnis des Generals nach Langley zu begleiten. Ich möchte, daß Sie unseren Leuten von der Abteilung Naturwissenschaft und Technik einen Vortrag halten. Sie sollen auch alles zu sehen bekommen, was wir über das sowjetische Projekt haben. Geht das klar, Sir?» fragte Jack Parks. Der General nickte.

Ryan und Gregory gingen gemeinsam. Wie sich herausstellte, brauchte man auch zum Verlassen des Gebäudes einen Ausweis.

«Wie kommt man von der Marineinfanterie zur CIA?» fragte Gregory.

«Ich wurde eingeladen. Vorher lehrte ich an der Marineakademie Annapolis Geschichte.» Bin halt der berühmte Sir John Ryan. Na, in der Laser-Fachliteratur stehe ich wohl nicht...

Die Übernahme fand auf ganz normale und zugleich einmalige Weise statt. Die überdachte Einkaufspassage hatte dreiundneunzig Läden und einen Kinokomplex. Ann Klein II schlenderte in eine Boutique. Die Inhaberin schätzte sie als einfache Kundin, die eine perfekte 36er Figur hatte, nie Änderungen brauchte und auch regelmäßig über zweihundert Dollar daließ. Sie war Stammkundin und kam alle sechs Wochen oder so. Die Inhaberin wußte nicht, was sie machte, fand aber, daß sie nach Aussehen und Verhalten vielleicht Ärztin sein konnte. Seltsamerweise bezahlte sie grundsätzlich bar. Ann hatte braune Schlafzimmeraugen und schulterlanges, leicht gewelltes braunes Haar. Sie war schlank und zierlich. Eigenartig war auch, daß sie nie ein Parfüm trug und zu seltsamen Tageszeiten kam – immer dann, wenn nicht viel Betrieb war. Es schien, als könne sie über ihre Zeit verfügen.

Ann suchte sich einen Rock mit passender Bluse heraus und ging zu den Umkleidekabinen. Die Boutiquenbesitzerin wußte nicht, daß Ann immer dieselbe Kabine benutzte. Drinnen zog Ann sich aus, doch ehe sie die neuen Sachen anprobierte, langte sie unter die Sitzbank und holte eine Mikrofilmkassette hervor, die dort am Abend zuvor festgeklebt worden war. Der Film verschwand in ihrer Handtasche. Dann zog sie sich an und begutachtete sich draußen vorm Spiegel.

Wie können die Amerikanerinnen nur solche Fetzen tragen? fragte Tanja Bisjarina ihr lächelndes Spiegelbild. Sie war Hauptmann im Direktorat S des Ersten Hauptdirektorats (Ausland) des KGB und unterstand Direktorat T, das die wissenschaftliche Spionage steuert und mit dem Staatskomitee für Naturwissenschaften und Technik zusammenarbeitet. Wie Foley «führte» sie eine einzige Agentin, die mit Codenamen Livia hieß.

Ann entrichtete zweihundertdreiundsiebzig Dollar in bar für die Kombination und nahm sich vor, sie bei ihrem nächsten Besuch in diesem Laden zu tragen, auch wenn sie unmöglich aussah.

«Bis bald, Ann», rief die Inhaberin ihr hinterher. Das war der einzige Name, unter dem man sie in Santa Fé kannte. Hauptmann Bisjarina drehte sich um und winkte zurück. Trotz ihrer Dummheit war die Boutiquenbesitzerin eine nette Frau. Wie alle guten Geheimagenten verhielt Tanja Bisjarina sich ganz normal und sah auch so aus. In dieser Gegend der Vereinigten Staaten bedeutete das, daß sie sich einigermaßen modisch kleidete, ein ordentliches, aber nicht zu auffälliges Auto fuhr und sich einen Lebensstil leistete, der auf Wohlstand, aber nicht auf Reichtum hindeutete. In dieser Beziehung war Amerika ein leichtes Pflaster. Wenn man nur den richtigen Lebensstil hatte, wurde man von niemandem gefragt, wie man sich ihn leisten konnte. Das Überschreiten der Grenze war schon fast komisch gewesen. Nachdem sie lange Zeit damit verbracht hatte, sich die richtigen Dokumente zu besorgen und ihre Legende exakt auszuarbeiten, war ihr Wagen nur von einem Hund auf Drogen abgeschnüffelt worden – sie war bei El Paso über die mexikanische Grenze gekommen –, und dann hatte man sie mit einem Lächeln durchgewinkt. Und deshalb – darüber mußte sie selbst noch acht Monate später lächeln – habe ich mich tatsächlich aufgeregt!

Die Fahrt nach Hause, auf der sie sich wie üblich davon überzeugte, daß sie nicht verfolgt wurde, dauerte vierzig Minuten, und als sie angekommen war, entwickelte sie den Film und fertigte Kopien an. Sie legte den entwickelten Film in einen kleinen Projektor ein und stellte das Bild auf der weißen Wand ihres Schlafzimmers scharf. Tanja Bisjarina hatte eine technische Ausbildung genossen, einer der Gründe, weshalb sie den gegenwärtigen Auftrag bekommen hatte, und konnte den Wert dessen, was sie sah, einigermaßen einschätzen. Sie war sicher, daß ihre Vorgesetzten sich freuen würden.

Am nächsten Morgen warf sie ein Päckchen in einen toten Briefkasten, und dann reisten die Fotos mit einem Sattelschlepper nach Mexiko. Am Abend erreichten sie die Sowjetbotschaft in Mexico City, um tags darauf nach Kuba geflogen zu werden, wo man sie sofort mit Aeroflot weiter nach Moskau verfrachtete.

7

Nun, Genosse Oberst, wie fällt Ihr Gutachten aus?» fragte Filitow.
«Genosse, Heller Stern ist wohl das wichtigste Programm in der ganzen Sowjetunion», erwiderte Bondarenko mit Überzeugung und überreichte vierzig mit der Hand beschriebene Seiten. «Hier ist die Rohfassung meines Berichts, die ich im Flugzeug schrieb. Ich lasse Ihnen noch heute eine maschinenschriftliche Version zustellen, aber ich dachte, Sie –»
«Korrekt gedacht. Es wurde offenbar ein Test durchgeführt –»
«Ja, vor sechsunddreißig Stunden. Ich erlebte ihn mit und durfte vorher und nachher einen Großteil der Gerätschaften inspizieren. Wenn ich mir die Bemerkung erlauben darf: General Pokryschkin ist ein hervorragender Offizier und bestens für seinen Posten geeignet. Er ist kein Karrierist, sondern ein fortschrittlicher Offizier der besten Sorte. Die Führung der Akademiker auf diesem Berg ist keine leichte Aufgabe –»
Mischa nickte zustimmend. «Diese Akademiker kenne ich. Hat er sie auf Trab gebracht wie eine militärische Einheit?»
«Nein, Genosse Oberst, aber es ist ihm gelungen, ihre Produktivität zu fördern und sie zugleich bei Laune zu halten. Bei Heller Stern herrscht ein ... Sendungsbewußtsein, wie man es selbst beim Offizierskorps nur selten findet. Ich war von allen Aspekten der Operation sehr beeindruckt, Michail Semjonowitsch. Mag sein, daß dieser Geist auch bei unserer Weltraumbehörde herrscht.»
«Und die Systeme selbst?»
«Heller Stern ist noch keine Waffe. Es gibt noch immer technische Schwierigkeiten, die Pokryschkin ausführlich erklärte. Im Augenblick haben wir noch ein Versuchsprogramm, doch die bedeutendsten Durchbrüche wurden bereits erzielt. In einigen Jahren wird uns eine Waffe von enormem Potential zur Verfügung stehen.»
«Und die Kosten?» fragte Mischa. Die Reaktion war ein Achselzukken.

«Unmöglich abzuschätzen. Teuer wird die Sache, aber der kostspieligste Teil des Programms, die Forschungs- und Entwicklungsphase, ist größtenteils abgeschlossen. Die Herstellungskosten sollten niedriger als erwartet ausfallen – für das Waffensystem. Die für Zusatzeinrichtungen wie Radaranlagen und Überwachungssatelliten anfallenden Kosten kann ich nicht abschätzen. Aber das gehörte ja auch nicht zu meinem Auftrag.»

«Und die Zuverlässigkeit des Systems?»

«Ein Problem, das man in den Griff bekommen wird. Die einzelnen Laser sind komplex und schwer zu warten. Wenn man aber mehr baut, als gebraucht werden, ließe sich ein regelmäßiges Wartungsprogramm leicht durchführen. Dieses Vorgehen schlug übrigens der Chefingenieur des Projekts vor.»

«Die Leistungsabgabe ist also kein Problem mehr?»

«Die Rohfassung meines Gutachtens beschreibt die Lösung in groben Zügen. Die endgültige Version wird spezifischer sein.»

Mischa gestattete sich ein Lächeln. «Werde ich sie dann auch noch verstehen können?»

«Genosse Oberst», erwiderte Bondarenko ernst, «ich weiß, daß Ihr technisches Verständnis größer ist, als Sie zugeben. Die wichtigsten Aspekte des Durchbruchs sind im Grunde relativ simpel – in der Theorie. Aber hier ist es wie bei der ersten Atombombe. Wenn die Theorie erst einmal steht, läßt sich die Konstruktion schon ausarbeiten.»

«Sehr gut. Können Sie bis morgen mit dem Gutachten fertig sein?»

«Jawohl, Genosse Oberst.»

Mischa stand auf. Bondarenko folgte seinem Beispiel. «Ich werde heute nachmittag Ihren vorläufigen Bericht durchlesen. Lassen Sie mir die endgültige Version morgen zukommen; ich will sie dann übers Wochenende verdauen. Nächste Woche halten wir dem Minister Vortrag.»

Allahs Wege sind wahrlich wundersam, dachte der Bogenschütze. Eigentlich hatte er eine sowjetische Transportmaschine abschießen wollen, aber nun stand er nur eine Woche nach seiner Abreise aus Pakistan vor seiner Heimat, der Flußstadt Ghazni. Er war mit neuen Raketen angekommen und hatte festgestellt, daß sein Anführer einen Angriff auf den bei der Stadt gelegenen Flughafen plante. Das Winterwetter kam alle hart an, und die Ungläubigen hatten die äußeren Sicherheitsposten afghanischen Soldaten im Dienst der Verräterregierung in Kabul überlassen. Sie wußten allerdings nicht, daß der Kommandeur des afghanischen Bataillons, ein Major, mit den *mudschaheddin* zusammenarbeitete. Wenn die Zeit gekommen war, würde der Sicherungsring offen sein und den dreihundert Guerillas die Möglichkeit geben, ihren Angriff direkt in das sowjetische Lager vorzutragen.

Geplant war ein massiver Sturmangriff. Die Freiheitskämpfer waren in drei Kompanien zu je hundert Mann organisiert. Alle drei waren für den Angriff vorgesehen; der Anführer verstand zwar den Nutzen einer taktischen Reserve, hatte aber eine zu breite Front mit zu wenig Männern abzudecken. Das war riskant, aber seine Leute hatten sich seit 1980 auf Risiken eingelassen. Machte nun eines mehr einen Unterschied? Wie üblich würde der Anführer dort stehen, wo die Gefahr am größten war, und der Bogenschütze in seiner Nähe. Sie näherten sich dem Flugplatz und den verhaßten Maschinen. Die Sowjets würden sie beim ersten Hinweis auf Gefahr starten lassen – erstens, um sie aus dem Weg zu schaffen, und zweitens, um sie Luftunterstützung geben zu lassen. Der Bogenschütze sah sich vier Mi-24 durchs Fernglas an. Alle hatten Waffen unter den Stummelflügeln hängen, Bomben und Raketen. Den *mudschaheddin* stand nur ein einziger Mörser zur Verfügung, um sie am Boden zu zerstören, und aus diesem Grund sollte der Bogenschütze etwas hinter der Angriffswelle zurückbleiben, um sie zu unterstützen. Er hatte keine Zeit, seine übliche Falle zu stellen, aber in einer Nacht wie dieser war das kaum entscheidend.

Hundert Meter vor ihnen traf sich der Anführer an der vereinbarten Stelle mit dem Major der afghanischen Armee. Sie umarmten sich und priesen Allah. Der verlorene Sohn war in den Schoß des Islam zurückgekehrt. Wie der Major berichtete, standen zwei seiner Kompanieführer wie geplant zu ihm, doch der Führer der 3. Kompanie blieb den Sowjets ergeben. Ein Feldwebel, der sein Vertrauen hatte, sollte den Offizier in wenigen Minuten töten und damit den Sektor für den Rückzug freimachen. Ringsum warteten Männer im eisigen Wind. Wenn der Feldwebel seinen Auftrag erfüllt hatte, sollte er eine Leuchtpatrone abschießen.

Der sowjetische Hauptmann und der afghanische Leutnant waren Freunde, eine Tatsache, die sie beide in besinnlichen Augenblicken erstaunlich fanden. Nützlich gewesen war das Bemühen des sowjetischen Offiziers, die Sitten der Einheimischen zu respektieren, und die Überzeugung seines afghanischen Kameraden, daß dem Marxismus-Leninismus die Zukunft gehörte.

Gemeinsam schauten die beiden Männer auf die Karte und legten die Streifen für die nächste Woche fest. In der Umgebung mußte regelmäßig patrouilliert werden, damit sich die *mudschaheddin*, diese Banditen, fernhielten. Heute hatte die 2. Kompanie Streifendienst.

Ein Feldwebel betrat mit einer Nachricht den Befehlsbunker. Nichts an seiner Miene verriet die Überraschung, die er empfand, als er anstelle eines Offiziers zwei vorfand. Mit der linken Hand reichte er dem afghanischen Leutnant den Umschlag. Seine Rechte hielt den Griff eines

Dolches, dessen Klinge unter dem weiten Ärmel seines Uniformrocks versteckt war. Er bemühte sich, ausdruckslos zu bleiben, als der russische Hauptmann ihn anstarrte, und konzentrierte sich auf den Offizier, den er zu töten hatte. Schließlich wandte sich der Russe ab und schaute aus der Schießscharte des Bunkers. Wie auf ein Stichwort hin warf der afghanische Offizier die Nachricht auf den Kartentisch und begann seine Antwort zu formulieren.

Der Russe drehte sich abrupt um. Irgend etwas hatte ihn alarmiert. Er sah, wie der Feldwebel ruckartig den Arm hob und die Hand auf die Kehle seines Freundes zubewegte. Der sowjetische Hauptmann hechtete nach seinem Gewehr, der Leutnant wich zurück, um dem ersten Stoß auszuweichen, was ihm nur gelang, weil der Dolch des Feldwebels in seinem zu langen Rockärmel hängenblieb. Fluchend befreite er ihn und griff an, schlitzte seinem Opfer den Bauch auf. Der Leutnant schrie laut, schaffte es aber, das Handgelenk des Feldwebels zu packen, ehe die Klinge lebenswichtige Organe erreichte. Inzwischen hatte der Russe sein Gewehr entsichert und drückte nun ab, feuerte zehn Kugeln in die Seite des Attentäters. Der Feldwebel brach lautlos zusammen. Der Leutnant schlug sich eine blutige Hand vor die Augen. Der Hauptmann gab Alarm.

Das unverwechselbare metallische Rattern der Kalaschnikow drang vierhundert Meter weit bis zu der Stelle, an der die *mudschaheddin* warteten. Jedem fuhr ein Gedanke durch den Kopf: Der Plan war verraten. Zum Unglück hatte man keinen Alternativplan. Links von ihnen wurden die Stellungen der 3. Kompanie plötzlich von Mündungsfeuer erhellt. Die Soldaten feuerten ins Leere – dort waren nämlich keine Guerillas –, aber der Lärm mußte die dreihundert Meter weiter liegenden Russen alarmieren. Der Anführer befahl trotzdem den Angriff, den fast zweihundert afghanische Überläufer unterstützten. Die Verstärkung war nicht so ausschlaggebend, wie man hätte erwarten sollen. Diese neuen *mudschaheddin* hatten außer ein paar MGs keine schweren Waffen, und der einzige Mörser der Aufständischen wurde zu langsam in Stellung gebracht.

Der Bogenschütze fluchte, als er in drei Kilometer Entfernung auf dem Flugplatz Lichter aufflammen sah, gefolgt von zuckenden Punkten: Flugzeugbesatzungen, die zu ihren Maschinen hasteten. Einen Augenblick später machten Leuchtbomben an Fallschirmen die Nacht zum Tage. Im steifen Südostwind trieben sie zwar rasch ab, aber es tauchten immer neue auf. Nun blieb ihm nichts anderes übrig, als sein Abschußgerät zu aktivieren. Er sah die Hubschrauber... und ein Transportflugzeug An-26. Mit der linken Hand hob der Bogenschütze das Fernglas und sah den zweimotorigen Hochdecker dahocken wie ein schlafender Vogel in einem ungeschützten Nest. Auch auf die An-26 rannten mehrere Männer zu. Nun richtete er sein Glas wieder auf die Hubschrauber.

Ein Mi-24 hob zuerst ab, kämpfte in der dünnen Luft gegen den pfeifenden Wind. Auf den Flugplatz gingen nun die ersten Mörsergranaten nieder. Nur wenige Meter von einem anderen Hind landete eine Phosphorgranate und setzte mit ihrem sengenden weißen Feuer den Treibstoff des Mi-24 in Brand. Die Besatzung, einer davon in Flammen, sprang aus der Maschine. Kaum hatte sie sich in Sicherheit gebracht, ging der Mi-24 auch schon hoch und brachte dabei einen weiteren Hubschrauber zur Explosion. Der letzte hob einen Augenblick später ab und verschwand schaukelnd und unbeleuchtet in der schwarzen Nacht. Der Bogenschütze war sicher, daß sie zurückkommen würden, aber zwei waren am Boden zerstört worden; das war besser, als erwartet.

Alles andere ging, wie er feststellte, nicht gut. Vor den Sturmtruppen landeten Mörsergranaten. Er sah die Blitze von Gewehren und Handgranaten. Über dem Lärm waren andere Geräusche zu vernehmen: die Schlachtrufe der Stammeskrieger und die Schreie der Verwundeten.

Der Bogenschütze brauchte Abdul nicht zu befehlen, den Himmel nach den Hubschraubern abzusuchen. Er selbst suchte mit dem Raketenstarter nach der unsichtbaren Hitze der Hubschraubertriebwerke, aber ohne Erfolg. So konzentrierte er sich auf das eine Flugzeug, das er noch sehen konnte. In der Nähe der An-26 gingen nun Mörsergranaten nieder, doch die Propeller drehten sich bereits. Einen Augenblick später sah er seitliche Bewegung. Der Bogenschütze hielt einen Finger hoch und entschied, daß die Piloten die Maschine in den Wind drehen und dann versuchen würden, über den sichersten Teil des Geländes hinweg zu starten. Es war nicht einfach, in dieser dünnen Luft an Höhe zu gewinnen, und wenn der Pilot abdrehte, verlor die Maschine Auftrieb. Der Bogenschütze klopfte Abdul auf die Schulter und begann nach links zu laufen. Nach hundert Metern blieb er stehen und hielt erneut nach der sowjetischen Transportmaschine Ausschau. Inzwischen rollte sie, holperte über den gefrorenen, unebenen Boden und gewann an Fahrt.

Der Bogenschütze stand auf, richtete die Rakete aufs Ziel. Augenblicklich meldete der Suchkopf, daß er die heißen Triebwerke vor dem Hintergrund des kalten, mondlosen Nachthimmels gefunden hatte.

«V-eins!» rief der Kopilot über den Lärm der Schlacht und der Triebwerke. Sein Blick war auf die Instrumente geheftet; der Pilot war bemüht, die Maschine gerade zu halten. «V-R!»

Der Pilot zog sachte den Knüppel zurück. Die Nase hob sich, und die An-26 schlug ein letztes Mal auf die harte Oberfläche der unbefestigten

Piste auf. Sofort zog der Pilot das Fahrwerk ein, um den Luftwiderstand zu vermindern, und die Maschine gewann an Höhe. Dann zog der Pilot sie in eine weite Rechtskurve, um die stärkste Konzentration von Bodenfeuer zu vermeiden. War er erst einmal klar, konnte er sich nach Norden in Richtung Kabul wenden; dort waren sie sicher. Der Navigator war nicht mit seinen Karten beschäftigt, sondern warf alle fünf Sekunden Leuchtbomben an Fallschirmen ab. Diese halfen zwar auch den Truppen am Boden, aber ihr Hauptzweck war, Boden-Luft-Raketen abzulenken.

Der Bogenschütze merkte sich die Zeitabstände der Abwürfe genau. Das Zwitschern des Suchkopfes änderte sich, wenn die Leuchtbomben aus der Heckklappe des Flugzeuges fielen und zündeten. Er mußte das linke Triebwerk erfassen und für seinen Schuß den richtigen Zeitpunkt abwarten, wenn er sein Ziel treffen wollte. Die größte Annäherung hatte er bereits im Kopf ausgerechnet – rund neunhundert Meter –, und kurz vor diesem Punkt stieß die Maschine eine weitere Leuchtbombe ab. Eine Sekunde später kehrte der Suchkopf zum normalen Ton, der Zielauffassung bedeutete, zurück, und der Bogenschütze drückte ab.

Wie immer durchrieselte ihn ein fast sexuelles Gefühl, als sich die Lafette aufbäumte. Er hörte das Kampfgetümmel um sich herum nicht mehr und konzentrierte sich nur noch auf den dahinrasenden gelben Feuerpunkt.

Der Navigator hatte gerade eine weitere Leuchtbombe abgeworfen, als die Stinger das linke Triebwerk traf. Der Bordingenieur betätigte den Notausschalter für Turbine 1. Dieser unterbrach die Treibstoffversorgung und allen Strom und aktivierte die Löschanlage. Der Pilot trat aufs Seitenruderpedal, um das von dem Leistungsverlust an Backbord ausgelöste Gieren nach links auszugleichen, und drückte die Nase nach unten. Das war eine gefährliche Maßnahme, aber er mußte Fahrt gegen Höhe abwägen und kam zu dem Schluß, daß Fahrt nun am wichtigsten war. Der Bordingenieur meldete einen leckgeschlagenen linken Treibstofftank. Nicht so tragisch, es waren ja nur hundert Kilometer bis Kabul. Was dann kam, war schlimmer:

«Feueralarm von eins!»

«Notaus!»

«Schon geschehen.»

Der Pilot widerstand der Versuchung, sich umzudrehen. Er flog nun nur noch hundert Meter überm Boden, und nichts durfte seine Konzentration beeinträchtigen. Am Rande seines Gesichtsfeldes flammte etwas orange auf, aber er kümmerte sich nicht darum, schaute von Fahrt- und Höhenmesser zum Horizont und wieder zurück.

«Wir verlieren Höhe», meldete der Kopilot.

«Landeklappen plus zehn Grad», befahl der Pilot, der meinte, nun genug Fahrt für dieses riskante Manöver zu machen. Der Kopilot stellte die Landeklappen weiter an und weihte so die Maschine und ihre Insassen dem Untergang.

Die Explosion des Raketensprengkopfes hatte die Hydraulikleitungen zu den linken Landeklappen beschädigt. Der zum weiteren Anstellen der Klappen erforderliche höhere Hydraulikdruck brachte beide Leitungen zum Platzen, und die Klappen am linken Flügel gingen ohne Warnung in Nullstellung. Der jähe Auftriebsverlust auf der linken Seite warf die Maschine beinahe in eine Rolle, doch der Pilot fing sie ab. Inzwischen gingen zu viele Dinge auf einmal schief. Das Flugzeug begann zu sinken, und der Pilot brüllte nach mehr Leistung, obwohl er wußte, daß das rechte Triebwerk schon seine Höchstleistung abgab. Das Flugzeug sank zu rasch; er erkannte, daß er landen mußte. Im letzten Augenblick schaltete der Pilot die Landescheinwerfer ein und suchte nach einer ebenen Stelle, sah aber nur Felsblöcke. Mit der letzten Steuermöglichkeit, die er noch hatte, hielt er mit seinem abstürzenden Vogel auf eine Lücke zwischen den beiden größten zu. Eine Sekunde vor dem Aufprall stieß er eine Verwünschung aus – kein Schrei der Verzweiflung, sondern einer der Wut.

Einen Augenblick lang glaubte der Bogenschütze, die Antonow könne entkommen. Der Explosionsblitz der Rakete war unverkennbar gewesen, aber dann passierte mehrere Sekunden lang nichts. Kurz darauf aber wurde der Flammenschweif sichtbar, der ihm sagte, daß sein Ziel tödlich getroffen war. Dreißig Sekunden später gab es rund zehn Kilometer entfernt am Boden eine Explosion. Bei Tagesanbruch würde er sich sein Werk betrachten können. Nun aber hörte er das Rattern und Heulen eines Hubschraubers über sich und fuhr herum. Abdul hatte bereits das benutzte Startrohr weggeworfen und befestigte nun mit einer Geschwindigkeit, auf die ein Berufssoldat hätte stolz sein können, das Such- und Steuergerät an einem neuen. Der Bogenschütze nahm die nun feuerbereite Waffe entgegen und suchte den Himmel nach einem neuen Ziel ab.

Er wußte nicht, daß der Angriff auf Ghazni zusammenbrach. Der sowjetische Kommandeur hatte augenblicklich auf das Feuer reagiert – die 3. Kompanie der afghanischen Armee schoß noch immer blindlings ins Leere – und seine Männer innerhalb zweier hektischer Minuten in Stellung gebracht. Den Afghanen stand nun ein voll alarmiertes Bataillon regulärer Soldaten gegenüber, unterstützt von schweren Waffen und geschützt von Bunkern. Vernichtendes MG-Feuer brachte den Angriff zweihundert Meter vor den sowjetischen Stellungen zum Stehen. Der

Anführer der *mudschaheddin* und der übergelaufene Major versuchten, ihn durch ihr persönliches Beispiel wieder in Schwung zu bringen. Wilde Schlachtrufe hallten durch die Reihen, doch der Anführer stand direkt in der Bahn von Leuchtspurgeschossen, die ihn fast eine Sekunde lang festzunageln schienen, ehe er wie ein Spielzeug beiseite geschleudert wurde. Und wie es bei derartigen Truppen gemeinhin der Fall ist, brach der Tod des Anführers dem Angriff das Rückgrat. Die Nachricht verbreitete sich durch die Reihen, noch ehe die Einheitsführer den Funkspruch empfingen. Sofort lösten sich die *mudschaheddin* vom Feind und traten wahllos feuernd den Rückzug an. Der sowjetische Kommandeur verzichtete auf eine Verfolgung. Dazu hatte er seine Hubschrauber.

Der Bogenschütze merkte, daß etwas nicht stimmte, als die russischen Mörser begannen, Leuchtgranaten auf eine andere Stellung zu schießen. Schon beschoß ein Hubschrauber die Guerillas mit Raketen und seiner Bordkanone, aber er konnte ihn nicht erfassen. Dann hörte er die Rufe seiner Kameraden; nicht das wagemutige Geheul des Angriffes, sondern die warnenden Schreie des Rückzuges. Er konzentrierte sich auf seine Waffe, denn nun wurde er wirklich gebraucht. Der Bogenschütze wies Abdul an, das zweite Such- und Steuergerät an einem weiteren Abschußrohr zu befestigen. Das schaffte der junge Mann in einer knappen Minute.

«Da!» sagte Abdul. «Rechts!»

«Ich sehe ihn.» Eine Serie pfeilgerader Blitze: Ein Hind schoß seine Raketen ab. Er hielt das Startgerät in die Richtung und wurde mit einem Zwitschern belohnt: erfaßt. Die Distanz war ihm unbekannt – Entfernungen lassen sich nachts schwer abschätzen –, er mußte aber den Schuß wagen. Der Bogenschütze wartete, bis der Ton stetig war, und schoß dann die zweite Stinger dieser Nacht ab.

Der Pilot des Hind erblickte sie. Er hatte hundert Meter über den brennenden Fallschirmleuchtkugeln geschwebt und ging nun im Sturzflug zwischen sie. Das hatte Erfolg. Die Rakete verlor ihr Ziel und flog knapp dreißig Meter an dem Hubschrauber vorbei auf eine Leuchtkugel zu. Der Pilot drehte seine Maschine abrupt um und befahl seinem Bordschützen, zehn Raketen in die Richtung zu feuern, aus der die Stinger gekommen war.

Der Bogenschütze warf sich hinter dem Felsblock, auf dem er gehockt hatte, in Deckung. Die Raketen landeten alle im Umkreis von hundert Metern. Diesmal ging es also Mann gegen Mann, und dieser Pilot war gerissen. Der Bogenschütze griff nach dem zweiten Startgerät. Um solche Situationen flehte er regelmäßig in seinen Gebeten.

Doch der Hubschrauber war auf einmal verschwunden. Wo konnte er sein?

Der Pilot schwenkte nach Lee, um den Wind sein Rotorgeräusch verwehen zu lassen. Auf seine Forderung nach Leuchtkugeln auf dieser Seite des Geländes handelte man sofort; die Sowjets wollten jeden Raketenschützen erwischen. Während der andere Hubschrauber die fliehenden *mudschaheddin* beschoß, versuchte der Pilot dieser Maschine, ihre SAM-Unterstützung ausfindig zu machen. Trotz der Gefahren war dies ein Auftrag, den der Pilot mit Begeisterung übernahm, denn er sah die Raketenschützen als seine persönlichen Feinde an. Er hielt sich außerhalb der bekannten Reichweite der Stinger und wartete, daß die Leuchtkugeln den Boden erhellten.

Erneut versuchte der Bogenschütze, den Hubschrauber mit dem Suchkopf auszumachen. Zweimal vernahm er ein schwaches Piepen, verlor es aber wieder, denn die Maschine tanzte nach links und rechts und wechselte dauernd die Höhe in dem Versuch, dem Schützen das Zielen unmöglich zu machen. Wahrlich, ein geschickter Feind, sagte sich der Guerilla. Der Himmel über ihm war mit Leuchtkugeln übersät, aber er wußte, daß die Sichtverhältnisse in dem flackernden Licht ungünstig waren, solange er sich nicht rührte.

«Ich sehe eine Bewegung», meldete der Bordschütze des Hind. «In zehn Uhr.»

«Am falschen Platz», meinte der Pilot. Die Sowjets hatten mehrere amerikanische Stinger erbeutet und gründlich getestet, um ihre Geschwindigkeit, Reichweite und Empfindlichkeit festzustellen. Er ging davon aus, daß er sich dreihundert Meter jenseits der Reichweite dieser Stinger befand. Wenn auf ihn geschossen wurde, plante er, anhand der Flugbahn der Rakete ihren Abschußpunkt festzustellen und anzugreifen.

«Hol eine Rauchrakete», sagte der Bogenschütze.

Von diesen hatte Abdul nur eine. Es war ein kleines Geschoß aus Kunststoff mit Flossen, kaum mehr als ein Spielzeug, das für die Ausbildung der Piloten der amerikanischen Luftwaffe entwickelt worden war. Es kostete gerade sechs Dollar und konnte lediglich ein paar Sekunden lang einigermaßen geradeaus fliegen und eine Rauchschleppe zurücklassen. Den *mudschaheddin* hatte man sie nur gegeben, um russische Flieger zu verscheuchen, wenn die Lenkgeschosse ausgegangen waren, aber der Bogenschütze hatte eine richtige, nützliche Einsatzmöglichkeit für sie gefunden. Abdul rannte hundert Meter weiter und machte die Rauchrakete auf ihrem simplen Abschußgestell aus Draht startbereit, kehrte dann zu seinem Meister zurück und zog den Startdraht hinter sich her.

«So, lieber Russe, wo bist du?» fragte der Bogenschütze.

«Irgendwo vor uns hat sich etwas bewegt, da bin ich ganz sicher», sagte der Bordschütze.

«Mal sehen.» Der Pilot schoß zwei Raketen ab, die zwei Kilometer weiter rechts vom Bogenschützen den Boden trafen.

«Jetzt!» rief der Bogenschütze. Er hatte die Abschußstelle ausgemacht und zielte mit dem Suchgerät in diese Richtung. Der Infrarotempfänger begann zu zwitschern.

Der Pilot zuckte zusammen, als er die dahinjagende Flamme einer Rakete sah, doch ehe er manövrieren konnte, stellte sich heraus, daß das Geschoß ihn verfehlen würde. Es war auf die Position abgefeuert worden, aus der er gerade erst geschossen hatte.

«Jetzt hab ich dich!» brüllte er. Der Bordschütze begann, die Stelle mit MG-Feuer zu belegen.

Der Bogenschütze sah die Leuchtspurgeschosse und hörte die Kugeln rechts von sich in den Boden einschlagen. Dieser Pilot war erstklassig, zielte fast perfekt, aber beim Feuern gab er dem Bogenschützen einen perfekten Zielpunkt. Und dann wurde die dritte Stinger gestartet.

«Zwei!» rief der Bordschütze über die Sprechanlage.

Der Pilot war schon dabei, im Sturzflug auszuweichen, war aber diesmal nicht von Leuchtkugeln umgeben. Die Stinger explodierte an einem Rotorblatt, und der Hubschrauber stürzte ab wie ein Stein. Der Pilot brachte es zwar noch fertig, die Sinkgeschwindigkeit zu verringern, aber die Maschine schlug trotzdem hart auf den Boden auf. Wie durch ein Wunder fing sie nicht Feuer. Einen Augenblick später erschienen bewaffnete Männer. Einer war, wie der Pilot feststellte, ein russischer Hauptmann.

«Sind Sie verletzt, Genosse?»

«Mein Rücken!» stöhnte der Pilot.

Der Bogenschütze, der fand, Allahs Gunst genug auf die Probe gestellt zu haben, war schon im Abmarsch. Die beiden Raketenschützen ließen die leeren Abschußrohre zurück und rannten los, um die sich zurückziehenden Guerillas einzuholen. Hätten die sowjetischen Truppen die Verfolgung aufgenommen, hätten sie sie vermutlich erwischt, doch der russische Kommandeur ließ seine Soldaten in ihren Stellungen. Eine halbe Stunde später erfuhr der Bogenschütze, daß sein Führer gefallen war. Nun mußte sich der versprengte Haufen in die Berge zurückziehen, ehe am Morgen sowjetische Flugzeuge kamen. Doch vorher war noch eine Aufgabe zu erledigen. Der Bogenschütze ging mit drei Männern die Transportmaschine suchen, die er abgeschossen hatte. Der Preis der Stinger-Rakete war die Durchsuchung jeder abgeschossenen Maschine nach Gegenständen, die für die CIA von Interesse sein konnten.

Oberst Filitow beendete seine Tagebucheintragung. Bondarenko hatte zu Recht angemerkt, sein technisches Verständnis sei viel größer, als sich anhand seiner Vorbildung vermuten ließ. Nach vierzig Jahren im Verteidigungsministerium hatte sich Mischa autodidaktisch auf einer Reihe von Fachgebieten kundig gemacht: von Schutzanzügen gegen C-Waffen über Chiffremaschinen bis hin zu Lasern. Er verstand zwar die Theorie nicht immer so gut, wie er es sich gewünscht hätte, konnte aber die Geräte ebenso gut beschreiben wie die Ingenieure, die sie zusammensetzten. Er hatte vier Stunden gebraucht, um das Ganze in sein Tagebuch zu übertragen. Nun mußten diese Daten so rasch wie möglich hinaus.

Problematisch an einem Verteidigungssystem gegen strategische Waffen war, daß man keine Waffe als «offensiv» oder «defensiv» an sich ansehen konnte – es kam ganz darauf an, in welche Richtung sie zielte.

Die sowjetische Nuklearstrategie, fand Mischa, war viel logischer als die des Westens. Für russische Strategen war der Atomkrieg nicht undenkbar. Sie lernten, pragmatisch zu denken: Das Problem war komplex, aber lösbar, auch wenn die Lösung nicht als perfekt gelten konnte; anders als viele westliche Denker akzeptierten die Russen, daß sie in einer unvollkommenen Welt lebten. Seit der Kubakrise, die Oleg Penkowski, den Mann, der ihn rekrutierte, das Leben gekostet hatte, basierte die sowjetische Strategie auf dem Begriff «Schadensbegrenzung». Es ging nicht darum, den Feind mit Kernwaffen zu vernichten. Bei Kernwaffen war eher die Frage, nicht so viel zu zerstören, daß nachher keine Verhandlungsbasis mehr existierte. Die Sowjets wollten vorwiegend verhindern, daß feindliche Kernwaffen ihr Land zerstörten, denn sie hatten in *jedem* der beiden Weltkriege zwanzig Millionen Tote zu beklagen gehabt und waren bedacht, eine Wiederholung zu vermeiden.

Dies war keine leichte Aufgabe. Der wissenschaftliche Marxismus-Leninismus sieht die Geschichte nicht als Abfolge von Ereignissen, sondern versteht sie als Evolutionsprozeß, an dessen Ende er als ideale Gesellschaftsform triumphiert. Wie Spieler mit gezinkten Karten «wußten» die Kommunisten, daß sie am Ende gewinnen würden, doch es gab dunkle Momente, in denen sie widerwillig eingestehen mußten, daß auch das Glück oder der Zufall ihnen die Formel verderben konnten. Den westlichen Demokratien fehlte nämlich neben der wissenschaftlichen Weltanschauung auch ein gemeinsames Ethos, und das machte sie unberechenbar.

Überwiegend aus diesem Grunde fürchtete der Osten den Westen. Seit der Gründung der Sowjetunion hatten die Kommunisten Milliarden für Spionage im Westen investiert, vorwiegend um herauszufinden, was der Gegner plante.

Trotz zahlloser taktischer Erfolge blieb das Grundproblem bestehen:

Immer wieder hatte die Regierung der Sowjetunion Handlungen und Absichten des Westens grundfalsch verstanden; und im Atomzeitalter konnte Unberechenbarkeit bedeuten, daß ein psychisch labiler amerikanischer Präsident die Zerstörung der Sowjetunion auslösen und den Aufschub des Weltsozialismus für Generationen bewirken konnte. Das westliche Kernwaffenarsenal stellte die schwerste Bedrohung für den Marxismus-Leninismus dar; Gegenmaßnahmen waren die Hauptaufgabe des sowjetischen Militärs. Anders aber als der Westen sahen die Sowjets in der Verhinderung ihres Einsatzes nicht nur schlicht die Verhütung des Krieges. Da der Westen den Sowjets als politisch unberechenbar galt, konnten sie sich auf Abschreckung allein nicht verlassen, sondern mußten in der Lage sein, das westliche Kernwaffenarsenal im Kriegsfall auszuschalten oder zumindest zu reduzieren.

Ihr eigenes Arsenal war für eben diese Aufgabe ausgelegt. Die Vernichtung von Städten und ihrer Einwohner war immer einfach, die Zerstörung feindlicher Raketenbasen aber nicht. Zur Ausschaltung der amerikanischen Raketen in ihren Silos waren mehrere Generationen höchst zielgenauer und kostspieliger Interkontinentalgeschosse wie die SS-18 entwickelt worden, deren einzige Aufgabe es war, Amerikas Minuteman-Abschußanlagen, U-Boot- und Bomberstützpunkte in strahlenden Staub zu verwandeln. Bis auf letztere lagen alle weit genug von den Ballungszentren entfernt, so daß sich ein Entwaffnungsschlag gegen den Westen ohne zwangsläufige Auslösung des Holocaust führen ließ. Gleichzeitig verfügten die Amerikaner über nicht genügend akkurate Sprengköpfe, um die sowjetischen Raketen auf ähnliche Weise zu bedrohen. Die Sowjets waren also bei einem potentiellen Angriff, der sich gegen Waffen und nicht gegen Menschen richtete, im Vorteil.

Auf See aber haperte es. Über die Hälfte aller amerikanischen Kernsprengköpfe befanden sich in Unterseebooten. Bei der US Navy glaubte man, ihre strategischen Boote seien noch nie von der Gegenseite erfaßt und verfolgt worden. Das war ein Irrtum. Im Lauf von siebenundzwanzig Jahren war es den Russen genau dreimal gelungen, und dann aber nie länger als vier Stunden. Die Amerikaner gaben zu, selbst nicht in der Lage zu sein, ihre eigenen «Boomer», wie sie Raketen-U-Boote nannten, zu orten und zu verfolgen. Sowjetischen strategischen Booten aber kamen sie regelmäßig auf die Spur, und aus diesem Grund dislozierten die Sowjets nur einen Bruchteil ihrer Kernsprengköpfe auf See.

Schon früh hatte man erkannt, daß Raketen Offensivwaffen mit einem defensiven Zweck sind, daß die Fähigkeit, den Gegner zu vernichten, eine klassische Formel zur Verhinderung des Krieges und zur Durchsetzung der eigenen Ziele zu Friedenszeiten darstellte. Die Tatsache jedoch, daß diese beiden Seiten zur Verfügung stehende Möglichkeit die historisch bewährte Formel der unilateralen Einschüchterung durch bilaterale Abschreckung ersetzt hatte, machte diese Lösung wenig attraktiv.

Nukleare Abschreckung: Kriegsverhinderung durch die Drohung des wechselseitigen Holocausts. Letzten Endes sagten beide Seiten zueinander: *Wenn ihr unsere hilflosen Zivilisten umbringt, töten wir eure.* Das Ziel der Verteidigung war nicht länger der Schutz der eigenen Gesellschaft, sondern sinnlose Gewaltandrohung gegen eine andere. Mischa zog eine Grimasse. Kein primitiver Stamm war jemals auf eine solche Idee gekommen – dazu waren selbst die unzivilisiertesten Barbaren zu fortgeschritten –, aber ausgerechnet für sie hatten sich die fortgeschrittensten Völker der Welt mehr oder weniger freiwillig entschieden. Obwohl nicht zu bestreiten war, daß die Abschreckung funktionierte, bedeutete sie doch, daß die Sowjetunion und der Westen unter einer Bedrohung lebten, die mehr als einen Abzug hatte. Niemand hielt die Situation für zufriedenstellend, aber die Sowjets hatten, wie sie es sahen, aus einer üblen Sache das Beste gemacht, indem sie sich ein strategisches Arsenal zulegten, das die andere Seite im Krisenfall weitgehend entwaffnen konnte. Durch die Fähigkeit, den Großteil des amerikanischen Arsenals zu eliminieren, konnten sie diktieren, wie ein Atomkrieg geführt wurde; in klassischen Begriffen war das der erste Schritt zum Sieg, und aus sowjetischer Sicht stellte die westliche Ansicht, ein «Sieg» im Atomkrieg sei unmöglich, schon den ersten Schritt zu einer westlichen Niederlage dar. Insgesamt aber hatten Theoretiker auf beiden Seiten schon immer den ganzen Komplex Atomkrieg für unbefriedigend gehalten und im stillen an Alternativlösungen gearbeitet.

Schon in den fünfziger Jahren hatten die USA und die Sowjetunion die Möglichkeit der Abwehr ballistischer Raketen zu erforschen begonnen, unter anderem in Sari Schagan in Südwestsibirien. In den späten Sechzigern stand ein funktionsfähiges sowjetisches System kurz vorm Einsatz, doch dann hatte das Aufkommen unabhängig lenkbarer Sprengköpfe die Arbeit von fünfzehn Jahren völlig zunichte gemacht – für beide Seiten. Bei dem Kampf zwischen Angriffs- und Verteidigungssystemen schien der Angriff immer die Überhand zu behalten.

Das aber hatte sich geändert. Laserwaffen und andere Hochenergie-Projektions-Systeme stellten in Verbindung mit Computern einen Quantensprung in eine neue Strategie dar. Eine funktionsfähige Verteidigung stellte nun, wie Bondarenkos Bericht Filitow sagte, eine reale Möglichkeit dar. Und was bedeutete das?

Es bedeutete, daß die nukleare Gleichung zur Rückkehr zum klassischen Gleichgewicht von Offensive *und* Defensive bestimmt war, und daß beide Elemente nun zu Teilen einer einzigen Strategie gemacht werden konnten. Die Berufssoldaten fanden dieses System theoretisch attraktiv – wer sieht sich schon gerne als größter Mörder der Weltgeschichte? –, doch nun ergaben sich alle möglichen taktischen Probleme. Vorteil und Nachteil; Zug und Gegenzug. Ein amerikanisches strategisches Verteidigungssystem konnte die ganze Nuklearstrategie der Sowjetunion auf den Kopf stellen. Gelang es den Amerikanern, die SS-18 an der Ausschaltung ihrer landgestützten Raketen zu hindern, war der entwaffnende Erstschlag, auf den sich die Russen zur Begrenzung des Schadens an der *Rodina* verließen, nicht länger möglich. Das bedeutete auch, daß die Milliarden, die man in strategische Raketen gesteckt hatte, vergeudet waren.

Das war aber noch nicht alles. Hinter dem Schild der Strategischen Verteidigung konnte ein Feind erst einen entwaffnenden Erstschlag führen und dann den resultierenden Gegenschlag mit seinen Verteidigungssystemen abmildern oder gar ganz abwehren.

Diese Ansicht war natürlich vereinfachend. Kein System war jemals narrensicher –, und selbst wenn es funktioniert, sagte sich Mischa, wird die politische Führung schon einen Weg finden, es zum größtmöglichen Nachteil einzusetzen. Ein strategisches Verteidigungssystem fügte der nuklearen Gleichung einen neuen Unsicherheitsfaktor hinzu. Es war unwahrscheinlich, daß ein Land in der Lage sein würde, alle anfliegenden Kernsprengköpfe zu eliminieren, und der Tod von «nur» zwanzig Millionen Bürgern war auch für die sowjetische Führung unakzeptabel. Doch selbst ein rudimentäres SDI-System mochte genug Sprengköpfe ausschalten, um die ganze Entwaffnungsstrategie zu entwerten.

Verfügten die Sowjets als erste über ein solches System, ließe sich die kärgliche Entwaffnungskapazität der Amerikaner leichter kontern als die sowjetische, und die Strategie, an der die Sowjets dreißig Jahre lang gearbeitet hatten, blieb unangetastet. Der sowjetischen Regierung öffnete sich die beste beider Welten – eine viel größere Zahl zielgenauer Raketen, mit denen sie die amerikanischen Sprengköpfe ausschalten konnte, und ein Schild zur Abwehr des Gegenschlages auf die Raketenstartanlagen der Reserve. Die amerikanischen seegestützten Systeme ließen sich durch Zerstörung der GPS-Navigationssatelliten neutralisieren, ohne die sie zwar noch Städte zerstören, aber keine Raketensilos mehr angreifen konnten.

Oberst Michail Semjonowitsch Filitow hielt sich an ein Szenarium, das der typischen sowjetischen Fallstudie entsprach. Es brach zum Beispiel im Nahen Osten eine Krise aus, und während Moskau bemüht war, die Lage zu stabilisieren, griff der Westen – dumm und ungeschickt natürlich – ein und begann vor der Presse offen Spekulationen über eine nukleare Konfrontation anzustellen. Von den Nachrichtendiensten ging die Blitzmeldung nach Moskau, ein atomarer Schlag läge im Bereich des

Möglichen. Die SS-18-Regimenter der Strategischen Raketenstreitkräfte gingen heimlich in Alarmbereitschaft, ebenso die neuen bodengestützten Laserwaffen. Während das Außenministerium sich noch um eine Beruhigung der Lage bemühte, drohte der Westen, griff vielleicht sogar einen Verband der sowjetischen Marine an, um seine Entschlossenheit zu demonstrieren, und mobilisierte die Nato-Armeen für eine Invasion Osteuropas. Die Welt geriet in Panik. Wenn die Kriegsdrohungen des Westens einen Höhepunkt erreicht hatten, erging an die Raketenverbände der Befehl zum Abschuß von 300 SS-18, die mit jeweils drei Kernsprengköpfen die amerikanischen Minuteman-Silos angriffen. Kleinere Waffen schalteten U-Boot- und Bomberbasen aus, und man war dabei bedacht, die Zahl der Zivilopfer so gering wie möglich zu halten – die Sowjets wollten die Lage nicht weiter als unbedingt notwendig verschärfen. Gleichzeitig sollten die Laser so viele amerikanische Aufklärungs- und Navigationssatelliten wie möglich funktionsunfähig machen, aber die Nachrichtensatelliten intakt lassen – ein Risiko zum Beweis «guten Willens». Vor dem Einschlag sowjetischer Kernsprengköpfe sollten die Amerikaner zu einer Reaktion auf die Attacke nicht imstande sein. (Dieser Aspekt machte Mischa Kummer, aber KGB und GRU meinten, abgesehen von den psychologischen Faktoren habe auch das amerikanische Befehlssystem ernste Schwächen.) Vermutlich würden die Amerikaner ihre U-Boot-Waffen in Reserve halten und ihre überlebenden Minutemen auf russische Raketensilos abschießen, doch es stand nicht zu erwarten, daß mehr als zwei- oder dreihundert Sprengköpfe den ersten Schlag überstanden; viele von diesen würden ohnehin leere Löcher treffen, und den größten Teil der anfliegenden Waffen würde das Verteidigungssystem abschießen.

Nach Ablauf der ersten Stunde würden die Amerikaner erkennen müssen, daß die Wirksamkeit ihrer U-Boot-Raketen stark reduziert war. Dann gingen konstant sorgfältig vorbereitete Sprüche über den heißen Draht von Moskau nach Washington: WIR DÜRFEN EINE WEITERE ESKALATION NICHT ZULASSEN. Dann würden die Amerikaner erst einmal innehalten und nachdenken. Das war entscheidend: Jemand mag aus einem Impuls heraus oder im Zorn Städte angreifen, aber nicht auf nüchterne Überlegung hin.

Die Möglichkeit, daß eine Seite ihre Verteidigungssysteme als Begründung für einen Offensivschlag ansah, bereitete Filitow keine Sorgen. In Krisenzeiten jedoch konnte ihre Existenz die Furcht vor einem solchen Schlag verringern –, wenn die Gegenseite nicht über Abwehrsysteme verfügte. Also mußten beide Seiten welche haben. Damit war die Möglichkeit eines Erstschlags stark verringert, und die Welt war sicherer. Der Bau von Defensivsystemen war nicht mehr aufzuhalten. Den alten Krieger, der bei dem Gedanken an Interkontinentalraketen immer Unbehagen empfunden hatte, freute die Möglichkeit, daß die Dinger vielleicht endlich neutralisiert wurden und daß der Tod dorthin zurückkehrte, wo er hingehört: zu bewaffneten Männern auf dem Schlachtfeld.

Bist müde, dachte er, es ist zu spät für so tiefschürfende Gedanken. Wenn er den Bericht mit Daten aus Bondarenkos endgültiger Version ergänzt hatte, würde er ihn fotografieren und den Film seinem Kontaktmann übergeben.

8

Es dämmerte schon fast, als der Bogenschütze das Wrack der Antonow fand. Er hatte zehn Männer und Abdul dabei. Sie mußten sich beeilen; sobald sich die Sonne über die Berge erhob, kamen die Russen. Von einer Kuppe aus betrachtete er die Trümmer. Beide Flügel waren beim ersten Aufprall abgerissen worden, und dann war der Rumpf weitergeschossen, einen sanften Hang hinauf, hatte sich mehrmals überschlagen und war zerbrochen, bis nur noch das Leitwerk kenntlich blieb. Daß es ein Meisterstück des Piloten gewesen war, die Maschine unter diesen Bedingungen überhaupt einigermaßen unter Kontrolle zu halten und zu landen, konnte er nicht wissen. Er gab seinen Männern ein Zeichen und ging auf das Hauptteil des Wracks zu. Dort wies er sie an, nach Waffen und Dokumenten zu suchen. Der Bogenschütze selbst und Abdul wandten sich den Überresten des Hecks zu.

Wie üblich bot die Absturzstelle einen widersprüchlichen Anblick. Einige Leichen waren zerfetzt, andere sahen auf den ersten Blick unversehrt aus; seltsam friedlich. Er zählte sechs, die im Frachtraum gesessen hatten. Alles Russen, alle in Uniform. Einer trug die Uniform des KGB und war noch angeschnallt. Er hatte rosa Schaum vorm Mund, mußte nach dem Aufprall wohl noch kurz gelebt und Blut gehustet haben. Der Bogenschütze drehte die Leiche um und sah, daß eine Aktentasche am Handgelenk des Mannes festgeschlossen war. Das war vielversprechend. Der Bogenschütze bückte sich und versuchte erfolglos, die Handschelle zu lösen. Achselzuckend zog er seinen Dolch – würde er halt die Hand abschneiden müssen. Er drehte die Hand herum und begann –

Der Arm zuckte und ein schriller Schrei ließ den Bogenschützen aufspringen. Lebte dieser Mann etwa noch? Er beugte sich über das Gesicht und bekam Blut ins Gesicht gehustet. Die blauen Augen standen nun offen, waren von Schock und Schmerz geweitet. Der Mund bewegte sich, aber es kam nichts Zusammenhängendes heraus.

«Sieh mal nach, ob noch mehr leben», wies der Bogenschütze Abdul an, drehte sich dann zu dem KGB-Offizier um und sagte in Paschtu: «Tag, Russe.» Dabei fuchtelte er mit dem Dolch vor den Augen des Mannes herum.

Der KGB-Offizier, ein Hauptmann, begann wieder zu husten. Der Mann war nun voll bei Bewußtsein und mußte starke Schmerzen haben. Der Bogenschütze durchsuchte ihn nach Waffen. Als der Russe abgetastet wurde, wand er sich vor Qual. Mindestens gebrochene Rippen, dachte der Bogenschütze, aber die Glieder scheinen intakt zu sein. Nun kamen ein paar gequälte Worte. Der Bogenschütze konnte ein wenig Russisch, hatte aber Mühe, die Worte zu verstehen.

«Töten Sie mich nicht...»

Nachdem der Bogenschütze das verstanden hatte, fuhr er mit seiner Suche fort. Er nahm dem Hauptmann die Brieftasche ab und sah sich ihren Inhalt an. Die Fotos ließen ihn stutzen. Der Mann hatte eine Frau und einen Sohn. Das erste Bild des Jungen zeigte ihn im Alter von vielleicht zwei Jahren: ein kleiner, verschmitzter Wuschelkopf. Auf dem nächsten Bild aber war er kaum wiederzuerkennen: die Haare ausgefallen, die Haut straff über die Gesichtsknochen gespannt und durchscheinend wie die Seiten eines alten Korans. Das Kind war dem Tode geweiht. Wie alt war der Kleine jetzt wohl? Drei? Vier? Ein sterbendes Kind, dessen Lächeln Mut, Schmerz und Liebe verriet. Warum muß Allahs Zorn die Kleinen treffen? Er hielt dem Offizier das Bild vors Gesicht.

«Ihr Sohn?» fragte er auf russisch.

«Tot. Krebs», erklärte der Mann und sah dann, daß dieser Bandit ihn nicht verstand. «Krank. Lange Krankheit.» Für einen winzigen Augenblick verschwand der Ausdruck des Schmerzes aus seinem Gesicht und wich Trauer. Das rettete ihm das Leben. Zu seinem Erstaunen schob der Bandit den Dolch in die Scheide.

Auch der Bogenschütze war über seine Reaktion erstaunt. Es war, als habe Allah selbst ihn daran erinnert, daß nach dem Glauben als erster Tugend gleich die Barmherzigkeit kommt. Das allein reichte nicht – seine Kameraden ließen sich von einem Vers aus der Heiligen Schrift nicht umstimmen –, aber dann fand er in der Hosentasche des Mannes einen Schlüsselring. Mit einem Schlüssel öffnete er die Handschelle, mit dem anderen die Aktentasche. Sie war voller Hefter, die den Stempelaufdruck GEHEIM trugen. Dieses russische Wort kannte er.

«Mein Freund», sagte der Bogenschütze in Paschtu, «wir gehen einen Bekannten von mir besuchen. Vorausgesetzt, du lebst lange genug», fügte er hinzu.

«Wie ernst ist die Sache?» fragte der Präsident.

«Potentiell sehr ernst», erwiderte Judge Moore. «Ich möchte Ihnen von ein paar Leuten Vortrag halten lassen.»

«Hat Ryan die Evaluierung angefertigt?»

«Er wird auch kommen. Und dieser Major Gregory, von dem Sie bereits gehört haben.»

Der Präsident schlug seinen Terminkalender auf. «Ich kann Ihnen fünfundvierzig Minuten geben. Seien Sie um elf hier.»

«Wird gemacht, Sir.» Moore legte auf und rief mit dem Summer seine Sekretärin. «Schicken Sie Dr. Ryan rein.»

Eine Minute später trat Jack durch die Tür. Er bekam noch nicht einmal einen Stuhl angeboten.

«Um elf haben wir einen Termin beim Chef. Haben Sie Ihr Material bereit?»

«Wie es mit der Physik steht, weiß ich nicht, aber das wird Major Gregory wohl im Griff haben. Im Augenblick spricht er gerade mit dem Admiral und Mr. Ritter. Kommt General Parks auch?»

«Ja.»

«Gut. Was soll ich an Bildmaterial mitbringen?»

Darüber dachte Richter Moore einen Augenblick lang nach. «Wir wollen ihn nicht überfordern. Zwei Hintergrundaufnahmen und ein gutes Diagramm. Halten Sie die Sache auch für wichtig?»

«Sie stellt zwar keine unmittelbare Bedrohung für uns dar, ist aber eine Entwicklung, auf die wir hätten verzichten können. Ihre Auswirkungen auf die Abrüstungsverhandlungen sind schwer abzuschätzen. Eine direkte Verbindung besteht wohl nicht zwischen –»

«Nein, dessen sind wir sicher.» Moore zog eine Grimasse. «Nun ja, einigermaßen sicher.»

«Judge Moore, zu diesem Fall sind Daten im Umlauf, die ich noch nicht gesehen habe.»

Moore lächelte gütig. «Und woher wissen Sie das?»

«Letzten Freitag ging ich die alten Akten über das sowjetische Raketenabwehrprogramm durch. 1981 wurde in Sari Schagan ein großangelegter Test durchgeführt. Darüber wußten wir eine ganze Menge – zum Beispiel, daß die Testbedingungen vom Verteidigungsministerium geändert wurden. Dieser Befehl wurde in Moskau versiegelt und dem Skipper des Bootes, das die Raketen abfeuerte – Marko Ramius – persönlich überreicht. Von ihm erfuhr ich die andere Seite der Geschichte. Angesichts dessen und anderer Hinweise, auf die ich gestoßen bin, muß ich vermuten, daß wir einen Mann im sowjetischen Verteidigungsministerium haben, und zwar ganz oben.»

«Was für andere Hinweise?» wollte der Richter wissen.

Jack zögerte kurz, beschloß aber dann, seine Vermutungen auszusprechen. «Als *Roter Oktober* überlief, zeigten Sie mir einen Bericht, der tief von ‹innen› kommen mußte, ebenfalls aus dem Verteidigungsministerium; der Codename der Akte war WILLOW, wenn ich mich recht entsinne. Seitdem ist mir nur eine Akte mit diesem Namen untergekommen, was mich vermuten läßt, daß der Code in rascher Folge geändert wird. Das tut man nur, wenn die Quelle sehr sensitiv ist, und wenn ich zu diesem Material keinen Zugang habe, kann ich daraus nur schließen, daß es hochgeheim ist. Vor zwei Wochen sagten Sie mir, Gregorys Einschätzung der Anlage Duschanbe sei aus ‹anderen Quellen› bestätigt worden.»

Jack lächelte. «Ich werde dafür bezahlt, daß ich Zusammenhänge sehe, Sir. Es stört mich nicht, wenn man mir Dinge vorenthält, die ich nicht zu wissen brauche, aber ich gewinne langsam den Eindruck, daß sich hier etwas tut, das mit meinem Projekt in einem Zusammenhang steht. Wenn ich dem Präsidenten Vortrag halten soll, Sir, dann möchte ich das aufgrund der richtigen Informationen tun.»

«Nehmen Sie Platz, Dr. Ryan.» War es nun Zeit, ein neues Mitglied in die Delta-Fraternität aufzunehmen? Nach einer kleinen Weile lächelte Moore verschmitzt.

«Sie sind ihm begegnet», sagte Moore und sprach zwei Minuten lang weiter.

Jack lehnte sich in seinem Sessel zurück und schloß die Augen. Nach kurzem Nachdenken sah er das Gesicht wieder vor sich. «Mein Gott, und dieser Mann besorgt uns die Informationen... Werden wir sie denn verwenden können?»

«Er verschafft uns nicht zum ersten Mal technische Daten. Die meisten haben wir benutzt.»

«Sagen wir das dem Präsidenten?» fragte Jack.

«Nein, das verschweigen wir auf seinen eigenen Wunsch. Vor einiger Zeit sagte er, von verdeckten Operationen wolle er keine Einzelheiten, sondern nur die Resultate wissen. Wie die meisten Politiker redet er zu viel, ist aber wenigstens klug genug, das zu erkennen. Wir haben schon Agenten verloren, weil Präsidenten schwatzten, von gewissen Kongreßabgeordneten ganz zu schweigen.»

«Und wann können wir mit diesem Bericht rechnen?»

«Bald. Vielleicht schon diese Woche, vielleicht erst in drei –»

«Und wenn das klappt, können wir die russischen Erkenntnisse den unseren hinzufügen?» Ryan schaute hinaus auf die kahlen Bäume.

Moore nickte. «Günstige Aussichten, Dr. Ryan. Suchen Sie Ihre Unterlagen zusammen, aber erwähnen Sie unseren Freund nicht. Falls erforderlich, übernehme ich das.»

Jack ging kopfschüttelnd zurück in sein Büro. Er hatte schon mehrmals vermutet, daß er mit Material arbeitete, das der Präsident nie zu Gesicht bekam – nun wußte er das mit Sicherheit. Vorwiegend beschäftigte ihn jetzt die Wichtigkeit dieses Agenten und seiner Informationen. Es gab Präzedenzfälle. Dr. Richard Sorge in Japan, dessen Warnungen an Stalin 1941 niemand Glauben schenkte. Oleg Penkowski, der dem Westen Informationen über das sowjetische Militär zuspielte, die während der Kubakrise einen Atomkrieg verhindert haben mochten. Über die Tatsache, daß er als einziger Bediensteter der CIA das Gesicht des Agenten kannte, aber nicht seinen Namen oder Decknamen, stellte er keine Vermutungen an. Er wußte auch nicht, daß Judge Moore es aus unerfindlichen Gründen schon seit Jahren ablehnte, sich ein Bild von KARDINAL anzusehen.

Das Telefon klingelte, und unter der Decke kam eine Hand hervor und griff nach dem Hörer. «Ja?»

«Morgen, Candi», sagte Al Gregory in Langley.

Zweitausend Meilen entfernt drehte Dr. Candace Long sich im Bett um und schaute auf den Wecker. «Bist du am Flughafen?»

«Leider immer noch in Washington, Schatz. Vielleicht komme ich heute nachmittag zurück.» Er klang erschöpft.

«Was ist eigentlich los?» fragte sie.

«Ach, jemand hat einen Test gemacht, und ich soll ein paar Leuten erklären, was das bedeutet.»

«Na schön, sag mir Bescheid, wann du landest, Al. Ich hole dich dann ab.» Candi Long war so schlaftrunken, daß sie nicht merkte, daß ihr Verlobter bei seiner Antwort eine Sicherheitsvorschrift verletzt hatte.

«Fein. Ich hab dich lieb.»

«Ich dich auch.» Sie legte auf und schaute noch einmal auf den Wecker. Noch Zeit für eine Stunde Schlaf.

Jack und Major Gregory saßen im Empfangsraum des Westflügels des Weißen Hauses unter einer Kopie des berühmten Gemäldes, das Washington beim Überqueren des Delaware darstellt. Judge Moore sprach mit dem Sicherheitsberater des Präsidenten, Jeffry Pelt. Der Präsident beendete gerade eine Sitzung mit dem Handelsminister. Endlich wurden sie von einem Agenten des Secret Service gerufen und durch die Korridore geführt.

Das Oval Office, Dienstzimmer des Präsidenten, ist kleiner, als es sich die meisten Leute vorstellen. Ryan und Gregory wurden zu einem kleinen Sofa an der Nordwand geführt. Beide setzten sich noch nicht; der Präsident stand an seinem Schreibtisch. Ryan bemerkte, daß Gregory ein wenig blaß war, und entsann sich seines ersten Besuches in diesem Raum.

«Hallo, Jack!» Der Präsident kam auf Ryan zu und gab ihm die Hand. «Und Sie müssen der berühmte Major Gregory sein.»

«Jawohl, Sir», brachte Gregory gequetscht heraus und mußte sich räuspern. «Äh, jawohl, Mr. President.»

«Immer mit der Ruhe. Nehmen Sie Platz? Mögen Sie Kaffee?» Er wies auf ein Tablett auf seinem Schreibtisch. Gregory machte große Augen, als der Präsident ihm eine Tasse brachte. Ryan bemühte sich, ein Lächeln zu unterdrücken. Der Mann, der die «imperiale» Präsidentschaft, was immer das auch bedeuten mochte, wiederbelebt hatte, verstand es auf geniale Weise, Menschen die Befangenheit zu nehmen. «Major, ich habe große Dinge über Sie und Ihre Arbeit gehört. Der General sagt, Sie seien sein hellster Kopf.» Daraufhin rutschte Parks unbehaglich auf seinem Sessel hin und her. Der Präsident setzte sich neben Jeff Pelt. «Gut, fangen wir an.»

Ryan öffnete seine Mappe und legte ein Foto auf den niedrigen Tisch. Daneben kam eine Planzeichnung. «Mr. President, dies ist ein Satellitenbild der Anlagen, die wir Bach und Mozart nennen. Sie befinden sich auf einem Berg südöstlich der Stadt Duschanbe in der Tadschikischen Sowjetrepublik, rund siebzig Meilen von der afghanischen Grenze entfernt. Der Berg ist ungefähr zweitausenddreihundert Meter hoch. Wir überwachen ihn seit zwei Jahren. Dies hier –» er legte ein zweites Bild hin, «ist Sari Schagan, wo die Russen seit dreißig Jahren an Abwehrsystemen gegen ballistische Raketen arbeiten. Wir nehmen an, daß wir mit dieser Anlage hier auf dem ersten Bild eine große Laser-Testanlage vor uns sehen. Es wird vermutet, daß den Russen hier vor zwei Jahren ein bedeutender Durchbruch auf dem Gebiet der Laserleistung gelang. Anschließend wurde auf Bach Raum für die weitere Erprobung geschaffen. Vergangene Woche fand ein Test mit voller Leistung statt. Diese Konfiguration hier auf Bach ist ein Laser-Sender.»

«Und damit haben sie einen Satelliten zerstört?» fragte Jeff Pelt.

«Jawohl, Sir», antwortete Major Gregory. «Sie haben ihn angekokelt, wie wir im Labor sagen; so viel Energie in ihn hineingepumpt, daß ein Teil des Metalls schmolz und die Sonnenzellen total zerstört wurden.»

«Und wir bringen das noch nicht fertig?» fragte der Präsident Gregory.

«Nein, Sir. So viel Leistung holen wir aus unseren Lasern noch nicht heraus.»

«Wie kommt es, daß sie uns voraus sind? Wir haben doch eine Menge Geld in die Laserentwicklung gesteckt, oder, General?»

General Parks waren die neuesten Entwicklungen unangenehm, aber sein Ton blieb sachlich. «Das haben die Russen auch getan, Mr. President, und im Zusammenhang mit ihren Anstrengungen auf dem Gebiet der Kernfusion Fortschritte gemacht. Seit Jahren beschäftigen sie sich mit der Entwicklung von Fusionsreaktoren und haben viel in die Hochenergiephysik-Forschung investiert. Vor fünfzehn Jahren wurde dieses Vorhaben mit dem Raketenabwehrprogramm zusammengelegt. Wer soviel Zeit und Geld in Grundlagenforschung investiert, kann mit Resultaten rechnen. Sie erfanden den RFQ –den Radio-Frequenz-Quadropol –, den wir bei unseren Experimenten mit Neutronen-Korpuskularstrahlen verwenden. Sie erfanden das Tokomak, ein Gerät zur Erzielung der Kernfusion durch magnetische Einschließung eines Plasmas, und das Gyrotron stammt auch von ihnen. Das sind also drei bedeutende Durchbrüche auf dem Gebiet der Hochenergiephysik, über die wir informiert sind. Teilaspekte haben wir bei unserer eigenen SDI-Forschung eingesetzt, und es ist sicher, daß auch die Russen diese Anwendungsmöglichkeiten gefunden haben.»

«Gut, und was wissen wir über diesen neuen Test?»

Wieder gab Gregory die Antwort. «Sir, wir wissen, daß die Strahlen von Duschanbe kamen, weil die beiden anderen Hochenergielaser-Anlagen, Sari Schagan und Semipalatinsk, zum fraglichen Zeitpunkt unterm Horizont lagen, den Satelliten also nicht ‹sehen› konnten. Ein Infrarotlaser kann es nicht gewesen sein; dessen Strahl müßten die Sensoren an Bord der Cobra Belle erfaßt haben. Ich würde eher auf einen freien Elektronenlaser tippen –»

«Korrekt», merkte Richter Moore an. «Das haben wir inzwischen bestätigen können.»

«Also den Typ, an dem wir auch bei Tea Clipper arbeiten und der das größte Potential für eine Waffenapplikation zu haben scheint.»

«Und warum, wenn ich fragen darf?» ließ sich der Präsident vernehmen.

«Eine Frage des Wirkungsgrades, Sir. Der eigentliche Lasing-Prozeß findet in einem Strom freier Elektronen – die nicht wie sonst an Atome gebunden sind – in einem Vakuum statt. Mit Hilfe eines Linearbeschleunigers erzeugt man einen Strom von Elektronen, den man dann in die Brennkammer leitet, entlang deren Längsachse ein Laserstrahl verläuft. Die Idee ist nun, mit Hilfe von Elektromagneten die Elektronen in Schwingungen zu versetzen, was zur Ausstrahlung von Photonen radioaktiver Energie führt. Durch Justierung des Magnetfeldes und Veränderung der Elektronenstrahlenergie lassen sich praktisch Strahlen beliebiger Wellenlängen erzeugen. Dann kann man die Elektronen sozusagen im Recyclingverfahren zurück in den Linearbeschleuniger führen und dann erneut in die Brennkammer schießen. Das Endresultat, Sir, ist, daß man theoretisch vierzig Prozent der eingespeisten Energie als Laserleistung zur Verfügung hat. Läßt sich diese zuverlässig erzielen, kann man so gut wie alles zerstören – hohe Energie ist hier natürlich ein relativer Begriff. Im Vergleich zu den Strommengen, die dieses Land allein zum Kochen verbraucht, ist die für eine Laserverteidigung erforderliche Kapazität nicht der Rede wert. Theoretisch ist das möglich, aber mit der praktischen Durchführung hapert es noch.»

«Und warum?» Der Präsident, dessen Interesse nun geweckt war, beugte sich vor.

«Weil wir noch immer im Begriff sind zu lernen, die Funktionsweise eines solchen Lasers zu verstehen. Das Hauptproblem ist die Brennkammer – dort geben die Elektronen Energie ab, die zu einem Lichtstrahl wird. Es ist uns noch nicht gelungen, einen sehr dicken Strahl zu erzeugen. Wenn die Brennkammer zu eng ist, ist die Leistungskonzentration so hoch, daß die optische Beschichtung in der Brennkammer selbst und an den Ablenkspiegeln verdampft.»

«Und wie haben die Sowjets dieses Problem gelöst?»

«Tja, ich weiß, was wir zu erreichen versuchen. Wenn man Energie in den Laserstrahl leitet, verlieren die Elektronen Energie. Das bedeutet, daß man dem sie einschließenden Magnetfeld eine spitz zulaufende Form geben muß – und dabei müssen sie von den Magneten weiterhin in Schwingungen versetzt werden. Wie das gleichzeitig zu bewerkstelligen ist, haben wir bisher nicht herausgefunden. Wahrscheinlich sind die Russen auf die Lösung gestoßen, und zwar vermutlich über ihre Kernfusionsforschung.»

«Gut. Vielen Dank, Major.» Der Präsident wandte sich an Richter Moore. «Arthur, was meint die CIA?»

«Wir können bestätigen, daß die Sowjets in Duschanbe sechs freie Elektronenlaser operativ einsetzen und auf dem Gebiet der Ausgangsleistung einen Durchbruch erzielt haben. Welcher Natur dieser Durchbruch ist, versuchen wir noch herauszufinden.»

«Können Sie das denn überhaupt?» fragte General Parks.

«Wir bemühen uns, General. Wenn wir Glück haben, liegt bis Monatsende ein Ergebnis vor.»

«Gut, wir wissen also, daß die Russen einen sehr leistungsstarken Laser bauen können», faßte der Präsident zusammen. «Nächste Frage: Stellt er auch eine Waffe dar?»

«Wahrscheinlich nicht, Mr. President», sagte General Parks. «Zumindest im Augenblick noch nicht. Sie haben noch immer Probleme mit thermischem Ausblühen, weil sie noch nicht gelernt haben, unsere adaptive Optik zu kopieren, und daher noch nicht in der Lage sind, den Laserstrahl über einen Spiegel im Orbit auf ein fernes Ziel zu lenken. Was ihnen im Augenblick zur Verfügung steht, reicht aus, um großen Schaden an Satelliten in niedrigen Umlaufbahnen anzurichten. Es gibt natürlich Mittel und Wege, Satelliten dagegen zu schützen, aber das wäre dann der alte Kampf zwischen dickerer Panzerung und schwereren Granaten, den am Ende die Granaten gewöhnlich gewinnen.»

«Ein guter Grund, diese Waffen wegzuverhandeln», ließ sich Ernie Allen, der Abrüstungsbeauftragte des Präsidenten, zum ersten Mal vernehmen. General Parks warf ihm einen gereizten Blick zu. «Mr. President, wir bekommen nun einen Vorgeschmack darauf, wie gefährlich und destabilisierend diese Waffen sein können. Betrachten wir Duschanbe nur einmal als Anti-Satelliten-Waffe: Überlegen wir uns einmal ihre Auswirkungen auf die Verifizierung von Abrüstungsübereinkommen und auf die Satellitenaufklärung im allgemeinen. Wenn wir diesen Dingern keinen Riegel vorschieben, landen wir im Chaos.»

«Der Fortschritt läßt sich nicht aufhalten», bemerkte General Parks.

Allen schnaubte. «Fortschritt? Es liegt im Augenblick ein Vertragsentwurf auf dem Tisch, der die Waffen um die Hälfte reduziert. Das nenne ich Fortschritt, General. Bei Ihrem Test über dem Südatlantik ging die Hälfte Ihrer Schüsse daneben – wie Sie sehen, kann ich ebenso viele Raketen unschädlich machen wie Sie.»

Ryan glaubte schon, der General würde vom Stuhl springen, doch Parks gab sich statt dessen intellektuell. «Mr. Allen, das war der erste Test eines Systems im Versuchsstadium, und die andere Hälfte der Schüsse traf. Mehr noch, *alle* Ziele wurden in weniger als einer Sekunde ausgeschaltet. Und Major Gregory wird das Zielproblem bis zum Sommer gelöst haben – nicht wahr, Junge?»

«Jawohl, Sir!» ließ sich Gregory vernehmen. «Es muß nur die Software überarbeitet werden.»

«Na schön. Wenn Moores Leute uns sagen können, auf welche Weise die Russen die Laserleistung gesteigert haben, steht uns fast der ganze Rest der Systemarchitektur erprobt und validiert zur Verfügung. In zwei oder drei Jahren haben wir dann alles und können ernsthaft an den Einsatz denken.»

«Und wenn die Sowjets unsere Spiegel im Raum einfach abschießen?» fragte Allen trocken. «Dann haben Sie das beste Bodenlasersystem aller Zeiten, aber mehr als New Mexico kann es nicht verteidigen.»

«Die Spiegel werden sie erst einmal finden müssen, und das ist viel schwerer, als Sie glauben. Wir können sie sehr hoch aufhängen – zwischen fünfhundert und sechzehnhundert Kilometern – und durch Stealth-Technologie für Radar praktisch unsichtbar machen. Die Spiegel werden relativ klein und leicht sein, was bedeutet, daß wir viele einsetzen können. Haben Sie eine Ahnung, wie groß der Weltraum ist, und wie viele *Tausende* Stücke Schrott dort oben herumsegeln? Alle Spiegel erwischen sie nie», schloß Parks zuversichtlich.

«Jack, Sie haben sich mit den Russen befaßt. Was halten Sie davon?» fragte der Präsident Ryan.

«Mr. President, wir haben es hier hauptsächlich mit der Vision der Sowjets zu tun, ihr Land tatsächlich zu *verteidigen*. Sie haben dreißig Jahre und eine Unmenge Geld investiert, weil sie glauben, daß es die Sache wert ist. In den sechziger Jahren erklärte Kossygin: ‹Die Verteidigung ist moralisch, der Angriff unmoralisch.› Da sprach ein Russe, Sir, kein Kommunist. Ein Argument, dem ich nur schwer widersprechen kann. Wenn wir uns auf einen neuen Rüstungswettlauf einlassen, dann ginge es wenigstens um die Verteidigung und nicht um Offensivkapazitäten. Es ist nicht leicht, mit Lasern eine Million Zivilisten zu töten», merkte Jack an.

«Aber es wird das gesamte Gleichgewicht der Kräfte stören», wandte Ernest Allen ein.

«Das mag im Augenblick zwar ausgeglichen sein, aber im Grunde ist es doch der reine Wahnsinn», meinte Ryan.

«Wieso? Es funktioniert und wahrt den Frieden.»

«Mr. Allen, das ist kein Friede, sondern ein permanenter künstlicher Kriegszustand mit unglaublichen Risiken. Sie sagten, Sie könnten die Arsenale um die Hälfte reduzieren – na und? Wenn man den Sowjets zwei Drittel ihrer Sprengköpfe nimmt, bleiben ihnen immer noch genug, um Amerika in ein Krematorium zu verwandeln. Ähnliches trifft auf unsere Arsenale zu. Wie ich nach der Rückkehr aus Moskau sagte, ist das nun verhandlungsreife Abrüstungsangebot rein kosmetischer Natur und bietet keinerlei zusätzliche Sicherheit. Es ist ein Symbol – vielleicht ein wichtiges –, aber es hat nur sehr wenig Substanz.»

«Da bin ich nicht so sicher», bemerkte General Parks. «Ich hätte nichts dagegen, wenn die Zahl meiner Ziele um die Hälfte reduziert würde.» Das trug ihm einen bösen Blick von Allen ein.

«So, und was passiert bei uns, wenn wir herausgefunden haben, was die Russen anders machen?» fragte der Präsident.

«Dann bekommen wir ein Waffensystem, das wir in drei Jahren demonstrieren und fünf bis zehn Jahre später einsetzen können», sagte Gregory.

«Dessen sind Sie sicher?» fragte der Präsident.

«Ziemlich sicher, Mr. President. Wie beim Apollo-Programm geht es weniger um eine neue Wissenschaft als um die Weiterentwicklung bereits existierender Technologien.»

«Sie sind ein sehr selbstsicherer junger Mann, Major», sagte Allen oberlehrerhaft.

«Jawohl, Sir, das bin ich. Ich glaube nämlich, daß wir es schaffen werden. Mr. Allen, unsere Ziele unterscheiden sich im Grunde gar nicht so sehr von Ihren. Sie wollen die Kernwaffen abschaffen und wir auch. Vielleicht können wir Ihnen helfen, Sir.»

Zack! Das hat gesessen! dachte Ryan und mußte sich hastig ein Lächeln verkneifen. Es klopfte diskret an die Tür. Der Präsident schaute auf die Armbanduhr.

«Ich muß die Besprechung abbrechen; der Justizminister will mit mir Drogenbekämpfungsprogramme durchgehen. Ich danke Ihnen für die Zeit, die Sie sich genommen haben.» Er schaute sich ein letztes Mal das Bild von Duschanbe an und erhob sich dann. Alle anderen folgten seinem Beispiel und verließen dann das Oval Office durch eine Tapetentür.

«Gut gemacht, Junge», sagte Ryan leise zu Gregory.

Candi Long stieg vor ihrem Haus in einen Wagen, der von einer Studienfreundin gefahren wurde, Dr. Beatrice Taussig, auch sie auf Optik spezialisierte Physikerin. Dr. Taussig hatte einen auffallenderen Lebensstil als Candi, fuhr einen Sportwagen Nissan 300 Z, kleidete sich entsprechend und trug eine aggressive Persönlichkeit zur Schau, die Männer sofort abstieß.

«Morgen, Bea.» Candi ließ sich in den Wagensitz gleiten und schnallte sich an, ehe sie die Tür schloß. Wenn sie mit Bea fuhr, tat sie das immer. Bea selbst machte sich allerdings nie die Mühe.

«Anstrengender Abend, Candi?» Heute trug Bea ein strenges Wollkostüm und ein Halstuch aus Seide.

«Ach, wenn Al da ist, schlafe ich halt besser.»

«Wo ist er denn?» fragte Dr. Taussig.

«In Washington.» Candi gähnte. Die aufgehende Sonne warf lange Schatten auf die Fahrbahn.

«Wieso?» Bea schaltete herunter und scheuchte den Wagen die Auffahrt zum Freeway hinauf. Candi spürte die Fliehkraft und den Druck des Gurts. Warum mußte ihre Freundin eigentlich so rasen?

«Jemand hat einen Test durchgeführt, sagte er, und er muß erklären, was es damit auf sich hat.»

«Aha.» Beatrice schaute in den Rückspiegel und blieb zum Einfädeln in den Berufsverkehr im dritten Gang, beschleunigte, bis sie die Geschwindigkeit des Verkehrsstroms erreicht hatte, und glitt dann geschickt in eine Lücke, die gerade drei Meter länger war als ihr Nissan. Das trug ihr ein zorniges Hupen vom Hintermann ein. Sie aber lächelte nur. Ein Teil ihres Verstandes, der sich nicht aufs Fahren konzentrierte, merkte sich die Tatsache, daß der Test, zu dem Al Erklärungen abzugeben hatte, wohl kaum ein amerikanischer gewesen sein konnte. Und es gab nicht viele Länder, die Tests durchführen konnten, zu denen dieser abstoßende Schlaffi etwas zu sagen hatte. Bea konnte nicht verstehen,

was Candi an Al Gregory fand. Die Liebe, sagte sie sich, ist halt blind. Die arme, unansehnliche kleine Candi hätte etwas Besseres finden können. Wenn wir uns an der Uni nur ein Zimmer geteilt hätten, dachte sie; wenn ich ihr nur zu verstehen geben könnte, was ich für sie empfinde.
«Wann kommt Al zurück?»
«Heute abend vielleicht. Er ruft noch an. Ich nehme seinen Wagen; er hat ihn am Labor stehengelassen.»
«Dann leg bloß ein Handtuch auf den Sitz.» Bea lachte vor sich hin. Gregory fuhr einen Chevy Citation, typisches Spießerauto, das er nur einmal im Jahr wusch. Sie fragte sich, wie er wohl im Bett war, unterdrückte den Gedanken aber, zu ekelhaft so früh am Morgen. Candi war so naiv, so unschuldig, auf manchen Gebieten so dumm – nun ja, vielleicht blickte sie eines Tages doch noch durch. Noch war nicht alle Hoffnung verloren. «Wie geht die Arbeit an deinem Diamantspiegel voran?»
«ADAMANT? Laß uns noch ein Jahr Zeit, dann wissen wir mehr. Schade, daß du nicht mehr bei meinem Team bist», sagte Dr. Long.
«Ich eigne mich mehr für die Verwaltung», versetzte Bea. «Bin halt nicht so helle wie du.»
«Aber hübscher», stellte Candi wehmütig fest.
Bea drehte sich zu ihrer Freundin um. Ja, da bestand in der Tat noch Hoffnung.

Mischa erhielt den fertigen Bericht um vier. Er kam verspätet, weil, wie Bondarenko erklärt hatte, alle für hochgeheime Arbeiten zugelassenen Sekretärinnen mit anderem Material beschäftigt gewesen waren. Der Bericht umfaßte einschließlich der Zeichnungen und Diagramme einundvierzig Seiten. Mischa stellte fest, daß der junge Oberst Wort gehalten und das ganze wissenschaftliche Kauderwelsch in ein allgemeinverständliches Russisch übertragen hatte.
Mischa las langsam und prägte sich dabei die Fakten ein. Trotz seiner bäuerlichen Sprechweise und unverblümten Worte war sein Verstand noch schärfer, als Oberst Bondarenko annahm. Der eigentliche Durchbruch war auch relativ leicht zu verstehen und hing nicht mit der Größe der Brennkammer, sondern mit der Anpassung ihrer Form an das Magnetfeld ab. Hatte man die richtige Form, ließ sich die Brennkammer beliebig vergrößern, und ein neuer begrenzender Faktor war nun die Magnetpuls-Steuereinrichtung. Mischa seufzte. Der Westen hatte es wieder einmal geschafft: der Sowjetunion fehlten die richtigen Materialien. Das KGB mußte sie also wie üblich im Westen besorgen und diesmal über Schweden und die ČSSR schleusen.
Der Bericht schloß mit der Bemerkung, die anderen verbleibenden

Probleme beschränkten sich auf die Optik- und Computersysteme. Mal sehen, was unsere Nachrichtendienste da zuwege bringen, sagte sich Filitow. Und schließlich verbrachte er zwanzig Minuten mit dem Studium einer Planzeichnung des neuen Lasers. Als er an dem Punkt angelangt war, wo er die Augen schließen und jede Einzelheit vor sich sehen konnte, legte er den Bericht zurück in den Aktendeckel. Dann schaute er auf die Uhr und rief seinen Sekretär. Sekunden später stand der Unteroffizier in der Tür.

«Jawohl, Genosse Oberst?»

«Tragen Sie das nach unten ins Zentralarchiv – Abteilung fünf, Hochsicherheit. Ach ja, und wo ist der Beutel für die Dokumente, die heute verbrannt werden sollen?»

«Ich habe ihn, Genosse.»

«Dann holen Sie ihn bitte.» Der Mann ging zurück ins Vorzimmer und kehrte einen Augenblick später mit dem Leinwandsack zurück, der täglich zum Aktenvernichtungsraum getragen wurde. Mischa ergriff ihn und begann, Papiere hineinzuwerfen. «Sie können gehen. Ich gebe das selbst auf dem Heimweg ab.»

«Danke, Genosse Oberst.»

«Sie haben auch so schon genug zu tun, Jurij Iljitsch. Angenehmen Abend noch.» Als sich die Tür hinter seinem Sekretär geschlossen hatte, holte Mischa andere Papiere hervor, die nicht aus dem Ministerium stammten. Einmal in der Woche kümmerte er sich persönlich um diesen Beutel – aus Freundlichkeit, wie sein Sekretär annahm, und vielleicht auch, weil besonders sensitives Material vernichtet werden mußte. Drei Minuten später und auf seinem Weg zum Ausgang betrat Mischa den Aktenvernichtungsraum. Ein junger Feldwebel begrüßte den Oberst und hielt die Klappe des Schachts zur Verbrennungsanlage offen. Er sah zu, wie der Held von Stalingrad seine Aktentasche abstellte und mit dem behinderten Arm den Beutel öffnete, um ihn dann mit dem gesunden anzuheben und auszukippen.

Der junge Mann konnte nicht wissen, daß er bei der Vernichtung von Beweismaterial für Hochverrat mithalf. Der Oberst bestätigte mit seiner Unterschrift, Material aus seiner Abteilung der Vernichtung zugeführt zu haben. Mit einem freundlichen Nicken hängte Mischa den Beutel an seinen Haken und ging hinaus zu seinem wartenden Dienstwagen.

Mischa wußte, daß ihn in der Nacht die Gespenster wieder heimsuchen würden, daß er morgen wieder in die Sauna gehen und wieder ein Bündel Informationen an den Westen auf den Weg bringen würde. Unterwegs hielt der Fahrer vor einem Lebensmittelgeschäft an, das nur die Nomenklatur versorgte. Hier waren die Käuferschlangen kurz. Mischa kaufte Wurst und Schwarzbrot und eine Halbliterflasche Wodka.

Als guter Genosse besorgte er seinem Fahrer auch eine. Für einen jungen Soldaten war Wodka besser als Geld.

Fünfzehn Minuten später in seiner Wohnung, holte Mischa sein Tagebuch aus der Schublade und zeichnete zuallererst den Plan aus dem Anhang zu Bondarenkos Bericht nach. Alle paar Minuten hielt er inne und schaute sich das gerahmte Bild seiner Frau an. Über weite Strecken hatte der endgültige Bericht mit dem handgeschriebenen übereingestimmt; nun brauchte er nur noch zehn neue Seiten hinzuzufügen und die wichtigen Formeln einzusetzen. Berichte von KARDINAL waren immer vorbildlich knapp und klar; etwas, das er sich beim Abfassen unzähliger Einsatzbefehle angewöhnt hatte. Als er fertig war, streifte er Handschuhe über und ging in die Küche. Dort war an der Rückseite seines Kühlschranks aus Westdeutschland eine kleine Kamera magnetisch befestigt. Mischa bediente sie trotz der störenden Handschuhe geschickt und hatte schon nach ein paar Minuten die neuen Tagebuchseiten fotografiert. Dann spulte er den Film zurück und entnahm die Kassette, steckte sie ein und tat die Kamera zurück in ihr Versteck, ehe er die Handschuhe auszog. Anschließend arrangierte er die Vorhänge. Mischa war überaus vorsichtig. Wer seine Wohnungstür genau inspizierte, würde Kratzer am Schloß finden, die darauf hinwiesen, daß es von einem Experten geöffnet worden war. Wenn bestätigt worden war, daß sein Bericht Washington erreicht hatte – das Zeichen waren schwarze Reifenspuren an einem bestimmten Randstein –, riß er die Seiten aus dem Tagebuch, tat sie in den Leinwandsack und warf sie selbst in die Verbrennungsanlage, deren Installation er vor zwanzig Jahren persönlich überwacht hatte.

Als die Sache erledigt war, schaute sich Oberst Michail Semjonowitsch Filitow noch einmal Elenas Bild an und fragte, ob er recht getan hatte. Aber Elena lächelte nur. So viele Jahre, dachte er, und noch immer plagt es mein Gewissen. Er schüttelte den Kopf. Nun folgte der letzte Teil des Rituals. Er verspeiste Wurst und Schwarzbrot, und seine Kameraden aus dem Großen Vaterländischen Krieg kamen zu Besuch, doch er konnte jene, die fürs Vaterland gestorben waren, nicht fragen, ob er recht tat, es zu verraten. Auch die Flasche Wodka half nicht weiter, betäubte ihn aber wenigstens, so daß er kurz nach zehn ins Bett torkelte und das Licht anließ.

Kurz nach elf fuhr ein Wagen den breiten Boulevard vor dem Wohnblock entlang, und zwei blaue Augen schauten hoch zu den Fenstern des Obersten. Diesmal war es Ed Foley. Ihm fielen die Vorhänge auf. Auf dem Weg zu seiner Wohnung wurde eine weitere Geheimbotschaft weitergegeben. Ein Moskauer Müllmann brachte eine Reihe von Signalen an, harmlose Dinge wie zum Beispiel ein Kreidestrich an einem Laternenpfahl, die dem Übernahmeteam verrieten, daß es sich an den verabredeten Stellen einzufinden hatte. Bei Tagesanbruch würde ein anderer Mitarbeiter des CIA-Büros Moskau die Hinweise überprüfen, und wenn etwas fehlte, konnte Foley die ganze Aktion noch abblasen.

Sein Beruf war zwar aufreibend, aber Ed Foley fand doch manche seiner Aspekte amüsant. Zum Beispiel hatten die Russen es ihm leichter gemacht, indem sie KARDINAL eine Wohnung in einer vielbefahrenen Straße gegeben hatten. Außerdem hatten sie das neue Botschaftsgebäude der USA dermaßen plump verwanzt, daß die Regierung der Vereinigten Staaten auf seinem Abriß bestand; so blieb Foley in der alten Botschaft und mußte jeden Abend auf dem Heimweg durch diesen Boulevard fahren.

Foley mußte auch genau überlegen, was er in seinen eigenen vier Wänden sagte. Jede von Amerikanern belegte Wohnung mußte als verwanzt gelten, aber auch daran hatten sich Ed und Mary Pat im Lauf der Jahre gewöhnt. Nachdem er hereingekommen war und seinen Mantel aufgehängt hatte, küßte er seine Frau und kitzelte sie gleichzeitig hinterm Ohr. Sie verstand und kicherte. Doch beide waren den Streß, der mit diesem Posten einherging, gründlich müde. Nur noch ein paar Monate...

«Und wie war der Empfang?» fragte sie für die Wandmikrophone.

«Bescheuert wie üblich», kam die Antwort.

9

Beatrice Taussig verfaßte keinen Bericht, obwohl sie Candis Versprecher für bedeutsam hielt. Sie war zwar für fast alles zugelassen, was im Los Alamos National Laboratory geschah, über einen ungeplanten Test aber nicht informiert worden. Es arbeiteten in Europa und Japan Firmen an SDI mit, aber deren Aktivitäten bedurften nicht Al Gregorys Interpretation. Es mußten also die Russen gewesen sein, und wenn man den kleinen Fiesling nach Washington geholt hatte, war etwas Wichtiges am Dampfen. Sie konnte Gregory zwar nicht ausstehen, hatte aber keinen Grund, an seinen geistigen Fähigkeiten zu zweifeln. Sie hätte gerne gewußt, was das für ein Test gewesen war, erfuhr aber an der Arbeitsstelle nicht, was die Russen trieben, und mußte daher ihre Neugierde bezähmen – zwangsläufig, denn was sie trieb, war gefährlich.

Andererseits machte die Gefahr einen Gutteil der Attraktion aus. Sie lächelte in sich hinein.

«Also fehlen noch drei.» Nach den Afghanen durchkämmten die Russen das Wrack der An-26. Gesprochen hatte ein Major des KGB, der noch nie am Ort eines Flugzeugabsturzes gewesen war. Nur die eiskalte Luft in seinem Gesicht verhinderte, daß er sich erbrach.

«Ihr Mann?» Der Infanteriehauptmann der Roten Armee – bis vor kurzem Militärberater des afghanischen Marionettenregimes – schaute sich um und stellte sicher, daß seine Männer die Umgebung der Absturzstelle absperrten. Er hatte den bösesten Schock seines Lebens bekommen, als seinem Freund vor seinen Augen der Bauch aufgeschlitzt worden war, und noch stand nicht fest, ob der Afghane die Notoperation überleben würde.

«Wird noch vermißt, glaube ich.» Der Rumpf der Antonow war in mehrere Stücke zerbrochen. Die vorne sitzenden Passagiere waren beim Aufprall in Treibstoff gebadet und bis zur Unkenntlichkeit verbrannt worden, aber es war den Soldaten doch gelungen, die Teile fast aller

Leichen zusammenzutragen – bis auf drei. Wer tot war und wer vermißt, würden erst die Fachleute vom Labor feststellen müssen. Der fehlende Hauptmann war vom neunten «Garde»-Direktorat des KGB gewesen, ein Verwaltungsoffizier, der hier gewisse sensitive Aktivitäten inspiziert hatte. Der Mann hatte geheime Dokumente bei sich gehabt, war aber, wichtiger noch, genau über zahlreiche KGB-Leute und ihre Aktivitäten informiert gewesen. Die Papiere konnten zerstört worden sein – man hatte die Überreste mehrerer verbrannter Aktentaschen gefunden –, doch ehe sein Tod zweifelsfrei feststand, würde es in der Moskauer Zentrale ein paar sehr beunruhigte Leute geben.

«Er hinterläßt eine Witwe. Sein Sohn starb vergangenen Monat, wie ich höre, an einer Art Krebs», merkte der KGB-Major leise an.

«Ich hoffe doch, daß Sie gut für die Frau sorgen werden», erwiderte der Hauptmann.

«Gewiß, wir haben eine Abteilung, die sich um so etwas kümmert. Kann es sein, daß man ihn verschleppt hat?»

«Fest steht, daß die Banditen hier waren. Flugzeugwracks plündern sie immer aus, sie suchen nach Waffen. Und die Dokumente?» Der Hauptmann zuckte die Achseln. «Wir kämpfen gegen ungebildete Halbwilde, Genosse Major. Daß die sich für Dokumente interessieren, möchte ich bezweifeln. Mag sein, daß sie ihn anhand seiner Uniform als KGB-Offizier erkannt und weggeschleppt haben, um seine Leiche zu verstümmeln. Sie können sich nicht vorstellen, was die mit Gefangenen anstellen.»

«Barbaren», murmelte der KGB-Mann. «Schießen ein unbewaffnetes Flugzeug ab.» Er schaute in die Runde. «Loyale» afghanische Truppen – ein übertreibendes Adjektiv, sagte er sich mürrisch – taten Leichen und Leichenteile in Gummisäcke, die mit dem Hubschrauber nach Ghazni gebracht und dann zur Identifizierung nach Moskau geflogen werden sollten. «Was, wenn die Leiche meines Mannes weggeschleppt wurde?»

«Dann finden wir sie nie. Gewiß, es gibt eine Chance, aber nur eine geringe. Immer, wenn wir Geier kreisen sehen, schicken wir einen Hubschrauber los, aber –» Der Hauptmann schüttelte den Kopf. «Höchstwahrscheinlich haben Sie die Leiche bereits, Genosse Major. Es wird nur noch eine Weile dauern, bis die Tatsache bestätigt ist.»

«Armer Kerl – war ein Papierkrieger. Das hier war noch nicht einmal sein Gebiet, aber er mußte für einen erkrankten Kollegen einspringen.»

«Für welches Gebiet war er denn zuständig?»

«Für die Tadschikische Republik.»

«Wie geht's, Russe?» fragte der Bogenschütze seinen Gefangenen. Was ärztliche Versorgung anging, konnten sie so gut wie nichts tun. Das nächste Team von Medizinern – Ärzte und Krankenschwestern aus Frankreich – arbeitete in einer Höhle bei Hasan Khél. Die afghanischen Verwundeten waren nun dorthin unterwegs, sofern sie laufen konnten. Aber die Schwerverletzten... tja, was war da schon zu machen? Sie waren gut mit Morphium aus der Schweiz versorgt, das man den Sterbenden injizierte, um ihre Qualen zu lindern. In manchen Fällen führte das Morphium den Tod noch rascher herbei, aber wer Anzeichen der Besserung zeigte, wurde auf eine Bahre gelegt und nach Südosten zur pakistanischen Grenze getragen. Jene, die den Hundertkilometermarsch überstanden, wurden in einer Art Krankenhaus in der Nähe des geschlossenen Flughafens Miram Schah behandelt. Nun führte der Bogenschütze die Gruppe; der gefallene Anführer war so hastig begraben worden, wie es die Glaubensregeln zuließen. Der Bogenschütze hatte seinen Kameraden mit Erfolg klargemacht, daß der Russe lebendig mehr wert war als tot und daß der Amerikaner ihnen für ein Mitglied der russischen politischen Polizei und seine Dokumente viel geben würde.

«Ich habe Schmerzen», antwortete der Russe endlich, doch so weit reichte das Mitleid des Bogenschützen nicht: Morphium gab es nur für die *mudschaheddin*. Nachdem er sich überzeugt hatte, daß ihn niemand sah, steckte er dem Russen die Fotos seiner Familie zu. Einen kurzen Augenblick lang wurden seine Augen weich, denn der KGB-Offizier schaute ihn mit einer Überraschung an, die den Schmerz in den Hintergrund drängte. Mit der gesunden Hand nahm er die Bilder und drückte sie dankbar an die Brust. Der Mann dachte an seinen toten Sohn und sein eigenes Schicksal.

Sein vom Schmerz benommener Verstand arbeitete noch immer nicht richtig. In seinem Dämmerzustand fragte der Russe sich, warum man ihn nicht getötet hatte. In Moskau hatte er oft genug gehört, wie die Afghanen mit ihren Gefangenen umgingen. Du darfst nicht sterben, Walerij Michailowitsch. Deine Frau hat schon genug gelitten, sagte er sich. Der Gedanke verflog von selbst. Der Hauptmann schob die Bilder in die Brusttasche und ergab sich der erneut nahenden Bewußtlosigkeit. Er wachte auch nicht auf, als man ihn auf ein Brett mit zwei Tragestangen daran band. Der Bogenschütze ließ seine Männer aufbrechen.

Als Mischa erwachte, hallte Schlachtenlärm durch seinen Schädel. Draußen war es noch dunkel, und als erstes ging er ins Bad, um sich kaltes Wasser ins Gesicht zu spritzen und drei Aspirin zu nehmen. Dann trockenes Würgen über der Toilette, aber es kam nur Galle; er richtete sich auf, um im Spiegel nachzusehen, was der Verrat an dem Helden der Sowjetunion angerichtet hatte. Die einst klaren blauen Augen waren blutunterlaufen und stumpf. Die Haut war leichengrau und schlaff;

graue Stoppeln verwischten Züge, die einmal als anziehend gegolten hatten. Er streckte den rechten Arm aus, und wie üblich war das Narbengewebe steif und sah wie Plastik aus. Nun ja. Er spülte sich den Mund aus und stapfte in die Küche, um Kaffee zu kochen, kippte das glühendheiße Gebräu hinunter und hob dann den Hörer, um seinen Dienstwagen zu bestellen. Er wollte heute früher abgeholt werden, und obwohl er den Grund nicht nannte, wußte der Feldwebel von der Fahrbereitschaft, daß er in die Bäder wollte.

Zwanzig Minuten später tauchte Mischa aus seinem Haus auf. Schon tränten ihm die Augen; er blinzelte gequält in den beißenden Nordwestwind, der versuchte, ihn zurück in die Tür zu blasen. Der Feldwebel erwog, seinen Oberst zu stützen, doch Filitow verlagerte leicht sein Gewicht und stieg in den Wagen, als wäre es sein alter T-34.

«Zum Dampfbad, Genosse Oberst?» fragte der Fahrer, nachdem er sich hinters Steuer gesetzt hatte.

«Haben Sie den Wodka verkauft, den ich Ihnen geschenkt habe?»

«Hm, ja, Genosse Oberst», antwortete der junge Mann.

«Brav. So ist's besser für Ihre Gesundheit. So, und jetzt rasch zu den Bädern», befahl der Oberst in gespieltem Ernst, «es geht um mein Leben.»

«Die Deutschen haben Sie nicht umbringen können, Genosse Oberst», versetzte der Junge heiter, «wie sollen Ihnen da ein paar Tropfen Wodka etwas anhaben?»

Mischa gestattete sich ein Lachen und ertrug den scharfen Kopfschmerz. «Hätten Sie Lust, auch einmal Offizier zu werden?»

«Ach, Genosse Oberst, ich möchte lieber zurück an die Uni. Mein Vater ist Chemieingenieur, und ich will in seine Fußstapfen treten.»

«Sein Glück, daß er einen solchen Sohn hat. Los geht's.»

Zehn Minuten später fuhr der Wagen beim Dampfbad vor. Der Feldwebel ließ seinen Oberst aussteigen und hielt dann auf einem der reservierten Parkplätze, von denen aus er den Eingang im Auge behalten konnte. Er steckte sich eine Zigarette an und schlug ein Buch auf. Sehr angenehmer Posten, viel besser, als sich mit einer Mot-Schützenkompanie im Schlamm zu suhlen. Er schaute auf die Uhr. Mit dem alten Mischa war erst in einer knappen Stunde zu rechnen. Schade, daß der Alte so einsam sein muß, dachte er. Pech, daß ein Held so endet...

Drinnen war die Prozedur so eingefahren, daß Mischa sie im Schlaf beherrschte. Nach dem Ausziehen holte er sich Handtücher, Sandalen und Birkenreisig ab und begab sich zum Dampfraum. Die meisten Stammgäste waren noch nicht da. Um so besser. Er ließ mehr Wasser auf die heißen Ziegelsteine strömen, setzte sich und wartete, daß die hämmernden Kopfschmerzen nachließen. Drei andere saßen verteilt im

Raum. Zwei kannte er, aber auf ein Gespräch schien niemand Lust zu haben, was Mischa auch recht war. Das Aspirin wirkte heute langsam.

Fünfzehn Minuten später troff der Schweiß von seinem bleichen Körper. Er hob den Kopf und sah den Wärter, der die üblichen Sprüche über Wodka und das kalte Becken machte. Alles ganz normal für einen Mann in seinem Beruf, aber die Wortwahl bedeutete: *Alles klar. Bereit zur Übergabe.* Zur Antwort wischte sich Mischa mit einer übertriebenen Geste den Schweiß von der Stirn: *Bereit.* Der Wärter ging. Mischa begann, bis dreihundert zu zählen. Als er bei zweihundertsiebenundfünfzig angelangt war, stand einer seiner Mitalkoholiker auf und ging hinaus. Mischa nahm das zur Kenntnis, machte sich aber keine Sorgen. Er war in dieser Sache schon viel zu geübt. Bei dreihundert erhob er sich ruckartig und verließ wortlos den Raum.

Im Umkleideraum war es viel kühler, aber er sah, daß der andere Mann noch nicht gegangen war, sondern sich mit dem Wärter unterhielt. Mischa wartete geduldig, bis der Wärter ihn bemerkte. Der junge Mann kam zu ihm herüber, und der Oberst trat ihm ein paar Schritte entgegen, stolperte über eine lose Fliese und wäre beinahe hingefallen. Mischa streckte den gesunden Arm aus, der Wärter ergriff ihn. Die Birkenzweige fielen zu Boden.

Der junge Mann hob sie im Nu auf und half Mischa auf die Beine. Sekunden später hatte er ihm ein frisches Handtuch gegeben und ihn auf den Weg geschickt.

«Alles in Ordnung, Genosse?» fragte der andere Mann von der entfernteren Seite des Raumes her.

«Danke, ja. Liegt an meinen alten Knien und diesem alten Fußboden. Um den sollte sich mal jemand kümmern.»

«Allerdings. Gehn wir zusammen unter die Dusche?» fragte der Mann. Er war um die vierzig und sah, abgesehen von seinen blutunterlaufenen Augen, nichtssagend aus. Auch ein Trinker, erkannte Mischa. «Waren Sie im Krieg?»

«Bei den Panzern. Am Kursker Frontvorsprung erwischte mich ein deutsches Geschütz, aber ich schoß es trotzdem ab.»

«Mein Vater war auch dabei. Er diente unter Konew in der Siebten Gardearmee.»

«Ich stand auf der anderen Seite: Zweite Panzerarmee unter Konstantin Rokossowski. Mein letzter Einsatz.»

«Den Grund sehe ich, Genosse...»

«Filitow, Michail Semjonowitsch, Oberst der Panzertruppen.»

«Ich heiße Klementi Wladimirowitsch Watutin. Erfreut, Sie kennenzulernen, Genosse.»

«Ein alter Mann freut sich, wenn man ihm Respekt erweist.»

Watutins Vater hatte in der Tat bei Kursk gedient, aber als Politoffizier. Er war als Oberst des NKWD in Pension gegangen, und sein Sohn war in der Behörde, die später in KGB umbenannt wurde, in seine Fußstapfen getreten.

Zwanzig Minuten später saß der Oberst wieder in seinem Dienstwagen, und der Wärter hatte sich durch den Hinterausgang entfernt und in eine bestimmte chemische Reinigung begeben. Der Inhaber nahm die Filmkassette entgegen, steckte sie ein und reichte drei Halbliterflaschen Wodka über die Theke.

Fünfzehn Minuten später erschien eine Stammkundin mit einem englischen Mantel und verlangte wie üblich die schonendste Reinigungsmethode. Wie immer nickte der Inhaber und versicherte, seine Reinigung sei die beste in der ganzen Sowjetunion. Dann stellte er den Schein aus und durchsuchte die Taschen des Kleidungsstücks.

«Genossin, Sie haben Ihr Kleingeld vergessen. Nett von Ihnen, aber wir nehmen kein Trinkgeld.» Er reichte ihr die Münzen, den Durchschlag des Scheins und etwas anderes. So einfach war das.

«Sie sind ein ehrlicher Mann, Genosse», sagte die Dame. «Schönen Tag noch.»

«Danke gleichfalls», erwiderte der Mann. «Der nächste, bitte.»

Die Dame – sie hieß Swetlana – ging wie gewöhnlich zur Metrostation. Ihr Zeitplan ermöglichte eine gemächliche Gangart für den Fall, daß am einen oder anderen Ende Probleme entstanden. Wie üblich drängten sich auf den Straßen von Moskau geschäftige, verbissen aussehende Menschen, von denen nicht wenige ihren Mantel mit neidischen Blicken bedachten. Sie hatte eine umfangreiche englische Garderobe, da sie im Zusammenhang mit ihrer Arbeit bei GOSPLAN, der Planungsbehörde des Wirtschaftsministeriums, oft in den Westen gereist war. Und in England hatte sie der britische Geheimdienst rekrutiert. Man setzte sie in der KARDINAL-Kette ein, weil die CIA in der Sowjetunion nicht über allzu viele Agenten verfügte, und gab ihr mit Bedacht nur Aufträge in der Mitte der Kette, nie an einem der Enden. Bei den Daten, die sie selbst an den Westen weitergab, handelte es sich um relativ unwichtige Wirtschaftsinformationen, aber ihre gelegentlichen Kurierdienste waren ihren Auftraggebern ungleich bedeutender als das Material, auf das sie so stolz war. Selbstverständlich verriet ihr Führungsoffizier ihr das nie; jeder Spion glaubt, hochwichtige Informationen weiterzugeben. Das machte das Spiel noch interessanter, und ungeachtet ihrer ideologischen oder anderen Motive sehen Spione in ihrer Arbeit das raffinierteste aller Spiele. Swetlana genoß ihre Existenz am Rande des Abgrunds, ohne zu wissen warum. Außerdem glaubte sie, ihr hochgestellter Vater – ein langjähriges Mitglied des ZK – könne sie vor allem schützen. Immerhin ermöglichte ihr sein Einfluß zwei- bis dreimal im Jahr Reisen nach Westeuropa. Swetlanas Vater war ein aufgeblasener Mann; sie war sein einziges Kind, die Mutter seines einzigen Enkels, und so sein ein und alles.

Gerade rechtzeitig zur Abfahrt eines Zuges betrat sie die Station Kusnezki Most. Im Berufsverkehr fährt die Moskauer U-Bahn im Dreißig-Sekunden-Takt. Swetlana schaute auf die Uhr; wieder genau pünktlich. Ihr Kontakt würde mit dem nächsten Zug kommen. Sie ging den Bahnsteig entlang zu der Stelle, an der der zweite Wagen zum Stehen kommen würde, und stellte so sicher, daß sie als erste durch die vordere Tür trat. Bald hörte sie den Zug nahen. Wie immer wandten sich Köpfe dem einfahrenden ersten Wagen zu, und dann erfüllte das Quietschen der Bremsen die hochgewölbte Station. Die Tür glitt auf, ein Menschenstrom quoll heraus. Dann stieg Swetlana ein und trat ein paar Schritte in den Wagen, griff nach einer Haltestange. Alle Sitzplätze waren besetzt, und wegen einer Frau stand heute niemand mehr auf. Der Zug fuhr mit einem Ruck an. Swetlana hatte die bloße Hand in der Manteltasche.

Das Gesicht ihres Kontaktmannes in diesem Zug hatte sie noch nie gesehen, aber sie wußte, daß er ihres kannte. An seinem Signal spürte sie auch, daß er ihre schlanke Figur zu schätzen wußte, denn im Gedränge glitt eine Hand, die die *Iswestija* hielt, an ihrem Gesäß entlang und kniff sanft. Das war neu, und sie wehrte sich gegen den Impuls, ihm ins Gesicht zu schauen. Ein guter Liebhaber? Ihr Ex-Mann war so ein... aber nein. Sie fand die Anonymität romantischer. Swetlana hielt den Film zwischen Daumen und Zeigefinger und wartete, daß der Zug an der nächsten Station Puschkinskaja hielt. Ihre Augen waren geschlossen, und ihre Lippen verzogen sich zu einem winzigen Lächeln, als sie über den Kontaktmann, dessen Hand sie berührt hatte, Spekulationen anstellte. Ihr Führungsoffizier wäre entsetzt gewesen, aber sie ließ sich sonst nichts anmerken.

Der Zug bremste ab. Menschen erhoben sich von ihren Sitzen, die Stehenden verlagerten ihr Gewicht von einem Bein aufs andere. Swetlana nahm die Hand aus der Tasche. Die Filmkassette war schlüpfrig. Die fremde Hand löste sich mit einem letzten leichten Druck von ihrer Hüfte, um den Film entgegenzunehmen.

Direkt hinter Swetlana stolperte eine ältere Frau über ihre eigenen Füße und prallte gegen den Kontaktmann, der in der Folge Swetlana den Film aus der Hand stieß. Sie merkte das nicht sofort, aber sobald der Zug zum Stehen gekommen war, begann der Mann auf allen vieren zu suchen. Mehr überrascht als entsetzt schaute sie nach unten und sah seinen Hinterkopf. Kahl, und der Haarkranz über seinen Ohren grau – ein alter Mann! Gleich darauf hatte er sich die Kassette geschnappt und sprang wieder auf. Nicht mehr jung, aber rüstig, dachte sie. Ein markantes Profil – hm, vielleicht doch ein guter Liebhaber, und, wichtiger noch, ein geduldiger dazu, dachte sie. Er huschte aus dem Zug, und sie sammelte ihre Gedanken. Daß ein Mann, der auf der linken Seite des Wagens gesessen hatte, plötzlich aufsprang, bemerkte sie nicht.

Er hieß Boris und war ein Nachtdienstoffizier der KGB-Zentrale, und auf dem Heimweg, und hatte zufällig auf dem schmutzigen Wagenboden eine Filmkassette gesehen, die zu klein war, um aus einer normalen Kamera zu stammen. Er hatte weder die versuchte Übergabe gesehen noch mitbekommen, wer den Gegenstand fallen gelassen hatte, nahm aber an, daß es der Mann gewesen war, der ihn mit großem Geschick aufgehoben hatte. Erst als er den Wagen schon verlassen hatte, ging ihm auf, daß eine Übergabe stattgefunden haben mußte, doch er war zu überrascht gewesen, um richtig zu reagieren.

Der Rang des KGB-Mannes, der in Spanien eingesetzt gewesen und nach einem Herzanfall in die Zentrale versetzt worden war, war Major. Er hatte erwartet, als Belohnung für seine Arbeit zum Oberst befördert zu werden, doch daran dachte er im Augenblick nicht. Seine Augen suchten den Bahnsteig nach dem Mann im braunen Mantel ab. *Da!* Er setzte sich in Bewegung, spürte ein leichtes Ziehen in der linken Brust, kümmerte sich aber nicht darum. Er kam bis auf fünf Meter an den Mann heran und hielt diese Distanz. Nun war Geduld angesagt. Er folgte ihm durch den Tunnel zur Station Gorkowskaja und auf den Bahnsteig. Hier wurde es schwierig. Auf dem Bahnsteig drängten sich Menschen, die zur Arbeit wollten, und er verlor sein Opfer aus den Augen. Der KGB-Mann war kleinwüchsig und hatte in Menschenmengen Probleme. Konnte er es wagen, noch näher heranzugehen? Dazu mußte er sich durch die Menge drängen – und Aufmerksamkeit erregen. Das war gefährlich.

Natürlich war er für solche Situationen ausgebildet worden, aber das war zwanzig Jahre her. Er wußte, wie man einen Verfolger identifizierte und abschüttelte, war aber ein Mann des Ersten Direktorats, zu dessen Repertoire die Beschattungskünste des Zweiten Direktorats nicht gehörten. *Was jetzt?* tobte er stumm. Welch eine Chance! Was aber, wenn dies nur eine Übung des Zweiten Direktorats war? Handelte er sich nur einen Tadel ein, wenn er eingriff? *Was mache ich jetzt?* Er schwitzte in dem kalten U-Bahnhof, und die Brustschmerzen fügten seinem Dilemma noch einen weiteren Faktor hinzu. Überall im Moskauer U-Bahn-Netz gab es Geheimtelefone, die jeder KGB-Offizier zu benutzen verstand, aber ihm fehlte die Zeit, einen Apparat ausfindig zu machen.

Also mußte er dem Mann weiter folgen, das Risiko eingehen.

Der KGB-Mann schlängelte sich durch die Menge, steckte mürrische

Zurechtweisungen ein und fand seinen Weg schließlich von einem Arbeitstrupp blockiert. Er verdrehte den Hals nach seinem Opfer – *ja, da stand er und guckte nach rechts*... Das Geräusch eines einfahrenden Zuges brachte Erleichterung.

Er blieb stehen und war bemüht, nicht zu oft zu seinem Ziel hinüberzuschauen. Wagentüren öffneten sich zischend, Menschen stiegen aus, scharfes Scharren, als Fahrgäste zu den Türen drängten.

Der Wagen war voll! Sein Mann war drinnen, aber vor den Türen stauten sich die Menschen. Der KGB-Mann hastete zur hinteren Tür und kämpfte sich Sekunden, bevor sie geschlossen wurde, hinein. Ein kalter Schauer überlief ihn, als er erkannte, daß er sich wohl zu auffällig verhalten hatte, doch daran ließ sich nichts mehr ändern. Als der Zug anfuhr, begann er sich nach vorne vorzuarbeiten. Sitzenden und Stehenden fiel sein ungehöriges Verhalten auf. Eine Hand rückte einen Hut zurecht. Drei oder vier Zeitungen raschelten – jedes dieser Signale konnte eine Warnung für den Kurier darstellen.

Das war auch der Fall. Ed Foley wandte den Kopf ab, nachdem er mit einer Hand, die in einem Handschuh steckte und einen anderen hielt, seine Brille zurechtgerückt hatte. Der Kurier wandte sich nach vorne und begann mit der Fluchtprozedur. Foley kümmerte sich um seine eigene. Der Kurier würde sich des Filmes entledigen, indem er ihn erst aus der Kassette zog und dem Licht aussetzte und dann in den nächsten Abfalleimer warf. Das war seines Wissens zweimal erforderlich gewesen, und beide Male war der Kurier ungeschoren davongekommen. Die sind gut ausgebildet, dachte Foley, die wissen, wie's gemacht wird. KARDINAL bekam halt eine Nachricht und fertigte einen neuen Film an und..., aber so etwas war Foley noch nie passiert, und er hatte alle Mühe, ausdruckslos zu bleiben. Der Kurier rührte sich nicht. An der nächsten Haltestelle sollte er ohnehin aussteigen. Schließlich hatte er nichts Ungewöhnliches getan. Er würde eben sagen, dieses komische kleine Ding – *was, da ist ein Film drin, Genosse?* – einfach auf dem Wagenboden gefunden zu haben. Der Mann versuchte nun, den Film in seiner Tasche aus der Kassette zu ziehen. Für solche Fälle ließ man immer ein Stück herausstehen, an dem man ziehen konnte – das hatte man ihm wenigstens gesagt. Doch die Kassette war so schlüpfrig, daß er sie nicht richtig zu fassen bekam. Der Zug hielt, der Kurier stieg aus. Wer ihn verfolgte, wußte er nicht, sondern nur, daß er ein Warnsignal bekommen hatte, und dieses Signal befahl ihm auch, das Beweisstück auf vorgeschriebene Weise zu vernichten –, aber das mußte er nun zum ersten Mal tun. Er drehte sich nicht um und verließ den Bahnhof nicht schneller als die Menge. Foley schaute noch nicht einmal aus dem Fenster, um ihn nicht zu gefährden.

Nun stand der Kurier allein auf einer Stufe der Rolltreppe. Noch ein paar Sekunden, dann war er auf der Straße. In einer Seitengasse würde er den Film belichten und in einen Gully werfen, zusammen mit der Zigarette, die er sich gerade angesteckt hatte. Natürlich war seine Karriere als Spion nun vorüber, und er war überrascht über die Erleichterung, die er bei diesem Gedanken empfand.

Die eiskalte Luft riß ihn in die Realität zurück, doch inzwischen ging die Sonne auf, und der Himmel war wunderbar klar. Er wandte sich nach rechts und marschierte los. Wenn er nur den Film aus der Kassette bekäme... verflucht! Er zog den anderen Handschuh aus und rieb sich die Hände. Dann benutzte er die Fingernägel. Endlich! Er knüllte den Film zusammen, steckte die Kassette zurück in die Tasche, und –

«Genosse.» Kräftige Stimme für so einen alten Mann, dachte der Kurier. Braune Augen funkelten wach, die Hand an seiner Tasche war stark. Die andere Hand hatte der Mann in der Tasche. «Ich will sehen, was Sie da in der Hand haben.»

«Wer sind Sie eigentlich?» fuhr ihn der Kurier an. «Was erlauben Sie sich?»

Die rechte Hand in der Tasche zuckte. «Ich bin der Mann, der Sie auf der Stelle erschießen wird, wenn Sie mir nicht sofort zeigen, was Sie in der Hand haben. Major Boris Tschurbanow.» Tschurbanow wußte, daß sich sein Rang bald ändern würde. Dem Gesichtsausdruck des Mannes nach zu schließen, hatte er seinen Obersten schon so gut wie in der Tasche.

Zehn Minuten später war Foley in seinem Büro und schickte eine Kollegin hinaus auf die Straße, um nach dem Zeichen, daß sich der Kurier des Filmes erfolgreich entledigt hatte, Ausschau zu halten. Er hoffte, nur gepatzt, überreagiert zu haben, doch irgendwie hatte das Gesicht des Mannes in der U-Bahn professionell gewirkt. Er legte die Hände flach auf die Tischplatte und starrte sie mehrere Minuten lang an.

Was hab ich falsch gemacht? fragte er sich. Auch das hatte man ihm bei der Ausbildung beigebracht: seine Handlungen Schritt für Schritt zu analysieren, nach Fehlern zu suchen. War er verfolgt worden? Das ging allen Angehörigen der US-Botschaft gelegentlich so. Sein persönlicher Bewacher war ein Mann, den er «George» nannte, doch George ließ sich nur selten blicken, weil die Russen nicht wußten, wer Foley in Wirklichkeit war. Das wußte er mit Sicherheit – und das blieb ihm auch im Hals stecken. *Sich im Geheimdienstgeschäft irgendeiner Sache sicher zu sein, war das sichere Rezept für die Katastrophe.*

Sein nächster Schritt war vorprogrammiert. Er ging in den Fernmelderaum und schickte ein Telex ans Außenministerium, das in einem Fach für Sonderfälle landete. Eine Minute nach seinem Eingang fuhr ein

Nachtdienstoffizier von Langley ins Ministerium, um es abzuholen. Der Wortlaut des Fernschreibens war harmlos, seine Bedeutung aber nicht: KARDINALE PROBLEME. EINZELHEITEN FOLGEN.

Man brachte ihn nicht zum Dserschinski-Platz. Die KGB-Zentrale, früher auch ein Gefängnis, war nun ein reiner Verwaltungsbau, denn im Einklang mit Parkinsons Gesetz hatte sich die Behörde so lange vergrößert, bis sie allen verfügbaren Platz einnahm. Vernehmungen führte man inzwischen im Lefortowo-Gefängnis durch. Hier war genug Platz.

Er saß allein in einem Raum, der nur einen Tisch und drei Stühle enthielt. Es war dem Kurier überhaupt nicht eingefallen, Widerstand zu leisten, und er erkannte erst jetzt, daß er vielleich noch frei wäre, wenn er die Flucht ergriffen oder sich gegen die Verhaftung gewehrt hätte.

«So, Genosse Tschurbanow, was haben wir da?» fragte ein ungefähr dreißigjähriger Hauptmann des Zweiten Direktorats.

«Lassen Sie das entwickeln.» Tschurbanow händigte die Kassette aus. «Ich halte diesen Mann für einen Kurier.» Er beschrieb, was er gesehen und was er unternommen hatte. Daß er den Film zurück in die Kassette gespult hatte, verschwieg er. «Reiner Zufall, daß ich ihn entdeckte», schloß er.

«Das hätte man euch ‹Einsern› kaum zugetraut. Gut gemacht, Genosse Major. Nun werden Sie einen ausführlichen Bericht anfertigen müssen. Bitte begleiten Sie den Feldwebel; er wird Sie zu einem Stenographen führen. Außerdem werde ich ein volles Vernehmungsteam zusammenrufen. Das kann ein paar Stunden dauern. Möchten Sie Ihre Frau anrufen?»

«Und der Film?» beharrte Tschurbanow.

«Den bringe ich persönlich ins Labor. Gehen Sie nun bitte mit dem Feldwebel; ich komme in zehn Minuten nach.»

Das Fotolabor befand sich im entgegengesetzten Flügel des Gefängnisses; mit der Entwicklung wurde sofort begonnen. Beim Warten rief der Hauptmann seinen Oberst an. Noch stand nicht fest, was genau das alte Schlachtroß vom Ersten Direktorat da entdeckt hatte, aber um Spionage handelte es sich fast mit Sicherheit, und solchen Fällen maß man höchste Bedeutung zu.

«Fertig.» Der Labortechniker kam zurück. Er hatte den Film entwickelt und eine Vergrößerung angefertigt. Auch die Filmkassette gab er in einem kleinen braunen Umschlag zurück. «Der Film wurde dem Licht ausgesetzt und wieder aufgespult. Es ist mir gelungen, ein Bild teilweise zu retten. Sieht interessant aus, aber ich habe keine Ahnung, was es sein soll.»

«Und der Rest?»

«Da läßt sich nichts mehr machen.»

Der Techniker redete weiter, der Hauptmann schaute sich den einzelnen Abzug an. Er stellte eine Planzeichnung dar, über der in Blockschrift stand: HELLER STERN KOMPLEX NR. 1, und LASER-KONFIGURATION. Der Hauptmann fluchte und verließ im Laufschritt den Raum.

Major Tschurbanow saß mit dem Vernehmungsteam beim Tee, als der Hauptmann zurückkam. Die Atmosphäre war kollegial.

«Genosse Major, Ihre Entdeckung ist von größter Bedeutung», sagte der Hauptmann.

«Ich diene der Sowjetunion», erwiderte der Major gelassen. Die perfekte, weil von der Partei empfohlene Antwort. Vielleicht konnte er den Rang eines Oberstleutnants überspringen und gleich Oberst werden...

«Lassen Sie mal sehen», meinte der Leiter des Vernehmungsteams, ein Oberst, und sah sich den Abzug genau an. «Hm, ist das alles?»

«Der Rest wurde belichtet.»

Der Oberst grunzte. Ein Problem, aber kein schwerwiegendes. Die Zeichnung würde zur Identifizierung der Anlage ausreichen. Der Oberst hielt inne und schaute kurz zum Fenster hinaus. «Das muß so rasch wie möglich nach oben. Was hier dargestellt ist, muß hochgeheim sein. Bitte fahren Sie mit der Besprechung fort; ich habe einige Telefonate zu erledigen. Genosse Hauptmann, lassen Sie die Filmkassette auf Fingerabdrücke untersuchen –»

«Aber Genosse, ich habe sie mit bloßen Händen berührt», sagte Tschurbanow beschämt.

«Sie brauchen sich keine Vorwürfe zu machen, Genosse Major. Ihre Wachsamkeit war mehr als vorbildlich», meinte der Oberst. «Bitte trotzdem auf Abdrücke untersuchen.»

«Und der Spion?» fragte der Hauptmann. «Sollen wir ihn verhören?»

«Dazu brauchen wir einen Fachmann. Und ich habe auch schon den richtigen im Sinn.» Der Oberst erhob sich. «Den werde ich auch gleich anrufen.»

Mehrere Augenpaare beobachteten ihn, schätzten ihn ab, sein Gesicht, seine Entschlossenheit, seine Intelligenz. Noch saß der Kurier allein im Vernehmungszimmer. Selbstverständlich hatte man ihm Schnürsenkel, Gürtel, Zigaretten und alles andere abgenommen, das er als Waffe gegen sich selbst richten oder zur Beruhigung nutzen konnte. Ihm fehlte die Möglichkeit, die Zeit zu messen, und der Nikotinmangel machte ihn noch nervöser. Er schaute sich im Zimmer um und sah einen Spiegel. Daß es sich um ein verspiegeltes Fenster zum Nebenzimmer handelte, konnte er nicht wissen. Der Raum war völlig schallisoliert, um ihm selbst das Zeitmaß der Schritte draußen auf dem Flur zu nehmen. Ein paarmal knurrte ihm der Magen, aber ansonsten war er still. Endlich ging die Tür auf.

Der Mann, der eintrat, war um die vierzig und in Zivil gekleidet. Er trug ein paar Bögen in der Hand. Der Mann trat hinter den Tisch und sah den Kurier erst an, als er sich gesetzt hatte –, dann aber distanziert wie ein Zoologe, der ein exotisches Tier mustert. Der Kurier versuchte, diesem Blick standzuhalten, versagte aber. Schon wußte der Vernehmende, daß er hier leichtes Spiel haben würde.

«Sie haben die Wahl», sagte er nach einer weiteren Minute. Seine Stimme klang nicht hart, sondern sachlich. «Sie können es sich leicht- oder sehr schwer machen. Sie haben Landesverrat begangen; ich brauche Ihnen wohl nicht zu sagen, was mit Verrätern geschieht. Wenn Sie am Leben bleiben wollen, müssen Sie mir jetzt, heute noch, alles sagen, was Sie wissen. Dahinter kommen wir sowieso, auch wenn Sie schweigen, aber dann sterben Sie. Wenn Sie heute gestehen, bleiben Sie am Leben.»

«Sie bringen mich sowieso um», sagte der Kurier.

«Das stimmt nicht. Unterstützen Sie uns, werden Sie schlimmstenfalls zu strenger Lagerhaft verurteilt. Es ist sogar möglich, daß wir Sie zur Entlarvung weiterer Spione einsetzen. In diesem Fall kämen Sie für einen kürzeren Zeitraum und zu weniger strengen Bedingungen ins Lager. Aber wenn das so kommen soll, müssen Sie ab sofort mit uns zusammenarbeiten. Passen Sie auf, ich erkläre Ihnen, wie das funktioniert. Sie kehren auf der Stelle zurück in Ihr normales Leben; die Leute, für die Sie arbeiten, wissen noch nicht, daß Sie verhaftet worden sind, und werden Sie weiterhin einsetzen, so daß wir sie mit Ihrer Hilfe auf frischer Tat bei der Spionage gegen die Sowjetunion ertappen können. Sie würden dann bei der Verhandlung gegen sie aussagen; dann kann der Staat Ihnen gegenüber gnädig sein. Doch wenn dies alles geschehen soll, müssen Sie Ihre Verbrechen noch heute bereuen und mit uns zusammenarbeiten.» Der Mann hielt kurz inne; seine Stimme wurde noch milder. «Genosse, es bereitet mir kein Vergnügen, Menschen Schmerzen zu bereiten, aber ich werde den Befehl, wenn erforderlich, ohne Zögern geben. Das, was wir dann tun, wird Ihren Widerstand brechen. Ganz gleich, wie tapfer Sie sein mögen, die Leidensfähigkeit Ihres Körpers hat Grenzen. Das ist nur eine Frage der Zeit. Und Zeit, müssen Sie verstehen, ist für uns nur im Lauf der nächsten paar Stunden ein Faktor. Danach kommt es nicht mehr darauf an. Mit dem Hammer zerbricht man auch den härtesten Stein. Ersparen Sie sich die Qualen, Genosse, retten Sie Ihr Leben», schloß die Stimme. Die Augen des Vernehmungsbeamten, sonderbar traurig und entschlossen zugleich, starrten den Kurier an.

Der KGB-Mann sah, daß er gewonnen hatte. Das sieht man ihnen immer an den Augen an, dachte er. Die Trotzigen, die harten Brocken starrten unverwandt geradeaus, entweder in die Augen des Vernehmenden oder auf einen Punkt an der Wand, der ihnen Kraft zu geben schien. Doch dieser hier nicht. Seine Augen flackerten, schauten auf der Suche nach Kraft im Raum umher, fanden keine. Nun, er hatte erwartet, mit diesem Kandidaten leichtes Spiel zu haben. Vielleicht noch eine Geste...

«Zigarette?» Der Vernehmungsbeamte holte eine Packung heraus und schüttelte eine auf den Tisch.

Der Kurier nahm sie, und das weiße Zigarettenpapier war seine Kapitulationsflagge.

10

«Was wissen wir?» fragte Judge Moore.

Es war kurz nach sechs Uhr früh in Langley, noch vor Morgengrauen, und die Landschaft draußen vor den Fenstern war so düster wie die Stimmung des CIA-Direktors und seiner beiden wichtigsten Untergebenen.

«Jemand verfolgte Kurier Nummer vier», sagte Ritter. «Der Mann entdeckte den Verfolger kurz vor der Übergabe und warnte seinen Kontaktmann. Der Verfolger bekam dessen Gesicht vermutlich nicht zu sehen und konzentrierte sich auf den Kurier. Foley meinte, der Verfolgte habe unbeholfen gewirkt, was ich sehr seltsam finde, aber Ed verließ sich auf seinen guten Instinkt. Er postierte einen Agenten auf der Straße, um nach einem Entwarnungssignal Ausschau zu halten, aber das blieb aus. Wir müssen also davon ausgehen, daß unser Agent verbrannt ist, und wir müssen auch annehmen, daß die Gegenseite den Film in der Hand hat –, bis das Gegenteil bewiesen ist. Foley hat die Kette zerrissen. KARDINAL bekommt Anweisung, diesen Kurier nie wieder zu benutzen. Und ich werde Ed instruieren, den Datenverlust nur durch ein Routinesignal anzuzeigen, nicht durch das Notzeichen.»

«Und warum?» fragte Admiral Greer. Moore antwortete.

«Die Informationen, die er auf dem Weg hatte, waren ziemlich wichtig, James. Geben wir ihm das Notsignal, wird er laut Anweisung alles Belastungsmaterial vernichten. Was aber, wenn es ihm nicht gelingt, die Informationen zu rekonstruieren? Wir brauchen sie nämlich unbedingt.»

«Außerdem kommt der Iwan nicht so leicht an ihn heran», fuhr Ritter fort. «Ich will, daß Foley die Daten rekonstruiert und aus dem Land schafft, und dann – dann holen wir KARDINAL endgültig heraus. Der Mann hat seine Schuldigkeit getan. Sowie wir die Daten haben, geben wir ihm das Notsignal, und wenn wir Glück haben, bekommt er solche Angst, daß wir ihn sofort rausholen können.»

«Und wie wollen Sie das bewerkstelligen?» fragte Moore.

«Auf die nasse Art, oben im Norden», antwortete Ritter.

«Was meinen Sie dazu, James?» fragte der Direktor Greer.

«Klingt vernünftig. Läßt sich aber nicht so im Handumdrehen organisieren. Braucht so zehn bis vierzehn Tage, schätze ich.»

«Dann lassen Sie uns gleich heute anfangen. Fordern Sie beim Pentagon die notwendige Unterstützung an.»

«Wird gemacht.» Greer grinste. «Ich weiß schon, was ich verlangen werde.»

«Sobald wir genau Bescheid wissen, schicke ich unseren Mann hin. Wir setzen Mr. Clark ein», sagte Ritter. Rundum wurde zustimmend genickt. Clark vom Operationsdirektorat war eine Legende. Wenn es überhaupt jemand schaffte, dann er.

«Gut, lassen Sie den Spruch an Foley herausgehen», sagte der Richter. «Ich muß den Präsidenten über die Angelegenheit informieren.» Auf diese Aufgabe freute er sich nicht.

«Niemand hält sich ewig», meinte Ritter. «KARDINAL hat den Gesetzen der Wahrscheinlichkeit schon dreimal ein Schnippchen geschlagen. Sorgen Sie dafür, daß der Präsident auch das erfährt.»

«Wird gemacht. So, Gentlemen, und nun an die Arbeit.»

Admiral Greer begab sich sofort in sein Dienstzimmer. Es war kurz vor sieben, und er rief das Pentagon an, Abteilung OP-02, stellvertretender Chef der Marineoperationen (U-Kriegsführung). Nachdem er seinen Namen genannt hatte, war seine erste Frage: «Was treibt *Dallas*?»

Auch Captain Mancuso war bereits an der Arbeit. In fünf Stunden sollte USS *Dallas* wieder eine Fahrt unter seinem Kommando beginnen. Die Ingenieure ließen schon den Kernreaktor anlaufen. Der Captain übergab seinem Ersten Offizier das Kommando und ging den Einsatzbefehl noch einmal durch. Noch ein letztes Mal sollte er «rauf nach Norden». Bei den Marinen der Vereinigten Staaten und Großbritanniens stand «Norden» für die Barentssee, den Hinterhof der Sowjetmarine. Dort angekommen, sollte er «ozeanographische Forschungen» durchführen, wie es im Sprachgebrauch der US Navy hieß. In Wirklichkeit bedeutete das, daß USS *Dallas* die ganze Zeit sowjetische Raketen-U-Boote verfolgen sollte – nach Möglichkeit. Das war keine leichte Aufgabe, aber Mancuso war Experte, der einmal sogar einen sowjetischen «Boomer» von innen gesehen hatte. Allerdings durfte er mit seinen Kameraden nicht darüber reden und auch den Orden, den er sich bei dieser Mission verdient hatte, nicht tragen. Doch diese Episode lag nun hinter ihm, und Mancuso war ein vorwärtsblickender Mann. Dies sollte sein letzter Einsatz sein; warum also nicht im Norden? Sein Telefon ging.

«Bart, hier Mike Williamson», sagte der Kommandeur der U-Gruppe 2. «Sie werden sofort hier gebraucht.»

«Bin schon unterwegs, Sir.» Mancuso legte verblüfft auf. Innerhalb einer Minute war er die Leiter hochgeklettert, hatte das Boot verlassen und ging über den schwarzen Kai zur wartenden Limousine des Admirals. Vier Minuten später stand er in den Räumen der Gruppe 2.

«Neuer Befehl», verkündete Konteradmiral Williamson, sobald sich die Tür geschlossen hatte.

«Was gibt's?»

«Sie sollen so schnell wie möglich nach Faslane fahren und dort Leute an Bord nehmen. Mehr weiß ich nicht. Der Befehl stammt von OP-02 und ging über SUBLANT ein – innerhalb von dreißig Sekunden.» Mehr brauchte Williamson nicht zu sagen. Offenbar lag etwas sehr Heißes an. Solche Aufträge bekam *Dallas* oft.

«Mein Sonar ist noch unterbesetzt», sagte der Captain. «Ich habe zwar gute junge Leute, aber der neue Chief liegt im Krankenhaus. Wenn diese Sache ganz besonders haarig zu werden verspricht –»

«Wen brauchen Sie?» fragte Williamson und erhielt eine Antwort.

«Gut, ich will sehen, was sich machen läßt. Für die Fahrt nach Schottland haben Sie fünf Tage Zeit, Bart. Treten Sie drauf.»

«Aye, aye, Sir.» In Faslane würde sich schon herausstellen, was Sache war.

«Na, Russe, wie geht's?» fragte der Bogenschütze.

Besser. Während der beiden letzten Tage war Tschurkin überzeugt gewesen, daß er sterben mußte, aber inzwischen war er nicht mehr so sicher. Falsche Hoffnung hin oder her; nun fragte er sich, ob es für ihn eine Zukunft gab und was er unter Umständen zu befürchten hatte.

Er lag auf Stahlplatten in einem Fahrzeug. Ein Laster? Nein, auch die Decke war aus Stahl. Draußen mußte es dunkel sein, denn es fiel kein Licht durch die ... Schießscharten? Er befand sich in einem Panzerfahrzeug, einem Mannschaftstransporter! Wo hatten die Banditen den her? Wo war er?

Man brachte ihn nach Pakistan! Um ihn an die Amerikaner zu übergeben! Hoffnung verwandelte sich wieder in Verzweiflung. Er hustete Blut.

Der Bogenschütze hingegen war guten Mutes. Eine andere Gruppe, die zwei erbeutete sowjetische Mannschaftstransporter BTR-60 nach Pakistan brachte, war zu seiner gestoßen und hatte bereitwillig seine Verwundeten in die Fahrzeuge geladen. Der Bogenschütze war berühmt, und es konnte nicht schaden, zum Schutz einen SAM-Schützen dabeizuhaben, falls russische Hubschrauber auftauchten. Doch diese Gefahr war gering. Die Nächte waren lang, das Wetter hatte sich verschlechtert, und in der Ebene schafften sie im Durchschnitt sechzehn, in felsigem Gelände immerhin fünf Kilometer in der Stunde. Noch eine Stunde, und dann war die Grenze erreicht, die an diesem Abschnitt von den *mudschaheddin* gehalten wurde. Die Guerillas begannen, sich zu entspannen. Ihnen stand eine Woche relativer Ruhe bevor, und die Amerikaner zahlten gut für sowjetisches Kriegsgerät. Der BTR zum Beispiel war mit einem Nachtsichtgerät ausgerüstet, mit dessen Hilfe sich der Fahrer auf der Paßstraße orientierte. Dafür konnten sie Raketen, Mörsergranaten, ein paar MG und Medikamente erwarten.

Es sah günstig aus für die *mudschaheddin*. Es ging sogar die Rede, die Russen wollten aus Afghanistan abziehen. Offenbar hatten sie den Geschmack an Gefechten mit den Afghanen verloren, denn sobald ihre Infanterie Berührung mit den Guerillas bekam, zog sie sich zurück und forderte Luft- und Artillerieunterstützung an. Von einigen brutalen Fallschirmjägerverbänden und den verhaßten *Speznas* einmal abgesehen spürten die Afghanen, daß sie im Begriff waren, auf dem Schlachtfeld einen moralischen Sieg zu erringen.

Um Mitternacht erreichten die beiden Mannschaftstransporter die Grenze, und von dort an war das Fortkommen leichter. Die Straße hinunter und hinein nach Pakistan wurde von ihren eigenen Verbänden gesichert. Die BTR kamen nun rascher voran, und die Männer am Steuer hatten sogar Spaß am Fahren. Drei Stunden später waren sie in Miram Schah. Der Bogenschütze stieg als erster aus und nahm den russischen Gefangenen und seine Verwundeten mit.

Emilio Ortiz erwartete ihn mit einer Dose Apfelsaft. Dem Mann traten fast die Augen aus den Höhlen, als er erkannte, daß der Bogenschütze einen Russen mitgebracht hatte.

«Mein Freund, wen haben Sie da?»

«Er ist schwer verwundet, aber hier sehen Sie, wer er ist.» Der Bogenschütze reichte Ortiz eine Schulterklappe von der Uniform des Russen und dann eine Aktentasche. «Und das hatte er bei sich.»

«Donnerwetter!» platzte Ortiz heraus. Er sah das geronnene Blut am Mund des Gefangenen und erkannte, daß sein Zustand nicht sehr vielversprechend war, aber trotzdem... was für ein Fang! Erst als er dem Verwundeten ins Feldlazarett gefolgt war, fiel dem CIA-Mann die nächste Frage ein: Was, zum Teufel, fangen wir mit ihm an?

Das Ärzteteam setzte sich vorwiegend aus Franzosen zusammen; außerdem gehörten ein paar Italiener und Schweden dazu. Ortiz kannte sie alle und vermutete, daß viele dem französischen Geheimdienst Bericht erstatteten. Entscheidend aber war, daß sich diese Ärzte und Schwestern auf ihr Handwerk verstanden. Das wußten auch die Afghanen und schützten diese Ausländer wie ihre eigenen Leute. Ein Chirurg setzte den Russen auf die dritte Stelle der Operationsliste. Eine Schwester gab ihm Spritzen, und dann entfernte sich der Bogenschütze und ließ Abdul zur Bewachung zurück. Er hatte den Russen nicht so weit mitgeschleppt, um ihn hier umbringen zu lassen.

«Ich habe gehört, was bei Ghazni geschehen ist», sagte der CIA-Offizier.

«Es war Allahs Wille. Dieser Russe verlor seinen Sohn. Ich konnte ihn nicht töten. Vielleicht, weil der Tag schon genug Leben gekostet hatte.» Der Bogenschütze atmete tief aus. «Wird er Ihnen nützlich sein?»

«Diese Papiere hier auf jeden Fall.» Ortiz blätterte die Dokumente bereits durch. «Mein Freund, Sie ahnen ja nicht, was Sie da geschafft haben. So, reden wir nun über die letzten zwei Wochen?»

Das Debriefing dauerte bis zum Tagesanbruch. Der Bogenschütze holte sein Tagebuch hervor und ging alles durch, was er erlebt hatte, hielt nur inne, wenn Ortiz eine neue Kassette ins Bandgerät einlegen mußte.

«Und dieses Licht, das Sie am Himmel sahen?»

«Das kam mir sehr seltsam vor», sagte der Bogenschütze und rieb sich die Augen.

«Der Mann, den Sie mitbrachten, war zu dieser Anlage unterwegs. Er hat eine Planzeichnung dabei. Hier ist sie.»

«Was ist das für eine Anlage, und wo liegt sie?»

«Sie liegt nur rund hundert Kilometer von der afghanischen Grenze entfernt. Ich kann sie Ihnen auf der Karte zeigen. Wie lange wollen Sie in Pakistan bleiben?»

«Eine Woche vielleicht», erwiderte der Bogenschütze.

«Ich muß meinen Vorgesetzten Meldung machen; vielleicht will man Sie sprechen. Mein Freund, Sie werden hoch belohnt werden. Schreiben Sie einen Wunschzettel. Er darf ruhig lang sein.»

«Und der Russe?»

«Mit dem reden wir auch – sofern er überlebt.»

Der Kurier ging den Lasowski Perulok entlang, wartete auf seinen Kontakt. Er war optimistisch und deprimiert zugleich. Er glaubte dem Vernehmungsbeamten und hatte am Nachmittag an der richtigen Stelle das entsprechende Kreidezeichen angebracht – zwar fünf Stunden später als erwartet, aber er hoffte, daß sein Führer das den Vorsichtsmaßnahmen zuschreiben würde. Das richtige Zeichen, das dem CIA-Offizier sagte, daß er «umgedreht» worden war, hatte er nicht anzubringen gewagt. Dafür war das Spiel inzwischen zu gefährlich geworden. So schlenderte er über die öden Bürgersteige und wartete auf den Geheimtreff.

Er konnte nicht ahnen, daß sein Führungsoffizier in seinem Büro in der US-Botschaft saß und diese Gegend von Moskau für mehrere Wochen zu meiden beabsichtigte. Man hatte auch nicht vor, in diesem Zeitraum Kontakt mit dem Kurier aufzunehmen. Die Kette zu KARDINAL war gebrochen. Was die CIA anging, hatte sie nie existiert.

«Das scheint mir Zeitverschwendung zu sein», sagte der Vernehmungsoffizier. Er saß mit einem anderen hohen Offizier des Zweiten Direktorats am Fenster einer Wohnung. Ein Fenster weiter stand ein anderer «Zweier» mit einer Kamera. Er und der andere hohe Offizier hatten an diesem Vormittag erfahren, worum es bei Heller Stern ging, und der General, der das Zweite Direktorat befehligte, hatte diesem Fall höchste Priorität gegeben. Das klapprige alte Schlachtroß von den «Einsern» hatte einen kolossalen Spionagefall entdeckt.

«Meinen Sie, daß er Sie angelogen hat?»

«Nein. Sein Widerstand war leicht zu brechen –, aber auch nicht zu leicht», sagte der Vernehmungsbeamte mit Zuversicht. «Ich glaube eher, daß wir ihn nicht rasch genug zurück auf die Straße geschickt haben. Die Gegenseite weiß wohl Bescheid und hat die Kette unterbrochen.»

«Was ging schief? Die Gegenseite muß doch glauben, die Festnahme könnte auch eine Routinesache gewesen sein.»

Der Vernehmungsbeamte nickte zustimmend. «Wir wissen aber auch, daß diese Informationen höchst sensitiv sind; man muß also zu ihrem Schutz außergewöhnliche Maßnahmen ergriffen haben. Auf die einfache Art kommen wir nun leider nicht mehr weiter.»

«Nehmen wir ihn also fest?»

«Ja.» Ein Wagen hielt neben dem Kurier. Sie warteten, bis er eingestiegen war, und gingen dann zu ihrem eigenen Fahrzeug.

Dreißig Minuten später waren sie alle wieder im Lefortowo-Gefängnis. Der Vernehmungsbeamte zog eine bekümmerte Miene.

«Warum habe ich den Eindruck, daß Sie mich belogen haben?» fragte er den Kurier.

«Aber ich habe die Wahrheit gesagt und alles getan, was Sie mir sagten!»

«Und das Signal, das Sie hinterließen? Gab es der anderen Seite zu verstehen, daß wir Sie erwischt haben?»

«*Nein!*» Der Kurier geriet nun fast in Panik. «Das habe ich Ihnen doch alles erklärt.»

«Das Problem ist nur, daß wir ein Kreidezeichen nicht vom anderen unterscheiden können. Wenn Sie schlau sind, haben Sie uns getäuscht.» Der Vernehmungsbeamte beugte sich vor. «Genosse, Sie können uns hinters Licht führen, aber nicht für lange.» Er legte eine Pause ein, um diesen Satz im Raum stehenzulassen. «Gut, fangen wir von vorne an», meinte er schließlich. «Wer ist die Frau, die Sie in der U-Bahn treffen?»

«Ihren Namen kenne ich nicht. Sie ist über dreißig, sieht aber jung aus für ihr Alter. Blond, schlank, hübsch. Immer gut gekleidet, wie eine Ausländerin, obwohl sie keine ist.»

«Gekleidet wie eine Ausländerin? Was meinen Sie damit?»

«Sie trägt gewöhnlich einen Mantel aus dem Westen. Das merkt man an Stoff und Schnitt. Sie sieht gut aus, wie ich sagte, und sie –»

«Weiter», sagte der Vernehmungsbeamte

«Unser Zeichen ist, daß ich ihr ans Gesäß fasse. Das scheint sie zu mögen, denn manchmal übt sie Gegendruck aus.»

Von so etwas hatte der Vernehmungsbeamte bisher nicht gehört, aber er erkannte sofort, daß es die Wahrheit war. Solche Details erfand niemand, und sie paßten auch zum Profil der Kontaktperson, die eine Abenteurerin sein mußte und kein Profi, sonst würde sie nicht so reagiert haben. Damit stand praktisch fest, daß sie Russin war.

«Wie oft haben Sie sich mit ihr getroffen?»

«Nur fünfmal. Nie am gleichen Wochentag, niemals regelmäßig, aber immer im zweiten Wagen desselben Zuges.»

«Und der Mann, an den Sie Dinge weitergeben?»

«Sein Gesicht habe ich noch nie gesehen, jedenfalls nicht ganz. Er steht immer, hat die Hand am Haltegriff und versteckt sein Gesicht hinter seinem Arm. Ich glaube, daß er Ausländer ist, aber woher er kommt, weiß ich nicht.»

«Fünf Treffs, und Sie haben sein Gesicht nicht einmal gesehen!» donnerte der Vernehmungsbeamte und hieb auf den Tisch. «Wollen Sie mich für dumm verkaufen?»

Der Kurier zuckte zusammen und begann dann rasch zu sprechen. «Er trägt eine Brille, die bestimmt aus dem Westen stammt. Gewöhnlich hat er einen Hut auf. Außerdem trägt er immer die *Iswestija* bei sich, immer gefaltet. Wenn er mir das Zeichen geben will, daß alles klar ist, dreht er die Zeitung um, als läse er einen Artikel, und wendet sich dann ab.»

«Und wie geht die Übergabe noch einmal vor sich?»

«Wenn der Zug hält, tritt er auf mich zu, als wolle er an der nächsten Station aussteigen. Ich habe den Gegenstand in der Hand, und er nimmt ihn mir von hinten ab.»

«Sie kennen also das Gesicht der Frau, aber sie weiß nicht, wie Sie aussehen. Ihr Gesicht ist ihm vertraut, aber Sie kennen seines nicht...»

Geschickt, aber warum benutzte man denselben Trick zweimal in einer Kette? Der Vernehmungsbeamte kam langsam zu dem Schluß, daß in dieser Kette nicht mit toten Briefkästen gearbeitet wurde.

Schon versuchte man, die undichte Stelle zu identifizieren, mußte dabei aber vorsichtig sein. Es bestand immerhin die Möglichkeit, daß der Spion selbst ein Sicherheitsoffizier war, denn dies stellte die ideale Tarnung für einen Agenten dar – mit dem Beruf ging Zugang zu allem einher, plus Vorausinformationen über Geheimdienstoperationen.

Seltsam war, daß das einzige vorliegende Foto keine richtige Planskizze darstellte, sondern eine Handzeichnung.

Handschrift – durfte es aus diesem Grund keine toten Briefkästen geben? So ließe sich der Spion doch identifizieren, oder? Wie ungeschickt.

Aber so ungeschickt war die Operation nicht, und auch Zufälle fehlten. Die Techniken, die man bei dieser Kette anwandte, waren seltsam, aber professionell. Hier mußte sich etwas auf einer anderen Ebene abspielen, zu der der Vernehmungsbeamte bisher keinen Zugang hatte.

«Ich glaube, morgen werden wir beide mal mit der U-Bahn fahren.»

Oberst Filitow wachte zur Abwechslung einmal ohne Kopfschmerzen auf. Sein «normaler» Tagesbeginn unterschied sich nicht zu sehr von den anderen, aber die Schmerzen und der Gang ins Bad fielen aus. Nach dem Anziehen überzeugte er sich davon, daß sein Tagebuch noch versteckt in der Schreibtischschublade lag, und hoffte, es wie üblich vernichten zu können. Schon lag ein neues, leeres Buch bereit; am Vortag hatte er Neues über die Lasergeschichte und von einer Studie über Raketensysteme gehört, die er nächste Woche zu Gesicht bekommen sollte.

Auf der Fahrt zur Arbeit schaute er aufmerksamer als sonst aus dem Fenster. Trotz der frühen Stunde waren viele Laster auf der Straße, und einer versperrte ihm den Blick auf einen bestimmten Abschnitt des Randsteins: das Zeichen, daß die Daten verlorengegangen waren, sollte an dieser Stelle erscheinen. Er fand ärgerlich, daß er nicht sehen konnte, ob das Signal angebracht worden war, machte sich aber keine großen Sorgen, denn seine Berichte gingen nur selten verloren. Das Signal «Übergabe erfolgreich» war an einer anderen Stelle und immer leicht zu sehen. Oberst Filitow setzte sich im Wagen zurück und schaute zum Fenster hinaus, als sie sich dem Punkt näherten. Das Zeichen fehlte. Merkwürdig. War das andere angebracht gewesen? Das mußte er heute auf dem Heimweg überprüfen. Seit er für die CIA arbeitete, waren seine Berichte mehrere Male verlorengegangen, ohne daß man ihm das Gefahrenzeichen gab oder daß ein Anrufer «Sergej» verlangte und ihm damit zu verstehen gab, seine Wohnung sofort zu verlassen. Also keine Gefahr, sondern nur ein lästiger Zwischenfall. Der Oberst entspannte sich und sann über seinen Arbeitstag im Ministerium nach.

Diesmal war die Metro voll besetzt. Ganze hundert Bedienstete des Zweiten Direktorats befanden sich in diesem einen Bezirk, teils wie normale Moskowiter gekleidet, teils wie Arbeiter. Letztere bedienten die parallel zur elektrischen Steuerung des gesamten U-Bahn-Systems eingebauten «schwarzen» Telefonverbindungen. Der Vernehmungsbeamte und sein Gefangener fuhren in Zügen der lila und grünen Linie hin und her und hielten nach einer jüngeren Frau Ausschau, die einen Mantel aus dem Westen trug. Obwohl die U-Bahn täglich von Millionen benutzt wurde, empfanden die Abwehroffiziere Zuversicht. Die Zeit arbeitete für sie, und sie hatten das Psychogramm der Zielperson: Abenteurerin. Vermutlich hatte sie nicht die Disziplin, ihre tägliche Routine von ihren verdeckten Aktivitäten zu trennen. Wie ihre Kollegen überall auf der Welt waren die sowjetischen Geheimdienstleute fest davon überzeugt, daß jemand, der gegen sein eigenes Land spionierte, mit einem fundamentalen Makel behaftet sein mußte. Solche Verräter würden trotz ihrer Gerissenheit letzten Endes zu ihrer eigenen Vernichtung beitragen.

Und zumindest in diesem Falle hatten sie recht. Swetlana trat mit einem kleinen braunen Paket in der Hand auf den Bahnsteig. Der Kurier erkannte sie zuerst an ihrem Haar und wollte auf sie zeigen, doch seine Hand wurde heruntergerissen. Sie drehte sich um, und der KGB-Offizier bekam ihr Gesicht zu sehen.

Er sprach in ein kleines Funkgerät, und als die Frau in den nächsten Zug stieg, bekam sie Gesellschaft. Der Mann vom Zweiten Direktorat, der hinter ihr in den Wagen trat, trug einen Ohrhörer, der sich kaum von einem Hörgerät unterschied. Im Bahnhof alarmierten Männer über die Telefonverbindung Agenten in allen Stationen. Als sie ausstieg, war ein volles Beschattungsteam bereit und folgte ihr über die lange Rolltreppe auf die Straße. Dort stand ein Wagen, und weitere Agenten begannen mit der Observation. Mindestens zwei Männer hielten visuellen Kontakt mit der Zielperson, und immer mehr nahmen an der Verfolgung teil, bis das GOSPLAN-Gebäude im Marx-Prospekt erreicht war. Sie wußte nicht, daß sie verfolgt wurde, und unterließ auch jeden Versuch, sich nach Beschattern umzusehen. Binnen einer halben Stunde waren zwanzig Fotos entwickelt und dem Festgenommenen gezeigt worden, der sie eindeutig identifizierte.

Anschließend ging man behutsamer vor. Ein Wächter vom GOSPLAN-Haus gab ihren Namen einem KGB-Offizier, der ihm einschärfte, keinen Ton verlauten zu lassen. Mit Hilfe des Namens stand um die Mittagszeit ihre Identität fest, und der Vernehmungsbeamte, der nun den gesamten Fall übernommen hatte, erkannte entsetzt, daß Swetlana Wanejewa die Tochter eines ZK-Mitglieds war. Die Familie eines ZK-Mannes tastete man nicht leichtfertig an, aber die Frau war eindeutig identifiziert worden, und es handelte sich um einen sehr ernsten Fall. Watutin besprach sich mit dem Leiter seines Direktorats.

Der nächste Schritt war heikel. Das KGB, das im Westen als allmächtig gilt, hat schon immer dem Parteiapparat unterstanden; selbst das KGB brauchte erst eine Genehmigung, wenn es um ein Mitglied der Familie eines so mächtigen Funktionärs ging. Der Leiter des Zweiten Direktorats begab sich nach oben zum Vorsitzenden des KGB. Dreißig Minuten später kehrte er zurück.

«Sie können sie festnehmen lassen.»

«Der Sekretär des ZK –»

«Wurde nicht informiert», versetzte der General.

«Aber –»

«Hier ist der Befehl.» Watutin ergriff den mit der Hand ausgefüllten und vom Vorsitzenden persönlich unterzeichneten Bogen.

«Genossin Wanejewa?»

Sie schaute auf und sah einen Mann, der sie merkwürdig anstarrte. «Was kann ich für Sie tun?»

«Ich bin Hauptmann Klementi Wladimirowitsch Watutin von der Miliz und möchte Sie bitten, mit mir zu kommen.» Der Vernehmungsbeamte achtete scharf auf eine Reaktion, doch die blieb aus.

«Und zu welchem Zweck?» fragte sie.

«Möglicherweise können Sie uns bei der Identifizierung einer Person behilflich sein. Weitere Auskünfte darf ich hier nicht geben», fügte der Mann verständnisheischend hinzu.

«Wird das lange dauern?»

«Wahrscheinlich ein paar Stunden. Wir lassen Sie dann nach Hause fahren.»

«Na gut. Ich habe im Augenblick nichts Dringendes auf dem Schreibtisch.» Sie erhob sich ohne ein weiteres Wort. Der Blick, mit dem sie Watutin bedachte, verriet ein gewisses Gefühl der Überlegenheit. Die Bürger brachten der Moskauer Miliz keinen übermäßigen Respekt entgegen, und die Tatsache, daß ein Mann seines Alters nur Hauptmann war, verriet ihr allerhand über seine Karriere. Innerhalb einer Minute war sie in ihren Mantel geschlüpft, hatte ihr Paket genommen, und die beiden verließen das Gebäude. Wenigstens ist der Hauptmann *kulturni*, dachte sie, als er ihr die Tür öffnete. Swetlana ging davon aus, daß dieser Hauptmann wußte, wer sie war – oder, genauer gesagt, wer ihr Vater war.

Ein Wagen stand bereit und fuhr sofort los. Erst am Chochlowskaja-Platz merkte sie, wohin es ging.

«Fahren wir denn nicht zum Justizministerium?» fragte sie.

«Nein, ins Lefortowo-Gefängnis», versetzte Watutin lässig.

«Aber –»

«Ich wollte Sie an Ihrem Arbeitsplatz nicht beunruhigen. In Wirklichkeit bin ich *Oberst* Watutin vom Zweiten Hauptdirektorat.» Darauf reagierte Swetlana, fing sich aber sofort wieder.

«Und wobei soll ich Ihnen behilflich sein?»

Die Frau ist geschickt, dachte Watutin, das wird nicht einfach. Der Oberst war ein treuer Diener der Partei, aber nicht unbedingt ihrer Vertreter. Korruption haßte er fast so leidenschaftlich wie Landesverrat. «Nur eine Kleinigkeit – zum Abendessen sind Sie bestimmt zu Hause.»

«Meine Tochter –»

«Wird von einem meiner Leute abgeholt. Darf ich sie bei Ihrem Vater absetzen lassen, falls es etwas später werden sollte?»

Darüber mußte sie lächeln. «Nein, Vater verwöhnt sie für sein Leben gern.»

«Nun, so lange wird es wahrscheinlich nicht dauern», meinte Watutin und schaute aus dem Fenster. Der Wagen rollte gerade durchs Gefängnistor. Er half ihr beim Aussteigen; ein Feldwebel hielt ihnen beiden den Schlag auf. Erst Hoffnung machen, sie dann wieder nehmen. Er faßte sie sanft am Arm. «Hier entlang zu meinem Büro. Wie ich höre, reisen Sie oft in den Westen.»

«Das gehört zu meiner Arbeit.» Inzwischen war sie auf der Hut.

«Ich weiß. Ihre Abteilung befaßt sich mit Textilien.» Watutin öffnete seine Bürotür und winkte sie hinein.

«Das ist sie!» rief jemand. Swetlana Wanejewa blieb wie angewurzelt stehen. Watutin ergriff wieder ihren Arm und führte sie zu einem Stuhl.

«Bitte, nehmen Sie Platz.»

«Was soll das bedeuten!» rief sie und war nun wirklich besorgt.

«Dieser Mann wurde im Besitz von Staatsdokumenten ertappt und behauptet, sie von Ihnen erhalten zu haben», sagte Watutin und setzte sich an seinen Schreibtisch.

Swetlana drehte sich um und starrte den Kurier an. «Ich habe dieses Gesicht noch nie gesehen!»

«Stimmt», bemerkte Watutin trocken. «Das weiß ich.»

«Was –» Sie rang nach Worten. «Das ist doch alles Unsinn!»

«Man hat Sie gut ausgebildet. Unser Freund hier sagt, daß er Ihnen als Signal für die Übergabe der Information an den Hintern faßt.»

Sie fuhr zu dem Ankläger herum. «Das ist doch der Gipfel! Wie kann dieses – Schwein so etwas behaupten!»

«Sie streiten es also ab?» fragte Watutin ruhig. Er freute sich schon darauf, den Willen dieser Frau zu brechen.

«Selbstverständlich! Ich bin eine gute Sowjetbürgerin und Parteimitglied. Mein Vater –»

«Ja, ich weiß, wer Ihr Vater ist.»

«Er wird von dieser Angelegenheit erfahren, *Oberst* Watutin, und wenn Sie mir drohen wollen –»

«Wir drohen nicht, Genossin Wanejewa, wir bitten Sie um Auskünfte. Fuhren Sie gestern mit der Metro? Ich weiß, daß Sie einen Privatwagen haben.»

«Ich fahre oft mit der U-Bahn, weil das einfacher ist. Außerdem hatte ich eine Besorgung zu erledigen.» Sie hob ihr Paket auf. «Hier, ich gab meinen Mantel bei der Reinigung ab. Weil man dort nicht parken kann, nahm ich die U-Bahn, genau wie heute, als ich das Stück abholte. Erkundigen Sie sich doch bei der Reinigung.»

«Und das hier haben Sie nicht an unseren Freund weitergegeben?» Watutin hielt die Filmkassette hoch.

«Ich weiß noch nicht einmal, was das ist.»

«Natürlich nicht.» Oberst Watutin schüttelte den Kopf. «Na dann.» Er drückte auf einen Knopf an seiner Sprechanlage. Drei Männer kamen herein. Watutin machte eine Geste zu Swetlana. «Vorbereiten.»

Sie reagierte nicht panisch, sondern eher ungläubig. Swetlana Wanejewa versuchte, vom Stuhl aufzuspringen, aber zwei Männer packten sie an den Schultern und hielten sie fest. Der dritte rollte den Ärmel ihres Kleides hoch und schob ihr eine Injektionsnadel in den Arm, ehe sie schreien konnte. «Das können Sie doch nicht machen», sagte sie, «das geht doch –»

Watutin seufzte. «Doch, doch. Wie lange wirkt das?»

«Sie wird zwei Stunden lang bewußtlos bleiben», erwiderte der Arzt und hob sie mit Hilfe seiner beiden Sanitäter vom Stuhl. Watutin stand auf und holte das Paket. «Sobald ich sie untersucht habe, können Sie anfangen. Mit Problemen rechne ich nicht.»

«Gut. Ich esse jetzt etwas und komme dann runter.» Er wies auf den anderen Gefangenen. «Den können Sie mitnehmen. Mit ihm sind wir wohl fertig.»

«Genosse, ich –» setzte der Kurier an, bekam aber das Wort abgeschnitten.

«Wagen Sie es nicht, mich noch einmal so anzureden.» Die Zurechtweisung klang um so härter, als sie sanft ausgesprochen wurde.

Oberst Bondarenko leitete inzwischen die Abteilung Laserwaffen im Verteidigungsministerium. Ernannt worden war er von Minister Jasow, selbstverständlich auf Empfehlung von Oberst Filitow.

«Nun, Genosse, welche Neuigkeiten bringen Sie?» fragte Jasow.

«Unsere Kollegen vom KGB haben einen Teil der Pläne für das amerikanische Spiegelsystem mit adaptiver Optik geliefert.» Er überreichte zwei Kopien der Skizzen.

«Und selbst bringen wir das nicht fertig?» fragte Filitow.

«Das Design ist genial, und laut Bericht ist ein verbessertes Modell im Entwicklungsstadium. Günstig ist, daß es weniger Verstellorgane braucht –»

«Was heißt das?» fragte Jasow dazwischen.

«Die Verstellorgane ändern die Konturen des Spiegels. Mit einer geringeren Anzahl reduzieren sich auch die Anforderungen an das den Spiegel steuernde Computersystem. Der existierende Spiegel – dieser hier – erfordert einen sehr leistungsfähigen Supercomputer, den wir hier in der Sowjetunion noch nicht nachbauen können. Der neue Spiegel soll nur ein Viertel der Computerleistung brauchen, was ein vereinfachtes Steuerprogramm bedeutet.» Bondarenko beugte sich vor. «Genosse Minister, wie ich schon in meinem ersten Bericht darlegte, stellt Heller Sterns Computersystem die Hauptprobleme. Selbst wenn es uns gelingen sollte, einen solchen Spiegel herzustellen, fehlen uns noch Hard- und Software, um ihn mit maximaler Wirkung einsetzen zu können. Mit dem neuen Spiegel gelänge uns das aber.»

«Die neuen Pläne liegen noch nicht vor?» fragte Jasow.

«Ja. Das KGB ist mit der Frage befaßt.»

«Und wir können noch nicht einmal diese ‹Verstellorgane› nachbauen», murrte Filitow. «Seit mehreren Monaten liegen die technischen Daten und Zeichnungen vor, aber es hat noch kein Fabrikdirektor –»

«Zeit und Mittel», erinnerte Bondarenko.

«Mittel», grunzte Jasow. «Immer hängt es am Geld. Wir könnten einen unverwundbaren Panzer bauen –, wenn wir die Mittel hätten. Mit genug Geld ließe sich der Vorsprung des Westens in der U-Boot-Technologie einholen. Für alles ist aber nicht genug Geld da.»

«Genosse Minister», sagte Bondarenko, «ich bin seit zwanzig Jahren Berufssoldat, habe in Stäben gedient, Fronterfahrungen gemacht und immer nur für die Rote Armee gelebt. Heller Stern gehört zu einer anderen Waffengattung. Dennoch bin ich der Auffassung, daß wir notfalls Mittel für Panzer, Schiffe und Flugzeuge abzweigen sollten, damit Heller Stern fertiggestellt werden kann. Wir verfügen über genug konventionelle Waffen, um jeden denkbaren Angriff der Nato abzuwehren, aber die Zerstörung unseres Landes durch westliche Raketen können wir nicht verhindern.» Er nahm im Sitzen Haltung an. «Verzeihen Sie meine Offenheit.»

«Sie werden fürs Denken bezahlt», merkte Filitow an. «Genosse Minister, ich stimme mit dem jungen Mann überein.»

«Michail Semjonowitsch, warum habe ich wohl das Gefühl, daß meine Obersten eine Palastrevolte planen?» Jasow lächelte, was selten vorkam, und wandte sich an den jungen Mann. «Bondarenko, in diesen vier Wänden erwarte ich, daß Sie sagen, was Sie denken. Und wenn es Ihnen gelungen ist, mich alten Kavalleristen von Ihrem Science-fiction-Projekt zu überzeugen, werde ich es wohl ernsthaft erwägen müssen. Sollen wir dem Projekt Ihrer Auffassung nach absoluten Vorrang geben?»

«Genosse Minister, wir sollten die Möglichkeit ins Auge fassen. Es fehlt noch Grundlagenforschung, und ich finde, daß die Zuweisung von Mitteln drastisch gesteigert werden sollte.» Bondarenko folgte Jasows Vorschlag nicht ganz, denn es handelte sich um eine politische Entscheidung, die einem Oberst nicht zustand. KARDINAL kam zu dem Schluß, daß er diesen hellen jungen Offizier unterschätzt hatte.

«Puls beschleunigt sich», sagte der Arzt fast drei Stunden später. «Patientin bei Bewußtsein.» Ein Tonbandgerät zeichnete seine Worte auf.

Sie wußte nicht, wann der Schlaf endete und der Wachzustand begann. Diese Grenze ist bei den meisten Menschen unscharf, besonders, wenn ein Wecker oder die ersten Sonnenstrahlen fehlen. Sie bekam keinen Hinweis. Swetlana Wanejewas erste bewußte Empfindung war Verwirrung. *Wo bin ich?* fragte sie sich nach rund fünfzehn Minuten. Die Nachwirkungen des Barbiturats legten sich, aber nichts ersetzte die angenehme Entspannung traumlosen Schlafes. Schwebte sie?

Sie versuchte, sich zu bewegen, aber das ging nicht. Sie war völlig entspannt, jeder Quadratzentimeter ihres Körpers so gleichmäßig gestützt, daß kein Muskel angespannt oder belastet wurde. So bequem hatte sie noch nie gelegen. *Wo bin ich?*

Sie konnte nichts sehen, aber irgend etwas stimmte da nicht. Es war keine Schwärze, die sie umgab, sondern etwas Graues... wie eine Nachtwolke, die die Lichter von Moskau reflektierte.

Sie hörte nichts. Keine Verkehrsgeräusche, kein laufendes Wasser, keine schlagenden Türen. Sie wandte den Kopf, aber um sie herum blieb alles grau wie in einer Wolke oder einem Wattebausch oder...

Sie atmete ein. Die Luft war geruch- und geschmacklos, weder feucht noch trocken, und hatte anscheinend auch keine Temperatur. Sie sprach, hörte aber unglaublicherweise nichts. *Wo bin ich!*

Swetlana begann ihre Umgebung genauer zu prüfen, ein Prozeß, der eine halbe Stunde sorgsamen Experimentierens in Anspruch nahm. Sie beherrschte ihre Gefühle, ermahnte sich, ruhig und entspannt zu bleiben. Das mußte ein Traum sein. Nichts Unangenehmes konnte passiert sein. Die echte Angst hatte noch nicht eingesetzt, aber sie spürte sie nahen. Entschlossen wehrte sie sich dagegen. Sie blickte nach rechts und links. Gerade genug Licht, um ihr die Dunkelheit vorzuenthalten. Ihre Arme waren da, aber sie konnte sie nicht anlegen, obwohl sie es versuchte. Ihre Beine schienen gespreizt zu sein. Sie versuchte, die rechte Hand zur Faust zu ballen, brachte aber noch nicht einmal fertig, daß sich ihre Finger berührten.

Ihr Atem ging nun rascher. Mehr konnte sie nicht tun. Sie spürte die Bewegungen ihrer Brust, aber das war auch alles. Wenn sie die Augen schloß, umgab sie Schwärze, aber das war die einzige Alternative. *Wo bin ich!*

Bewegung, sagte sie sich, mehr Bewegung. Sie rollte sich herum, suchte nach Widerstand, einem Stimulans für ihren Tastsinn. Nichts, nur diese sonderbare Zähflüssigkeit. Wohin sie sich auch wandte, das Gefühl des Treibens, Schwebens blieb unverändert. Oben oder unten, links oder rechts – alles einerlei. Sie schrie so laut sie konnte, nur um etwas Reales zu hören. Nur das ferne, verklingende Echo einer fremden Stimme.

Nun begann die Panik.

«Zeit zwölf Minuten ... fünfzehn Sekunden», sagte der Arzt ins Mikrophon. Die Kabine mit dem Steuerpult befand sich fünf Meter über dem Tank. «Puls wird rascher, Atmung zweiundvierzig, akute Angstreaktion hat eingesetzt.» Er warf einen Blick zu Watutin. «Früher als gewöhnlich. Je intelligenter die Versuchsperson –»

«Desto größer das Bedürfnis nach Sinnenreizen; ich weiß», versetzte Watutin mürrisch. Er war über diese Prozedur informiert, aber skeptisch. Ein brandneues Verfahren, bei dem er zum ersten Mal in seiner Karriere auf die Unterstützung eines Fachmannes angewiesen war.

«Puls scheint bei hundertsiebenundsiebzig seinen Höhepunkt erreicht zu haben; keine schweren Irregularitäten.»

«Wie haben Sie es fertiggebracht, daß sie ihre eigene Stimme nicht hören kann?» fragte Watutin den Arzt.

«Ein neues Verfahren. Mit Hilfe eines elektronischen Geräts duplizieren wir ihre Stimme und wiederholen sie phasenverschoben. Das neutralisiert den Schall, den sie erzeugt, fast völlig und hat den Effekt, als schriee sie im Vakuum. Die Perfektionierung nahm zwei Jahre in Anspruch.» Er lächelte. Wie Watutin hatte er Freude an seiner Arbeit und hier zum ersten Mal Gelegenheit, jahrelange Mühe Früchte tragen zu sehen.

Swetlana schwebte am Rande der Hyperventilation; der Arzt änderte das Gasgemisch, das sie einatmete. Diese Verhörmethode hinterließ keine körperlichen Spuren, keine Narben, keinen Hinweis auf Folterung. Im Grunde war sie überhaupt keine Folter, zumindest keine physische. Ein Nachteil der sensorischen Deprivation indes war, daß der von ihr erzeugte Schrecken zur Tachykardie, dem Herzjagen, das tödlich sein konnte, führen mochte.

«So ist's besser», meinte er nach einem Blick aufs EKG. «Puls stabilisiert. Patientin erregt, aber in stabiler Verfassung.»

Panik nützte nichts. Obwohl ihre Gedanken noch rasten, vermied es Swetlana, sich selbst Schaden zuzufügen. Sie kämpfte um Beherrschung und wurde seltsam ruhig.

Bin ich jetzt tot oder lebendig? Sie prüfte alle ihre Erinnerungen, Erfahrungen, fand nichts...

Herzschlag!

Mit offenen Augen suchte sie in der Finsternis nach der Quelle des Geräusches. Es gab etwas; sie brauchte es nur zu finden. *Da muß ich hin. Das muß ich zu fassen kriegen.*

Doch sie war in etwas gefangen, das sie noch nicht einmal beschreiben konnte. Sie bewegte sich wieder. Wieder nichts, an dem sie sich festhalten, das sie berühren konnte.

Erst jetzt erkannte sie, wie einsam sie war. Ihre Sinnesorgane sehnten sich nach Reizen, irgend etwas!

Und wenn ich jetzt tot bin? fragte sie sich.

Ist das so, wenn man tot ist... einfach ein Nichts? Dann ein beunruhigender Gedanke: *Bin ich in der Hölle?*

Doch da war etwas, dieses Geräusch. Sie konzentrierte sich darauf, nur um festzustellen, daß es um so schwächer wurde, je schärfer sie hinhörte. Es war, als wollte sie nach einer Rauchwolke greifen.

Swetlana kniff die Augen zu, nahm allen Willen zusammen und konzentrierte sich auf den rhythmischen Ton eines menschlichen Herzens. Dabei erreichte sie nur, daß der Schall sich ihren Sinnen entzog, schwächer wurde, bis nur noch ihre Imagination ihn hörte.

Sie stöhnte, hörte aber so gut wie nichts. Wie war es möglich, daß sie sprach, aber nichts vernahm?

Bin ich tot? Die schlimme Frage verlangte nach einer Antwort. Doch würde sie sie ertragen können?

Swetlana Wanejewa biß sich auf die Zunge, so fest sie konnte. Salziger Blutgeschmack war ihre Belohnung.

Ich lebe! sagte sie sich und erfreute sich scheinbar für eine lange Zeit dieser Erkenntnis. Doch auch eine lange Zeit fand einmal ein Ende:

Aber wo bin ich? Bin ich etwa begraben... lebendig? LEBENDIG BEGRABEN!

«Puls wird wieder schneller. Eine zweite Angstphase scheint einzusetzen», sprach der Arzt aufs Band. Eigentlich schade, dachte er. Er hatte bei der Vorbereitung der Patientin mitgeholfen. Eine sehr attraktive Frau, deren glatten Bauch nur Schwangerschaftsstreifen verunzierten. Man hatte ihr die Haut eingefettet und sie in einen Kälteschutzanzug für Sporttaucher gesteckt, dessen Spezialmaterial so glatt war, daß man es schon im Trockenzustand kaum spürte – und im Wasser schien es überhaupt nicht vorhanden zu sein. Selbst das Wasser im Tank war so mit Salz versetzt, daß sie schwerelos trieb. Bei ihren Drehungen und Windungen hatte sie sich auf den Kopf gestellt, ohne es zu merken. Das einzige wirkliche Problem war die Möglichkeit, daß sie sich in den Luftschläuchen verhedderte; um dies zu verhindern, waren zwei Taucher im Tank, die sie aber nicht berühren durften.

Der Arzt warf Watutin einen selbstzufriedenen Blick zu. Jahrelange Arbeit steckte in diesem geheimsten Teil des Vernehmungsflügels im Lefortowo-Gefängnis. Das zehn Meter breite und fünf Meter tiefe Bekken, das Wasser mit dem exakt dosierten Salzgehalt, die speziell angefertigten Anzüge stellten eine Verhörmethode dar, die in jeder Hinsicht den antiquierten Methoden, die das KGB seit der Revolution angewandt hatte, überlegen war. Nur eine einzige Versuchsperson war vor Angst an einem Herzanfall gestorben. Die Werte veränderten sich wieder.

«Ah, es tut sich was. Sieht so aus, als begänne jetzt die zweite Stufe. Zeit eine Stunde, sechs Minuten.» Er wandte sich an Watutin. «Dies ist normalerweise eine lange Phase. Mal sehen, wie lange sie bei dieser Versuchsperson dauert.»

Der Doktor kam Watutin wie ein Kind vor, das sich an einem komplizierten, grausamen Spiel erfreut; obwohl er unbedingt wissen wollte, was die Person wußte, stieß ihn der Prozeß ab. Er fragte sich, ob man ihn eines Tages auch bei ihm anwenden würde...

Swetlana war schlaff. Das Zittern der endlosen Stunden des Schreckens hatte ihre Glieder erschöpft. Sie atmete nun flach; selbst ihr Körper hatte sie inzwischen im Stich gelassen, und ihr Geist versuchte auszubrechen und auf eigene Faust zu erkunden. Es kam ihr vor, als sei sie von dem nutzlosen Sack Fleisch getrennt, als sei ihr Geist, ihre Seele nun allein und frei. Doch diese Freiheit war kein geringerer Fluch als das, was ihr zuvor widerfahren war.

Sie konnte sich nun frei bewegen, den sie umgebenden Raum sehen, doch er war ganz leer. Sie bewegte sich, als schwämme sie oder schwebte im grenzenlosen Raum. Arme und Beine konnte sie mühelos schwenken, doch wenn sie nach ihren Gliedern schaute, stellte sie fest, daß sie sich außerhalb ihres Gesichtsfeldes befanden. Der Rest ihrer Vernunft redete ihr ein, daß sie dem Verderben entgegentrieb. Doch war das nicht der Einsamkeit vorzuziehen?

Die Anstrengung dauerte eine Ewigkeit. Befriedigend dabei war nur, daß ihre unsichtbaren Glieder nicht ermüdeten. Swetlana verdrängte ihre Bedenken und ergötzte sich an der Freiheit und der Tatsache, daß sie den Raum um sich herum nun sehen konnte. Nun schwamm sie schneller. Sie bildete sich ein, der Raum vor ihr sei heller als der hinter ihr. Wenn es da vorne ein Licht gab, würde sie es finden, und ein Licht machte einen Riesenunterschied. Schwach entsann sie sich der Freude, die sie als Kind beim Schwimmen empfunden hatte. Sie war die beste Taucherin der Schule gewesen, hatte viel länger als alle anderen die Luft anhalten können. Sie lächelte verzückt und ignorierte die Warnungen der letzten Reste ihres Intellekts.

Ihr war, als schwämme sie tage-, wochenlang, immer auf die Helligkeit zu. Erst nach Tagen erkannte sie, daß der Raum vor ihr nie heller wurde, doch um diese letzte Warnung ihres Bewußten kümmerte sie sich nicht. Sie strengte sich beim Schwimmen mehr an und empfand zum ersten Mal Müdigkeit, die sie ignorierte. Swetlana Wanejewa mußte die Freiheit zu ihrem Vorteil nutzen, erkennen, wo sie sich befand oder, besser noch, einen Weg aus diesem gräßlichen Zustand finden.

Wieder löste sich ihr Geist von ihrem Körper, und als er hoch genug geschwebt war, schaute er hinab auf die ferne, treibende Gestalt. Selbst aus dieser großen Höhe waren die Ränder dieser weiten, amorphen Welt nicht zu erkennen, doch die winzige Figur unter sich konnte sie sehen, wie sie allein durchs Leere schwamm, vergeblich zappelte, dem Nichts zustrebte ...

Als der Schrei aus dem Wandlautsprecher gellte, wäre Watutin fast vom Stuhl gesprungen. Das war grauenhaft. Er hatte Hinrichtungen miterlebt, Folterungen, Schreie der Qual und der Wut und der Verzweiflung gehört, aber noch nie den Schrei einer Seele aus einer Verdammnis schlimmer als die Hölle.

«Ah ... das sollte der Beginn der dritten Phase sein.»
«Wie bitte?»
«Sehen Sie», erklärte der Arzt, «der Mensch ist ein *geselliges* Tier. Unser sensorischer Apparat ist auf das Sammeln von Daten eingerichtet, die uns in die Lage versetzen, auf unsere Umwelt und unsere Mitmenschen zu reagieren. Eliminiert man alle menschliche Gesellschaft und alle Sinneseindrücke, ist die Psyche völlig allein mit sich selbst. Zahllose Beispiele demonstrieren, was dann passiert. Diese Idioten aus dem Westen zum Beispiel, die allein die Welt umsegeln. Eine überraschende Anzahl wird verrückt, und viele verschwinden einfach; vermutlich Selbstmord. Selbst jene, die überleben, jene, die täglich ihr Funkgerät benutzen, brauchen Ärzte, die sie vor den psychologischen Risiken

solcher Einsamkeit warnen. Und die können das Wasser um sich herum wenigstens noch *sehen*. Sie sehen ihre Boote, spüren die Wellen. Wenn man das nun alles eliminiert...» Der Arzt schüttelte den Kopf. «Länger als drei Tage hält das kein Mensch aus. Und wir nehmen den Versuchspersonen hier alles, wie Sie sehen.»

«Was war die Rekordzeit im Tank?»

«Achtzehn Stunden – das war ein Freiwilliger, ein junger Außenagent vom Ersten Direktorat. Der Unterschied hier ist nur, daß unsere Person nicht wissen kann, was mit ihr geschieht. Das modifiziert den Effekt.»

Watutin holte Luft. «Und wie lange wird es bei dieser Person hier dauern?»

Der Arzt schaute nur auf die Uhr und lächelte. Watutin hätte ihn am liebsten gehaßt, mußte aber zugestehen, daß dieser Arzt nur tat, was er selbst seit Jahren getrieben hatte – nur rascher und ohne sichtbare Verletzungen, die den Staat bei den öffentlichen Gerichtsverhandlungen, die das KGB nun zu ertragen hatte, blamieren konnten.

«So... und was passiert in der dritten Phase?»

Swetlana sah sie um sich herumschwimmen. Sie wollte ihren Körper warnen, aber das hätte die Rückkehr in ihn bedeutet, die sie nicht wagte. Genau konnte sie sie eigentlich nicht erkennen, aber da waren Schemen, die sie wie Raubfische umkreisten. Einer kam an sie heran, wandte sich aber wieder ab. Dann kehrte er zurück. Sie versuchte sich zu wehren, aber etwas zog sie in ihren Körper zurück, erreichte ihn gerade noch rechtzeitig. Als sie ihren Gliedern befahl, schneller zu schwimmen, kam es von hinten. Das Maul ging auf, schloß sich um ihren ganzen Körper. Das letzte, was sie sah, war das Licht, auf das sie zugeschwommen war – das Licht, das, wie sie endlich erkannte, nie existiert hatte. Sie wußte, daß ihr Protest umsonst war, aber er kam ihr wie eine Explosion von den Lippen.

«*Nein!*» Selbstverständlich konnte sie das selbst nicht hören.

Nun war sie zur Rückkehr in ihren nutzlosen Leib verdammt, schwebte wieder in der grauen Masse vor ihren Augen und konnte die Glieder nur ziellos bewegen. Irgendwie verstand sie, daß ihre Imagination versucht hatte, sie zu schützen, zu befreien – nur um kläglich zu versagen. Doch abschalten ließ sich ihre Imagination, die nun destruktiv wurde, nicht. Sie weinte tonlos. Die Angst, die sie nun empfand, war schlimmer als Panik. Panik war wenigstens noch eine Flucht, eine Abwendung, ein Rückzug ins Ich. Doch das konnte sie nun nicht mehr finden; sie war Zeuge seines Todes gewesen. Swetlana war ohne Gegenwart und ganz bestimmt ohne Zukunft. Nun blieb ihr nur noch die Vergangenheit, und ihre Erinnerung suchte sich nur die schlimmsten Aspekte aus...

«Jawohl, nun sind wir in der letzten Phase», sagte der Arzt, griff nach dem Telefon und bestellte eine Kanne Tee. «Das ging leichter als erwartet.»

«Wieso? Sie hat uns doch noch gar nichts verraten», wandte Watutin ein.

«Keine Sorge, das kommt noch.»

Sie sah alle Sünden ihres Lebens. Das half ihr verstehen. Dies war die Hölle, und sie wurde bestraft. Genau, das mußte es sein. Und sie mußte mithelfen, an dem Tribunal, das in ihr stattfand, teilnehmen. Ihre Tränen flossen unentwegt, tagelang, als sie sich Dinge tun sah, die sie niemals hätte tun sollen. Jede Übertretung ihres Lebens erschien ihr in allen Einzelheiten vor Augen, besonders jene der vergangenen beiden Jahre... Irgendwie wußte sie, daß diese sie hierhergebracht hatten. Swetlana erlebte jeden Verrat am Mutterland noch einmal mit. Die ersten koketten Flirts in London, die heimlichen Treffs mit den ersten Männern, die Warnungen, nur nicht übermütig zu werden, und dann die Tage, an denen sie ihre Herkunft benutzt hatte, um durch die Zollkontrollen zu segeln, an denen sie ihr Spiel getrieben und sich an ihren ärgsten Verbrechen ergötzt hatte. Ohne es zu merken, stöhnte sie immer wieder: «Ich bereue...»

«So, jetzt wird's knifflig.» Der Arzt setzte Kopfhörer auf, nahm am Steuerpult einige Justierungen vor. «Swetlana...» flüsterte er ins Mikrophon.

Anfangs hörte sie ihn nicht. Erst nach einer Weile sagten ihr ihre Sinne, daß da *etwas* nach ihr rief, beachtet werden wollte.

«*Swetlana*...» rief die Stimme. Oder bildete sie sich das nur ein?

Sie verdrehte den Kopf, suchte.

«*Swetlana*...» flüsterte es wieder. Sie hielt so lange wie möglich den Atem an, befahl ihrem Körper Reglosigkeit, doch er betrog sie aufs neue. Ihr Puls jagte, das Pochen des Blutes in ihren Ohren übertönte das Geräusch. Sie stöhnte verzweifelt, fragte sich, ob sie sich die Stimme nur eingebildet hatte, fragte sich, ob alles nur noch schlimmer wurde. Oder gab es vielleicht Hoffnung...?

«*Swetlana*...» Kaum mehr als ein Flüstern, aber laut genug, um Gefühle auszudrücken. Die Stimme klang so traurig, so enttäuscht. Swetlana, was hast du getan?

«Nichts, nichts –» stieß sie hervor, konnte aber ihre eigene Stimme immer noch nicht hören. Erneutes Schweigen belohnte sie. Nach einer Ewigkeit schrie sie: «Kommen Sie doch wieder, *bitte*, kommen Sie zurück!»

«Swetlana», wiederholte die Stimme endlich, «was hast du getan...?»

«Es tut mir leid...» sagte sie tränenerstickt.

«Was hast du getan?» Wieder die Frage. «Was war das für ein Film...?»

«Ja!» antwortete sie – und gestand alles.

«Zeit elf Stunden einundvierzig Minuten. Verfahren abgeschlossen.» Der Arzt stellte das Bandgerät ab und knipste dann das Licht im Raum mit dem Becken mehrmals an und aus. Ein Taucher im Tank bedeutete mit einer Geste, daß er verstanden hatte, und stieß Versuchsperson Wanejewa eine Injektionsnadel in den Arm. Als ihr Körper schlaff geworden war, holte man sie heraus. Der Arzt verließ die Steuerkabine, um nach ihr zu sehen.

Als er sie erreichte, lag sie auf einer Bahre; den Anzug hatte man ihr schon abgestreift. Er blieb neben der bewußtlosen Frau sitzen und hielt ihre Hand, als ein Assistent ihr ein mildes Stimulans injizierte. Hübsch ist sie, dachte der Arzt. Ihr Atem ging schneller. Er winkte den Assistenten hinaus. Nun waren die beiden allein.

«Hallo Swetlana», sagte er in seinem sanftesten Tonfall. Die blauen Augen gingen auf, sahen die Deckenlampe und die Wände. Dann wandte sie ihm den Kopf zu.

Er wußte, daß er sich nun zu weit in die Sache einließ, aber er hatte lange an diesem Fall, der bislang wohl wichtigsten Station seines Programms, gearbeitet. Die nackte Frau sprang vom Tisch in seine Arme und erdrückte ihn fast. Nicht etwa, weil der Arzt besonders gut aussah, das wußte er, sondern weil er ein Mensch war, den sie berühren wollte. Ihr Körper war noch glitschig vom Öl; ihre Tränen fielen auf seinen weißen Kittel. Nach dieser Erfahrung würde sie nie wieder ein Verbrechen gegen den Staat begehen. Schade, daß sie nun ins Arbeitslager mußte. Eine Schande, dachte er, als er sie untersuchte. Nun, vielleicht konnte er da etwas machen. Nach zehn Minuten war sie wieder weggetreten. Er ließ sie schlafend liegen.

«Ich habe ihr Versed gegeben, ein Präparat aus dem Westen, das Erinnerungen auslöscht.»

«Wozu das?» fragte Watutin.

«Ich will Ihnen eine weitere Option geben, Genosse Oberst. Wenn sie am späten Vormittag erwacht, wird sie sich an kaum etwas erinnern. Versed wirkt wie Scopolamin, nur stärker. Ihr werden nur unbestimmte Details im Gedächtnis bleiben und sonst kaum etwas. Das Ganze wird ihr vorkommen wie ein böser Traum. Versed ist auch ein Hypnotikum. Ich kann ihr nun zum Beispiel einreden, daß sie alles vergessen soll, aber nie wieder den Staat verraten darf. Es besteht eine achtzigprozentige

Wahrscheinlichkeit, daß sie gegen beide Anweisungen nie verstoßen wird.»

«Das meinen Sie doch nicht im Ernst!»

«Genosse, eine Auswirkung dieser Methode ist, daß sie sich selbst heftiger verdammt, als es der Staat jemals könnte. Sie haben doch sicher *1984* gelesen. Zu Orwells Zeiten mochte das noch Zukunftsmusik gewesen sein, aber für uns ist es dank moderner Technologie Wirklichkeit. Der Trick ist, eine Person nicht von außen, sondern von innen zu zerbrechen.»

«Soll das heißen, daß wir sie jetzt benutzen können...?»

11
―――――

Er schafft es nicht.» Ortiz hatte den Botschaftsarzt geholt. Tschurkins verletzte Lungen konnten die Lungenentzündung, die er sich auf dem Transport zugezogen hatte, nicht abwehren. «Den heutigen Tag überlebt er wahrscheinlich nicht. Tut mir leid, die Schäden sind zu schwer. Einen Tag früher, dann hätten wir ihn vielleicht retten können, aber so –» Der Arzt schüttelte den Kopf.

«Kann er sprechen?»

«Nicht viel. Versuchen Sie es halt. Schaden kann ihm das nicht mehr. Ein paar Stunden lang wird er noch bei Bewußtsein bleiben und dann ins Koma fallen.»

«Danke für den Versuch, Doc», sagte Ortiz und hätte beinahe vor Erleichterung geseufzt. Was hätte man auch mit einem lebendigen Russen anfangen sollen? Zurückgeben? Behalten? Austauschen? Ortiz fragte sich, weshalb der Bogenschütze ihn überhaupt mitgebracht hatte. «Na denn», sagte er zu sich selbst und betrat das Zimmer.

Zwei Stunden später kam er wieder heraus und fuhr in die Botschaft, in deren Kantine Bier ausgeschenkt wurde. Er setzte seinen Bericht an Langley auf und nutzte dann die nächsten fünf Stunden, um sich gründlich und mißmutig zu betrinken.

Ed Foley konnte sich diesen Luxus nicht leisten. Vor drei Tagen war einer seiner Kuriere verschwunden; eine andere hatte ihren Schreibtisch bei GOSPLAN verlassen und war erst zwei Tage später zurückgekehrt. Und erst heute vormittag hatte sich der Mann aus der Reinigung krankgemeldet. Dem jungen Mann im Dampfbad hatte er eine Warnung zukommen lassen, wußte aber nicht, ob sie auch angekommen war. Das war mehr als nur ein Problem in seinem KARDINAL-Netz, das war eine Katastrophe. Swetlana Wanejewa war nur eingesetzt worden, weil sie gegen drastische Maßnahmen des KGB gefeit zu sein schien, und er hatte sich darauf verlassen, daß sie einige Tage lang Widerstand leistete, damit er in der Zwischenzeit seine Leute in Sicherheit bringen konnte. Der Befehl, KARDINAL außer Landes zu schaffen, war avisiert worden, aber noch nicht eingetroffen. Es war sinnlos, den Mann in Aufregung zu versetzen, bevor alles bereit war. Dann aber sollte es für Oberst Filitow eine Kleinigkeit sein, einen Vorwand für einen Besuch im Hauptquartier des Militärbezirks Leningrad zu finden – immerhin tat er das zweimal im Jahr –, damit er herausgeholt werden konnte.

Sofern das klappt, sagte sich Foley. Soweit er wußte, war das bisher nur zweimal gelungen. Und sicher konnte man nie sein, oder? *Nein, niemals.* Zeit zum Verschwinden. Er und seine Frau mußten mal ausspannen.

Er fragte sich, ob er KARDINAL trotzdem warnen, ihm einschärfen sollte, sich vorzusehen. Doch dann mochte der Alte die Daten vernichten, nach denen Langley schrie, und die Daten waren wichtiger als alles andere. So lautete die Vorschrift, eine Regel, die Filitow kannte und verstand. Andererseits waren Spione mehr als nur Objekte, die Informationen lieferten.

Agenten wie Foley und seine Frau sollten sie als wertvoll, aber entbehrlich ansehen, sich innerlich von ihren Nachrichtenbeschaffern distanzieren, wenn möglich freundlich zu ihnen sein, aber auch rücksichtslos, wenn erforderlich, sie im Grunde genommen wie Kinder zu behandeln, mit einem Gemisch aus Nachsicht und Strenge. Doch KARDINAL war älter als Foleys Vater und schon Agent gewesen, als Ed Foley noch die Schulbank gedrückt hatte. Konnte er denn anders als Filitow gegenüber loyal sein? Natürlich nicht. Er mußte ihn decken. Aber wie?

Bei der Spionageabwehr wird oft nur reine Polizeiarbeit geleistet, und aus diesem Grund verstand sich Oberst Watutin ebensogut aufs Ermitteln wie die besten Beamten der Moskauer Miliz. Swetlana hatte ihm den Inhaber der Reinigung verraten, der nach zwei Tagen oberflächlicher Observation zwecks Verhör festgenommen wurde. Auf den Tank verzichtete Watutin diesmal – erstens war das Verfahren noch zu neu, zweitens bestand kein Anlaß, es dem Mann leichtzumachen. Es wurmte Watutin, daß die Wanejewa nun die Chance hatte, auf freiem Fuß zu bleiben – diese Verräterin, die für die Feinde des Staates gearbeitet hatte, in Freiheit! Anscheinend wollte jemand sie als Verhandlungsobjekt dem ZK gegenüber benutzen, aber das ging den Oberst nichts an. Nun hatte ihm der Inhaber der chemischen Reinigung die Personenbeschreibung eines weiteren Gliedes dieser endlosen Kette gegeben.

Ärgerlich war, daß Watutin glaubte, den Betreffenden zu kennen. Der Mann sollte im Dampfbad arbeiten, und seine Beschreibung paßte auf den Wärter, mit dem er selbst geredet hatte!

Wie hieß dieser Oberst noch mal? fragte er sich jäh. Der Alte, der gestolpert war? Filitow – Mischa Filitow? Persönlicher Referent von Verteidigungsminister Jasow?

Muß arg verkatert gewesen sein, daß mir der Zuammenhang nicht auffiel. Filitow, der Held von Stalingrad, dreifacher Held der Sowjetunion. Der mußte es sein, Konnte er der...?

Ausgeschlossen.

Ausgeschlossen war nichts. Watutin sammelte seine Gedanken und erwog kalt die Möglichkeiten. Ein positiver Aspekt war, daß über jeden, der in der Sowjetunion eine Rolle spielte, beim KGB eine Akte existierte.

Filitows Akte war umfänglich, wie er fünfzehn Minuten später feststellte, und befaßte sich nur kurz mit seinen Taten im Krieg. Watutin sah zu seiner Überraschung, daß Filitow in den berüchtigten Spionagefall Penkowski verwickelt gewesen war. Oleg Penkowski war ein hoher Offizier des sowjetischen Militärnachrichtendienstes GRU gewesen. Rekrutiert von den Briten und dann gemeinsam von SIS und CIA gesteuert, hatte der Mann sein Vaterland so gründlich wie nur möglich verraten. Am folgenschwersten war die Weitergabe des (mangelhaften) Bereitschaftsgrades der strategischen Raketenstreitkräfte an den Westen gewesen; dies hatte Präsident Kennedy während der Kubakrise in die Lage versetzt, Chruschtschow zum Abzug der Raketen zu zwingen, die der so leichtsinnig auf der Insel stationiert hatte. Doch Penkowskis perverse Ergebenheit den Ausländern gegenüber hatte ihn beim Zuspielen der Informationen zu oft zu Risiken gezwungen, und zu viele Risiken kann sich kein Spion leisten. Der Mann hatte bereits unter Verdacht gestanden, und die erste Beschuldigung war von Filitow gekommen...

Ausgerechnet Filitow hatte Penkowski entlarvt? Watutin war verblüfft. *Seltsamer Zufall*, dachte Watutin, aber noch kein Verdachtsgrund. In der Personalakte war der Mann als Witwer ausgewiesen. Ein Bild seiner Frau lag bei, das Watutin lange bewunderte. Außerdem ein Hochzeitsfoto; der Mann vom Zweiten Hauptdirektorat mußte lächeln, als er sah, daß das alte Schlachtroß tatsächlich einmal ein verwegen aussehender junger Mann gewesen war. Auf der nächsten Seite Informationen über zwei Söhne – beide tot. Das weckte seine Aufmerksamkeit. Einer kurz vor dem Krieg geboren, der andere bald nach Kriegsausbruch. Woran waren sie gestorben? Er blätterte weiter.

Der erste war beim Ungarnaufstand in seinem brennenden Panzer ums Leben gekommen. Der zweite – auch er bei der Panzertruppe, wie Watutin feststellte – starb bei der Explosion des Geschützverschlusses in seinem T-55. Mangelhafte Qualitätskontrolle in der Fabrik, der Fluch der sowjetischen Industrie, hatte die ganze Besatzung das Leben gekostet. Und wann war seine Frau gestorben? Im Juli darauf. An gebroche-

nem Herzen wahrscheinlich. Laut Akte waren beide Söhne vorbildliche junge Männer gewesen. Alle die Hoffnungen und Träume, die mit ihnen starben, dachte Watutin, und dann noch der Verlust der Ehefrau...
Wäre das ein Grund gewesen, die *Rodina* zu verraten? Watutin schaute aus dem Fenster seines Büros. Er sah die Autos auf dem Platz um die Statue von Felix Dserschinski fahren, dem «eisernen Felix», der die *Tscheka* gegründet und die ersten Versuche des Westens, die junge Sowjetunion zu infiltrieren und zu unterwandern, verhindert hatte.
Felix, was soll ich jetzt tun? Die Antwort auf diese Frage kannte Watutin. Felix hätte Michail Filitow festnehmen und rücksichtslos verhören lassen. Damals hatte schon der Hauch eines Verdachts genügt; wer wußte, wie viele Unschuldige grundlos gebrochen oder umgebracht worden waren? Inzwischen war das anders. Nun mußte sich selbst das KGB an gewisse Regeln halten. Das Telefon ging.
Es war der Direktor. «Bitte, kommen Sie hoch. In zehn Minuten halten wir dem Vorsitzenden Vortrag.»
Das KGB-Hauptquartier befindet sich in einem alten Gebäude, das um die Jahrhundertwende von der Rossija-Versicherung errichtet worden war. Die Fassade war aus rostbraunem Granit, das Interieur kennzeichneten die für die Epoche typischen hohen Decken und die überdimensionierten Türen. Überall Uniformierte des Dritten Direktorats, das die Streitkräfte überwachte. In dem Gebäude herrschte Stille.
Die Diensträume des Vorsitzenden gingen auf den Platz hinaus. Ein Sekretär erhob sich von seinem Schreibtisch und führte die beiden Besucher an den zwei Wachen vorbei, die permanent in den Ecken des Vorzimmers postiert waren. Watutin holte tief Luft, als er durch die Tür schritt.
Nikolai Gerasimow war nun schon seit vier Jahren Vorsitzender des Staatssicherheitskomitees und hatte keinen nachrichtendienstlichen Hintergrund, sondern war fünfzehn Jahre lang Funktionär der KPdSU gewesen, ehe er in die mittleren Ränge des Fünften Hauptdirektorats kam, dessen Aufgabe die Unterdrückung von Abweichlern war. Dort hatte er seine Arbeit so feinfühlig erledigt, daß man ihn stetig beförderte und schließlich zum Ersten Stellvertretenden Vorsitzenden ernannte. Mit seinen dreiundfünfzig Jahren war er relativ jung für den Job und sah sogar noch jünger aus. Von Fehlschlägen war er bisher verschont geblieben, und er faßte zuversichtlich weiteren Aufstieg ins Auge: Für einen Mann, der bereits Sitz in Politbüro und Verteidigungsrat hatte, konnte weitere Beförderung den Sprung an die Spitze der Sowjetunion bedeuten. Er, der «Schwert und Schild» der Partei (der Wahlspruch des KGB) trug, war bis in alle Einzelheiten über seine Konkurrenten informiert. Obwohl er seine Ambitionen nie offen aussprach, gab es im Haus viele

junge KGB-Offiziere, die sich bemühten, ihre Karrieren mit der dieses Aufsteigers zu verknüpfen. Ein Charmeur, stellte Watutin fest, als Gerasimow sich von seinem massiven Eichenschreibtisch erhob und seinen Besuchern Plätze anbot.

Gerasimow hob eine Akte hob. «Oberst Watutin, ich habe den Bericht über Ihre Ermittlungen gelesen. Vorzügliche Arbeit. Können Sie mich auf den neuesten Stand bringen?»

«Jawohl, Genosse Vorsitzender. Ich bin diesem jungen Mann persönlich begegnet und erkannte sein Foto in den Akten wieder. Er diente in Afghanistan; laut Militärakte erhob er Einspruch gegen den Einsatz bestimmter Waffen – jener, mit denen wir versuchen, die Zivilbevölkerung an der Unterstützung der Aufständischen zu hindern.» Watutin bezog sich auf als Spielzeug getarnte Minibomben. «Der Politoffizier seiner Einheit erstattete Meldung, doch nach der ersten mündlichen Warnung hielt er sich zurück und beendete seine Dienstzeit ohne weitere Zwischenfälle. Die Meldung reichte aber aus, ihn um die Chance einer Anstellung in einer Fabrik zu bringen, und in der Folge kam er von einer Aushilfsstellung zur anderen. Kollegen beschreiben ihn als normal, aber recht still. Also so, wie ein Spion sein sollte. Auch wenn er trank, sprach er nie von seinen ‹Problemen› in Afghanistan. Seine Wohnung wird überwacht; ebenso seine Familie und sein Bekanntenkreis. Kriegen werden wir ihn auf jeden Fall, und dann nehme ich ihn mir persönlich vor.»

Gerasimow nickte nachdenklich. «Wie ich sehe, bedienten Sie sich bei dieser Wanejewa der neuen Verhörtechnik. Was halten Sie davon?»

«Die Methode ist interessant und funktionierte in diesem Fall. Ich bezweifle aber, daß es klug ist, die Wanejewa wieder auf freien Fuß zu setzen.»

«Das war meine Entscheidung», sagte Gerasimow. «Angesichts der Sensitivität des Falles und unter Berücksichtigung der Empfehlung des Arztes halte ich das Risiko im Augenblick für akzeptabel.»

«Der Fall ist in der Tat sensitiv und verspricht noch heikler zu werden», erwiderte Watutin vorsichtig.

«Fahren Sie fort.»

«Als ich diesem Altunin begegnete, stand er neben Oberst Michail Semjonowitsch Filitow.»

«Mischa Filitow, Jasows Referent?»

«Jawohl, Genosse Vorsitzender. Ich habe heute vormittag seine Akte geprüft.»

«Und?» Diese Frage kam von Watutins Vorgesetztem.

«Keine eindeutigen Hinweise. Seine Verwicklung in den Fall Penkowski war mir unbekannt –» Watutin hielt inne.

«Etwas beunruhigt Sie, Oberst», bemerkte Gerasimow. «Was?»

«Filitow wurde kurz nach dem Tod seines zweiten Sohnes und seiner Frau in die Penkowski-Affäre verwickelt.» Watutin zuckte die Achseln. «Ein seltsamer Zufall.»

«War nicht Filitow der erste Belastungszeuge?» fragte der Chef des Zweiten Direktorats, der am Rande mit dem Fall befaßt gewesen war.

Watutin nickte. «Jawohl, aber zu diesem Zeitpunkt wurde der Spion bereits überwacht.» Er machte eine kurze Pause. «Wie ich bereits sagte, ein seltsamer Zufall. *Nun* sind wir hinter einem möglichen Kurier her, der Informationen über die Landesverteidigung weitergab. Diesen Mann sah ich neben einem hohen Beamten aus dem Verteidigungsministerium stehen, der vor fast dreißig Jahren in einen ähnlichen Fall verwickelt war. Andererseits ist Filitow der Mann, der als erster Penkowski beschuldigte, ein verdienter Frontkämpfer, der seine Familie unter unglücklichen Umständen verlor –»

«Bestand jemals auch nur der geringste Verdacht gegen Filitow?» fragte der Vorsitzende.

«Nein. Seine Karriere könnte kaum beeindruckender sein. Er fungiert als persönlicher Generalinspekteur des Ministers.»

«Das weiß ich», sagte Gerasimow. «Uns fehlt noch Jasows Unterschrift für unsere Akte über das amerikanische SDI-Programm. Als ich mich bei dem Minister erkundigte, sagte er mir, Filitow und Bondarenko stellten die kompletten Daten für einen Bericht ans Politbüro zusammen. Das Codewort auf dem Foto, das Sie sichern konnten, lautete Heller Stern, nicht wahr?»

«Jawohl, Genosse Vorsitzender.»

«Watutin, wir haben es nun mit drei Zufällen zu tun», meinte Gerasimow. «Ihre Empfehlung?»

«Wir sollten Filitow und Bondarenko überwachen.»

«Sehr vorsichtig, aber mit höchster Gründlichkeit.» Gerasimow klappte die Akte zu. «Ein vorzüglicher Bericht; anscheinend sind Ihre Ermittlungsinstinkte so scharf wie eh und je, Oberst. Halten Sie mich über diesen Fall informiert. Bis zu seinem Abschluß wünsche ich Sie dreimal in der Woche zu sehen. General», sagte er zum Chef des Zweiten Direktorats, «dieser Mann muß alle Unterstützung bekommen, die er braucht. Wenn Sie auf Widerstände stoßen, wenden Sie sich an mich. Wir können mit Sicherheit davon ausgehen, daß an der Spitze des Verteidigungsministeriums eine undichte Stelle existiert. Außerdem: Von diesem Fall erfährt außer Ihnen und mir *niemand*. Wer weiß, wo die Amerikaner ihre Agenten sitzen haben? Watutin, wenn Sie diesen Fall lösen, sind Sie bis zum Sommer General. Aber» – er hob einen Finger – «Sie sollten mit dem Trinken aufhören. Sie brauchen einen klaren Kopf.»

«Jawohl, Genosse Vorsitzender.»

Gregory nahm wie üblich einen Linienflug nach Hause. Bei der Ankunft wurde er von seiner Verlobten erwartet.

«Wie war Washington?» fragte sie nach dem Begrüßungskuß.

«Wie üblich – eine einzige Rennerei. Die glauben, Wissenschaftler brauchen keinen Schlaf.» Er ergriff ihre Hand und ging mit ihr hinaus zum Wagen.

«Und was war los?» fragte sie draußen.

«Die Russen haben einen großen Test durchgeführt.» Er blieb stehen, um sich umzuschauen. Darüber zu sprechen, war eine Verletzung der Sicherheitsvorschriften, aber Candi gehörte ja zum Team. «Sie haben mit dem Bodenlaser in Duschanbe einen Satelliten verkokelt. Was von ihm übrig ist, sieht aus wie ein Plastikmodell, das im Backofen war.»

«Übel», bemerkte Dr. Long.

«Allerdings», stimmte Dr. Gregory zu. «Aber sie haben noch Probleme mit der Optik, dem Ausblühen und den Vibrationen. Offenbar fehlt ihnen jemand wie du, der ihnen die Spiegel baut. Ihre Laserleute müssen aber Spitze sein, denn sie haben etwas geschafft, das uns noch nicht gelungen ist», murrte Al, als sie den Chevy erreicht hatten. «Fahr du, ich bin zu müde.»

«Kriegen wir das auch hin?» fragte Candi beim Aufschließen der Wagentür.

«Früher oder später.» Mehr konnte er nicht sagen.

Im Wagen holte er sich einen Schokoladenriegel aus dem Handschuhfach und biß ihn ab. «Wie geht die Arbeit an dem neuen Spiegel voran?» fragte er dann.

«Marv hat eine neue Idee gehabt, die wir nun im Modell verwirklichen. Er meint, wir sollten die Beschichtung dünner machen. Nächste Woche probieren wir das aus.»

«Für einen alten Mann ist Marv ziemlich kreativ», merkte Al an. Dr. Marv Greene war zweiundvierzig.

Candi lachte. «Seine Sekretärin findet ihn auch einmalig.»

«Der sollte doch allmählich wissen, daß man an diesem Arbeitsplatz keine Geschichten anfängt», erklärte Al ernsthaft. Gleich darauf zog er eine Grimasse.

«In der Tat.» Candi wandte sich zu ihm um, und sie mußten beide lachen. «Bist du sehr müde?»

«Ich hab im Flugzeug geschlafen.»

«Gut.»

Ehe er den Arm um sie legte, zerknüllte Gregory die Verpackung des Schokoriegels und warf sie zu rund dreißig anderen auf den Boden des Wagens.

«Nun, Jack?» fragte Admiral Greer.

«Ich mache mir Sorgen. Daß wir den Test mitbekommen haben, war purer Zufall. Der Zeitpunkt war geschickt gewählt; alle unsere Aufklärungssatelliten befanden sich unterm optischen Horizont. Kein Wunder, denn wir sollten auch nichts merken – immerhin handelte es sich um einen Verstoß gegen das ABM-Abkommen. Na ja, wahrscheinlich jedenfalls.» Jack zuckte die Achseln. «Wenn wir so eine Nummer brächten, stünde der Senat Kopf.»

«Unseren Test hätte er auch nicht gemocht.» Nur sehr wenige Leute wußten, wie weit «Tea Clipper» fortgeschritten war, denn das Programm galt als «schwarz». Die Existenz hochgeheimer Programme war immerhin noch bekannt. «Schwarze» existierten überhaupt nicht.

«Mag sein, aber wir haben ein Zielsystem getestet, kein ganzes Programm.»

«Und die Sowjets ließen ein System nur laufen, um zu sehen –» Greer lachte in sich hinein und schüttelte den Kopf. «Das ist wie ein metaphysischer Disput, nicht wahr? Wie viele Laser können auf einer Nadelspitze tanzen?»

«Darauf hätte Ernie Allen bestimmt eine Antwort.» Jack lächelte. Er stimmte nicht mit dem Mann überein, mochte ihn aber. «Hoffentlich kann unser Freund in Moskau liefern.»

12

Vorbedingung für die Überwachung einer Person ist, daß man feststellt, wie sie normalerweise ihren Tag verbringt, ehe man sich einen Überblick über die für die Operation erforderlichen Mittel verschaffen kann. Je einsamer die Person oder ihre Aktivität, desto schwieriger ist im allgemeinen die verdeckte Observation. KGB-Offiziere, die Oberst Bondarenko beschatteten, haßten ihn zum Beispiel bereits gründlich. Sein tägliches Joggen war eine vorzügliche Aktivität für einen Spion, dachten sie. Er lief nämlich ganz allein durch fast leere Straßen – leer genug, daß jeder, der um diese Zeit außer Haus war, ihn vom Sehen kannte, und auch leer genug, daß ihm etwas Ungewöhnliches sofort auffallen mußte. Bei seinem morgendlichen Lauftraining verloren die drei beschattenden KGB-Männer nicht weniger als fünfmal den visuellen Kontakt. Die wenigen Bäume, hinter denen sie sich hätten verstecken können, waren kahl, und die Wohnblocks standen wie Grabsteine im weiten, offenen Gelände. Jedesmal, wenn sie ihn aus den Augen verloren, hätte Bondarenko etwas aus einem toten Briefkasten nehmen oder hineintun können. Das war mehr als frustrierend; hinzu kam noch, daß sein militärisches Führungszeugnis so rein war wie frischgefallener Schnee: genau die Decke, die sich ein Spion gerne zulegt.

Der für Bondarenko zuständige KGB-Mann entschied, daß für die Überwachung des Mannes bei seinem Morgenlauf ein Dutzend Beamte des Zweiten Direktorats eingesetzt werden mußten.

Mehrere Kilometer weiter war ein anderes Überwachungsteam mit seiner Zielperson recht zufrieden. In diesem Fall war eine Wohnung im Haus gegenüber requiriert worden, der Mieter, ein Diplomat, befand sich im Ausland. Zwei Telelinsen waren auf Mischas Fenster gerichtet. Man sah ihm bei seinen morgendlichen Verrichtungen zu und merkte, daß er am Abend zuvor zu viel getrunken hatte; ein Phänomen, das den Zweiern in der Wohnung gegenüber vertraut war.

Es war auch eine Kleinigkeit gewesen, Mischas Fahrer durch einen jungen Mann von der KGB-internen Abwehrschule zu ersetzen. Über seine angezapfte Telefonleitung erfuhr man, daß er an diesem Morgen früher abgeholt werden wollte.

Ed Foley ging früher als gewöhnlich aus dem Haus. Seine Frau fuhr ihn heute zur Arbeit; die Kinder saßen hinten. In der Akte, die die Sowjets über Foley führten, würde amüsiert angemerkt, daß sie an den meisten Tagen den Wagen behielt, um die Kinder herumzukarren oder sich mit den Frauen anderer westlicher Diplomaten zu treffen. Komisch; ein sowjetischer Ehemann hätte das Auto für sich behalten. Nun, heute zwang sie ihn wenigstens nicht dazu, die Metro zu nehmen, stellte man fest; anständig von ihr.

Erst wurden die Kinder an der Schule abgesetzt. Mary Pat Foley fuhr ganz normal, schaute aber alle drei bis vier Sekunden in den Rückspiegel. Gleich nachdem sie um eine Ecke gefahren war, hielt sie am Randstein, und ihr Mann sprang heraus. Der Wagen war schon wieder in Bewegung, als Ed die Tür zuschlug und sich nicht zu hastig auf den Seiteneingang eines Wohnblocks zubewegte. Sein Herz schlug ausnahmsweise einmal schneller. Bisher hatte er so etwas nur einmal getan; es gefiel ihm überhaupt nicht. Im Haus nahm er nicht den Aufzug, sondern sprang die acht Treppen hoch, schaute dabei auf die Armbanduhr. Noch zwei Minuten, dann mußte er im achten Stock sein. Foley schaffte das knapp. Er öffnete die Feuertür und suchte mit ängstlichem Blick den Korridor ab. Ein schöner, langer, gerader Korridor, an jedem Ende eine Feuertür, in der Mitte die Aufzüge, und nirgendwo ein Platz, an dem sich Leute mit Kameras verstecken konnten. Er schritt rasch an den Aufzügen vorbei, hielt aufs andere Ende zu. Zwanzig Meter vor ihm öffnete sich eine Tür, und ein Mann in Uniform kaum heraus. Er drehte sich um, schloß die Wohnungstür ab, nahm dann seine Aktentasche und kam Foley entgegen. Ein Zuschauer, wäre ein solcher zugegen gewesen, hätte sonderbar gefunden, daß die beiden Männer keine Anstalten machten, einander auszuweichen.

Es war im Nu vorbei. Foleys Hand streifte die von KARDINAL, nahm die Filmkassette und händigte ihm eine winzige Rolle Papier aus. Er glaubte, einen gereizten Ausdruck in den Augen des Agenten entdeckt zu haben, aber nicht mehr als das. Ohne sich zu entschuldigen, ging der Offizier weiter zu den Aufzügen. Foley wandte sich sofort zur Feuerleiter und nahm sich auf dem Weg nach unten Zeit.

Zur verabredeten Zeit kam Oberst Filitow aus dem Haus. Der Feldwebel, der ihm den Wagenschlag aufhielt, merkte, daß er auf etwas kaute, steckte ihm ein Brotkrumen zwischen den Zähnen?

«Guten Morgen, Genosse Oberst.»
«Wo ist Schdanow?» fragte Filitow beim Einsteigen.
«Krank. Blinddarmentzündung, glaube ich.» Das wurde mit einem Grunzen bedacht.
«Na, dann fahren Sie mal los. Ich will heute ins Dampfbad.»

Eine Minute später trat Foley aus dem Hintereingang des Gebäudes und ging an zwei Wohnblocks vorbei zur nächsten Querstraße. Als er den Randstein erreicht hatte, fuhr seine Frau an und ließ ihn fast ohne anzuhalten einsteigen. Beide holten tief Luft, als sie zurück zur Botschaft fuhren.

«Was hast du heute vor?» fragte sie und behielt weiter den Rückspiegel im Auge.

«Das übliche», kam die resignierte Antwort.

Mischa fiel im Dampfraum das Fehlen des Wärters und die Anwesenheit einiger Fremder auf. Damit war die Sonderübergabe am Vormittag erklärt. Er ließ sich nichts anmerken und wechselte ein paar freundliche Worte mit den Stammgästen. Ein Jammer, daß ihm der Film ausgegangen war. Und dann die Warnung von Foley – na ja, alle paar Jahre bekam irgendein Sicherheitsoffizier einen Fimmel und überprüfte alle Bediensteten des Ministeriums. Die CIA hatte das wohl bemerkt und die Kurierkette unterbrochen.

Vor dem Dampfraum durchsuchte ein Mann des Zweiten Direktorats Filitows Kleidung. Im Wagen wurde seine Aktentasche durchwühlt. Die Durchsuchung von Filitows Wohnung leitete Watutin persönlich. Das war eine Aufgabe für Experten, die Gummihandschuhe trugen und ganz besonders auf «Markierungen» achteten: Papierfetzen, ein Krümel, sogar ein Haar an einer bestimmten Stelle; ihr Fehlen würde dem Wohnungsinhaber verraten, daß jemand eingedrungen war. Zahlreiche Fotos wurden gemacht und eiligst zur Entwicklung gegeben, und dann gingen die Sucher ans Werk. Das Tagebuch wurde fast sofort entdeckt. Watutin beugte sich erst über das offen in der Schublade liegende schlichte Buch, um sich davon zu überzeugen, daß seine Position nicht heimlich markiert war. Nach ein, zwei Minuten nahm er es und begann zu lesen.

Oberst Watutin war reizbar, denn er hatte schlecht geschlafen. Wie die meisten starken Trinker benötigte er ein paar Glas zum Einschlafen, und die Erregung über den neuen Fall in Verbindung mit dem Fehlen des Sedativums hatte ihm eine unruhige Nacht beschert. Das sah man ihm so deutlich an, daß sein Team tunlichst den Mund hielt.

«Kamera», sagte er knapp. Ein Mann kam herüber und begann die Seiten des Tagebuchs, die Watutin umschlug, zu fotografieren.

«Jemand hat versucht, das Schloß zu öffnen», meldete ein Major. «Kratzer am Schlüsselloch. Wenn wir das Schloß zerlegen, werden wir wohl auch welche am Mechanismus finden. Vermutlich ist jemand hier eingedrungen.»

«Was wir suchen, habe ich schon», versetzte Watutin mürrisch. Überall in der Wohnung verdrehte man die Hälse. Der Mann, der den Kühlschrank überprüfte, löste das Blech vorne unter der Tür, schaute unter das Gerät und brachte dann das Blech nach der Unterbrechung wieder an. «Dieser Mann führt doch tatsächlich ein Tagebuch! Kümmert sich denn kein Mensch mehr um Sicherheitsvorschriften?»

Inzwischen sah er klar. Oberst Filitow fertigte in seinem Tagebuch die Rohfassung dienstlicher Berichte an. Jemand hatte das erfahren und war in die Wohnung eingebrochen, um Kopien zu machen...

Doch wie wahrscheinlich ist das? fragte sich Watutin. Warum schreibt er den Inhalt offizieller Dokumente aus dem Gedächtnis in sein Tagebuch, anstatt sich im Ministerium Fotokopien zu machen?

Die Durchsuchung dauerte zwei Stunden, und das Team verließ das Haus in Zweiergruppen, nachdem man alles wieder so plaziert hatte, wie es vorgefunden worden war.

In seinem Büro las Watutin das fotografierte Tagebuch von vorne bis hinten durch; in Filitows Wohnung hatte er es lediglich überflogen. Das Fragment von dem erbeuteten Film stimmte genau mit der ersten Seite von Filitows Journal überein. Er verbrachte eine Stunde mit der Durchsicht der Fotografien. Die Informationen allein waren eindrucksvoll genug: Oberst Filitow beschrieb Projekt Heller Stern in allen Einzelheiten, gewürzt mit Oberst Bondarenkos Bemerkungen zum Thema Sicherheit der Anlage und ein paar Beschwerden über Prioritäten im Ministerium. Fest stand, daß beide Oberste sehr begeistert von Heller Stern waren, und schon stimmte Watutin mit ihnen überein. Minister Jasow jedoch, las er, war sich noch nicht so sicher und beklagte sich über Schwierigkeiten bei der Beschaffung der Mittel – na, das war doch wohl ein alter Hut.

Filitow hatte mit der Aufbewahrung von Abschriften hochgeheimer Dokumente eindeutig die Sicherheitsvorschriften verletzt. Dies war an sich schon ernst genug, um einen kleinen oder mittleren Bürokraten die Stellung zu kosten, aber Filitow war ein hochgestellter Mann, und diese, das wußte Watutin nur zu gut, setzten sich oft im Interesse des Staates über die Vorschriften hinweg. Einer Sache war er sich indes sicher: Ehe er oder jemand im KGB Filitow beschuldigen konnte, mußten schwerwiegendere Beweise als dieses Tagebuch aufgetrieben werden.

Kann ein Held wie Filitow wirklich ein Spion sein? fragte sich Watutin. Das Türschloß kann doch jeder zerkratzt haben. Er gelangte zu der Annahme, der verschwundene Badewärter habe es verursacht. Was, wenn das Ganze nur ein Zufall ist?

Was aber, wenn Mischa nur gerissen vorging? Was, wenn er uns glauben machen will, ein Dritter stähle Material aus seinem Tagebuch? Watutin konnte mit dem, was ihm vorlag, sofort ins Ministerium gehen, Filitow aber lediglich eine Verletzung der Haussicherheitsvorschriften vorwerfen. Und wenn der Oberst behauptete, zu Hause gearbeitet zu haben, und den Verstoß zugab, würde der Minister ihn dann stützen?

Ganz gewiß. Filitow genoß Jasows Vertrauen und war ein verdienter Soldat. Wie immer war mit einem Schulterschluß der Armee gegen das KGB zu rechnen. Die Kerle hassen uns mehr als den Westen. Die sowjetische Armee hatte Stalins Säuberungen, die sie fast jeden hohen Offizier und beinahe den Verlust Moskaus an die Deutschen gekostet hatten, nicht vergessen.

Was für Irregularitäten werden sich in diesem Fall wohl noch ergeben? fragte sich Oberst Watutin.

Foley stellte sich in seinem Kabäuschen eine ähnliche Frage. Er hatte den Film entwickelt und las ihn nun durch. Verärgert stellte er fest, daß KARDINAL nicht das ganze Dokument abgelichtet hatte, weil ihm der Film ausgegangen war. Was ihm jedoch vorlag, zeigte, daß das KGB einen Agenten in einem amerikanischen Projekt namens Tea Clipper plaziert hatte. Filitow hielt das offensichtlich für wichtiger als die Pläne seiner eigenen Seite, und nach Lektüre der Daten mußte Foley ihm zustimmen. Er mußte KARDINAL unbedingt neue Filmkassetten besorgen, das ganze Dokument nach Washington schaffen und dem Mann dann bedeuten, daß es Zeit für seinen Ruhestand war. Massenhaft Zeit, sagte er sich, doch ein Kribbeln im Nacken strafte ihn Lügen.

Nächster Trick: Wie spiele ich KARDINAL den neuen Film zu? Der Aufbau einer neuen Kurierkette konnte Wochen dauern, und einen erneuten Direktkontakt wollte er nicht riskieren.

Daß es irgendwann einmal schiefgehen mußte, hatte er gewußt. Sicher, seit er diesen Agenten führte, hatte immer alles geklappt, doch früher oder später mußte etwas dazwischenkommen.

Er verdrängte diese Gedanken und wandte sich den Aufgaben des Tages zu. Am Abend saß der Kurier mit einem neuen KARDINAL-Report in einer Maschine in den Westen.

«Er ist unterwegs», meldete Ritter dem CIA-Direktor.

«Gott sei Dank.» Judge Moore lächelte. «So, konzentrieren wir uns nun darauf, ihn dort rauszuholen.»

«Clark bekommt gerade seine Anweisungen. Er fliegt morgen nach England und geht übermorgen auf das U-Boot.»

«Auch einer, der sein Glück auf die Probe stellt wie KARDINAL», merkte der Richter an.

«Es ist der beste Mann, den wir haben», versetzte Ritter.

«Für Maßnahmen reicht das nicht aus», sagte Watutin zum Vorsitzenden, nachdem er ihn in Umrissen über Observation und Durchsuchung unterrichtet hatte. «Ich setze mehr Leute ein. Wir haben auch Abhörgeräte in Filitows Wohnung plaziert –»

«Und dieser andere Oberst?»

«Bondarenko? Bei dem sind wir noch nicht reingekommen, weil seine Frau nicht zur Arbeit geht und den ganzen Tag zu Hause ist. Heute haben wir festgestellt, daß der Mann jeden Morgen mehrere Kilometer läuft; auch zu seiner Überwachung sind zusätzliche Kräfte abgestellt worden. Im Augenblick liegt über ihn nur ein tadelloses Führungszeugnis vor – und die Tatsache, daß er ein sehr ehrgeiziger Mann ist. Er ist nun offizieller Vertreter des Ministeriums bei Heller Stern und, wie Sie aus den Tagebuchseiten ersehen können, ein begeisterter Befürworter des Projekts.»

«Was sagt Ihnen Ihr Gefühl über diesen Mann?» fragte der Vorsitzende knapp, aber nicht drohend.

«Bislang nichts, das irgendeinen Verdacht wecken könnte. Er wurde für seinen Dienst in Afghanistan ausgezeichnet; er übernahm das Kommando eines *Speznas*-Trupps, der in einen Hinterhalt geriet und einen Angriff der Banditen abwehrte. Bei Heller Stern rügte er die KGB-Wache wegen Schlaffheit, legte aber in seinem Bericht ans Ministerium sachlich Gründe dar, gegen die nichts einzuwenden ist.»

«Wird in diesem Punkt etwas unternommen?» fragte Gerasimow.

«Der Offizier, der sich um die Angelegenheit kümmern sollte, kam in Afghanistan bei einem Flugzeugabsturz ums Leben. Wie ich höre, will man bald einen Ersatzmann schicken.»

«Und der Badewärter?»

«Wir fahnden immer noch. Bislang ohne Resultat. Flughäfen, Bahnhöfe, alles wird überwacht. Wenn sich etwas ergeben sollte, melde ich mich sofort.»

«Gut. Abtreten, Oberst.» Gerasimow wandte sich wieder den Papieren auf seinem Schreibtisch zu.

Der Vorsitzende des Staatssicherheitskomitees gestattete sich ein Lächeln, als Watutin gegangen war. Erstaunlich, wie glatt alles ging. Das Meisterstück war natürlich die Sache mit der Wanejewa. Es kam nicht oft vor, daß in Moskau ein Spionagering enttarnt wurde, und wenn das vorkam, waren die Glückwünsche stets von der Frage begleitet: *Warum haben Sie so lange gebraucht?* Diesmal würde das anders werden, denn Wanejewas Vater sollte bald ins Politbüro und Generalsekretär Narmonow erwartete Loyalität als Gegenleistung für die Beförderung. Narmonow mit seinen Träumen von Abrüstung und Liberalisierung... Gerasimow war entschlossen, das gründlich zu ändern.

Eine leichte Aufgabe würde das natürlich nicht sein. Im Politbüro konnte Gerasimow nur auf drei feste Verbündete zählen, aber unter ihnen war Alexandrow, den der Generalsekretär noch nicht in den Ruhestand hatte schicken können. Und nun hatte er noch einen, von dem der Genosse Generalsekretär nichts ahnte. Andererseits stand die Armee hinter Narmonow.

Das war das Vermächtnis von Matthias Rust, dem Teenager, der mit seiner Cessna auf dem Roten Platz gelandet war und Narmonow einen Vorwand geliefert hatte, erst den Chef der Luftabwehr und dann in einer stürmischen Politbürositzung Verteidigungsminister Sokolow zu entlassen – wegen Unfähigkeit. Gerasimow hatte keine Einwände erheben können, um seine eigene Position nicht zu gefährden. D. T. Jasow, der neue Verteidigungsminister, war ein Mann des Generalsekretärs, ein Niemand, der sich den Posten nicht verdient hatte und daher von seinem Gönner abhängig war. Damit war Narmonows verwundbarste Flanke gedeckt. Eine zusätzliche Komplikation war nur, daß Jasow sich einarbeiten und auf alte Kämpen wie Filitow verlassen mußte.

Und dieser Watutin glaubt, es ginge hier nur um einen Spionagefall, dachte Gerasimow und grunzte.

Die Sicherheitsmaßnahmen um KARDINAL-Material waren so streng, daß Foley keine Informationen auf normalem Weg senden konnte. So warnte lediglich ein kleiner Hinweis auf dem Deckblatt des letzten Berichts die Delta-Fraternität, daß die ins Haus stehenden Daten etwas anders als erwartet ausfielen.

Bei dieser Erkenntnis sprang Ritter vom Stuhl auf, fertigte Fotokopien an und vernichtete die Originale, ehe er in Judge Moores Büro ging. Greer und Ryan warteten bereits dort. «Ihm ist der Film ausgegangen», sagte er, sobald sich die Tür hinter ihm geschlossen hatte.

«Wie bitte?» fragte Moore.

«Es ist gerade etwas Neues eingegangen. Offenbar hat das KGB einen Agenten in Tea Clipper eingeschleust, der ihm gerade den Großteil der Entwicklungsdaten für den neuen Spiegel zuspielte, und das hielt KARDINAL für wichtiger. Da er für alles Material nicht genug Film hatte, gab er den Aktivitäten des KGB Vorrang. Über das russische Lasersystem haben wir nur die Hälfte der Daten.»

«Die Hälfte könnte reichen», bemerkte Ryan.

«Er läßt sich über die Auswirkungen der Konstruktionsänderung aus, nicht aber über die Änderung selbst.»

«Können wir die undichte Stelle auf unserer Seite identifizieren?» fragte Admiral Greer.

«Vielleicht. Es muß jemand sein, der eine Menge von Spiegeln versteht. Ryan, Sie waren bei unserem Test dabei. Was meinen Sie?»

«Bei dem Test bestätigten sich die Leistungsdaten des Spiegels und der Computer-Software, die ihn steuert. Wenn die Russen diese Anlage nachbauen können – nun, wir wissen ja, daß sie die Lasertechnik beherrschen.» Er hielt kurz inne. «Gentlemen, das ist gespenstisch. Kommen die Russen als erste ans Ziel, sind alle Kriterien der Rüstungskontrolle im Eimer, und wir müssen uns auf eine im Lauf der Jahre ungünstiger werdende strategische Situation gefaßt machen.»

«Nun, wenn unser Mann nur eine verdammte Filmkassette bekommt», warf Ritter ein, «können wir uns ja selbst an die Arbeit machen. Positiv ist, daß dieser Bondarenko, der sich im Ministerium um die Laserentwicklung kümmert, unserem Mann regelmäßig Bericht erstatten will. Negativ ist –»

«Das können wir uns für den Augenblick sparen», meinte Judge Moore. Das braucht Ryan nicht zu wissen, gab er Ritter mit einem Blick zu verstehen. «Jack, haben Sie noch etwas?»

«Die Ernennung eines neuen Politbüromitglieds steht bevor – Ilja Arkadejewitsch Wanejew, 63, Witwer. Eine Tochter, Swetlana, die bei GOSPLAN arbeitet; geschieden, ein Kind. Wanejew, ein Aufsteiger aus dem ZK, scheint ein relativ anständiger Mann zu sein; von schmutziger Wäsche ist uns nichts bekannt. Er wird allgemein Narmonows Fraktion zugerechnet –» Er hielt inne, als er die gequälten Mienen der drei Männer sah. «Was ist, stimmt etwas nicht?»

«Seine Tochter arbeitet für Sir Basil», sagte Richter Moore.

«Sofort stillegen», riet Ryan. «Sie wäre eine hübsche Quelle, aber ein Skandal würde Narmonow gefährden. Legen Sie sie auf Eis, reaktivieren Sie sie meinetwegen in ein paar Jahren, aber für den Augenblick muß sie abgedreht werden.»

«Wird nicht so einfach sein», merkte Ritter an und ließ es dabei bewenden. «Was macht Ihre Evaluation?»

«Wurde gestern fertig.»

«Sie ist nur für den Präsidenten und wenige andere bestimmt.»

«Gut, ich lasse sie heute nachmittag drucken. Wäre das alles –?»

Keine weiteren Fragen. Ryan verließ den Raum. Moore sprach erst, als er gegangen war.

«Ich habe noch niemandem etwas gesagt, aber der Präsident sorgt sich wieder um Narmonows politische Position. Ernie Allen findet, die letzte Änderung der sowjetischen Verhandlungsposition könne auf eine Schwächung Narmonows hindeuten, und er hat den Chef davon überzeugt, daß es nun nicht der Zeitpunkt ist, Druck zu machen. Kurz – wenn wir KARDINAL herausholen, kann das unerwünschte politische Nebenwirkungen haben.»

«Wird Mischa erwischt, stehen wir auch nicht besser da», gab Ritter zu bedenken. «Die negativen Auswirkungen auf unseren Mann gar nicht zu erwähnen. Arthur, man ist hinter ihm her. Möglich, daß sie Wanejews Tochter schon geschnappt haben –»

«Die ist zurück an ihrem Arbeitsplatz bei GOSPLAN», sagte Moore.

«Gewiß, aber der Inhaber der Reinigung ist verschwunden. Man hat sie geschnappt und geknackt», beharrte Ritter. «Wir dürfen den Mann nicht im Stich lassen, Arthur. Wir müssen ihn rausholen. Wir stehen in seiner Schuld.»

«Ich kann dieses Unternehmen nicht ohne Zustimmung des Präsidenten anordnen.»

Ritter stand kurz vor der Explosion. «Dann holen Sie sie doch ein! Scheiß auf die Politik – Arthur, dieser Fall hat auch seinen praktischen Aspekt. Wenn wir keinen Finger für diesen Mann rühren, kommt uns das langfristig teurer zu stehen als ein kurzer politischer Zirkus.»

«Moment mal», ließ sich Greer vernehmen. «Warum arbeitet die Tochter dieses Parteibosses wieder, wenn sie angeblich geknackt worden ist?»

«Politik?» fragte Moore nachdenklich. «Vielleicht kann das KGB der Familie dieses Mannes nichts anhaben.»

«Und ob!» Ritter schnaubte. «Warum sollte sich Gerasimow, der zur Opposition gehört, die Gelegenheit entgehen lassen, Narmonows Mann einen Sitz zu verweigern? Wahrscheinlicher ist, daß unser Freund Alexandrow den Neuen in der Tasche hat, ohne daß Narmonow etwas davon weiß.»

«Sie glauben also, daß man ein Geständnis aus ihr herausquetschte und sie dann laufen ließ, um sie als Druckmittel gegen ihren Vater zu benutzen?» fragte Moore. «Klingt wahrscheinlich, aber es liegen keine Beweise vor.»

«Alexandrow ist zu alt, um sich selbst um den Posten zu bewerben, und Ideologen kommen sowieso nie an die Spitze, es macht wohl mehr Spaß, den Königsmacher zu spielen. Von Gerasimow aber wissen wir, daß er nach oben strebt.»

«Ein Grund mehr, Bob, jetzt nichts aufzurühren.» Greer trank einen Schluck Kaffee. «Ich habe auch etwas gegen die Idee, Filitow an Ort und

Stelle weitermachen zu lassen. Wie stehen seine Chancen, wenn er einfach stillhält und versucht, sich herauszureden?»

«Nein, James.» Ritter schüttelte nachdrücklich den Kopf. «Wir können ihn nicht stillhalten lassen, weil wir seinen Bericht brauchen. Und wenn es ihm gelingt, ihn trotz der Überwachung auf den Weg zu bringen, dürfen wir ihn nicht einfach seinem Schicksal überlassen. Vergessen Sie nicht, was der Mann im Lauf der Jahre für uns getan hat.»

Judge Moore beendete die Diskussion. «Sie haben Ihre Position überzeugend dargelegt, Bob, aber ich muß trotzdem erst zum Präsidenten.»

Ritter gab nicht nach. «Wir bereiten alles vor.»

«Einverstanden, aber die Operation beginnt erst, wenn wir die Genehmigung haben.»

Das Wetter in Faslane war miserabel, typisch für die Jahreszeit. Ein Dreißigknotenwind peitschte die schottische Küste mit Schneeregenschauern, als *Dallas* auftauchte. Mancuso stieg zum Turm hinauf und suchte die felsigen Höhen am Horizont ab. Er war gerade mit durchschnittlich einunddreißig Knoten über den Atlantik gerauscht, der höchsten Dauergeschwindigkeit, die er seinem Boot zuzumuten wagte.

Sein Boot schlingerte durch fast fünf Meter hohe Seen, die über den runden Bug wuschen und sich am Turm brachen. Obwohl er Ölzeug trug, war er nach wenigen Minuten durchnäßt und zitterte vor Kälte. Ein Schlepper der Royal Navy nahte, ging an Backbord voraus auf Station und schleppte *Dallas* in den Loch.

Nach einer Stunde waren sie in geschützten Gewässern und näherten sich dem Stützpunkt für britische und amerikanische Unterseeboote. Der Wind half, drückte die schiefergraue *Dallas* sanft an die Pier. Sowie die Laufplanke befestigt war, ging Mancuso unter Deck in seine Kajüte.

Der erste Besucher war ein Commander, der keine Rangabzeichen trug und daher vom Nachrichtendienst sein mußte.

«Wie war die Überfahrt, Captain?» fragte der Mann.

«Keine Vorkommnisse.» Na los schon, raus damit!

«Sie laufen in drei Stunden aus. Hier ist Ihr Einsatzbefehl.» Er reichte ihm einen mit Wachs versiegelten braunen Umschlag, auf dessen Vorderseite stand, wann Mancuso ihn öffnen durfte. Mancuso bestätigte mit seiner Unterschrift den Empfang, legte das Kuvert unter dem wachsamen Blick des Commanders in seinen Safe. Nachdem sich der Geheimdienstoffizier entfernt hatte, kamen die Gäste an Bord.

Es waren zwei, beide in Zivil. Der erste kam mit dem Aplomb eines waschechten Seemanns durch die Torpedoluke. «Hallo, Skipper!» rief er munter.

«Jones, wie kommen Sie hierher?»

«Admiral Williamson hat mich vor die Wahl gestellt: Entweder werde ich vorübergehend zum aktiven Dienst eingezogen, oder ich gehe als technischer Berater an Bord. Letzteres war mir lieber; die Bezahlung ist nämlich besser.» Jones senkte die Stimme. «Und das ist Mr. Clark. Der sagt nicht viel.»

Clark war in der Tat schweigsam. Mancuso wies ihm eine freie Koje in der Ingenieurskajüte zu. Nachdem sein Gepäck durch die Luke gereicht worden war, ging Mr. Clark in den Raum und machte die Tür hinter sich zu.

«Wo soll ich meinen Kram hintun?» fragte Jones.

«Bei den Chiefs ist eine Koje frei», antwortete Mancuso.

«Soll mir recht sein. Bei denen ist die Verpflegung besser.»

«Was macht die Uni?»

«Bestens. Noch ein Semester bis zum Abschluß. Ein paar Firmen bieten mir schon jetzt Jobs an. Außerdem bin ich verlobt.» Jones nahm die Brieftasche heraus und zeigte dem Captain ein Bild. «Sie heißt Kim und ist Bibliothekarin.»

«Gratuliere, Mr. Jones.»

«Danke, Skipper. Der Admiral sagte, Sie brauchen mich unbedingt. Was liegt an? Eine Spezialoperation?» Das war eine beschönigende Bezeichnung für verschiedene Aktivitäten, die allesamt gefährlich waren.

«Weiß ich nicht. Das habe ich selbst noch nicht erfahren.»

Jones ging nach achtern, um seine Sachen auszupacken. Mancuso begab sich in die Ingenieurskajüte.

«Mr. Clark?»

«Jawohl, Sir.» Clark hatte seine Jacke ausgezogen und trug nun nur ein kurzärmeliges Hemd. Mancuso schätzte ihn auf knapp vierzig und fand, daß er auf den ersten Blick gar nicht so beeindruckend aussah. Knapp einsneunzig und schlank, aber kräftig gebaut und ohne Bauchansatz. Eine Tätowierung auf dem Unterarm verriet, daß er zu der Eliteeinheit SEALS gehört hatte.

«Nun, Mr. Clark, worum geht es?»

«Ich soll eine Person aus der Sowjetunion holen.»

Mein Gott. Mancuso nickte gelassen. «Brauchen Sie zusätzliche Unterstützung?»

«Nein, Sir, das wird eine Solooperation.»

«Gut, um die Details kümmern wir uns nach dem Auslaufen.»

«Man muß das Geschick der Amerikaner bewundern», sagte Morosow. Duschanbe hatte einige hektische Wochen hinter sich. Sofort nach dem Test waren zwei der sechs Laser enteist und zerlegt worden, und dabei hatte man an der Optik schwere Brandspuren gefunden. Die Beschichtung machte also nach wie vor Probleme. Liegt wahrscheinlich an der Qualitätskontrolle, hatte sein Abteilungsleiter bemerkt und die Angelegenheit einem anderen Team übergeben. Ihnen lag nun etwas viel Interessanteres vor: die Auslegung der amerikanischen Spiegel, von der sie seit Jahren gehört hatten.

«Die Idee stammt von einem Astronomen, der Sternaufnahmen ohne ‹Funkeln› machen wollte. Da sich niemand die Mühe machte, ihm zu sagen, wie hoffnungslos das Unterfangen sei, ging er allein an die Arbeit und fand eine Lösung. Ich kenne die Idee in ihren Grundzügen, aber nicht die Details. Sie haben recht, junger Mann, das ist sehr geschickt. Und geht über unseren technischen Horizont hinaus», grollte der Mann. «Wir haben keine Möglichkeit, diese Leistungswerte zu duplizieren. Ich weiß noch nicht einmal, ob wir die Lenkorgane bauen können.»

«Die Amerikaner bauen ein Teleskop –»

«Ja, auf Hawaii, aber diese Anlage ist längst nicht so fortgeschritten wie dieses System hier. Den Amerikanern ist ein Durchbruch gelungen. Sehen Sie sich das Datum auf der Zeichnung an. Kann sein, daß die Anlage inzwischen schon funktionsfähig ist.»

Er schüttelte den Kopf. «Sie sind uns voraus.»

«Sie müssen fort.»

«Ja, ich weiß. Ich danke Ihnen, daß Sie mir so lange Unterschlupf gewährt haben.» Eduard Wassiljewitsch Altunins Dankbarkeit war aufrichtig. Man hatte ihm einen Schlafplatz und ein paar warme Mahlzeiten gegeben und die Zeit, Pläne zu schmieden.

Oder zumindest das zu versuchen. Er konnte noch nicht einmal ahnen, gegen welche Hindernisse er zu kämpfen hatte. Im Westen hätte er sich mit Leichtigkeit neue Kleider, eine Perücke oder selbst Schminke verschaffen können, um sein Aussehen zu verändern. Im Westen hätte er sich hinten in einem Auto verstecken und binnen vier Stunden dreihundert Kilometer weit fahren lassen können. In Moskau gab es solche Möglichkeiten nicht. Das KGB mußte inzwischen seine Wohnung durchsucht und festgestellt haben, welche Kleider er trug. Es kannte auch sein Gesicht und seine Haarfarbe. Unbekannt war vermutlich nur sein kleiner Kreis von Freunden, die er beim Militärdienst in Afghanistan kennengelernt hatte.

Man bot ihm einen anderen Mantel an, aber der paßte nicht, und Altunin wollte seine Freunde auch nicht weiter gefährden. Er trat hinaus auf die Trofimowo, eine schäbige Durchgangsstraße nahe der Moskwa. Altunin mußte über seine eigene Dummheit staunen. Er hatte immer vorgehabt, sich auf einem Lastkahn aus der Stadt zu stehlen, falls die Flucht einmal notwendig werden sollte. Sein Vater war Flußschiffer gewesen, und Altunin kannte Verstecke, die niemand finden konnte. Doch nun war der Fluß zugefroren, der Schiffsverkehr zum Stillstand gekommen.

Es muß einen anderen Weg geben, sagte er sich. Das Moskwitsch-Werk war nur einen Kilometer entfernt und hatte einen Gleisanschluß. Er konnte versuchen, einen Zug nach Süden zu erwischen, sich vielleicht in einem mit Ersatzteilen beladenen Güterwagen verstecken. Mit einem bißchen Glück mochte es ihm gelingen, bis nach Georgien durchzukommen, wo man seine neuen Papiere nicht zu genau inspizieren würde. Die Sowjetunion war groß, und Ausweise gingen immer wieder einmal verloren. Allerdings fragte er sich, ob diese Gedanken realistisch waren oder nur den Zweck hatten, ihm Mut zu machen.

Aber jetzt gab es kein Zurück mehr. Begonnen hatte alles in Afghanistan, und er fragte sich, ob es jemals ein Ende nehmen würde.

Anfangs war er noch in der Lage gewesen, es zu verdrängen. Als Gefreiter in einer Munitionsgruppe hatte er an Dingen gearbeitet, die beim sowjetischen Militär beschönigend «Antiterroreinrichtungen» hießen und entweder aus der Luft oder meist von Soldaten nach dem Durchkämmen eines Dorfes verteilt wurden. Manche hatten die Form der typischen russischen *matrijoschka*, der Puppe in der Puppe, eines Spielzeuglastwagens oder eines Kugelschreibers. Die Erwachsenen lernten schnell, doch die Kinder waren mit Neugier geschlagen und dem Unvermögen, aus den Fehlern anderer zu lernen. Bald reduzierte man aus diesem Grund die Anzahl der Puppen, doch eines blieb konstant: Wenn man einen dieser Gegenstände aufhob, gingen hundert Gramm Sprengstoff los. Es war seine Aufgabe gewesen, die Bomben zusammenzusetzen und die Soldaten im Umgang mit ihnen zu instruieren.

Anfangs hatte Altunin kaum Gedanken daran verschwendet. Es war halt seine Arbeit gewesen; der Befehl war von oben gekommen, basta. Zudem war die Arbeit angenehm und sicher; er brauchte nicht mit dem Gewehr in der Hand von Banditen verseuchtes Gebiet zu durchstreifen. Gefahr hatte ihm nur auf den Basaren von Kabul gedroht, und die hatte er nur in Gruppen aufgesucht. Doch bei einem solchen Marktgang war ihm ein kleines Kind aufgefallen, dessen rechte Hand nur eine Klaue gewesen war, und die Mutter hatte ihm und seinen Kameraden einen Blick zugeworfen, den er niemals vergessen würde. Er kannte die Gerüchte, die damals umgingen – Afghanen zogen gefangenen russischen Piloten mit Vergnügen bei lebendigem Leibe die Haut ab; oftmals übernahmen Frauen das. Bislang hatte ihm das als Beweis für die Barbarei dieses Volkes gegolten, doch nach jenem Erlebnis auf dem Basar sah er jedesmal, wenn er die Sprengladung an ein Spielzeug schraubte, eine kleine Kinderhand. Bald sah er sie auch im Traum. Alkohol und selbst ein kurzes Experiment mit Haschisch konnte die Bilder nicht vertreiben. Auch ein Gespräch mit seinen Kollegen hatte nichts genützt, sondern ihm nur die zornige Aufmerksamkeit seines Politoffiziers eingetragen. Eine schwere Aufgabe, hatte der *sampolit* erklärt, aber zur Verhinderung weiterer Verluste unerläßlich. Beschwerden über die Maßnahmen seien sinnlos, es sei denn, der Gefreite Altunin wolle zu einer Schützenkompanie versetzt werden, um sich die Notwendigkeit so drastischer Maßnahmen selbst gegenwärtig zu machen.

Nun wußte er, daß er das Angebot hätte annehmen sollen. Der Dienst in einer Fronteinheit hätte sein Selbstwertgefühl wiederhergestellt, doch er hatte sich aus Feigheit gedrückt, und daran ließ sich nun nichts mehr ändern.

Blieb ihm nur die Buße. Vielleicht hatte er die Untat schon wiedergutgemacht, und wenn ihm nun die Flucht gelang, konnte er die Spielzeuge, die er für einen so grausamen Zweck präpariert hatte, unter Umständen vergessen. Das war der einzige positive Gedanke in dieser kalten, bewölkten Nacht.

Er ging nach Norden, mied die unbefestigten Gehsteige, blieb in den Schatten. Schichtarbeiter, die von der Moskwitsch-Fabrik nach Hause gingen, belebten die Straße, aber als er den Verschiebebahnhof des Werks erreichte, war der Berufsverkehr vorüber. Dichter Schnee begann zu fallen und reduzierte die Sichtweite auf hundert Meter. In der Nähe schien ein Zug zusammengestellt zu werden. Rangierlokomotiven fuhren hin und her, schoben geschlossene Güterwagen von einem Gleis aufs andere. Einige Minuten lang kauerte er neben einem Wagen, um sich ein Bild von den Vorgängen zu machen. Fünfzig Meter entfernt standen ein paar Güterwagen, von denen aus er einen besseren Überblick haben würde. Die Tür eines Wagens stand offen. Er ging mit gesenktem Kopf hinüber, hörte nur das Knirschen des Schnees unter seinen Sohlen und das Pfeifen der Rangierlokomotiven. Ein freundliches Geräusch, sagte er sich; ein Geräusch, das sein Leben ändern, ihn vielleicht in die Freiheit führen würde.

Zu seiner Überraschung sah er Menschen in dem Güterwagen. Drei Männer. Zwei hatten Kisten mit Ersatzteilen in der Hand. Die Hände des dritten waren leer, bis er in die Tasche faßte und ein Messer zog.

Altunin wollte etwas sagen. Ihm war es gleich, wenn sie Ersatzteile stahlen, um sie auf dem Schwarzmarkt zu verkaufen. Ihn ging das überhaupt nichts an, doch ehe er etwas herausbekam, sprang der dritte Mann ihn an. Altunin schlug mit dem Kopf gegen eine Schiene, blieb zwar bei Bewußtsein, war aber für einen Augenblick benommen und zu überrascht, um Angst zu empfinden. Der Dritte drehte sich um und sagte etwas. Die Antwort bekam Altunin nicht mit, aber sie kam rasch und scharf. Er war noch immer bemüht, das Ganze zu verstehen, als der Mann herumfuhr und ihm die Kehle durchschnitt. Kein Schmerz... er wollte nur erklären... ginge ihn nichts an... einer stand mit zwei Kartons neben ihm und hatte eindeutig Angst; komisch, dachte Altunin, ich bin doch derjenige, der stirbt.

Zwei Stunden später kam eine Rangierlokomotive nicht mehr rechtzeitig zum Stehen, als dem Lokführer ein schneebedecktes Bündel auf den Schienen auffiel. Als er sah, was er überfahren hatte, verständigte er den Rangiermeister.

13

Erstklassige Arbeit», kommentierte Watutin. «Die Mistkerle!» Haben die Abmachung gebrochen, sagte er sich: Ein ungeschriebenes, aber gültiges Gesetz besagte, daß die CIA in der Sowjetunion keine Sowjets töten durfte und daß das KGB in den Vereinigten Staaten Amerikaner und sogar sowjetische Überläufer ungeschoren ließ. Soweit Watutin wußte, hatte keine Seite jemals gegen dieses Gesetz verstoßen, und das hatte auch seinen Sinn. Die Funktion von Geheimdiensten ist das Sammeln von Nachrichten; aber wenn die Agenten von KGB und CIA ihre Zeit mit dem Töten von Menschen verbrachten – mit den unvermeidlichen Vergeltungs- und Gegenvergeltungsschlägen –, wurde die Hauptarbeit nicht getan. Und so kam es, daß die nachrichtendienstliche Arbeit ein zivilisiertes, berechenbares Geschäft war. In Ländern der Dritten Welt galten natürlich andere Regeln, aber in Amerika und der Sowjetunion hielt man sich aufmerksam an die Vorschriften.

Bisher jedenfalls – oder soll ich annehmen, daß dieser arme Teufel von Ersatzteildieben umgebracht wurde? Watutin erwog die Möglichkeit, daß die CIA den Job von einer Verbrecherbande hatte erledigen lassen. Das wäre im Grunde doch kein Verstoß gegen die Regeln, oder?

Fest stand jedenfalls, daß das nächste Glied der Kurierkette tot zu seinen Füßen lag; seine einzige Hoffnung, eine Verbindung zwischen dem Mikrofilm und dem amerikanischen Spion im Verteidigungsministerium herzustellen, war mit ihm gestorben.

Das Opfer war zwar von den Rädern der Lokomotive grausam verstümmelt worden, doch es stand fest, daß die Todesursache eine durchschnittene Kehle war. Keine Hinweise, daß ein Kampf stattgefunden hatte – Altunin hatte sich nicht gegen seinen Mörder gewehrt. Schlußfolgerung: Er hatte ihn gekannt. Konnte es ein Amerikaner gewesen sein?

«Zuerst möchte ich festgestellt haben», sagte Watutin, «welche Amerikaner zwischen achtzehn und dreiundzwanzig Uhr nicht in ihren Wohnungen waren.» Er drehte sich um. «Doktor!»

«Ja, Genosse Oberst?»

«Wann trat der Tod ein?»

«Der Temperatur der größeren Leichenteile nach zu urteilen zwischen einundzwanzig Uhr und Mitternacht. Eher früher als später, aber Kälte und Schneedecke komplizieren die Angelegenheit.»

Watutin ging hinüber zu dem Lokomotivführer. «Eine Hundekälte, nicht wahr?»

Die Botschaft kam an. «Ja, Genosse. Möchten Sie etwas zum Aufwärmen?»

«Sehr nett von Ihnen, Genosse Lokomotivführer.»

«Ist mir ein Vergnügen, Genosse Oberst.» Der Lokführer holte einen Flachmann heraus, sah zu, wie der KGB-Mann, vor dem er sich erst gefürchtet hatte, einen tiefen Schluck trank, und nahm die Flasche dann wieder entgegen.

«Spassibo», sagte der Oberst und verschwand im Schneegestöber.

Watutin wartete im Vorzimmer des Vorsitzenden. Um sieben Uhr fünfundzwanzig kam er durch die Tür und winkte ihn mit in sein Büro.

«Nun?»

«Altunin wurde vergangene Nacht auf dem Verschiebebahnhof der Moskwitsch-Werke getötet. Jemand schnitt ihm die Kehle durch und legte seine Leiche auf die Schienen, wo sie von einer Rangierlok überrollt wurde.»

Gerasimow runzelte die Stirn. «Sind Sie auch ganz sicher, daß es sich um Altunin handelt?»

«Ja, ich habe sein Gesicht erkannt. Man fand ihn neben einem Güterwagen, der anscheinend aufgebrochen worden war; es fehlten Autoersatzteile.»

«Ah, er kam also einer Schieberbande in die Quere, die ihn günstigerweise umbrachte?»

«Dieser Eindruck sollte wohl erweckt werden, Genosse Vorsitzender.» Oberst Watutin nickte. «Ich finde den Zufall zwar wenig überzeugend, aber es liegen bislang keine gegenteiligen Beweise vor. Unsere Ermittlungen gehen weiter. Wir prüfen nun nach, ob Kameraden aus Altunins Militärzeit in der Gegend wohnen, aber viel verspreche ich mir davon nicht.»

Gerasimow ließ Tee kommen. Sein Sekretär erschien auf der Stelle, und Watutin erkannte, daß es sich hier um ein Morgenritual handelte. Der Vorsitzende nahm die Dinge leichter, als der Oberst befürchtet hatte. Trotz seines Parteihintergrunds gab er sich professionell:

«Wir haben also drei Kuriere, die gestanden haben, und einen, der eindeutig identifiziert, aber tot ist. Der Tote wurde in nächster Nähe des

Referenten des Verteidigungsministers gesehen, und einer der Überlebenden hat als Kontakt einen Ausländer angegeben, kann ihn aber nicht identifizieren. Kurz: Wir haben die Mitte dieser Kette, aber kein Ende.»
«Korrekt, Genosse Vorsitzender. Die Observation der beiden Obersten aus dem Ministerium geht weiter. Ich schlage vor, die Bediensteten der US-Botschaft schärfer zu überwachen.»
Gerasimow nickte. «Einverstanden. Zeit für meine Morgenbesprechung. Bleiben Sie dran, Watutin. Seit Sie weniger trinken, sehen Sie besser aus.»
«Ich fühle mich auch besser, Genosse Vorsitzender», gestand er.
«Ausgezeichnet.» Gerasimow erhob sich. «Glauben Sie wirklich, daß die CIA ihren eigenen Mann ermordete?»
«Sein Tod kam ihr sehr gelegen. Mir ist zwar klar, daß das ein Verstoß gegen unsere – Abmachung wäre, aber –»
«Wir haben es offenbar mit einem Spion an höchster Stelle zu tun, den sie unbedingt schützen wollen. Hm, das verstehe ich. Bleiben Sie dran, Watutin», sagte Gerasimow noch einmal.

«Und wo ist die undichte Stelle?» fragte Parks seinen Sicherheitsoffizier.
«Es könnte eine von über hundert Personen sein», antwortete der Mann.
«Ist ja großartig», merkte Pete Wexton trocken an. Er war Inspektor in der Abteilung Spionageabwehr des FBI. «Nur hundert.»
«Es könnte ein Wissenschaftler sein, jemandes Sekretärin oder jemand in der Finanzabteilung – und das wäre nur die Gruppe, die mit dem Programm direkt befaßt ist. Hinzu kämen noch rund zwanzig in der Umgebung von Washington, die solches Material gesehen haben können, aber das sind sehr hohe Leute.» Der Sicherheitschef des SDI-Programms war ein Captain der Navy, der aus Gewohnheit Zivil trug. «Höchstwahrscheinlich sitzt die Person, nach der wir suchen, im Westen.»
«Und dort arbeiten vorwiegend Wissenschaftler unter vierzig.» Wexton schloß die Augen. Leute, für die Fortschritt vom ungehinderten Austausch von Ideen und Informationen abhing, Leute, die begeistert von neuen Dingen sprachen, unbewußt dem Synergismus auf der Spur, der Ideen sprießen ließ wie Unkräuter. In der Idealwelt eines Sicherheitsoffiziers redete kein Mensch mit dem anderen, aber eine solche Welt wäre kaum bewachenswert. Ein Mittelweg war so gut wie unmöglich zu finden, was zur Folge hatte, daß die Sicherheitsleute rundum verhaßt waren.
«Wie sieht es bei der Dokumentensicherung aus?» fragte Wexton.
«Sie meinen Vogelfallen?»

«Was, zum Kuckuck, ist das?» fragte Parks.

«Alle Schriftstücke des Projekts werden auf Wortprozessoren geschrieben. Man bringt bei jeder Ausfertigung eines wichtigen Dokuments eine winzige Textänderung an, mit deren Hilfe man identifizieren kann, welche Version an die andere Seite gegangen ist», erklärte der Captain. «Das haben wir bisher nur selten getan, weil es zu viel Zeit in Anspruch nimmt.»

«Bei der CIA wird das mit Hilfe eines Subprogramms automatisch erledigt. Das ist zwar streng geheim, aber Sie bekommen es bestimmt, wenn Sie darum bitten.»

«Hätte man uns ja ruhig sagen können», grollte Parks. «Könnte das Programm in diesem Fall ausschlaggebend sein?»

«Im Augenblick nicht, aber Sie sollten alle Karten, die Sie haben, ausspielen», sagte der Captain zu seinem Vorgesetzten. «Spookscribe, so heißt das Programm, läßt sich bei wissenschaftlichen Texten nicht anwenden, weil die Sprache zu präzise ist. Nur ein zusätzliches Komma kann schon den ganzen Inhalt auf den Kopf stellen.»

«Immer vorausgesetzt, daß überhaupt ein Mensch das Kauderwelsch versteht», meinte Wexton und schüttelte resigniert den Kopf. «Fest steht auf jeden Fall, daß die Russen durchsteigen.» Er rechnete sich bereits aus, daß für diesen Fall vielleicht Hunderte von Agenten gebraucht wurden. Und die würden auffallen, denn der betroffene Personenkreis war zu klein.

Als andere Möglichkeit lag die Einschränkung des Zugangs zu Informationen über die Spiegel auf der Hand, aber das barg das Risiko, daß der Spion gewarnt wurde. Wexton fragte sich, warum er nicht bei simplen Sachen wie Entführungen und den Aktivitäten der Mafia geblieben war. Aber sein Direktor hatte ihn dem General persönlich empfohlen... als den besten Mann für den Job.

Bondarenko merkte es als erster. Schon vor ein paar Tagen hatte er bei seinem Morgenlauf ein seltsames Gefühl bekommen, ausgelöst von einem Instinkt, den die drei Monate in Afghanistan geschärft hatten. Er wurde beobachtet. *Aber von wem?*

Die Beschatter waren geschickt, das stand fest. Er hatte auch den Verdacht, daß es fünf oder sechs waren. Es mußten also Russen sein... vermutlich. Fest stand das nicht. Oberst Bondarenko hatte einen Kilometer zurückgelegt und beschloß, ein kleines Experiment zu machen, rechts abzubiegen an einer Stelle, wo er sich normalerweise nach links wandte. Dieser Weg führte ihn an einem Wohnblock vorbei, dessen Fenster im Erdgeschoß immer auf Hochglanz poliert waren.

Er verdrehte den Hals und schaute sich das Spiegelbild im Fenster an.

Hundert Meter hinter ihm stand ein Mann und hielt die Hand vors Gesicht, als spräche er in ein kleines Funkgerät. Bondarenko machte kehrt und rannte ein paar Meter zurück, doch inzwischen hatte der Mann die Hand wieder sinken lassen und lief ganz normal weiter, scheinbar ohne sich um den joggenden Offizier zu kümmern. Oberst Bondarenko hielt an und lief weiter. Sein Lächeln war nun dünn und gepreßt. Er hatte seine Bestätigung. Aber was war bestätigt? Bondarenko beschloß, das im Dienst sofort herauszufinden.

«Guten Morgen, Gennadi Josifowitsch», sagte Mischa beim Eintreten.
«Guten Morgen, Genosse Oberst», erwiderte Bondarenko.
Filitow lächelte. «Sagen Sie ruhig Mischa zu mir. Wenn Sie so weitermachen wie bisher, haben Sie mich altes Wrack im Rang bald überholt. Was gibt's?»
«Ich werde beobachtet. Als ich heute früh joggte, wurde ich verfolgt.»
«Wirklich?» Mischa drehte sich um. «Sind Sie sicher?»
«Sie wissen doch bestimmt aus eigener Erfahrung, daß man so etwas spürt, Mischa», meinte der junge Oberst.
Da irrte er sich. Bislang hatte nichts Filitows Mißtrauen geweckt. Erst jetzt ging ihm auf, daß der Badewärter noch nicht zurück war. Filitows Miene veränderte sich kurz, doch dann beherrschte er sich wieder.
«Ihnen ist also auch etwas aufgefallen?» fragte Bondarenko.
«Ach was!» Eine wegwerfende Handbewegung, ein ironischer Blick. «Sollen sie doch ruhig schnüffeln; sie werden mich alten Mann langweiliger finden als Alexandrows Liebesleben.» Die Anspielung auf den uralten Chefideologen des Politbüros hörte man in letzter Zeit öfter. Ein Hinweis, daß Generalsekretär Narmonow plante, ihn behutsam abzuschieben?

Sie aßen auf afghanische Art, jeder mit den Händen aus einer gemeinsamen Schüssel. Ortiz hatte ein wahres Bankett veranstaltet. Der Bogenschütze nahm den Ehrenplatz ein; rechts von ihm saß Ortiz und dolmetschte. Auch vier hohe CIA-Offiziere waren anwesend. Ortiz eröffnete das Gespräch mit den üblichen zeremoniellen Phrasen.
«Sie erweisen mir zuviel Ehre», wehrte der Bogenschütze ab.
«Ganz und gar nicht», erwiderte der ranghöchste CIA-Mann. «Ihr Mut und Ihre Geschicklichkeit sind uns und selbst unseren Soldaten wohlbekannt. Es beschämt uns, daß wir Ihnen nur die kärgliche Hilfe geben können, die unsere Regierung erlaubt.»
«Es ist unser Land; wir müssen es selbst zurückgewinnen», antwortete

der Bogenschütze mit Würde. «Mit Allahs Hilfe wird es wieder unser sein. Es ist gut, daß Männer des Buches gemeinsam gegen die Gottlosen streiten, aber die Bürde muß mein Volk tragen, nicht Ihres.»

Er weiß nicht, daß er ausgenutzt wird, dachte Ortiz.

«Nun», fuhr der Bogenschütze fort, «warum sind Sie um die halbe Welt gereist, nur um mit einem schlichten Krieger zu sprechen?»

«Wir wollen von dem Licht hören, das Sie am Himmel sahen.»

Im Gesicht des Bogenschützen ging eine Veränderung vor; er war verblüfft, denn er hatte erwartet, über die Wirksamkeit seiner Raketen befragt zu werden.

«Es war ein Licht – ja, ein sonderbares Licht, fast wie ein Meteor, aber es schien sich weder nach oben noch nach unten zu bewegen.» Er beschrieb in allen Einzelheiten, was er gesehen hatte, nannte die Zeit, seinen Standpunkt, die Richtung, die das Licht am Himmel genommen hatte.

«Haben Sie gesehen, was es traf? War sonst noch etwas am Himmel zu sehen?»

«Was es traf? Ich verstehe Sie nicht. Es war doch nur ein Licht.»

Ein anderer Besucher ergriff das Wort. «Wie ich höre, sind Sie Mathematiklehrer. Wissen Sie, was ein Laser ist?»

«Ja, davon habe ich an der Universität gelesen. Ich –» Der Bogenschütze trank einen Schluck Saft. «Viel verstehe ich nicht davon. Laser projizieren einen Lichtstrahl und werden zum Vermessen benutzt. Gesehen habe ich so etwas noch nie.»

«Was Sie sahen, war der Test einer Laserwaffe.»

«Was macht man damit?»

«Das wissen wir nicht. Bei dem Test, den Sie sahen, wurde mit dem Lasersystem ein Satellit in der Umlaufbahn zerstört. Das bedeutet –»

«Was Satelliten sind, weiß ich. Kann man sie wirklich mit einem Laser abschießen?»

«Unser Land arbeitet an etwas Ähnlichem, aber es hat den Anschein, als wären uns die Russen voraus.»

Das überraschte den Bogenschützen. Lagen die Amerikaner auf dem Gebiet der Technik nicht weltweit in Führung? War die Stinger nicht der Beweis dafür? Warum waren diese Männer so weit geflogen – nur, weil er am Himmel ein Licht gesehen hatte?

«Fürchten Sie sich vor diesem Laser?»

«Wir sind sehr daran interessiert», antwortete der höchste CIA-Mann. «Einige der Dokumente, die Sie fanden, gaben uns neue Hinweise über die Laseranlage, und dafür stehen wir doppelt in Ihrer Schuld.»

«Das interessiert mich jetzt auch. Haben Sie die Dokumente dabei?»

«Emilio?» Der Besucher machte eine Geste zu Ortiz, der eine Karte und eine Planzeichnung hervorholte.

«Diese Anlage ist seit 1983 im Bau. Es überraschte uns, daß die Russen eine so wichtige Einrichtung so dicht an die afghanische Grenze setzten.»

«1983 waren sie noch siegessicher», bemerkte der Bogenschütze finster. Er blickte auf die Karte und stellte fest, daß die Anlage auf dem Berg fast von einer weiten Schleife des Flusses Waksch umgeben war. Er erkannte auch sofort den Grund für diesen Standort. Das Wasserkraftwerk bei Nurek war nur wenige Kilometer entfernt. Der Bogenschütze wußte mehr, als er verriet. Er wußte, was Laser waren, und hatte eine Vorstellung von ihrer Funktionsweise. Er wußte auch, daß ihr Licht gefährlich war, blenden konnte... Einen Satelliten hatte es zerstört? Hunderte von Kilometern hoch im Weltraum, höher, als jedes Flugzeug fliegen konnte. Was mochte es dann Menschen am Boden antun? Vielleicht hatten die Russen die Anlage aus anderen Gründen so dicht an der Grenze seines Landes gebaut...

«Sie sahen also nur ein Licht? Sie hörten keine Gerüchte über diese Anlage oder die seltsamen Lichterscheinungen am Himmel?»

Der Bogenschütze schüttelte den Kopf. «Nein, und das Licht sah ich nur einmal.» Die Besucher tauschten enttäuschte Blicke.

«Macht nichts. Ich bin ermächtigt, Ihnen den Dank meiner Regierung auszusprechen. Drei Lkw mit Waffen sind an Ihre Gruppe unterwegs. Und falls Sie sonst noch etwas brauchen sollten, werden wir versuchen, es zu besorgen.»

Der Bogenschütze nickte nüchtern. Er hatte eine hohe Belohnung für den sowjetischen Offizier erwartet; sein Tod war eine Enttäuschung gewesen. Doch wegen des KGB-Mannes waren diese Männer nicht hier, sondern wegen der Dokumente und des Lichts. War diese Anlage denn so wichtig, daß der Tod des Russen zur Nebensache wurde? Hatten die Amerikaner tatsächlich Angst vor ihr?

Und wenn sie sich schon fürchteten – was sollte er dann empfinden?

«Nein, Arthur, das gefällt mir nicht», sagte der Präsident zögernd. Judge Moore ließ sich nicht beirren.

«Mr. President. Narmonows politische Schwierigkeiten sind uns bekannt. Das Verschwinden unseres Agenten wird keinen größeren Effekt haben als seine Festnahme durch das KGB.»

«Ich finde das Risiko trotzdem zu hoch», sagte Jeffrey Pelt. «Narmonow bietet uns eine historische Gelegenheit, denn er will das sowjetische System wirklich fundamental ändern – diese Einschätzung kommt immerhin von Ihren eigenen Leuten.»

Diese Chance bot sich unter Kennedy schon einmal, aber wir haben sie vertan, dachte Moore. Dann stürzte Chruschtschow, und wir mußten uns zwanzig Jahre lang mit Parteihengsten herumschlagen. Nun mag es eine neue Chance geben. Und Sie befürchten, daß sich eine so gute Gelegenheit nie wieder bietet. Nun, so kann man es auch sehen, gestand er insgeheim zu.

«Jeff, das Herausholen unseres Agenten wird Narmonows Position nicht mehr beeinträchtigen als dessen Verhaftung –»

«Warum hat man ihn eigentlich noch nicht geschnappt, wenn man ihm auf der Spur ist?» fragte Pelt aggressiv. «Oder ist das mal wieder eine Überreaktion von uns?»

«Der Mann arbeitet seit dreißig Jahren für uns. Wissen Sie, welche Risiken er für uns eingegangen ist, welche Informationen er uns beschafft hat? Können Sie sich vorstellen, wie es ist, dreißig Jahre unter einem Todesurteil zu leben? Was bedeuten denn die Werte dieses Landes, wenn wir diesen Mann im Stich lassen?» sagte Moore ruhig und entschlossen. Mit solchen Argumenten ließ sich der Präsident immer umstimmen.

«Und wenn wir dabei Narmonows Sturz verursachen?» fragte Pelt. «Was, wenn Alexandrows Clique ans Ruder kommt und die alte Wirtschaft wieder losgeht – neue Spannungen, ein neues Wettrüsten? Wie sollen wir dem amerikanischen Volk beibringen, daß wir diese Chance eines Mannes wegen geopfert haben?»

«Das Volk wird das nie erfahren, wenn alle dichthalten», erwiderte Moore kalt. «Daß die Russen damit nicht an die Öffentlichkeit gehen werden, wissen Sie selbst. Aber wie sollen wir erklären, daß wir den Mann weggeworfen haben wie ein benutztes Papiertaschentuch?»

«Das werden sie auch nicht erfahren, wenn alle dichthalten», versetzte Pelt ebenso kalt.

Der Präsident rührte sich. «Wer weiß über diese Angelegenheit Bescheid?»

Judge Moore breitete die Hände aus. «Admiral Greer, Bob Ritter und ich. Dazu ein paar Agenten im Feld, aber denen ist die politische Tragweite nicht bewußt. Mit Ihnen, Sir, und Dr. Pelt sind also nur fünf Personen über das Gesamtbild informiert.»

«Arthur, Sie sagen, dieser Agent – seinen Namen will ich gar nicht erst wissen – habe uns dreißig Jahre lang Daten von kritischer Bedeutung geliefert und sei jetzt in Gefahr; wir seien also moralisch verpflichtet, ihn herauszuholen.»

«Jawohl, Mr. President.»

«Und Sie, Jeff, meinen, der Zeitpunkt sei ungünstig; die Enttarnung eines so hochplazierten Spions könne zu Narmonows Ablösung durch eine andere, uns feindlich gesinnte Regierung führen.»

«Jawohl, Mr. President.»

«Und wenn dieser Mann stirbt, weil wir ihm nicht geholfen haben?»
«Dann verlieren wir wichtige Informationen», sagte Moore. «Die Auswirkungen für Narmonow blieben weitgehend gleich, aber wir hätten einen Mann verraten, der uns dreißig Jahre lang treu gedient hat.»
«Jeff, könnten Sie damit leben?» fragte der Präsident seinen Sicherheitsberater.
«Ja, Sir. Ich finde es zwar unangenehm, kann aber damit leben. Dank Narmonow haben wir bereits ein Übereinkommen zur Reduzierung der Mittelstreckenwaffen; nun besteht die Chance, daß auch die strategischen Waffen abgebaut werden.»
Der Präsident stand auf und trat an die Fenster hinter seinem Schreibtisch. Sie waren dick verglast, um ihn vor Attentaten zu schützen. Vor Zwangslagen, wie sie das Amt mit sich brachte, schützten sie nicht. Er schaute hinaus auf den Rasen, fand aber keine Antwort. Schließlich drehte er sich wieder um.
«Arthur, Sie können alles vorbereiten, müssen mir aber versprechen, daß ohne meine Genehmigung nichts unternommen wird. Keine Initiativen, keine Aktionen. Über diesen Fall möchte ich erst nachdenken. Zeit haben wir doch, oder?»
«Jawohl, Sir. Es wird einige Tage dauern, bis alles an Ort und Stelle ist.»
«Dann werde ich Ihnen meinen Entschluß mitteilen.» Der Präsident schüttelte beiden Männern die Hände und schaute ihnen nach, als sie hinausgingen. Er hatte noch fünf Minuten Zeit bis zum nächsten Termin und ging in das an sein Arbeitszimmer angrenzende Bad. Beim Händewaschen fragte er sich, ob da eine geheime Symbolik dahintersteckte oder ob er nur nach einem Vorwand gesucht hatte, in den Spiegel zu schauen. Du sollst auf alles eine Antwort haben, sagte ihm sein Spiegelbild. Dabei weißt du noch nicht einmal, weshalb du überhaupt hier im Bad bist! Der Präsident lächelte.

«Was, zum Kuckuck, soll ich Foley sagen?» fauchte Ritter zwanzig Minuten später.
«Halten Sie sich zurück, Bob», warnte Moore. «Er denkt darüber nach. Sofort brauchen wir die Entscheidung nicht, und ein Vielleicht ist besser als ein Nein.»
«Tut mir leid, Arthur, aber wir können den Mann nicht hängenlassen.»
«Der Präsident trifft bestimmt keine endgültige Entscheidung, ehe ich noch einmal mit ihm gesprochen habe. Für den Augenblick weisen wir Foley an, mit der Mission fortzufahren. Außerdem möchte ich noch einmal über Narmonows politische Verwundbarkeit informiert werden.

Ich habe nämlich den Eindruck, daß Alexandrow auf dem absteigenden Ast ist und zu alt, um an die Spitze zu treten. Wer bleibt dann noch als Nachfolgekandidat übrig?»

«Gerasimow», sagte Ritter sofort. «Es mögen sich noch zwei andere bewerben, aber er ist der Ehrgeizigste. Rücksichtslos, aber sehr elegant in seinen Methoden. Bei der Partei ist er beliebt, weil er die Dissidenten so gut in Schach hielt. Er muß aber rasch handeln. Wenn das Abrüstungsabkommen zustande kommt, gewinnt Narmonow an Prestige und politischer Macht. Und wenn Alexandrow sich nicht vorsieht, verpaßt er den Zug ganz, wird abgelöst, und dann ist Narmonow auf Jahre hinaus sicher.»

«Das dauert noch mindestens fünf Jahre», ließ sich Admiral Greer zum ersten Mal vernehmen. «Soviel Zeit hat er vielleicht nicht. Wir haben Hinweise, daß Alexandrows Tage gezählt sind. Wenn das mehr ist als nur ein Gerücht, kann es ihn in Zugzwang bringen.»

Judge Moore schaute zur Decke. «Man käme mit den Kerlen leichter zurecht, wenn sie die Führungsfragen übersichtlicher regeln würden.» Wir tun das, aber berechenbarer macht es uns auch nicht, fügte er in Gedanken hinzu.

«Kopf hoch, Arthur», meinte Greer. «Wenn auf der Welt alles mit rechten Dingen zuginge, müßten wir uns alle eine ehrliche Arbeit suchen.»

14

Die Fahrt durchs Kattegat ist für ein U-Boot eine heikle Angelegenheit, besonders, wenn sie heimlich erfolgen muß, denn das Wasser ist dort so seicht, daß Tauchfahrt unmöglich ist. Selbst bei Tageslicht sind die Fahrrinnen tückisch. Nachts sieht es noch schlimmer aus, und ohne Lotse erst recht. Da die Passage von *Dallas* geheim bleiben sollte, kam ein Lotse nicht in Frage.

Mancuso stand auf dem Turm. Unter ihm schwitzte der Navigator am Kartentisch, während am Periskop ein Obermaat die Landmarken ausrief. Sie konnten noch nicht einmal Radar als Navigationshilfe benutzen, aber das Sehrohr war mit einem Restlichtverstärker ausgerüstet, der die sternenlose Nacht zwar nicht gerade zum Tag machte, aber zu einer Art Zwielicht aufhellte. Das Wetter war günstig: Tiefhängende Wolken und Schneeregen sorgten für schlechte Sichtverhältnisse; das U-Boot der 688-Klasse war von Land so gut wie nicht auszumachen. Die dänische Marine war über die Passage informiert und hatte einige kleine Fahrzeuge zur Abwehr von Neugierigen auf See.

«Schiff an Backbord voraus», rief ein Ausguck.

«Ich hab's», antwortete Mancuso sofort. Er hielt ein Nachtsichtgerät und sah das mittelgroße Containerschiff deutlich. Höchstwahrscheinlich aus dem Ostblock, dachte er. Der Captain fluchte und gab seine Befehle.

Dallas' Positionslichter brannten – darauf hatten die Dänen bestanden. Die rotierende orangefarbene Leuchte am Masttopp identifizierte es eindeutig als Unterseeboot. Achtern holte ein Matrose die amerikanische Flagge ein und setzte eine dänische.

Zwei dänische Schnellboote jagten los und setzten sich zwischen das Containerschiff und *Dallas*. Gut, dachte Mancuso. Nachts sind alle Katzen grau, und ein U-Boot an der Oberfläche sieht halt aus wie ... wie ein U-Boot an der Oberfläche, schwarzer Schemen und ein Turm.

«Ein Pole, glaube ich», bemerkte ein Lieutenant. «Ja, da steht's am Schornstein: Maersk Line.»

Die beiden Schiffe fuhren aufeinander zu. Mancuso hielt das Nachtsichtgerät auf die Brücke gerichtet und konnte keine außergewöhnliche Aktivität ausmachen. Nun, es war immerhin drei Uhr früh. Die Crew auf der Brücke war bestimmt vollauf mit der Navigation beschäftigt und wahrscheinlich so wie er bemüht, eine Kollision zu vermeiden. Die Begegnung war überraschend schnell vorüber.

Eine Stunde später waren sie in der Ostsee und auf Kurs null-sechs-fünf. Mancuso nahm den Navigator mit in seine Kajüte, um den besten Kurs und die sicherste Stelle an der sowjetischen Küste auszuarbeiten. Dann stieß Mr. Clark zu ihnen, um den heikelsten Teil der Mission zu besprechen.

In einer idealen Welt, dachte Watutin ironisch, würden sie mit ihrem Kummer zum Verteidigungsminister gehen, und der würde die Ermittlungen des KGB voll unterstützen. Leider war die Welt nicht ideal. Jasow war vom Generalsekretär abhängig und kannte die Differenzen zwischen Gerasimow und Narmonow. Nein, der Verteidigungsminister würde entweder die ganzen Ermittlungen an sich ziehen oder seine politische Macht benutzen, um sie einstellen zu lassen. Wenn das KGB einen so engen Berater als Verräter enttarnte, war Jasows Karriere ruiniert und Narmonow gefährdet.

Wie komme ich eigentlich auf diese Gedanken? fragte sich Watutin. Ich bin Abwehroffizier, kein Parteitheoretiker. Nun aber war er als «Eingeweihter» untrennbar mit Gerasimow verbunden; wenn der KGB-Chef stürzte, würde man ihn in die Provinz abschieben, wenn er Erfolg hatte, möchte er Chef des Zweiten Direktorats werden. Nicht übel... Aber nun war er in die politischen Mühlen geraten und hatte keine andere Wahl, als seine Arbeit nach besten Möglichkeiten zu tun.

Er setzte dem Tagtraum ein Ende und konzentrierte sich wieder auf seine Berichte. Oberst Bondarenko ist sauber, dachte er. Eine mehrmalige Überprüfung hatte ergeben, daß er ein Patriot und überdurchschnittlicher Offizier war und nichts sonst. Filitow also, dachte Watutin. So verrückt es auch klang, der hochdekorierte Held war ein Verräter.

Doch wie sollte das ohne die Unterstützung des Verteidigungsministeriums bewiesen werden? Watutin zitierte seine nächsten Mitarbeiter zu sich.

«Fortschritte im Fall Filitow?» fragte er.

«Unsere besten Leute beschatten ihn», antwortete ein Offizier. «Sechs insgesamt und rund um die Uhr. Inzwischen haben wir rund um sein Wohnhaus Fernsehkameras aufgestellt, sechs Leute sehen sich jeden Abend die Videobänder an. Die Observation verdächtiger Briten und Amerikaner ist intensiviert worden. Unsere Personallage ist gespannt, und wir riskieren, entdeckt zu werden, aber das läßt sich nicht vermeiden. Ansonsten kann ich nur berichten, daß Filitow gelegentlich im Schlaf spricht – zu einem Romanow, wie es sich anhört. Die Worte sind zu undeutlich, aber ich habe die Bänder einem Sprachpathologen gegeben; vielleicht bekommt der etwas heraus. Auf jeden Fall kann Filitow keinen Furz lassen, ohne daß wir es merken. Lediglich kontinuierlicher visueller Kontakt ist nicht möglich, ohne ihn argwöhnisch zu machen. Jeden Tag, wenn er um eine Ecke biegt oder einen Laden betritt, ist er für uns für zehn oder fünfzehn Sekunden entzogen – das reicht für eine Übergabe im Vorbeigehen oder die Benutzung eines toten Briefkastens.»

Watutin nickte. Selbst die schärfste Überwachung hatte ihre Grenzen.

«Und noch etwas», sagte der Offizier, ein Major. «Habe ich erst gestern erfahren. Einmal in der Woche geht Filitow persönlich in den Dokumentenvernichtungsraum. Der Mann, der dort arbeitet, meldete uns das – nach seinem Dienstschluß. Heller Junge. Filitow überwachte die Installation der Anlage vor Jahren persönlich. Ganz normales System.»

«Und der Fall Altunin?» fragte Watutin dann.

Ein anderer Offizier schlug sein Notizbuch auf. «Wir haben keine Ahnung, wo er sich vor seiner Ermordung aufhielt. Mag sein, daß er sich allein versteckte, mag sein, daß er bei Freunden Unterschlupf fand, die wir noch nicht identifizieren konnten. Zwischen seinem Tod und den Bewegungen der Ausländer konnten wir keinen Zusammenhang finden. Außer plump gefälschten Papieren hatte er nichts Belastendes bei sich. Falls die CIA ihn ermordet haben sollte, hat sie saubere Arbeit geleistet. Keine weiteren Hinweise, nichts.»

«Ihre Meinung?»

«Der Fall Altunin ist eine Sackgasse», antwortete der Major. «Es gibt noch ein halbes Dutzend Aspekte zu überprüfen, aber keiner sieht vielversprechend aus.» Er machte eine kurze Pause. «Genosse...»

«Fahren Sie fort.»

«Ich halte die Sache für einen Zufall. Ich glaube, daß Altunin einem ganz normalen Mord zum Opfer fiel, weil er versuchte, zum falschen Zeitpunkt den falschen Güterwagen zu betreten. Dafür existieren zwar keine Beweise, aber das sagt mir mein Gefühl.»

«Wie sicher sind Sie?»

«Ganz sicher kann man nie sein, Genosse Oberst, aber die CIA würde doch entweder die Leiche beiseite geschafft oder falsche Hinweise hinterlassen haben.»

«Richtig. Verfolgen Sie Ihre Spuren trotzdem weiter.»

«Selbstverständlich, Genosse Oberst. Vier bis sechs Tage werde ich wohl noch brauchen.»

«Gut. Noch etwas?» fragte Watutin. Man schüttelte die Köpfe. «Dann kehren Sie in Ihre Abteilungen zurück, Genossen.»

Ich mach's beim Hockeyspiel, dachte Mary Pat Foley. KARDINAL war von einer Telefonzelle aus alarmiert worden und würde zugegen sein. Sie hatte vor, die Übergabe selbst vorzunehmen. Drei Filmkassetten lagen in ihrer Tasche; ein simpler Händedruck sollte genügen. Ihr Sohn spielte mit Filitows Großneffen in derselben Mannschaft, und sie ging zu jedem Spiel. Daß sie verfolgt wurde, wußte sie. Offenbar hatten die Russen die Überwachung intensiviert, aber sehr professionell konnte ihr Beschatter nicht sein, denn Mary Pat wurde immer aufmerksam, wenn sie ein Gesicht mehr als einmal am Tag sah.

Wie auch immer: Niemand ahnte, wer sie in Wirklichkeit war. Sie prüfte ein letztes Mal ihre Kleidung. Mary Pat ging immer einen Hauch zu auffällig; ihr Image in der Öffentlichkeit war wohl einstudiert und perfekt dargestellt. Gebildet, aber seicht, hübsch, aber oberflächlich, kaum mehr als eine gute Mutter, insgesamt nicht ernst zu nehmen. Immer auf Achse – mal als Aushilfslehrerin an der Schule der Kinder, immer auf irgendwelchen Veranstaltungen, endlos als Dauertouristin unterwegs. Sie entsprach genau dem sowjetischen Klischee von der umtriebigen Amerikanerin. Noch ein Lächeln in den Spiegel: *Wenn die wüßten.*

Keine besonderen Vorkommnisse auf der Fahrt zum Stadion, nur Eddie wurde immer aufgeregter, als der Anpfiff nahte. Er war als Stürmer aufgestellt und wollte beweisen, daß Amerikaner die Russen bei ihrem ureigenen Spiel schlagen konnten.

Mary Pat nahm ihren Platz am Spielfeldrand ein. Einige Eltern begrüßten sie, und sie winkte zurück, lächelte dabei etwas zu breit. Dann schaute sie auf die Uhr.

«Ich habe seit zwei Jahren kein Juniorenspiel mehr gesehen», sagte Jasow, als sie aus dem Dienstwagen stiegen.

«Ich gehe auch nur selten hin, aber der kleine Mischa wollte unbedingt, daß ich komme.» Filitow grinste. «Er meint, daß ich ihm Glück bringe – Sie vielleicht auch, Genosse Marschall.»

«Schön, mal etwas anderes zu tun», gestand Jasow mit gespieltem Ernst zu. «Das verdammte Büro ist morgen auch noch da. Wußten Sie, daß ich als Junge Eishockey gespielt habe?»

«Nein. Waren Sie gut?»

«Ich war Verteidiger, und die anderen Kinder beschwerten sich, weil ich zu hart abblockte.» Der Verteidigungsminister lachte in sich hinein und winkte dann die Sicherheitsleute voraus.

«Wo ich aufwuchs, gab es keine Eisbahn –, und die Wahrheit ist, daß ich als Kind viel zu ungeschickt war. Panzer paßten viel besser zu mir – Dinger, mit denen man was kaputtmachen konnte.» Mischa lachte.

Am Spielfeld gab es nur wenige Sitzplätze, aber welcher echte Hokkeyfan will schon sitzen? Oberst Filitow und Marschall Jasow suchten sich gute Plätze in der Nähe einer Elterngruppe. Ihre Armeemäntel mit den glänzenden Schulterklappen garantierten ihnen gute Sicht und Ellbogenraum. Die vier Sicherheitsmänner hielten sich in der Nähe auf und waren bemüht, nicht zu auffällig aufs Spielfeld zu schauen. Die Fahrt zum Spiel war auf eine plötzliche Eingebung des Ministers hin erfolgt.

Das Spiel war von Anfang an spannend. Der Mittelstürmer der Gäste ging vor wie ein Wiesel, schoß exakte Pässe und stand sicher auf den Kufen. Die Gastgeber – das Team mit dem Amerikaner und Mischas Großneffen – wurde für den Großteil der ersten Spielzeit in die eigene Hälfte gedrängt, aber der kleine Mischa war ein aggressiver Verteidiger, und der Amerikaner fing einen Paß ab und trieb den Puck übers ganze Feld, aber der gegnerische Torwart rettete so brillant, daß die Fans beider Seiten Rufe der Bewunderung ausstießen.

«Schade», bemerkte Mischa.

«Ein schöner Ausbruch, aber toll gehalten», meinte Jasow. «Ich werde der Armeemannschaft den Namen des Kindes geben. Danke für die Einladung, Mischa. Ich hatte ganz vergessen, wie spannend so ein Jugendspiel sein kann.»

«Über was die wohl reden?» fragte ein KGB-Offizier, der mit zwei Männern versteckt unter der Tribüne stand.

«Vielleicht sind sie nur Eishockeyfans», erwiderte der Mann mit der Kamera. «Verdammt, da entgeht uns ein tolles Spiel. Schauen Sie sich bloß diese Affen von der Sicherheit an – glotzen aufs Spielfeld. Wenn ich jetzt Jasow umbringen wollte –»

«Keine so üble Idee, wie ich höre», bemerkte der dritte. «Der Vorsitzende –»

«Das geht uns nichts an!» fuhr der Offizier barsch dazwischen.

«Los, Eddie!» schrie Mary Pat schrill, als die zweite Spielzeit begann. Ihr Sohn sah verlegen auf. Warum muß die Mami immer so ausrasten? dachte er.

«Wer war das?» fragte Mischa fünf Meter weiter.

«Die Dürre da drüben – wir sind ihr mal begegnet, erinnern Sie sich noch?» sagte Jasow.

«Ist wohl ein Fan», stellte Filitow fest, als die Gastgeber einen Angriff vortrugen. Bitte, Genosse Minister, nimm mir das ab... Sein Wunsch ging in Erfüllung.

«Gehen wir mal rüber und sagen ihr guten Tag.» Die Menge wich vor ihnen zurück, und Jasow machte sich von links an die Frau heran.

«Mrs. Foley?»

Sie drehte sich rasch um, lächelte flink und wandte sich dann wieder dem Spielgeschehen zu. «Tag, General –»

«Eigentlich bin ich Marschall. Ist Ihr Sohn die Nummer zwölf?»

«Ja, und haben Sie gesehen, wie ihm der Tormann die Chance vermasselt hat?»

«Er hat brillant gehalten», meinte Jasow.

«Soll er das bei einem anderen tun!» rief sie, als die gegnerische Mannschaft in Eddies Hälfte eindrang.

«Sind alle amerikanischen Fans so fanatisch wie Sie?» fragte Mischa.

Sie drehte sich etwas verlegen um. «Schrecklich, nicht wahr? Eltern sollten sich doch verhalten –»

«Wie Eltern?» Jasow lachte. Das überraschte sie. Er galt als verkniffener, ernster Typ.

«Wer ist die Frau?»

«Amerikanerin. Ihr Mann ist der Presseattaché. Ihr Sohn spielt mit. Wir haben beide in den Akten. Nichts Besonderes.»

«Hübsch ist sie aber. Ich wußte gar nicht, daß Jasow ein Schürzenjäger ist.»

«Meinen Sie vielleicht, er will sie rekrutieren?» merkte der Fotograf an und knipste fleißig.

«Hätte ich nichts dagegen.»

In der dritten Spielzeit wurde es aufregend. Ein Schuß aufs Tor wurde gehalten, der Puck prallte zurück. Der Mittelstürmer nahm ihn und tobte los aufs gegnerische Tor, rechts flankiert von Eddie, gab ab, ehe er gestoppt wurde. Eddie fegte weiter zur Ecke – unfähig, aufs Tor zu schießen und von einem heranstürmenden Verteidiger gehindert, sich ihm zu nähern.

«Zurückgeben!» schrie seine Mutter. Das hörte Eddie nicht, aber er sah auch so, daß der Mittelstürmer nun in Schußposition war. Eddie spielte ihm den Puck zu. Der junge Mittelstürmer stoppte ihn mit dem Stock und knallte ihn dann zwischen den Beinen des Tormanns hindurch ins Tor.

«Perfekter Paß», bemerkte Jasow mit Bewunderung. «Ihnen ist wohl klar, daß Ihr Sohn nun Staatsgeheimnisse kennt und das Land nicht mehr verlassen darf.»

Mary Pat machte vor Entsetzen große Augen und brachte Jasow nun wirklich zu der Annahme, daß sie eine hysterische Frau aus dem Westen war.

«Ist das Ihr Ernst?» fragte sie leise. Die beiden Soldaten brachen in Gelächter aus.

«Der Genosse Minister scherzt», sagte Mischa nach einem Augenblick.

«Dachte ich mir's doch», sagte sie wenig überzeugend und wandte ihre Aufmerksamkeit wieder dem Spiel zu. «Los, noch ein Tor!»

«Also, wenn das eine Spionin ist, freß ich meine Kamera!»

«Überlegen Sie sich mal, was Sie da gesagt haben», flüsterte der Offizier und wurde sofort wieder ernst. Was hat er da gesagt? Ihr Mann, Edward Foley, war nicht clever genug, um seinen Job bei der *New York Times* zu halten. Einerseits die perfekte Tarnung, von der jeder richtige Geheimagent träumte, andererseits ein Typ, den man überall auf der Welt in Regierungsdiensten fand. Er wußte das genau, denn sein Vetter, ein ausgemachter Dummkopf, arbeitete im Außenministerium.

«Haben Sie auch genug Film?»

Vierzig Sekunden vorm Abpfiff bekam Eddie seine Chance. Ein gegnerischer Verteidiger klärte, und der Puck landete beim Mittelverteidiger, der ihn nach rechts abspielte. Der Gegner war im Begriff gewesen, seinen Tormann auszuwechseln, als Eddie den Paß annahm und aufs Tor schoß. Der Puck knallte gegen den Posten, prallte ab und landete hinter der Torlinie.

«Tor!» jubelte Mary Pat trotzdem, sprang auf und ab und umarmte Jasow, was dessen Leibwächter konsternierte. Dann packte sie Filitow.

«Hab ich's nicht gesagt? Sie bringen Glück!»

«Gute Güte, sind denn alle amerikanischen Hockeyfans so verrückt?» fragte Mischa und löste sich von ihr. Ihre Hand hatte für den Bruchteil einer Sekunde seine berührt; die drei Filmkassetten steckten im Handschuh. Ihr Geschick bei der Übergabe verblüffte ihn. War sie eine Zauberkünstlerin?

«Warum seid ihr Russen bloß immer so todernst – könnt ihr euch denn nicht mal gehenlassen?»

«Vielleicht sollten wir uns mehr mit Amerikanern umgeben», gestand Jasow zu. «Sie haben einen Prachtkerl von Sohn, und selbst wenn er in der Olympiamannschaft gegen uns antritt, werde ich ihm vergeben.» Ein strahlendes Lächeln war seine Belohnung.

«Wie nett von Ihnen.»

«Haben Sie etwas gesehen?»

«Nur eine dumme Frau, die sich nicht eingekriegt hat», erwiderte der Fotograf.

«Wann ist der Film entwickelt?»

«In zwei Stunden.»

«Dann zischen Sie los», sagte der Offizier.

«Haben *Sie* denn etwas gesehen?» fragte der andere KGB-Mann seinen Vorgesetzten.

«Nein, ich glaube nicht. Wir haben sie zwei Stunden lang beobachtet, und sie benimmt sich wie eine typische amerikanische Mutter, die sich in ihren Enthusiasmus hineinsteigert. Andererseits erregte sie die Aufmerksamkeit des Verteidigungsministers und des Hauptverdächtigen in einem Fall von Landesverrat. Das reicht, Genosse, finden Sie nicht auch?»

Zwei Stunden später lagen über zweitausend Fotos vor dem Offizier ausgebreitet. Die japanische Kamera gab am unteren Bildrand die Uhrzeit an, und der KGB-Fotograf verstand sich auf sein Handwerk so gut wie jeder Profi von der Presse. Er hatte fast ununterbrochen geknipst und nur innegehalten, um einen neuen Film in die Kamera mit Autowinder einzulegen. Anfangs hatte der Offizier einen Camcorder verlangt, war aber von dem Fotografen von dieser Idee abgebracht worden. Eine Standbildkamera war dank höherer Auflösung und Lichtempfindlichkeit eher in der Lage, rasche kleine Bewegungen zu erfassen.

Der Offizier hatte eine Lupe und widmete jedem Bild ein paar Sekunden. Als Mrs. Foley in der Bildsequenz auftauchte, nahm er sich mehr Zeit, sah sich geruhsam ihre Kleidung, ihren Schmuck und ihr Gesicht an. Ihr Lächeln kam ihm ganz besonders schwachsinnig vor, erinnerte ihn an die Fernsehreklame im Westen, und dann erinnerte er sich, sie schreien gehört zu haben. Warum mußten Amerikaner eigentlich immer so laut sein?

Doch seltsam: Durchs Fernglas hatte sie ausgesehen, als hätte sie ein Spatzenhirn. Hier aber, auf den Fotos, funkelten ihre Augen wach, schienen sich auf etwas zu konzentrieren. Wie kam das?

Er sah sich weitere Bilder an und sagte sich dabei, daß die Foleys eigentlich nie genau durchleuchtet worden waren. Ihre Akten waren relativ dünn. Beim Zweiten Direktorat galten sie als unbedeutende Figuren. Irgend etwas sagte ihm, daß das ein Fehler war, aber die Stimme war noch nicht laut genug. Nun kam er zur letzten Bilderserie, schaute auf die Uhr. Drei Uhr früh, verflucht noch mal. Er goß sich eine neue Tasse Tee ein.

Ah, das mußte beim zweiten Tor aufgenommen worden sein. Sie

sprang wie eine Gazelle. Hübsche Beine, stellte er fest. Nur noch ein paar Schnappschüsse bis zum Ende des Spiels. Ja, da küßte sie Jasow ab, hängte sich dann an Filitow...

Er erstarrte. Die Kamera hatte etwas festgehalten, was ihm durchs Fernglas entgangen war. Beim Umarmen von Filitow war der Blick der Frau auf einen der Leibwächter geheftet, den einzigen, der nicht dem Spiel zuschaute. Ihre linke Hand lag nicht auf Filitows Rücken, sondern befand sich, den Blicken des Beobachters entzogen, unten bei seiner Rechten. Er ging ein paar Bilder zurück. Kurz vor der Umarmung hatte sie die Hand in der Manteltasche gehabt. Als sie den Verteidigungsminister umarmt hatte, war sie zur Faust geballt. Nach Filitow war sie wieder offen. Jetzt war er sicher.

«Das ist doch nicht zu fassen –» flüsterte er.

Wie lange sind die Foleys schon hier? Er strapazierte seinen erschöpften Verstand, fand aber keine Antwort. *Seit mindestens zwei Jahren – und wir haben nichts gemerkt.* Er griff nach dem Telefonhörer und wählte Watutins Privatnummer. Es wurde schon beim ersten Läuten abgenommen.

«Ich habe etwas Interessantes», sagte der Offizier schlicht.

«Schicken Sie einen Wagen.»

Fünfundzwanzig Minuten später traf Watutin unrasiert und reizbar ein. Der Major legte ihm nur die relevante Bilderserie vor.

«Wir hatten sie niemals im Verdacht», sagte er, als der Oberst sich die Fotos durch die Lupe betrachtete.

«Vorzügliche Tarnung», merkte Watutin säuerlich an. Er hatte gerade erst eine Stunde geschlafen, als das Telefon ging, und hatte noch immer Schwierigkeiten, ohne die üblichen paar Gläser vorm Einschlafen auszukommen. Er sah auf.

«Ist das zu glauben? Direkt vor dem Verteidigungsminister und vier Leibwächtern. Was hat diese Frau für eine Courage! Wer überwacht sie normalerweise?»

Der Major reichte ihm wortlos eine Akte. Watutin blätterte sie durch.

«Dieser alte Bock! Sehen Sie sich das mal an – der ist seit dreiundzwanzig Jahren Leutnant!»

«Die US-Botschaft hat über siebenhundert Angestellte», merkte der Major an. «Und wir haben nur eine begrenzte Anzahl guter Beamter –»

«Die alle miteinander die falschen Leute überwachen.» Watutin ging ans Fenster. «Jetzt hat das ein Ende. Und ihren Mann nehmen wir uns auch vor!» fügte er hinzu.

«Das würde ich ebenfalls empfehlen, Genosse Oberst. Wahrscheinlich arbeiten sie beide für die CIA.»

«Sie hat Filitow etwas zugesteckt.»

«Wahrscheinlich eine Botschaft.»

Watutin setzte sich und rieb sich die Augen. «Gut gemacht, Genosse Major.»

An der Grenze zwischen Pakistan und Afghanistan dämmerte bereits der Morgen. Der Bogenschütze bereitete sich auf die Rückkehr in seinen Krieg vor. Seine Männer hatten ihre neuen Waffen verladen, während der Bogenschütze, ihr neuer Anführer, noch einmal seine Pläne für die kommende Woche durchging. Unter anderem hatte er von Ortiz einen kompletten Satz taktischer Karten erhalten. Diese waren mit Hilfe von Satellitenaufnahmen erstellt worden und zeigten sowjetische Stützpunkte und Gebiete, in denen Militärstreifen aktiv waren. Er hatte nun auch ein Kurzwellenradio, mit dem er Wetterberichte, auch russische, empfangen konnte. Der Marsch sollte erst bei Einbruch der Dunkelheit beginnen.

Er sah sich um. Einige seiner Männer hatten ihre Familien an diesen sicheren Ort gebracht. Das Flüchtlingslager war überfüllt und laut, aber doch den von den Russen zerbombten Dörfern und Städten vorzuziehen. Es waren Kinder hier, wie der Bogenschütze sah, und Kinder sind dort am glücklichsten, wo sie ihre Eltern, etwas zu essen und Spielkameraden haben. Die Jungen spielten schon mit Gewehren. Er sah das mit einem Bedauern, das nach jedem Marsch gegen den Feind nachließ. Lücken in den Reihen der *mudschaheddin* mußten geschlossen werden, und die jüngsten Männer waren die tapfersten. Und wenn sie für die Freiheit sterben mußten, taten sie das für Allah, der seinen Märtyrern gnädig war. Der Bogenschütze sah zu, wie einer seiner Schützen seinem Erstgeborenen das Laufen beibrachte. Allein schaffte der Kleine es noch nicht, aber nach jedem wackligen Schritt schaute er zu dem lächelnden, bärtigen Gesicht seines Vaters auf, den er seit seiner Geburt nur zweimal gesehen hatte. Der neue Anführer der Gruppe mußte an seinen eigenen Sohn denken, den man nun auf einem ganz anderen Pfad führte...

Der Bogenschütze wandte sich wieder seiner Arbeit zu. Als Raketenschütze konnte er nun nicht mehr fungieren, aber er hatte Abdul gut ausgebildet. Der Bogenschütze war nun der Führer seiner Männer; etwas, das er sich verdient hatte. Besser noch, seine Leute glaubten, das Glück sei mit ihm.

Das Unheil kam ohne Warnung. Der Bogenschütze riß den Kopf herum, als er das Krachen der 50-mm-Geschosse hörte, sah dann die gepfeilten Umrisse der in weniger als hundert Meter Höhe anfliegenden Fencer. Er hatte noch nicht einmal nach seinem Gewehr gegriffen, als die ersten Bomben sich von den Maschinen lösten, in der Luft taumelten, ehe die Leitflossen sie stabilisierten. Dann das Triebwerksgetöse der sowjetischen Su-24-Bodenkampfflugzeuge. Er folgte ihnen beim Anlegen, aber sie flogen zu schnell. Nun konnte er nur noch in Deckung gehen, und dann schien sich alles ganz langsam abzuspielen. Er schaute noch einmal auf, sah Menschen fliehen und den Versuch seines Kameraden, den kleinen Sohn mit seinem Körper zu decken. Der Bogenschütze sah zum Himmel und merkte entsetzt, daß eine Bombe direkt auf ihn zuzustürzen schien; ein schwarzer Punkt am klaren Morgenhimmel. Es blieb ihm noch nicht einmal die Zeit, Allah anzurufen, als sie über ihn hinwegflog; dann erbebte der Boden.

Er war von der Explosion benommen und betäubt und kam unsicher auf die Beine. Es war eigenartig, Lärm zu sehen und zu spüren, aber nicht zu hören. Instinktiv entsicherte er sein Gewehr, sah sich nach der nächsten Maschine um. Da! Wie von selbst feuerte das Gewehr, konnte aber nichts ausrichten. Der nächste Fencer warf seine Bombenladung hundert Meter weiter ab und verschwand hinter einer schwarzen Rauchwolke. Das war alles.

Langsam kehrten die Geräusche zurück, klangen aber entfernt, wie im Traum. Doch dies war kein Traum. Wo der Mann mit dem Kind gelegen hatte, gähnte nun ein Krater. Ihm fiel ein, daß er dem Russen Barmherzigkeit erwiesen hatte. Nie wieder. Seine Hände, die das Gewehr umklammerten, waren kreideweiß.

Zu spät erschien ein pakistanischer F-16, aber die Russen waren schon über die Grenze. Eine Minute später umkreiste der F-16 zweimal das Lager und wandte sich dann zurück zu seinem Stützpunkt.

«Sind Sie verletzt?» Das war Ortiz, der eine Schnittwunde im Gesicht hatte und sehr entfernt klang.

Der Bogenschütze gab keine Antwort, sondern wies nur mit seinem Gewehr auf eine Frau, die gerade zur Witwe geworden war und nach ihrer Familie schrie. Gemeinsam suchten die beiden Männer nach Verwundeten, denen geholfen werden konnte. Zum Glück war die Sanitätsstation unversehrt geblieben. Der Bogenschütze und der CIA-Mann schleppten ein halbes Dutzend Leute dorthin. Ein französischer Arzt hatte sich schon an seine blutige Arbeit gemacht.

Beim nächsten Gang fanden sie Abdul. Der junge Mann hatte eine Stinger eingelegt und schußbereit, gestand aber weinend, geschlafen zu haben, als die Angreifer kamen. Der Bogenschütze klopfte ihm auf die Schulter und meinte, es sei nicht seine Schuld. Ein französisches Fernsehteam erschien, und Ortiz führte den Bogenschützen an eine Stelle, wo sie nicht gesehen werden konnten.

«Sechs», sagte der Bogenschütze. Die Zivilopfer zählte er nicht.

«Diese russischen Angriffe sind ein Zeichen von Schwäche, mein Freund», erwiderte Ortiz. Mehr Trost hatte er nicht zu spenden. Er befürchtete, daß die Unterstützung der Afghanen ähnlich enden würde wie frühere Versuche, den Hong in Laos zu helfen, die sich tapfer gegen ihre vietnamesischen Feinde gewehrt hatten, nur um trotz aller westlichen Waffenlieferungen fast völlig ausgerottet zu werden. Diese Situation ist anders, sagte sich der CIA-Offizier und hielt seine Einschätzung auch für objektiv korrekt, doch es schmerzte ihn, diese Männer bis an die Zähne bewaffnet das Lager verlassen und dann dezimiert zurückkehren zu sehen. Half Amerika eigentlich den Afghanen bei der Rückgewinnung ihres Landes, oder ermunterte es sie nur, so viele Russen wie möglich zu töten, ehe auch sie ausradiert wurden?

Was ist die richtige Politik? fragte er sich. Ortiz gestand, die Antwort auf diese Frage nicht zu wissen.

Er wußte auch nicht, daß der Bogenschütze gerade eine selbständige Entscheidung getroffen hatte.

15

So, nun brauchen wir nur noch die Falle zuschnappen zu lassen», sagte Watutin gelassen zu seinem Vorsitzenden und wies auf das Beweismaterial auf Gerasimows Schreibtisch.

«Vorzügliche Arbeit, Oberst!» Der Vorsitzende des KGB gestattete sich ein Lächeln. «Ihr nächster Schritt?»

«Angesichts des ungewöhnlichen Status des Verdächtigen sollten wir versuchen, ihn bei der Dokumentenübergabe in flagranti zu ertappen. Offenbar weiß die CIA, daß wir die Kurierkette zu Filitow unterbrochen haben, und ließ die Übergabe von einer ihrer eigenen Agenten durchführen – trotz der geschickten Ausführung ein Akt der Verzweiflung. Bei dieser Gelegenheit möchte ich auch die Foleys enttarnen.»

«Einverstanden.» Gerasimow nickte. «Es ist Ihr Fall, Genosse Oberst. Nehmen Sie sich alle Zeit, die Sie brauchen.» Beiden Männern war klar, daß er eine knappe Woche meinte.

«Vielen Dank, Genosse Vorsitzender.» Watutin kehrte auf der Stelle in sein Arbeitszimmer zurück, wo er seine Abteilungschefs unterrichtete.

Die Mikrophone waren hochempfindlich. Filitow wälzte sich im Schlaf herum, und das Spulentonbandgerät zeichnete jedes Rascheln, jedes unverständliche Murmeln auf. Endlich ein neues Geräusch; der Mann unterm Kopfhörer gestikulierte zu seinen Kollegen. Es klang, als blähte sich ein Segel – Filitow warf die Bettdecke beiseite.

Dann kam das Husten. Der alte Mann hatte Lungenbeschwerden, wie in seiner Akte stand. Anschließend schneuzte er sich, was die KGB-Leute zu einem Grinsen verleitete. Es klang nämlich wie die Pfeife einer Lokomotive.

«Ich hab ihn», sagte der Mann an der Fernsehkamera. «Er ist unterwegs zum Bad.» Zwei TV-Kameras mit Teleobjektiven waren auf die beiden Fenster der Wohnung gerichtet.

Die Wohnungstür ging auf und wieder zu: Der Verdächtige hatte seinen *Roten Stern* hereingeholt, den ein Bote vom Verteidigungsministerium jeden Morgen brachte. Sie hörten das Gurgeln der Kaffeemaschine und tauschten einen vielsagenden Blick –, der Verräter trank tatsächlich jeden Morgen guten Bohnenkaffee!

Inzwischen war er sichtbar, saß an dem kleinen Küchentisch und las seine Zeitung. Als der Kaffee fertig war, stand er auf, um die Milch aus dem kleinen Kühlschrank zu holen. Er schnüffelte daran, um sicherzustellen, daß sie nicht sauer war, ehe er sie in die Tasse gab. Dann schmierte er sich dick Butter auf sein Schwarzbrot.

«Ißt immer noch wie ein Soldat», meinte der Kameramann.

«Und was war er einmal für ein guter», merkte ein anderer Offizier an. «Alter Narr, wie konntest du nur so etwas tun?»

Nach dem Frühstück sahen sie zu, wie Filitow ins Bad ging, um sich zu waschen und zu rasieren. Auf dem Fernsehschirm verfolgten sie, wie er eine Bürste hervorholte und seine Stiefel polierte. Sie wußten, daß er immer Stiefel trug, was ungewöhnlich war für einen Bediensteten des Verteidigungsministeriums. Ungewöhnlich waren aber auch die drei Sterne an seiner Uniformbluse. Er musterte sich im Spiegel über der Frisierkommode. Die Zeitung kam in die Aktentasche, und dann verließ Filitow die Wohnung. Als letztes hörten sie, wie der Schlüssel umgedreht wurde. Der Major ging ans Telefon.

«Der Verdächtige ist unterwegs. Heute nichts Außergewöhnliches. Observationsteam bereit.»

«Gut», erwiderte Watutin und legte auf.

Einer der Kameraleute stellte die Linse auf die Haustür scharf. Filitow erwiderte den Gruß des Fahrers, stieg ein, und der Wagen fuhr an. Ein ganz ereignisloser Morgen, fanden alle. Nun konnten sie es sich leisten, geduldig zu sein.

Die Berge im Westen waren wolkenverhangen, ein feiner Nieselregen fiel. Der Bogenschütze war noch nicht aufgebrochen. Es mußten noch Gebete gesprochen, Menschen getröstet werden. Ortiz war fort, um sich von einem französischen Arzt die Wunde im Gesicht versorgen zu lassen. In der Zwischenzeit durchwühlte sein Freund CIA-Dokumente.

Dabei fühlte er sich unbehaglich, aber der Bogenschütze sagte sich, daß er ja nur nach Papieren suchte, die er der CIA selbst gebracht hatte. Er fand die gesuchte Karte, an der mit Büroklammern mehrere Planzeichnungen befestigt waren. Diese skizzierte er rasch und akkurat nach, ehe er alles wieder so zurücklegte, wie er es vorgefunden hatte.

«Müßt ihr immer so verkrampft sein?» Bea Taussig lachte.

«Gehört bei uns zum Image», erwiderte Al und kaschierte seine Abneigung gegen den Gast mit einem Lächeln. Was fand Candi nur an dieser ... was immer sie sein mochte. Daß sie etwas gegen ihn zu haben schien, störte ihn nicht – Al war allgemein beliebt, und das genügte ihm. Und wenn er nicht dem Bild entsprach, das sich manche von einem Armeeoffizier machten, dann war das nicht sein Problem. Aber Bea hatte etwas Seltsames an sich.

«Gut, kommen wir zum Geschäft», sagte ihr Gast amüsiert. «Leute aus Washington wollen von mir wissen, wie bald –»

«Jemand sollte diesen Bürokraten stecken, daß man solche Sachen nicht einfach an- und abstellen kann», murrte Candi.

«Höchstens sechs Wochen.» Al grinste. «Vielleicht sogar noch früher.»

«Wann?» fragte Candi.

«Bald. Wir hatten zwar noch keine Gelegenheit, es durch einen Simulator laufen zu lassen, aber ich habe ein gutes Gefühl. Die Idee stammt von Bob und vereinfacht die Software noch mehr, als ich es im Auge hatte. Wir kommen also mit weniger Computerleistung als erwartet aus.»

«Ach, wirklich?»

«Ja, wir haben die Sache übertechnisiert und uns zu sehr auf Vernunft und zu wenig auf unseren Instinkt verlassen. Man braucht dem Computer nicht eigens zu sagen, wie jedes Problem auszuarbeiten ist. Die Anzahl der Befehle läßt sich durch Einbau vorbestimmter Optionen ins Programm um zwanzig Prozent verringern. Das geht rascher und ist einfacher als die bisherige Methode, die dem Computer die meisten Entscheidungen aufgrund eines Menüs überließ.»

«Und die Anomalien?» fragte Bea Taussig.

«Darum geht es ja. Die Computer verlangsamten den ganzen Prozeß mehr, als wir angenommen hatten. Nun machten sie das ganze Ding so flexibel, daß es am Ende so gut wie gar nichts mehr auf die Reihe kriegte. Die erwartete Laserleistung ist so hoch, daß das System schon bereit für eine Feueroption ist, ehe der Computer entschieden hat, ob er überhaupt zielen soll – warum also nicht einfach losballern? Wir drücken ab, auch wenn die Sache nicht dem vorgegebenen Profil entspricht.»

«Ihre Laserspezifikationen haben sich geändert», merkte Bea an.

Der kleine Schlaffi grinste schon wieder. Bea Taussig rang sich ein Lächeln ab. *Ich weiß etwas, was du nicht weißt*, stimmt's? Bei seinem bloßen Anblick bekam sie schon eine Gänsehaut, aber schlimmer noch war, daß Candi ihn anhimmelte, als sei er Paul Newman! Ausgerechnet in diesen blassen, pickligen Jüngling mußte sie verknallt sein. Bea wußte nicht, ob sie lachen oder weinen sollte.

«Auch wir von der Verwaltung müssen vorausplanen können», sagte Bea Taussig.

«Bedaure, Bea, du kennst ja die Sicherheitsvorschriften.»

«Da wundert man sich, wie wir überhaupt etwas zustande bringen.» Candi schüttelte den Kopf. «Wenn das so weitergeht, dürfen Al und ich zwischendurch noch nicht mal mehr miteinander reden.» Sie warf ihrem Freund einen lüsternen Blick zu. Bea Taussig verdrehte die Augen.

«Da ist etwas. Die Frage ist nur: was?» Jones schaltete sein Mikrophon ein. «Brücke, hier Sonar, wir haben einen Kontakt in null-neun-acht, designiert Sierra-vier.»

«Sind Sie sicher, daß das ein Kontakt ist?» fragte ein junger Maat.

«Sehen Sie das?» Jones fuhr mit dem Zeigefinger über den Bildschirm. Das «Wasserfall-Display» stellte einen Wirrwarr von Hintergrundgeräuschen dar. «Vergessen Sie nicht, wir suchen nicht vom Zufall erzeugte Geräusche – wie diese Linie da.» Er tippte einen Befehl zur Änderung des Displays ein. Der Computer begann, Signale auf bestimmten Frequenzen zu verarbeiten. Innerhalb einer Minute wurde das Bild klar. Der Lichtstreifen auf dem Schirm war unregelmäßig geformt, gewölbt und verjüngte sich, deckte etwa fünf Grad ab. Jones starrte einige Sekunden lang auf den Schirm und sprach dann wieder.

«Brücke, hier Sonar. Klassifiziere Kontakt Sierra-vier als Fregatte der Kriwak-Klasse. Richtung neun-null-sechs. Scheint rund fünfzehn Knoten zu laufen.» Jones wandte sich an den jungen Mann und mußte an seine erste Fahrt denken. Diesem Neunzehnjährigen fehlten noch die «Delphinaugen». «Hier, das ist die Hochfrequenzsignatur der Turbinen, die eine Kriwak meist schon aus großer Entfernung verrät, weil ihre Schallisolierung nicht sehr gut ist.»

Mancuso betrat den Sonarraum. *Dallas* war ein 688 der ersten Baureihe und hatte noch keine direkte Verbindung zwischen Zentrale und Sonar. Der Captain machte mit seinem Kaffeebecher eine Geste zum Schirm hin.

«Wo ist die Kriwak?»

«Hier. Richtung konstant. Wir haben günstige Wasserbedingungen. Sie ist wahrscheinlich ein gutes Stück entfernt.»

Der Skipper lächelte. Jones versuchte immer, die Entfernung abzuschätzen, und hatte in seinen zwei Jahren mit Mancuso meist recht gehabt. Achtern war der Feuerleittrupp dabei, die Position des Zieles in Relation zum bekannten Kurs von *Dallas* einzuzeichnen, um die Distanz und den Kurs der sowjetischen Fregatte zu bestimmen.

An der Oberfläche herrschte wenig Aktivität. Die drei anderen ermittelten Sonarkontakte waren allesamt Frachter. Das Wetter war zwar akzeptabel, aber die Ostsee, in Mancusos Augen kaum mehr als ein überdimensionaler Teich, war im Winter nur selten angenehm. Fast alle Schiffe des Gegners lagen zur Überholung im Hafen, und es gab auch so gut wie kein Eis. In harten Wintern fror die Ostsee zu, und das hätte die Mission so gut wie unmöglich gemacht.

Bislang wußte nur Clark, was diese Mission war.

«Captain, Position von Sierra-vier steht fest», rief ein Lieutenant aus der Zentrale.

Jones faltete ein Blatt Papier und reicht es Mancuso.

«Ich warte.»

«Distanz sechsunddreißigtausend, Kurs ungefähr zwei-neun-null.»

Mancuso entfaltete den Zettel und mußte lachen. «Jones, Sie sind immer noch ein Hexenmeister!» Er gab das Papier zurück und ging nach achtern, um einen Ausweichkurs zu befehlen.

Der Sonarmann neben Jones nahm das Stück Papier und las die Schätzung laut vor. «Woher wußten Sie das? Das soll doch eigentlich gar nicht möglich sein.»

«Übung, alles Übung», meinte Jones und nahm Notiz von der Kursänderung. Das war nicht der Mancuso, den er in Erinnerung hatte. Früher wäre der Skipper herangegangen, um Fotos durchs Periskop und Zielübungen mit den Torpedos zu machen; hätte das sowjetische Schiff wie einen Feind im Krieg behandelt. Diesmal aber vergrößerte er die Distanz zu der Fregatte, schlich sich weg. Da Jones nicht glauben wollte, daß in Mancuso eine solche Veränderung vorgegangen war, fragte er sich, was es mit dieser neuen Mission auf sich hatte.

Von Mr. Clark hatte er nicht viel gesehen. Der Mann verbrachte viel Zeit achtern im Maschinenraum, wo sich das «Fitneßcenter» des Bootes befand – eine Tretmühle, eingeklemmt zwischen zwei Werkzeugmaschinen. Schon hielt sich die Besatzung über seine Schweigsamkeit auf, denn Clark lächelte nur im Vorbeigehen und ging seiner Wege. Ein Chief entdeckte die Tätowierung an seinem Unterarm und wisperte den Kameraden zu, was der rote Seehund bedeutete.

Jones erhob sich und ging nach achtern. Für heute hatte er genug Unterricht gegeben, und als Zivilist stand es ihm frei, nach Belieben im Boot umherzuwandern. Er stellte fest, daß *Dallas* ganz gemächlich mit neun Knoten nach Osten lief. Ein Blick auf die Seekarte verriet ihm, wo sie sich befanden, und an der Nervosität des Navigators merkte er, wie weit ihr Weg noch war. Jones ging nach unten, um sich ein Coke zu holen, und begann sich ernsthafte Gedanken zu machen. Dies schien eine spannende Angelegenheit zu werden.

«Ja, Mr. President?» Judge Moore nahm den Anruf angespannt an. *Kam jetzt die Entscheidung?*
«Diese Sache, über die wir gestern sprachen –»
«Jawohl, Sir.» Moore starrte das Telefon an. Abgesehen von dem Hörer, den er hielt, bestand das «sichere» Telefonsystem aus einem im Schreibtisch eingebauten digitalen Zerhacker, der die Worte in Bits zerlegte, verstümmelte und an ein Empfangsgerät sandte, das sie dann rekonstituierte und dank des digitalen Prozesses ohne Nebengeräusche wiedergab.

«Sie können loslegen. Wir können nicht – nun, ich habe letzte Nacht entschieden, daß wir den Mann nicht im Stich lassen dürfen.» Das mußte für den Präsidenten das erste Telefonat des Tages gewesen sein, und die Gefühlsbewegung klang noch durch. Moore fragte sich, ob das Schicksal des gesichtslosen Agenten ihm den Schlaf geraubt hatte. Gut möglich; der Präsident war so veranlagt. Er war aber auch ein Mann, der bei einmal gefällten Entscheidungen blieb. Pelt würde den ganzen Tag lang versuchen, ihn umzustimmen, aber da der Präsident seinen Entschluß schon um acht Uhr früh bekanntgegeben hatte, würde er auch dabei bleiben müssen.

«Ich danke Ihnen, Mr. President. Ich werde alles in Bewegung setzen.» Zwei Minuten später war Ritter in Moores Büro.

«Grünes Licht für das Rausholen von KARDINAL!» rief Moore.

«Was bin ich froh, daß ich den Mann gewählt habe!» sagte Ritter und schlug sich in die Handfläche. «In zehn Tagen sitzt unser KARDINAL an einem sicheren Ort. Das Debriefing wird *Jahre* dauern!» Dann eine ernüchterte Pause. «Schade, daß wir ihn als Agenten verlieren. Übrigens hat Mary Pat gestern die Filme an ihn übergeben.»

«Großartiges Team, die Foleys», bemerkte Moore. «So, Bob, Ihr Wunsch ist in Erfüllung gegangen. Legen Sie los.»

«Wird gemacht, Sir.» Ritter ging, um seine Nachricht abzusetzen, und informierte dann Admiral Greer.

Das Telex ging über Satellit und traf schon fünfzehn Minuten später in Moskau ein: REISEPLÄNE GENEHMIGT. ALLE BELEGE FÜR ROUTINEMÄSSIGE KOSTENRÜCKERSTATTUNG AUFBEWAHREN.

Ed Foley nahm den entschlüsselten Spruch mit in sein Dienstzimmer. Nur noch eine Übergabe, dachte er. Wir stecken ihm gleichzeitig das Signal zu, und dann braucht Mischa sich nur noch an den Plan zu halten und nach Leningrad zu fliegen. Günstig war, daß KARDINAL seine Flucht einmal im Jahr geprobt hatte. Seine alte Panzereinheit gehörte nun zum Militärdistrikt Leningrad, und Mischa suchte sie regelmäßig auf und sorgte auch dafür, daß sie als erste neue Ausrüstung bekam und in neuen Taktiken ausgebildet wurde. Nach seinem Tod sollte das Regiment «Filitow-Garde» getauft werden – schade, dazu würde es jetzt nicht kommen. Vielleicht setzte ihm aber auch die CIA ein Denkmal...

Noch aber stand eine Übergabe bevor, und keine einfache. Eins nach dem anderen, mahnte er sich. Erst müssen wir KARDINAL einmal warnen.

Eine halbe Stunde später verließ ein unauffälliger Botschaftsangehöriger das Gebäude, um zu einer bestimmten Zeit an einem bestimmten Punkt Aufstellung zu nehmen. Dieses «Signal» sollte dann eine andere Person, die vermutlich nicht vom Zweiten Direktorat beschattet wurde, wahrnehmen. Diese Person hatte dann die Aufgabe, an einer bestimmten Stelle eine Kreidemarkierung anzubringen. Mehr wußte sie nicht. Langweilig – sollte Spionage denn nicht mit Spannung verbunden sein?

«Da ist unser Freund.» Watutin saß mit im Wagen, weil er sich persönlich davon überzeugen wollte, daß alles ordentlich erledigt wurde. Filitow bestieg seinen Dienstwagen, der Chauffeur fuhr an. Watutins Fahrzeug folgte ihm einen halben Kilometer weit und bog dann ab; ein anderer KGB-Wagen kam aus einer Seitenstraße gejagt und übernahm die Verfolgung.

Nun verfolgte Watutin die Entwicklung über Funk weiter. Die Sprüche waren knapp und sachlich, als sich die sechs Wagen bei der Überwachung abwechselten. Im allgemeinen lag einer vor dem Objekt und einer hinter ihm. Filitows Auto hielt vor einem Lebensmittelgeschäft für hohe Beamte des Verteidigungsministeriums. Drinnen hatte Watutin einen Mann postiert, der beobachten sollte, was Filitow kaufte und mit wem er sprach.

Wie er sah, ging alles glatt, was angesichts der Tatsache, daß der Vorsitzende sich persönlich für diesen Fall interessierte, kein Wunder war. Watutins Wagen jagte dem Opfer voraus und ließ den Oberst gegenüber von Filitows Haus aussteigen. Watutin ging hinein und hinauf in die Wohnung, die das KGB übernommen hatte.

«Genau zur richtigen Zeit», sagte ein Offizier, als Watutin eintrat.

Der Mann vom Zweiten Direktorat schaute diskret aus dem Fenster und sah Filitows Wagen anhalten. Das Verfolgerfahrzeug rollte vorbei, ohne die Fahrt zu verlangsamen, als der Oberst der Roten Armee das Gebäude betrat.

«Objekt betritt gerade das Haus», verkündete ein Fernmeldespezialist. Drinnen sollte eine Frau mit einem Einkaufsnetz voller Äpfel mit Filitow in den Aufzug treten. Oben auf Filitows Stockwerk schlenderte dann ein junges Pärchen an ihm vorbei und schwor sich vernehmlich flüsternd ewige Liebe. Die Mikrophone fingen das Gesäusel auf, als Filitow seine Wohnungstür öffnete.

«Ich hab ihn», sagte der Kameramann.

«Halten wir uns von den Fenstern fern», meinte Watutin überflüssigerweise. Die Männer mit den Ferngläsern hielten sich in sicherer Entfernung von den Fenstern, und solange in der Wohnung kein Licht brannte – die Glühbirnen hatte man herausgeschraubt – merkte niemand, daß jemand in den Räumen war.

Angenehm fanden sie, daß der Mann nie die Vorhänge zuzog. Sie sahen zu, wie er sich im Schlafzimmer umzog, dann zurück in die Küche ging und sich ein einfaches Mahl zubereitete. Sie sahen, wie er den Folienverschluß einer Halbliterflasche Wodka aufriß. Dann setzte er sich ans Fenster und starrte hinaus.

«Ein alter, einsamer Mann», bemerkte ein Offizier. «Ob es wohl an der Einsamkeit lag?»

«Was auch immer es war, wir werden es herausfinden.»

Wie kommt es, daß der Staat uns verraten kann? fragte Mischa zwei Stunden später seinen Gefreiten Romanow.

Wohl weil wir Soldaten sind. Mischa merkte, daß der Gefreite der Frage auswich. Ahnte er, worauf sein Hauptmann hinauswollte?

Und wenn wir den Staat verraten...?

Dann müssen wir sterben, Genosse Hauptmann. Ganz einfach. Wir verdienen den Haß der Arbeiter und Bauern und müssen sterben. Über die Zeitspanne des Dialogs hinweg starrte Romanow seinem Offizier in die Augen. Ihm fehlte der Mut, die Frage zu stellen, aber sein Blick verriet sie: *Hauptmann, was haben Sie getan?*

Gegenüber hörte der Mann am Tonbandgerät ein Schluchzen und fragte sich, was es ausgelöst hatte.

«Was machst du da, Liebling?» fragte Ed Foley. Die Mikrophone hörten mit.

«Eine Liste für die Abreise. Es ist so viel zu erledigen, daß ich besser gleich anfange.»

Foley beugte sich über ihre Schulter. Sie schrieb mit Filzstift auf Plastikfolie, die sich abwischen ließ.

ICH MACH DAS, schrieb sie. HAB DEN PERFEKTEN VORWAND. Mary Pat lächelte und hielt ein Foto von Eddies Eishockeymannschaft hoch. Jeder Spieler hatte seine Unterschrift daraufgesetzt, und oben stand in Eddies ungelenken kyrillischen Lettern: UNSEREM GLÜCKSBRINGER – MIT DANK, EDDIE FOLEY.

Ed Foley zog die Stirn kraus. Typisch für seine Frau, sich der gewagte-

sten Methode zu bedienen. Sollte er sich mit dem Risiko einverstanden erklären?
NA GUT, ABER PASS AUF!!! schrieb er auf den Kunststoff. Ihre Augen funkelten, als sie die Worte wegwischte und ihre Antwort hinschrieb:
KOMM, WIR MACHEN DAS MIKRO GEIL!
Ed erstickte fast bei dem Versuch, einen Lachanfall zu unterdrücken. Wenn so was ansteht, will sie immer, dachte er. Ein wenig seltsam fand er das schon.

Zehn Minuten später lauschten in einem kleinen Raum im Keller des Wohnblocks zwei russische Abhörtechniker verzückt den Geräuschen aus dem Foleyschen Schlafzimmer.

Mary Pat Foley wachte wie üblich um sechs Uhr fünfzehn auf. Draußen war es noch dunkel. Wie die meisten Amerikaner in Moskau haßte sie die Vorstellung, daß ihre vier Wände abgehört wurden, gründlich. Zwar bescherte ihr das manchmal ein perverses Vergnügen, so wie letzte Nacht, aber die Vorstellung, daß die Sowjets auch im Bad Mikrophone hatten, war ihr peinlich. Im Bad maß sie als erstes ihre Körpertemperatur. Beide wollten noch ein Kind und arbeiteten schon seit einigen Monaten fleißig an diesem Projekt – das war unterhaltsamer als das sowjetische Fernsehen. Nach drei Minuten schrieb sie die Temperatur auf eine Tabelle. Wahrscheinlich noch nicht, dachte sie. Noch ein paar Tage vielleicht. Die Reste des Schwangerschaftstests warf sie in den Abfallkorb.

Als nächstes mußten die Kinder geweckt werden. Sie machte sich ans Frühstück und rüttelte alle wach. Ed murrte, von den Kindern kam das übliche Jammern und Stöhnen.

Um sieben Uhr fünfzehn waren alle fertig. Mary Pat klemmte sich ein Paket unter den Arm.

«Heut kommt die Putzfrau, oder?» fragte Ed.

«Ich bin rechtzeitig zurück, um sie reinzulassen», versicherte Mary Pat.

«Gut.» Ed öffnete die Tür und führte die Familie zum Aufzug. Eddie rannte voraus, drückte den Knopf und war als erster in der Kabine, weil er die Elastizität der russischen Tragseile genoß. Seine Mutter hatte das Gefühl, als stürzte das verdammte Ding gleich in den Keller ab, aber ihr Sohn fand es toll, wenn die Kabine um ein paar Zentimeter wegsackte. Drei Minuten später stiegen sie ins Auto. Ed setzte sich ans Steuer. Auf der Fahrt winkten die Kinder einem Milizsoldaten zu, der in Wirklichkeit vom KGB war, aber lächelnd zurückwinkte. Sobald der Wagen um die Ecke gebogen war, griff er in seinem Schilderhaus zum Telefon.

Ed behielt den Rückspiegel im Auge, und seine Frau hatte den Außenspiegel so verstellt, daß auch sie nach hinten schauen konnte. Auf dem Rücksitz fingen die Kinder einen Streit an, den die Eltern ignorierten.

«Sieht aus, als bekämen wir einen schönen Tag», sagte er leise. «Niemand folgt uns.»

«Stimmt.» Vor den Kindern mußten sie natürlich vorsichtig sein. Zudem bestand auch die Möglichkeit, daß ihr Auto verwanzt war.

Ed fuhr erst zur Schule und wartete dort, während seine Frau die Kinder hineinbrachte. Eddie und Katie sahen in ihrer dicken Winterkleidung wie Teddybären aus. Seine Frau schaute betrübt aus, als sie wieder herauskam.

«Nikki Wagner ist krank. Ich soll sie heute nachmittag vertreten», sagte sie beim Einsteigen. Ihr Mann grunzte. In Wirklichkeit war das perfekt. Er legte den Gang ein und fuhr an. *Jetzt geht's los.*

Watutin hoffte, daß bisher noch niemand auf die Idee gekommen war. In Moskaus Straßen wimmelte es immer von Kippern, die von einer Baustelle zur anderen unterwegs waren. Von den hohen Führerhäusern der Laster aus hatte man eine vorzügliche Sicht, und das Herumgekurve der gleich aussehenden Lkw war weniger auffällig. Heute hatte er neun Stück im Einsatz, und die Fahrer waren alle mit militärischen Funkgeräten ausgerüstet.

Oberst Watutin selbst befand sich in der Wohnung neben der von Filitow. Die Familie, die sonst dort lebte, war vor zwei Tagen ins Hotel *Moskwa* gezogen. Er hatte sich auf Videoband betrachtet, wie der Überwachte sich sinnlos betrank, und die Gelegenheit genutzt, drei Offiziere des Zweiten Direktorats einzuschleusen. Diese hatten Wandmikrophone angebracht und hörten nun aufmerksam den morgendlichen Verrichtungen des Obersten zu. Eine innere Stimme sagte Watutin, daß heute sein großer Tag war.

«Sie sind zu uns unterwegs», sagte ein Fernmeldemann am Funkgerät.

«Es wird also hier passieren», erklärte Watutin seinen Untergebenen. «Im Umkreis von hundert Metern.»

Mary Pat ging noch einmal durch, was sie zu tun hatte. Beim Aushändigen des verpackten Fotos würde sie den belichteten Film entgegennehmen und in ihren Handschuh gleiten lassen. Dann mußte sie das Signal geben – sich mit dem Handrücken über die Stirn fahren, als wischte sie Schweiß weg, und sich dann die Augenbraue kratzen. Das war das Zeichen für absolute Gefahr und für Flucht. Sie konnte nur hoffen, daß er aufmerksam war.

Da war das Haus. Ed steuerte an den Randstein. Als sie die Tür öffnete, tätschelte Ed ihr das Bein. *Viel Glück, Kleine.*

«Die Foleyewa ist gerade ausgestiegen und nähert sich dem Seiteneingang», krächzte es aus dem Funkgerät. Watutin mußte über die Russifizierung des ausländischen Namens lächeln. Er erwog, seine Dienstpistole zu ziehen, entschied sich aber dagegen. Es war besser, die Hände freizuhaben, und eine Waffe konnte aus Zufall losgehen. Nun durften keine Unfälle passieren.

Watutin fühlte sich etwas unbehaglich, weil sie aus technischen Gründen nicht in der Lage gewesen waren, auch im Hausgang Überwachungskameras zu installieren. Die besten Agenten waren halt die argwöhnischsten. Man durfte sie nicht warnen, und er war sicher, daß die beiden Amerikaner bereits gewarnt waren. So auf der Hut, dachte er, daß sie auf dem Verschiebebahnhof ihren eigenen Agenten getötet hatten.

Zum Glück hatten die meisten Wohnungstüren in Moskau inzwischen Türspione. Watutin hatte die Linse durch ein Weitwinkelobjektiv ersetzen lassen, das ihn fast den ganzen Korridor übersehen ließ.

Hätten auch im Treppenhaus Mikrophone anbringen sollen, sagte er sich. Nicht alle feindlichen Spione nehmen den Aufzug.

Mary Pat war nicht ganz so gut trainiert wie ihr Mann. Sie blieb auf dem Treppenabsatz stehen, verschnaufte sich, schaute im Treppenhaus nach oben und unten und lauschte. Dann schaute sie auf die Armbanduhr. Zeit.

Sie öffnete die feuerfeste Tür und ging durch den Korridor.

So, Mischa, hoffentlich hast du gestern abend nicht vergessen, deine Uhr zu stellen.

Sie war noch nie in diesem Haus gewesen, hatte hier noch nie eine Übergabe vorgenommen. Doch sie kannte es in- und auswendig, weil sie zwanzig Minuten über dem Grundriß gebrütet hatte. KARDINALs Tür war ... diese!

Zeit! Ihr Herz tat einen Sprung, als sie zehn Meter weiter die Tür aufgehen sah.

Was dann geschah, traf sie wie ein eiskalter Dolchstoß.

Watutins Augen weiteten sich bei dem Geräusch vor Schreck. Der Riegel an der Wohnungstür war auf typisch russische Art installiert worden – um ein paar Millimeter versetzt. Als er ihn zurückschob, um dann aus dem Raum zu springen, gab es ein vernehmliches Klicken.

Mary Pat Foley ging weiter. Ihre Ausbildung steuerte nun ihren Körper wie ein Computerprogramm. Diese Tür da hatte einen Spion, der dunkel gewesen war, jetzt aber hell:

Da war jemand.

Dieser Jemand hatte sich gerade bewegt.

Und den Riegel zurückgeschoben.

Sie trat einen halben Schritt zur Seite und fuhr sich mit dem Handrücken über die Stirn. Nun wischte sie sich tatsächlich den Schweiß weg.

Mischa sah das Signal und blieb stehen, hatte einen fragenden Ausdruck im Gesicht, der Erheiterung wich, bis er hörte, wie die Tür aufgerissen wurde. Er erkannte sofort, daß der Mann, der herauskam, nicht sein Nachbar war.

«Sie sind verhaftet!» schrie Watutin und stellte dann fest, daß die Amerikanerin und der Russe einen Meter voneinander entfernt standen und die Hände an den Seiten hatten. Gut, daß die beiden Kollegen hinter ihm sein Gesicht nicht sehen konnten.

«Wie bitte?» fragte die Frau in perfektem Russisch.

«Was?» tobte Filitow so wütend, wie es nur ein verkaterter Berufssoldat sein kann.

«Sie» – Watutin wies auf Mrs. Foley – «stellen Sie sich an die Wand.»

«Ich bin Amerikanerin, und Sie können mich nicht –»

«Sie sind eine amerikanische Spionin», versetzte ein Hauptmann und stieß sie an die Wand.

«Was soll das? Was reden Sie da? Wer sind Sie? Was wollen Sie?» Dann fing sie an zu schreien: «Hilfe! Polizei! Ich werde überfallen! Hilfe!»

Watutin ignorierte sie. Er hatte schon Filitows Hand gepackt, und während ein anderer KGB-Mann den Oberst an die Wand drückte, griff er eine Filmkassette. Einen winzigen Augenblick lang, der sich zu Stunden zu dehnen schien, hatte er befürchtet, das Ganze könnte ein Versehen sein. Doch nun hatte er den Film sicher in der Hand, schluckte und schaute Filitow in die Augen.

«Sie sind wegen Landesverrats verhaftet, Genosse Oberst», zischte er. «Abführen.»

Dann wandte er sich der Frau zu. Ihre Augen waren vor Angst und Empörung geweitet. Inzwischen steckten vier Leute die Köpfe aus den Wohnungstüren und starrten in den Hausgang.

«Ich bin Oberst Watutin vom Staatssicherheitskomitee. Wir haben gerade eine Verhaftung vorgenommen. Schließen Sie Ihre Türen und kümmern Sie sich um Ihre eigenen Angelegenheiten.» Er stellte fest, daß man seiner Anweisung binnen fünf Sekunden Folge leistete.

«Guten Tag, Mrs. Foley», sagte er dann und sah, wie sie um Beherrschung rang.

«Wer sind Sie – und was soll das alles?»

«Die Sowjetunion hat etwas gegen Gäste, die Staatsgeheimnisse stehlen. Das hat man Ihnen in Washington doch bestimmt gesagt – Verzeihung, in Langley.»

Ihre Stimme bebte. «Mein Mann ist an der hiesigen Botschaft akkreditiert. Ich möchte sofort Verbindung mit der Botschaft aufnehmen. Ich weiß nicht, was Sie da reden, aber wenn die schwangere Frau eines Diplomaten Ihretwegen eine Fehlgeburt hat, wird das einen Zwischenfall geben, der in die Fernsehnachrichten kommt! Ich habe nicht mit diesem Mann gesprochen. Wir haben uns nicht berührt – das wissen Sie genau. Was man mir in Washington gesagt hat, war, daß ihr Clowns zu gerne Amerikaner mit euren lächerlichen Spielen in Verlegenheit bringt.»

Watutin hörte sich das gelassen an, merkte aber bei dem Wort «schwanger» auf. Von der Putzfrau wußte er, daß die Foleyewa Schwangerschaftstests machte. Ein spektakulärer Zwischenfall mußte vermieden werden. Wieder erhob der Drache der Politik sein Haupt. Hier hatte Gerasimow zu entscheiden.

«Mein Mann wartet auf mich.»

«Wir werden ihm sagen, daß Sie festgenommen sind. Man wird Sie bitten, ein paar Fragen zu beantworten, Sie aber nicht mißhandeln.»

Das wußte Mary Pat bereits. Stolz dämpfte ihr Entsetzen über den Vorfall. Sie hatte sich prächtig gehalten und wußte das auch. Als Diplomatengattin konnte ihr im Grunde nichts passieren. Man möchte sie ein, zwei Tage festhalten, aber jede Mißhandlung würde zur Ausweisung von sechs russischen Diplomaten aus den USA führen. Außerdem war sie nicht schwanger.

Aber darauf kam es nun nicht an. Entscheidend war, daß ihr wichtigster Agent enttarnt war und mit ihm hochwichtige Informationen. Ihr war zum Heulen zumute, aber sie wollte den Kerlen die Genugtuung nicht geben. Heulen konnte sie auf dem Flug zurück in die Staaten.

16

Es sagt allerhand über den Mann aus, daß er als erstes zur Botschaft fuhr und das Telex absetzte», meinte Ritter endlich. «Der Botschafter lieferte seinen Protest beim Außenministerium ab, noch ehe sie die Verhaftung wegen ‹mit dem Diplomatenstatus unvereinbarem Verhalten› bekanntgeben konnten.»

«Schöner Trost», merkte Greer bedrückt an.

«In einem Tag sollten wir sie zurückhaben», fuhr Ritter fort. «Die beiden sind schon zu *personae non gratae* erklärt und verlassen mit der nächsten PanAm-Maschine das Land.»

Ryan rutschte auf seinem Sitz herum. Und KARDINAL? fragte er sich. Himmel noch mal, erst erzählt man mir von diesem Superagenten, doch eine Woche später... Und da drüben gibt's kein Oberstes Bundesgericht, das Exekutionen erschwert.

«Wie stehen die Chancen für einen Austausch?» fragte Jack.

«Sie scherzen wohl.» Ritter stand auf und ging ans Fenster. Es war drei Uhr früh, und auf dem CIA-Parkplatz standen nur wenige Autos zwischen den Schneehaufen. «Wir haben noch nicht einmal jemanden, der wichtig genug ist für einen Austausch gegen ein milderes Urteil. Den lassen sie nicht raus, nicht mal gegen einen Bürochef, den wir nicht haben.»

«Er ist also praktisch tot, und die Daten sind verloren.»

«So sieht es aus», stimmte Judge Moore zu.

»Hilfe von unseren Alliierten?» fragte Ryan. «Vielleicht hat Sir Basil etwas brodeln.»

«Ryan, wir können den Mann nicht retten.» Ritter fuhr herum, um seinen Zorn am nächstverfügbaren Objekt auszulassen. «Er ist tot – gut, er atmet noch –, aber tot ist er trotzdem. In ein paar Monaten wird die Hinrichtung bekanntgegeben, und dann können wir bloß noch eine Flasche aufmachen und einen auf ihn trinken.»

«Und *Dallas*?» fragte Greer.

«Wie bitte?» Ryan fuhr herum.

«Darüber brauchen Sie nichts zu wissen.» Ritter war dankbar, nun ein Ziel zu haben. «Zurück an die Navy.»

«Gut.» Greer nickte. «Das wird ernste Konsequenzen haben.» Diese Bemerkung trug dem Admiral einen bösen Blick von Judge Moore ein, der nun zum Präsidenten mußte.

«Wie schätzen Sie die Lage ein, Ryan?»

Jack zuckte die Achseln. «Die Auswirkungen auf die Abrüstungsverhandlungen sind schwer abzuschätzen. Kommt darauf an, wie die Sowjets mit der Sache umgehen. Sie haben eine Menge Optionen, und jeder, der behauptet, etwas voraussagen zu können, ist ein Lügner.»

«Es geht doch nichts über die Meinung eines Experten», warf Ritter gallig ein.

«Sir Basil glaubt, Gerasimow wolle versuchen, sich an die Spitze zu setzen, und könne diesen Vorfall ausnutzen», meinte Ryan kühl, «aber ich glaube, daß Narmonows politische Schlagkraft zu groß ist, seit er einen vierten Mann im Politbüro hat. Er ist nun in der Lage, auf das Abrüstungsabkommen hinzuarbeiten und damit der Partei seine Macht zu demonstrieren. Sollte er aber politisch verwundbarer sein, als ich annehme, kann er die Partei fester in den Griff bekommen, indem er uns als unversöhnliche Feinde des Sozialismus geißelt. Das sind aber alles Spekulationen. Ich möchte den sehen, der aufgrund dieser Daten eine vernünftige Prophezeiung fertigbringt.»

«Setzen Sie sich daran», befahl Moore. «Der Präsident braucht etwas Handfestes, ehe Ernie Allen wieder verlangt, daß wir SDI zum Verhandlungsgegenstand machen.»

«Jawohl, Sir.» Jack erhob sich. «Judge, rechnen wir damit, daß die Sowjets KARDINALs Verhaftung an die Öffentlichkeit bringen?»

«Gute Frage», sagte Ritter.

Ryan ging zur Tür und blieb noch einmal stehen. «Moment mal.»

«Was gibt's?» fragte Ritter.

«Sie sagten, unser Botschafter habe protestiert, ehe das Außenministerium etwas verlauten ließ?»

«Ja. Foley kam ihnen zuvor.»

«Mit allem Respekt vor Mr. Foley, aber so schnell ist niemand», meinte Ryan. «Die Presseerklärung muß schon vor der Verhaftung gedruckt vorgelegen haben.»

«Und?» fragte Admiral Greer.

Jack ging zurück zu den anderen drei. «Der Außenminister ist also Narmonows Mann. Und Jasow auch. Die beiden waren nicht informiert», sagte Ryan. «Sie waren genauso überrascht wie wir.»

«Nein», schnaubte Ritter. «So etwas kommt bei denen nicht vor.»

«Das ist nur eine Annahme von Ihnen, Sir.» Ryan ließ sich nicht beirren. «Worauf basiert diese Behauptung?»

Greer lächelte. «Auf nichts, was uns im Augenblick bekannt ist.»

«Verdammt noch mal, James, ich weiß, daß er –»

«Sprechen Sie weiter, Dr. Ryan», sagte Richter Moore.

«Wenn diese beiden Minister nicht wußten, was vor sich ging, wirft das ein ganz neues Licht auf diesen Fall, oder?» Jack ließ sich auf eine Sessellehne nieder. «Daß man Jasow nicht informierte, kann ich noch verstehen – immerhin war KARDINAL sein höchster Berater –, aber warum ließ man den Außenminister im dunkeln? So etwas bringt man doch rasch an die Öffentlichkeit, ehe einem die Gegenseite zuvorkommt.»

«Bob?» fragte Moore.

Ritter hatte Ryan, den er für einen Senkrechtstarter hielt, nie besonders gemocht, war aber ein anständiger Mann. Er setzte sich, trank einen Schluck Kaffee und dachte kurz nach. «Da mag Ryan recht haben. Ein paar Einzelheiten müssen noch bestätigt werden, aber wenn alles paßt... ist das nicht nur ein Fall fürs Zweite Direktorat, sondern auch eine politische Operation.»

«James?»

Admiral Greer nickte zustimmend. «Bedenklich.»

«Es sieht so aus, als ginge es hier nicht nur um den Verlust einer guten Quelle», spekulierte Ryan weiter. «Das KGB mag den Fall für politische Zwecke ausschlachten. Stellt sich nur die Frage nach Gerasimows Machtbasis. Die Alexandrow-Fraktion hat drei feste Mitglieder. Narmonow verfügt nun über vier Stimmen, eingeschlossen die des Neuen, Wanejew –»

«Verdammt noch mal!» rief Ritter. «Als man seine Tochter verhaftete und dann laufen ließ, nahmen wir an, daß sie entweder schwieg oder daß die Position ihres Vaters verhinderte –»

«Also Erpressung.» Nun war Judge Moore an der Reihe. «Sie hatten recht, Bob. Narmonow hat keine Ahnung. Eines muß man Gerasimow lassen: Er operiert unglaublich geschickt... Wenn das alles stimmt, ist Narmonow in der Minderheit, ohne es zu wissen.» Er legte eine Pause ein und runzelte die Stirn. «Da sitzen wir und spekulieren drauflos wie blutige Laien.»

«Wie auch immer, es ist ein teuflisches Szenario.» Ritter lächelte fast, bis er die logische Schlußfolgerung erreichte. «Kann sein, daß wir es fertiggebracht haben, die seit Urzeiten einzige sowjetische Regierung zu Fall zu bringen, deren Ziel die Liberalisierung des Systems war.»

Was wird die Presse dazu sagen? fragte sich Jack. Diese Story war viel zu explosiv, um lange geheim zu bleiben...

«Wir wissen, was Sie getrieben haben, und wie lange. Hier sind die Beweise.» Er warf die Fotos auf den Tisch.

«Hübsche Bilder», sagte Mary Pat. «Wann kommt der Mann von der Botschaft?»

«Wir brauchen nicht zuzulassen, daß jemand mit Ihnen spricht. Wir können Sie hierbehalten, so lange wir wollen. Jahrelang, wenn nötig.»

«Hören Sie, Mister, ich bin Amerikanerin, klar? Mein Mann ist Diplomat. Wir genießen diplomatische Immunität. Glauben Sie bloß nicht, daß ich eine dumme amerikanische Hausfrau bin, die Sie herumschubsen und zwingen können, dieses lächerliche Geständnis da zu unterschreiben. Ich bin keine Spionin, und meine Regierung wird mich schützen. Und dieser nette alte Mann, dem ich das Bild bringen wollte, ist auch verhaftet worden, sagen Sie? Sie sind wohl nicht ganz bei Trost.»

«Wir wissen, daß Sie sich oft mit ihm getroffen haben.»

«Zweimal. Letztes Jahr bin ich ihm auch bei einem Spiel begegnet – nein, das war auf einem diplomatischen Empfang vor ein paar Wochen. Insgesamt also dreimal, aber entscheidend sind nur die Eishockeyspiele. Deswegen wollte ich ihm das Bild bringen. Die Jungen in der Mannschaft glauben, daß er ihnen Glück gebracht hat – fragen Sie sie doch selbst, sie haben schließlich alle unterschrieben, oder? Er war zweimal da, und beide Male gewannen wir wichtige Spiele, und mein Sohn schoß zwei Tore. Soll er denn ein Spion sein, nur weil er zu einem Spiel der Juniorenliga ging? Das ist doch verrückt.»

Das Ganze bereitete ihr im Grunde Vergnügen. Man ging sehr vorsichtig mit ihr um. Nichts wirkt so wie eine gefährdete Schwangerschaft, sagte sich Mary Pat und verstieß gegen eine uralte Geheimdienstregel: *nichts sagen*. Sie schnatterte drauflos wie jede empörte Bürgerin – unter dem Schutz diplomatischer Immunität natürlich – und schimpfte auf die unglaubliche Dummheit der Russen.

«Da gingen mir schon die Sicherheitsleute von der Botschaft auf die Nerven», zeterte sie weiter. «Tun Sie dies nicht, tun Sie das nicht, seien Sie vorsichtig beim Fotografieren. Ich habe keine Bilder gemacht, ich wollte ihm ein Bild *geben*!» Sie wandte sich ab und schaute in den Spiegel.

«Wer diese Frau ausgebildet hat, verstand sich auf sein Geschäft», bemerkte Watutin, der vom Nebenzimmer aus durch den Spiegel zuschaute. «Sie weiß, daß wir hier sind, läßt sich aber nichts anmerken. Wann lassen wir sie laufen?»

«Heute nachmittag», erwiderte der Chef des Zweiten Hauptdirektorats. «Sie festzuhalten, ist nicht der Mühe wert. Ihr Mann packt schon. Sie hätten ein paar Sekunden abwarten sollen», fügte der General hinzu.

«Ich weiß.» Es war sinnlos, das schlampig eingebaute Türschloß zu erwähnen. Ausreden galten beim KGB nicht, auch nicht die eines Obersten. Aber darauf kam es auch gar nicht an – sie hatten Filitow ertappt – zwar nicht ganz auf frischer Tat, aber doch erwischt. Und darauf kam es bei diesem Fall an. Beide Männer kannten die anderen Aspekte, taten aber so, als existierten sie nicht. Das war für beide der klügste Kurs.

«Wo ist mein Mann!» herrschte Jasow.

«Im Lefortowo-Gefängnis natürlich», antwortete Gerasimow.

«Ich will ihn sofort sprechen.» Der Verteidigungsminister hatte noch nicht einmal die Mütze abgesetzt und stand in seinem langen Armeemantel vor ihm – mit von der kalten Februarluft noch geröteten Wangen. Zorn? fragte sich Gerasimow. Oder vielleicht Angst?

«Sie haben hier keine Forderungen zu stellen, Dimitri Timofejewitsch. Auch ich bin Mitglied des Politbüros und des Verteidigungsrates. Und es ist möglich, daß auch Sie in diesen Fall verwickelt sind.» Gerasimow spielte mit einem Hefter auf dem Schreibtisch.

Nun änderte sich Jasows Hautfarbe. Er wurde blaß, aber eindeutig nicht vor Angst. Es überraschte Gerasimow, daß der Soldat nicht die Beherrschung verlor, aber der Marschall nahm sich mit größter Mühe zusammen und fuhr ihn an wie einen Rekruten: «Zeigen Sie mir auf der Stelle die Beweise, wenn Sie den Mut haben!»

«Wie Sie wollen.» Der Vorsitzende des KGB schlug die Akte auf, entnahm ihr die Bilderserie und reichte sie Jasow.

«Sie haben *mich* überwacht?»

«Nein, nur Filitow. Sie waren nur per Zufall dabei.»

Jasow warf die Fotos verächtlich zurück. «Na und? Mischa war zu diesem Eishockeyspiel eingeladen. Ich begleitete ihn. Ein spannendes Spiel. In der Mannschaft war ein kleiner Amerikaner, dessen Mutter ich einmal auf einem Empfang begegnet war. Sie war auch bei dem Spiel, und wir gingen hinüber und begrüßten sie. Amüsante Frau, auch wenn sie nicht viel im Kopf hat. Am nächsten Morgen gab ich einen Kontaktbericht ab. Und Mischa auch.» Jasow klang nun selbstbewußter. Offenbar hatte Gerasimow sich verkalkuliert.

«Sie ist eine Agentin der CIA.»

«Dann bin ich davon überzeugt, daß der Sozialismus siegen wird, Nikolaj Borissowitsch.»

Verteidigungsminister Jasow beruhigte sich etwas. Er wußte genau, worum es hier in Wirklichkeit ging; er konnte, wollte nicht glauben, daß Filitow ein Verräter war.

«Falls Sie echte Beweise gegen meinen Mann haben, möchte ich die von meinen eigenen Leuten prüfen lassen. Sie, Nikolaj Borissowitsch, treiben ein politisches Spiel mit meinem Ministerium. Ich lasse nicht zu, daß das KGB in meiner Armee herumwirtschaftet. Noch heute nachmittag schicke ich einen Mann vom GRU hierher. Entweder Sie unterstützen ihn, oder ich bringe die Angelegenheit im Politbüro zur Sprache.»

Gerasimow zeigte nicht die geringste Reaktion, als der Verteidigungsminister den Raum verließ, erkannte aber, daß er selbst einen Fehler gemacht, seinen Trumpf einen Tag zu früh ausgespielt hatte.

Und das alles nur, weil dieser Idiot Watutin keine eindeutigen Beweise beigebracht hatte. Hätte er nicht noch eine Sekunde warten können?

Nun blieb ihm nichts anderes übrig, als ein volles Geständnis aus Filitow herauszuholen.

Offiziell war Colin McClintock in der Wirtschaftsabteilung der britischen Botschaft in Moskau beschäftigt, aber in Wirklichkeit «führte» er Swetlana Wanejewa und hatte sie auf eine direkte Anweisung von Century House, der Zentrale des SIS, der CIA zur Verfügung gestellt –, ohne zu wissen, was sie für die Amerikaner tat. Im Augenblick führte er eine Gruppe britischer Industrieller durch GOSPLAN und stellte sie den Bürokraten vor.

Bei einer solchen Gelegenheit hatte er Swetlana kennengelernt und als potentielles Rekrutierungsobjekt nach London weitergemeldet. Nachdem sie dann bei einem Besuch in London von einem hohen SIS-Offizier in *Langan's Brasserie* in der Stratton Street angeheuert worden war, hatte McClintock nur geschäftlich mit ihr Kontakt gehabt und immer in Gegenwart anderer Briten und Russen. Andere SIS-Leute in Moskau arrangierten Swetlanas tote Briefkästen. Die Informationen, die sie lieferte, waren enttäuschend, aber gelegentlich für die Wirtschaft nützlich gewesen, und von Agenten nahm man halt, was man bekam. Immerhin trug sie dem britischen Geheimdienst auch Klatsch zu, den sie von ihrem Vater aufschnappte.

Nun aber stimmte etwas nicht mit Swetlana Wanejewa. Sie war von ihrem Arbeitsplatz verschwunden und wieder zurückgekehrt; die CIA war der Ansicht, sie sei in der Zwischenzeit vermutlich im Lefortowo-Gefängnis verhört worden. Das fand McClintock sonderbar. Wer erst einmal im Lefortowo war, kam nicht schon nach zwei Tagen wieder heraus. Es war etwas sehr Seltsames passiert, und McClintock hatte eine Woche gewartet, bis er herauszufinden versuchte, was es gewesen war. Von Swetlanas toten Briefkästen hielt man sich nun natürlich fern.

Jetzt aber, da er eine Delegation durch die Textilabteilung der staatlichen Planungsbehörde führte, hatte er eine Chance. Swetlana schaute auf und sah die Ausländer vorbeigehen. McClintock fragte sie wie gewöhnlich mit einer unauffälligen Geste ab. Zur Antwort sollte sie eine Schublade öffnen und entweder einen Bleistift oder einen Kugelschreiber herausholen. Ein Bleistift bedeutete «alles klar», ein Kugelschreiber eine Warnung. Er mußte damit rechnen, daß sie gebrochen und ausgequetscht worden war, erwartete aber wenigstens eine Reaktion. Swetlana aber tat nichts, sondern wandte sich wieder ihrer Akte zu.

Ihren Gesichtsausdruck konnte McClintock nicht vergessen. Swetlanas Miene war leer, leblos, und das war nicht gespielt.

Man hat sie geknackt, dachte McClintock. Man hat sie geknackt und wieder laufenlassen. Warum, wußte er nicht. Eine Stunde später brachte er die Industriellen zurück in ihr Hotel und fuhr in sein Büro, um einen dreiseitigen Bericht nach London zu schicken. Daß die Meldung einen Feuersturm auslösen sollte, konnte er nicht ahnen. Und er wußte auch nicht, daß gleichzeitig ein anderer SIS-Offizier einen Bericht nach London geschickt hatte.

«Hallo, Arthur», sagte die Stimme am Telefon.

«Tag, Basil. Wie ist das Wetter in London?»

«Naßkalt und scheußlich. Ich habe vor, auf Ihrer Seite des großen Teiches ein bißchen Sonne zu tanken.»

«Dann müssen Sie unbedingt bei uns reinschauen.»

«Hatte ich auch vor. Gleich morgen früh?»

«Sie bringe ich in meinem Terminkalender immer unter.»

«Bis morgen dann.»

«Fein, bis dann.» Judge Moore legte auf.

Was für ein Tag, dachte der Direktor der CIA. Erst verlieren wir KARDINAL, und jetzt will Sir Basil Charleston etwas mit mir besprechen, für das ihm selbst das sicherste Telefonsystem, das sich NSA und GCHQ einfallen ließen, nicht sicher genug ist. Es war noch nicht einmal Mittagszeit, und er saß schon seit neun Stunden im Büro. Himmel, was geht sonst noch schief?

«Und das nennen Sie Beweise?» General Jewgeni Ignatjew leitete die Spionageabwehr des sowjetischen Militärnachrichtendienstes GRU.

Watutin war verblüfft – und wütend –, weil der KGB-Vorsitzende *diesen* Mann in sein Büro geschickt hatte, um *seinen* Fall zu überprüfen.

«Genosse, wenn Ihnen eine plausible Erklärung für den Film, die Kamera und das Tagebuch einfallen sollte, wäre ich dankbar, wenn Sie sie mit mir teilen könnten.»

«Sie nahmen den Film ihm ab, nicht der Frau.» Das war eine Feststellung, keine Frage.

«Ein Fehler von mir», erwiderte Watutin schlicht.

«Und die Kamera?»

«War magnetisch an der Rückseite seines Kühlschranks befestigt.»

«Wie ich sehe, blieb sie bei der ersten Durchsuchung der Wohnung unentdeckt. Sie wies keine Fingerabdrücke auf. Und Ihre Aufnahmen von Filitow zeigen nicht, daß er sie auch benutzt hat. Was, wenn er nun behauptet, Sie hätten ihm Film und Kamera nur untergeschoben? Wie soll ich dann den Minister davon überzeugen, daß er der Lügner ist?»

Watutin war vom Ton der Frage überrascht. «Sie glauben also, daß er ein Spion ist?»

«Was ich glaube, ist nicht von Belang. Die Existenz des Tagebuchs beunruhigt mich zwar, aber Sie können sich nicht vorstellen, mit welchen Verstößen gegen die Sicherheitsvorschriften ich gerade bei Hochgestellten zu tun bekomme. Je wichtiger jemand ist, desto unwichtiger sind ihm die Vorschriften. Sie wissen ja, wer Filitow ist. Berühmt in der ganzen Sowjetunion, Mischa, der Held von Stalingrad. Er kämpfte bei Minsk und Wjasma, vor Moskau, wo wir die Faschisten stoppten, war bei der Katastrophe von Charkow mit dabei, dem Rückzug auf Stalingrad, dann der Gegenoffensive –»

«Ich kenne seine Akte», erwiderte Watutin neutral.

«Er ist für die ganze Armee eine Symbolgestalt. So einen Mann exekutiert man nicht nur aufgrund so zweifelhafter Beweise. Sie haben nur diese Fotos, aber nicht den Beweis, daß er sie auch machte.»

«Wir haben ihn noch nicht verhört.»

«Stellen Sie sich das etwa so einfach vor?» Ignatjew verdrehte die Augen. Sein Lachen war ein rauhes Bellen. «Wissen Sie eigentlich, wie zäh der Mann ist? Er tötete noch Deutsche, als er selbst in Flammen stand! Dieser Mann hat dem Tod Tausende von Malen ins Gesicht gesehen und sich nicht darum geschert!»

«Ich hole schon aus ihm heraus, was ich wissen will», beharrte Watutin leise.

«Aha, die Folter. Sind Sie noch ganz bei Trost? Glauben Sie vielleicht, die Rote Armee hält still, während Sie einen ihrer Helden foltern? Stalin und Berija sind tot, Genosse.»

«Wir können die Informationen aus ihm herausholen, ohne ihm körperlichen Schaden zuzufügen», sagte Watutin. Der Tank war eines der bestgehüteten Geheimnisse des KGB.

«Unsinn!»

«Was ist dann Ihre Empfehlung, General?» Die Antwort kannte Watutin bereits.

«Übergeben Sie mir den Fall. Wir sorgen schon dafür, daß er die *Rodina* nie wieder verrät», versprach Ignatjew.

«Und ersparen der Armee die Peinlichkeit.»

«Die sollten wir allen Beteiligten ersparen, nicht zuletzt Ihnen, Genosse Oberst. Ihre sogenannte Ermittlung ist eine Katastrophe.»

Hm, was ich erwartet hatte: ein kleines Getobe, ein paar Drohungen, vermischt mit Sympathie und Kameradschaftlichkeit. Watutin sah nun einen Ausweg, aber damit waren weitere Beförderungen ausgeschlossen. Er konnte sich von dem wahren Ziel der Ermittlungen zurückziehen und für den Rest seines Lebens Oberst bleiben, oder er konnte seine ursprünglichen Absichten weiterverfolgen – ohne politische Motive – und riskieren, in Ungnade zu fallen. Die Entscheidung fiel ihm widersinnig leicht.

«Genosse, das ist mein Fall. Der Vorsitzende hat mich mit seiner Bearbeitung beauftragt, und ich werde ihn auch weiterhin so bearbeiten, wie ich es für richtig halte. Ich danke Ihnen für Ihren Rat, Genosse General.»

Ignatjew schätzte den Mann und die Erklärung ab. Auf Integrität stieß er nur selten, und es betrübte ihn ein wenig, daß er dem Mann nicht zu seiner Haltung gratulieren konnte. Aber Loyalität der sowjetischen Armee gegenüber ging vor.

«Wie Sie wünschen. Ich erwarte aber, daß Sie mich über Ihre Aktivitäten informiert halten.» Ignatjew ging ohne ein weiteres Wort.

Watutin blieb ein paar Minuten an seinem Schreibtisch sitzen und machte sich Gedanken über seine Lage. Dann rief er nach seinem Wagen. Zwanzig Minuten später war er im Lefortowo-Gefängnis.

«Ausgeschlossen», sagte der Arzt, ehe er seine Frage gestellt hatte.

«Wie bitte?»

«Sie wollen diesen Mann in den Tank stecken, der sensorischen Deprivation aussetzen, nicht wahr?»

«Natürlich.»

«Das würde ihn wahrscheinlich umbringen. Sie wollen das bestimmt vermeiden. Und ich möchte mein Projekt damit nicht gefährden.»

«Das ist mein Fall, für den ich verantwortlich bin.»

«Genosse Oberst, der Mann ist über siebzig. Er zeigt alle Symptome einer kardiovaskulären Erkrankung – ganz normal in seinem Alter – und hat chronische Atembeschwerden. Bei Beginn der ersten Angstphase würde sein Herz platzen wie ein Ballon.»

«Was meinen Sie damit – platzen?»

«Verzeihung – es ist nicht so einfach, das einem Laien zu erklären. Er hat Ablagerungen in den Herzkranzgefäßen. Das ist bei uns allen so und liegt an der Nahrung. Seine Arterien sind wegen seines Alters enger als unsere und auch weniger elastisch. Schlägt sein Herz zu schnell, lösen sich die Ablagerungen und blockieren den Fluß des Blutes – das ist dann ein Herzinfarkt. Nein, der Tank kommt für diesen Mann nicht in Frage. Ich glaube nicht, daß Sie ihn töten wollen, ehe er Ihnen die gewünschten Informationen geben kann.»

«Und andere physische Maßnahmen?» fragte Watutin leise.

«Wenn Sie von seiner Schuld überzeugt sind, können Sie ihn gleich erschießen lassen», merkte der Doktor an. «Schwere Mißhandlungen wird er nämlich nicht überstehen.»

Und das alles wegen dieses verfluchten Riegels, sagte sich Oberst Watutin.

Es war eine häßliche Rakete, die an die Zeichnung eines Kindes oder einen Feuerwerkskörper erinnerte, aber es wäre weder einem Kind noch einer Feuerwerksfabrik eingefallen, sie oben auf einem Flugzeug anzubringen. Doch dort war sie befestigt, wie im Schein der Startbahnbeleuchtung deutlich zu erkennen war.

Es war das berühmte Aufklärungsflugzeug Lockheed SR-71, das dreifache Schallgeschwindigkeit erreichte und nun mit eingeschaltetem Nachbrenner über die Startbahn des Luftstützpunkts Nellis in Nevada raste. Treibstoff rann aus den Tanks – die SR-71 leckte stark – und entzündete sich – zur allgemeinen Erheiterung im Tower. Der Pilot zog im richtigen Augenblick den Knüppel zurück, und die Maschine hob die Nase, ging in steilen Steigflug und war bald in den Wolken verschwunden.

Die Blackbird stürmte weiter gen Himmel. In Las Vegas sahen Fluglotsen einen Leuchtfleck auf dem Radarschirm, der kaum voranzukommen schien, aber rapide an Höhe gewann. Sie tauschten einen Blick – mal wieder ein heißer Ofen von der Air Force – und kümmerten sich wieder um den Zivilluftverkehr.

Die Blackbird hatte nun sechzigtausend Fuß erreicht, ging in den Horizontalflug und hielt auf das Raketentestgelände White Sands im Südwesten zu. Der Pilot prüfte den Treibstoff – noch mehr als genug in den Tanks – und entspannte sich nach dem aufregenden Steigflug. Die Ingenieure hatten recht gehabt: Die Rakete auf dem Rücken der Maschine hatte überhaupt nicht gestört.

«Juliet Whiskey, hier Control. Empfangen Sie? Over», sagte der Sergeant ins Mikrophon.

«Control, hier Juliet Whiskey. Alle Systeme GO. Nominal zum Profil.»

«Roger. Startsequenz auf mein Signal einleiten. Fünf, vier, drei zwo, eins: Los!»

Hundert Meilen entfernt schaltete der Pilot wieder die Nachbrenner ein und zog den Knüppel zurück. Die Blackbird sprach so perfekt an wie üblich, stellte sich senkrecht und jagte zum Himmel wie eine Rakete, getrieben von fünfzigtausend Kilo Schub. Der Blick des Piloten war auf die Instrumente geheftet, der Höhenmesser kreiste wie eine verrücktgewordene Uhr. Die Geschwindigkeit betrug nun um die 2200 Stundenkilometer und nahm zu.

«Trennung in zwanzig Sekunden», meldete der Systemoperator auf dem Rücksitz dem Piloten. Die Blackbird war nun auf hunderttausend Fuß. Schon wurde die Steuerung unexakt, weil die Luft zu dünn wurde; der Pilot war nun noch achtsamer als gewöhnlich. Er stellte fest, daß die Geschwindigkeit ein paar Sekunden zu früh 3100 Kilometer betrug und dann:

«Klar zur Trennung... Rakete frei!» rief der Mann auf dem Rücksitz. Der Pilot drückte die Nase nach unten und zog die Maschine in eine weite Linkskurve, die ihn über New Mexico führen sollte, ehe er wieder zurück nach Nellis flog.

Die Rakete stieg noch ein paar Sekunden lang auf, doch ihr Triebwerk zündete seltsamerweise nicht. Sie war nun ein Objekt, das lediglich den Gesetzen der Ballistik gehorchte. Seine übergroßen Steuerflossen leisteten genug aerodynamischen Widerstand, um die Spitze in die richtige Richtung weisen zu lassen, als die Schwerkraft wieder nach dem Objekt griff. Bei hundertdreißigtausend Fuß kippte die Rakete und begann einen Sturzflug zur Erde.

Dann wurde ihr Triebwerk gestartet. Der Festtreibstoffmotor arbeitete nur vier Sekunden lang, aber das genügte, um das zylindrische Projektil mit der konischen Nase auf eine Geschwindigkeit zu beschleunigen, die dem Blackbirdpiloten einen Schrecken eingejagt hätte.

«Okay», sagte der Major der US Army. Das Punktverteidigungsradar schaltete von «bereit» auf «aktiv» um. Die Zielrakete bohrte sich mit der Geschwindigkeit eines wiedereintretenden Kernsprengkopfes durch die Atmosphäre. Er brauchte keine Befehle zu geben, denn das System arbeitete vollautomatisch. Zweihundert Meter weiter wurde eine Glasfiberabdeckung von einem mit Beton ausgekleideten Loch im Boden gesprengt, und ein FLAGE jagte gen Himmel. Das Flexible Lightweight Agile Guided Experiment ähnelte eher einer Lanze als einer Rakete und war auch fast so einfach gebaut. Mit Millimeterwellen wurde die anfliegende Zielrakete verfolgt, ein Mikrocomputer an Bord verarbeitete die Daten. Erstaunlich an dieser Abwehrrakete war, daß alle ihre Bestandteile aus existierenden High-Tech-Waffen stammten und nicht eigens entwickelt worden waren.

Draußen verfolgten Männer hinter einem Schutzwall aus Erde das Experiment. Sie sahen den gelben Flammenschweif und hörten das Brüllen der Festtreibstoffmotoren. Dann geschah für eine Weile nichts.

Das FLAGE raste auf sein Ziel los, manövrierte dabei um den Bruchteil eines Grads mit Hilfe winziger Steuerdüsen. Die Nasenabdeckung wurde weggesprengt, und was sich nun entfaltete, würde einen Außenseiter an das Gestell eines drei Meter messenden Regenschirms erinnert haben.

Es sah aus wie die Explosion einer Silvesterrakete; nur der Knall fehlte. Ein paar Leute jubelten. Obwohl Ziel und FLAGE keine Sprengköpfe trugen, verwandelte die Aufprallenergie Metall und Keramik in leuchtenden Dampf.

«Volltreffer», meinte Gregory und unterdrückte ein Gähnen. Feuerwerk langweile ihn.

«Alle werden Sie nicht erwischen, Major», mahnte General Parks. «Wir brauchen immer noch ein System für die Mitte der Flugbahn im Weltall und für die Abwehr in der Endphase.»

«Gewiß, Sir, aber ich werde hier nicht mehr gebraucht. Die Sache funktioniert.»

Bei den drei ersten Tests war die Rakete von einem Phantom-Kampfflugzeug gestartet worden, was zu Einwänden aus Washington geführt hatte: Diese Testmethode unterschätze die Schwierigkeiten beim Abfangen anfliegender Kernsprengköpfe. Der Einsatz der SR-71 als Startplattform war Parks' Idee gewesen. Wenn man die Zielrakete in größerer Höhe und mit höherer Geschwindigkeit losließ, erhielt man ein sehr viel schnelleres wiedereintretendes Ziel. Dies führte zu leicht erschwerten Bedingungen, aber das FLAGE hatte sich nicht beirren lassen. Parks machte sich noch Sorgen wegen der Lenkungs-Software, aber immerhin funktionierte das System nun.

«Al», meinte Parks, «langsam glaube ich, daß wir das ganze Programm hinkriegen.»

«Klar. Warum auch nicht?» Fehlt nur noch, daß diese Schleicher von der CIA noch die Pläne des russischen Lasers beibringen...

KARDINAL saß allein in einer anderthalb auf zweieinhalb Meter großen kahlen Zelle. Oben eine nackte Glühbirne, unten eine Holzpritsche und ein Eimer. Kein Fenster, abgesehen von dem Guckloch in der rostigen Stahltür. Betonwände, durch die kein Geräusch drang. Er konnte weder die Schritte der Wärter auf dem Gang noch den Verkehr auf der Straße vor dem Gefängnis hören. Man hatte ihm Uniformbluse, Gürtel und die polierten Stiefel abgenommen, letztere durch billige Schlappen ersetzt. Die Zelle befand sich im Keller. Die Luft war feucht und kalt.

Doch nicht so kalt wie sein Herz. Wie noch nie zuvor erkannte er die Ungeheuerlichkeit seines Verbrechens. Oberst Michail Semjonowitsch

Filitow, dreifacher Held der Sowjetunion, war mit seinem Verrat allein. Er dachte an das herrliche weite Land, das er mit seinem Blut verteidigt hatte, entsann sich der Männer, die unter seinem Befehl gefallen waren.

Und er hatte das Land und seine Kameraden verraten. Was würden meine Männer jetzt von mir halten? Er starrte die kahle Betonwand gegenüber von seiner Pritsche an.

Was würde Romanow sagen?

Trinken wir erst mal einen, Hauptmann, ließ sich die Stimme vernehmen. Nur Romanow konnte ernst und erheitert zugleich klingen.

Kennen Sie den Grund? fragte Mischa.

Nein, den haben Sie uns nie verraten. Und so weihte Mischa ihn ein. Ihre beiden Söhne und Ihre Frau. Sagen Sie, Genosse Hauptmann, wofür sind wir gestorben?

Darauf wußte Mischa keine Antwort. Das hatte er selbst im Gefecht nicht gewußt. Er war Soldat gewesen, und wenn das Land eines Soldaten überfallen wird, kämpft er, um den Feind zurückzuschlagen.

Wir haben für die Sowjetunion gekämpft, Gefreiter.

Wirklich? Ich kann mich entsinnen, für Rußland gekämpft zu haben, meistens aber für Sie, Genosse Hauptmann.

Aber –

Ein Soldat kämpft für seine Kameraden, mein Hauptmann.

Ihr Tod war meine Schuld. Ich hätte nicht –

Wir alle haben unser Schicksal, Genosse Hauptmann. Meines war, jung bei Wjasma zu sterben.

Ich habe Sie gerächt, Romanow, und den Panzer, der Sie erwischte, abgeschossen.

Ich weiß. Sie haben alle toten Kameraden gerächt. Darum haben wir Sie geliebt. Deshalb sind wir für Sie gestorben.

Sie verstehen mich also? fragte Mischa überrascht.

Die Arbeiter und Bauern werden kein Verständnis haben, Ihre Männer aber schon.

Und was soll ich jetzt tun?

So etwas fragt ein Hauptmann einen Gefreiten nicht. Romanow lachte. Waren Sie nicht immer der, der *uns* sagte, wo es langging?

Filitow riß den Kopf hoch, als der Riegel der Zellentür zurückgeschoben wurde.

Watutin erwartete, einen gebrochenen Mann vorzufinden. Die Isolation in der Zelle, die Einsamkeit des Gefangenen, der seiner Identität beraubt mit seinen Ängsten und Verbrechen allein war, tat immer ihre Wirkung. Doch als er den erschöpften, verkrüppelten Mann anschaute, sah er, wie Mund und Augen sich veränderten.

Danke, Romanow.

«Guten Morgen, Sir Basil», sagte Jack und griff nach dem Gepäck des Briten.

«Hallo, Jack! Ich wußte gar nicht, daß man Sie als Laufbursche einsetzt.»

«Kommt drauf an, wem ich hinterherlaufe. Der Wagen steht da drüben.»

«Schöne Grüße von Constance. Was macht die Familie?» fragte Sir Basil Charleston.

«Danke, alles in Ordnung. Wie sieht es in London aus?»

«Unser Winterwetter haben Sie bestimmt noch nicht vergessen.»

«Nein.» Jack lachte und öffnete den Wagenschlag. «Und das Bier auch nicht.» Als beide Türen geschlossen waren, fügte er hinzu: «Die Autos werden wöchentlich auf Wanzen untersucht. Wie ernst ist es?»

«Ich bin hier, um das herauszufinden. Sehr seltsame Dinge gehen vor. Sie hatten Pech mit einem Agenten, nicht wahr?»

«Das kann ich bejahen, aber den Rest müssen Sie von Judge Moore erfahren.»

«Dann wollen wir mal sehen, ob Sie noch zwei und zwei addieren können, Sir John.»

Jack überholte einen Laster und grinste. «Ich habe den Auftrag, McClintocks politische Verwundbarkeit abzuschätzen. Wenn ich mich nicht ganz irre, sind Sie aus diesem Grund hier.»

«Und wenn ich nicht ganz schiefliege, hat Ihr Agent etwas sehr Bedenkliches ausgelöst.»

«Sprechen Sie von Wanejew?»

«Allerdings.»

«Meine Güte.» Ryan drehte sich kurz um. «Hoffentlich fällt Ihnen zu diesem Thema etwas ein, denn wir sind ratlos.» Er beschleunigte auf hundertdreißig und war fünfzehn Minuten später in Langley. Sie fuhren in die Tiefgarage und nahmen den VIP-Aufzug in den sechsten Stock.

«Hallo, Arthur.» Der Chef des britischen Secret Intelligence Service nahm Platz. Ryan holte Moores Abteilungsleiter.

«Hi, Basil», sagte Greer beim Eintreten. Ritter winkte nur. Ryan nahm sich den unbequemsten Sessel.

«Ich möchte gerne wissen, was schiefging», sagte Charleston schlicht, noch ehe Kaffee herumgereicht worden war.

«Ein sehr gut plazierter Agent wurde verhaftet.»

«Reisen die Foleys aus diesem Grund heute ab?» Charleston lächelte. «Ich wußte zwar nicht, wer sie waren, aber wenn zwei Leute dieses schönen Landes verwiesen werden, nehmen wir im allgemeinen an –»

«Wir wissen noch nicht, was schiefging», sagte Ritter. «Die Foleys werden nun in Frankfurt zwischenlanden, uns aber erst in zehn Stunden zur Verfügung stehen. Sie führten einen Agenten, der –»

«– ein Berater von Jasow war – Oberst M. S. Filitow. Das haben wir kombiniert. Wie lange arbeitete er schon für Sie?»

«Rekrutiert wurde er von einem Ihrer Leute», erwiderte Moore. «Ebenfalls ein Oberst.»

«Sie wollen doch nicht etwa sagen... Oleg Penkowski...? Verdammt noch mal!» Zur Abwechslung war Charleston einmal verblüfft, wie Jack feststellte. «*So* lange?»

«Jawohl», sagte Ritter. «Aber irgendwann mußte es ja einmal sein.»

«Und die Wanejewa, die wir Ihnen als Kurier zur Verfügung stellten, gehörte dazu –»

«Ja. Sie kam übrigens nie an ein Ende der Kette heran. Wir vermuten, daß sie festgenommen wurde, aber inzwischen ist sie wieder an ihrem Arbeitsplatz. Überprüft haben wir sie noch nicht, aber –»

«Aber wir, Bob. Unser Mann meldet, sie habe sich irgendwie verändert. Die Veränderung sei schwer zu beschreiben, meint er, aber nicht zu übersehen. Klingt nach Gehirnwäsche. Die Tatsache, daß sie noch auf freiem Fuß ist, schrieb er der Position ihres Vaters zu. Dann erfuhren wir von einem großen Skandal im Verteidigungsministerium – es hieß, ein enger Berater von Jasow sei verhaftet worden.» Charleston machte eine Pause und rührte in seinem Kaffee. «Wir haben eine Quelle im Kreml, die wir streng hüten. Von ihr erfuhren wir, daß Vorsitzender Gerasimow letzte Woche unter recht ungewöhnlichen Umständen mehrere Stunden mit Alexandrow verbrachte. Aus dieser Quelle erfuhren wir auch, daß Alexandrow der Perestrojka ein Ende setzen will.

Ist ja auch kein Wunder», setzte Charleston hinzu. «Gerasimow hat ein Mitglied des Politbüros, das bislang Narmonow unterstützte, auf seine Seite gezogen, die Orientierung des Verteidigungsministers zumindest in Frage gestellt und viel Zeit mit dem Mann verbracht, der Narmonow verdrängen will. Es sieht so aus, als hätte Ihre Operation etwas sehr Unangenehmes ausgelöst.»

«Und das ist noch nicht alles», sagte Moore. «Unser Agent verschaffte uns Material über die sowjetische SDI-Forschung. Es sieht so aus, als sei dem Iwan da ein Durchbruch gelungen.»

«Ist ja großartig», kommentierte Charleston. «Zurück in die schlechte alte Zeit – mit dem einen Unterschied, daß diesmal die ‹Raketenlücke› potentiell da ist, oder? Sie wissen natürlich, daß Ihr Programm eine undichte Stelle hat.»

«Ach, wirklich?» fragte Moore mit Pokermiene.

«Das hat Alexandrow von Gerasimow erfahren. Details liegen leider keine vor, aber dem KGB ist die Sache sehr wichtig.»

«Man hat uns gewarnt. Wir kümmern uns um die Angelegenheit», sagte Moore.

«Nun, die technische Seite wird sich von allein regeln», meinte Charleston. «Aber die politischen Aspekte haben zu Ärger mit der Premierministerin geführt. Es gibt schon genug Zirkus, wenn wir eine Regierung stürzen, die wir loswerden wollen, aber wenn so etwas aus Zufall passiert –»

«Wir freuen uns auch nicht über die Konsequenzen, Basil», bemerkte Greer. «Aber von hier aus können wir sehr wenig tun.»

«Sie können den sowjetischen Abrüstungsvorschlag annehmen», schlug Charleston vor. «Damit wäre Narmonow so weit gestärkt, daß er Alexandrow abwehren kann. Und dies wäre der inoffizielle Standpunkt der Regierung Ihrer Majestät.»

Und das ist der wahre Grund Ihres Besuchs, Sir Basil, dachte Ryan. Zeit, daß er das Wort ergriff. «Das bedeutete unzumutbare Einschränkungen unserer SDI-Forschung und eine Reduzierung unseres Kernsprengkopfinventars trotz der Tatsache, daß die Russen ihr eigenes Programm weiter vorantreiben. Kein guter Handel.»

«Fänden Sie eine Regierung Gerasimow denn besser?»

«Und was, wenn wir die so oder so bekommen?» fragte Ryan. «Ich habe meine Analyse bereits abgeschlossen und mich in ihr gegen zusätzliche Konzessionen ausgesprochen.»

«Ein Schriftstück läßt sich immer ändern», meinte Charleston.

«Sir Basil, etwas, das meinen Namen auf dem Titelblatt trägt, gibt meine Gedanken wieder und nicht, was mir jemand zu denken aufgetragen hat», sagte Ryan.

«Gentlemen, bitte, vergessen Sie nicht, daß ich ein Freund bin. Die möglichen Umbrüche an der sowjetischen Spitze wären für den Westen ein größerer Rückschlag als eine vorübergehende Einschränkung eines Ihrer Verteidigungsprogramme.»

«Da macht der Präsident nicht mit», meinte Greer.

«Vielleicht muß er aber», versetzte Moore.

«Es muß einen anderen Weg geben», meinte Ryan.

«Nur über Gerasimows Sturz.» Nun sprach Ritter. «Direkte Unterstützung können wir Narmonow nicht anbieten. Wenn wir ihn zu warnen versuchten und der Rest des Politbüros davon Wind bekäme, könnte das einen kleinen Krieg auslösen.»

«Und wenn wir es aber doch fertigbrächten?» fragte Ryan.

«*Was* fertigbrächten?» fragte Ritter scharf.

17

Ann tauchte früher als erwartet wieder in der Boutique «Eve's Leaves» auf, stellte die Inhaberin fest. Wie üblich lächelnd, suchte sie sich ein Kleid aus und nahm es mit in die Umkleidekabine. Eine Minute später stand sie draußen vorm Spiegel und ließ die üblichen Komplimente gleichgültiger als sonst über sich ergehen. Sie zahlte bar und verabschiedete sich mit einem freundlichen Lächeln.

Draußen auf dem Parkplatz sah es anders aus. Hauptmann Bisjarina verstieß gegen die Regeln und öffnete die Kapsel, um den Inhalt zu lesen. Dann stieß sie einen kurzen, aber häßlichen Fluch aus. Die Nachricht bestand aus nur einer Seite. Bisjarina steckte sich eine Zigarette an und verbrannte das Papier im Aschenbecher.

Alle Arbeit umsonst! Und das Material war schon in Moskau, wurde bereits analysiert. Nun stand sie dumm da. Schlimmer noch, daß ihre Agentin ganz ehrlich sofort gemeldet hatte, daß das gerade abgelieferte hochgeheime Material nicht mehr gültig war.

Agentin Bisjarina fuhr wütend heim und setzte ihre Nachricht ab.

Obwohl die Ryans eigentlich nicht zur Washingtoner Partyszene gehörten, gab es Anlässe, denen sie nicht fernbleiben konnten – wie zum Beispiel dieser Wohltätigkeitsveranstaltung zugunsten eines Kinderkrankenhauses, mit dessen Chefarzt Jacks Frau bekannt war. Um elf Uhr herum hatte die Elite von Washington bewiesen, daß sie im Austauschen von Platitüden und im Alkoholkonsum niemandem auf der Welt nachstand. Cathy hatte sich allerdings auf ein Glas Weißwein beschränkt; Jack hatte beim Knobeln gewonnen und brauchte heute abend nicht zu fahren. Trotz einiger warnender Blicke von seiner Frau ließ er sich den Wein kräftig schmecken und war entsprechend gut gelaunt –, aber das gehörte zum Plan. Nun konnte er nur hoffen, daß der Abend auch wie geplant verlief.

Amüsant war die Art, auf die man mit Ryan umging. Seine Position bei der CIA war nie so recht definiert worden. Gespräche wurden meist mit: «Na, wie sieht's in Langley aus?» und in einem gekünstelten Verschwörerton begonnen.

«Wir halten uns an die normalen Bürostunden», erklärte Jack einer gutgekleideten Frau mit etwas geweiteten Pupillen. «Morgen habe ich sogar frei.»

«Wirklich?»

«Klar, Dienstag hab ich einen chinesischen Agenten umgelegt, und dafür gibt's immer einen Tag bezahlten Urlaub», erwiderte er ganz ernst und grinste dann.

«Sie nehmen mich auf den Arm!»

«Stimmt. Vergessen Sie, daß ich das gesagt habe.»

«Stimmt es, daß gegen Sie ermittelt wird?» fragte eine andere Person.

Jack drehte sich überrascht um. «Und wer sind Sie?»

«Scott Browning von der *Chicago Tribune*.» So, jetzt hat das Spiel begonnen, dachte Ryan. Der Reporter wußte nur nicht, daß er ein Teilnehmer war.

«Könnten Sie das noch mal zurücklaufen lassen?» fragte Jack höflich.

«Meinen Informationen zufolge wird wegen illegaler Börsenmanipulationen gegen Sie ermittelt.»

«Das ist mir aber neu», gab Jack zurück.

«Ich weiß, daß die Börsenaufsicht Kontakt mit Ihnen aufgenommen hat», verkündete der Reporter.

«Dann wissen Sie sicherlich auch, daß ich ihr die gewünschten Auskünfte gab, und daß sie zufrieden war.»

«Bestimmt?»

«Natürlich. Ich habe nichts Unrechtes getan und kann das anhand von Dokumenten beweisen», beharrte Jack – vielleicht etwas zu heftig, fand der Reporter. Er hatte es zu gern, wenn die Leute angesäuselt waren.

«Meine Quellen sagen aber etwas anderes», beharrte Browning.

«Sollen sie doch!» versetzte Ryan so leidenschaftlich, daß einige Leute die Köpfe wandten.

«Wenn es Leute wie Sie nicht gäbe, hätten wir vielleicht einen funktionierenden Nachrichtendienst», bemerkte ein Neuankömmling.

«Und wer sind Sie?» fauchte Ryan, noch ehe er sich umdrehte.

«Kongreßabgeordneter Trent», sagte der Reporter. Trent saß im Sonderausschuß des Repräsentantenhauses.

«Es ist wohl eine Entschuldigung fällig», sagte Trent.

«Wofür denn?» fragte Ryan.

«Zum Beispiel für den Murks in Langley.»

«Nicht für den Mist, der im Kongreß gebaut wird?» fragte Jack zurück. Eine Menschenansammlung begann sich zu bilden.

«Ich weiß, was Ihr Verein gerade versucht hat. Auf die Nase seid ihr damit gefallen. Und ihr habt uns nicht informiert, wie das Gesetz es vorschreibt. Das wird euch teuer zu stehen kommen.»

«Wenn die Rechnung so hoch wird wie Ihre an der Bar, dann kommt es in der Tat teuer.» Ryan drehte sich um und ließ den Mann stehen.

«Aufgeblasener Kerl», fauchte Trent hinter seinem Rücken. «Na, der wird auch bald abgesägt.»

Inzwischen hörten und schauten rund zwanzig Menschen zu. Sie sahen, wie Jack sich ein Glas Wein vom Tablett nahm, sie sahen einen Blick, der töten konnte. Ryan trank einen Schluck Weißwein, ehe er sich wieder umdrehte.

«Und warum, Mr. Trent?»

«Sie werden sich wundern.»

«Bei Ihnen wundert mich gar nichts.»

«Mag sein, Dr. Ryan, aber wir wundern uns über Sie. Wir hätten nämlich nicht gedacht, daß Sie ein Gauner sind und sich in so ein Desaster verwickeln lassen. Na, da haben wir uns wohl geirrt.»

«Sie irren sich in vielem», gab Jack zurück.

«Wissen Sie was, Ryan? Ich weiß beim besten Willen nicht, was für ein Mann Sie sind.»

«Kein Wunder.»

«Und was sind Sie für ein Mann?» fragte Trent.

«Wissen Sie, Mr. Trent, so was passiert mir zum ersten Mal», meinte Ryan heiter.

«Was denn?»

Ryans Verhalten änderte sich abrupt. «Mich hat noch nie ein Schwuler gefragt, was ich für ein Mann bin», dröhnte er.

Es wurde totenstill. Trent machte kein Geheimnis aus seiner Veranlagung und hatte sich vor sechs Jahren öffentlich zu ihr bekannt. Doch nun wurde er blaß. Das Glas in seiner Hand zitterte, ein Teil seines Inhalts landete auf dem Marmorboden, aber der Abgeordnete beherrschte sich und sprach fast sanft.

«Dafür werde ich Sie ruinieren.»

«Versuch das ruhig, Süßer.» Ryan machte kehrt und verließ den Raum, schritt weiter, bis er auf den Verkehr in der Massachusetts Avenue starrte. Er wußte, daß er zuviel getrunken hatte, aber in der kalten Luft begann sein Kopf wieder klar zu werden.

«Jack?» Seine Frau stand neben ihm.

«Ja, Schatz?»

«Worum ging es eben?»

«Kann ich nicht verraten.»

«Es ist Zeit, daß du heimkommst.»

«Da hast du recht. Ich hole die Mäntel.» Ryan ging zurück in das Gebäude und gab der Garderobenfrau den Abschnitt. Er nahm die jähe Stille wahr, spürte die Blicke, die sich in seinen Rücken bohrten. Jack schlüpfte in seinen Mantel, legte sich den Pelz seiner Frau über den Arm, drehte sich um und starrte auf die Menge. Interessiert war er nur an einem Augenpaar. Und das sah er.

Mischa ließ sich nicht so leicht überraschen, aber dem KGB gelang das. Er hatte sich auf Foltern vorbereitet, auf die schlimmsten Mißhandlungen, nur um... enttäuscht zu werden? fragte er sich. Nein, das war nicht das richtige Wort.

Er saß noch immer in derselben Zelle, abgeschnitten von allen Umweltgeräuschen. Vielleicht soll mich die Einsamkeit brechen, dachte Filitow und lächelte. Die meinen, ich wäre allein. Von meinen Kameraden wissen sie nichts.

Es gab nur eine mögliche Antwort: Dieser Watutin befürchtete, er könne womöglich unschuldig sein. Ausgeschlossen, sagte sich Mischa – der *Tschekist* hatte ihm schließlich den Film persönlich aus der Hand genommen.

Über diesen Aspekt dachte er immer wieder nach, starrte die kahle Betonwand an. Nichts wollte einen Sinn ergeben.

Doch wenn sie erwarteten, daß er sich fürchtete, würden sie eine herbe Enttäuschung erleben. Filitow hatte dem Tod schon zu oft ein Schnippchen geschlagen und sehnte sich manchmal sogar nach ihm.

Ein Schlüsselbund rasselte, die Scharniere quietschten.

«Ölen Sie die mal», sagte er beim Aufstehen. «Ordentlich gepflegtes Material hält länger.»

Der Wärter gab keine Antwort, sondern winkte ihn nur aus der Zelle.

Ist es das? dachte er plötzlich. *Watutin weiß Bescheid, geht aber trotzdem vorsichtig mit mir um.*

Warum?

«Was hat das zu bedeuten?» fragte Mancuso.

«Schwer zu sagen», antwortete Clark. «Wahrscheinlich kann sich irgendein Sesselfurzer in Washington nicht entscheiden. Passiert dauernd.»

Die beiden Signale waren innerhalb von vierundzwanzig Stunden eingetroffen. Eines hatte die Mission abgesagt und das U-Boot in offenes Gewässer zurückbeordert; das zweite aber befahl *Dallas*, in der westlichen Ostsee zu bleiben und weitere Anweisungen abzuwarten.

«Ich lasse mich nicht gerne auf die Folter spannen.»

«Das hat niemand gern, Captain.»

«Wie wirkt sich das bei Ihnen aus?» fragte Mancuso.

Clark zuckte vielsagend die Achseln. «Vorwiegend psychisch. Das ist wie vor einem wichtigen Spiel. Aber keine Angst, Captain – ich bilde Leute für solche Situationen aus, wenn ich nicht gerade selbst im Einsatz bin.»

«Und wie oft waren Sie schon im Einsatz?»

«Darf ich nicht sagen, aber meistens ging es ziemlich glatt.»

«Nur meistens? Und was, wenn es schiefgeht?»

«Dann wird es für alle Beteiligten ziemlich aufregend.» Clark lächelte. «Besonders für mich. Wenn ich dürfte, könnte ich Ihnen tolle Geschichten erzählen. Aber das geht Ihnen bestimmt auch so.»

«Ja, wir haben auch ein oder zwei Dinger gedreht. Verdirbt einem direkt den Spaß, daß man nichts darüber sagen darf, stimmt's?»

Ryan kaufte allein ein. Seine Frau hatte bald Geburtstag, und er war auf der Suche nach Ohrringen, die zu ihrer goldenen Halskette paßten. Das Problem war nur, daß er das exakte Muster nicht mehr im Kopf hatte. Weder der Kater noch die Nervosität halfen seiner Erinnerung nach. Was, wenn sie nun nicht anbissen?

«Tag, Dr. Ryan», sagte eine vertraute Stimme. Jack drehte sich etwas überrascht um.

«Ich wußte gar nicht, daß man Sie so weit ausschweifen läßt.» Jack ließ sich die Erleichterung nicht anmerken. In dieser Beziehung war der Kater hilfreich.

«Das Kaufhaus liegt genau am Rand unseres Aktionsradius», erklärte Sergej Platonow. «Kaufen Sie etwas für Ihre Frau?»

«Ihre Akte über mich enthält bestimmt die entsprechenden Hinweise.»

«Ja, sie hat Geburtstag.» Platonow schaute in die Vitrine. «Schade, daß ich mir so etwas für eine Angetraute nicht leisten kann.»

«Für eine entsprechende Gegenleistung könnte die CIA das bestimmt arrangieren, Sergej Nikolajewitsch.»

«Dafür hätte die *Rodina* aber kein Verständnis», gab Platonow zurück. «Ein Problem, mit dem auch Sie langsam vertraut werden, nicht wahr?»

«Sie sind erstaunlich gut informiert», murmelte Jack.

«Gehört bei mir zum Beruf. Außerdem habe ich Hunger. Meinen Sie, Ihr Vermögen reicht hin, um mich zu einem Sandwich einzuladen?»

Ryan schaute sich aufmerksam um.

«Heute nicht.» Platonow lachte in sich hinein. «Einige meiner Kollegen sind heute geschäftiger als gewöhnlich, und dem FBI fehlte leider das Überwachungspersonal.»

«Ein Problem, unter dem das KGB nicht zu leiden hat», bemerkte Jack und verließ den Laden.

«Sie würden sich wundern. Warum nehmen die Amerikaner eigentlich an, daß es bei unseren Nachrichtendiensten anders zugeht?»

«Wäre ein Trost, wenn bei Ihnen auch mal was in die Hose ginge. Lust auf einen Hot Dog?»

«Sicher, solange er koscher ist», erwiderte Platonow und fügte erklärend hinzu: «Sie wissen ja, daß ich kein Jude bin, aber koscher schmeckt mir halt besser.»

«Sie sind schon zu lange hier», erwiderte Jack lächelnd.

«Es gefällt mir eben in Washington.»

Die beiden Männer betraten einen Schnellimbiß und setzten sich an einen allein stehenden weißen Kunststofftisch. Geschickt, dachte Jack. Mehr als ein paar unzusammenhängende Worte konnten Vorbeigehende nicht mitbekommen. Platonow war ein Profi.

«Wie ich höre, haben Sie Probleme mit der Börsenaufsicht.» Platonow lächelte bei jedem Wort. Einerseits wollte er den Anschein erwecken, als führten sie nur ein freundliches Gespräch über Belanglosigkeiten, andererseits schien er die Situation zu genießen.

«Ach, Sie glauben, was dieser Typ da gestern gelabert hat? Wissen Sie, eines, was ich an Rußland bewundere, ist Ihre Art –»

«Mit gesellschaftsschädigendem Verhalten fertig zu werden? Stimmt – fünf Jahre strenge Lagerhaft. Auch unsere neue Politik der Öffnung toleriert keine Perversionen. Bei seinem letzten Besuch in der Sowjetunion machte Ihr Freund Trent eine Bekanntschaft. Der betreffende junge Mann sitzt nun im Lager.» Platonow verschwieg, daß er nur verurteilt worden war, weil er sich weigerte, mit dem KGB zu kooperieren. Wozu auch Verwirrung stiften?

«Trent können Sie ruhig auch haben. Von dessen Sorte gibt es hier genug», grollte Jack. Er fühlte sich miserabel und hatte das Gefühl, als wollten ihm die Augen aus den Höhlen springen: zuviel Wein, zuwenig Schlaf.

«Abgemacht. Schicken Sie uns die Börsenaufsicht auch rüber?» fragte Platonow.

«Ich habe nichts Illegales getan, sondern nur auf den Tip eines Freundes hin gehandelt. Es war eine Gelegenheit, die sich bot, mehr nicht. Gut, ich habe ein paar Dollar dabei verdient – na und? Immerhin verfasse ich nachrichtendienstliche Analysen für den Präsidenten! Da soll man mich gefälligst in Ruhe lassen! Nach all dem –» Ryan hielt inne und starrte Platonow gequält an. «Was kümmert Sie das eigentlich?»

«Schon bei unserer ersten Begegnung vor ein paar Jahren war ich von

Ihnen beeindruckt – von dieser Sache mit den Terroristen in London*. Gut, unsere politischen Ansichten mögen sich unterscheiden, aber für mich steht fest, daß Sie Ungeziefer ausgerottet haben. Ob Sie es nun glauben oder nicht, ich habe mich gegen die Unterstützung von Terroristen durch unseren Staat gewandt. Echten Marxisten, die ihr Volk befreien wollen, sollten wir jede Hilfe gewähren, aber nicht allen möglichen Banditen, diesem Abschaum, der nur Waffen schnorrt. Die Politik einmal beiseite: Sie sind ein ehrenhafter, mutiger Mann. Ich respektiere Sie. Schade, daß Ihr Land das nicht tut. Amerika stellt seine Besten nur auf Sockel, damit die Durchschnittlichen Zielübungen auf sie veranstalten können.»

Ryans anfangs argwöhnischer Blick wurde nun abwägend. «Da haben Sie allerdings recht.»

«So, mein Freund – was wird man Ihnen antun?»

Jack seufzte tief und warf einen scharfen Blick den Gang entlang. «Ich muß mir diese Woche einen Anwalt nehmen, der wird sich wohl in dem Schlamassel zurechtfinden. Ich hatte gehofft, dem aus dem Weg gehen, mich herausreden zu können, aber – dieser neue Mann bei der Börsenaufsicht, auch so eine Schwuchtel wie Trent –» Ryan holte tief Luft. «Trent benutzte seinen Einfluß, ihm den Job zu verschaffen. Wetten, daß die zwei... Ich bin mit Ihnen einig. Wenn man schon Feinde haben muß, dann wenigstens Männer, die man respektieren kann.»

«Hilft die CIA Ihnen denn nicht?»

«Ach, so viele Freunde habe ich dort nicht – das wissen Sie ja. Senkrechtstarter, viel zuviel Geld, Greers Wunderknabe, meine Beziehung zu den Briten. Auch so etwas schafft Feinde.» Jack schüttelte zwei Aspirin aus einem Röhrchen und schluckte sie.

«Ritter hat mich noch nie gemocht. Er stand meinetwegen vor ein paar Jahren einmal schlecht da und hat mir das nie verziehen. Der Admiral möchte mir helfen, ist aber zu alt. Und auch der Richter hätte schon vor einem Jahr in Pension gesollt.»

«Wir wissen, daß der Präsident Ihre Arbeit schätzt.»

«Der Präsident ist Jurist, war einmal Staatsanwalt. Wenn der nur andeutungsweise hört, daß jemand vielleicht gegen ein Gesetz verstoßen hat – erstaunlich, wie schnell man ganz allein steht. Auch eine Bande im Außenministerium ist hinter mir her. Ehrlich, Washington ist eine miese Stadt.»

Es stimmt also, dachte Platonow. Sie hatten die Nachricht zuerst von Peter Henderson, Codename Cassius, bekommen, der das KGB seit über zehn Jahren mit Informationen versorgte, erst als Assistent eines

---

* s. «Die Stunde der Patrioten», Scherz Verlag Bern und München, 1988.

Senators, dann als Analytiker im Finanzministerium. Anfangs hatte man Ryan beim KGB als reichen Dilettanten eingestuft, doch dann hatte etwas seiner Karriere mächtig Schub gegeben, und inzwischen verfaßte er fast die Hälfte aller Lageberichte fürs Weiße Haus. Von Henderson wußte man, daß er eine umfangreiche Studie zur Frage der strategischen Waffen erstellt hatte, die im Außenministerium mit Entsetzen aufgenommen worden war. Platonow schätzte Ryan als intelligenten, mutigen Gegenspieler, der aber zu sehr an Privilegien gewöhnt und zu empfindlich gegen persönliche Angriffe war. Raffiniert, aber sonderbar naiv. Und heute erkannte Platonow, daß Ryan sich für unüberwindlich gehalten hatte und jetzt erst lernen mußte, daß das nicht der Fall war. Daher sein Zorn.

«Die ganze Arbeit für die Katz», sagte Jack nach einigen Sekunden. «Meine Empfehlungen werden verworfen.»

«Wie meinen Sie das?»

«Dieses Arschloch Allen hat den Präsidenten beschwatzt, SDI zum Verhandlungsgegenstand zu machen.» Platonow mußte sich zusammennehmen, um nicht sichtbar auf diese Eröffnung zu reagieren. Ryan fuhr fort: «Alles umsonst. Wegen dieser bescheuerten Börsengeschichte fällt meine Analyse unter den Tisch. Ich bin diskreditiert, und die CIA stützt mich nicht, sondern wirft mich den Wölfen zum Fraß vor.» Jack verschlang den Rest seines Hot dog.

«Man könnte ja etwas unternehmen», schlug Platonow vor.

«Rache nehmen? Ist mir auch schon eingefallen. Ich könnte das an die Presse geben, aber die *Washington Post* plant einen Bericht über das Börsending. Das Hinrichtungskommando wird im Kapitol zusammengestellt. Von Trent wahrscheinlich. Wetten, daß das Schwein auch gestern den Reporter auf mich angesetzt hat? Wer hört schon auf mich, wenn ich die Wahrheit an die Öffentlichkeit bringe? Verflucht, ich riskiere schon den Hals, wenn ich hier nur mit Ihnen zusammensitze, Sergej.»

«Warum sagen Sie das?»

«Warum ich das sage?» Ryan gestattete sich ein Lächeln, das abrupt wieder verschwand. «Weil ich nicht ins Gefängnis gehe. Eher sterbe ich, als daß ich diese Schande ertrage. Verdammt noch mal, ich habe mein Leben für dieses Land riskiert! Und dafür will man mich in den Knast schicken!»

«Vielleicht können wir Ihnen helfen.» Endlich kam der KGB-Mann zur Sache.

«Überlaufen? Das soll wohl ein Witz sein. Sie erwarten doch nicht, daß ich in Ihr Arbeiter- und Bauernparadies ziehe?»

«Nein, aber bei einer entsprechenden Gegenleistung könnten wir Ihre

Lage vielleicht verbessern. Es werden Zeugen gegen Sie auftreten. Denen könnte etwas zustoßen...»

«Lassen Sie den Quatsch!» Jack beugte sich vor. «Sie tun so etwas nicht in unserem Land, und wir unterlassen es in Ihrem.»

«Alles hat seinen Preis. Das wissen Sie besser als ich.» Platonow lächelte. «Was war das zum Beispiel für ein ‹Desaster›, das Mr. Trent gestern abend erwähnte?»

«Und woher weiß ich, für wen Sie in Wirklichkeit arbeiten?» fragte Jack.

«Wie bitte?» Das überraschte den Russen.

«Sie verlangen eine Gegenleistung? Sergej, ich setze jetzt mein Leben aufs Spiel. Und glauben Sie nicht, daß das einfacher ist, nur weil ich es schon einmal getan habe. Passen Sie auf: Wir haben einen Agenten in der KGB-Zentrale in Moskau. Ganz oben. Sagen Sie mir jetzt, was sein Name mir einbringt.»

«Die Freiheit», erwiderte Platonow sofort. «Wenn er wirklich ganz oben sitzt, wie Sie sagen, würden wir eine Menge für Sie tun.» Ryan sagte über eine Minute lang kein Wort. Die beiden Männer saßen einander gegenüber wie beim Poker, starrten sich an, als stünde ihr ganzes Vermögen auf dem Spiel – und als wüßte Ryan, daß er die schlechteren Karten hatte. Platonow hielt dem Blick des Amerikaners stand und gewann.

«Ich fliege Ende der Woche nach Moskau – es sei denn, die Sache käme vorher ans Tageslicht, was bedeutete, daß ich erledigt wäre. Was ich Ihnen gerade gesagt habe, darf nicht über den Dienstweg laufen, sondern geht an Gerasimow persönlich. *Der* ist es nämlich nicht.»

«Und warum soll ich Ihnen eigentlich glauben, daß Sie den Namen des Agenten kennen?» Der Russe nahm seinen Vorteil behutsam wahr.

Nun lächelte Jack. Er hatte also doch noch einen Trumpf in der Hand. «Den Namen kenne ich nicht, aber die relevanten Daten. Wenn ich Ihnen vier Dinge nenne, die uns über CONDUCTOR erreichten – das ist der Codename des Agenten –, können Ihre Leute den Rest erledigen. Das Ganze darf aber nicht über den Dienstweg gehen, denn sonst brauche ich mich erst gar nicht ins Flugzeug zu setzen – so hoch sitzt der Betreffende nämlich. Und woher weiß ich, daß Sie Wort halten werden?»

«In unserem Geschäft muß man seine Versprechungen halten», versicherte Platonow.

«Dann richten Sie Ihrem Vorsitzenden aus, daß ich ihn unter vier Augen sprechen will.»

«Den Vorsitzenden? Der empfängt keine –»

«Dann nehme ich mir einen Verteidiger und versuche, die Sache hier durchzustehen. Ich habe nämlich keine Lust, wegen Hochverrat ins

Gefängnis zu gehen. So, das war mein Vorschlag, Genosse Platonow», schloß Jack. «Angenehme Heimfahrt.»

Jack erhob sich und ging fort. Platonow folgte ihm nicht, sondern drehte sich um und erblickte seinen Leibwächter, der ihm durch ein Signal zu verstehen gab, daß sie nicht beobachtet worden waren.

Nun mußte er zu einem Entschluß kommen. War Ryan aufrichtig? Laut Cassius ja.

Er führte den Agenten Cassius jetzt seit drei Jahren. Peter Hendersons Informationen hielten immer der Überprüfung stand. Mit seiner Hilfe hatten sie einen Oberst der Strategischen Raketenstreitkräfte enttarnt und festgenommen, der für die CIA gearbeitet hatte. Von ihm stammten unschätzbar wichtige strategische und politische Informationen und selbst die interne amerikanische Analyse des *Roter Oktober*-Zwischenfalls vor zwei Jahren*, kurz vor Senator Donaldsons Rücktritt. Und einer Weile hatte Cassius berichtet, gegen Ryan würde ermittelt. Damals war das nur ein Gerücht gewesen, das niemand ernst genommen hatte. Die Amerikaner ermittelten dauernd gegeneinander; das schien ihr Nationalsport zu sein. Dann aber war die Story erneut aufgetaucht, gefolgt von der Szene mit Trent. War es wirklich möglich...?

Eine undichte Stelle ganz oben im KGB, dachte Platonow. Natürlich existierte eine Prozedur, Daten direkt an den Vorsitzenden weiterzuleiten. Das KGB berücksichtigte alle Möglichkeiten. Doch wenn der entsprechende Spruch abgesandt war, mußte auch gehandelt werden. Nur die Andeutung, daß die CIA einen Agenten weit oben in der Hierarchie des KGB plaziert hatte...

Aber das war nur ein Aspekt.

Wenn wir den Haken erst einmal ausgeworfen haben, gehört Dr. Ryan uns. Vielleicht ist er naiv genug zu glauben, ein einmaliger Austausch von Informationen gegen eine Leistung sei möglich, und er bräuchte nie wieder... Wahrscheinlich ist er so verzweifelt, daß ihm die Konsequenzen im Augenblick gleichgültig sind. Welche Informationen wird er uns wohl liefern? In seiner Position mußte er so gut wie alles zu sehen bekommen. Was für eine Chance, einen wertvollen Agenten zu rekrutieren. Das war der Sowjetunion seit Kim Philby nicht mehr gelungen – vor über fünfzig Jahren!

Aber ist er wichtig genug, um einen Verstoß gegen die Vorschriften zu rechtfertigen? fragte sich Platonow und leerte sein Glas. Seit Menschengedenken hatte das KGB in den USA keine Gewalttat mehr begehen lassen – auf diesem Gebiet gab es ein Gentlemen's Agreement. Nun ja, es mochten ein, zwei Amerikaner einen Verkehrsunfall haben oder einem

---

* s. «Jagd auf Roter Oktober», Scherz Verlag Bern und München, 1986.

Herzanfall erliegen. So etwas mußte aber erst vom Vorsitzenden genehmigt werden.

Platonow war ein ordentlicher Mann. Er fuhr sich mit der Papierserviette übers Gesicht, tat allen Abfall in den Pappbecher und warf ihn in einen Müllbehälter. Nichts verriet, daß er jemals hier gewesen war.

Der Bogenschütze war siegessicher. Die Reaktion seiner Untergebenen auf seine Pläne hätte nicht positiver sein können. Die größte Begeisterung hatte ihr neuestes Mitglied gezeigt, der ehemalige Major der afghanischen Armee. Über fünf angespannte Stunden hinweg hatten sie in einem Zelt zwanzig Kilometer vor der Grenze ihre Pläne geschmiedet.

Die erste Phase war bereits abgeschlossen. Sechs Lkw und drei Schützenpanzer BTR-60 waren in ihren Händen; einige beschädigt, aber damit hatten sie gerechnet. Die toten Soldaten des Marionettenregimes wurden ihrer Uniformen beraubt, elf Überlebende verhört. Wer sich als zuverlässig herausstellte, durfte sich verbündeten Guerillagruppen anschließen. Was die anderen betraf...

Der ehemalige Armeeoffizier, der von den Russen ausgebildet worden war, packte Karten und Sprechtafeln zusammen.

Zehn Kilometer im Norden, an der Straße nach Shékábád, war ein Bataillon stationiert. Der Ex-Major setzte sich über Funk mit ihm in Verbindung und deutete an, «Sonnenblume» habe einen Angriff mit mäßigen Verlusten abgewehrt und kehre nun zurück.

Sie luden einige Leichen in ihren blutigen Uniformen auf. Ausgebildete ehemalige Soldaten der afghanischen Armee bemannten die schweren Maschinengewehre auf den BTR, als die Kolonne sich in Marsch setzte und auf der Schotterstraße vorschriftsmäßig Abstand hielt. Der Bataillons-Gefechtsstand lag am anderen Ufer des Flusses. Zwanzig Minuten später kam er in Sicht. Die Brücke war schon vor langem zerstört worden, aber russische Pioniere hatten mit Schotter eine Furt aufgeschüttet. Bei dem Wachposten am Ostufer hielt die Kolonne an.

Nun wurde es spannend. Der Major gab das richtige Erkennungszeichen, der Posten winkte sie durch. Eines nach dem anderen rollten die Fahrzeuge über die Furt. Noch fünfhundert Meter.

Der Bataillons-Gefechtsstand lag auf einer kleinen Anhöhe und war mit Unterständen aus Sandsäcken und Stämmen umgeben. Keiner dieser Unterstände war voll bemannt. Das Lager war zwar gut positioniert und bot nach allen Seiten weites Schußfeld, war aber nur nachts voll bewacht. Im Augenblick wurde es nur von einer einzigen Kompanie gesichert; die übrigen Soldaten waren in den umliegenden Bergen auf Streife. Zudem traf die Kolonne zur Zeit des Mittagsmahls ein. Der Kfz-Platz des Bataillons war in Sicht.

Der Bogenschütze saß im ersten Fahrzeug der Kolonne und fragte sich, weshalb er dem übergelaufenen Major so uneingeschränkt vertraute, fand aber dann, daß nun nicht die Zeit für solche Sorgen war.

Der Bataillonskommandeur kam kauend aus seinem Bunker und wartete auf den BTR-60 des Einheitsführers. Er reagierte gereizt, als die Seitentür des Schützenpanzers langsam aufging und ein Unbekannter in Offiziersuniform erschien.

«Wer zum Teufel sind Sie?»

«*Allahu Akbar!*» schrie der Major und mähte den Frager nieder. Die schweren MG auf den BTR fetzten in die essenden Männer, während die Leute des Bogenschützen in die Unterstände jagten. Die Verteidiger hatten gegen hundert Bewaffnete keine Chance; nach zehn Minuten war aller Widerstand gebrochen. Zwanzig Gefangene wurden gemacht. Die einzigen Russen – zwei Leutnants und ein Feldwebel der Fernmeldetruppe – tötete man auf der Stelle; der Rest wurde unter Bewachung gestellt. Die Männer des Majors eilten zu den Fahrzeugen.

Dort erbeuteten sie zwei weitere BTR und vier Lkw. Den Rest zündeten sie an. Alles, was sie nicht fortschleppen konnten, wurde verbrannt. Sie nahmen vier Mörser, ein halbes Dutzend Maschinengewehre und alle Uniformen, die sie finden konnten. Der Rest des Postens wurde völlig zerstört – besonders die Funkgeräte, die man erst mit Gewehrkolben zerschlug und dann ins Feuer warf. Ein kleiner Wachtrupp blieb zurück bei den Gefangenen, denen man Gelegenheit gab, sich den *mudschaheddin* anzuschließen – oder zu sterben, weil sie den Ungläubigen gedient hatten.

Noch fünfzig Kilometer bis Kabul. Die neue, größere Kolonne rollte nach Norden. Weitere Männer des Bogenschützen stießen dazu, sprangen auf die Fahrzeuge. Seine Streitmacht war nun zweihundert Mann stark und ausgerüstet wie Soldaten der afghanischen Armee, bis hin zu den russischen Fahrzeugen.

Ihr ärgster Feind war die Zeit. Neunzig Minuten später erreichten sie den Stadtrand von Kabul und stießen auf den ersten einer Reihe von Kontrollposten.

Bei so vielen russischen Soldaten in seiner Nähe bekam der Bogenschütze eine Gänsehaut. Nach Sonnenuntergang zogen sich die Russen, wie er wußte, in ihre Lager und Bunker zurück und überließen die Straßen den Afghanen, aber auch die sinkende Sonne gab ihm kein Gefühl der Sicherheit. Die Kontrollen waren oberflächlicher, als er erwartet hatte, und der Major redete sich überall durch, indem er Papiere und Parolen aus dem gerade erst zerstörten Bataillons-Gefechtsstand zeigte und nannte. Entscheidender noch war, daß ihre Route die am stärksten gesicherten Teile der Stadt umging. Knapp zwei Stunden später lag Kabul hinter ihnen, und sie rollten im Schutz der Dunkelheit weiter vorwärts.

Sie fuhren, bis ihnen der Treibstoff ausging. An diesem Punkt steuerten sie ihre Fahrzeuge von der Straße, nahmen ihre schweren Waffen auf den Rücken und brachen ausgeruht auf ins Gebirge und nach Norden.

Nichts wie Hiobsbotschaften heute, dachte Gerasimow, als er Oberst Watutin anstarrte. «Was soll das heißen, Sie bekommen nichts aus ihm heraus?»

«Genosse Vorsitzender, unser medizinisches Personal ist der Auffassung, daß sowohl sensorische Deprivation als auch jede Form physischer Mißhandlung» – das Wort Folter benutzte man beim KGB nicht mehr – «den Gefangenen töten könnten. Und da Sie auf einem Geständnis bestehen, müssen wir zu... primitiven Verhörmethoden greifen. Der Gefangene ist schwierig, seelisch sehr viel stärker, als wir erwartet hatten», sagte Watutin so gelassen wie möglich. Im Augenblick hätte er alles mögliche für ein Glas Wodka getan.

«Und alles nur, weil Sie die Verhaftung versaut haben!» bemerkte Gerasimow kalt. «Ich hatte viel von Ihnen erwartet, Oberst, Sie für einen Mann mit Zukunft gehalten, geglaubt, Sie seien soweit für eine Beförderung. Habe ich mich da geirrt, Genosse Oberst?»

«Es ist in diesem Fall ausschließlich meine Aufgabe, einen Landesverräter zu entlarven. Und das habe ich bereits getan. Wir wissen, daß er Verrat begangen hat, wir haben die Beweise –»

«Jasow wird sie nicht akzeptieren.»

«Spionageabwehr ist Sache des KGB, nicht des Verteidigungsministeriums.»

«Dann machen Sie das doch einmal dem Generalsekretär klar», fuhr Gerasimow ihn an. «Oberst Watutin, ich brauche unbedingt Filitows Geständnis.»

Gerasimow hatte gehofft, heute einen weiteren Coup zu landen, doch eine Blitzmeldung aus Amerika hatte ihn entwertet – schlimmer noch, er hatte die Information schon weitergegeben, als er einen Tag später von ihrer Wertlosigkeit erfuhr. Agentin Livia bitte um Verzeihung, lautete die Meldung, aber die kürzlich durch Leutnant Bisjarina übersandten Daten zu den Computerprogrammen seien leider überholt.

«Watutin, ich muß das Geständnis bald haben. Bis wann können Sie es liefern?»

«Mit den Methoden, auf die wir jetzt beschränkt sind, in maximal zwei Wochen. Wir können ihm den Schlaf rauben, aber das dauert seine Zeit, besonders bei älteren Menschen, deren Schlafbedürfnis geringer ist. Er wird zunehmend desorientiert werden und dann irgendwann aufgeben.

Es ist aber damit zu rechnen, daß er sich mit aller Kraft gegen uns wehren wird –, und Filitow ist ein mutiger Mann. Aber halt auch nur ein Mensch. In zwei Wochen haben wir ihn kleingekriegt», schloß Watutin.

«Na gut.» Gerasimow legte eine Pause ein. Zeit, seinem Untergebenen Mut zu machen. «Genosse Oberst, objektiv gesehen, haben Sie trotz der Enttäuschung in der letzten Phase der Ermittlung Ihre Sache recht gut gemacht. Perfektion in allen Einzelheiten wäre zuviel verlangt, und für die politischen Komplikationen können Sie nichts. Wenn Sie liefern, was ich von Ihnen erwarte, werden Sie entsprechend belohnt. Und nun machen Sie weiter.»

«Vielen Dank, Genosse Vorsitzender.» Gerasimow wartete, bis er gegangen war, und bestellte dann seinen Wagen.

Der Vorsitzende des KGB fuhr nicht allein. Sein Sil – eine handgefertigte Limousine, die an einen US-Straßenkreuzer der späten Fünfziger erinnerte – wurde von einem noch häßlicheren, mit Leibwächtern besetzten Wolga gefolgt. Gerasimow saß allein im Fond und sah die Häuser von Moskau vorbeifliegen; der Wagen raste über die Regierungsfahrzeugen vorbehaltene Mittelspur auf die Wälder vor der Stadt zu, in denen die Deutschen im Winter 1941 zum Stehen gebracht worden waren.

Deutsche Kriegsgefangene – jene, die den Typhus und die kärgliche Ernährung überlebten – hatten die Datschen erbaut – in deutscher Wertarbeit, die die *nomenklatura*, die herrschende Klasse dieser klassenlosen Gesellschaft, noch immer zu schätzen wußte.

Die Dienstdatscha des Akademikers Michail Petrowitsch Alexandrow war ein zweistöckiges Holzhaus mit steilem Satteldach. In der gekiesten Einfahrt, die sich zwischen Bäumen hindurchwand, parkte nur ein Wagen. Alexandrow war Witwer und über das Alter, in dem man Verlangen nach weiblicher Gesellschaft verspürt, hinaus. Gerasimow öffnete die Wagentür, überzeugte sich kurz davon, daß seine Leibwächter sich wie üblich im Wald verteilten. Die Männer waren schon dabei, dicke weiße Anoraks und schwere Stiefel aus dem Kofferraum ihres Wagens zu holen.

«Nikolai Borissowitsch!» Alexandrow war selbst an die Tür gekommen. Der Akademiker nahm Gerasimow den Mantel ab und hängte ihn an einen Haken bei der Tür.

«Danke, Michail Petrowitsch.»

«Tee?» Alexandrow wies auf einen Tisch im Wohnzimmer.

«Es ist kalt draußen», gestand Gerasimow zu.

Die beiden nahmen auf alten Polstersesseln am Tisch Platz.

«Nun, was gibt es Neues?» Alexandrow schenkte Tee ein.

Gerasimow machte eine ärgerliche Geste. «Der Spion Filitow ist ein zäher alter Vogel. Es wird noch ein, zwei Wochen dauern, bis man ein Geständnis aus ihm herausgeholt hat.»

«Ihren Obersten sollten Sie erschießen –»

Der KGB-Vorsitzende schüttelte den Kopf. «Nein, nein. Man muß objektiv bleiben. Oberst Watutin hat vorzügliche Arbeit geleistet. Die eigentliche Verhaftung hätte er zwar einem jüngeren Mann überlassen sollen, aber ich hatte ihm gesagt, es sei sein Fall, und er nahm das wohl etwas zu wörtlich. Der Rest seiner Arbeit an diesem Fall ist so gut wie perfekt.»

«Sie sind zu großzügig, Kolja», merkte Alexandrow an. «Ist es denn wirklich so schwer, einen Zweiundsiebzigjährigen zu entlarven?»

«In diesem Fall schon. Der amerikanische Agent war geschickt und hatte einen scharfen Instinkt.»

Der ältere Mann grunzte. «Nun, zwei Wochen werden wir wohl noch abwarten können. Es ist mir zwar unangenehm, das tun zu müssen, während die amerikanische Delegation hier ist –»

«Es wird erst nach ihrer Abreise soweit sein. Sollte es zu einer Übereinkunft kommen, haben wir nichts verloren.»

«Es ist Wahnsinn, unsere Waffen zu reduzieren!» beharrte Alexandrow. Für Michail Petrowitsch hatten Kernwaffen noch immer den gleichen Stellenwert wie Panzer und Geschütze: je mehr, desto besser. Wie die meisten politischen Theoretiker gab er sich nur ungern mit Fakten ab.

«Die neuesten und besten Raketen werden wir behalten», erklärte Gerasimow geduldig. «Wichtiger noch, unser Projekt Heller Stern macht gute Fortschritte. Mit Hilfe der Errungenschaften unserer Wissenschaftler und der Erkenntnisse über das amerikanische Programm werden wir in weniger als zehn Jahren in der Lage sein, die *Rodina* gegen jeden Angriff zu schützen.»

Alexandrow tat das Thema mit einer Geste ab. «Ich habe gestern abend mit Wanejew gesprochen.»

«Und?»

«Er ist unser, weil er die Vorstellung nicht ertragen kann, daß sein süßes Töchterchen, diese Schlampe, ins Lager kommt. Ich habe ihm erklärt, was wir von ihm erwarten. Das war ganz einfach. Sowie Sie das Geständnis aus diesem Filitow herausgeholt haben, holen wir zum Rundumschlag aus. Besser, alles in einem Aufwasch zu erledigen.»

«Die möglichen Reaktionen des Westens bereiten mir noch Kummer», merkte Gerasimow vorsichtig an.

Der alte Fuchs lächelte in seine Teetasse. «Narmonow wird einen Herzanfall erleiden. Er ist ja im entsprechenden Alter. Natürlich keinen tödlichen, aber er wird abtreten müssen. Wir versichern dann dem Westen, daß wir seine Politik weiterführen werden –, ich kann auch mit dem Abrüstungsvertrag leben, falls er bis dahin geschlossen sein sollte.»

Alexandrow machte eine Pause. «Es hat keinen Sinn, den Gegner unnötig in Aufregung zu versetzen. Ich bin nur am Primat der Partei interessiert.»

«Selbstverständlich.» Gerasimow wußte, was jetzt kam, und lehnte sich zurück, um es noch einmal über sich ergehen zu lassen.

«Narmonow muß Einhalt geboten werden, sonst ist die Partei erledigt! Dieser Narr verschleudert, was wir erarbeitet haben! Wäre die Führung der Partei nicht gewesen, lebte nun ein Deutscher in diesem Haus! Wo wären wir ohne Stalin, der dem Volk das Rückgrat stählte? Und diesen Mann verdammt Narmonow, unseren größten Helden – nach Lenin», beeilte sich der Akademiker hinzuzufügen. «Dieses Land braucht eine starke Hand. Das erkennt und versteht unser Volk.»

Gerasimow nickte zustimmend und fragte sich, warum dieser taprige Greis immer wieder in dieselbe Kerbe hauen mußte. Die Partei hatte kein Interesse an einer starken Hand, die Partei selbst bestand aus tausend kleinen, zupackenden, raffenden Händen: den Mitgliedern des ZK, den kleinen Apparatschiks, die ihre Beiträge zahlten, Sprüche klopften, bis ihnen alles, was die Partei sagte, zum Halse heraushing, aber doch mitmachten, weil man nur so vorankam, und Vorankommen Privilegien bedeutete: ein Auto, Urlaub in Sochi, Blaupunkt-Radios...

Jeder hat seinen blinden Punkt, das wußte Gerasimow. Alexandrow war verborgen geblieben, daß so gut wie niemand mehr an die Partei glaubte, und er wäre entsetzt gewesen, wenn er gewußt hätte, daß sein junger Verbündeter nur auf die Macht aus war, die Macht als Selbstzweck, und nur den *status quo ante* wiederherstellen wollte. Die Sowjetunion sollte weiterwursteln wie bisher, sicher in ihren Grenzen und bemüht, die Revolution in Länder zu exportieren, wo sich eine Gelegenheit bot. Und die Zügel würde Gerasimow in den Händen halten – unangefochten, mit dem KGB als Machtbasis. So hörte er sich Alexandrows Tiraden ruhig an und nickte hin und wieder. Außenstehende würden sich an die zahllosen Bilder erinnert gefühlt haben, auf denen Stalin hingerissen den Worten Lenins lauscht. Und wie Stalin hatte Gerasimow vor, diese Worte zu seinem Vorteil zu nutzen. Gerasimow glaubte an Gerasimow, und sonst an niemanden.

18

Ich habe doch gerade erst gegessen!» sagte Mischa.

«Unsinn», erwiderte der Wärter und zeigte ihm die Uhr an seinem Handgelenk. «Sehen Sie doch selbst, wie spät es ist. Essen Sie rasch; bald geht es wieder zum Verhör.» Der Mann beugte sich vor. «Warum sagen Sie ihnen denn nicht einfach, was sie hören wollen, Genosse?»

«Weil ich kein Verräter bin!»

«Wie Sie wollen. Langen Sie zu.» Die Zellentür fiel ins Schloß.

«Ich bin kein Verräter», wiederholte Filitow, als er allein war. «Nein», hörte das Mikrophon, «ich bin keiner.»

«Langsam wird's», meinte Watutin.

Die Isolierhaft bewirkte im Endeffekt, was der Doktor mit der sensorischen Deprivation erreichen wollte: Der Gefangene verlor den Kontakt zur Realität, wenngleich sehr viel langsamer als Swetlana Wanejewa. Seine Zelle befand sich im Innern des Gebäudes; das Wechselspiel von Tag und Nacht bekam der Häftling also nicht mit. Die nackte Glühbirne brannte unentwegt. Nach wenigen Tagen hatte Filitow alles Zeitgefühl verloren. Dann zeigten seine Körperfunktionen erste Unregelmäßigkeiten. Man veränderte die Abstände zwischen den Mahlzeiten. Sein Körper spürte, daß etwas nicht stimmte, doch der Häftling war so desorientiert, daß er in einen der Geisteskrankheit vergleichbaren Zustand verfiel.

Eine klassische Technik, der nur wenige Individuen länger als zwei Wochen widerstehen konnten, und in solchen Fällen hatte man meist entdeckt, daß die erfolgreiche Resistenz unentdeckten Außenreizen wie Abwasser- oder Verkehrsgeräuschen zuzuschreiben war. Allmählich hatte man im Zweiten Direktorat des KGB gelernt, alle diese Störfaktoren auszuschalten. Der neue Sonderzellenblock war gegen die Außenwelt völlig schallisoliert. Um Gerüche zu eliminieren, hatte man die Küche ein Stockwerk höher eingebaut. Dieser Teil des Lefortowo-Gefängnisses reflektierte die Erfahrung von Generationen im Brechen des menschlichen Willens.

Besser als die Folter, dachte Watutin, denn die Folter zog unweigerlich auch die Vernehmenden in Mitleidenschaft. Wer auf diesem Gebiet zu große Fähigkeiten entwickelte, wurde allmählich geistig labil. Man konnte sich auf die Vernehmungsergebnisse nicht mehr verlassen und mußte den KGB-Offizier austauschen und gelegentlich sogar ins Krankenhaus schicken. In den dreißiger Jahren hatte man solche Männer einfach erschossen und durch andere ersetzt, bis die Interrogatoren nach kreativeren, intelligenteren Methoden zu suchen begannen. Die neuen Techniken fügten dem Subjekt keinen bleibenden körperlichen Schaden zu, und die bei der Vernehmung entstandenen seelischen Störungen wurden anschließend sogar behandelt. Die im Auftrag des KGB «behandelnden» Ärzte waren nun in der Lage, Landesverrat als Symptom einer schweren Geisteskrankheit zu diagnostizieren, die einer radikalen Therapie bedurfte. So war die Angelegenheit für alle Beteiligten angenehmer: Wer einem tapferen Gegner Schmerzen zufügte, konnte Schuldgefühle entwickeln, doch wer einem Geisteskranken half, tat etwas Gutes.

Und dieser Fall von Geisteskrankheit ist ganz besonders ernst, dachte Watutin sarkastisch und schaute über die Glasfaserverbindung in Filitows Zelle.

Wie lange arbeitest du schon für die Amerikaner? Seit dem Tod deiner nächsten Angehörigen? So lange? Fast dreißig Jahre... ist das denn möglich? fragte sich der Oberst vom Zweiten Direktorat. So lange hatte sich Kim Philby nicht gehalten, und Richard Sorges Karriere war zwar glänzend, aber kurz gewesen.

Der Oberst schüttelte den Kopf. Filitow war dreifacher Held der Sowjetunion, sein Kopf hatte die Titelseiten von Zeitschriften geziert. Durfte die Öffentlichkeit jemals erfahren, was er getan hatte? Wie würde das sowjetische Volk reagieren, wenn es hörte, daß aus dem alten Mischa, dem Helden von Stalingrad, ein Verräter an der Heimat geworden war? Der Effekt dieser Enthüllung auf die kollektive Moral mußte erst ausgelotet werden.

Nicht mein Problem, sagte er sich und beobachtete den alten Mann durch das High-Tech-Guckloch. Filitow war bemüht, sein Essen herunterzubekommen, wußte nicht, daß seit dem Frühstück – aus naheliegenden Gründen unterschieden sich die Mahlzeiten nicht voneinander – erst neunzig Minuten vergangen waren.

Watutin stand auf und streckte sich, um seine Rückenschmerzen zu lindern. Eine Nebenwirkung der neuen Technik war, daß sie auch den Tagesrhythmus der Vernehmenden durcheinanderbrachte. Es war kurz nach Mitternacht, und Watutin hatte im Lauf der vergangenen sechsunddreißig Stunden gerade sieben Stunden Schlaf gefunden. Aber er kannte wenigstens die Uhrzeit, den Tag und die Jahreszeit. Filitow, da war er sicher, wußte das nicht. Er beugte sich noch einmal vor und sah zu, wie das Subjekt die Schüssel Kascha (Buchweizengrütze) leerte.

«Holt ihn raus», befahl Oberst Klementi Wladimirowitsch Watutin und ging in den Waschraum, um sich kaltes Wasser ins Gesicht zu spritzen. Er schaute in den Spiegel: rasieren überflüssig. Dann überzeugte er sich davon, daß seine Uniform perfekt saß. Gesicht und äußere Erscheinung des Vernehmenden waren die einzigen Konstanten in der wirren Welt des Häftlings. Watutin studierte sogar im Spiegel seine Miene ein: stolz, arrogant, aber auch mitfühlend. Er schämte sich des Anblicks nicht. Du bist ein Fachmann, sagte er sich, kein Barbar oder Perverser, sondern ein Mann, der eine schwierige und wichtige Aufgabe erledigt.

Watutin saß wie immer im Vernehmungszimmer, als der Gefangene hereingeführt wurde, schien wie immer beschäftigt zu sein und hob leicht überrascht den Kopf, als wollte er sagen: Ach, sind Sie schon wieder dran? Filitow setzte sich ihm gegenüber auf einen Stuhl. Gut, dachte Watutin. Man braucht dem Subjekt nicht zu sagen, was es zu tun hat. Es konzentrierte sich auf seine einzige Realität: Watutin.

«Ich hoffe, Sie haben gut geschlafen», sagte er zu Filitow.

«Es ging», lautete die Antwort. Die Augen des alten Mannes waren trüb, hatten nicht mehr den Glanz, den Watutin bei den ersten Sitzungen bewundert hatte.

«Ich hoffe doch, daß Sie anständig verpflegt werden?»

«Ich habe auch schon besseres Essen vorgesetzt bekommen.» Ein müdes Lächeln; dahinter noch ein wenig Trotz und Stolz. «Aber auch schon schlechteres.»

Watutin schätzte leidenschaftslos die Stärke des Gefangenen ab; sie hatte nachgelassen. *Du weißt, daß du verlieren mußt, Filitow.*

Es ist doch sinnlos, Mischa, dachte Filitow. Die Zeit ist auf seiner Seite – er ist Herr über die Zeit. Er hat alles darauf angelegt, dich zu zerbrechen. Er ist am Gewinnen. Das weißt du.

Genosse Hauptmann, warum denken Sie solchen Unsinn? fragte eine vertraute Stimme. Auf dem Rückzug von Brest-Litowsk bis Wjasma wußten wir, daß wir verlieren, aber aufgegeben haben wir deshalb nicht. Sie haben der deutschen Armee getrotzt. Da können Sie doch bestimmt diesem schleimigen Tschekisten trotzen?

Danke, Romanow.

Wie sind Sie nur ohne mich ausgekommen, mein Hauptmann? fragte die Stimme lachend.

Watutin sah, daß sich etwas verändert hatte. Die Augen waren klar, der müde alte Rücken reckte sich.

Was hält dich aufrecht, Filitow? Der Haß?

«Sagen Sie», meinte Watutin, «warum hassen Sie die Heimat eigentlich so?»

«Falsch», erwiderte Filitow. «Ich habe für die Heimat getötet, geblutet und *gebrannt*. Das habe ich für mein Land getan, aber nicht für Ihresgleichen.» Filitow war geschwächt, aber seine Augen flammten trotzig. Watutin blieb ungerührt.

Fast hatte ich ihn soweit, aber es kam etwas dazwischen. Wenn ich erst weiß, was das ist, Filitow, habe ich dich! Irgendwie ahnte Watutin, daß er kurz vorm Ziel war.

Das Verhör ging weiter. Diesmal konnte Filitow noch standhalten, wahrscheinlich auch die nächsten Male, aber seine körperliche und seelische Kraft ließen nach. Das wußten beide. Es war nur noch eine Frage der Zeit. Beide Männer nahmen an, daß Watutin Herr über die Zeit war. Doch das war ein Irrtum.

Die neue Blitzmeldung aus Amerika, diesmal von Platonow, überraschte Gerasimow. Der Vorsitzende entschlüsselte den ersten Satz persönlich und stellte fest, daß er vor einem Maulwurf gewarnt wurde.

Ein ausländischer Agent im KGB? fragte sich Gerasimow. *Wie weit oben?* Er rief seinen Sekretär und ließ sich die Akten von Agent Cassius und Ryan, I. P., CIA, bringen. Wie üblich lagen die Hefter bald auf seinem Tisch. Er ließ Cassius für den Augenblick beiseite und konzentrierte sich auf Ryan.

Die Akte enthielt einen sechsseitigen, erst vor sechs Monaten auf den neuesten Stand gebrachten Lebenslauf und Originalzeitungsausschnitte mit Übersetzung. Gerasimows Englisch war akzeptabel, wenn auch akzentbefrachtet. Ryan war fünfunddreißig, stellte er fest, und hatte sich im Geschäftsleben, der akademischen Welt und beim Geheimdienst ausgezeichnet. Bei der CIA war er rasch aufgestiegen. Verbindungsoffizier in London. Die erste Einschätzung war von der politischen Überzeugung eines KGB-Analytikers gefärbt: «wohlhabender, verweichlichter Dilettant». Nein, das konnte nicht stimmen. Dazu war er zu rasch hochgekommen, es sei denn, er verfügte über politischen Einfluß, der aus diesem Profil hier nicht ersichtlich war. Buchautor, stellte Gerasimow fest; zwei seiner Werke waren in Moskauer Bibliotheken verfügbar. Ein stolzer Mann, an Komfort und Privilegien gewöhnt. Gerasimow wandte seine Aufmerksamkeit wieder Platonows Depesche zu.

«Evaluation», schloß die Nachricht. «Subjekt wird nicht von ideologischen oder finanziellen Überlegungen motiviert, sondern von Zorn und einem verletzten Ego. Er fürchtet eine Gefängnisstrafe, die damit verbundene Schmach aber noch mehr. Es ist zu vermuten, daß I. P. Ryan über die Informationen, die er zu haben behauptet, verfügt. Sollte die CIA tatsächlich einen Maulwurf in der Moskauer Zentrale plaziert haben, bekam Ryan vermutlich Daten von ihm zu sehen, wenn auch nicht seinen Namen oder sein Bild. Anhand der Daten sollte die undichte Stelle zu identifizieren sein.

Empfehlung: Das Angebot sollte aus zwei Gründen angenommen werden. Erstens, um den amerikanischen Spion zu enttarnen. Zweitens zur Nutzung von Ryan in der Zukunft. Diese einmalige Gelegenheit hat zwei Aspekte. Schalten wir Belastungszeugen gegen Ryan aus, steht er in unserer Schuld. Wird diese Aktion entdeckt, kann sie der CIA angelastet werden; die unvermeidlichen Ermittlungen werden dem amerikanischen Geheimdienst schweren Schaden zufügen.»

«Hmmm», brummte Gerasimow und legte die Akte beiseite.

Der Hefter über Agent Cassius war viel umfangreicher. Dieser Mann war im Begriff, zu einer der besten Washingtoner Quellen des KGB zu werden. Gerasimow, der diese Akte bereits kannte, blätterte sie rasch durch, bis er zu den letzten Informationen kam. Vor zwei Monaten hatten Ermittlungen gegen Ryan begonnen, Details unbekannt. Die Meldung von Cassius bezog sich auf unbestätigte Gerüchte. Ein Pluspunkt für Ryan, dachte der Vorsitzende. Damit stand fest, daß sein Angebot nichts mit den jüngsten Entwicklungen zu tun hatte...

Filitow?

Wenn nun der hochplazierte Agent, den Ryan identifizieren konnte, gerade jener war, den sie just festgenommen hatten?

Nein. Ryan saß in der CIA-Hierarchie hoch genug, um nicht ein Ministerium mit dem anderen zu verwechseln. Schlimm war nur, daß Gerasimow eine undichte Stelle im KGB derzeit überhaupt nicht gebrauchen konnte. Schlimm genug schon, daß sie existierte, aber wenn die Nachricht aus dem Gebäude drang... Das konnte eine Katastrophe bedeuten. Wenn wir eine echte Ermittlung in Gang setzen, wird der Skandal bekannt. Und wenn wir den Spion in unserer Mitte nicht finden... und wenn er so hoch plaziert ist, wie Ryan behauptet... was, wenn die CIA herausfindet, was Alexandrow und ich...?

Was würde sie dann tun?

Und was, wenn das Ganze hier...?

Gerasimow lächelte und schaute aus dem Fenster. Dieser Platz würde ihm fehlen, das spannende Spiel. Jedes Faktum hat drei Seiten, jeder Gedanke sechs. Nein, wenn er das glauben sollte, mußte er annehmen, daß Cassius von der CIA gesteuert wurde und daß das Ganze schon vor Filitows Verhaftung geplant worden war. Ausgeschlossen.

Die Entscheidung war gefallen.

Doch Gerasimow war kein impulsiver Mann. Er wies Platonow an, einige Einzelheiten durch Agent Cassius verifizieren zu lassen.

Das KGB-Büro in Washington war größer als das der CIA in Moskau. Platonow, der *resident*, bestellte gewöhnlich um 7.30 Uhr seine Abteilungsleiter zur Morgenbesprechung, ließ heute aber einen seiner Offiziere früher erscheinen.

«Guten Morgen, Genosse Oberst», sagte der Mann korrekt. Für lockeren Ton ist das KGB nicht bekannt.

«Besorgen Sie von Cassius Informationen über den Fall Ryan. Es muß unbedingt bestätigt werden, daß er in Konflikt mit dem Gesetz geraten ist, und zwar heute noch, wenn es geht.»

«Heute?» fragte der Mann mit Unbehagen, als er die schriftliche Anweisung entgegennahm. «Es ist riskant, so rasch an ihn heranzugehen.»

«Der Vorsitzende ist sich des Risikos bewußt», bemerkte Platonow trocken.

«Also gut, heute noch.» Der Mann nickte.

Der *resident* lächelte in sich hinein, als sein Untergebener sich entfernte. Eine solche Gefühlsbewegung hatte er seit einem Monat nicht mehr gezeigt. Der Mann hatte Zukunft.

«Da kommt der Klotz», bemerkte ein FBI-Agent, als der Mann den Botschaftskomplex verließ. Selbstverständlich kannten sie seinen richtigen Namen, aber der Spitzname, den ihm ein Agent wegen seines Aussehens verpaßt hatte, saß nun einmal. Jeden Morgen schloß der Mann ein paar Büros in der Botschaft auf und machte dann Besorgungen, ehe das hohe diplomatische Personal um neun Uhr eintraf. Dazu gehörte ein rasches Frühstück in einem nahen Café, der Kauf mehrerer Zeitungen und Zeitschriften... und häufig das Anbringen von Geheimzeichen an verschiedenen Stellen.

Der Klotz ging vier Straßen weit zum Café und betrat es genau zum richtigen Zeitpunkt. Zu den Stammgästen des Cafés gehörten drei FBI-Agenten. Einer, eine Frau, war wie eine Managerin gekleidet und saß immer allein mit dem *Wall Street Journal* in einer Nische. Zwei andere, als Zimmerleute verkleidet, stolzierten vor oder nach dem Eintreffen des Klotzes an die Theke. Heute warteten sie dort auf ihn. Selbstverständlich erschienen sie nicht jeden Tag.

Agentin Loomis notierte sich den Zeitpunkt seines Eintreffens auf dem Rand neben einem Artikel – sie kritzelte immer in ihrer Zeitung herum – und die Zimmerleute beobachteten ihn im Spiegel hinter der

Theke, während sie aßen und Kaffee tranken und grobe Witze rissen. Wie üblich hatte der Klotz am Kiosk vor dem Café vier verschiedene Zeitungen erstanden. Die Zeitschriften, die er außerdem kaufte, erschienen alle dienstags. Die Kellnerin goß ihm ungefragt Kaffee ein. Der Klotz zündete sich wie üblich eine Marlboro an, trank seine erste Tasse Kaffee und überflog die Titelseite seiner Lieblingszeitung, der *Washington Post*.

Die zweite Runde Kaffee, hier kostenlos, kam pünktlich, und er war sechs Minuten später fertig, wie die FBI-Agenten feststellten. Er nahm seine Zeitungen und legte ein Trinkgeld auf den Tisch. Als er aufstand, sahen alle, daß er seine Papierserviette zusammengeknüllt und neben die Tasse auf den Untertellern gelegt hatte.

Arbeit, stellte Hazel Loomis sofort fest. Der Klotz ging mit seiner Rechnung an die Kasse, zahlte und entfernte sich. Geschickt gemacht, mußte Hazel Loomis ihm wieder einmal lassen. Sie wußte zwar, wo und wie er seine Nachrichten hinterließ, hatte ihn bisher aber nur selten dabei beobachten können.

Ein weiterer Stammgast kam herein, ein Taxifahrer, der hier vor der Arbeit gewöhnlich eine Tasse Kaffee trank. Er setzte sich allein ans Ende der Theke, schlug den Sportteil seiner Zeitung auf und schaute sich im Lokal um, wie es seiner Gewohnheit entsprach. Die zusammengeknüllte Serviette auf dem Untertellern entging ihm nicht, aber bei der Aufnahme ging er weniger geschickt vor als der Klotz. Die Serviette verschwand im Teil «Modernes Leben» seines Blattes.

Der Rest war ziemlich einfach. Agentin Loomis zahlte, sprang in ihren Ford Escort und fuhr zum Apartmentkomplex Watergate. Sie hatte einen Schlüssel zu Hendersons Wohnung.

«Heute bekommen Sie eine Nachricht vom Klotz», sagte sie zu Agent Cassius.

«Okay.» Henderson schaute von seinem Frühstück auf. Es mißfiel ihm, von dieser Frau als Doppelagent «geführt» zu werden; insbesondere, weil sie gut aussah und weil die Legende für ihre Verbindung eine selbstverständlich fiktive Affäre war. Sie war zwar lieb und umgänglich – und sah teuflisch gut aus –, aber Henderson wußte nur zu gut, daß er für sie nur knapp über den Mikroben rangierte. «Vergessen Sie nicht, daß eine Zelle auf Sie wartet», hatte sie ihn einmal gewarnt. Kein Platz für einen Harvard-Absolventen.

«Ich habe eine gute Nachricht für Sie», sagte sie. «Wenn diese Geschichte so über die Bühne geht, wie wir hoffen, sind Sie frei.» Das hörte er von ihr zum ersten Mal.

«Was gibt's?» fragte Agent Cassius interessiert.

«Es geht um einen CIA-Mann namens Ryan –»

«Ach ja, der wird von der Börsenaufsicht durchleuchtet – vor ein paar Monaten wenigstens. Soll ich das den Russen sagen?»

«Der Mann hat Dreck am Stecken. Hat gegen das Gesetz verstoßen, aufgrund von Insider-Informationen eine halbe Million verdient und kommt in zwei Wochen vor ein Gericht, das ihn zur Schnecke machen wird. Und die CIA läßt ihn hängen. Niemand hilft ihm. Ritter haßt ihn wie die Pest. Warum, wissen Sie nicht, haben es aber von Senator Fredeburgs Assistent erfahren. Sie haben auf jeden Fall den Eindruck, daß man ihn zum Sündenbock machen will. Was genau schiefging, wissen Sie auch nicht, aber es kann vor ein paar Monaten in Mitteleuropa passiert sein. Lassen Sie das auf Raten raus – die Hälfte sofort, den Rest am Nachmittag. Und noch etwas – Gerüchten zufolge soll SDI tatsächlich zum Verhandlungsgegenstand werden. Das haben Sie von einem Senator gehört. Verstanden?»

«Ja.» Henderson nickte. «Können Sie mir sagen, weshalb man mich auf einmal freilassen will?»

«Sie wissen genau, daß ich das nicht darf. Aber irgend jemand wird wohl der Auffassung sein, daß Sie genug bezahlt haben, Mr. Henderson. So, und jetzt erzählen Sie Ihrem Kontakt, was ich Ihnen gesagt habe.» Sie warf ihm ein Miniaturtonbandgerät zu, das eine elektronische Uhr enthielt und gegen unbefugtes Öffnen gesichert war. Im Taxi stand er unter intermittierender Überwachung. Wenn er versuchte, seinen Kontaktmann irgendwie zu warnen, bestand die Möglichkeit, daß er entdeckt wurde. Man mochte ihn nicht und traute ihm nicht. Henderson wußte, daß er sich nie Respekt oder Vertrauen verdienen konnte, war aber schon heilfroh, wenn er aus der Angelegenheit wieder herauskam.

Wenige Minuten später verließ er seine Wohnung und ging zu Fuß nach unten. Es zirkulierte die übliche Anzahl von Taxis. Er winkte nicht, sondern wartete, bis eines bei ihm anhielt. Mit dem Fahrer sprach er erst, als sie über die Virginia Avenue rollten.

Das Taxi brachte ihn zu seinem Arbeitsplatz, wo er das Tonbandgerät einem anderen FBI-Agenten übergab. Henderson hatte den Verdacht, daß es auch ein Funkgerät enthielt, irrte aber. Das Bandgerät wurde ins Hoover Building, die FBI-Zentrale, gebracht, wo Agentin Loomis schon wartete. Man spulte die Kassette zurück und spielte sie ab.

«Zur Abwechslung hat die CIA mal keinen Mist gebaut», sagte sie zu ihrem Vorgesetzten. Es war ein noch höherer Beamter anwesend. Hazel Loomis erkannte sofort, daß die Sache wichtiger war, als sie angenommen hatte.

«Sie haben angebissen. Und zwar kräftig», sagte Ritter zu Ryan. «Hoffentlich sind Sie der Sache gewachsen.»

«Ist doch ungefährlich.» Jack breitete die Hände aus. «Sollte eine ganz kultivierte Angelegenheit werden.»

Aber nur, was die Aspekte betrifft, über die du Bescheid weißt, dachte Ritter. «Ryan, was den Außendienst betrifft, sind Sie Amateur. Vergessen Sie das nicht.»

«In diesem Fall muß ich ja unbedarft sein», gab Jack zu bedenken.

«Wen die Götter vernichten wollen, den lassen sie erst vor Stolz schwellen.»

«So hat Sophokles das aber nicht gesagt.» Jack grinste.

«Ich finde meine Version besser.»

Ryans Idee war simpel gewesen – zu simpel. Ritters Leute hatten innerhalb von zehn Stunden eine echte Operation daraus gemacht. Sie war einfach im Konzept, aber nicht ohne Komplikationen.

Das hatten alle Geheimdienstoperationen an sich, aber Ritter mißfiel dieser Aspekt trotzdem.

Mancuso hatte sich schon lange daran gewöhnt, daß Schlafen auf der Liste der Prioritäten eines U-Boot-Kommandanten ganz unten steht, aber es erboste ihn, daß er fünfzehn Minuten nach dem Einschlafen schon wieder durch ein Klopfen geweckt wurde.

«Herein!» rief er barsch.

«Blitzmeldung und Chefsache, Captain», sagte ein Lieutenant entschuldigend.

«Wehe, wenn das nichts Vernünftiges ist!» fauchte Mancuso und warf die Decke zurück. Nur in Unterhosen lief er zum Fernmelderaum gleich hinter der Zentrale, kam zehn Minuten später wieder heraus und reichte dem Navigator einen Zettel.

«Dort möchte ich in zehn Stunden sein.»

«Kein Problem, Captain.»

«Und jetzt will ich nur geweckt werden, wenn der nationale Notstand ausgebrochen ist!» drohte er und tigerte barfuß zurück zu seiner Kajüte.

«Nachricht abgeliefert», berichtete Henderson beim Abendessen Hazel Loomis.

«Sonst noch etwas?»

«Sie wollten keine neuen Informationen, sondern nur die Bestätigung alter, die sie schon aus anderen Quellen erhalten haben. Übrigens habe ich noch etwas für sie.»

«Und was?»

«Den neuen Luftabwehrreport. Ich verstehe nicht, weshalb sie sich die Mühe machen; zum Monatsende erscheint er nämlich in *Aviation Weekely*.»

«Spielen Sie mit, Mr. Henderson. Bringen wir jetzt bloß nicht die Routine durcheinander.»

Als Gerasimow am nächsten Morgen zur Arbeit kam, lag die Nachricht schon bereit. «Ryan», begann sie, «ist gegenwärtig das Ziel von nicht mit seiner geheimdienstlichen Tätigkeit in Zusammenhang stehenden Ermittlungen. Es besteht allerdings Anlaß zu der Vermutung, daß das Interesse an R. politischer Natur ist und den Versuch progressiver Elemente des Kongresses darstellt, die CIA wegen einer unbekannten fehlgeschlagenen Operation zu schädigen. Aufgrund seiner Position wird sich die Diskreditierung von R. auch auf andere hohe CIA-Beamte auswirken. Diese Stelle ordnet den vorliegenden Informationen den Zuverlässigkeitsgrad I zu. Einzelheiten folgen mit diplomatischer Post. *Resident* Washington.»

Gerasimow legte den Bericht in seine Schreibtischschublade.

«Nun denn», murmelte der Vorsitzende und schaute auf die Uhr. In zwei Stunden mußte er zu der Sitzung des Politbüros, die jeden Donnerstag stattfand. Wie würde sie verlaufen? Eines stand fest: Sie würde interessant werden. Er plante, seinem Spiel um die Macht eine neue Variante hinzuzufügen.

Gerasimow traf zu den Sitzungen nie als erster und auch nie als letzter ein. Diesmal betrat er gleich nach dem Verteidigungsminister den Raum.

«Guten Morgen, Dimitri Timofejewitsch», sagte der Vorsitzende ohne zu lächeln, aber in herzlichem Ton.

«Ebenfalls, Genosse Vorsitzender», erwiderte Jasow argwöhnisch. Beide Männer nahmen ihre Plätze ein. Jasow hatte mehr als einen Grund zum Argwohn. Über ihm hing nicht nur wie ein Damoklesschwert der Fall Filitow; er war auch noch kein stimmberechtigtes Mitglied des obersten Gremiums der Sowjetunion. Gerasimow aber hatte diesen Status, was größere politische Macht fürs KGB bedeutete. Jasow war Soldat, kein Mann der Partei, und trug die Uniform, anders als sein Vorgänger Ustinow, nicht als Kostüm.

Andrej Iljitsch Narmonow betrat mit energischen Schritten den Raum. Von allen Mitgliedern des Politbüros war nur der KGB-Vorsitzende jünger als er, und Narmonow empfand das Bedürfnis, vor den älteren Männern, die an «seinem» Konferenztisch saßen, geschäftig zu wirken. Man begann ihm die Belastung und den Streß anzumerken: Der schwarze Schopf ergraute, und seine Stirn schien höher zu werden. Er forderte die Anwesenden mit einer Geste auf, Platz zu nehmen.

«Guten Morgen, Genossen», begann Narmonow in sachlichem Ton. «Wenden wir uns zunächst dem Eintreffen des amerikanischen Verhandlungsteams zu.»

«Ich habe gute Nachrichten», sagte Gerasimow sofort.

«So?» fragte Alexandrow dazwischen, ehe der Generalsekretär reagieren konnte.

«Uns liegen Informationen vor, denen zufolge die Amerikaner im Prinzip bereit sind, ihr strategisches Verteidigungsprogramm zum Verhandlungsgegenstand zu machen», meldete der KGB-Vorsitzende. «Uns ist noch unbekannt, welche Konzessionen sie dafür verlangen werden und welche sie zu machen bereit sind, aber fest steht, daß sich die Position der Amerikaner geändert hat.»

«Das kann ich nur schwer glauben», ließ sich Jasow vernehmen. «Sagten Sie nicht selbst letzte Woche, ihr Programm sei weit fortgeschritten, Nikolai Borissowitsch?»

«Es gibt innerhalb der amerikanischen Regierung abweichende Meinungen zu diesem Thema. Außerdem haben wir gerade erfahren, daß in der CIA ein Machtkampf stattfindet.»

«Das ist allerdings eine Überraschung.» Alle wandten sich dem Außenminister zu, der skeptisch blickte und fortfuhr: «Bisher waren die Amerikaner in diesem Punkt hart. Wie verläßlich sind Ihre Informationen?»

«Der Informant ist zwar hoch plaziert, aber die Nachricht konnte bisher noch nicht hinreichend bestätigt werden. Bis zum Wochenende werden wir mehr wissen.»

Rundum wurde genickt. Die US-Delegation sollte am Samstag eintreffen; der Beginn der Verhandlungen war für Montag angesetzt.

«Diese Information ist für mein Verhandlungsteam natürlich sehr wichtig, aber angesichts dessen, was uns hier über Heller Stern und sein amerikanisches Pendant vorgetragen worden ist, finde ich sie höchst erstaunlich.»

«Es besteht Grund zu der Annahme, daß die Amerikaner von Heller Stern erfahren haben», erwiderte Gerasimow glatt. «Unsere Fortschritte haben wohl eine ernüchternde Wirkung gehabt.»

«Heller Stern soll infiltriert sein?» fragte ein anderes Mitglied entsetzt.

«Genau können wir das nicht sagen, ermitteln aber», erwiderte Gerasimow und war bemüht, nicht in Jasows Richtung zu schauen. *Jetzt bist du am Zug, Genosse Verteidigungsminister.*

«Die Einstellung unseres Programms ist den Amerikanern also wichtiger als die Fortsetzung ihres eigenen», merkte Alexandrow an.

«Und sie glauben, daß wir in die entgegengesetzte Richtung arbeiten.» Der Außenminister grunzte. «Es wäre schön, wenn ich meinen Leuten sagen könnte, was überhaupt zur Debatte steht!»

«Marschall Jasow?» sagte Narmonow und ahnte nicht, daß er seinen eigenen Mann in die Enge trieb. Gerasimow lag auf der Lauer.

«Die Schwierigkeiten mit der Laserleistung sind überwunden. Nun bleibt nur noch das Problem der Computersteuerung, und auf diesem Gebiet liegen wir weit hinter den Amerikanern zurück. Erst vergangene Woche lieferte uns Genosse Gerasimow einen Teil des amerikanischen Steuerprogramms, aber noch ehe wir mit dessen Untersuchungen beginnen konnten, erfuhren wir, daß es inzwischen überholt ist. Das soll natürlich keine Kritik an der Arbeit des KGB bedeuten –»

Jawohl, dachte Gerasimow. Jasow unternahm den Versuch, sich auf seine Seite zu schlagen –, und das Beste war, daß keiner im Raum das ahnte, noch nicht einmal Alexandrow.

«– sondern illustriert sehr deutlich die technischen Probleme. Technische Probleme aber lassen sich lösen, Genossen. Meiner Auffassung nach sind wir den Amerikanern voraus. Bislang war es unsere Verhandlungsposition, nur gegen raumgestützte und nicht gegen bodengestützte Programme Einwände zu erheben, weil wir wußten, daß unsere Bodensysteme vielversprechender sind. Möglicherweise bestätigt das die Änderung der amerikanischen Verhandlungsposition. Wenn das der Fall ist, würde ich Heller Stern gegen nichts eintauschen.»

«Eine sehr haltbare Position», kommentierte Gerasimow einen Moment später. «Dimitri Timofejewitsch hat einen wichtigen Denkanstoß gegeben.» Rundum nickte man wissend – ohne zu ahnen, wie schief man lag. Inzwischen besiegelten der Vorsitzende des Staatssicherheitskomitees und der Verteidigungsminister ihr Bündnis mit einem kurzen Blick.

Die Diskussion ging weiter. Gerasimow schaute zum Kopfende des Tisches. Generalsekretär Narmonow lauschte der Debatte mit Interesse, machte sich Notizen und bemerkte den Blick seines KGB-Vorsitzenden nicht.

19

Selbst beim 89. Lufttransportgeschwader nahm man es mit der Sicherheit genau, wie Ryan feststellte. Die Wachposten des «Präsidentengeschwaders» auf dem Luftstützpunkt Andrews hatten ernste Mienen aufgesetzt und trugen geladene Gewehre, um die «hochgestellten Gäste» zu beeindrucken. Die Kombination aus bewaffneten Soldaten und dem üblichen Flughafenzirkus stellte sicher, daß niemand das Flugzeug entführen konnte... nach Moskau zum Beispiel.

Vorm Fliegen hatte Ryan immer den gleichen Gedanken: LASST JEDE HOFFNUNG FAHREN, WENN IHR EINTRETET! Seine Angst vorm Fliegen hatte er gerade einigermaßen überwunden und hatte nun wegen einer ganz anderen Sache ein ungutes Gefühl – versuchte er sich einzureden. Nutzlos: Ängste können gut nebeneinander existieren, erkannte er beim Verlassen des Gebäudes.

Draußen stand eine Maschine mit der Nummer 86971 am Seitenruder; eine 707, die 1958 bei Boeing in Seattle vom Fließband gerollt und zur Version VC-137 umgebaut worden war. Das Flugzeug war bequemer als die VC-135 und hatte Fenster, was für Ryan, der fensterlose Maschinen haßte, besonders wichtig war.

Der Vogel wurde über eine altmodische Fahrleiter bestiegen. Sein Inneres bot einen seltsamen Kontrast aus Gewohntem und Exotischem. Die vordere Toilette war am üblichen Platz, aber gleich hinter ihr befand sich eine Kommunikationskonsole, über die man sofort via Satellit Verbindung mit jedem beliebigen Platz auf der Welt aufnehmen konnte. Anschließend kamen die relativ komfortablen Besatzungsunterkünfte und dann die Küche. Das Essen an Bord war vorzüglich. Ryans Platz war knapp vor dem Raum für die ganz großen Tiere. Dahinter folgten Sitzreihen für Presse und Secret Service.

Der größte Nachteil der VC-137 war ihre begrenzte Reichweite. Sie konnte London nicht im Direktflug erreichen und mußte zum Auftanken zwischenlanden, meist in Irland. Die Flugzeuge des Präsidenten – es gab nämlich *zwei* Air Force One – basierten auf der Langstreckenversion 707-320 und sollten bald durch ultramoderne 747 ersetzt werden. Die Air Force sah mit Freuden dem Tag entgegen, an dem die Präsidentenmaschine jünger war als ihre Besatzung. Ryan ging es ähnlich. Als dieser Vogel aus der Montagehalle rollte, war er gerade in der zweiten Klasse gewesen.

Die Triebwerke wurden gestartet; nach einer Weile begann die Maschine sich zu bewegen. Die Lautsprecheransage unterschied sich nicht sehr von der in einem zivilen Verkehrsflugzeug.

Dallas war zur abgemachten Zeit am richtigen Ort aufgetaucht und hatte von einem Problem erfahren. Nun kam das Boot erneut an die Oberfläche. Mancuso war als erster auf der Leiter zur Brücke auf dem Turm, gefolgt von einem Lieutenant und zwei Ausgucken. Schon war das Sehrohr ausgefahren; man hielt Ausschau nach Schiffsverkehr. Die Nacht war still und klar, und am Himmel funkelten die Sterne, wie man sie nur von See aus sah: Brillanten auf schwarzem Samt.

«Zentrale an Brücke.»

Mancuso drückte auf einen Knopf. «Brücke, aye.»

«ESM meldet Flugzeugradar in eins-vier-null, Kurs gleichbleibend.»

«Danke.» Der Captain drehte sich um. «Positionslichter einschalten.»

«An Backbord alles klar», sagte ein Ausguck.

«An Steuerbord alles klar», echote der andere.

«ESM meldet Kontakt weiterhin in eins-vier-null. Signalstärke nimmt zu.»

«Flugzeug an Backbord voraus!» rief ein Ausguck.

Mancuso begann mit dem Fernglas die Finsternis abzusuchen. Wenn die Maschine schon zur Stelle war, mußte sie ohne Positionslichter fliegen. Doch dann sah er, wie eine Handvoll Sterne von einem dunklen Schemen verdeckt wurde.

«Ich hab ihn. Sie haben gute Augen, Everly! Ah, jetzt gehen seine Lichter an.»

«Zentrale an Brücke, Funkspruch geht ein.»

«Durchstellen!» befahl Mancuso sofort.

«Gemacht, Sir.»

«Echo-Golf-neun, hier Alfa-Whiskey-fünf, over.»

«Alfa-Whiskey-fünf, hier Echo-Golf-neun. Empfange Sie klar und deutlich. Bitte Kennung, over.»

«Bravo-Delta-Hotel, over.»

«Roger, danke. Wir sind bereit. Wind schwach, See ruhig.» Mancuso schaltete die Instrumentenbeleuchtung ein, die zwar im Augenblick nicht gebraucht wurde – gesteuert wurde von der Zentrale aus –, aber dem anfliegenden Hubschrauber eine Orientierungshilfe sein konnte.

Einen Augenblick später hörten sie die Maschine, erst das Flappen der Rotorblätter, dann das Heulen der Triebwerke. Eine Minute später spürten sie den Wind, als der Pilot zweimal über ihnen kreiste, um sich zu orientieren. Mancuso fragte sich, ob er die Landescheinwerfer einschalten oder den Anflug so wagen würde.

Der Pilot ließ die Scheinwerfer aus und führte das Manöver wie eine «Gefechtsmission» aus. Er konzentrierte sich auf die Instrumentenbeleuchtung auf dem Turm des U-Boots und ging fünfzig Meter seitlich versetzt in den Schwebeflug. Dann reduzierte er die Höhe und ließ den Hubschrauber seitwärts auf das U-Boot zugleiten. Die Tür zum Laderaum ging auf, eine Hand griff nach dem Haken am Ende des Windenseils.

«Alles klarhalten», sagte Mancuso zu seinen Leuten. «Sicherheitsleinen prüfen. Seid vorsichtig.»

Die Turbulenz des Hubschraubers drohte sie alle durchs Turmluk nach unten zu blasen, als die Maschine fast direkt über ihnen schwebte. Ein Mann kam aus der Seitentür des Hubschraubers und wurde am Stahlseil der Winde herabgelassen. Ein Matrose bekam ihn am Fuß zu fassen und zog ihn heran. Der Captain ergriff ihn bei der Hand und half ihm in die Brücke.

«Okay, wir haben ihn», sagte Mancuso. Der Mann schlüpfte aus dem Gurt und drehte sich um. Das Seil wurde wieder hochgezogen.

«Mancuso!»

«Verdammt!» rief der Captain.

«Begrüßt man so einen alten Kameraden?»

«Das gibt's doch nicht!» Aber die Arbeit ging vor. Mancuso schaute nach oben. Der Hubschrauber war bereits auf sechzig Meter Höhe gegangen. Er griff nach einem Schalter und ließ die Positionslampen des Boots dreimal blinken: ÜBERNAHME ERFOLGT. Auf der Stelle senkte der Hubschrauber die Nase und flog zurück zur deutschen Küste.

«Gehen Sie unter Deck.» Bert Mancuso lachte. «Ausgucke nach unten, Brücke klar.» Er wartete, bis seine Männer durch das Turmluk verschwunden waren, schaltete die Instrumentenbeleuchtung aus und kletterte nach einer letzten Prüfung selbst nach unten. Eine Minute später stand er in der Angriffszentrale.

«Navigator?»

«Alle Systeme klar zum Tauchen, Sir», meldete der Navigator. Mancuso drehte sich automatisch nach den Anzeigetafeln um.

«Auf hundert Fuß gehen, Kurs null-sieben-eins, ein Drittel.» Dann wandte er sich an den Neuankömmling. «Willkommen an Bord, Kapitän.» Ramius umarmte Mancuso stürmisch und küßte ihn auf die Wange. Dann nahm er seinen Rucksack ab. «Können wir reden?»

«Kommen Sie mit nach vorne.»

«Zum ersten Mal bin ich auf Ihrem U-Boot», bemerkte Ramius. Einen Augenblick darauf schaute jemand aus dem Sonarraum.

«Kapitän Ramius! Hab ich doch Ihre Stimme erkannt!» rief Jones und schaute dann Mancuso an. «Verzeihung, wir haben gerade einen Kontakt bekommen, in null-acht-eins. Hört sich an wie ein Frachter. Eine Schraube, langsam drehender Diesel. Wahrscheinlich ein gutes Stück weit weg. Wird gerade dem WO gemeldet, Sir.»

«Danke, Jones.» Mancuso ging mit Jones in seine Kajüte und machte die Tür zu.

«Und was war das?» sagte ein junger Sonarmann einen Augenblick später zu Jones.

«Wir haben gerade Gesellschaft bekommen.»

«Sprach der Mann nicht mit einem Akzent?»

«Klang so.» Jones wies aufs Sonardisplay. «Und dieser Kontakt da hat auch einen. Mal sehen, wie rasch Sie rausfinden, was das für ein Frachter ist.»

Eine heikle Sache, dachte der Bogenschütze, aber schließlich ist das ganze Leben gefährlich. Die sowjetisch-afghanische Grenze markierte hier ein Gletscherbach, der sich durch tiefe Schluchten wand. Die Grenze war schwer bewacht; gut also, daß seine Männer weiße Winteruniformen im sowjetischen Stil trugen. Hier mußten sie geduldig sein. Der Bogenschütze lag auf einem Grat und suchte mit einem russischen Militärfernglas das Terrain ab; wenige Meter hinter und unter ihm ruhten sich seine Männer aus. Er hätte eine örtliche Guerillagruppe um Hilfe bitten können, doch es ging die Rede, im Norden kollaborierten einige Stämme mit den Russen, und er war schon zu weit gekommen, um jetzt noch ein Risiko einzugehen.

Sechs Kilometer links von ihm befand sich auf einem Berg ein russischer Grenzschutzposten. Die Grenze selbst war durch einen Stacheldrahtzaun und Minenfelder gesichert. Die Russen liebten Minenfelder, aber Minen funktionierten im hartgefrorenen Boden oft nicht oder gingen von allein los, wenn der Frost das Erdreich arbeiten ließ.

Er hatte die Stelle mit Bedacht gewählt. Hier sah die Grenze unpassierbar aus – auf der Landkarte. Schmuggler aber hatten diese Route seit Jahrhunderten genommen. Jenseits des Baches schlängelte sich ein im Lauf der Jahre vom Schmelzwasser gegrabener steiler und glitschiger Pfad, eine Art winzige Klamm, in der man nur direkt von oben auszumachen war. Diese Klamm war aber auch eine Todesfalle, sofern die Russen sie bewachten. Das war dann Allahs Wille, sagte er sich und fügte sich in sein Schicksal. Die Zeit war gekommen.

Erst sah er die Blitze. Zehn Mann mit einem schweren MG und einem seiner kostbaren Mörser. Ein paar gelbe Leuchtspurgeschosse fegten über die Grenze hinweg in das russische Lager. Einige Kugeln prallten von Felsen ab und jagten ziellos in den samtschwarzen Nachthimmel. Dann erwiderten die Russen das Feuer. Kurz darauf drang der Schall zu ihnen hinüber. Der Bogenschütze hoffte, daß seine Männer entkommen würden; dann winkte er seine Gruppe vorwärts.

Ohne um ihre Sicherheit bedacht zu sein, stürmten sie den Hang hinunter. Günstig war nur, daß der Wind den Schnee vom Fels geweht hatte, so daß ihre Füße einigermaßen Halt fanden. Der Bogenschütze führte sie hinunter zum Bach. Dort war der Stacheldraht.

Ein junger Mann mit einer langen Drahtschere schnitt ihnen einen Weg frei, den der Bogenschütze als erster nahm. Seine Augen waren an die Dunkelheit gewöhnt, und er schritt nun langsamer, achtete auf verräterische Bodenerhöhungen, die auf Minen hinweisen. Denen, die ihm folgten, brauchte er nicht erst zu sagen, im Gänsemarsch und nach Möglichkeit auf felsigem Grund zu laufen. Links von ihnen erhellten nun Leuchtpatronen den Himmel, doch das Feuer hatte etwas nachgelassen.

Es dauerte über eine Stunde, aber er brachte alle seine Männer sicher über die Grenze und auf den Schmugglerpfad. Zwei blieben auf Hügeln zurück und sahen zu, wie der Pionier den Drahtzaun wieder reparierte und dann in der Nacht verschwand.

Erst bei Tagesanbruch ließ der Bogenschütze Rast machen. Alles war glattgegangen, erfuhr er von seinen Offizieren, besser als erwartet.

Die Zwischenlandung auf dem Shannon Airport in Irland dauerte gerade lang genug, um aufzutanken und einen sowjetischen Piloten an Bord zu nehmen, der die Aufgabe hatte, sie durch das russische Luftüberwachungssystem zu lotsen. Jack erwachte bei der Landung und erwog, sich die Beine zu vertreten, entschied dann aber, daß der Einkauf in den zollfreien Läden bis zum Rückflug Zeit hatte. Der Russe nahm seinen Platz auf dem dritten Sitz im Cockpit ein, und die Maschine rollte wieder an.

Inzwischen war es Nacht. Der Pilot verkündete, in ganz Europa herrsche kaltes, klares Wetter. Jack sah zu, wie die orangefarbene Straßenbeleuchtung der englischen Städte unter ihm hinwegglitt. Die Spannung in der Maschine nahm zu: Man konnte wohl kaum auf die Sowjetunion zufliegen, ohne sich entsprechend zu fühlen. Jack grinste seinem Spiegelbild in der Plastikscheibe zu und fragte sich, was eigentlich so komisch sei. Unter ihnen tauchte wieder Wasser auf; sie hielten über der Nordsee auf Dänemark zu.

Das Flugzeug folgte Flugstrecke G-24; der Navigator hatte die Karte teilweise entfaltet auf seinem Tisch liegen. Ein weiterer Unterschied zwischen Ost und West war die Knappheit von Luftkorridoren im letzteren Bereich. Hm, dachte Ryan, hier gibt es nicht viele Privatflugzeuge, Pipers und Cessnas – abgesehen von einer *bestimmten* Cessna...

«Wir nehmen jetzt eine Kursänderung vor und fliegen in den sowjetischen Luftüberwachungsraum ein.» Der Pilot hatte einen langen Tag hinter sich und war müde. Sie flogen in 38 100 Fuß oder 11 600 Meter Höhe und überquerten nach sechzig Meilen bei Wentspils die sowjetische Grenze.

«Wir sind da-ha», verkündete jemand in Ryans Nähe. Die Landschaft unter ihnen sah nun noch dunkler aus als die DDR. Ryan erinnerte sich an Satellitenbilder, auf denen man die Straflager des GULAG sofort erkannte – die einzigen erhellten Quadrate in der ganzen Landschaft. Was für ein finsteres Land, in dem nur die Gefängnisse gut beleuchtet sind.

Für den Piloten war das Überfliegen der Grenze nur ein weiterer Bezugspunkt auf seinem Flug. Angesichts der Windverhältnisse noch fünfundachtzig Minuten, dachte er. Die für die inzwischen als G-3 bezeichnete Flugstrecke zuständigen sowjetischen Luftlotsen waren die einzigen im Land, die Englisch sprachen. Eigentlich war der sowjetische Offizier an Bord – der selbstverständlich vom Nachrichtendienst der Luftwaffe kam – überflüssig, aber wenn etwas schiefging, würde er sich als sehr nützlich erweisen. In der Sowjetunion hatte man halt gerne alles genau unter Kontrolle. Die Anweisungen zu Höhe und Kurs, die der Pilot nun vom Boden erhielt, waren viel exakter als jene, die man im amerikanischen Luftraum bekam. Der Pilot hieß ironischerweise Paul von Eich. Seine Familie war vor hundert Jahren aus Preußen nach Amerika ausgewandert, hatte es aber nicht übers Herz gebracht, das «von» abzulegen. Da unten haben meine Vorfahren gekämpft, sann er, als er über die flache, schneebedeckte russische Landschaft flog.

Die Maschine zog eine weite Schleife. Ryan hörte das Surren, als die Landeklappen ausgefahren wurden, und stellte fest, daß die Triebwerke langsamer liefen. Bald konnte er das Land vorbeirasen sehen. Der Pilot verkündete Rauchverbot und forderte zum Anschnallen auf. Fünf Minuten später berührten sie auf dem Scheremetjewo-Flughafen wieder den Boden.

Nun wurde in der Kabine gescherzt. Ernie Allen wurde von einem Empfangskomitee abgeholt und verschwand in einer Botschaftslimousine. Der Rest mußte einen Bus besteigen. Ryan saß für sich und betrachtete sich die Landschaft.

Ob Gerasimow wohl anbeißen wird? Und wenn nicht? Aber was, wenn er es doch tut? fragte sich Ryan und lächelte.

Im Weißen Haus hatte sich alles recht einfach ausgenommen, aber hier, fünftausend Meilen entfernt... nun ja. Erst einmal Schlaf, unterstützt von einer roten Pille, die man ihm vor dem Abflug gegeben hatte. Dann Beratungen mit ein paar Leuten von der Botschaft. Der Rest würde sich schon geben.

20

Es war bitterkalt, als Ryan vom Piepton seiner Armbanduhr geweckt wurde. Selbst um zehn am Morgen waren noch Eisblumen am Fenster; er stellte fest, daß er vorm Einschlafen vergessen hatte, sich davon zu überzeugen, daß die Heizung in seinem Zimmer auch funktionierte. So zog er sich als erste bewußte Handlung des Tages ein Paar Socken an. Von seinem Zimmer im sechsten Stock aus konnte er den Komplex überblicken. Es hatte sich bewölkt; der Tag war bleigrau und sah nach Schnee aus.

«Perfekt», sagte sich Jack auf dem Weg zum Bad. Er wußte genau, daß es auch schlimmer hätte kommen können. Das Zimmer hatte er nur erhalten, weil der Offizier, der sonst hier wohnte, auf Hochzeitsreise war. Wenigstens funktionierte das Sanitäre, aber am Spiegelschrank klebte ein Zettel, der ihn ermahnte, nicht eine solche Unordnung zu hinterlassen wie der letzte Gast. Dann schaute er in den kleinen Kühlschrank. Leer: *Willkommen in Moskau.*

In der Botschaft selbst waren die Korridore so gut wie leer. Dort taten Marinesoldaten Wache; nach den Ereignissen der letzten Zeit schauten sie ganz besonders ernst drein. Ansonsten herrschte an diesem Samstagvormittag wenig Betrieb. Jack ging zu einer Tür und klopfte an. Er wußte, daß sie abgeschlossen war.

«Sind Sie Ryan?»

«Ja.» Die Tür wurde geöffnet und sofort wieder hinter ihm abgeschlossen.

«Nehmen Sie Platz.» Der Mann hieß Tony Candela. «Was gibt's?»

«Es liegt eine Operation an.» Ryan erklärte fünf Minuten lang, worum es ging.

«Sehr eigenartig, würde ich sagen.» Candela verdrehte die Augen.

«Für einen Teil des Unternehmens brauche ich jemanden, der telefonisch erreichbar ist und mir, falls erforderlich, einen Wagen zur Verfügung hält.»

«Das könnte uns Kräfte kosten.»
«Das wissen wir.»
«Wenn das natürlich klappt –»
«Eben. Aus diesem Grund müssen wir richtig Dampf machen.»
«Sind die Foleys informiert?»
«Leider nicht.»
«Schade. Mary Pat, die abenteuerlustige Hälfte des Gespanns, hätte ihre helle Freude an der Operation gehabt. Sie rechnen also damit, daß er Montag oder Dienstag anbeißt?»
«Ja, laut Plan.»
«Soll ich Ihnen mal erzählen, wie das hier mit Plänen so läuft?» fragte Candela.

Sie ließen ihn auf eine Warnung der Ärzte hin schlafen. Watutin grollte. Wie sollte er etwas zuwege bringen, wenn der Gefangene schlafen durfte?

«Da kam der Name schon wieder», sagte der Mann unterm Kopfhörer müde. «Romanow. Wenn er schon im Schlaf reden muß, warum gesteht er dann nicht gleich?»

«Vielleicht spricht er mit dem Geist des Zaren», scherzte ein anderer Offizier. Watutin hob den Kopf.

«Oder mit einem anderen Verstorbenen.» Der Oberst schüttelte den Kopf. Beinahe wäre er selbst eingeschlafen. Romanow, der Name der Zarenfamilie, war weit verbreitet – einmal hatte sogar ein Mitglied des Politbüros so geheißen. «Wo ist seine Akte?»

«Hier.» Der Witzbold zog eine Schublade auf und reichte die insgesamt sechs Kilo schweren Hefter hinüber. Watutin kannte die Akte so gut wie auswendig, hatte sich aber bisher auf die beiden letzten Teile konzentriert. Nun griff er nach dem ersten Hefter.

«Romanow», hauchte er. «Wo ist mir dieser Name bloß untergekommen...?» Nach fünfzehnminütigem Blättern fand er die Antwort.

«Ich hab's!» Es handelte sich um eine mit Bleistift gekritzelte Aufzeichnung. «Gefreiter A. I. Romanow, gefallen am 6. Oktober 1941, ‹...manövrierte seinen Panzer todesmutig zwischen den Feind und das kampfunfähige Fahrzeug seines Kommandeurs... ermöglichte die Rettung der verletzten Besatzung...› Genau! Davon habe ich als Kind gelesen. Mischa schaffte seine Besatzung auf einen anderen Panzer, sprang zurück in seinen und schoß den deutschen Panzer ab, der Romanows Panzer zerstört hatte. ‹Romanow, der Mischa das Leben gerettet hatte, erhielt posthum...›» Watutin hielt inne.

«Vor fast fünfzig Jahren?» fragte der Witzbold.

«Sie waren Kameraden. Dieser Romanow hatte während der ersten

Kriegsmonate zu Filitows Panzerbesatzung gehört», merkte Watutin an. Und Mischa spricht immer noch mit ihm...

Filitow, jetzt hab ich dich.

«Sollen wir ihn wecken und –»

«Wo ist der Doktor?» fragte Watutin.

Wie sich herausstellte, war der Arzt gerade im Aufbruch und nicht besonders erfreut, wieder bestellt zu werden. Doch Watutins Rang war höher.

«Wie gehen wir das an?» fragte Watutin, nachdem er seine Überlegungen dargelegt hatte.

«Er muß müde sein, aber hellwach. Das läßt sich leicht bewerkstelligen.»

«Wir sollten ihn gleich wecken und –»

«Nein.» Der Arzt schüttelte den Kopf. «Nicht, solange er in einer REM-Phase ist.»

«Wie bitte?»

«REM steht für ‹Rapid Eye Movement› – die raschen Augenbewegung, wenn der Patient träumt.»

«Von hier aus läßt sich aber nicht feststellen, ob er träumt oder nicht», wandte ein anderer Offizier ein.

«Stimmt. Vielleicht sollten wir das Observationssystem modifizieren», meinte der Doktor nachdenklich. «So tragisch ist das aber nicht. In REM-Phasen ist der Körper praktisch gelähmt. Wie Sie sehen, bewegt Filitow sich im Augenblick nicht. Das Gehirn legt den Körper still, um Selbstverletzung im Traum zu vermeiden. Wenn er sich wieder zu bewegen beginnt, ist der Traum vorbei.»

«Wie lange lassen wir ihn noch schlafen?» fragte Watutin. «Ich will nicht, daß er zu ausgeruht ist.»

«Lassen Sie ein Frühstück zubereiten und wecken Sie ihn, sobald er sich zu rühren beginnt.»

«Wird gemacht.» Watutin lächelte.

«Und dann halten wir ihn einfach wach... für acht Stunden oder länger. Ja, das sollte es bringen. Paßt Ihnen das in den Zeitplan?»

«Aber sicher», meinte Watutin mit mehr Zuversicht, als er eigentlich empfinden sollte. Er stand auf und sah auf die Armbanduhr, rief dann die KGB-Zentrale an und gab einige Anweisungen. Auch der Oberst vom Zweiten Direktorat sehnte sich nach Schlaf, aber ihn erwartete ein bequemes Bett. Er kleidete sich sorgfältig aus, rief eine Ordonnanz und befahl, seine Uniform zu bügeln und seine Stiefel zu putzen. Nun war er so müde, daß er sich nicht einmal nach einem Wodka sehnte. «So, jetzt hab ich dich», murmelte er beim Einschlafen.

«Tschüs, Bea!» rief Candi von der Tür aus ihrer Freundin nach, die gerade ihren Wagen aufschloß. Beatrice Taussig drehte sich ein letztes Mal um und winkte, ehe sie einstieg. Candi und ihr ekelhafter Typ konnten nicht sehen, wie wütend sie den Schlüssel ins Zündschloß rammte, nur eine Straße weiter fuhr, nach rechts abbog und dann anhielt, um in die Nacht zu starren.

Jetzt treiben sie es bestimmt schon, dachte sie. Wie er sie das ganze Abendessen über angeglotzt hat – und wie sie ihn anhimmelte! Abartig!

Sie steckte sich eine Zigarette an und lehnte sich zurück, und als sie sich die Szene vorstellte, krampfte sich ihr Magen schmerzhaft zusammen. Candi und dieser picklige Bubi. Drei Stunden lang hatte sie es aushalten müssen. Zwanzig Minuten lang, während Candi die letzten Handgriffe an ihrem wie üblich köstlichen Abendessen tat, hatte sie mit diesem Typen im Wohnzimmer festgesessen und sich seine idiotischen Witze anhören und ihn anlächeln müssen. Daß Al auch für sie nichts übrig hatte, war klar gewesen, doch er hatte sich verpflichtet gefühlt, nett zu Candis Freundin zu sein, der armen Bea, die im Begriff war, sich in eine alte Jungfer zu verwandeln. Unerträglich.

Und nun gab sich Candi diesem Ekel hin. Wie konnte sie nur!

«Ach, Candace.» Beas Stimme brach. Übelkeit übermannte sie, sie mußte sich zusammennehmen, um nicht zu erbrechen. Zwanzig Minuten lang blieb sie in ihrem Auto sitzen und weinte stumm vor sich hin, bis sie wieder in der Lage war, weiterzufahren.

«Und was halten Sie davon?»

«Ich glaube, sie ist lesbisch», sagte Agentin Jennings nach einer kurzen Pause.

«Davon steht nichts in ihrer Akte, Peggy», merkte Will Perkins an.

«Ich spüre das im Bauch, wie sie Dr. Long anschaut und wie sie sich gegenüber Gregory verhält. Wie auch immer – was können wir da schon groß tun?» meinte Margaret Jennings beim Anfahren. Sie spielte kurz mit dem Gedanken, Beatrice Taussig zu verfolgen, aber der Tag war schon lang genug gewesen. «Wir haben keine Beweise, und wenn wir welche bekämen und handelten, wäre die Hölle los.»

«Glauben Sie denn, daß die zu dritt –»

«Will, Sie haben wieder Sexmagazine gelesen.» Agentin Jennings lachte. Perkins war Mormone und hatte vermutlich noch nie etwas Pornographisches angerührt. «Diese beiden sind so verliebt, daß sie keine Ahnung haben, was um sie herum vorgeht – von der Arbeit abgesehen. Wetten, daß selbst ihr Bettgeflüster hochgeheim ist? Taussig fühlt sich von ihrer Freundin im Stich gelassen und ist sauer. Das ist alles, Will.»

«Und wie stellen wir das in unserem Bericht dar?»

«Als Fehlanzeige.» Sie hatten den Auftrag erhalten, Gerüchten nachzugehen, denen zufolge gelegentlich fremde Autos vor dem Haus hielten, in dem Gregory und Long wohnten. Ursprung des Gerüchts war vermutlich ein Spießer aus der Nachbarschaft gewesen, der sich an der Tatsache stieß, daß die beiden ohne Trauschein zusammenlebten. Das machte sie zwar noch nicht zum Sicherheitsrisiko, aber ...

«Ich finde, wir sollten die Taussig unter die Lupe nehmen.»

«Wohnt sie allein?»

«Bestimmt.» Es würde einige Zeit in Anspruch nehmen, bis jeder, der bei Tea Clipper eine leitende Position innehatte, überprüft war, aber solche Ermittlungen durfte man nicht überhasten.

«Sie hätten nicht hierherkommen sollen», sagte Tanja Bisjarina sofort, ließ sich aber ihren Zorn nicht anmerken, sondern nahm Bea Taussig an der Hand und führte sie ins Haus.

«Ach, Ann, es ist einfach grauenhaft!»

«Setzen Sie sich erst einmal. Wurden Sie verfolgt?» Tanja Bisjarina kochte innerlich. Sie kam gerade aus der Dusche, war noch im Bademantel und hatte sich ein Handtuch um den Kopf geschlungen.

«Nein, ich habe den ganzen Weg aufgepaßt.»

Von wegen, dachte Tanja Bisjarina. Sie wäre überrascht gewesen, wenn sie erfahren hätte, daß das stimmte. Trotz der laschen Sicherheitsvorkehrungen bei Tea Clipper hatte ihre Agentin mit ihrem Erscheinen gegen alle Regeln verstoßen.

«Sie können nicht lange bleiben.»

«Ich weiß.» Bea Taussig putzte sich die Nase. «Die erste Version des neuen Programms ist praktisch fertig. Gregory hat es um achtzigtausend Zeilen gekürzt; der Wegfall der ganzen Computerspielereien war wohl entscheidend. Wissen Sie was? Ich glaube, der hat das neue Programm im Kopf – ich weiß, ich weiß, das ist unmöglich, selbst für einen Streber wie ihn.»

«Bis wann können Sie –»

«Das weiß ich nicht.» Bea Taussig lächelte flüchtig. «Eigentlich sollte *er* für Sie arbeiten, denn er ist der einzige, der das ganze Projekt versteht.»

Leider haben wir nur Sie, hätte Tanja Bisjarina beinahe gesagt. Dann überwand sie sich und ergriff Beas Hand.

Die Tränen begannen wieder zu fließen. Beatrice warf sich praktisch in Tanjas Arme. Die Russin drückte sie an sich, versuchte, Sympathie für ihre Agentin aufzubringen. Während der Ausbildung hatte man ihr beim KGB beigebracht, daß Agenten mit einem Gemisch aus Sympathie und Disziplin zu behandeln waren. Man mußte mit ihnen umgehen wie mit verzogenen Kindern, Vergünstigungen mit Zurechtweisungen kombinieren, damit sie parierten. Und Agentin Livia war wichtiger als die meisten anderen.

Dennoch fiel es ihr schwer, das Gesicht dem Kopf an ihrer Schulter zuzuwenden und die Wange zu küssen. Zum Glück brauche ich nicht weiter zu gehen, dachte Bisjarina. Bisher war es noch nie so weit gekommen, aber sie fürchtete den Tag, an dem «Livia» mehr von ihr verlangen mochte – was unvermeidlich war, wenn sie erst einmal erkannte, daß ihre Angebetete nicht das geringste Interesse an ihr hatte. Tanja Bisjarina fand ihre Agentin faszinierend. Beatrice Taussig war auf ihre Art brillant und eindeutig intelligenter als die KGB-Frau, die sie führte, hatte aber so gut wie keine Menschenkenntnis. Und in dieser Beziehung fiel sie in die gleiche Kategorie wie dieser Al Gregory, den sie so verachtete. Beatrice Taussig war attraktiv und weltläufig, aber nicht in der Lage, im richtigen Augenblick den ersten Schritt zu tun. Gregory hatte das vermutlich auch nur ein einziges Mal in seinem Leben getan und war aus diesem Grund mit Dr. Long zusammen. Er hatte es geschafft, weil Beatrice der Mut gefehlt hatte. Ist auch besser so, dachte Tanja Bisjarina. Eine Zurückweisung hätte Beatrice Taussig vernichtet.

Bisjarina fragte sich, was Gregory wohl für ein Mensch war. Wohl ein typischer Akademiker, ein Eierkopf, der die Welt verändern wollte. Bisjarina verstand das. Auch sie wollte die Welt ändern, wenngleich auf andere Weise. Gregory und Tea Clipper standen dieser Vision im Weg.

«Na, geht's besser?» fragte sie, als die Tränen versiegt waren.

«Ich muß fort.»

«Sind Sie auch wirklich in Ordnung?»

«Ja. Ich weiß nur noch nicht, wann ich –»

«Ich verstehe.» Tanja brachte sie an die Tür. Wenigstens war Beatrice Taussig so vernünftig gewesen, ihren Wagen eine Straße weiter zu parken. «Ann» wartete, hielt die Tür einen Spalt offen, bis sie den unverwechselbaren Auspuffton des Sportwagens hörte. Dann schloß sie die Tür, schaute sich ihre Hände an und ging zurück ins Bad, um sie zu waschen.

Die Nacht brach in Moskau früh herein. Dicke Wolken, die sich ihrer Schneelast zu entledigen begannen, verdeckten die Sonne. Die Delegation versammelte sich im Foyer und begab sich im Gänsemarsch zu den zugewiesenen Wagen, die sie zum Begrüßungsessen bringen sollten. Ryan saß in Fahrzeug Nummer drei. Sie rumpelten über schlaglochübersäte, so gut wie leere Straßen nach Osten, überquerten am Kreml den Fluß und rollten am Gorki-Park vorbei, wo die Moskowiter auf einem zugefrorenen Teich im Schneetreiben Schlittschuh fuhren. Es freute

Ryan, richtige Menschen zu sehen, die ihren Spaß hatten. Man darf nicht vergessen, sagte er sich, daß Moskau eine Stadt voller ganz normaler Menschen ist. Diese Tatsache ging leicht unter, wenn man beruflich gezwungen war, sich auf eine kleine Gruppe von «Gegnern» zu konzentrieren.

Der Wagen bog am Oktober-Platz ab und fuhr nach einer Reihe komplizierter Manöver am Hotel *Akademie der Wissenschaften* vor. Eine Reihe Birken stand verloren zwischen der Betonmauer und der Straße und reckte kahle Zweige zum fleckigen Himmel. Ryan schüttelte den Kopf. Nach ein paar Stunden Schneefall mochte die Szene direkt schön wirken. Die Temperaturen schwankten um den Gefrierpunkt – es wehte so gut wie kein Wind. Schneewetter. Die Luft war dicht und kalt, als er durch den Haupteingang das Hotel betrat.

Wie die meisten russischen Gebäude war es überheizt. Jack zog den Mantel aus und reichte ihn einem Garderobenwärter. Die sowjetische Delegation hatte sich bereits aufgestellt, um die Amerikaner zu begrüßen, und am Ende der Reihe warteten auf einem Tisch alkoholische Getränke, von denen alle kosteten. Vor dem eigentlichen Essen sollte neunzig Minuten lang getrunken und Konversation gemacht werden. Willkommen in Moskau. Ryan war dieses Arrangement recht. Genügend Alkohol würde aus jedem Essen ein Festmahl machen. Der Raum war so schwach beleuchtet, daß man durch die großen Fenster den Schnee fallen sehen konnte.

«Tag, Dr. Ryan», sagte eine bekannte Stimme.

«Sergej Nikolajewitsch, hoffentlich wollen Sie heute nicht mehr Auto fahren», erwiderte Jack und wies mit seinem Weinglas auf Golowkos Wodka. Der Russe hatte bereits rote Wangen und lustig glänzende blaue Äuglein.

«Na, wie war gestern der Flug?» fragte der Oberst des GRU und lachte herzhaft, ehe Ryan antworten konnte. «Immer noch Angst vorm Fliegen?»

«Es ist eher der Aufprall auf den Boden, der mir Sorgen macht.» Jack grinste.

«Ach ja, Sie haben sich bei einem Hubschrauberabsturz den Rücken verletzt. Verständlich.»

Ryan wies zum Fenster. «Gibt es heute viel Schnee?»

«Vielleicht einen halben Meter, vielleicht auch mehr. Morgen wird es klar und frisch sein, und dann liegt die Stadt unter einer sauberen weißen Decke.»

Er hat schon einen in der Krone, dachte Ryan. Nun, das war heute abend nur ein geselliger Anlaß, und die Russen konnten vorzügliche Gastgeber sein, wenn sie dazu in der Laune waren.

«Geht es Ihrer Familie gut?» fragte Golowko in Hörweite eines anderen Mitglieds der US-Delegation.

«Danke, ja. Und Ihrer?»

Golowko bedeutete Jack mit einer Geste, ihm zum Tisch mit den Getränken zu folgen. Die Kellner waren noch nicht erschienen. Der Geheimdienstoffizier nahm sich ein weiteres Glas Wodka. «Geht es vorzüglich.» Er grinste breit. Sergej war der Urtyp des gemütlichen Russen. Seine Miene änderte sich keinen Deut, als er weitersprach: «Soviel ich weiß, möchten Sie den Vorsitzenden Gerasimow sprechen.»

Himmel noch mal! Jacks Miene erstarrte; sein Herzschlag setzte kurz aus. «Ehrlich? Wie kommen Sie denn darauf?»

«Eigentlich bin ich nicht beim GRU, sondern war ursprünglich beim Dritten Direktorat. Inzwischen bin ich mit anderen Aufgaben befaßt», erklärte er und lachte wieder. Er berührte Ryans Oberarm. «Ich verlasse Sie jetzt. In fünf Minuten gehen Sie durch die Tür hinter Ihnen und wenden sich nach links, als suchten Sie die Toilette. Anschließend befolgen Sie die Anweisungen. Verstanden?» Er tätschelte noch einmal Ryans Arm.

«Ja.»

«Wir sehen uns heute nicht mehr.» Nachdem sie sich die Hände geschüttelt hatten, entfernte sich Golowko.

«Verdammt», flüsterte Ryan. Ein gutes Dutzend Geiger erschien im Raum und begann Zigeunerweisen zu spielen. Die Musikanten mischten sich unter die Gäste und machten es Ryan in Verbindung mit dem relativ schwachen Licht leicht, sich davonzustehlen. Ein geschickter, professionell arrangierter Schachzug.

«Hallo, Dr. Ryan», sagte eine andere Stimme. Sie gehörte einem jungen sowjetischen Diplomaten, der, wie Jack nun wußte, ebenfalls zum KGB zählte. Offenbar war Gerasimow mit einer Überraschung pro Abend nicht zufrieden und wollte Ryan mit den Fähigkeiten des KGB beeindrucken. Freu dich nicht zu früh, dachte Jack.

«Guten Abend – wir kennen uns noch nicht.» Jack langte in die Hosentasche und tastete nach seinem Schlüsselbund.

«Mein Name ist Witali. Ihr Fehlen wird nicht auffallen. Hier entlang zur Herrentoilette.» Jack stellte sein Glas ab, ging durch die Tür und blieb wie angewurzelt stehen. Der Korridor war geräumt worden. Am anderen Ende stand ein Mann und machte eine Geste. Ryan ging auf ihn zu.

So, jetzt geht's los...

Der Mann war wohl knapp dreißig und wirkte durchtrainiert. Sein durchdringender Blick und sein Gesichtsausdruck wiesen ihn als Leibwächter aus. Er führte Ryan um die Ecke, reichte ihm einen russischen Mantel und eine Pelzmütze und sprach ein einziges Wort: «Mitkommen.»

Er ging mit Ryan hinaus in eine Gasse hinter dem Gebäude. Dort hielt ein weiterer Mann Wache. Er nickte Ryans Begleiter knapp zu, der sich umdrehte und Jack mit einem Winken zur Eile aufforderte. Die Gasse mündete in die Schabolowka-Straße; beide Männer wandten sich nach rechts. Jack erkannte, daß dieses Viertel der Stadt alt war. Die Gebäude stammten aus vorrevolutionärer Zeit. In der Mitte der Straße verliefen Straßenbahnschienen. Ein rot-weißer Tramwagen mit Anhänger ratterte vorbei. Die beiden Männer sprinteten über die glatte Straße auf ein rotes Ziegelgebäude mit Metalldach zu. Erst, als sie um die Ecke gebogen waren, erkannte Jack, was das für ein Bauwerk war.

Die Wagenhalle erinnerte ihn an seine Kindheit in Baltimore. Die Gleise führten hinein und verzweigten sich im Inneren. Jack blieb kurz stehen, aber sein Begleiter winkte ihn weiter und hielt auf das linke Wartungsgleis zu, auf dem Straßenbahnwagen standen. Zu seiner Überraschung war es hier totenstill. Eigentlich sollte hier gearbeitet werden, Maschinenlärm herrschen, aber es geschah nichts. Mit klopfendem Herzen ging Ryan an zwei Wagen vorbei und blieb vor dem dritten stehen. Dessen Tür war offen; ein dritter Mann, der wie ein Leibwächter aussah, stieg aus und schaute Ryan an, tastete ihn dann sofort nach Waffen ab. Eine Daumenbewegung wies ihn in den Wagen.

Offenbar war die Straßenbahn gerade erst in den Schuppen gefahren, denn auf der untersten Stufe klebte Schnee. Ryan glitt aus und wäre gestürzt, wenn ihn nicht einer der KGB-Männer am Arm festgehalten hätte.

«Guten Abend», rief jemand. Ryan blinzelte in die Finsternis und sah die orangefarbene Glut einer Zigarette. Er holte tief Luft und ging auf sie zu.

«Vorsitzender Gerasimow?» fragte Ryan verblüfft.

«Erkennen Sie mich denn nicht?» sagte der Mann leicht erheitert und beleuchtete mit dem Gasfeuerzeug sein Gesicht. Es war Nikolai Borissowitsch Gerasimow. Die Gasflamme ließ sein Gesicht im rechten Licht erscheinen: der Fürst der Finsternis persönlich.

«Jetzt schon», erwiderte Ryan und war bemüht, seine Stimme unter Kontrolle zu halten.

«Wie ich höre, möchten Sie mich sprechen. Womit kann ich dienen?» fragte er in einem umgänglichen Tonfall, der gar nicht zu der Umgebung passen wollte.

Jack drehte sich um und machte eine Geste zu den beiden Leibwächtern hin, die auf der vorderen Plattform der Straßenbahn standen. Zu sagen brauchte er nichts. Auf ein einziges russisches Wort von Gerasimow hin verschwanden die beiden.

«Es ist eben die Pflicht der beiden, den Vorsitzenden zu schützen, und meine Leute nehmen ihre Pflichten ernst.» Gerasimow wies auf einen Sitzplatz gegenüber seinem. Ryan nahm Platz.

«Ich wußte gar nicht, daß Ihr Englisch so gut ist.»

«Danke.» Ein höfliches Nicken, gefolgt von einer nüchternen Bemerkung. «Meine Zeit ist knapp bemessen. Haben Sie Informationen für mich?»

«Jawohl.» Jack schob die Hand unter seinen Mantel. Gerasimow verkrampfte sich kurz, entspannte sich dann wieder. Nur ein Irrsinniger würde versuchen, den Vorsitzenden des KGB zu ermorden, und Gerasimow kannte Ryans Akte und wußte, daß er durchaus bei Sinnen war. «Ich habe in der Tat etwas für Sie», sagte Ryan.

«Wirklich?» Ungeduld. Gerasimow konnte es nicht vertragen, wenn man ihn warten ließ. Er sah Ryan mit etwas hantieren und war überrascht, als er ein metallisches Geräusch hörte. Jacks Ungeschick war verflogen, als er den Schlüssel vom Ring gelöst hatte, und als er sprach, klang Triumph in seiner Stimme mit.

«Hier.» Ryan reichte Gerasimow den Schlüssel.

«Was ist das?» Mißtrauen. Gerasimow ahnte, daß hier etwas nicht stimmte, und sein Tonfall verriet ihn.

Jack spannte ihn nicht weiter auf die Folter und sagte, was er eine Woche lang einstudiert hatte – viel zu schnell. «Das, Vorsitzender Gerasimow, ist der Kernsprengkopf-Feuerschlüssel aus dem sowjetischen Raketen-U-Boot *Roter Oktober*. Ich erhielt ihn von Kapitän Marko Alexandrowitsch Ramius, der zu uns überlief. Sie hören sicher gerne, daß er sein neues Leben in Amerika genießt – wie seine Offiziere auch.»

«Das U-Boot wurde –»

Ryan schnitt ihm das Wort ab. «Durch Sprengladungen versenkt? Nein. Der Geheimdienstagent an Bord, der sich als Koch ausgab, Sudez hieß er, glaube ich – nun, es ist sinnlos, sein Schicksal zu verschweigen. Ich habe ihn erschossen. Stolz bin ich darauf nicht, aber mir blieb keine andere Wahl. Wenigstens war er ein sehr mutiger junger Mann», sagte Jack und mußte an die zehn entsetzlichen Minuten im Raketenraum des U-Boots denken. «In meiner Akte steht nichts von Außendienst, nicht wahr?»

«Aber –»

Wieder unterbrach Jack ihn. Höflichkeit war nun fehl am Platz. Er mußte den Mann gründlich aus dem Gleichgewicht bringen.

«Mr. Gerasimow, wir wollen einiges von Ihnen.»

«Alles Unsinn. Das Gespräch ist beendet.» Doch Gerasimow erhob sich nicht, und Ryan spannte ihn ein wenig auf die Folter, ehe er weitersprach.

«Wir wollen Oberst Filitow haben. In Ihrem offiziellen Bericht über *Roter Oktober* ans Politbüro stand, das U-Boot sei definitiv zerstört. Die Besatzung habe nicht vorgehabt überzulaufen. Vielmehr sei GRU infiltriert worden, und das Boot habe nach einem Sabotageakt an den Maschinen einen falschen Befehl erhalten. Diese Informationen bekamen Sie von Agent Cassius, der für uns arbeitet», erklärte Jack. «Sie benutzten den Vorfall, um Admiral Gorschkow in Mißkredit zu bringen und um Ihre Kontrolle über die interne Sicherheit des Militärs zu verstärken. Das nimmt man Ihnen immer noch übel, nicht wahr? Wenn wir Oberst Filitow nicht ausgeliefert bekommen, lassen wir für die kommenden Sonntagsausgaben der Washingtoner Presse eine Story durchsickern, spielen der Presse Einzelheiten der Operation und ein Foto des U-Bootes zu, das unter Dach in einem Trockendock in Norfolk liegt. Und dann stellen wir Kapitän Ramius der Öffentlichkeit vor. Er wird erklären, daß der Politoffizier des Bootes – ein Mann Ihrer Abteilung III, glaube ich – ein Mitverschwörer war. Unglücklicherweise erlag Putin nach seiner Ankunft in den Vereinigten Staaten einem Herzanfall. Das ist zwar eine Lüge, aber versuchen Sie einmal, das Gegenteil zu beweisen.»

«Ryan, Sie können mich nicht erpressen!» Gerasimow ließ sich nun nicht die geringste Emotion anmerken.

«Noch etwas. SDI ist für uns kein Verhandlungsgegenstand. Haben Sie dem Politbüro etwas anderes mitgeteilt?» fragte Jack. «Dann sind Sie erledigt, Mr. Gerasimow. Wir sind in der Lage, Sie gründlich in Mißkredit zu bringen; Sie sind schlicht ein zu günstiges Ziel. Wenn wir Filitow nicht bekommen, lassen wir alles mögliche durchsickern. Einige Gerüchte werden wir bestätigen, andere, die saftigsten natürlich, dementieren.»

«Das tun Sie doch nicht nur Filitow zuliebe», sagte Gerasimow, der seine Stimme nun unter Kontrolle hatte.

«Nicht ganz.» Wieder ließ Jack ihn warten. «Wir möchten, daß auch Sie zu uns kommen.»

Fünf Minuten später verließ Jack die Straßenbahn und wurde von seinem Begleiter zurück zum Hotel gebracht. Beeindruckend war die Aufmerksamkeit, die man den Details schenkte. Ehe er zurück zu dem Empfang ging, bekam Jack die Schuhe geputzt. Im Gesellschaftssaal fand er den Getränketisch leer vor. Er entdeckte einen Kellner mit einem Tablett und nahm sich das nächstbeste Glas, das, wie sich herausstellte, Wodka enthielt. Ryan kippte es trotzdem und nahm sich ein zweites, das er ebenfalls auf einen Zug leerte. Dann wurde es Zeit für einen Gang zur Toilette. Jack fand sie auf Anhieb und gerade noch rechtzeitig.

Es war die spannendste Computersimulation, die sie je hatten laufen lassen, und die ungewöhnlichste dazu. Weder der Computer der Bodenkontrolle noch die anderen wußten, was sie eigentlich taten. Eine Maschine war darauf programmiert, eine Serie entfernter Radarkontakte zu melden. In Wirklichkeit empfing sie Signale, die den von einem Flying-Cloud-Satelliten im Orbit ausgesandten ähnelten, ausgelöst von einem DSPS-Vogel in einer geostationären Umlaufbahn. Der Rechner gab diese Werte an den Bodenkontroll-Computer weiter, der sie auf die Kriterien zur Freigabe des Feuers untersuchte und entschied, daß sie erfüllt waren. Wenige Sekunden später standen die Laser unter Leistung. Daß diese Laser überhaupt nicht existierten, war für den Test unerheblich. Den Bodenspiegel gab es tatsächlich, und dieser reagierte auf die Befehle des Computers und reflektierte den imaginären Laserstrahl zu dem in achthundert Kilometer Höhe schwebenden Umlenkspiegel. Dieser Spiegel, den die Raumfähre erst kürzlich an Bord gehabt hatte und der sich nun in Kalifornien befand, änderte seine Konfiguration und lenkte den Laserstrahl zum Gefechtsspiegel um, der sich allerdings nicht im Orbit, sondern bei Lockheed befand und seine Instruktionen über Kabel erhielt. An allen drei Spiegeln wurden die sich permanent verändernden Brennweiten und Azimut-Einstellungen präzise aufgezeichnet. Diese Informationen gingen an einen Überwachungscomputer bei Tea Clipper Control.

Der von Ryan vor einigen Wochen beobachtete Test hatte mehrere Zwecke gehabt. Eines der Resultate war, daß man die Ergebnisse von Simulationen am Boden mit fast absoluter Sicherheit voraussagen konnte.

Gregory spielte mit einem Kugelschreiber, als die Daten auf dem Monitor erschienen.

«Okay, zum letzten Schuß», merkte ein Ingenieur an. «Hier kommt das Resultat –»

«Donnerwetter!» rief Gregory. «Sechsundneunzig von hundert! Dauer des Zyklus?»

«Null Komma null eins sechs», antwortete ein Software-Experte. «Das liegt um null Komma null null vier *unter* dem Nominalwert. Wir können die Zielbefehle noch während des Computerzyklus alle noch einmal prüfen –»

«Und damit haben wir die PK wie von selbst um dreißig Prozent gesteigert», schloß Gregory. «Das bedeutet, daß wir sogar versuchen können, nicht erst nach zwei, sondern schon nach jeweils einem Schuß neu zu richten und am Ende immer noch Zeit übrig haben. *Leute!*» – er sprang auf – «*Wir haben es geschafft!* Die Sache mit der Software ist geritzt!» Vier Monate früher als versprochen!

Im Raum brach ein Jubel los, den kein Außenstehender verstanden hätte.

«Los, ihr Laserklempner!» rief jemand. «Bringt euren Kram auf die Reihe und baut uns einen Todesstrahl. Das Visier ist *fertig*!»

«Seien Sie nett zu den Laserklempnern.» Gregory lachte. «Mit denen arbeite ich nämlich auch.»

Draußen kam Beatrice Taussig auf dem Weg zu einer Verwaltungssitzung vorbei und hörte den Jubel. Betreten konnte sie das Labor, das mit einem Kombinationsschloß gesichert war, nicht, aber das war auch überflüssig. Das Experiment, von dem am Vorabend beim Essen die Rede gewesen war, mußte stattgefunden haben. Über das Ergebnis konnte kein Zweifel bestehen. Bea Taussig ging weiter.

«Zum Glück ist das Eis nicht besonders dick», meinte Mancuso, der durchs Periskop schaute. «Sechzig, höchstens neunzig Zentimeter.»

«Es wird eine Fahrrinne freigehalten werden», sagte Ramius. «Die Eisbrecher halten die Zufahrten zu allen Häfen offen.»

«Sehrohr einfahren», befahl der Captain und ging an den Kartentisch. «Laufen Sie eintausendneunhundert Meter nach Süden und gehen Sie auf den Grund. Da haben wir ein festes Dach überm Kopf und sind vor den Grischas und Kriwaks sicher.»

«Aye, Captain», erwiderte der IA.

«Gehen wir Kaffee trinken», sagte Mancuso zu Ramius und Clark und führte die beiden ein Deck tiefer in die Offiziersmesse. Mancuso führte ähnliche Unternehmen jetzt seit vier Jahren durch, war aber trotzdem nervös. Sie lagen in nur fünfzig Meter tiefem Wasser und in Sichtweite der sowjetischen Küste. Wenn ein sowjetisches Schiff sie ausmachte und ortete, würden sie angegriffen werden. So etwas war schon vorgekommen. Es hatte zwar noch kein westliches Schiff ernsthaften Schaden erlitten, aber irgendwann mußte etwas passieren und besonders, wenn man sich zu selbstsicher fühlte, sagte sich der Captain von USS *Dallas*. Sechzig Zentimeter Eis, das war zu dick für die dünnen Rümpfe der Grischas, und die Hauptwaffe dieser Patrouillenboote, ein Mehrfach-Raketenwerfer namens RBU-6000, war über Eis nutzlos, aber eine Grischa konnte immerhin ein U-Boot anfordern. Es waren auch russische Unterseeboote in der Nähe; zwei hatten sie am Vortag gehört.

«Kaffee, Sir?» fragte der Messesteward. Auf ein Nicken hin holte er eine Kanne und Tassen hervor.

«Sind wir auch bestimmt nahe genug?» fragte Mancuso Clark.

«Sicher, das reicht. Von hier aus komme ich rein und wieder raus.»

«Ein Spaß wird das aber nicht», bemerkte der Captain.

Clark grinste. «Deshalb werde ich auch so gut bezahlt. Ich –»

Die Unterhaltung wurde kurz unterbrochen. Das U-Boot setzte mit knisterndem Rumpf auf dem Grund auf und bekam leichte Schlagseite. Mancuso warf einen Blick auf den Kaffee in seiner Tasse und schätzte sie auf sechs bis sieben Grad. Im Gesicht des U-Fahrers war keine Reaktion zu erkennen, obwohl er ein solches Manöver noch nie durchgeführt hatte, jedenfalls nicht mit dem für derartige Eskapaden nicht ausgelegten *Dallas*. Die US Navy verfügte über U-Boote, die eigens für solche Missionen gebaut waren. Insider erkannten sie an bestimmten Fittings am Rumpf.

«Wie lange das wohl dauern wird?» fragte Mancuso mit einem Blick zur Decke.

«Mag sein, daß sich überhaupt nichts tut», meinte Clark. «Praktisch die Hälfte dieser Operationen wird wieder abgeblasen. Einmal mußte ich sogar... warten Sie, zwölf Tage lang herumsitzen. Kam mir wie eine Ewigkeit vor. Und dann war alles umsonst.»

«Dürfen Sie sagen, wie oft Sie das schon gemacht haben?» fragte Ramius.

«Leider nicht, Sir.» Clark schüttelte den Kopf.

«Als Junge war ich hier oft angeln», sagte Ramius versonnen. «Wir ahnten nicht, daß ihr Amerikaner hier ebenfalls fischt.»

«Verrückte Welt», stimmte Clark zu. «Gibt's hier was zu fangen?»

«Im Sommer Mengen. Der alte Sascha nahm mich auf seinem Boot mit hinaus. Von ihm lernte ich das Seemannshandwerk.»

«Wie sieht es mit Patrouillen aus?» fragte Mancuso und kam wieder zur Sache.

«Es wird eine niedrige Bereitschaftsstufe herrschen. Da Sie Diplomaten in Moskau haben, ist die Kriegsgefahr gering. Überwasserschiffe, die hier patrouillieren, sind meist vom KGB und haben die Aufgabe, die Küste vor Schmugglern und Spionen zu schützen. Wie Sie.» Ramius wies auf Clark. «Gegen U-Boote nützen sie nicht viel, doch auf diesem Gebiet wurde etwas unternommen, als ich das Land verließ. Bei der Nordflotte und, wie ich höre, auch bei der Ostseeflotte hielt man mehr U-Jagd-Übungen ab. Hier aber lassen sich U-Boote nur schwer orten. Süßwasser aus den Flüssen und das Eis an der Oberfläche führen zu ungünstigen Sonarbedingungen.»

Das hört man gern, dachte Mancuso. Auf seinem Boot herrschte ein erhöhter Bereitschaftsgrad. Alle Sonargeräte waren voll bemannt. Er konnte *Dallas* binnen zwei Minuten in Bewegung setzen, und das sollte gut reichen.

Gerasimow saß allein in seinem Arbeitszimmer und brütete. Daß er über seinen Untergang nachdachte, sah man ihm erstaunlicherweise nicht an.

Der Vorsitzende des Staatssicherheitskomitees schätzte seine Lage so gründlich und leidenschaftslos ein wie jedes andere Problem, das ihm im Dienste unterkam. *Roter Oktober*. Damit hatte alles seinen Anfang genommen. Er hatte den Zwischenfall mit dem strategischen U-Boot zu seinem Vorteil genutzt, Admiral Gorschkow erst beeinflußt und sich dann seiner entledigt; er hatte mit seiner Hilfe auch die Position seines Dritten Direktorats gestärkt. Das Militär hatte begonnen, eigene Sicherheitsmaßnahmen zu ergreifen – aber Gerasimow hatte das Politbüro anhand von Meldungen des Agenten Cassius überzeugt, daß nur das KGB die Loyalität und Sicherheit der sowjetischen Streitkräfte sichern konnte. Damit hatte er sich viele Feinde gemacht. Er hatte auch, wieder über Agent Cassius, die Versenkung von *Roter Oktober* gemeldet. Von Cassius war der Bericht von einem Strafverfahren gegen Ryan gekommen, und...

Und ich bin in die Falle getappt!

Wie sollte er das dem Politbüro erklären? Einer seiner besten Agenten war umgedreht worden – aber wann? Diese Frage würde man ihm stellen, eine Antwort wußte er nicht; das würde alle Meldungen von Cassius suspekt machen.

Er hatte fälschlich gemeldet, die Besatzung von *Roter Oktober* sei nicht übergelaufen, und war auf den Irrtum nicht aufmerksam geworden. Die Amerikaner hatten ohne Wissen des KGB einen Geheimdienstcoup gelandet. Daß auch GRU nichts ahnte, war nur ein schwacher Trost.

Außerdem hatte er eine grundlegende Änderung der amerikanischen Verhandlungsposition gemeldet. Auch das war eine Ente gewesen.

Gerasimow fragte sich, ob er alle drei Enthüllungen gleichzeitig überstehen konnte.

Wohl kaum.

Früher wäre ihm der Tod sicher gewesen, und das hätte ihm die Entscheidung erleichtert. Niemand, der bei Sinnen ist, wählt freiwillig den Tod, und Gerasimow wurde von eiskalter Vernunft motiviert. Nun aber drohte ihm nicht die Hinrichtung, sondern die Abschiebung auf einen unbedeutenden Verwaltungsposten. Mehr als Zugang zu ordentlichen Lebensmittelgeschäften würden ihm seine KGB-Kontakte dann nicht verschaffen können. An der Arbeitsstelle, sogar auf der Straße, würde man ihm nicht mehr den gewohnten Respekt zollen. Nein, dachte er, das halte ich nicht aus.

Also überlaufen? Sich von einem der mächtigsten Männer der Welt in einen Mietling verwandeln, der das, was er weiß, gegen Geld und ein bequemes Leben eintauscht? Gerasimow wußte, daß seine äußeren Verhältnisse erträglich sein würden – aber wie sollte er den Verlust der Macht verschmerzen?

Also, was tun?

Er mußte seine Position ändern, die Spielregeln, etwas Dramatisches tun. Aber was?

Hatte er wirklich nur die Wahl zwischen Schmach und Flucht? Mußte er tatsächlich – mit dem Ziel im Auge – alles verlieren, für das er gearbeitet hatte?

Sowjets sind keine Spielernaturen. Die Globalstrategie des Landes hat schon immer an das Nationalspiel Schach erinnert: eine Reihe vorsichtiger, geplanter Züge machen, immer die eigene Position decken, wenn immer möglich mit kleinen Schritten vorankommen. Auch das Politbüro hatte fast immer so gehandelt. Zur Hälfte setzte es sich aus Apparatschiks zusammen, die die entsprechende Sprache sprachen, die erforderlichen Normen erfüllten, sich jeden kleinen Vorteil zunutze machten und mit Dickfelligkeit, die sie im Kreml zur Schau stellten, nach oben gekommen waren. Funktion dieser Männer war ein dämpfender Einfluß auf jene, die herrschen wollten, auf die Vabanquespieler. Zu letzteren gehörten Narmonow und auch Gerasimow selbst, der nun plante, sich mit Alexandrow zu verbünden und Wanejew und Jasow zum Verrat an ihrem Herrn zu erpressen.

Ein raffiniertes Spiel, das Gerasimow nicht so einfach aufgeben konnte. Wieder mußte er die Regeln ändern, aber bei diesem Spiel ging es eigentlich nur um eins: das Gewinnen.

Gerasimow nahm den Schlüssel aus der Tasche und sah ihn sich zum ersten Mal im Schein seiner Schreibtischlampe genauer an. Eigentlich sah er ganz gewöhnlich aus, aber wie vorgesehen benutzt, konnte er den Tod von vielleicht fünfzig Millionen Menschen, wenn nicht gar hundert verursachen. Die Männer des Dritten Direktorats auf den U-Booten und bei den landgestützten Raketen verfügten über diese Macht – der *sampolit*, der Politoffizier allein war zur Aktivierung der Sprengköpfe ermächtigt, ohne die die Raketen nur Feuerwerkskörper darstellten. Dieser Schlüssel, im richtigen Augenblick umgedreht, verwandelte die Raketen in die furchterregendsten Vernichtungsinstrumente, die die Menschheit je gekannt hatte. Und wenn die Raketen erst einmal flogen, konnte nichts sie aufhalten...

Doch das sollte sich ändern.

Was war es wert, der Mann zu sein, der das zuwege brachte?

Gerasimow lächelte. Das war mehr wert als alle Regeln zusammen. Hatten nicht die Amerikaner selbst gegen die Regeln verstoßen, als sie auf dem Rangierbahnhof ihren Kurier töteten? Er griff nach dem Telefon und verlangte einen Fernmeldeoffizier. Zeit für ein Interkontinentalgespräch.

Dr. Taussig war überrascht, als sie das Signal sah. Es war Anns Eigenheit, nie von der Routine abzuweichen. Obwohl sie so ganz impulsiv bei ihrer Kontaktperson aufgetaucht war, fuhr sie zum Einkaufszentrum, weil das zu ihrer Samstagsroutine gehörte. Auf dem Parkplatz sah sie Anns Volvo, dessen Sonnenblende auf der Fahrerseite heruntergeklappt war. Beatrice Taussig schaute auf die Uhr und schritt rascher auf den Eingang zu. Drinnen wandte sie sich nach links.

Peggy Jennings arbeitete heute allein. Beim FBI herrschte eine solche Personalknappheit, daß der Job nicht so rasch erledigt werden konnte, wie Washington es erwartete, aber das war nichts Neues. Der Ort war günstig und ungünstig zugleich. Es war einfach, ihre Zielperson bis zum Einkaufszentrum zu verfolgen, doch drinnen konnte ihr nur ein Team von Agenten auf der Spur bleiben. Sie erreichte den Eingang eine Minute nach Beatrice Taussig und wußte schon, daß sie sie verloren hatte. Nun, mit der Observation wurde ja erst begonnen. Die Routine bringt's, sagte sich Peggy Jennings beim Öffnen der Tür.

Beatrice Taussig war nirgends zu sehen. Agentin Jennings schlenderte an den Schaufenstern entlang und fragte sich, ob Dr. Taussig wohl ins Kino gegangen war.

«Hallo, Ann!»
«Bea!» rief Tanja Bisjarina in der Boutique. «Wie geht's?»
«Sehr beschäftigt», erwiderte Dr. Taussig. «Das steht Ihnen aber toll!»
«Sie hat eben eine Idealfigur», stellte die Inhaberin fest.
«Was man von mir leider nicht behaupten kann», meinte Bea Taussig bedrückt, nahm ein Kostüm von der Stange und trat vor den Spiegel. Der strenge Schnitt paßte zu ihrer derzeitigen Gemütsverfassung. «Kann ich das anprobieren?»
«Aber sicher», versetzte die Inhaberin sofort. Das Kostüm kostete dreihundert Dollar.
«Soll ich Ihnen zur Hand gehen?» fragte Ann.
«Gern – dabei können Sie mir erzählen, was Sie so treiben.» Beide Frauen gingen zu den Umkleidekabinen.
Hinter dem Vorhang schnatterten sie drauflos. Bisjarina holte ein Stück Papier hervor, das Taussig las. Ihre Konversation stockte, aber dann nickte sie zustimmend. Beas Miene verriet erst Schock, dann Akzeptanz und schließlich etwas, das Bisjarina überhaupt nicht gefiel –, aber dafür wurde sie schließlich nicht vom KGB bezahlt.
Das Kostüm saß recht gut, wie die Inhaberin feststellte, als die beiden wieder herauskamen. Beatrice Taussig zahlte mit Kreditkarte. Ann winkte, verließ den Laden und wandte sich nach links.

Agentin Jennings sah wenige Minuten später ihre Zielperson mit einer großen Klarsichttüte aus der Boutique kommen. Ah, so ist das also, sagte sie sich. Sie hat den Frust von gestern abend mit einem Impulskauf bekämpft – schon wieder so ein kesses Kostüm. Peggy Jennings verfolgte sie noch eine Stunde lang und brach dann die Observation ab. Hier war nichts zu holen.

«Eiskalt wie eine Hundeschnauze», sagte Ryan zu Candela. «Ich hatte zwar nicht gerechnet, daß er mir gleich um den Hals fällt, aber überhaupt keine Reaktion... das verblüfft mich doch.»

«Nun, falls er anbeißen sollte, kann er Ihnen das leicht genug mitteilen.»

«Stimmt.»

21

Ist das Wetter mein Feind? fragte sich der Bogenschütze. Der Himmel war klar, der Nordwestwind kam kalt von Sibirien herangefegt. Er brauchte Wolken. Im Augenblick kamen sie nur nachts und deshalb langsam voran. Je länger sie sich auf sowjetischem Territorium aufhielten, desto größer die Gefahr, daß sie auffielen, und wenn man sie entdeckte...

Es war sinnlos, darüber Spekulationen anzustellen. Er brauchte nur den Kopf zu heben, um die Panzerfahrzeuge über die Straße nach Dangara rollen zu sehen. In der Gegend war mindestens ein Bataillon stationiert, wenn nicht gar ein ganzes Mot-Schützenregiment; auf allen Straßen und Wegen fuhren Streifen. Sein Verband war für die Begriffe der *mudschaheddin* groß und stark, aber wenn sie einem Regiment Russen auf eigenem Boden in die Quere gerieten, konnte nur Allah sie retten.

Sein Sohn konnte nicht weit sein –, aber wo? An einem Ort, den er nie finden würde, davon war der Bogenschütze überzeugt. Die Hoffnung hatte er schon lange aufgegeben. Nun wurde sein Sohn als Ungläubiger aufgezogen, in einer fremden Welt, und dem Bogenschützen blieb nun nur das Gebet zu Allah, er möge zu seinem Sohn kommen, ehe es zu spät sei. War Kindesentführung nicht das abscheulichste aller Verbrechen? War es nicht grausam, einem Kind die Eltern und den Glauben zu nehmen?

Jeder einzelne seiner Männer hatte guten Grund, die Russen zu hassen: Ihre Familien waren tot oder in alle Winde zerstreut, ihre Häuser ausgebombt. Seine Männer verstanden nicht, daß dies zur modernen Kriegsführung gehört. Als «Primitive» waren sie der Auffassung, daß der Kampf nur den Kriegern vorbehalten war.

Das letzte Fahrzeug der Kolonne verschwand hinter einer Straßenbiegung. Der Bogenschütze schüttelte den Kopf. Genug nachgedacht. Die Russen, die er gerade beobachtet hatte, saßen alle in ihren Kettenfahrzeugen und wärmten sich. Was draußen vorging, merkten sie nicht, und darauf kam es an. Er hob den Kopf und sah seine Männer gut getarnt in ihren russischen Uniformen hinter Felsblöcken und in Vertiefungen liegen, paarweise, damit einer schlafen und der andere Wache halten konnte.

Der Bogenschütze schaute auf. Die Sonne sank. Bald würde sie hinter dem Bergkamm verschwinden, und dann konnten seine Männer weiter nach Norden marschieren. Hoch über ihnen funkelte die Aluminiumhaut eines Flugzeugs in der Sonne.

Oberst Bondarenko hatte einen Fensterplatz und starrte auf die feindselige Gebirgslandschaft hinab. Er entsann sich seiner kurzen Dienstzeit in Afghanistan, der endlosen, erschöpfenden Anstiege, bei denen man nur im Kreis herumzulaufen schien. Er schüttelte den Kopf. Wenigstens das hatte er hinter sich. Er hatte seine Zeit heruntergerissen, Gefechtserfahrung gesammelt und konnte sich nun in Ruhe seiner großen Liebe, der Ingenieurwissenschaft zuwenden. Der Kampf war etwas für junge Männer; Gennadi Josifowitsch war inzwischen über vierzig. Nachdem er einmal bewiesen hatte, daß er ebensogut klettern konnte wie die jungen Hirsche, brauchte er das nie wieder zu tun. Im Augenblick bewegte ihn etwas anderes.

Was macht Mischa? Als der Mann aus dem Ministerium verschwunden war, hatte er angenommen, daß er krank war. Als die Abwesenheit aber mehrere Tage gewährt hatte, begann er die Sache ernst zu nehmen und fragte den Minister, ob Oberst Filitow im Krankenhaus läge. Die Antwort, die er damals bekommen hatte, war beruhigend gewesen –, aber nun regten sich Zweifel. Minister Jasow hatte zu rasch, zu zungenfertig reagiert –, und dann hatte Bondarenko den Befehl erhalten, zu Projekt Heller Stern zurückzukehren und die Anlage gründlich zu studieren. Der Oberst hatte das Gefühl, daß man ihn aus dem Weg haben wollte –, aber warum? Warum hatte Jasow so seltsam auf seine harmlose Frage reagiert? Hinzu kam die Tatsache, daß man ihn überwachte. Konnten diese beiden Dinge in einem Zusammenhang stehen? Der Zusammenhang war so offensichtlich, daß Bondarenko ihn ohne weiteres Nachdenken ignorierte. Mischa als Ziel einer Ermittlung der Sicherheitsorgane, das war einfach unvorstellbar. Viel wahrscheinlicher war, daß er einen streng geheimen Auftrag für Jasow ausführte. Bondarenko schaute hinab auf den mächtigen Erddamm des Nurek-Wasserkraftwerks. Die zweite Hochspannungsleitung war fast fertig, wie er feststellte, als vor dem Anflug auf Duschanbe-Ost Landeklappen und Fahrwerk ausgefahren wurden. Nach der Landung verließ er als erster die Maschine.

«Gennadi Josifowitsch!»

«Guten Morgen, Genosse General», sagte Bondarenko überrascht.

«Kommen Sie mit», sagte Pokryschkin, nachdem er den Gruß des Obersten erwidert hatte. «Dann brauchen Sie nicht mit diesem Bus zu fahren.» Er winkte seinem Feldwebel, der Bondarenko den Koffer aus der Hand wand.

«Sie hätten nicht persönlich zu kommen brauchen.»

«Ach was.» Pokryschkin ging voraus zu seinem Hubschrauber, dessen Rotoren sich bereits drehten. «Irgendwann muß ich mir auch mal Ihren Bericht ansehen. Gestern hatte ich gleich drei Minister hier. Endlich hat man rundum gemerkt, wie wichtig unsere Arbeit ist, und unseren Etat um fünfundzwanzig Prozent erhöht – ich wollte, ich könnte mit meinen Meldungen soviel bewirken!»

«Aber ich habe doch nur –»

«Überflüssig, Oberst. Sie haben die Wahrheit erkannt und anderen weitervermittelt. Nun gehören Sie hier zur Familie. Wie wäre es, wenn Sie nach Abschluß Ihrer Arbeit in Moskau ganz zu uns kämen? In Ihrer Personalakte werden Sie als vorzüglicher Ingenieur und Verwaltungsfachmann beurteilt. Ich brauche einen guten Stellvertreter.» Pokryschkin drehte sich mit einem Verschwörerblick um. «Könnte ich Sie vielleicht dazu bewegen, die Uniform der Luftwaffe anzulegen?»

«Genosse General, ich –»

«Ich weiß, wer einmal Soldat der Roten Armee ist, bleibt auch dabei. Das soll Ihnen bei uns nicht zum Nachteil gereichen. Außerdem können Sie mich gegen diese Knochenköpfe vom KGB unterstützen. Bei einem Flieger wie mir können die sich mit ihrer Erfahrung dicke tun, aber gegenüber einem Mann mit Gefechtsauszeichnung sähe das anders aus.» Der General bedeutete dem Piloten mit einer Handbewegung, er möge starten. «Warten Sie nur, Gennadi, in ein paar Jahren sind wir hier ein ganz neuer Verein, die ‹Kosmos-Verteidigung› vielleicht. Sie können sich hier eine ganz neue Karriere aufbauen und weit kommen. Überlegen Sie sich das ernsthaft. In drei, vier Jahren sind Sie sowieso General, aber ich kann Ihnen mehr Sterne garantieren als die Armee.»

«Im Augenblick aber –» Bondarenko wollte über den Vorschlag nachdenken, aber nicht im Hubschrauber.

«Im Augenblick sehen wir uns die Spiegel und Computerprogramme der Amerikaner an. Der Chef unseres Spiegelteams meint, die amerikanische Konstruktion ließe sich unseren Geräten anpassen. Es wird ein Jahr dauern, bis die Pläne fertig sind. Nur über den eigentlichen Bau bestehen noch Zweifel. Inzwischen stellen wir Reservelaser fertig und bemühen uns, sie wartungsfreundlicher zu machen.»

«Das dauert auch seine zwei Jahre», merkte Bondarenko an.

«Mindestens», stimmte General Pokryschkin zu. «Vor meiner Abberufung wird das Programm keine Früchte tragen. Das ist unvermeidlich.

Nach einer weiteren erfolgreichen Großerprobung wird man mich nach Moskau abberufen und zum Leiter der entsprechenden Abteilung im Ministerium machen. Einsatzfähig ist das System dann bestenfalls bei meiner Pensionierung.» Er schüttelte betrübt den Kopf. «Schwer zu akzeptieren, wie lange solche Projekte heutzutage brauchen. Aus diesem Grunde möchte ich Sie hier haben, Gennadi Josifowitsch: es geht mir um die Kontinuität. Ich suche einen Nachfolger.»

Bondarenko war sprachlos. Pokryschkin hatte ihn ausgewählt, zweifellos ihm den Vorzug vor Männern seiner eigenen Waffengattung gegeben. «Aber Sie kennen mich doch kaum –»

«Ohne Menschenkenntnis wird man nicht General. Sie haben die richtigen Eigenschaften und stehen gerade am rechten Punkt Ihrer Karriere – bereit für ein eigenes Kommando. Ihre Uniform ist weniger wichtig als Ihr Charakter. Das habe ich dem Minister mitgeteilt.»

Nun denn. Bondarenko war zu überrascht, um sich über die Chance zu freuen. Und das alles nur, weil der alte Mischa mich hier eine Inspektion durchführen ließ. Hoffentlich ist er nicht ernstlich krank.

«Er ist jetzt schon seit über neun Stunden wach», sagte einer der Offiziere fast vorwurfsvoll zu Watutin. Der Oberst beobachtete den Gefangenen mehrere Minuten lang durch den Glasfaserspion. Filitow hatte sich hingelegt und sich bei dem erfolglosen Versuch, Schlaf zu finden, rastlos herumgewälzt. Anschließend waren Übelkeit und Durchfall gefolgt; nach der hohen Koffeindosis, die ihm den Schlaf raubte, unvermeidlich. Schließlich stand Filitow wieder auf und ging wie seit Stunden in der Zelle hin und her, um sich zu ermüden.

«Schaffen Sie ihn in zwanzig Minuten hoch.» Der KGB-Oberst schaute seinen Untergebenen amüsiert an. Er hatte nur sieben Stunden geschlafen und sich im Lauf der vergangenen zwei davon überzeugt, daß alle Befehle, die er vorm Hinlegen gegeben hatte, auch voll ausgeführt worden waren. Dann hatte er sich geduscht und rasiert. Ein Bote hatte eine frische Uniform aus seiner Wohnung geholt, eine Ordonnanz seine Stiefel spiegelblank poliert. Watutin beendete sein Frühstück und ließ sich noch eine Tasse Kaffee aus der Offiziersmesse kommen. Die Blicke der anderen Mitglieder seines Vernehmungsteams ignorierte er und bedachte sie noch nicht einmal mit einem kryptischen Lächeln, um anzudeuten, daß er wußte, was er tat. Watutin wischte sich den Mund ab, stand auf und ging in den Vernehmungsraum.

Dort setzte er sich an einen Tisch, unter dessen Platte mehrere Knöpfe verdeckt angebracht waren. In den Wänden waren Mikrophone versteckt, und durch den Spiegel konnte man den Gefangenen vom Nebenraum aus beobachten und fotografieren.

Watutin nahm die Akte heraus und ging noch einmal seinen Plan durch. Selbstverständlich hatte er sich schon alles genau zurechtgelegt; auch der Wortlaut seiner Meldung an den Vorsitzenden Gerasimow stand bereits fest. Er schaute auf die Armbanduhr, nickte zum Spiegel hin und bereitete sich dann innerlich vor.

Filitow traf pünktlich ein.

Er sah stark aus, wie Watutin feststellte. Stark, aber abgespannt. Das lag am Koffein, das man seiner letzten Mahlzeit zugesetzt hatte. Seine Fassade war hart, aber dünn und zerbrechlich. Inzwischen wirkte Filitow gereizt. Bislang hatte er nur Entschlossenheit ausgestrahlt.

«Guten Morgen, Filitow», sagte Watutin und schaute kaum auf.

«Für Sie immer noch *Oberst* Filitow. Wann hat diese Scharade eigentlich ein Ende?»

Das glaubt er wahrscheinlich selbst, sagte sich Watutin. Der Gefangene hatte nun schon so oft wiedergegeben, wie die Filmkassette von Watutins Hand in seine gelangt war, daß er die Version inzwischen halb glaubte. Das war nicht ungewöhnlich. Er nahm unaufgefordert Platz, und Watutin winkte den Wärter hinaus.

«Wann haben Sie beschlossen, die Heimat zu verraten?» fragte Watutin.

«Wann haben Sie beschlossen, kleine Jungs zu ficken?» gab der alte Mann zornig zurück.

«Filitow – Verzeihung, *Oberst* Filitow – Sie wissen, daß Sie mit einer Mikrofilmkassette in der Hand keine zwei Meter von einer amerikanischen Geheimdienstagentin entfernt verhaftet wurden. Die Filmkassette enthielt hochgeheime Informationen über eine Verteidigungseinrichtung. Das steht außer Frage, wenn ich Ihrem Gedächtnis noch einmal nachhelfen darf», erklärte Watutin geduldig. «Mir kommt es jetzt nur noch darauf an zu klären, wie lange Sie das schon treiben.»

«Sie können mich mal», versetzte Mischa. Watutin fiel auf, daß seine Hände leicht zitterten. «Ich bin dreifacher Held der Sowjetunion. Ich habe schon Feinde dieses Landes getötet, als Sie noch nicht einmal auf der Welt waren. Und Sie wagen es, mich einen Verräter zu heißen?»

«Mischa, als Gymnasiast habe ich von Ihnen gelesen. Mischa, der Panzerteufel. Mischa, der Held von Stalingrad. Mischa, der Deutschenfresser. Mischa, Anführer des Gegenangriffs bei Kursk. Mischa», schloß Watutin, «der Landesverräter.»

Mischa winkte ab und betrachtete sich ärgerlich seine zitternde Hand. «Vor *tschekisti* habe ich nie viel Respekt gehabt. Wenn ich mit meinen Männern zum Angriff antrat, saßen die immer hinten. Tüchtig waren sie allerdings im Erschießen von Gefangenen, die richtige Soldaten gemacht hatten. Auch aufs Ermorden von Soldaten, die zum Rückzug gezwungen worden waren, verstanden sie sich gut. Ich kann mich an einen Fall erinnern: ein Leutnant der *tschekisti* übernahm einen Panzerverband und führte ihn in einen Sumpf. Die Deutschen, gegen die ich kämpfte, haßte ich zwar, aber ich konnte sie auch als anständige Soldaten respektieren. Ihresgleichen aber... manchmal frage ich mich, wer mehr Russen auf dem Gewissen hat, die Deutschen oder Sie.»

Watutin blieb ungerührt. «Rekrutiert wurden Sie von dem Verräter Penkowski, nicht wahr?»

«Mumpitz! Ich habe ihn selbst angezeigt!» Filitow zuckte die Achseln. «Nun ja, zu irgend etwas müßt ihr ja nutze sein. Penkowski war ein armer, wirrer Mann, der seine Taten mit dem Tode büßen mußte.»

«Wie Sie auch», sagte Watutin.

«Ich kann Sie nicht daran hindern, mich zu ermorden. Der Tod ist mir vertraut. Er hat mir die Frau und die Söhne genommen, so viele meiner Kameraden – und auch mich oft genug zu erwischen versucht. Früher oder später wird er siegen. Ich fürchte ihn nicht mehr.»

«Was fürchten Sie dann?»

«Sie jedenfalls nicht.» Diese Antwort wurde nicht von einem Lächeln, sondern von einem kalten, herausfordernden Blick begleitet.

«Irgend etwas fürchtet doch jeder», bemerkte Watutin. «Hatten Sie in der Schlacht Angst?»

Mischa, du redest zuviel. Merkst du das eigentlich?

«Ja, am Anfang schon. Als die erste Granate meinen T-34 traf, machte ich in die Hosen. Später erkannte ich, daß die Panzerung die meisten Treffer abhält. Man gewöhnt sich an die Gefahr, und als Offizier ist man meist zu beschäftigt, um zu erkennen, daß man eigentlich Angst haben soll. Man fürchtet um seine Untergebenen. Man fürchtet, als Führer, von dem andere abhängen, zu versagen. Man fürchtet sich vor dem Schmerz – davor immer, aber nicht vor dem Tod.» Filitow war von seiner Redseligkeit überrascht, aber er hatte nun genug von diesem KGB-Schleimer.

«Ich habe gelesen, daß alle Männer Angst vor der Schlacht haben, aber was sie aushalten läßt, ist ihr Selbstwertgefühl. Sie wissen, daß sie sich vor ihren Kameraden keine Blöße geben dürfen, und fürchten die Feigheit mehr als die Gefahr. Sie haben Angst, ihre Männlichkeit zu verlieren und ihre Mitkämpfer zu verraten.» Mischa nickte leicht. Watutin drückte unter der Tischplatte auf einen Knopf. «Filitow, Sie haben Ihre Männer verraten. Sehen Sie das denn nicht? Sie haben militärische Geheimnisse an den Feind weitergegeben und damit alle Männer verraten, die mit Ihnen dienten.»

«Es bedarf mehr als Ihrer Worte, um mich –»

Leise ging die Tür auf. Der junge Mann, der eintrat, trug eine ölverschmierte Montur und den Lederhelm eines Panzersoldaten. Alle Details stimmten: Vom Helm baumelte das Kopfhörerkabel der Sprechanlage, und der junge Mann verbreitete einen starken Geruch nach Pulver. Sein Anzug war zerrissen und angesengt, sein Auge und seine Hände waren verbunden. Blut sickerte unter dem Augenverband hervor und zog auf der rußverschmierten Haut eine Spur. Und er war Alexej Iljitsch Romanow, dem Gefreiten der Roten Armee, wie aus dem Gesicht geschnitten.

Filitow hörte ihn nicht eintreten, drehte sich aber um, als ihm der Geruch in die Nase stieg. Vor Schreck blieb ihm der Mund offen.

«Sagen Sie, Filitow, wie würden Ihre Männer wohl reagieren, wenn sie hörten, was Sie getan haben?»

Der junge Mann, ein Gefreiter und Assistent eines kleinen Funktionärs im Dritten Direktorat, sagte kein Wort. Der Reizstoff in seinem rechten Auge ließ ihm die Tränen über die Wange strömen. Filitow wußte nicht, daß seiner letzten Mahlzeit eine Droge beigegeben worden war. Das Koffein bewirkte, daß sein Verstand so hellwach war wie im Gefecht, alle Sinne geschärft für alles, was um ihn herum vorging –, doch die ganze Nacht über war nichts wahrzunehmen gewesen. Sein Verstand, der Sinneswahrnehmungen beraubt, begann zu halluzinieren. In Watutin hatte er nun etwas, auf das er sich konzentrieren konnte. Mischa war aber auch körperlich erschöpft, und die Kombination aus psychischer Wachheit und physischer Müdigkeit versetzte ihn in eine Art Traumzustand, in dem er nicht mehr in der Lage war, die Realität von Imaginärem zu unterscheiden.

«Drehen Sie sich um, Filitow!» dröhnte Watutin. «Schauen Sie mich an, wenn ich mit Ihnen rede! Ich habe Ihnen eine Frage gestellt: *Was würden die Männer sagen, die mit Ihnen gedient haben?*»

«Wer –»

«Wer? Die Männer, die Sie anführten, Sie alter Narr!»

«Aber –» Er drehte sich noch einmal um, aber die Gestalt war verschwunden.

«Iwanenko, Puchow, dieser Gefreite Romanow, alle die Männer, die für Sie gestorben sind –, was würden die jetzt sagen?»

«Die hätten Verständnis!» Mischa wurde nun völlig vom Zorn übermannt.

«Wofür denn? Wofür hätten sie Verständnis?»

«Sterben mußten sie wegen Männern wie Ihnen!»

«Ihre Söhne etwa auch?»

«Jawohl! Meine schönen, tapferen Jungs, die Soldaten wurden wie ich und –»

«Und Ihre Frau?»

«Sie vor allem!» fauchte Filitow zurück und beugte sich über den Tisch. «Sie haben mir alles genommen, Sie Tschekistenschwein –, und da wundert es Sie noch, daß ich zurückschlagen mußte? Niemand hat dem Staat besser gedient als ich, und sehen Sie sich meine Belohnung an, die Dankbarkeit der Partei. Mir wurde alles genommen, und Sie sagen, ich hätte die *Rodina* verraten. Nein, Sie sind der Verräter, an ihr und an mir!»

«Und deshalb trat Penkowski an Sie heran, und deshalb haben Sie dem Westen jahrelang Informationen zugespielt, uns all die Jahre zum Narren gehalten!»

«Eine Kleinigkeit, Ihresgleichen zum Narren zu halten!» Mischa hieb mit der Faust auf den Tisch. «Dreißig Jahre, Watutin, dreißig Jahre lang habe ich –» Er hielt inne, hatte einen sonderbaren Ausdruck im Gesicht, war verwundert über das, was er gerade gesagt hatte.

Watutin ließ sich mit seiner Antwort Zeit und sagte dann sanft: «Danke, Genosse Oberst, das reicht für den Augenblick. Später besprechen wir, was genau Sie alles an den Westen verraten haben. Ich verachte Ihre Tat, Mischa. Verrat kann ich weder vergeben noch verstehen, aber Sie sind der tapferste Mann, dem ich je begegnet bin. Ich hoffe nur, daß Sie sich dem Rest Ihres Lebens mit ebenso großer Tapferkeit stellen werden. Es ist nun wichtig, daß Sie den Konsequenzen Ihres Verbrechens ebenso mutig ins Auge sehen wie den Faschisten, damit Sie Ihr Leben so ernsthaft beenden können, wie Sie es gelebt haben.» Watutin drückte auf einen Knopf, die Tür öffnete sich. Wärter führten Filitow ab, der sich verblüfft umdrehte und offenbar nicht verstand, wie ihm geschehen war. Der Oberst des Zweiten Hauptdirektorats erhob sich nach einer Minute, sammelte nüchtern seine Akten ein, verließ den Raum und begab sich ein Stockwerk höher.

«Sie hätten einen guten Psychiater abgegeben», kommentierte der Arzt.

«Hoffentlich ist das alles auf Band», sagte Watutin zu seinen Technikern.

«Alle drei Maschinen haben es aufgenommen, und auch die Videoaufzeichnung ist perfekt.»

«Das war der hartnäckigste Fall, den ich je erlebt habe», sagte ein Major.

«Jawohl, ein zäher, tapferer Mann. Kein Abenteurer, kein Dissident, sondern ein Patriot – dafür hielt sich der arme Teufel wenigstens. Er wollte das Land vor der Partei retten.» Watutin schüttelte verwundert den Kopf. «Wo bekommt man nur solche Ideen her?»

Dein Vorsitzender, mahnte er sich, *hat etwas Ähnliches vor – er will das Land für die Partei sichern*. Watutin dachte weiter über diese Parallelen nach und wies sich zurecht: Solche Gedanken standen einem schlichten Abwehroffizier nicht zu – zumindest noch nicht.

«Doktor, sorgen Sie dafür, daß er sich ausschlafen kann», sagte er auf dem Weg nach draußen. Ein Wagen stand für ihn bereit.

Zu seiner Überraschung stellte Watutin fest, daß es Morgen war. Um so besser, dachte er: Da konnte er gleich zum Vorsitzenden. Am erstaunlichsten war, daß er sich von nun an wieder an ganz normale Arbeitszeiten halten, richtig schlafen und um seine Familie kümmern konnte. Watutin lächelte. Und auch auf eine Beförderung konnte er sich freuen, denn er hatte den Mann früher als versprochen zum Reden gebracht.

Watutin erwischte den Vorsitzenden zwischen zwei Besprechungen. Gerasimow starrte versonnen zum Fenster hinaus auf den Dserschinski-Platz, als er eintrat.

«Genosse Vorsitzender, ich habe das Geständnis», verkündete Watutin. Gerasimow drehte sich um.

«Filitows?»

«Ja, Genosse Vorsitzender.» Watutin ließ sich seine Überraschung anmerken.

Nach einem Augenblick lächelte Gerasimow. «Entschuldigung, Oberst. Im Augenblick beschäftigt mich eine operative Angelegenheit. Er hat also gestanden?»

«Natürlich noch keine Einzelheiten, aber er gab zu, dem Westen Geheimnisse zugespielt zu haben, und zwar seit dreißig Jahren.»

«Dreißig Jahre lang... und wir haben nichts gemerkt –», merkte Gerasimow leise an.

«Das stimmt», gestand Watutin zu. «Doch nun haben wir ihn erwischt und werden im Lauf der nächsten Wochen erfahren, was er alles verraten hat. Wir werden wohl feststellen, daß seine Position und seine Methoden die Entdeckung erschwerten, wir werden aber auch aus dem Fall lernen können. Auf jeden Fall: Sie verlangten ein Geständnis. Nun haben wir es», betonte der Oberst.

«Vorzüglich», erwiderte der Vorsitzende. «Wann ist Ihr schriftlicher Bericht fertig?»

«Morgen?» fragte Watutin, ohne nachgedacht zu haben, und machte sich auf eine scharfe Zurechtweisung gefaßt. Gerasimow aber dachte für endlose Sekunden nach und nickte dann.

«Das genügt. Vielen Dank, Genosse Oberst. Das wäre alles.»

Watutin nahm Haltung an, salutierte und ging.

Morgen? fragte er sich, wieder auf dem Korridor. Nach dem ganzen Zirkus ist er bereit, bis morgen zu warten?

Ach, was soll's. Das Ganze ergab keinen Sinn. Watutin wollte keine

Erklärung einfallen. Der Oberst ging in sein Arbeitszimmer, nahm einen linierten Block und begann, sein Vernehmungsprotokoll aufzusetzen.

«Das ist es also?» fragte Ryan.

«Ja. Gegenüber war einmal ein Spielwarengeschäft, das ausgerechnet ‹Kinderland› hieß. Das Standbild in der Mitte stellt Felix Dserschinski dar, der ab 1917 die Tscheka leitete, den ersten Geheimdienst der Sowjets. Vereitelte drei Versuche, Lenin zu stürzen, und einer davon war sehr ernst. Die ganze Wahrheit darüber kam nie ans Tageslicht, aber Sie können sich darauf verlassen, daß die Unterlagen dort liegen», sagte der Fahrer. Er war Australier, arbeitete für die Privatfirma, die den Wachdienst in der Botschaft versah, und war früher einmal beim australischen SAS gewesen. Spionageaufträge erledigte er nie – jedenfalls nicht für die USA –, spielte aber oft diese Rolle, indem er sich konspirativ verhielt. Er hatte gelernt, Verfolger auszumachen und abzuschütteln, und die Russen zu der Überzeugung gelangen lassen, daß er bei der CIA oder einem anderen Geheimdienst war. Außerdem war er ein vorzüglicher Fremdenführer.

Er schaute in den Rückspiegel. «Ah, unsere Freunde sind noch da. Sie erwarten doch nicht etwa etwas, oder?»

«Wir werden sehen.» Jack drehte sich um. Besonders raffiniert gingen die Russen nicht vor, aber damit hatte er auch nicht gerechnet. «Wo ist die Frunse-Akademie?»

«Die liegt südlich von der Botschaft. Sie hätten mir früher sagen sollen, daß Sie die sehen wollen. Dann wären wir nämlich zuerst hingefahren.» Der Australier wendete, Ryan schaute weiter nach hinten. Siehe da, der Schiguli – im Westen wurde er als Lada verkauft – folgte ihrem Beispiel. Sie fuhren wieder an der US-Botschaft vorbei und passierten die ehemalige griechisch-orthodoxe Kirche, die von bösen Zungen in der Botschaft wegen der vielen Lauschapparate, die sie enthielt, «Unsere Liebe Frau der Mikrochips» genannt wurde.

«Was treiben wir eigentlich genau?» fragte der Fahrer.

«Wir kurven einfach nur herum. Bei meinem letzten Besuch bekam ich nur zu sehen, was am Weg von der Botschaft zum Außenministerium liegt.»

«Und wenn unsere Freunde näher herankommen?»

«Wenn sie mit mir reden wollen, komme ich ihnen gerne entgegen», meinte Ryan.

«Ist das Ihr Ernst?» Der Australier wußte, daß Ryan für die CIA arbeitete.

«Aber klar.» Ryan lachte in sich hinein.

«Wissen Sie, daß ich solche Vorfälle schriftlich melden muß?»

«Sie tun Ihre Arbeit, ich meine.» Sie fuhren noch eine Stunde lang in Moskau herum, aber nichts passierte – zu Ryans Enttäuschung, zur Erleichterung des Fahrers.

Der Wagen, ein vier Jahre alter, in Oklahoma zugelassener Plymouth Reliant, hielt am Kontrollpunkt. In ihm saßen drei Männer; einer schlief und mußte erst geweckt werden.

«Guten Abend», sagte der Grenzer. «Ihre Ausweise, bitte.» Alle drei zeigten ihre Führerscheine vor. Die Paßbilder stimmten mit den Personen überein. «Haben Sie etwas zu deklarieren?»

«Nur zwei Liter Schnaps pro Kopf.» Der Fahrer sah mit Interesse zu, wie ein Hund den Wagen abschnüffelte. «Sollen wir rechts ranfahren und den Kofferraum aufmachen?»

«Was haben Sie in Mexiko getan?»

«Wir vertreten die Cummings-Oklahoma Tool and Die, eine Firma, die Geräte für Pipelines und Raffinerien herstellt», erklärte der Fahrer. «Steuerventile für Großröhren und so weiter. Wir haben versucht, Pemex etwas zu verkaufen.»

«Glück gehabt?» fragte der Grenzer.

«Es war nur der erste Versuch, da klappt es nie. Wir werden es noch ein paarmal versuchen müssen.»

Der Hundeführer schüttelte den Kopf. Sein Labrador war an dem Fahrzeug nicht interessiert. Es roch weder nach Drogen noch nach Nitraten.

«Willkommen daheim», sagte der Grenzer. «Und gute Fahrt.»

«Danke, Sir.» Der Fahrer nickte und legte den Gang ein. «Wiedersehen.»

«Nicht zu glauben», sagte der Mann auf dem Rücksitz, nachdem sie hundert Meter von dem Grenzposten entfernt waren, auf englisch. «Von Sicherheit haben die keinen blassen Schimmer.»

«Mein Bruder ist beim Grenzschutz; der bekäme einen Herzanfall, wenn er wüßte, wie einfach das war», bemerkte der Fahrer, lachte aber nicht. Sie waren nun auf feindlichem Territorium; schwierig würde es werden, das Land wieder zu verlassen. Er hielt sich an die Geschwindigkeitsbeschränkung und ließ die Einheimischen an sich vorbeisausen. Der amerikanische Wagen gefiel ihm. Daß der Reliant für amerikanische Verhältnisse untermotorisiert war, merkte er nicht, denn er hatte noch nie einen Wagen mit mehr als vier Zylindern gefahren.

Alle drei sprachen perfektes Englisch mit amerikanischem Akzent.

«Wenn es doch daheim solche Straßen gäbe», sagte der Mann auf dem Beifahrersitz. Oleg stammte aus Moskau, hatte in Südamerika, als amerikanischer Geschäftsmann getarnt, mehrere Aufträge erledigt und wußte, daß es in der Sowjetunion keine einzige geteerte Straße gab, die eine Grenze mit der anderen verband.

Der Fahrer – sein Name war Leonid – dachte darüber nach. «Woher sollten wir das Geld nehmen?»

«Stimmt», gab Oleg müde zurück. Sie waren nun schon seit zehn Stunden unterwegs. «Aber man sollte doch wenigstens erwarten können, daß die Straßen bei uns so gut sind wie in Mexiko.»

«Da hast du allerdings recht.» Der Fahrer schaute auf die Uhr am Armaturenbrett. Noch sechs Stunden, vielleicht sogar sieben.

Hauptmann Tanja Bisjarina kam zu einem ähnlichen Schluß, als sie auf das Armaturenbrett ihres Volvo schaute. Ihr konspiratives Haus war in diesem Fall überhaupt keines, sondern ein alter Wohnwagen des Typs, wie er von Baufirmen als mobiles Büro benutzt wird. Im vorliegenden Fall stand das Gefährt auf einer aufgegebenen Baustelle in den Bergen südlich von Santa Fé. Die Lage war perfekt: dicht an der Autobahn, nicht weit von der Stadt, hinter einer Anhöhe versteckt und zu erreichen nur über einen unbefestigten Weg, den noch nicht einmal die einheimischen Teenager zu kennen schienen. Die Sichtverhältnisse waren günstig und ungünstig zugleich. Krüppelkiefern schützten den Wohnwagen vor Blicken, boten aber auch Anschleichenden Deckung. Es mußte also ein Wachtposten aufgestellt werden. Sie war ohne Licht angefahren gekommen und hatte sorgfältig einen Augenblick abgewartet, in dem auf der Straße, von der sie abbog, kein Verkehr herrschte. Sie holte zwei Tüten Lebensmittel aus dem Wagen und trug sie hinein, nahm dann ihren kleinen Koffer und stellte ihn neben die beiden Wasserkanister in der nicht funktionierenden Toilette.

Eigentlich hätte sie Vorhänge an den Fenstern vorgezogen, aber es war unklug, die äußere Erscheinung des Wohnwagens zu sehr zu verändern. Es war auch keine gute Idee, einen Wagen in der Nähe zu parken. Nach dem Eintreffen des Teams würden sie in einiger Entfernung ein Versteck für den Volvo finden müssen.

Die Möbel waren intakt, aber schmutzig. Da sie nichts Besseres zu tun hatte, wischte sie sie ab. Der Führer des Teams, das sie erwartete, war ein hoher Offizier. Sie kannte seinen Namen nicht und wußte auch nicht, wie er aussah, aber wenn er dieses Unternehmen leitete, mußte sein Rang höher sein als ihrer. Nachdem sie die einzige Couch in dem Wohnwagen einigermaßen präsentabel hergerichtet hatte, stellte sie den Wecker und legte sich für ein paar Stunden hin. Als er rasselte, hatte sie das Gefühl, gerade erst eingeschlafen zu sein.

Eine Stunde vor Tagesanbruch trafen sie ein. Leonid hatte sich die Route genau eingeprägt: Fünf Meilen nach der Autobahn bog er nach rechts in eine Nebenstraße ab. Gleich nach einer Zigarettenreklame sah er den unbefestigten Weg, der nicht weiterzuführen schien. Er schaltete die Scheinwerfer aus und ließ den Wagen auf den Weg zurollen, blieb von der Bremse, um sich nicht mit dem Bremslicht zu verraten. Nach der ersten kleinen Anhöhe senkte sich der Weg und führte nach rechts. Dort stand der Volvo, daneben eine Gestalt.

Nun wurde es wie immer spannend. Er nahm Kontakt mit einer Kollegin vom KGB auf, wußte aber von Fällen, in denen das nicht so ganz geklappt hatte. Leonid zog die Handbremse an und stieg aus.

«Haben Sie sich verfahren?» fragte die Frau.

«Ich suche Mountain View», erwiderte er.

«Das liegt auf der anderen Seite der Stadt», sagte sie.

«Hm, dann habe ich wohl die falsche Ausfahrt genommen.» Er sah, wie sie sich entspannte, als er den Satz beendete.

«Ich heiße Tanja Bisjarina. Nennen Sie mich Ann.»

«Und ich bin Bob», sagte Leonid. «Im Auto sitzen Bill und Lenny.»

«Müde?»

«Wir sind seit gestern früh unterwegs», antwortete Leonid/Bob.

«Sie können im Wohnwagen schlafen. Lebensmittel und Getränke gibt es, aber keinen Strom und kein fließendes Wasser. Drinnen finden Sie zwei Taschenlampen und einen Benzinkocher für Kaffeewasser.»

«Wann geht es los?»

«Heute abend. Schicken Sie Ihre Leute rein, dann zeige ich Ihnen, wo Sie den Wagen abstellen können.»

«Wie kommen wir wieder raus?»

«Das weiß ich noch nicht. Was wir jetzt erledigen müssen, ist schon kompliziert genug.» Nun beschrieb sie die Operation. Erstaunlich fand sie den Professionalismus der drei. Jeder mußte sich doch fragen, was man sich in der Moskauer Zentrale gedacht hatte, als man diese Operation so plötzlich befahl. Was sie vorhatten, war der reine Wahnsinn, und der Zeitfaktor war noch kritischer, doch keiner der vier ließ seine persönliche Meinung das Unternehmen störend beeinflussen. Moskau hatte die Operation befohlen, Moskau mußte wissen, was es tat. So stand es in den Lehrbüchern, und die Agenten hielten sich daran – wider besseres Wissen.

Beatrice Taussig erwachte eine Stunde später. Die Tage wurden nun länger, und die Sonnenstrahlen fielen ihr durchs Schlafzimmerfenster aufs Gesicht. Heute ist ein wirklich neuer Tag, sagte sie sich und bereitete sich auf ihn vor, duschte und fönte sich die Haare. Die Kaffeemaschine war schon eingeschaltet, und bei der ersten Tasse überlegte Beatrice, was sie anziehen sollte.

Schwierige Entscheidung. Erst einmal das Frühstück, das kräftiger als gewöhnlich ausfiel; der Tag würde Energien kosten. Gleichzeitig nahm sie sich vor, sich beim Mittagessen zurückzuhalten, der Figur wegen.

Etwas mit Rüschen, entschied sie. Sie hatte nur wenige Kleider in diesem Stil, aber vielleicht das blaue. Beim Frühstücken stellte sie den Fernseher an und erwischte in der Nachrichtensendung der Kabelstation CNN eine Meldung über die Abrüstungsverhandlungen in Moskau. Nun, vielleicht wurde die Welt tatsächlich sicherer. Die Tatsache, daß sie an etwas Bedeutsamem mitarbeitete, gab ihr ein gutes Gefühl. Beatrice Taussig, eine ordentliche Person, räumte das Geschirr weg und ging ins Schlafzimmer. Das blaue Kleid mit den Rüschen war vom letzten Jahr, aber im Dienst würde das nur wenigen auffallen – den Sekretärinnen vielleicht, aber wen kümmerte schon, was die dachten? Sie schlang sich ein geblümtes Halstuch um, nur um zu demonstrieren, daß sie noch Bea war.

Zur normalen Zeit hielt sie auf ihrem reservierten Parkplatz. Sie nahm ihren Ausweis aus der Handtasche, hängte sich ihn an einer goldenen Kette um den Hals und segelte an den Sicherheitskontrollen vorbei durch die Tür.

«Morgen, Frau Doktor», sagte einer der Wächter. Muß am Kleid liegen, dachte Bea und lächelte zurück, ohne den Gruß zu erwidern. Mit solchen Leuten redete sie nicht.

Wie üblich war sie als erste im Büro, was bedeutete, daß sie die Kaffeemaschine nach ihrem Geschmack für ein ganz besonders starkes Gebräu einstellen konnte. Während der Kaffee durchlief, schloß sie ihren Aktenschrank auf und nahm die Vorgänge heraus, die sie am Vortag bearbeitet hatte.

Überraschenderweise verging der Vormittag schneller, als sie erwartet hatte. Sie hatte bis zum Monatsende eine Kostenvoranschlagsanalyse zu erstellen und mußte dazu einen Berg von Dokumenten durcharbeiten, die sie inzwischen zum größten Teil fotokopiert und an Ann weitergegeben hatte. Nun, bald wird sich vieles ändern, sagte sie sich. Heute war der große Tag. Auf der Fahrt zur Arbeit hatte sie den Volvo an der verabredeten Stelle stehen gesehen.

«Eindeutig lesbisch», sagte Peggy Jennings. «Sie sollten mal sehen, was die Frau für Kleider kauft.»

«Na schön, ist sie halt exzentrisch», meinte Will Perkins. «Offenbar sehen Sie etwas, was mir entgeht. Und heute früh war sie recht vernünftig angezogen.»

«Tat sie etwas Ungewöhnliches?» fragte Agentin Jennings.

«Nein. Sie steht sehr früh auf, aber vielleicht braucht sie morgens eine

Weile, bis sie in Schwung kommt. Ich sehe keinen Grund, mit der Observation fortzufahren.» Die Liste der zu überwachenden Personen war lang, Personal aber knapp. «Peggy, ich weiß, daß Sie etwas gegen Lesben haben, aber es steht noch nicht einmal fest, daß sie es ist. Sie können die Frau einfach nicht ausstehen.»

«Dr. Taussig legt extravagantes Verhalten an den Tag, kleidet sich aber konservativ. Sie nimmt zu den meisten Themen kein Blatt vor den Mund, spricht aber nie über ihre Arbeit. Die Frau ist ein Sammelsurium von Widersprüchen.» *Und das paßt zum Psychogramm einer Spionin* – brauchte sie nicht erst hinzuzufügen.

«Vielleicht spricht sie nicht über ihre Arbeit, weil ihr das untersagt ist. Sie fährt wie jemand aus dem Osten, hat es immer eilig, kleidet sich aber konservativ – na, vielleicht findet sie, daß ihr das steht? Peggy, Sie sind zu mißtrauisch.»

«Argwohn ist unser Geschäft», schnaubte Agentin Jennings. «Erklären Sie doch mal, was wir letzthin nachts beobachtet haben.»

«Das kann ich nicht, aber Ihre Interpretation ist einseitig. Wir haben keine Beweise, Peggy, noch nicht einmal genug, um die Observation fortzusetzen. Na schön, wenn wir unsere Liste durchhaben, sehen wir sie uns noch einmal an.»

«Das ist doch der helle Wahnsinn, Will. Angeblich gibt es eine undichte Stelle in einem hochgeheimen Projekt, und wir müssen hier auf Zehenspitzen gehen und Angst haben, jemandem auf den Schlips zu treten.»

«Wissen Sie was – wir nehmen einfach alle, die Zugang zu dem fraglichen Material haben, und hängen sie an den Kasten.» Der «Kasten» war ein Lügendetektor. Bei seinem letzten Einsatz hätte es bei Tea Clipper beinahe eine Revolution gegeben, denn die Wissenschaftler hatten sich in ihrer Ehre getroffen gefühlt; oder, wie ein Software-Ingenieur, die Testergebnisse durch Anwendung von Biofeedback-Techniken verfälscht. Einziges Ergebnis der Aktion vor achtzehn Monaten war die Erkenntnis gewesen, daß das wissenschaftliche Personal einen gesunden Groll gegen die Sicherheitsleute hegte – keine große Überraschung. Eingestellt hatte man sie auf den wütenden Brief eines leitenden Wissenschaftlers hin, in dem von absichtlichen, im Test aber nicht erkannten Lügen die Rede war.

«Beim letzten Mal wurde die Taussig aber nicht an den Kasten gehängt», merkte Agentin Jennings an. «Der ganzen Verwaltungsabteilung blieb die Sache erspart. Und sie gehörte zu denen, die am lautesten protestierten –»

«Das tat sie, weil die Software-Leute sich mit ihren Beschwerden an sie wandten. Vergessen Sie nicht, es ist die Aufgabe der Verwaltung, das wissenschaftliche Personal bei Laune zu halten. Wir können uns ja später noch einmal um sie kümmern. Ich persönlich sehe zwar nichts, traue aber Ihrem Instinkt. Im Augenblick aber müssen wir diese anderen da überprüfen.»

Peggy Jennings nickte und gab sich geschlagen. Perkins hatte wohl recht. Eindeutige Hinweise gab es nicht. Es war halt nur ihre – ja, *was* eigentlich? fragte sich Jennings. Sie hielt Taussig für lesbisch, aber das war inzwischen nichts Weltbewegendes mehr. Andererseits hatte Agentin Jennings, ehe sie zum FBI kam, einen Fall bearbeitet, bei dem es um zwei Typen ging...

Doch sie wußte, daß Will Perkins professioneller an die Sache heranging als sie. Er war zwar als Mormone steifleinener als die meisten anderen Menschen, trennte aber seine persönlichen Überzeugungen vom Beruf. Was sie nicht abschütteln konnte, war die tiefsitzende Überzeugung, daß sie trotz aller Erfahrungswerte und trotz aller Logik recht hatte. Wie auch immer, sie und Will hatten sechs Protokolle anzufertigen, ehe sie wieder in den Außendienst gingen. Die Hälfte seiner Zeit verbrachte man heutzutage am Schreibtisch.

«Al, hier Bea. Könnten Sie mal bei mir reinschauen?»

«Ja, in fünf Minuten.»

«Fein. Danke.» Bea Taussig legte auf. Selbst sie mußte Gregorys Pünktlichkeit bewundern. Exakt fünf Minuten später trat er durch die Tür.

«Ich habe Sie doch hoffentlich nicht gestört?»

«Nein. Es läuft zwar gerade wieder mal eine Zielgeometriesimulation, aber dabei werde ich nicht gebraucht. Was gibt's?» fragte Major Gregory und fügte hinzu: «Ein hübsches Kleid haben Sie da an, Bea.»

«Danke, Al. Ich wollte Sie um etwas bitten. Es geht um ein Geburtstagsgeschenk für Candi. Ich will es heute nachmittag abholen und brauche jemanden, der mir tragen hilft.»

«Und was wollen Sie ihr kaufen?» Gregory grinste wie ein kleiner Junge.

«Es soll eine *Überraschung* werden, Al.» Sie machte eine Pause. «Es ist etwas, das Candi wirklich braucht. Hat sie heute den Wagen genommen?»

«Ja, sie muß nach der Arbeit zum Zahnarzt.»

«Verraten Sie aber nichts. Es soll eine große Überraschung werden», erklärte Bea.

Er konnte sehen, daß sie sich mit Mühe das Lachen verbiß. Muß ja ein tolles Ding sein, dachte er und lächelte. «Fein, Bea. Wir sehen uns dann um fünf.»

Sie erwachten um die Mittagszeit. Bob schlurfte zur Toilette, merkte erst dort, daß es kein fließendes Wasser gab, und ging nach draußen, nachdem er sich mit einem Blick aus dem Fenster überzeugt hatte, daß alles ruhig war. Als er zurückkehrte, hatten die anderen schon Wasser aufgestellt. Es gab nur Pulverkaffee, aber Tanja hatte die beste Sorte gekauft. Das Frühstück war typisch amerikanisch, mit viel Zucker. Alle vier wußten, daß sie die zusätzliche Energie brauchen würden. Anschließend holten sie Landkarten und ihr Werkzeug hervor und gingen die Einzelheiten der Operation noch einmal durch.

Da ist es, sagte sich der Bogenschütze. In den Bergen hat man einen weiten Blick. Das Ziel war zwar noch zwei Nachtmärsche entfernt, aber schon in Sicht. Während seine Untergebenen ihre Männer in Verstecken unterbrachten, legte er das Fernglas auf einem Felsen auf und betrachtete sich die noch rund fünfundzwanzig Kilometer entfernte Anlage. Stimmte das? fragte er sich. Ein Blick auf die Karte brachte Bestätigung. Er mußte seine Leute bergab führen, einen Bach überqueren, einen mörderischen Anstieg durchstehen und dann ein letztes Mal ein Lager aufschlagen ... dort. Er konzentrierte sich auf diese Stelle, fünf Kilometer vom Ziel entfernt, geschützt von den Konturen des Berges. Die letzte Kletterpartie würde hart werden. Er sollte seinen Männern vor dem Sturmangriff eine Stunde Ruhe gönnen, Zeit, jedem noch einmal seine Aufgabe einzuschärfen, Zeit zum Beten. Er wandte die Augen wieder dem Ziel zu.

Dort wurde eindeutig noch gebaut, aber an solchen Anlagen nahmen die Bauarbeiten nie ein Ende. Gut, daß sie jetzt eingetroffen waren. Noch ein paar Jahre, dann war das Ganze uneinnehmbar. Auch so sah der Komplex schon aus wie ein harter Brocken.

Er bemühte sich angestrengt, Einzelheiten auszumachen. Selbst durchs Fernglas konnte er kein Objekt erkennen, das kleiner war als die Wachtürme. Im ersten Licht der Morgendämmerung sah er einzelne Gebäude. Wenn er Objekte ausspähen wollte, von denen die letzten Einzelheiten seines Planes abhingen, mußte er näher herangehen, aber im Augenblick interessierte ihn nur die Beschaffenheit des Geländes. Wie kam man am besten an die Anlage heran? Wie machte man sich den Berg zunutze? Wenn das Objekt tatsächlich von KGB-Truppen bewacht wurde, wie in den CIA-Dokumenten gestanden hatte, wußte er, daß diese ebenso faul wie grausam waren.

Wachtürme, drei Stück, im Norden. Dort ist bestimmt ein Zaun. Minen? Diese Wachtürme mußten rasch ausgeschaltet werden, auch wenn ihre Umgebung vermint war. Auf ihnen gab es bestimmt schwere MGs, die das ganze Gelände bestreichen konnten. Wie wurde man mit denen fertig?

«Ist das die Anlage?» Der ehemalige Major der afghanischen Armee hockte sich neben ihn.

«Wo sind die Männer?»

«Alle versteckt», erwiderte der Major und sah sich die Anlage eine Minute lang schweigend an. «Erinnern Sie sich an die Geschichten von den Assassinen und ihrer Bergfestung in Syrien?»

«Genau!» Der Bogenschütze fuhr herum. Daran hatte ihn die Anlage erinnert. «Und wie wurde diese Festung eingenommen?»

Der Major lächelte und hielt den Blick auf das Objekt gerichtet. «Mit mehr Männern und Waffen, als uns zur Verfügung stehen, mein Freund. Und wenn sie erst einmal den ganzen Gipfel befestigt haben, braucht man schon ein von Hubschraubern unterstütztes Regiment, wenn man nur in die Umzäunung will. Was ist also Ihr Plan?»

«Wir greifen in zwei Gruppen an.»

«Einverstanden.» Der Major stimmte der ganzen Sache überhaupt nicht zu. Er war von den Russen ausgebildet worden und erkannte, daß dieses Unternehmen für einen so kleinen Verband der reinste Wahnsinn war, doch wenn er einem Mann vom Ruf des Bogenschützen widersprechen wollte, mußte er sich erst im Kampf beweisen. Das brachte irrsinnige Risiken mit sich. Vorerst mußte sich der Major damit zufriedengeben, die Taktik in die rechte Richtung zu steuern.

«Die Geräte befinden sich am Hang im Norden, die Menschen auf der Kuppe im Süden.» Drüben bewegten sich Autoscheinwerfer von einem Platz zum anderen. Schichtwechsel. Der Bogenschütze dachte darüber nach. Der Angriff mußte aber im Dunkeln stattfinden, ebenso der Rückzug, wenn man überhaupt wieder herauskommen wollte.

«Wenn wir uns unentdeckt annähern könnten... Darf ich einen Vorschlag machen?» fragte der Major leise.

«Bitte.»

«Führen wir den ganzen Verband auf die Anhöhe in der Mitte und greifen dann bergab in beide Richtungen an.»

«Gut, damit wäre es auch einfacher, den Startpunkt unbeobachtet zu erreichen. Zwei Gruppen entdeckt man leichter als nur eine. Bringen wir dort unsere schweren Waffen in Stellung, um beide Angriffsverbände zu unterstützen.»

Da sieht man den Unterschied zwischen einem Krieger, der instinktiv handelt, und einem ausgebildeten Soldaten, dachte der Bogenschütze. Der Major verstand es besser als er, ein Risiko gegen das andere abzuwägen. «Die Wachtürme machen mir aber Kummer. Was meinen Sie?»

«Da bin ich mir noch im Zweifel. Vielleicht –» Der Major drückte den Kopf seines Kommandeurs nieder. Einen Augenblick später flitzte ein Flugzeug durch das Tal.

«Das war ein MiG-21, Aufklärer. Vorsicht, wir haben es nicht mit Narren zu tun.» Er schaute in die Runde und überzeugte sich, daß alle seine Männer in Deckung lagen. «Kann sein, daß man uns gerade fotografiert hat.»

«Sind wir entdeckt?»

«Das weiß ich nicht. Was das angeht, müssen wir auf Allah vertrauen, mein Freund.»

«So, und wo geht's hin?» fragte Gregory auf dem Parkplatz.

«Wir treffen uns auf dem Südparkplatz des Einkaufszentrums, klar? Hoffentlich paßt das Ding ins Auto.»

«Gut, dann treffen wir uns dort.» Gregory ging zu seinem Wagen und fuhr los.

Bea wartete ein paar Minuten und folgte ihm dann. Es sollte niemandem auffallen, daß sie gleichzeitig wegfuhren. Nun war sie erregt und versuchte, sich zu beruhigen, indem sie langsam fuhr, doch der Datsun schien wie von selbst zu beschleunigen. Zwanzig Minuten später traf sie auf dem Parkplatz des Einkaufszentrums ein.

Al erwartete sie. Er hatte seinen Wagen zwei Plätze von einem Kombi und in einiger Entfernung vom nächsten Laden geparkt. Stehst fast am richtigen Platz, dachte Bea, als sie neben ihm anhielt und ausstieg.

«Wo bleiben Sie denn?» fragte er.

«So eilig ist es nun auch wieder nicht.»

«Und was jetzt?»

Das wußte Bea selbst nicht genau. Was geschehen sollte, wußte sie, aber *wie* es geschehen sollte, war ihr nicht klar. Vielleicht würde Ann das Ganze in die Hand nehmen. Sie lachte, um ihre Nervosität zu überspielen.

«Kommen Sie», sagte sie und bedeutete ihm mit einer Geste, ihr zu folgen.

«Muß ja ein tierisch großes Geburtstagsgeschenk sein», meinte Gregory. Rechts von ihm fuhr ein Wagen rückwärts aus einer Parklücke.

Bea sah viele Wagen auf dem Parkplatz, aber keine Menschen. Wer am Nachmittag eingekauft hatte, war nun nach Hause zum Abendessen gefahren, die gerade Angekommenen begannen erst ihren Bummel, und die Kinos waren erst in einer Stunde aus. Trotzdem sah sie sich angespannt um. Sie hatte eine Reihe vom Kinoausgang entfernt parken sollen. Der Zeitpunkt stimmte. Wenn etwas schiefging, sagte sie sich, mußte sie eben ein großes Geschenk kaufen. Doch dann kam Ann auf sie zu und trug nur eine große Handtasche.

«Hallo, Ann!» rief Bea Taussig.

«Tag, Bea – ah, da ist ja Major Gregory.»

«Tag», sagte Al, der nicht wußte, woher er diese Frau kannte. Er hatte ein schlechtes Personengedächtnis.

«Wir haben uns im letzten Sommer kennengelernt», sagte Ann und stiftete damit noch mehr Verwirrung.

«Was machen Sie hier?» fragte Bea Taussig ihre Agentenführerin.

«Nur rasch was kaufen. Ich bin heute abend verabredet und brauchte – ach, ich zeig's Ihnen mal.»

Sie griff in die Handtasche und zog einen Parfümzerstäuber heraus: sprühte sich etwas aufs Handgelenk und hielt es Bea unter die Nase. In diesem Augenblick näherte sich ein Wagen.

«Das mag Candi bestimmt auch – was meinen Sie, Al?» fragte Bea. Der Zerstäuber wurde vor Als Gesicht gehalten.

«Wa –?» sagte er verdutzt und bekam in diesem Augenblick eine volle Ladung der chemischen Keule ins Gesicht. Ann hatte genau den richtigen Zeitpunkt gewählt, ihm unter die Brillengläser in die Augen gezielt und ihn beim Einatmen erwischt. Er hatte das Gefühl, als stünde sein Gesicht in Flammen; der sengende Schmerz verbreitete sich bis in seine Lungen. Er fiel auf die Knie, schlug die Hände vors Gesicht, bekam keinen Ton heraus und sah auch den Wagen nicht, der neben ihm hielt. Die Tür ging auf, der Fahrer stieg aus und versetzte ihm einen Handkantenschlag ins Genick.

Bea sah zu, wie er schlaff wurde – perfekt, dachte sie. Die Fondtür des Wagens ging auf, Hände packten Gregory bei den Schultern, zerrten ihn hinein. Bea und Ann halfen bei den Beinen; der Fahrer stieg wieder ein. Die hintere Wagentür wurde zugeschlagen, sie bekamen Gregorys Wagenschlüssel zugeworfen, und dann fuhr der Plymouth schon an.

Ann schaute sofort in die Runde. Niemand hatte sie beobachtet. Beruhigt ging sie mit Bea fort.

«Was haben Sie mit ihm vor?» fragte Bea.

«Was geht Sie das an?» versetzte Tanja Bisjarina rasch.

«Sie werden ihn doch nicht etwa –»

«Nein, umbringen wollen wir ihn nicht.» Ganz so sicher war sich Ann dessen zwar nicht, bezweifelte aber, daß mit Mord zu rechnen war. Gegen eine unverletzliche Regel hatten sie schon verstoßen. Das reichte für einen Tag.

22

Leonid, gegenwärtiger Tarnname «Bob», hielt auf die Ausfahrt des Parkplatzes zu. Die gefährlichste Phase dieser praktisch ungeplanten Aktion war glatt verlaufen. Lenny, der hinten saß, hatte die Aufgabe, den gerade entführten amerikanischen Offizier zu bewachen. Er war ein durchtrainierter Typ und ehemaliger Angehöriger der Kommandotruppe *Speznas*. Bill auf dem Nebensitz hatte man ausgewählt, weil er naturwissenschaftlich vorgebildet war.

Major Gregory begann zu stöhnen und sich zu bewegen Der Handkantenschlag hatte ihn zwar betäubt, aber außer heftigen Kopfschmerzen keinen bleibenden Schaden verursacht. Lenny kam er wie ein Kind vor, das aus tiefem Schlaf erwacht. Es roch so stark nach chemischer Keule, daß alle Fenster einen Spalt geöffnet waren. Eigentlich hatten die KGB-Offiziere den Gefangenen körperlich ruhigstellen wollen, doch Fesseln konnten zu Schwierigkeiten führen, zum Beispiel wenn sie entdeckt wurden. Lenny war aber durchaus in der Lage, den Amerikaner unter Kontrolle zu halten. Man war eben vorsichtig, durch Erfahrung gewitzt und wollte nichts dem Zufall überlassen. Als er wieder zu sich kam, nahm er als erstes den Schalldämpfer einer automatischen Pistole wahr, der ihm an die Nase gedrückt wurde.

«Major *Greg orij*», sagte Lenny und sprach den Namen mit Absicht russisch aus, «wir wissen, daß Sie ein intelligenter und vielleicht auch mutiger junger Mann sind. Wenn Sie Widerstand leisten, werden Sie getötet», log er. «Darin bin ich sehr geschickt. Sie werden keinen Ton sagen und sich nicht rühren. Wenn Sie Folge leisten, wird Ihnen nichts geschehen. Haben Sie mich verstanden? Wenn ja, nicken Sie nur.»

Gregory war jetzt voll bei Bewußtsein. Nach dem Handkantenschlag hatte er das Gefühl, als sei sein Kopf so prall wie ein Luftballon. Aus seinen Augen strömten Tränen, jeder Atemzug brannte wie Feuer in der Brust. Bei dem vergeblichen Versuch, sich gegen die Entführer zu wehren, hatte er jäh erkannt, warum er Bea haßte. Es war nicht ihre patzige

Art oder ihre seltsame Kleidung, sondern etwas anderes, über das er jetzt nicht nachdenken wollte. Nun hatten andere Überlegungen Vorrang. Seine Gedanken rasten wie nie zuvor. Er nickte.

«Sehr gut», sagte die Stimme, und kräftige Arme hoben ihn vom Boden des Wagens auf den Rücksitz. An der Brust spürte er den Druck der Pistole.

«Die Wirkung des chemischen Reizmittels wird in ungefähr einer Stunde nachlassen», sagte Bill zu ihm. «Es bleiben auch keine Nachwirkungen zurück.»

«Wer sind Sie?» fragte Al. Seine Stimme war schwach und so rauh wie Sandpapier.

«Lenny hat Ihnen gesagt, Sie sollen still sein», versetzte der Fahrer. «Außerdem sollte ein so intelligenter Mensch wie Sie schon längst wissen, wer wir sind. Hab ich recht?» Bob schaute in den Rückspiegel und wurde mit einem Nicken belohnt.

Russen! sagte sich Al verwirrt. Russen hier in Amerika, und was machen die mit mir? Was wollen sie von mir? Werden sie mich umbringen? Er wußte, daß er ihnen kein Wort glauben konnte. Nun kam er sich lächerlich vor. Er war ein Mann, ein Offizier, und doch so hilflos wie ein Vierjähriger – und heulen tust du auch, fügte er wütend hinzu. Noch nie in seinem Leben hatte Gregory einen so tödlichen Haß verspürt. Er schaute nach rechts und erkannte, daß er nicht die geringste Chance hatte. Der Mann mit der Pistole war fast doppelt so schwer wie er und drückte ihm obendrein die Pistole an die Brust. Er konnte wegen seiner tränenden Augen nicht deutlich sehen, erkannte aber, daß der Bewaffnete ihn mit klinischem Interesse und ohne jede Gefühlsregung musterte. Dieser Mann war auf dem Gebiet der Gewaltanwendung ein Profi. *Speznas,* dachte Gregory sofort. Er holte tief Luft und bekam einen Hustenanfall.

«Lassen Sie das lieber sein», warnte der Mann auf dem Beifahrersitz. «Atmen Sie vorsichtig; die Wirkung läßt mit der Zeit nach.» Erstaunliches Zeug, dieses CS, dachte Bill. Und in Amerika frei erhältlich.

Bob hatte den riesigen Parkplatz verlassen und fuhr nun zu ihrem Versteck. Obwohl er sich die Route eingeprägt hatte, fühlte er sich etwas unbehaglich, denn er hatte keine Gelegenheit gehabt, sie vorher abzufahren, die Zeit zu stoppen und sich über Alternativstrecken zu informieren. Andererseits hatte er genug Amerika-Erfahrung, um vorsichtig und vorschriftsmäßig zu fahren. In dieser Gegend raste man nicht so wild wie im Nordosten, und der Verkehr auf der vierspurigen Schnellstraße war schwach, rollte entspannt dahin. Er erkannte, daß er die Fahrzeit zu optimistisch eingeschätzt hatte, aber das war nicht so wichtig. Lenny hielt ihren Gast mühelos unter Kontrolle. Es war ziemlich dunkel, es gab nur wenige Straßenlaternen, und ihr Wagen war nur einer der vielen im Berufsverkehr.

Tanja Bisjarina war schon fünf Meilen entfernt und fuhr in die entgegengesetzte Richtung. Im Wagen sah es schlimmer aus, als sie befürchtet hatte. Der Boden war praktisch mit Schokoladenpapier bedeckt; ein Wunder, daß es in dem Chevy nicht vor Ameisen wimmelt, dachte sie und bekam eine Gänsehaut. Mit einem Blick in den Rückspiegel überzeugte sie sich davon, daß Bea Taussig noch hinter ihr lag. Zehn Minuten später bog sie in ein Arbeiterviertel ab. Alle Häuser hatten Einfahrten, aber da selbst hier die meisten Familien zwei Autos besaßen, war die Straße vollgeparkt. An einer Ecke fand sie eine Parklücke. Taussigs Datsun erschien neben dem Chevy; Tanja Bisjarina stieg ein. Als Bea Taussig an der nächsten Ampel anhielt, kurbelte Tanja das Fenster herunter und warf Gregorys Wagenschlüssel in einen Gully. Damit war die für sie gefährlichste Phase des Unternehmens vorbei. Bea Taussig fuhr zurück zum Einkaufszentrum, damit Tanja ihren Volvo abholen konnte.

«Bringen Sie ihn auch bestimmt nicht um?» fragte Bea nach einer Weile.

«Ganz bestimmt nicht», erwiderte Ann und wunderte sich über Beas plötzliche Gewissensbisse. «Wenn ich die Lage korrekt eingeschätzt habe, wird man ihm sogar Gelegenheit geben, seine Arbeit weiterzuführen ... anderswo. Solange er sich kooperativ zeigt, wird er sehr gut behandelt.»

«Bekommt er womöglich noch eine Freundin zugeteilt?»

«Das ist eine Methode, Männer bei Laune zu halten», gestand Tanja Bisjarina. «Glückliche Menschen leisten bessere Arbeit.»

«Wunderbar», kommentierte Bea Taussig. Nach einer kurzen Pause fügte sie hinzu: «Ich möchte nicht, daß ihm etwas zustößt. Was er im Kopf hat, wird beiden Seiten beim Aufbau einer sichereren Welt helfen.» Daß sie ihn schlicht aus dem Weg schaffen wollte, verschwieg sie.

«Keine Angst, er ist uns viel zu wertvoll», bemerkte Ann. *Es sei denn, es ginge etwas schief. In diesem Fall würde ein anderer Befehl gültig ...*

Bob wurde von dem Stau überrascht. Er stand hinter einem Kleinbus. Wie die meisten Amerikaner haßte er die Kisten, weil sie einem den Blick nach vorne versperrten. Er zog den Aschenbecher heraus und drückte den Zigarettenanzünder ein, zog frustriert die Stirn kraus. Auch Bill auf dem Beifahrersitz rauchte. Der Qualm überlagerte wenigstens den ätzenden Gestank des Reizgases, der noch in den Polstern hing. Bob beschloß, über Nacht alle Wagenfenster offenzulassen, denn nun, da das Fahrzeug stand, tränten selbst ihm die Augen. Fast tat ihm der Gefangene wegen der massiven Dosis, die er ins Gesicht bekommen hatte, leid. Zum Glück benahm sich der Amerikaner. Wenn alles nach Plan verlief, war er bis zum

Ende der Woche in Moskau. Sie hatten vor, ein oder zwei Tage abzuwarten und dann nach Mexiko zu fahren – über einen anderen Grenzübergang. Dann mit dem Flugzeug nach Kuba und weiter nach Moskau.

Die Schlange setzte sich wieder in Bewegung. Bob stellte fest, daß der Fahrer des Kleinbusses den Blinker eingeschaltet hatte. Zwei Minuten später erkannte er entsetzt den Grund. Ein Sattelschlepper hatte sich quergestellt, blockierte die ganze Straße, und unter seinen Vorderrädern lagen die zerquetschten Überreste eines kleinen Wagens. Im Schein zahlreicher rotierender Warnleuchten versuchten Polizisten und Feuerwehrleute, den armen Teufel aus den Trümmern zu bergen. Ein Verkehrspolizist in Schwarz legte Warnfackeln auf die Fahrbahn und winkte den Verkehr auf eine Nebenstraße. Im Nu verwandelte sich «Bob» wieder in einen Geheimagenten. Er wartete ab, bis sich die Fahrzeuge vor ihm entfernt hatten und der Polizist allein stand; dann trat er aufs Gas und schoß hinter ihm vorbei. Das trug ihm einen bösen Blick ein, aber sonst nichts. Entscheidend war, daß der Beamte den Wagen nur flüchtig zu Gesicht bekam. Bob raste eine Steigung hoch und erkannte erst dann, daß er wegen seines Zögerns nun nicht sehen konnte, in welche Richtung der umgeleitete Verkehr floß.

Als nächstes fiel ihm ein, daß er keine Straßenkarte hatte. Die alte war wegen der vielen Markierungen darauf verbrannt worden. Es lag keine einzige Karte im Wagen. Bob fand, daß sich automatisch verdächtig machte, wer Landkarten bei sich hatte; außerdem war es seine Gewohnheit, sich alle für eine Mission wichtigen Informationen einzuprägen. In dieser Gegend hier aber war er fremd und kannte nur einen Weg zurück zu ihrem Versteck.

An der ersten Kreuzung bog er nach links ab und geriet auf einer gewundenen Straße in eine Wohnsiedlung. Erst nach einigen Minuten wurde ihm klar, daß alle Straßen wegen des hügeligen Terrains lange Schleifen zogen und dort endeten, wo sie begonnen hatten; am Ende wußte er noch nicht einmal mehr, in welche Richtung er fuhr, und verlor zum ersten Mal die Beherrschung, wenngleich nur kurz. Ein stummer Fluch in seiner Muttersprache erinnerte ihn daran, daß er noch nicht einmal auf russisch denken durfte. Bob steckte sich eine neue Zigarette an und fuhr langsamer, um sich zu orientieren.

Er hat sich verfranzt, erkannte auch Gregory nach einer Weile. Er hatte genug Spionageromane gelesen, um zu wissen, daß man ihn zu einem konspirativen Haus brachte – oder einem versteckten Flugplatz – oder zu einem anderen Fahrzeug, das ihn weiterbringen würde. Doch als er merkte, daß sie zum zweiten Mal innerhalb weniger Minuten denselben parkenden Wagen passierten, mußte er sich ein Grinsen verkneifen. Bob bog wieder ab, fuhr nun bergab, und Gregorys Verdacht wurde bestätigt, als die Blinklichter der Unfallstelle wieder in Sicht kamen. Der Russe fluchte, stieß zurück in eine Einfahrt und wandte sich dann wieder bergauf.

Verfluchtes Amerika, dachte Bob – zu viele Autos, zu viele Straßen. Nur, weil so ein amerikanischer Idiot ein Stoppschild überfahren hat ...

Und was jetzt?

Er nahm einen anderen Weg, fuhr auf die Anhöhe, von der aus er eine andere Schnellstraße sah. Wenn er nun auf dieser nach Süden fuhr, traf er womöglich auf die Straße, von der er hatte abbiegen müssen. Es war den Versuch wert. Rechts von ihm guckte Bill fragend, aber Lenny auf dem Rücksitz war zu sehr mit dem Gefangenen beschäftigt, um zu merken, daß etwas nicht stimmte. Auf der Straße am Fuß des Hügels herrschte Verkehr. Außerdem war Linksabbiegen verboten.

Gowno! dachte Bob und bog nach rechts ab. Auf dem Mittelstreifen der vierspurigen Straße stand eine Betonmauer.

Hättest dir die Karte genauer ansehen, die Gegend ein paar Stunden lang erkunden sollen. Zu spät. Nun fuhren sie zurück nach Norden. Bob schaute hastig auf die Armbanduhr. Schon fünfzehn Minuten verloren; er war verwundbar, auf feindlichem Territorium. Was, wenn sie auf dem Parkplatz beobachtet worden waren? Was, wenn sich der Polizist an der Unfallstelle ihre Nummer aufgeschrieben hatte?

Bob geriet nicht in Panik. Dazu war er zu gut trainiert. Er zwang sich zu einem tiefen Atemzug und rief sich die Karte der Gegend ins Gedächtnis. Er befand sich westlich des Interstate Highway. Wenn es ihm gelang, den zu finden, konnte er die Ausfahrt nehmen, über die er heute gekommen war, und das Versteck praktisch im Schlaf erreichen. Wenn er sich also westlich vom Interstate Highway befand, mußte er nur eine Straße finden, die nach Osten führte. Und wo war Osten? Rechts. Bob schnaufte tief und nahm sich vor, nach Norden zu fahren, bis er auf eine große Straße stieß, die in Ost-West-Richtung verlief.

Die war nach gut fünf Minuten erreicht. Weitere fünf Minuten später sah er erleichtert das rot-weiß-blaue Hinweisschild, das den Interstate Highway anzeigte. Nun konnte er ruhiger atmen.

«Was ist eigentlich los?» fragte Lenny endlich von hinten. Bob antwortete in Russisch.

«Mußte die Route ändern», sagte er lässig und drehte sich um. Dabei übersah er ein Schild.

Nun kam die Überführung. Grüne Schilder zeigten an, daß er sich nach Norden oder Süden wenden konnte. Er wollte nach Süden, und da sollte die Ausfahrt sein ...

Aber am falschen Platz. Er befand sich in der rechten Spur, doch die Ausfahrt zweigte nach links ab und war nur noch fünfzig Meter entfernt.

Bob riß das Steuer herum und fuhr auf die linke Spur, ohne zurückgeschaut zu haben. Hinter ihm stieg der Fahrer eines Audi auf die Bremse und drückte wütend auf die Hupe. Bob ignorierte das, zischte nach links, fuhr über die ansteigende, geschwungene Rampe und wollte sich gerade in den Verkehr auf dem Interstate Highway einfädeln, als am Kühlergrill des schwarzen Wagens hinter ihm Lichter zu blinken begannen. Nun wußte er, was es geschlagen hatte.

Keine Panik, ermahnte er sich. Seine Kollegen brauchte er nicht erst zu warnen. Flucht kam Bob nicht in den Sinn. Auch für solche Fälle hatte man sie ausgebildet. Amerikanische Verkehrspolizisten waren sachlich und höflich und kassierten anders als die Moskauer Verkehrspolizei nicht an Ort und Stelle. Er wußte auch, daß sie mit Magnum-Revolvern bewaffnet waren.

Bob hielt seinen Plymouth auf dem Seitenstreifen an und wartete. Im Rückspiegel sah er den Streifenwagen leicht nach links versetzt hinter sich anhalten. Der Beamte stieg aus, hielt in der linken Hand ein Klemmbrett. So blieb die Rechte für die Waffe frei. Hinten schärfte Lenny dem Gefangenen ein, was ihm passieren würde, wenn er einen Mucks tat.

«Guten Abend, Sir», sagte der Polizist. «Ich weiß nun nicht, wie die Regeln in Oklahoma lauten, aber hier sähen wir den Spurwechsel doch lieber nicht ganz so wild. Darf ich bitte Ihren Führerschein und Ihre Zulassung sehen?» Seine mit Silber abgesetzte schwarze Uniform erinnerte Leonid an die SS, aber für solche Gedanken war nun nicht die rechte Zeit. Nur höflich bleiben, sagte er sich, nimm den Strafzettel entgegen und fahre weiter. Er reichte dem Beamten die Papiere und sah zu, wie das Formular ausgefüllt wurde. War jetzt vielleicht eine Entschuldigung am Platz?

«Tut mir leid, aber ich dachte, die Ausfahrt wäre auf der rechten Seite, und da –»

«Dafür stellen wir Hinweisschilder auf, Mr. Taylor. Ist das Ihr derzeitiger Wohnsitz?»

«Ja, Sir. Wie ich schon sagte, es tut mir leid. Wenn Sie mir einen Strafzettel geben müssen, habe ich ihn wohl verdient.»

«Wenn doch nur alle so vernünftig wären wie Sie», meinte der Beamte, schaute sich das Paßbild des Mannes an und beugte sich vor, leuchtete Bob mit der Taschenlampe ins Gesicht. Korrekt, aber... «Was ist denn das für ein Gestank?»

Reizgas, erkannte der Polizist gleich darauf und leuchtete das Wageninnere ab. Die Insassen sahen ganz normal aus, zwei vorne, zwei hinten. Dort schien einer so etwas wie eine Uniformjacke zu tragen...

Gregory fragte sich, ob nun sein Leben auf dem Spiel stand. Er beschloß, das herauszufinden, und betete, der Polizist möge wachsam sein.

Der Mann, der hinten links saß, formte mit den Lippen ein einziges Wort: *Hilfe*. Das machte den Beamten noch neugieriger. Der Mann auf dem Beifahrersitz merkte das und rührte sich. Nun gaben alle Instinkte des Polizisten Alarm. Seine rechte Hand glitt zur Dienstwaffe, entsicherte.

«Aussteigen, einer nach dem anderen, aber schnell!»

Mit Entsetzen sah er eine Waffe. Wie durch Zauberei war sie in der Hand des Mannes auf dem rechten Rücksitz erschienen, und ehe er seine ziehen konnte...

Gregorys Hand war nicht schnell genug, aber sein Ellbogen prallte gegen Lennys Arm.

Der Beamte hörte noch einen Fluch in einer Sprache, die er nicht verstand, und dann fuhr ihm etwas in den Unterkiefer. Er fiel rückwärts um und hatte nun die Waffe in der Hand, die wie von selbst schoß.

Bob zuckte zusammen und legte den Gang ein. Die Vorderräder drehten durch, griffen dann aber und zogen den Plymouth viel zu langsam vom Donner der Schüsse weg. Lenny, der den einen Schuß abgegeben hatte, hieb Gregory den Knauf der Automatic gegen den Schädel. Sein Schuß hätte den Polizisten ins Herz treffen sollen, hatte ihn aber im Gesicht erwischt.

Drei Minuten später verließ der Plymouth den Interstate Highway. Hinter dem Unfall, der noch immer alles blockierte, war die Straße praktisch frei. Bob erreichte schließlich den unbefestigten Weg, schaltete das Licht aus und erreichte den Wohnwagen, noch ehe der Gefangene wieder zur Besinnung kam.

Hinter ihnen sah ein vorbeikommender Autofahrer den Polizisten am Straßenrand liegen und kam ihm zu Hilfe. Der Beamte, der eine schwere Gesichtswunde erlitten und neun Zähne verloren hatte, wand sich in Qualen. Der Autofahrer rannte zu dem Streifenwagen und verständigte über Funk die Zentrale. Es dauerte eine Weile, bis man verstand, wer da sprach, aber nach drei Minuten war ein zweiter Streifenwagen zur Stelle, gefolgt von weiteren. Der verletzte Beamte konnte nichts sagen, hatte aber auf seinem Blockhalter das Kennzeichen des Fahrzeugs und eine Beschreibung notiert. Außerdem hielt er noch «Bob Taylors» Führerschein in der Hand. Das genügte seinen Kollegen. Sofort ging über alle Polizeifrequenzen die Fahndungsmeldung heraus.

Candi war überrascht, als sie Al zu Hause nicht vorfand. Da ihr Kiefer von den Betäubungsspritzen noch taub war, entschied sie sich für eine

Suppe zum Abendessen. Doch wo war Al? Noch bei der Arbeit? Anrufen durfte sie ihn nicht, aber das war keine Katastrophe: In ihrer derzeitigen Verfassung war sie ohnehin nicht zu Unterhaltungen aufgelegt.

Im Polizeihauptquartier in der Cerillos Road arbeiteten die Computer schon auf Hochtouren. Sofort ging ein Telex nach Oklahoma, wo aufgebrachte Polizeikollegen ihre Dateien befragten und feststellten, daß für Robert J. Taylor, 1353 N.W. 108th Street, Oklahoma City, OK 73210, kein Führerschein ausgestellt worden und daß auch ein Plymouth Reliant unter XSW-948 nicht zugelassen war. Wie sich herausstellte, existierte die Nummer überhaupt nicht.

Im Staat New Mexico gibt es zahlreiche militärische Sperrgebiete. Bei der Polizei wußte man zwar nicht genau, was sich zugetragen hatte, aber der wachhabende Captain erkannte sofort, daß dies keine normale Verkehrssache war, und verständige das FBI.

Jennings und Perkins waren zur Stelle, ehe Mendez, der verletzte Verkehrspolizist, aus dem OP kam. Im Wartezimmer drängten sich so viele Beamte, daß es ein Glück war, daß das Krankenhaus keine weiteren Notfälle zu verarzten hatte. Anwesend waren der die Ermittlungen führende Captain, ein Geistlicher der Staatspolizei und sechs Kollegen von Mendez sowie seine Frau, die im siebten Monat schwanger war. Endlich erschien der Chirurg und verkündete, alles sei glatt verlaufen. Mrs. Mendez weinte ein bißchen und durfte dann kurz zu ihrem Mann, ehe sie von zwei Beamten heimgebracht wurde. Dann ging man an die Arbeit.

«Er muß dem armen Kerl die Waffe ins Kreuz gedrückt haben», sagte Mendez langsam und undeutlich. Gegen ein Schmerzmittel hatte er sich gewehrt, denn er wollte seine Informationen rasch weitergeben. Mendez war nämlich sehr zornig. «Nur so konnte er so schnell schießen.»

«Stimmt das Foto auf dem Führerschein?» fragte Agentin Jennings.

Mendez nickte und brachte dann eine grobe Personenbeschreibung der beiden anderen zustande. Zum Opfer sagte er aus: «Um die dreißig, schmächtig, Brillenträger. Trug eine Art Uniform und militärischen Haarschnitt. Die Farbe seiner Augen konnte ich nicht erkennen, weil sie tränten. Muß am Reizgas gelegen haben. Schade, hätte schneller reagieren sollen.»

«Sie sagten, einer hätte etwas gesprochen?» fragte Perkins.

«Ja, der Kerl, der auf mich schoß. Aber nicht in Englisch oder Spanisch. Ich kann mich nur an das letzte Wort erinnern... *mat* oder ...*macht*.»

«*Job twoju mat'!*» rief Peggy Jennings sofort.

«Ja, das war's.» Mendez nickte. «Was heißt das?»

«Mit Verlaub: ‹Fick deine Mutter›», sagte Perkins und wurde rot. Mendez wurde auf dem Bett steif. So etwas sagt man keinem Hispano-Amerikaner.

«Wie bitte?» fragte der Captain von der Staatspolizei.

«Das ist ein russischer Fluch.» Perkins warf Agentin Jennings einen Blick zu.

«Meine Güte!» hauchte sie ungläubig. «Wir verständigen auf der Stelle Washington.»

«Wir müssen das – he, Moment mal! – Gregory?» sagte Perkins. «Himmel noch mal! Sie rufen Washington an, ich alarmiere die Projektleitung.»

Wie sich herausstellte, war die Staatspolizei am schnellsten. Candi kam an die Tür und sah zu ihrer Überraschung einen Polizisten draußen stehen. Der Mann sagte höflich, er wollte Major Gregory sprechen, und erfuhr, der sei nicht zu Hause. Candi hatte die Nachricht kaum erhalten, als auch schon der Wagen des Sicherheitschefs für Projekt Tea Clipper vorfuhr. Als über Funk die Aufforderung hinausging, nach Gregorys Wagen zu suchen, saß der Schock zu tief, als daß sie hätte weinen können.

Das Foto von «Bob Taylors» Führerschein wurde in Washington bereits von Experten der Spionageabwehr des FBI untersucht, doch im Verzeichnis identifizierter sowjetischer Agenten fand er sich nicht. Der die Spionageabwehr leitende Stellvertretende Direktor wurde aus seinem Haus in Alexandria geholt und verständigte seinerseits den FBI-Direktor Emil Jacobs, der um zwei Uhr früh im Hoover Building eintraf. Kaum zu glauben, aber wahr: Der verletzte Polizist konnte Major Gregory anhand einer Fotografie eindeutig identifizieren. Noch nie hatten die Sowjets in den Vereinigten Staaten ein Gewaltverbrechen begangen. Diese Regel war so eisern, daß sogar die höchsten sowjetischen Überläufer relativ offen und ohne Polizeischutz leben konnten, wenn sie wollten. Dieser Fall jedoch war noch schlimmer als die Ausschaltung einer Person, die nach sowjetischem Gesetz ein verurteilter Landesverräter war. Man hatte einen US-Bürger entführt; für das FBI rangiert Kidnapping gleich hinter Mord.

Es existierte selbstverständlich für solche Fälle ein Plan. Noch vor Tagesanbruch startete vom Luftstützpunkt Edwards eine Maschine mit dreißig Agenten, darunter Mitglieder des Geiselrettungsteams. Agenten von FBI-Außenstellen im ganzen Südwesten unterrichteten den Grenzschutz von dem Fall.

Bob/Leonid saß für sich allein und trank lauwarmen Kaffee. Warum bin ich nicht weitergefahren und habe weiter hinten auf der Straße eine U-Wendung gemacht? fragte er sich. Warum hatte ich es so eilig? Warum die grundlose Aufregung?

Inzwischen gab es nämlich Anlaß zur Panik. Sein Wagen hatte drei Einschußlöcher, zwei an der linken Flanke, eines im Kofferraumdeckel. Sein Führerschein – mit seinem Bild darauf! – war in Händen der Polizei.

Die Beförderung kannst du vergessen, Towarischtsch. Er grinste bitter vor sich hin.

Ein Trost war, daß er sich an einem konspirativen Ort befand, an dem er für ein oder zwei Tage sicher sein konnte. Dies war eindeutig Hauptmann Bisjarinas Versteck, das nie mehr sein sollte als ein Platz, an dem sich ein Agent auf der Flucht verkriechen konnte. Aus diesem Grund gab es kein Telefon. Und was, wenn sie nun nicht zurückkommt? Die Antwort lag auf der Hand. Er mußte einen Wagen mit heißen Kennzeichen und Einschußlöchern weit genug fahren, um einen anderen stehlen zu können. Er konnte sich vorstellen, wie Tausende von Polizisten auf allen Straßen nur eins im Sinn hatten: die Irren zu finden, die auf ihren Kollegen geschossen hatten. Wie hatte nur alles so schnell so schiefgehen können?

Er hörte einen Wagen nahen. Lenny bewachte immer noch den Gefangenen. Bob und Bill nahmen ihre Pistolen und spähten durch das eine Fenster, das sich auf den zum Wohnwagen führenden Weg öffnete. Beide atmeten auf, als sie Bisjarinas Volvo sahen. Sie stieg aus, bedeutete ihnen mit einer Geste, daß alles klar war, und kam dann mit einer großen Tüte auf den Wohnwagen zu.

«Gratuliere: Sie sind im Fernsehen», sagte sie beim Eintreten. *Idiot.* Das Wort brauchte sie gar nicht erst auszusprechen; es hing in der Luft wie eine Gewitterwolke.

«Das ist eine lange Geschichte», log er.

«Kann ich mir vorstellen.» Sie stellte die Tüte auf den Tisch. «Morgen miete ich Ihnen ein anderes Auto. Ihres zu benutzen, ist zu gefährlich. Wo haben Sie es –»

«Zweihundert Meter weiter, wo die Bäume am dichtesten stehen, mit Zweigen abgedeckt. Schwer zu entdecken, selbst aus der Luft.»

«Da.» Sie warf Bob eine dunkle Perücke zu und holte dann zwei Brillen, eine klare und eine verspiegelte, aus der Tüte. «Sind Sie allergisch gegen Make-up?»

«Wie bitte?»

«Schminke, Sie Idiot –»

«Hauptmann –» begann Bob hitzig. Bisjarina brachte ihn mit einem Blick zum Schweigen.

«Sie sind blaß. Vielleicht ist Ihnen aufgefallen, daß viele Menschen in dieser Gegend spanischer Abstammung sind. Das ist mein Territorium, und hier wird gemacht, was ich sage.» Sie legte eine Pause ein. «Ich schaffe Sie hier raus.»

«Diese Amerikanerin kennt Sie vom Sehen –»

«Natürlich. Soll ich sie vielleicht eliminieren? Gegen eine Regel haben wir schon verstoßen; jetzt kommt es nicht mehr darauf an. Welcher Schwachkopf hat diese Operation eigentlich angeordnet?»

«Der Befehl kam von ganz oben», erwiderte Leonid.

«Von *ganz* oben?» herrschte sie ihn an und bekam zur Antwort einen Blick, der Bände sprach. «Das kann doch nicht Ihr Ernst sein.»

«Doch – die Art des Befehls, die Dringlichkeitsstufe – wer sonst?»

«Dann sind unsere Karrieren im Eimer. Na schön, aber ich lasse nicht zu, daß meine Agentin ermordet wird. Bisher haben wir noch niemanden getötet, und ich glaube auch nicht, daß unser Befehl so etwas vorsieht.»

«Stimmt», erwiderte Bob laut, schüttelte dabei aber heftig den Kopf. Bisjarina starrte ihn entsetzt an.

«Das könnte einen Krieg auslösen», sagte sie leise auf russisch. Sie meinte keinen echten Krieg, sondern einen offenen Konflikt zwischen Agenten von KGB und CIA, etwas, das selbst in Ländern der Dritten Welt so gut wie nie vorkam. Die Aufgabe der Nachrichtendienste war das Sammeln von Informationen. Beide Seiten hatten die stille Übereinkunft geschlossen, daß Gewalt da nur stören konnte.

«Sie hätten den Befehl verweigern sollen», sagte sie nach einer Weile.

«Klar», versetzte Bob, «soviel ich weiß, liegen die sibirischen Lager um diese Jahreszeit unter einer attraktiv glitzernden Schneedecke.» Seltsam war, daß es keinem einfiel, sich zu stellen und um politisches Asyl zu bitten. Damit hätten sie die ihnen drohende Gefahr gebannt, aber zugleich ihr Land verraten.

«Was Sie hier tun, geht auf Ihre Kappe, aber meiner Agentin darf nichts passieren», beendete «Ann» die Diskussion. «Ich schaffe Sie auf jeden Fall raus.»

«Und wie?»

«Das weiß ich noch nicht. Wahrscheinlich mit dem Auto, aber da muß ich mir noch etwas einfallen lassen. Vielleicht eher mit einem Lastwagen», fügte sie nachdenklich hinzu. Eine Frau am Steuer eines Lastzugs war hierzulande nichts Ungewöhnliches. Vielleicht mit einem Kofferwagen über die Grenze? Beladen mit Kisten... Gregory in einer, mit Drogen betäubt oder geknebelt... vielleicht die ganze Gruppe in Kisten versteckt... wie sahen da die Zollformalitäten aus? Über so etwas hatte sie sich noch nie Gedanken machen müssen.

Laß dir Zeit, sagte sie sich. Es ist schon genug überhastet worden.

«In zwei, drei Tagen vielleicht.»

«Das ist aber verdammt lange», bemerkte Leonid.

«Ich werde vermutlich so lange brauchen, um die Gegenmaßnahmen, auf die wir uns gefaßt machen müssen, abzuschätzen. Und das Rasieren können Sie vorerst lassen.»

Bob nickte. «Gut, es ist Ihr Territorium.»

«Wenn Sie es überhaupt bis nach Hause schaffen, können Sie aus dieser Geschichte eine Fallstudie machen und demonstrieren, weshalb Operationen vernünftig geplant werden müssen», meinte Tanja Bisjarina. «Brauchen Sie sonst noch etwas?»

«Nein.»

«Gut, dann sehen wir uns morgen nachmittag wieder.»

«Nein», sagte Bea Taussig zu den Agenten. «Ich habe Al heute nachmittag gesehen. Ich –» sie warf Candi einen bedrückten Blick zu –, «ich wollte ein Geburtstagsgeschenk für Candi kaufen, und er sollte mir beim Tragen helfen. Auf dem Parkplatz habe ich ihn gesehen, aber das war auch alles. Glauben Sie denn wirklich, die Russen –»

«So sieht es aus», erwiderte Agentin Jennings.

«Mein Gott!»

«Weiß Major Gregory denn wirklich so viel?» Zu Jennings' Überraschung antwortete nicht Dr. Long, sondern Bea Taussig.

«Jawohl. Er ist der einzige, der das Projekt wirklich versteht. Al ist ein hochintelligenter Mensch. Und ein guter Freund», fügte sie hinzu. Das trug ihr ein liebes Lächeln von Candi ein. Bea hatte nun echte Tränen in den Augen. Es tat ihr weh, ihre Freundin leiden zu sehen, auch wenn es alles zum Besten war.

«Ryan, das ist der Gipfel.» Jack war gerade von der letzten Verhandlungsrunde im Außenministerium zurückgekehrt. Candela reichte ihm ein Fernschreiben.

«Dieser Hundesohn», hauchte Ryan.

«Hatten Sie etwa erwartet, daß er so einfach mitspielt?» fragte Candela ironisch, besann sich dann aber. «Verzeihung. Damit hatte auch ich nicht gerechnet.»

«Ich kenne den jungen Mann persönlich, habe ihn selbst in Washington herumkutschiert...» Jack, das ist deine Schuld. Dein Schachzug hat das ausgelöst... oder? Er stellte ein paar Fragen.

«Ja, das steht so gut wie fest», sagte Candela. «Sieht so aus, als sei die Sache in die Hose gegangen. Offenbar von heute auf morgen angesetzt. Die Kerle vom KGB sind keine Supermänner, sondern müssen Befehle ausführen wie wir auch.»

«Irgendwelche Vorschläge?»

«Von hier aus können wir nicht viel ausrichten. Hoffen wir, daß die Polizei in New Mexico das erledigt.»

«Aber wenn es an die Öffentlichkeit kommt –»

«Wo sind die Beweise? Ohne Beweise kann man einer ausländischen Regierung so etwas nicht vorwerfen. Immerhin ist während der letzten zwei Jahre in Europa ein halbes Dutzend Ingenieure, die alle am Rand mit SDI beschäftigt waren, von Linksterroristen umgebracht worden, von etlichen ‹Selbstmorden› ganz zu schweigen. Das haben wir auch nicht an die große Glocke gehängt.»

«Aber das hier ist ein eindeutiger Verstoß gegen die Regeln!»

«Wenn es hart auf hart geht, gilt nur eine Regel: gewinnen.»

«Wenn wir diesen Mann nicht zurückbekommen, werde ich persönlich den Fall *Roter Oktober* publik machen, und zum Teufel mit den Konsequenzen!» fluchte Ryan. «Selbst wenn es mich meine Karriere kostet.»

«*Roter Oktober?*» fragte Candela verdutzt.

«Glauben Sie mir, das ist eine saftige Story.»

Seltsam fand man bei der Polizei des Bundesstaates New Mexico, daß die Presse nicht über den wahren Hintergrund des Falles informiert wurde. Das FBI hatte sofort eine Sprachregelung erlassen: Für den Augenblick handelte es sich nur um einen simplen Angriff auf einen Polizisten. Die FBI-Beteiligung sollte geheim bleiben, und sollte sie doch publik werden, galt sie offiziell einem flüchtigen internationalen Drogenhändler. Das FBI übernahm den Fall, und seine Agenten strömten in die Gegend. Um die ungewöhnliche Hubschrauberaktivität zu erklären, gab man der Bevölkerung bekannt, es würden Militärübungen abgehalten.

Gregorys Wagen wurde innerhalb weniger Stunden ausfindig gemacht. Fingerabdrücke fand man keine – Tanja Bisjarina hatte natürlich Handschuhe getragen – und auch keine anderen nützlichen Hinweise. Nur die Art und Weise, auf die man sich des Fahrzeugs entledigt hatte, wies auf Profis hin.

«Diese Kerle verstehen sich auf ihr Handwerk», sagte der General.

Der Präsident schwieg eine Zeitlang und wandte sich dann an den Direktor des FBI. «Emil, halten sich Ihre Leute auch an Befehle?»

«Sie werden tun, was Sie sagen, Sir. Aber die Anweisung muß von Ihnen kommen, und schriftlich.»

«Kann ich Ihre Männer sprechen?»

«Sicher, Sir.» Jacobs griff zum Hörer und ließ sich mit seinem Büro im Hoover Building verbinden. Das Gespräch lief über einen Zerhacker.

«Agent Werner, bitte... Agent Werner, hier Direktor Jacobs. Es kommt eine spezielle Anweisung für Sie. Bitte warten.» Er reichte dem Präsidenten den Hörer. «Gus Werner ist seit fünf Jahren Leiter des Teams und hat auf eine Beförderung verzichtet, um bei der Einheit bleiben zu können.»

«Mr. Werner, hier spricht der Präsident. Erkennen Sie meine Stimme? Gut. Bitte hören Sie mir genau zu. Sollten Sie in der Lage sein, die Rettung von Major Gregory zu versuchen, ist Ihre Aufgabe lediglich, ihn herauszuholen. Alle anderen Aspekte sind nebensächlich. Ob die Täter festgenommen werden oder nicht, ist unerheblich. Ist das klar? Jawohl, nur die Möglichkeit einer Bedrohung der Geisel rechtfertigt den gezielten Todesschuß. Major Gregory ist unersetzlich. Entscheidend ist nur, daß er überlebt. Ich werde diesen Befehl schriftlich festhalten und dem Direktor übergeben. Vielen Dank und viel Glück.» Der Präsident legte auf. «Mit dieser Möglichkeit haben sie schon gerechnet, sagte er.»

«Kann ich mir denken», sagte Jacobs. «Und nun zu Ihrer Anweisung, Sir.»

Der Präsident holte einen kleinen Bogen aus seinem Schreibtisch und machte den Befehl offiziell. Erst, als er ihn unterschrieben hatte, erkannte er, was das war: ein Todesurteil.

«Nun, General, sind Sie zufrieden?»

«Hoffentlich sind diese Leute so gut, wie der Direktor behauptet.» Mehr wollte Parks nicht sagen.

«Moore, ist mit Maßnahmen der Gegenseite zu rechnen?»

«Nein, Mr. President. Für so etwas haben unsere russischen Kollegen Verständnis.»

Niemand hatte ein Auge zugetan. Candi war natürlich nicht zur Arbeit gegangen. Die Agenten Jennings und Perkins fungierten als Babysitter. Immerhin bestand die entfernte Möglichkeit, daß Gregory die Flucht gelang, und in diesem Fall konnte es sein, daß er zuerst hier anrief. Die Anwesenheit der beiden hatte auch noch einen anderen Grund, aber der war noch nicht offiziell.

Bea Taussig barst vor Energie. Die ganze Nacht über hatte sie im Haus aufgeräumt und für alle Kaffee gekocht. Außerdem setzte sie sich so oft es ging zu ihrer Freundin, was niemandem seltsam vorkam. Frauen tun das halt.

Erst nach einigen Stunden fiel Agentin Jennings auf, daß Bea zur Abwechslung einmal feminin aussah. Am interessantesten aber war die Spannung, die sie ausstrahlte. Zwar hatte sie sich nach der hektischen Aktivität der langen Nacht etwas gelegt, aber... da steckte mehr als nur

Hilfsbereitschaft dahinter. Die Agentin sagte aber kein Wort zu Will Perkins.

Bea Taussig ahnte nichts von den Gedanken der Agentin. Sie schaute aus dem Fenster, wartete auf den zweiten Sonnenaufgang, seit sie zuletzt geschlafen hatte, und fragte sich, woher sie die ganze Energie nahm. Vielleicht ist es der Kaffee, dachte sie und mußte innerlich lächeln. Es ist immer komisch, wenn man sich selbst etwas vormacht. Sie dachte an die Gefahr, in der sie schweben mochte, verdrängte sie aber. Ann konnte sie vertrauen. Im ungünstigsten Fall wurde Al von Polizei oder FBI befreit, aber inzwischen war das Team bestimmt schon jenseits der Grenze. Oder man hatte Gregory trotz Anns Beteuerungen umgebracht. Das wäre schade; eigentlich wollte sie ihn nicht tot sehen, sondern nur aus dem Weg haben.

Candi starrte zur Wand. Dort hing ein Laserdruck, der eine startende Raumfähre darstellte. Kein richtiges Bild, sondern ein Plakat, das Al bei einem Rüstungsbetrieb abgestaubt hatte. Beas Gedanken kehrten zu Candi zurück. Ihre Augen waren vom Weinen verquollen.

«Leg dich doch ein bißchen hin», sagte Bea. Candi wandte noch nicht einmal den Kopf, reagierte kaum, aber Bea legte ihr den Arm um die Schulter und zog sie vom Sofa. «Komm mit.»

Candi erhob sich wie im Traum und ließ sich von Bea aus dem Wohnzimmer nach oben ins Schlafzimmer führen. Als sie drinnen waren, schloß Bea die Tür.

«Warum nur, Bea? Warum haben sie das getan?» Candi setzte sich aufs Bett und starrte wieder zur Wand.

«Das weiß ich nicht.» Bea schlang die Arme fest um Candi, die wieder zu weinen begonnen hatte, und wurde mit einer Umarmung belohnt. Candi wollte sich zwar nur an jemandem festhalten, aber das wußte Bea nicht. Sie küßte sie zärtlich auf die Stirn und wurde noch fester umschlungen.

Bea mußte ihren ganzen Mut aufbringen. Schon schlug ihr Herz schneller. Noch ein zögernder Schritt. Wieder küßte sie ihre Freundin, schmeckte die salzigen Tränen, spürte die Verzweiflung im Druck der Arme, die sie umschlangen. Bea Taussig holte tief Luft und tastete nach der Brust ihrer Freundin.

Keine fünf Sekunden nach dem Schrei stürmten Jennings und Perkins durch die Tür. Sie sahen das Entsetzen in Dr. Longs Gesicht, und einen ähnlichen, aber doch ganz anderen Ausdruck bei Bea Taussig.

23

Die Haltung der Regierung der Vereinigten Staaten ist wie folgt», erklärte Ernest Allen von seiner Seite des Verhandlungstisches aus. «Systeme, die unschuldige Zivilisten vor Massenvernichtungswaffen schützen sollen, sind weder bedrohlich noch destabilisierend, und Einschränkungen ihrer Entwicklung können daher keinen sinnvollen Zweck haben. Wir haben diese Position seit acht Jahren konsequent vertreten und nicht den geringsten Anlaß, sie zu ändern. Wir heißen den Vorschlag der UdSSR, die Offensivwaffen um fünfzig Prozent zu verringern, willkommen und werden seine Einzelheiten mit Interesse prüfen. Eine Reduzierung offensiver Waffen kann aber nicht defensive Waffen betreffen, die über geltende Abkommen zwischen unseren beiden Ländern hinaus nicht zur Verhandlung stehen.

Was die Vor-Ort-Inspektion betrifft, müssen wir zu unserer Enttäuschung feststellen, daß die erst kürzlich erzielten Fortschritte –»

Eines muß man dem Mann lassen, dachte Ryan: Was er da sagt, widerstrebt ihm, aber da es der Standpunkt seines Landes ist, läßt er sich seine persönlichen Gefühle nicht anmerken.

Die Sitzung wurde nach Allens Diskurs, den er heute schon zum dritten Mal vorgetragen hatte, vertagt. Man tauschte die üblichen Höflichkeitsfloskeln aus, und Ryan reichte seinem sowjetischen Partner die Hand. Dabei steckte er ihm einen Zettel zu – unauffällig, wie er es in Langley gelernt hatte. Golowko reagierte überhaupt nicht und wurde mit einem freundlichen Kopfnicken entlassen. Jack hatte kaum eine andere Wahl – er mußte den Plan weiterführen. Im Lauf der nächsten Tage würde er erfahren, wie hoch Gerasimow zu spielen wagte, ob er die von Jack angekündigten spektakulären Enthüllungen riskieren wollte.

Eigentlich hatte er erwartet, daß Gerasimow sich geschlagen geben und auf seinen Vorschlag eingehen würde. Gerasimow aber hatte keinen Schachzug getan, sondern gewürfelt, wie es eher der Natur der Amerikaner entsprach. Die Ironie der Situation hätte unterhaltsam sein können, fand Ryan in der Marmorhalle des Außenministeriums, aber ihm fehlte derzeit der Sinn für Humor.

Peggy Jennings hatte noch nie einen Menschen so gründlich vernichtet gesehen wie Beatrice Taussig. Fast tat ihr die Frau in Handschellen leid, aber für Landesverrat konnte sie kein Verständnis aufbringen, und für Kidnapping erst recht nicht.

Entscheidend war im Augenblick, daß Bea Taussig völlig zusammengebrochen war und den Agenten Jennings und Perkins gestanden hatte. Es war noch dunkel, als man sie hinaus zu einem wartenden FBI-Fahrzeug führte. Ihren Datsun ließ man in der Einfahrt stehen, um den Eindruck zu erwecken, sie sei noch zu Hause. Fünfzehn Minuten später aber brachte man sie durch die Hintertür ins FBI-Büro Santa Fé, wo sie vor Ermittlungsbeamten aussagte. Viel wußte sie im Grunde nicht, nur einen Namen, eine Anschrift und eine Automarke, aber das waren die Ansatzpunkte, die die Agenten brauchten. Kurz darauf fuhr ein Wagen vom FBI an dem genannten Haus vorbei; der Fahrer stellte fest, daß der Volvo an Ort und Stelle stand. Als nächstes wurde die gegenüber wohnende Familie vorgewarnt: In einer Minute sollten zwei FBI-Agenten an ihre Hintertür klopfen und im Wohnzimmer einen Überwachungsposten einrichten; eine Vorstellung, die das junge Paar, das das Reihenhaus bewohnte, furchteinflößend und aufregend zugleich fand. Es berichtete den Agenten, «Ann» sei eine ruhige Frau unbekannten Berufs, die nie Ärger in der Nachbarschaft gehabt hatte, aber wie viele Alleinstehende oft sehr spät heimkäme. In der Nacht zuvor zum Beispiel, erklärte der Mann, sei sie erst zwanzig Minuten vor Ende der Johnny-Carson-Show zurück gewesen. «War bestimmt bei ihrem Freund», meinte der Mann. «Aber komisch, mit nach Hause genommen hat sie noch nie jemanden.»

«Sie ist wach. Da brennt Licht.» Ein Agent setzte das Fernglas an. Der andere hatte eine Kamera mit Teleobjektiv und hochempfindlichem Film. Mehr als einen Schatten hinter den Vorhängen machten sie nicht aus. Draußen kam ein Radfahrer vorbei, hielt ganz kurz an und klebte ein Miniatur-Funkgerät hinter die Stoßstange des Volvo.

«Können Sie uns sagen, worum es hier geht?» fragte der Hausinhaber.

«Bedaure, aber dafür ist jetzt keine Zeit. Achtung, es geht los!»

«Ich hab's.» Die Kamera begann zu klicken.

«Gerade noch erwischt!» Der Mann mit dem Fernglas nahm sein Sprechfunkgerät. «Zielperson steigt in ihren Wagen.»

«Wir sind bereit», kam die Antwort aus dem Lautsprecher.

«Sie fährt los, Richtung Süden. Wir verlieren Sichtkontakt. So, das wär's. Jetzt gehört sie Ihnen.»

«Alles klar, wir haben sie.»

Nicht weniger als elf Fahrzeuge nahmen an der Überwachung teil, wichtiger noch aber waren die in eintausendvierhundert Metern Höhe kreisenden Hubschrauber. Ein weiterer Helikopter, ein UH-1N, die Variante des in Vietnam berühmt gewordenen Huey, stand startbereit auf dem Air-Force-Luftstützpunkt Kirtland und wurde mit Kletterseilen ausgerüstet.

Ann fuhr ganz normal, schaute aber alle paar Sekunden in den Rückspiegel. Sie hatte nur fünf Stunden geschlafen und brauchte jetzt ihr ganzes professionelles Geschick. Auf dem Beifahrersitz lag eine Thermosflasche Kaffee. Zwei Tassen hatte sie schon getrunken; den Rest wollte sie ihren Kollegen mitbringen.

Auch Bob war unterwegs, trabte in Arbeitskleidung durch den Kiefernwald und hielt auf dem zwei Meilen langen Weg nur einmal an, um auf den Kompaß zu schauen. Er hatte vierzig Minuten angesetzt und stellte nun fest, daß er diese Zeit auch brauchte, denn in dieser Höhe begann er schon zu schnaufen, ehe er die Hänge erreicht hatte. Alle Selbstvorwürfe waren nun vergessen; entscheidend war nur noch die Mission. Ein Agent mußte auch mit Rückschlägen fertig werden und dennoch seinen Auftrag erfüllen können. Um zehn nach sieben sah er die Straße und den Kiosk. Zwanzig Meter vorm Waldrand blieb er stehen und wartete.

Ann schien ihren Kurs aufs Geratewohl zu wählen. Zweimal verließ sie die Schnellstraße, ehe sie für die letzte Etappe ihrer Fahrt auf ihr blieb. Um sieben Uhr fünfzehn hielt sie auf dem kleinen Parkplatz des Kiosks und ging hinein.

Ann hatte sich der Überwachung so geschickt entzogen, daß dem FBI nur noch zwei Fahrzeuge zur Verfügung standen. Jedes wahllose Abbiegen hatte einen Verfolger zum Aufgeben gezwungen – man ging von der Annahme aus, daß sie jeden Wagen identifizieren konnte, den sie mehr als einmal zu Gesicht bekam –, und man forderte verzweifelt zusätzliche Wagen an. Selbst den Kiosk hatte sie mit Bedacht gewählt, denn der war nur von der Straße aus zu beobachten, und das ließ der Verkehr nicht zu. Observationsfahrzeug 10 rollte auf den Parkplatz. Einer der zwei Insassen betrat den Kiosk, der andere blieb im Wagen.

Der Mann im Kiosk war der erste FBI-Agent, der Ann so richtig zu Gesicht bekam. Sie kaufte Doughnuts, Kaffee in Styroporbechern und Limonade mit hohem Koffeingehalt – was dem Agenten aber nicht auffiel. Der Mann vom FBI kaufte sich eine Zeitung und zwei Kaffee und sah sie hinausgehen. Vor dem Haus gesellte sich ein Mann zu ihr und stieg in ihren Wagen. Der Agent eilte hinaus, um die Verfolgung wiederaufzunehmen, hätte den Volvo aber fast verloren.

«Bitte sehr.» Ann reichte Bob eine Zeitung, auf deren Titelseite sein Bild prangte. «Zum Glück haben Sie daran gedacht, die Perücke aufzusetzen», merkte sie an.

«Wie sieht unser Plan aus?» fragte Leonid.

«Erst miete ich Ihnen einen neuen Wagen, damit Sie zurück zum Versteck kommen. Dann besorge ich Make-up, damit Sie sich dunkler schminken können. Und dann beschaffe ich einen Lieferwagen für den Grenzübergang. Außerdem brauchen wir Kisten. Wie ich an die herankomme, weiß ich noch nicht, aber bis heute abend wird mir schon was einfallen.»

«Und wann gehen wir über die Grenze?»

«Morgen. Wir fahren am Spätvormittag los und sind nach dem Abendessen in Mexiko.»

«So bald?» fragte Bob.

«Ja. Hier wird es bald vor Polizisten und FBI-Leuten nur so wimmeln.» Den Rest des Weges legten sie schweigend zurück. Sie fuhr zurück in die Stadt und stellte ihren Wagen auf einem Parkplatz ab, ließ Leonid warten und ging zu einer Autovermietung in der Nähe. Gut fünfzehn Minuten später erschien sie mit einem Ford neben dem Volvo, warf Bob den Zündschlüssel zu und wies ihn an, ihr bis zum Interstate Highway zu folgen und sich dann seinen Weg allein zu suchen.

Als die beiden Russen auf der Autobahn waren, hatte das FBI schon fast keine Fahrzeuge mehr zur Verfügung. Es mußte eine Entscheidung gefällt werden, und der Leiter der Überwachung tippte richtig. Ein Zivilfahrzeug der Polizei folgte weiter dem Volvo; der letzte FBI-Wagen hängte sich auf der Autobahn an den Ford. Fünf Fahrzeuge, die am Vormittag Ann beschattet hatten, jagten nun los, um Bob und seinen Ford einzuholen. Drei blieben ihm auf der Spur, als er den Interstate Highway verließ, und fuhren ihm auf der Nebenstraße, die zum Versteck führte, hinterher. Da er sich an die vorgeschriebene Höchstgeschwindigkeit hielt, waren zwei Fahrzeuge gezwungen, ihn zu überholen, das dritte aber brachte es fertig, hinter ihm zu bleiben –, bis er mitten auf einem langen, schnurgeraden Straßenstück rechts heranfuhr.

«Ich hab ihn!» meldete aus einem der Hubschrauber ein Beobachter, der den Ford durch ein festmontiertes Fernglas ausgemacht hatte. Über drei Meilen hinweg sah er, wie eine winzige Gestalt ausstieg, die Haube öffnete und sich mehrere Minuten lang über den Motor beugte, ehe er wieder weiterfuhr. «Das ist ein Profi», sagte der Beobachter zum Piloten.

Aber doch nicht raffiniert genug, dachte der Pilot, als der weiße Wagen in einen Weg abbog, der sich im Kiefernwald verlor.

«Na also!»

Mit einem isoliert gelegenen Versteck hatte man gerechnet. Sobald die Stelle identifiziert war, startete auf dem Luftstützpunkt Bergstrom in Texas ein RF-4C Phantom des 67. taktischen Aufklärungsgeschwaders. Die zweiköpfige Besatzung hielt das Ganze für einen Witz, hatte aber gegen die Spritztour, die nur eine knappe Stunde dauerte, nichts einzuwenden. Der Jagdbomber überflog das Zielgebiet viermal in großer Höhe, und nachdem seine zahlreichen Kameras gut zweihundert Meter Film belichtet hatten, landete er auf dem Luftstützpunkt Kirtland bei Albuquerque. Vor wenigen Stunden hatte eine Frachtmaschine zusätzliches Bodenpersonal und Geräte eingeflogen. Während der Pilot die Triebwerke abstellte, nahmen zwei Männer vom Bodenpersonal die Filmkassetten heraus und fuhren zu einem Anhänger, der ein mobiles Fotolabor enthielt. Eine halbe Stunde, nachdem die Maschine ausgerollt war, erhielten die Auswertungsspezialisten die noch feuchten Abzüge.

«Da haben wir's», sagte der Pilot, als sie beim richtigen Abzug angelangt waren. «Die Witterung war perfekt: klar, kalt, geringe Luftfeuchtigkeit, günstiger Einfallwinkel. Wir haben noch nicht einmal Kondensstreifen gezogen.»

«Danke, Major», sagte die Expertin, die die Aufnahmen der Panoramakamera KA-91 prüfte. «Von der Straße scheint ein schmaler Weg abzuzweigen und sich über diese Anhöhe zu winden... und das da sieht wie ein Wohnwagen aus. Fünfzig Meter entfernt parkt ein Wagen... und noch einer, etwas getarnt. Also zwei Fahrzeuge. Gut, was sonst –?»

«Moment, ich sehe aber kein zweites Fahrzeug», wandte ein FBI-Agent ein.

«Hier, Sir. Da reflektiert etwas die Sonne; wahrscheinlich eine Windschutzscheibe.»

«Warum eigentlich kein Rückfenster?» fragte der Agent.

«Also ich würde ein Auto rückwärts in ein Versteck fahren nur für den Fall, daß ich rasch weg müßte», erwiderte die Frau, ohne aufzublicken.

Sie kam zum nächsten Bild. «Bitte sehr... da blitzt die Stoßstange, und das da ist wahrscheinlich der Kühlergrill. Sehen Sie, wie das Fahrzeug abgedeckt ist? Hier, der Schatten da neben dem Wohnwagen, das könnte ein Mensch sein –» Der nächste Abzug brachte Klarheit. «Ja, das ist ein Mann.»

Insgesamt hatte die Aktion dreißig verwendbare Aufnahmen des Verstecks gebracht. Acht davon wurden auf Plakatformat vergrößert und zu dem Hubschrauber gebracht, der im Hangar stand. Dort wartete Gus Werner. Überhastete Operationen störten ihn ebensosehr wie die Leute im Wohnwagen, aber auch seine Optionen waren beschränkt.

«So, Oberst Filitow, jetzt sind wir im Jahr 1976 angelangt.»

«Als Dimitri Fedorowitsch Verteidigungsminister wurde, nahm er mich mit in sein neues Amt. Das erleichterte mir natürlich die Arbeit.»

«Und gab Ihnen bessere Chancen.»

«Jawohl.»

Vorwürfe, Anschuldigungen und Kommentare zu Mischas Verbrechen gab es nun keine mehr. Das erste Geständnis war dem Mann schwergefallen, aber dann folgte meist eine leichte Phase, die Wochen dauern mochte; Watutin hatte keine Ahnung, wann diese enden würde. Anfangs ging es um die Ermittlung des Ausmaßes des Verrats, und dann wurde der Gefangene in allen Einzelheiten zu jeder Episode vernommen. Mit Hilfe dieser Zweiphasenmethode erstellte man eine Art Register mit Querverweisen nur für den Fall, daß der Häftling später versuchte, bestimmte Dinge abzustreiten oder zu verändern. Schon die erste Phase, in deren Verlauf man über Einzelheiten hinwegging, schockierte Watutin und seine Männer. Technische Daten aller Panzer und Geschütze der Sowjetunion waren an den Westen gegangen, noch ehe die Produktion begonnen hatte. Verraten worden waren Flugzeugdaten, Leistungswerte aller denkbaren atomaren und konventionellen Sprengköpfe, Informationen über die Zuverlässigkeit von Interkontinentalraketen, über interne Streitigkeiten – erst im Verteidigungsministerium, später auch, nach Ustinows Ernennung, im Politbüro. Den größten Schaden hatte Filitow mit der Weiterleitung sowjetischer strategischer Überlegungen angerichtet, und über Strategie mußte Filitow als Vertrauter Ustinows alles gewußt haben, was es zu wissen gab.

Nun, Mischa, was halten Sie davon...? Diese Frage mußte Ustinow tausendmal gestellt haben, ohne etwas zu ahnen.

«Was war Ustinow eigentlich für ein Mann?» fragte der Oberst vom Zweiten Direktorat.

«Er war brillant», erwiderte Filitow sofort. «Sein Verwaltungsgeschick war ohne Parallele. Auch sein Einfühlungsvermögen in Herstellungsprozesse war beispiellos. Er brauchte nur die Nase in eine Fabrik zu stecken und wußte schon, ob ordentlich gearbeitet wurde. Er konnte fünf Jahre in die Zukunft sehen und voraussagen, welche Waffen gebraucht wurden und welche nicht. Nur ihren Einsatz im Gefecht verstand er nicht so ganz, was häufig zu Streit führte, wenn ich Modifikationen zur leichteren Bedienung vorschlug. Manchmal konnte ich ihn überzeugen, manchmal aber auch nicht.»

Erstaunlich, dachte Watutin und machte sich Notizen. Mischa kämpfte unablässig für die Verbesserung der Waffen, obwohl er alles an den Westen verriet... warum? Doch diese Frage konnte er vorerst noch nicht stellen. Mischa durfte sich nicht als Patriot fühlen, ehe sein Verrat ganz dokumentiert war. Es konnte Monate dauern, erkannte Watutin nun, bis das Geständnis in allen Einzelheiten heraus war.

«Wie spät ist es jetzt in Washington?» fragte Ryan.

«Kurz vor zehn am Vormittag», erwiderte Candela. «Ihre Sitzung war heute kurz.»

«Ja, die andere Seite bat aus irgendwelchen Gründen um eine frühere Vertagung. Nachrichten aus Washington zum Fall Gregory?»

«Kein Wort», versetzte Candela düster.

«Sie haben gesagt, die Amerikaner wären bereit, ihre Verteidigungssysteme zur Verhandlung zu stellen», sprach Narmonow zu seinem KGB-Chef. Der Außenminister hatte ihm gerade etwas Gegenteiliges gemeldet.

«Es hat den Anschein, als sei der Bericht unserer Quelle nicht korrekt gewesen», gestand Gerasimow zu. «Vielleicht läßt die erwartete Konzession auch noch auf sich warten.»

«Die Position der USA ist unverändert und wird auch so bleiben. Sie waren falsch informiert, Nikolaj Borissowitsch», erklärte der Außenminister und stellte sich damit fest auf die Seite des Generalsekretärs.

«Ist das denn möglich?» fragte Alexandrow.

«Wer bei den Amerikanern Informationen sammeln will, hat mit dem Problem zu kämpfen, daß sie oft ihre eigene Position nicht kennen. Unsere Information kam von einer hochplazierten Quelle und wurde von einem anderen Agenten bestätigt. Vielleicht wollte Allen die Konzession machen, kam aber nicht durch.»

«Das ist denkbar», räumte der Außenminister ein, der Gerasimow nicht zu sehr unter Druck setzen wollte. «Ich habe schon lange das Gefühl, daß er zu diesem Thema seine eigene Auffassung hegt. Aber das ist nun nebensächlich. Wir werden unsere Taktik etwas ändern müssen. Könnte der Schritt der Amerikaner andeuten, daß sie wieder einen technischen Durchbruch erzielt haben?»

«Möglicherweise. Wir arbeiten im Augenblick an der Analyse. Ein Team versucht gerade, hochsensitives Material herauszuholen.» Einzelheiten wagte Gerasimow nicht zu nennen. Die Entführung des amerikanischen Majors war noch stärker von Verzweiflung motiviert, als selbst Ryan vermutete. Wenn sie publik wurde, mußte er sich zusammen mit dem Politbüro die Torpedierung wichtiger Verhandlungen vorwerfen lassen – ohne seine Kollegen konsultiert zu haben. Selbst Mitglieder des Politbüros mußten Entscheidungen absprechen, aber das kam für ihn nicht in Frage. Von seinem Verbündeten Alexandrow waren unangenehme Fragen zu erwarten, auf die Gerasimow, der in der Klemme saß, keine Antwort wußte. Andererseits war er sicher, daß die Amerikaner die Entführung geheimhalten würden, um den Konservativen in Washington keinen Vorwand zum Abbruch der Gespräche zu geben. Das Spiel war so riskant wie eh und je, und Gerasimow sorgte für zusätzliche Würze.

«Wir wissen aber nicht, ob er auch dort ist, oder?» fragte Paulson, der dienstälteste Mann des Geiselbefreiungsteams. Paulson, Mitglied im «Halbzoll-Club», brachte über eine Distanz von zweihundert Metern drei gezielte Schüsse in einen Kreis von weniger als einem halben Zoll Durchmesser.

«Nein, aber hier ist unsere beste Chance», gestand Gus Werner zu. «Es sind drei Entführer. Von zweien wissen wir mit Sicherheit, daß sie sich an der Stelle aufhalten.»

«Stimmt, Gus», meinte Paulson. «Konzentrieren wir uns also darauf.»

«Jawohl, und zwar so schnell wie möglich.»

«Gut.» Paulson drehte sich um und schaute zur Wand, wo Karten und Fotos hingen. Der Wohnwagen war ein billiger alter Kasten mit nur wenigen Fenstern; eine der beiden Türen war mit Brettern vernagelt. Sie vermuteten, daß sich die Gegner in dem Raum nahe der offenen Tür befanden und daß der dritte die Geisel bewachte. Günstig war nur, daß sie es mit Profis zu tun hatten, deren Verhalten berechenbar war. Von ihnen waren vernünftige Reaktionen zu erwarten. Gewöhnliche Kriminelle taten meist, was ihnen gerade so in den Kopf kam.

Paulson sah sich ein anderes Foto und eine topographische Karte an und überlegte sich, wie man am besten an den Wohnwagen herankam. Die detaillierten Bilder waren ein Geschenk des Himmels. Sie zeigten einen Mann, der draußen stand und den Weg beobachtete. Der wird herummarschieren, dachte Paulson, aber doch meistens den Weg im Auge behalten. Das aus Beobachtern und Scharfschützen bestehende Team würde sich also von der anderen Seite her durchs Gelände anschleichen.

«Sind das Stadtmenschen?» fragte er Werner.

«Wahrscheinlich.»

«Dann gehe ich von hier aus heran. Marty und ich können uns hinter dieser Anhöhe der Stelle bis auf vierhundert Meter nähern und dann parallel zum Wohnwagen vordringen.»

«Wo ist Ihre Stellung?»

«Hier.» Paulson tippte auf das beste Foto. «Wir sollten das MG mitbringen», meinte er und nannte die Gründe. Alle nickten.

«Noch eine Änderung», verkündete Werner. «Wir greifen nach neuen Regeln an. Wenn jemand die Geisel in Gefahr glaubt, wird sofort gezielt auf die Gegner geschossen. Paulson, wenn bei unserem Angriff einer neben Gregory steht, schalten Sie ihn mit dem ersten Schuß aus, ganz gleich, ob er eine Waffe trägt oder nicht.»

«Moment mal, Gus», wandte Paulson ein. «Das gibt nachher einen Riesenstunk –»

«Die Geisel ist wichtig, und es besteht Anlaß zu der Vermutung, daß sein Leben durch einen Rettungsversuch –»

«Hier hat wer zu viele Filme gesehen», merkte ein anderes Mitglied des Teams an.

«Genau. Und wer?» fragte Paulson leise und spitz.

«Der Präsident. Direktor Jacobs war auch am Telefon und hat den Befehl schriftlich.»

«Das gefällt mir nicht», sagte der Schütze. «Soll ich den Bewacher der Geisel einfach abknallen, ob er sie nun bedroht oder nicht?»

«Genau», meinte Werner. «Und wenn Sie das nicht fertigbringen, sagen Sie es lieber gleich.»

«Ich muß den Grund wissen, Gus.»

«Der Präsident bezeichnete Gregory als unbezahlbar. Der Mann hat eine Schlüsselstellung in einem Rüstungsprojekt und erstattet dem Präsidenten persönlich Bericht. Aus diesem Grund haben ihn die Russen entführt; wenn sie ihn schon nicht haben können, dann wollen sie mit Sicherheit verhindern, daß uns seine Fähigkeiten weiter zugute kommen», schloß der Leiter des Teams.

Paulson wägte das einen Augenblick lang ab und nickte dann zustimmend. Er wandte sich an Marty, seinen Vertreter, der ebenfalls nickte.

«Gut. Wir müssen durch ein Fenster rein; das ist ein Job für zwei.»

Werner trat an eine Tafel und zeichnete den Angriffsplan so detailliert wie möglich auf. Das Innere des Wohnwagens war unbekannt; man würde sich auf Informationen verlassen müssen, die Paulson in letzter Minute durch sein Zielfernrohr – Verstärkung zehnfach – sammeln mußte. In seinen Einzelheiten unterschied sich der Plan nicht von einem militärischen Angriff. Zuerst einmal legte Werner die Befehlskette fest – die war zwar allen bekannt, wurde aber trotzdem noch einmal präzise definiert. Dann kam die Zusammensetzung der Angriffsteams und ihre Rollen bei der Operation. Ärzte und Krankenwagen würden bereitstehen, dazu ein Spurensicherungstrupp. Auch nach einstündigen Beratungen war der Plan noch nicht so komplett, wie die Männer ihn sich gewünscht hätten, aber bei ihrer Ausbildung waren solche Fälle berücksichtigt worden. Man schloß die Besprechung und setzte sich in Bewegung.

Sie entschied sich für einen Kleinbus und besorgte dann bei einer Spedition, die sie im Branchentelefonbuch gefunden hatte, zehn Kisten. Tanja sah zwei Männern zu, die sie einluden, und fuhr dann ab.

«Was hat das zu bedeuten?» fragte ein Agent.

«Sie will wohl was verschicken.» Sein Kollege am Steuer folgte ihr in mehreren hundert Metern Abstand; sein Partner wies unterdes über Funk seine Kollegen an, der Spedition einen Besuch abzustatten. Der Kleinbus war viel leichter zu verfolgen als der Volvo.

Paulson und drei andere Männer stiegen aus dem Chevy Suburban, einem großen Kombi mit Vierradantrieb, den sie zweitausend Meter von dem Wohnwagen entfernt am Rand einer Wohnsiedlung geparkt hatten. Aus einem Garten starrte ein Kind die Männer an – zwei mit Gewehren, einer mit einem MG M-60 –, die im Wald verschwanden. Zwei Fahrzeuge der Polizei blieben zurück, als der Suburban wieder wegfuhr, und Beamte klopften an die Türen und schärften den Leuten ein, nichts über das, was sie gesehen – oder in den meisten Fällen nicht gesehen hatten –, verlauten zu lassen.

Angenehm an dem Kiefernwald fand Paulson die Tatsache, daß man sich auf dem Nadelteppich geräuschlos fortbewegen konnte. Paulson ging den drei anderen langsam und vorsichtig voraus – so wie damals die Zollfahnder, die seinen Großvater bewogen hatten, die Produktion des schwarzgebrannten «White Lightning» einzustellen. Diesmal lächelte Paulson bei diesem Gedanken nicht. Er war nun seit fünfzehn Jahren beim Geiselrettungsteam, hatte aber noch nie einen Menschen getötet: Immer hatte sich irgendeine Möglichkeit ergeben, nicht schießen zu müssen. Heute würde das anders werden; dessen war er sich sicher. Er wußte, daß ein Psychiater, den das FBI beschäftigte, bereits mit dem Flugzeug unterwegs war, um Agenten über den seelischen Streß danach hinwegzuhelfen.

Er hörte ein Geräusch, hob die linke Hand, und alle vier gingen in Deckung. Da bewegte sich etwas ... links von ihnen, entfernte sich. Ein Kind vielleicht, dachte er, das im Wald spielt. Er wartete, bis das Geräusch verklungen war, setzte sich dann wieder in Bewegung. Das Team trug Tarnanzüge über den kugelsicheren Westen. Nach einer halben Stunde schaute Paulson auf die Karte.

«Checkpoint eins», sagte er ins Funkgerät.

«Roger», antwortete Werner aus drei Meilen Entfernung. «Probleme?»

«Negativ. Sind jetzt bereit, die erste Anhöhe zu überwinden. Sollten das Ziel in fünfzehn Minuten in Sicht bekommen.»

«Roger. Gehen Sie vor.»

Paulson und sein Team gingen nebeneinander auf die erste Anhöhe zu. Sie war nur klein; zweihundert Meter dahinter erhob sich die zweite. Von dort aus sollten sie den Wohnwagen sehen können. Nun ging alles sehr langsam. Paulson reichte dem vierten Mann sein Gewehr und ging allein weiter, um einen Weg zu suchen, auf dem sie am leisesten vordringen konnten. Hier trat immer wieder Fels zutage, auf dem er lautlos Fuß faßte, bis er die zweite Anhöhe erreicht hatte. Paulson schmiegte sich an einen Baum und nahm sein Fernglas.

«Tag, Leute», sagte er zu sich selbst. Er konnte zwar noch niemand sehen, der Wohnwagen versperrte ihm den Blick auf die Stelle, an der er den Wachposten vermutete; außerdem standen viele Bäume im Weg. Paulson suchte seine unmittelbare Umgebung nach Bewegung ab, lauschte und schaute mehrere Minuten lang und winkte erst dann die anderen Männer zu sich. Nach zehn Minuten hatten sie ihn erreicht. Paulson schaute auf die Uhr. Sie befanden sich seit neunzig Minuten im Wald und waren dem Zeitplan etwas voraus.

«Jemand zu sehen?» fragte der andere Schütze.

«Noch nicht.»

«Hoffentlich haben die sich nicht verzogen», meinte Marty. «Was nun?»

«Wir schlagen uns nach links und dann in diese Rinne da. Das ist unsere Stellung.»

«Genau wie auf den Fotos.»

«Alles bereit?» fragte Paulson und beschloß, mit dem Aufbruch noch eine Minute zu warten, damit jeder einen Schluck Wasser trinken konnte. Die Luft war dünn und trocken.

Nach einer halben Stunde waren sie an ihren Positionen. Paulson wählte eine feuchte Stelle neben einem Granitblock, den der letzte Gletscher hier zurückgelassen hatte. Er befand sich nur rund sechs Meter über dem Wohnwagen und konnte das große Heckfenster sehen. Dort, so vermuteten sie, wurde Gregory wohl festgehalten. Zeit für Gewißheit. Paulson klappte das Zweibein an seinem Gewehr aus, nahm den Linsenschutz des Zielfernrohrs ab und ging an die Arbeit. Er griff wieder nach dem Funkgerät, schloß den Ohrhörer an und flüsterte: «Hier Paulson. Wir sind in Stellung, observieren jetzt. Machen weiter Meldung.»

«Verstanden.»

«Verflucht!» sagte Marty als erster. «Da ist er! Auf der rechten Seite.»

Al Gregory saß auf einem Armsessel; seine Oberarme und Unterschenkel waren an das Möbelstück gefesselt. Da man ihm die Brille abgenommen hatte, konnte er alles nur verschwommen erkennen. Auch der Mann, der sich Bill nannte, war nur ein Schemen. Man wechselte sich beim Bewachen ab. Bill saß am anderen Ende des Raums gleich hinterm Fenster. Er hatte eine automatische Pistole unterm Gürtel.

«Was –?»

«– wir mit Ihnen vorhaben?» ergänzte Bill. «Keine Ahnung, Major. Es scheint sich jemand für das zu interessieren, was Sie beruflich tun.»

«Ich werde keinen Ton –»

«Kann ich mir denken», erwiderte Bill und lächelte. «Haben wir nicht gesagt, Sie sollen den Mund halten? Geben Sie jetzt Ruhe, oder ich muß Ihnen den Knebel wieder einschieben.»

«Was wollte sie mit den Kisten?» fragte der Agent.

«Ihre Firma wollte zwei Standbilder verschicken, sagte sie. Werke eines Künstlers aus der Gegend – für eine Ausstellung in San Francisco.»

Hm, in San Francisco gibt es ein sowjetisches Konsulat, dachte der Agent sofort. Das kann doch nicht wahr sein.

«Sind die Kisten groß genug für einen Menschen?»

«In die großen passen leicht zwei.»

«Die Kisten sind zerlegt, sagen Sie. Wie lange braucht man für den Zusammenbau?»

«Höchstens eine halbe Stunde. Spezialwerkzeug ist nicht erforderlich.»

Eine halbe Stunde...? Ein Agent verließ den Raum, um zu telefonieren. Die Information wurde über Funk an Werner weitergeleitet.

«Aufgepaßt», kam es über Funk, «ein Kleinbus ist gerade von der Straße abgebogen.»

«Können wir von hier aus nicht sehen», sagte Paulson mürrisch zu Marty, der links von ihm lag. Ein Nachteil ihrer Position war, daß sie den Wohnwagen nur zum Teil und den Weg nur in Bruchstücken übersehen konnten. Für einen besseren Überblick hätten sie weiter vorgehen müssen, aber dieses Risiko wollten sie nicht eingehen. Laut Laser-Entfernungsmesser waren sie 186,35 Meter von dem Wohnwagen entfernt. Ihre Gewehre waren auf eine optimale Schußweite von zweihundert Meter eingestellt; die Tarnkleidung machte sie unsichtbar, solange sie sich nicht bewegten. Dicht stehende Bäume störten, auch wenn man durchs Fernglas blickte.

Er hörte den Kleinbus. Schadhafter Schalldämpfer, dachte er. Dann hörte er eine Stahltür schlagen, und eine andere öffnete sich quietschend. Stimmen, aber er konnte nicht verstehen, was gesagt wurde.

«Die sollte groß genug sein», sagte Hauptmann Bisjarina zu Leonid. «Von dieser Sorte habe ich zwei und dazu drei kleinere. Die stellen wir obendrauf.»

«Und was verschicken wir offiziell?»

«Skulpturen. In drei Tagen wird eine Ausstellung eröffnet, und zwar in der Nähe des Grenzübergangs. Wenn wir in zwei Stunden aufbrechen, sind wir zu richtigen Zeit dort.»

«Sind Sie auch sicher –»

«Es werden nur Pakete geprüft, die von Süden nach Norden gehen», versicherte Bisjarina.

«Gut. Wir bauen die Kisten drinnen zusammen. Oleg soll rauskommen.»

Lenny wurde draußen postiert. Oleg und Leonid trugen die Kisten hinein, Tanja ging in den Wohnwagen, um nach Gregory zu sehen.

«Hallo, Major. Haben Sie's bequem?»

«Ich sehe noch einen», sagte Paulson, als sie in Sicht kam. «Weiblich. Ich erkenne sie von den Fotos – das ist die Volvo-Fahrerin», sprach er ins Funkgerät. «Sie spricht mit der Geisel.»

«Nun sind drei Männer sichtbar», wurde als nächstes über Funk gemeldet. Ein anderer Agent war jenseits des Wohnwagens in Stellung gegangen. «Sie tragen Kisten in den Wohnwagen. Ich wiederhole: drei Männer. Die Frau ist drinnen und nicht sichtbar.»

«Das sollten alle sein. Beschreiben Sie die Kisten.» Werner stand mehrere Meilen entfernt neben dem Hubschrauber auf einem Feld und hielt einen Plan des Wohnwagens in der Hand.

«Sie sind zerlegt und sollen wohl zusammengesetzt werden.»

«Vier Entführer», sagte Werner zu seinen Männern. «Und die Geisel ist bei ihnen –»

«Da wären zwei mit dem Aufbau der Kisten beschäftigt», meinte ein Mitglied des Eingreiftrupps. «Einer draußen, einer bei der Geisel... klingt günstig, Gus.»

«Achtung, hier spricht Werner. Wir starten. Alles bereithalten.» Er gab dem Hubschrauberpiloten einen Wink; die Triebwerke wurden gestartet. Der mit vier Mann besetzte Chevy Suburban setzte sich in Bewegung.

Paulson entsicherte sein Gewehr; Marty folgte seinem Beispiel. Den nächsten Schritt hatten sie abgesprochen. Drei Meter von ihnen entfernt machte der MG-Schütze die Waffe schußbereit – vorsichtig, um keine Geräusche zu erzeugen.

«Nie geht was nach Plan», stellte der zweite Schütze fest.

«Deswegen werden wir ja auch so geschunden.» Paulson hatte das Ziel im Fadenkreuz. Leicht war das nicht, denn das Fensterglas spiegelte. Er konnte gerade den Kopf der Frau ausmachen, die eindeutig als Ziel identifiziert war. Die Windgeschwindigkeit schätzte er auf zehn Knoten; der Wind kam von rechts. Aus diesem Grund würde sein Geschoß um fünf Zentimeter nach links versetzt einschlagen; das mußte er berücksichtigen. Selbst durch ein zehnfach vergrößerndes Zielfernrohr gesehen, stellt ein menschlicher Kopf über zweihundert Meter ein sehr kleines Ziel dar; Paulson bewegte den Gewehrlauf leicht, um die Frau, die hin und her ging, im Visier zu halten. Er beobachtete weniger das Ziel selbst als das Fadenkreuz. Was als nächstes kam, hatte er so oft geübt, daß es ihm in Fleisch und Blut übergegangen war. Er atmete flacher, stützte sich auf die Ellbogen und legte das Gewehr fest an.

«Wer sind Sie?» fragte Gregory.

«Tanja Bisjarina.» Sie ging umher, um sich die steifen Beine zu vertreten.

«Haben Sie den Befehl, mich zu töten?» Tanja bewunderte den Mut dieser Frage. Gregory wirkte nicht wie ein Soldat.

«Nein, Major. Sie sollen nur eine kleine Reise machen.»

«Da ist der Suburban», sagte Werner. Sechzig Sekunden von der Straße zum Wohnwagen. «Los!» Die Türen des Hubschraubers glitten auf, gerollte Seile wurden zurechtgelegt. Werner hieb dem Piloten mit der Faust auf die Schulter. Der Mann drückte auf den Knüppel und hielt im steilen Sinkflug auf den nun nur noch eine Meile entfernten Wohnwagen zu.

Zuerst hörten sie nur das unverwechselbare Klatschen des Rotors. In der Gegend herrschte so viel Hubschrauberverkehr, daß ihnen die Gefahr nicht sofort bewußt wurde. Der Außenposten schaute in die Baumwipfel und drehte sich dann um, als er glaubte, ein Fahrzeug nahen zu hören. Drinnen sahen Leonid und Oleg eher ärgerlich als besorgt von einer halb zusammengesetzten Kiste auf, doch das änderte sich im Nu, als der Hubschrauber immer lauter wurde und direkt über ihnen in den Schwebeflug ging. Hinten im Wohnwagen ging Tanja Bisjarina ans Fenster und sah ihn. Es sollte ihre letzte Wahrnehmung sein.

«Fertig», sagte Paulson.

«Fertig», bestätigte der andere Schütze.

«Feuer!»

Sie schossen fast gleichzeitig, aber Paulson wußte, daß sein Kollege früher abgedrückt hatte. Dessen Geschoß zerschmetterte die dicke Scheibe und wurde von den Glassplittern abgelenkt. Das zweite Hohlgeschoß folgte um den Bruchteil einer Sekunde später und traf die sowjetische Agentin ins Gesicht. Paulson sah das, doch im Gedächtnis blieb ihm nur der Augenblick des Abdrückens, das Bild des Kopfes im Fadenkreuz. Links von ihnen feuerte der MG-Schütze bereits, als Paulson seinen Treffer ansagte: «Kopf Mitte.»

«Ziel am Boden», sagte der zweite Schütze ins Funkgerät. «Weibliches Ziel am Boden. Geisel in Sicht.» Beide luden nach und suchten nach neuen Zielen.

Vom Hubschrauber wurden beschwerte Seile abgeworfen, an denen vier Männer hinabkletterten, Werner vorneweg. Mit der MP-5 in der Hand schwang er sich durch das zerbrochene Fenster und sah Gregory, der etwas schrie. Ein zweites Teammitglied kam herein, warf den Sessel um und kniete sich schützend vor ihn. Noch ein dritter Mann drang ein, und alle drei richteten ihre Waffen ins Innere des Wohnwagens. Gregory war geschützt.

Draußen erschien der Chevy Suburban gerade rechtzeitig. Ein KGB-Mann schoß auf einen FBI-Agenten, der auf dem Dach des Wohnwagens gelandet war und sich verheddert hatte. Zwei Agenten sprangen aus dem Geländewagen, gaben je drei Schüsse ab und mähten den Russen nieder. Der Agent auf dem Wohnwagen befreite sich und winkte.

Drinnen griffen Leonid und Oleg nach ihren Waffen. Einer drehte sich um und sah, wie sich ein konstanter Strom von MG-Geschossen durch die Aluminiumwand des Wohnwagens fraß. Offenbar sollten sie daran gehindert werden, sich Gregory zu nähern. Doch das war ihr Befehl.

«Geisel in Sicherheit, Geisel in Sicherheit. Weibliches Ziel am Boden», rief Werner ins Funkgerät.

«Außenposten am Boden», funkte ein anderer Agent von draußen. Ein anderes Mitglied des Teams brachte eine kleine Sprengladung an der Tür an, trat zurück und nickte. «Bereit!»

«MG – Feuer einstellen!» befahl Werner.

Die beiden KGB-Offiziere im Wohnwagen liefen daraufhin nach hinten. In diesem Augenblick wurde die vordere Tür des Wohnwagens aus den Angeln gesprengt. Die Druckwelle sollte Verwirrung stiften, doch die beiden Russen waren zu gut und ließen sich nicht aus dem Konzept bringen. Oleg fuhr herum, packte mit beiden Händen die Pistole und gab Leonid Deckung. Er feuerte auf den ersten Mann, der durch die Tür kam, und traf ihn in den Arm. Dieser FBI-Agent ging zu Boden und versuchte dabei, seine Waffe herumzureißen. Er schoß und traf daneben, lenkte aber Olegs Aufmerksamkeit auf sich. Der zweite Mann in der Tür hatte eine MP-5 im Anschlag und gab zwei Schüsse ab. Olegs letzte Reaktion war Überraschung: Er hatte nichts gehört. Den Grund erkannte er, als er die dosenförmigen Schalldämpfer sah.

«Ein Agent verwundet, ein Gegner am Boden. Zweiter Gegner auf dem Weg nach hinten. Verschwand um die Ecke.» Der Agent rannte hinter ihm her, stolperte aber über eine Kiste.

Sie ließen den Russen durch die Tür. Ein Agent, der eine kugelsichere Weste trug, hatte sich zwischen Tür und Geisel postiert. Der Russe sah drei Männer des Geiselrettungsteams in schwarzen Anzügen und kugelsicheren Westen und zögerte.

«Waffe fallen lassen!» brüllte Werner.

Leonid sah Gregory und entsann sich seines Befehls, schwang die Pistole in diese Richtung.

Aus Gründen, die ihm unerfindlich bleiben sollten, tat Werner etwas, wovor er seine Männer immer gewarnt hatte: Er gab sechs Schüsse auf den rechten Arm des Mannes ab, und es wirkte wie durch ein Wunder. Die Hand mit der Waffe zuckte marionettenhaft, die Pistole fiel zu Boden. Werner sprang auf den Russen zu, stieß ihn zu Boden und setzte ihm den Schalldämpfer seiner Waffe an die Stirn.

«Nummer drei am Boden! Geisel in Sicherheit. Team: Meldung!»

«Außen: Nummer eins tot.»

«Wohnwagen: Nummer zwei tot. Ein Agent in den Arm getroffen, nicht ernst.»

«Frau tot», rief Werner. «Nummer eins verletzt und festgenommen. Umgebung sichern! Krankenwagen!» Seit den ersten Schüssen aus dem Wald waren exakt neunundzwanzig Sekunden vergangen.

Drei Agenten erschienen an dem Fenster, durch das Werner und die beiden anderen gesprungen waren. Drinnen zog ein Agent sein Messer und durchschnitt Gregory die Fesseln, hob ihn wie eine Puppe auf und warf ihn aus dem Fenster. Draußen wurde der Major aufgefangen, in den Chevy Suburban geschleppt und weggefahren. Auf der Landstraße war ein Hubschrauber der Air Force gelandet. Sowie Gregory hineingeworfen worden war, hob er wieder ab.

Alle Mitglieder des Geiselrettungsteams absolvierten Erste-Hilfe-Kurse, und zwei Männer waren von Sanitätern der Feuerwehr ausgebildet worden. Einer dieser beiden hatte eine Armverletzung davongetragen und ließ sich von dem Mann, der Oleg erschossen hatte, verbinden. Der andere Sanitäter kümmerte sich um Leonid.

«Der kommt durch. Der Arm muß aber gründlich geflickt werden. Komplizierte Frakturen von Elle, Speiche und Oberarmknochen, Chef.»

«Sie hätten die Waffe fallen lassen sollen», sagte Werner zu dem Russen. «Es gab doch kaum eine Chance für Sie.»

«Mein Gott.» Das war Paulson, der am Fenster stand und sich betrachtete, was seine Kugel angerichtet hatte. Ein Agent durchsuchte die Leiche nach einer Waffe, erhob sich und schüttelte den Kopf: nichts. Die Kugel war dicht unterm linken Auge eingedrungen. Der Großteil des Schädels klebte an der Wand gegenüber vom Fenster. Paulson bereute, überhaupt hingeschaut zu haben. Nach fünf langen Sekunden wandte er sich ab und entlud seine Waffe.

Der Hubschrauber brachte Gregory direkt zum Projekt. Nach der Landung wurde er von sechs bewaffneten Sicherheitsleuten in Empfang genommen und rasch hineingebracht. Zu seiner Überraschung wurde er fotografiert. Jemand warf ihm eine Dose Coke zu. Gregory trank einen Schluck und fragte: «Was, zum Kuckuck, war das?»

«Das wissen wir selbst nicht genau», erwiderte der beim Projekt für die Sicherheit zuständige Mann. Erst nach ein paar Sekunden wurde Gregory klar, was sich zugetragen hatte. Da begann er zu zittern wie Espenlaub.

Werner und seine Leute standen vor dem Wohnwagen. Nun ging das Spurensicherungsteam an die Arbeit. Auch ein Dutzend Beamte der Staatspolizei von New Mexico war inzwischen zur Stelle. Der angeschossene Agent und der verletzte KGB-Offizier wurden in einen Krankenwagen geladen.

«Wo kommt der hin?» fragte ein Captain der Staatspolizei.

«Wir schaffen sie beide ins Lazarett des Stützpunkts Kirtland», erwiderte Werner.

«Das ist aber weit.»

«Wir haben den Befehl, diesen Mann da unter Verschluß zu halten. Der Beschreibung nach ist er derjenige, der Ihren Kollegen angeschossen hat.»

«Es erstaunt mich, daß Sie einen lebendig erwischt haben.» Das trug dem Captain einen eigenartigen Blick ein. «Sie waren doch alle bewaffnet, oder?»

«Ja», meinte Werner mit einem sonderbaren Lächeln. «Mich überrascht das auch.»

24

Erstaunlich war, daß der Vorfall nicht in die Nachrichten kam. Es waren nur wenige ungedämpfte Schüsse abgegeben worden, und im amerikanischen Westen knallt es oft. Eine Anfrage bei der Staatspolizei von New Mexico hatte ergeben, daß die Ermittlungen im Fall Mendez weitergingen; mit einer Festnahme sei jederzeit zu rechnen. Die Hubschrauberaktivität stünde im Zusammenhang mit gemeinsamen Such- und Rettungsübungen von Staatspolizei und Air Force. Keine besonders gute Story, aber damit waren die Reporter erst einmal für ein oder zwei Tage abgewimmelt.

Das Spurensicherungsteam durchkämmte den Wohnwagen und fand nur wenig Interessantes. Ein Polizeifotograf machte die erforderlichen Aufnahmen von den Opfern und übergab den Film einem FBI-Agenten. Die Leichen kamen in Säcke und wurden zum Luftstützpunkt Dover geflogen, wo sich ein Team von forensischen Pathologen bereithielt. Die entwickelten Fotos der toten KGB-Agenten wurden auf elektronischem Weg nach Washington übermittelt. FBI und Staatspolizei begannen zu beraten, wie der Fall des überlebenden KGB-Agenten behandelt werden sollte. Der Mann hatte gegen mindestens ein Dutzend Bundes- und Staatsgesetze verstoßen; das war Arbeit für die Staatsanwaltschaft. Man war sich aber einig, daß die wirkliche Entscheidung in Washington getroffen werden würde. Ein Irrtum: ein Teil der Entscheidung fiel nämlich anderswo.

Es war vier Uhr früh. Ryan spürte eine Hand an der Schulter. Er drehte sich um und sah Candela, der gerade die Nachttischlampe anknipste.

«Was gibt's?» fragte Ryan benommen.

«Das FBI hat's geschafft und Gregory befreit. Er ist unversehrt», sagte Candela und reichte Ryan ein paar Fotos. Ryan blinzelte und wurde dann hellwach.

«Verdammt noch mal!» Jack warf die Bilder aufs Bett und ging ins Bad.

Candela hörte Wasser rauschen; dann erschien Ryan und ging an den Kühlschrank, holte eine Dose Limonade heraus und riß sie auf.

«Verzeihung, wollen Sie auch eine?» Jack wies auf den Kühlschrank.

«Nein, danke. Haben Sie die Übergabe an Golowko gestern vorgenommen?»

«Ja. Die Sitzung beginnt heute nachmittag. Ich will unseren Freund so um acht herum sprechen. Eigentlich wollte ich um halb sechs aufstehen.»

«Ich dachte, Sie wollten diese Bilder sofort sehen», sagte Candela und bekam ein Grunzen zur Antwort.

«Klar, das stellt die Morgenzeitung in den Schatten. Wir haben ihn in der Zange», stellte Ryan fest und starrte auf den Teppich. «Es sei denn –»

«Es sei denn, daß er unbedingt sterben will», stimmte der CIA-Offizier zu.

«Was wird aus seiner Frau und seiner Tochter?» fragte Jack. «Wenn Sie zu diesem Thema eine Meinung haben: raus damit.»

«Findet der Treff am vorgeschlagenen Ort statt?»

«Ja.»

«Machen Sie starken Druck.» Candela nahm die Fotos vom Bett und schob sie in einen Umschlag. «Zeigen Sie ihm auf jeden Fall diese Bilder. Sein Gewissen werden sie wohl kaum belasten, ihm aber beweisen, daß wir es ernst meinen. Und was meine Meinung angeht: Anfangs hielt ich Sie für verrückt. Jetzt aber» – er grinste – «macht Ihr Plan Sinn. Ich komme wieder, wenn Sie richtig wach sind.»

Ryan nickte, wartete, bis er fort war und ging dann in die Dusche. Das Wasser war heiß, und er duschte ausgiebig, bis der Spiegel beschlagen war. Er wischte ihn ab und war beim Rasieren bemüht, auf seinen Bart und nicht in seine Augen zu schauen. Zweifel waren jetzt fehl am Platz.

Draußen war es dunkel. Moskau erwachte langsam zum Leben. Das Rattern der Straßenbahnen und das Grollen der Laster wurde von der Schneedecke gedämpft. Graue Schemen nahmen Farbe an. Um halb sieben leerte Jack seine dritte Tasse Kaffee und legte das Buch hin. Bei solchen Anlässen war das Timing entscheidend, hatte Candela gesagt. Er ging noch einmal ins Bad und zog sich dann für seinen Morgenspaziergang an.

Die Gehsteige waren geräumt, aber in der Gosse türmten sich Schneeberge. Ryan nickte den australischen, amerikanischen und russischen Wächtern zu und wandte sich dann auf der Tschaikowskogo nach Norden. Der bitterkalte Nordwind ließ seine Augen tränen, und er zog sich den Schal fester um den Hals. Er befand sich im Moskauer Botschaftsviertel und bog in die Barrikadnaja ein, blieb dicht an den Häusern, bis er das richtige erreicht hatte. Wie erwartet öffnete sich eine Tür; er trat ein.

Wieder wurde er abgetastet. Der Wächter fand den verschlossenen Umschlag in der Manteltasche, öffnete ihn aber zu Ryans Überraschung nicht.

«Mitkommen.» Wie beim ersten Mal, stellte Jack fest. Vielleicht hatte der Mann einen begrenzten Wortschatz.

Gerasimow saß auf einem Platz am Mittelgang und kehrte ihm den Rücken zu. Jack näherte sich.

«Guten Morgen.»

«Nun, was halten Sie von unserem Wetter?» fragte Gerasimow, entließ mit einer Handbewegung die Wache, erhob sich und ging mit Ryan auf die Leinwand zu.

«Wo ich aufwuchs, ist es nicht so kalt.»

«Sie sollten einen Hut tragen. Die meisten Amerikaner gehen lieber ohne, aber hier sind Hüte eine Notwendigkeit.»

«In New Mexico ist es auch kalt», meinte Ryan.

«Ich weiß. Meinen Sie vielleicht, ich hätte der Sache tatenlos zugesehen?» fragte der Vorsitzende des KGB leidenschaftslos und überlegen. Ryan beschloß, ihm noch einen Augenblick lang den Spaß zu gönnen.

«Soll ich mit Ihnen über Major Gregorys Freilassung verhandeln?» fragte Jack in bemüht neutralem Tonfall.

«Wenn Sie wollen», versetzte Gerasimow.

«Das hier werden Sie bestimmt interessant finden.» Jack reichte ihm den Umschlag.

Der KGB-Vorsitzende riß ihn auf und nahm die Bilder heraus und sah sie sich an, ohne eine Reaktion zu zeigen, doch als er sich zu Ryan umwandte, war sein Blick eiskalt.

«Einer lebt noch», berichtete Ryan. «Er ist verletzt, wird aber genesen. Sein Bild liegt noch nicht vor. Ein Fehler am anderen Ende. Wir haben Gregory unverletzt zurück.»

«Ich verstehe.»

«Dann ist Ihnen wohl auch klar, daß Ihnen nur noch die von uns vorgeschlagenen Optionen bleiben. Ich möchte nun Ihre Entscheidung hören.»

«Die liegt auf der Hand, oder? Wie wird man mich behandeln?»

«Sehr gut.» Sehr viel besser, als du es verdient hast.

«Und meine Familie?»

«Das gilt auch für Ihre Familie.»

«Und wie wollen Sie uns drei aus dem Land schaffen?»

«Soweit ich weiß, ist Ihre Frau Estin und fährt oft heim in die Estnische Republik. Am Freitagabend soll sie mit Ihrer Tochter dort sein», sagte Ryan und nannte weitere Einzelheiten.

«Was genau haben Sie –»

«Das brauchen Sie nicht zu wissen, Mr. Gerasimow.»

«Ryan, Sie können mich nicht einfach überfahren. Ich –»

«Doch, Sir», schnitt Jack ihm das Wort ab und fragte sich, warum er den Mann mit «Sir» angeredet hatte.

«Und was soll ich tun?» fragte der Vorsitzende und wurde eingeweiht. Er erklärte sich einverstanden. «Eine Frage habe ich noch.»

«Bitte?»

«Wie konnten Sie Platonow hinters Licht führen? Er ist ein sehr gewitzter Mann.»

«Ich hatte in der Tat ein bißchen Ärger mit der Börsenaufsicht, aber das war unwichtig.» Ryan wollte sich zum Gehen wenden. «Ohne Sie hätten wir es nicht geschafft. Wir mußten eine wirklich gute und glaubwürdige Szene bieten. Vor sechs Monaten war der Kongreßabgeordnete Trent hier und lernte einen jungen Mann namens Waleri kennen. Die beiden kamen sich sehr nahe. Später erfuhr Trent, daß Sie seinem Waleri fünf Jahre wegen ‹asozialen Verhaltens› verpaßten. Dafür wollte er sich revanchieren. Als wir ihn um Hilfe baten, war er sofort einverstanden. Wir haben Sie also mit Ihren eigenen Vorurteilen geschlagen.»

«Was sollen wir denn sonst mit solchen Elementen anfangen, Ryan?» herrschte der Vorsitzende. «Meinen Sie vielleicht –»

«Ich bin kein Gesetzgeber, Mr. Gerasimow», versetzte Ryan und ließ ihn einfach stehen. Auf dem Rückweg zur Botschaft fand er es angenehm, den Wind zur Abwechslung einmal im Rücken zu haben.

«Guten Morgen, Genosse Generalsekretär.»

«Kein Grund, so formell zu sein, Ilja Arkadijewitsch. Was bedrückt Sie?» fragte Narmonow vorsichtig. Der Schmerz im Blick seines Kollegen war unübersehbar. Eigentlich war eine Besprechung über die Weizenernte angesetzt, aber –

«Andrej Iljitsch, ich weiß nicht, wo ich anfangen soll.» Wanejew sprach erstickt, ihm traten Tränen in die Augen. «Es geht um meine Tochter», begann er und sprach zehn qualvolle Minuten lang weiter.

«Und?» fragte Narmonow, als der Wortschwall ein Ende genommen zu haben schien – doch nein, es kam noch eine Enthüllung.

«Alexandrow und Gerasimow also.» Narmonow lehnte sich zurück und starrte zur Wand. «Es war sehr mutig von Ihnen, mit dieser Geschichte zu mir zu kommen, mein Freund.»

«Ich konnte das nicht zulassen – selbst, wenn es meine Karriere kostet, Andrej –, ich kann es nicht zulassen, daß man Ihnen jetzt Knüppel zwischen die Beine wirft. Sie haben noch so viel zu tun, zu vieles muß geändert werden. Gut, ich muß abtreten, das weiß ich. Aber Sie müssen bleiben, Andrej. Das Volk braucht Sie.»

Bemerkenswert, daß er *Volk* gesagt hat und nicht *Partei*, dachte Narmonow und fragte: «Nun, Ilja, was werden Sie tun?»

«Ich werde Sie unterstützen, auch wenn es meinen Sturz bedeutet. Und meine Swetlana wird die Folgen ihrer Taten tragen müssen.» Wanejew richtete sich auf und fuhr sich über die Augen.

«Vielleicht muß ich selbst Sie anprangern», sagte Narmonow.

«Dafür hätte ich Verständnis, Andruschka», erwiderte Wanejew würdevoll.

«Ich würde es allerdings lieber vermeiden. Ich brauche Sie, Ilja. Ich brauche Ihren Rat. Wenn sich Ihr Posten retten läßt, will ich das tun.»

«Mehr kann ich nicht verlangen.»

Zeit, dem Mann Mut zu machen. Narmonow stand auf, kam hinter dem Schreibtisch hervor und drückte seinem Freund die Hand. «Gehen Sie ohne Vorbehalte auf alle Vorschläge ein, die man Ihnen macht. Und wenn die Zeit reif ist, zeigen Sie ihnen, was für ein Mann Sie sind.»

«So wie Sie, Andrej.»

Narmonow brachte ihn zur Tür. Er hatte bis zum nächsten Termin noch fünf Minuten Zeit, die er zum Stimmenzählen nutzte. Im Grunde sollte er es leichter haben als der amerikanische Präsident, denn in der Sowjetunion haben nur die Vollmitglieder des Politbüros, nun dreizehn an der Zahl, das Stimmrecht, aber jeder Mann repräsentierte ein ganzes Bündel Interessen, und Narmonow verlangte von jedem unerhörte Entscheidungen. Letzten Endes aber zählte Macht mehr als alles andere, sagte er sich, und auf Verteidigungsminister Jasow konnte er sich nach wie vor verlassen.

«Es wird Ihnen hier bestimmt gefallen», sagte General Pokryschkin, als sie den Zaun abschritten. Die KGB-Wachposten salutierten, und die beiden Männer erwiderten den halbherzigen Gruß. Die Hunde hatte man inzwischen abgezogen, was Gennadi trotz der angespannten Versorgungslage für einen Fehler hielt.

«Meiner Frau bestimmt nicht», erwiderte Bondarenko. «Seit zwanzig Jahren ist sie mir von einem Posten zum anderen gefolgt und hat sich jetzt an Moskau gewöhnt.» Er schaute über den Zaun und lächelte. Kann man dieser Aussicht je müde werden? Aber was wird meine Frau sagen? Es kam aber nicht oft vor, daß ein sowjetischer Soldat vor eine solche Wahl gestellt wurde, und das würde sie bestimmt verstehen.

«Vielleicht läßt sie sich mit Generalssternen für Sie versöhnen. Außerdem sind wir dabei, das Leben hier angenehmer zu machen. Im nächsten Sommer wird die Schule fertig, dann kommen alle Kinder hierher. Selbstverständlich» – er lachte – «müssen wir dann noch einen Wohnblock hochziehen.»

«Wenn das so weitergeht, haben wir in fünf Jahren nicht mehr genug Platz für die Laser. Wie ich sehe, haben Sie den höchsten Punkt für sie freigehalten.»

«Ja, nach neun Monaten Papierkrieg bekam ich die Genehmigung auf das Argument hin, daß wir dort später etwas Leistungsfähigeres bauen könnten.»

«Den wahren Hellen Stern.»

«Den Sie errichten werden, Gennadi Josifowitsch.»

«Jawohl, Genosse General. Ich nehme Ihr Angebot an, wenn Sie mich noch haben wollen.» Er drehte sich um und schaute noch einmal über das Gelände. *Eines Tages ist das alles mein.*

«Allahs Wille», meinte der Major achselzuckend.

Er wurde des Ausspruchs müde. Die erzwungene Änderung ihrer Pläne stellte die Geduld und sogar den Glauben des Bogenschützen auf die Probe. Seit sechsunddreißig Stunden rollten immer wieder sowjetische Truppentransporte über die Talstraße. Die Hälfte seines Verbandes war nun auf der anderen Seite, der Rest beobachtete die Kolonnen von Lastern und Schützenpanzern und wartete.

«Warten fällt schwer», bemerkte der Major. «Der Verstand hat nichts zu tun, Fragen schleichen sich ein.»

«Was sind Ihre Fragen?»

«Wann hat der Krieg ein Ende? Es gehen Gerüchte, aber die höre ich schon seit Jahren. Ich habe diesen Krieg satt.»

«Die meiste Zeit haben Sie doch auf der anderen Seite –»

Der Kopf des Majors fuhr herum. «Sagen Sie das nicht! Jahrelang habe ich Ihrer Gruppe Informationen geliefert. Hat Ihnen Ihr Anführer das nicht gesagt?»

«Nein. Ich wußte zwar, daß wir Material zugespielt bekamen, aber –»

«Tja, er war ein guter Mann, der wußte, daß er mich schützen mußte. Wissen Sie, wie oft ich meine Truppen auf sinnlose Streifengänge schickte, damit sie euch nicht sahen, wie oft ich mich von meinen eigenen Landsleuten beschießen lassen mußte, die meinen Namen verfluchten?»

Von dem jähen Gefühlsausbruch waren beide Männer verblüfft. *Jeder Mann hat seine eigene Geschichte*, dachte der Bogenschütze und antwortete schlicht: «Das Leben ist hart.»

«Für die da oben auf dem Berg wird es noch härter.» Der Major schaute in die Runde. «Das Wetter schlägt um. Der Wind weht jetzt von Süden und wird Wolken bringen. Vielleicht hat Allah uns doch nicht im Stich gelassen. Führen wir das Unternehmen weiter. Mag sein, daß wir Sein Werkzeug sind und daß Er die Ungläubigen durch uns zum Abzug bewegen will.»

Der Bogenschütze schaute auf zum Berg. Das Ziel konnte er nicht mehr erkennen, aber das machte nichts. «Wir schaffen den Rest unserer Männer in dieser Nacht auf die andere Seite.»

«Gut. Dann sind sie ausgeruht, mein Freund.»

«Mr. Clark?» Der Mann war schweißüberströmt und hatte nach Mancusos Schätzung fast eine Stunde auf der Tretmühle verbracht.

«Ja, Captain?» Clark schaltete den Walkman aus und setzte den Kopfhörer ab.

«Was hören Sie da?»

«Jones aus dem Sonarraum hat mir sein Gerät und Kassetten geliehen. Alles Bach, aber es beschäftigt den Geist.»

«Eine Nachricht für Sie.» Mancuso reichte ihm ein Stück Papier, auf dem nur sechs Worte standen – in Code.

«Es geht los.»

«Wann?»

«Das wird in der nächsten Nachricht stehen.»

«Es wird langsam Zeit, daß Sie mir sagen, wie diese Sache ablaufen soll», meinte der Captain.

«Aber nicht hier», erwiderte Clark leise.

«Hier entlang zu meiner Kajüte.» Mancuso machte eine Geste. Sie gingen an den Turbinen vorbei, durch den Reaktorraum, durchquerten die Angriffszentrale und erreichten schließlich Mancusos Kajüte. Der Captain warf Clark ein Handtuch zu, damit er sich den Schweiß vom Gesicht wischen konnte.

«Hoffentlich haben Sie sich nicht total erschöpft.»

«Ich mußte etwas gegen die Langeweile tun. Ihre Leute haben alle Beschäftigung, aber ich sitze nur herum und warte. Warten geht mir auf die Nerven. Wo ist Kapitän Ramius?»

«Der schläft. Außerdem braucht er so früh noch nicht eingeweiht zu werden, oder?»

«Nein.»

«Können Sie mir nun sagen, worum es genau geht?»

«Ich soll zwei Leute herausholen», antwortete Clark schlicht.

«Zwei Russen? Es geht also um *Menschen*, nicht um einen *Gegenstand*?»

«Stimmt.»

«Und so etwas machen Sie dauernd?»

«So häufig auch wieder nicht», räumte Clark ein. «Zuletzt vor drei Jahren und im Jahr davor. Zwei andere Operationen wurden abgesagt. Den Grund erfuhr ich nie. Sie wissen ja, man bekommt immer nur gesagt, was man unbedingt wissen *muß*.»

«Wissen die Leute, die Sie abholen sollen, schon Bescheid?»

«Nein. Sie haben nur Anweisung, zu einer bestimmten Zeit an einem bestimmten Ort zu sein. Meine Sorge ist nur, daß sie dann von Kommandotruppen des KGB umgeben sind.» Clark nahm ein Funkgerät. «Ihr Part ist ganz einfach. Wenn ich nicht zur abgemachten Zeit etwas Bestimmtes auf eine bestimmte Art funke, sehen Sie zu, daß Sie mit Ihrem Boot verschwinden.»

«Und Sie zurücklasse.» Das war keine Frage.

«Genau. Es sei denn, Sie wollten mir im Lefortowo-Gefängnis Gesellschaft leisten – mit Ihrer Mannschaft. In den Zeitungen würde sich das nicht so gut machen, Captain.»

«Ich hatte doch gleich den Eindruck, daß Sie ein vernünftiger Mann sind.»

Clark lachte. «Ach, das ist eine lange Geschichte.»

«Colonel Eich?»

«Von Eich», korrigierte der Pilot. «Meine Vorfahren kamen aus Preußen. Und Sie sind Dr. Ryan, nicht wahr? Was kann ich für Sie tun?» Sie saßen im Büro des Militärattachés.

«Wissen Sie, für wen ich arbeite?»

«Soviel ich weiß, für einen Nachrichtendienst. Ich bin nur ein Flieger und überlasse den wichtigen Kram den Leuten in Zivil», meinte der Colonel.

«Das wird jetzt anders. Ich habe einen Auftrag für Sie, der Ihnen Spaß machen wird.» Da irrte Jack.

Es fiel Ryan schwer, sich auf seine offizielle Arbeit zu konzentrieren. Das lag nicht nur an der geisttötenden Langeweile des Verhandlungsprozesses, sondern auch an seinem inoffiziellen Job, der ihn beschäftigte, während er an seinem Kopfhörer drehte, um die Simultanübersetzung der zweiten Version der Rede des sowjetischen Abrüstungsbeauftragten richtig verstehen zu können. Fort war die Andeutung von gestern, Vor-Ort-Inspektionen sollten strengeren Beschränkungen unterliegen als zuvor vereinbart. Nun verlangte man eine weiter gefaßte Genehmigung, amerikanische Anlagen zu inspizieren. Da wird sich das Pentagon aber freuen, dachte Ryan und unterdrückte ein Lächeln. Erstaunlich – nach dreißig Jahren entsprechender US-Forderungen hatten die Sowjets auf einmal nachgegeben. *Warum akzeptieren sie unsere Bedingungen? Was steckt dahinter?*

Doch die Sache stellte einen Fortschritt dar, wenn man sich erst einmal an sie gewöhnt hatte. Dann wußten beide Seiten, was die andere besaß und was sie damit trieb. Natürlich würde keiner dem anderen trauen;

dafür sorgten schon die Geheimdienste. Spione würden herumschleichen und nach Indizien für Betrugsversuche der Gegenseite suchen, den geheimen Zusammenbau von Raketen für einen Überraschungsangriff beispielsweise. Die den militärisch-industriellen Komplex beherrschende Paranoia würde viel länger halten als die Waffen selbst. Jack wandte seinen Blick zu dem sowjetischen Sprecher.

Warum habt ihr es euch anders überlegt? Wißt ihr vielleicht, was in meiner Analyse stand? Die Presse kennt sie noch nicht, aber ihr habt sie womöglich zu Gesicht bekommen. Darin stand, ihr hättet endlich erkannt, wie teuer die verfluchten Dinger sind, daß ihr genug habt, um Amerika achtmal zu verheizen, wo doch viermal schon ausreichte, und daß ihr nur Geld spart, wenn ihr eure alten Raketen auf den Schrott werft. Es geht euch nur ums Geld, habe ich dem Präsidenten dargelegt, euren Standpunkt habt ihr nicht geändert. Ach ja, und öffentlichkeitswirksam sind solche Aktionen auch.

Wenn das Abkommen wie erwartet zustande kam, sparten beide Seiten rund drei Prozent ihrer Verteidigungslasten, die Russen wegen ihrer stärker diversifizierten Raketensysteme vielleicht sogar fünf. Was würden die Supermächte mit dem gesparten Geld anfangen?

Der Russe beendete seine Rede; Zeit für eine Kaffeepause. Ryan klappte seinen ledernen Aktendeckel zu, ging mit den anderen hinaus und nahm sich zur Abwechslung eine Tasse Tee.

«Nun, Ryan, was halten Sie von der Sache?» fragte Golowko.

«Ist das eine dienstliche oder eine private Frage?»

«Eine private, wenn Sie nichts dagegen haben.»

«Sergej Nikolajewitsch, wenn es auf der Welt mit Vernunft zuginge, würden wir uns zusammensetzen und diesen ganzen Mist in zwei, drei Tagen unter Dach und Fach bringen. Eine Woche lang streitet man sich jetzt um die Vorwarnzeit vor einer Inspektion. Und da man sich darüber nicht einigen kann, redet man über alten Kram, der längst erledigt ist. Wenn wir beide verhandeln würden, dann würde ich eine Stunde sagen, Sie vielleicht acht. Und einigen würden wir uns dann irgendwann auf drei oder vier –»

«Vier oder fünf.» Golowko lachte.

«Meinetwegen vier.» Auch Jack reagierte erheitert. «Na bitte. *Wir* kämen jedenfalls überein.»

«Wir sind aber keine Diplomaten», meinte Golowko. «Wir halten uns nicht an die Formen, sind zu direkt, zu pragmatisch. Ach, Ryan, aus Ihnen machen wir noch einen Russen.»

Zurück zum Geschäft, dachte Ryan und stellte sich um. «Lieber nicht. Mir ist es hier zu kalt. Passen Sie auf, Sie gehen einfach zu Ihrem Chefunterhändler, ich wende mich an Onkel Ernie, und wir schlagen ihnen eine Vorwarnzeit von vier Stunden vor. Und zwar auf der Stelle. Na, wie wär's?»

Das brachte Golowko aus dem Konzept, wie Ryan feststellte. Für den Bruchteil einer Sekunde glaubte der Mann, Ryan meinte das ernst. Doch der GRU/KGB-Offizier faßte sich schnell wieder. Und Ryan merkte nicht, was für einen schwerwiegenden Fehler er gerade gemacht hatte.

Sie sollten nervös sein, Ryan, verhalten sich aber entspannt, dachte Golowko bei sich. Beim Abendempfang waren Sie verkrampft; gestern, als Sie mir den Zettel zusteckten, hatten Sie feuchte Handflächen. Heute aber reißen Sie Witze. Sie sind kein Geheimdienstprofi, das haben Sie durch Ihre Nervosität bewiesen, aber auf einmal verhalten Sie sich wie einer. Warum? Golowko behielt den Amerikaner im Auge, als alle wieder zurück in den Konferenzsaal strebten.

Ryan, warum hast du dich gleich zweimal mit Gerasimow getroffen? Warum warst du *vor* und *nach* der ersten Begegnung nervös ... und auch *vor*, aber *nicht nach* der zweiten?

Seltsam. Golowko lauschte dem eintönigen Leiern in seinem Kopfhörer – inzwischen war der amerikanische Chefdelegierte an der Reihe –, aber seine Gedanken waren anderswo, bei Ryans KGB-Akte. Ryan, John Patrick. Eltern: Emmet William Ryan und Catherine Ryan, geborene Burke, beide verstorben. Verheiratet, zwei Kinder. Studierte Wirtschaftswissenschaften und Geschichte. Wohlhabend. Kurze Dienstzeit bei der Marineinfanterie. Früher Börsenmakler und Geschichtsdozent. Wurde vor fünf Jahren CIA-Berater, vor vier Angestellter auf Teilzeitbasis. Kurz darauf als Analytiker übernommen. Keine Außendienstausbildung. Ryan war zweimal in Gewaltsituationen verwickelt und hatte sich beide Male gut gehalten – das lag an der Ausbildung beim Marinekorps, vermutete Golowko. Hochintelligent, sehr mutig, wenn erforderlich: ein gefährlicher Widersacher. Ryan arbeitete dem CIA-Direktor direkt zu und hatte zahlreiche Analysen erstellt. Doch für einen Geheimdienstauftrag war er nicht qualifiziert. Viel zu offen, dachte Golowko; wenn dieser Mann etwas verheimlichte, merkte man es ihm sofort an.

Bisher hast du etwas verheimlicht, Ryan. Aber jetzt?

Jack merkte, daß der Mann ihn anstarrte, sah seinen fragenden Blick. Der ist nicht auf den Kopf gefallen, dachte er. Wir rechneten ihn der GRU zu, in Wirklichkeit aber ist er beim KGB – oder zumindest hat es den Anschein, korrigierte sich Jack. Gibt es noch etwas, das wir über ihn nicht wissen?

Colonel von Eich stand auf dem Flughafen Scheremetjewo an der hinteren Passagiertür seiner Maschine. Vor ihm arbeitete ein Sergeant an der Türdichtung. Wie die meisten Flugzeugtüren öffnete sich diese erst nach innen und dann nach außen, damit die Dichtung sich aus ihrem Preßsitz lösen und zur Seite gleiten konnte, um nicht beschädigt zu werden. Schadhaften Türdichtungen waren schon mehrmals Flugzeuge zum Opfer gefallen, darunter eine DC-10 der THY, die 1974 bei Paris 346 Passagiere in den Tod riß. Unter ihnen hielt ein KGB-Soldat mit geladenem Gewehr am Flugzeug Wache.

«Ich verstehe nicht, weshalb bei Ihnen die Warnleuchte brennt, Colonel», sagte der Sergeant nach zwanzig Minuten. «Die Dichtung ist in perfektem Zustand, der Schalter fürs Licht scheint auch in Ordnung zu sein – hier stimmt alles, Sir. Ich sehe mir jetzt die Tafel im Cockpit an.»

Verstanden? hätte Paul von Eich den KGB-Wächter am liebsten gefragt, aber das ging leider nicht.

Seine Crew machte die Maschine schon klar für den Rückflug. Die Männer hatten nun zwei Tage Zeit für die Sehenswürdigkeiten von Moskau gehabt und wollten wieder nach Hause. Über das, was Ryan ihm gesagt hatte, durfte von Eich sie erst morgen abend informieren. Auf ihre Reaktion war er schon gespannt.

Die Sitzung endete wie geplant und mit einer Andeutung der Sowjets, über die Inspektionszeiten könne man morgen reden. Da werden wir uns aber beeilen müssen, dachte Ryan, denn die Delegation flog morgen abend ab und mußte greifbare Ergebnisse mit nach Hause bringen. Immerhin war bereits ein Gipfeltreffen avisiert, diesmal in Moskau. Hoffentlich gibt es dann ein Abkommen, das unterzeichnet werden kann, dachte Ryan.

Golowko sah die Amerikaner abfahren und winkte dann seinen Wagen herbei, der ihn in die KGB-Zentrale brachte. Dort ging er geradewegs zum Büro des Vorsitzenden.

«Nun, was haben unsere Diplomaten heute verschenkt?» fragte Gerasimow ohne Umschweife.

«Morgen werden wir wohl unseren abgeänderten Vorschlag für Warnzeiten vor Inspektionen unterbreiten.» Golowko machte eine Pause und fuhr dann fort. «Ich habe heute mit Ryan gesprochen und eine Veränderung in seinem Verhalten festgestellt, die ich gerne melden möchte.»

«Weiter», sagte der Vorsitzende.

«Genosse Vorsitzender, ich weiß nicht, was Sie mit ihm besprochen haben, aber er benimmt sich plötzlich anders», erklärte Golowko und gab seine Beobachtungen wieder.

«Ah, ja. Über den Inhalt der Gespräche kann ich Ihnen leider keine Auskunft geben – das betrifft eine andere Abteilung –, ich würde mir aber an Ihrer Stelle keine Sorgen machen, Oberst. Ich kümmere mich persönlich um diese Angelegenheit und nehme Ihre Wachsamkeit zur

Kenntnis. Ryan wird lernen müssen, seine Gefühle im Zaum zu halten. Nun ja, er ist halt kein Russe.» Für seine Scherze war Gerasimow sonst nicht gerade bekannt, dies hier war eher eine Ausnahme. «Sonst noch etwas zu den Verhandlungen?»

«Mein schriftlicher Bericht wird morgen früh auf Ihrem Schreibtisch liegen.»

«Gut.» Gerasimow schaute dem Mann nach. Seine Miene blieb unverändert, bis die Tür ins Schloß gefallen war. Es ist hart, ausgerechnet gegen einen Amateur zu verlieren, sagte er sich. Doch nun lag die Entscheidung hinter ihm. Es tat ihm zwar leid um seine Offiziere in New Mexico, aber sie hatten versagt und daher ihr Schicksal verdient. Er griff nach dem Telefon und wies seinen Privatsekretär an, für seine Frau und seine Tochter am nächsten Morgen Plätze in der Maschine nach Tallinn zu besorgen. Ein Wagen mit Chauffeur, der auch als Leibwächter fungieren sollte, würde ebenfalls gebraucht. Es handele sich ja nur um einen Familienbesuch. Gerasimow legte auf und sah sich in seinem Büro um. Die Macht wirst du vermissen, dachte er. Sein Leben aber war ihm wichtiger.

«Und dieser Oberst Bondarenko?» fragte Watutin.

«Ein erstklassiger junger Offizier. Hochintelligent. Wird einen guten General abgeben, wenn er alt genug ist.»

Watutin fragte sich, wie er dieses Thema in seinem abschließenden Bericht behandeln sollte. Abgesehen von der Tatsache, daß er für Filitow gearbeitet hatte, lag nichts Belastendes gegen Bondarenko vor. Andererseits hatte auch kein Verdacht gegen Filitow bestanden – trotz seiner Verbindung mit Penkowski. Oberst Watutin schüttelte verwundert den Kopf. Dieser Fall würde auf Lehrgängen immer wieder behandelt werden. Hat das denn niemand gesehen? mußten die jungen Offiziere dann fragen. Wie konnte man nur so dumm sein? Nun, weil sich nur Vertrauenspersonen zu Spionen eignen – Menschen, denen man nicht traut, gibt man keine geheimen Informationen. Und die Moral von der Geschichte? Trau keinem.

Watutin kehrte zu Bondarenko zurück und fragte sich, was aus dem Mann werden würde. Wenn er wirklich so loyal und hervorragend war, sollte er diese Affäre unbeschadet überstehen. Aber – es gab halt immer ein Aber – es mußten noch weitere Fragen gestellt werden. Watutin ging ans Ende seiner Liste. Der vorläufige Bericht mußte bis morgen vormittag auf Gerasimows Schreibtisch liegen.

Der Anstieg im Stockfinstern nahm die ganze Nacht in Anspruch. Von Süden her waren Wolken aufgezogen und verdeckten Mond und Sterne; Licht spendeten nur die Scheinwerfer an der Umzäunung ihres Ziels, das nun in Sicht war. Schon konnten die verschiedenen Einheiten über ihre Aufträge informiert werden. Der Bogenschütze wählte sich eine hochgelegene Stelle, stützte das Fernglas auf einen Felsen und betrachtete die Anlage. Sie schien aus drei Lagern zu bestehen. Nur zwei waren eingezäunt; am dritten konnte er Stöße von Pfählen und Stacheldrahtrollen ausmachen. Warum hatte man sich die Mühe gemacht, einen so gewaltigen Komplex auf einen Berg zu stellen? Um einen Laserstrahl gen Himmel zu schicken? Die Amerikaner hatten sich erkundigt, was der Lichtstrahl getroffen habe. Demnach hatten sie gewußt, daß er ein Ziel gehabt hatte. Etwas am Himmel. Was immer das auch war, es hatte den Amerikanern Angst eingejagt, eben jenen Leuten, die die Raketen herstellten, die so viele russische Piloten getötet hatten. Was konnte so schlauen Menschen angst machen? Bedrohlich fand der Bogenschütze an der Anlage allein die Wachtürme mit den Maschinengewehren. In einem der Gebäude gab es auch Soldaten mit schweren Waffen. Davor mußte man Angst haben. Wo war dieses Gebäude? Es mußte als erstes angegriffen, mit Mörserfeuer belegt werden.

Und dann...? Er wollte seine Männer in zwei Gruppen einteilen. Eine übernahm dann der Major. Er würde sie nach links führen, während er selbst die zweite nach rechts führen würde. Schon beim ersten Anblick des Berges hatte sich der Bogenschütze sein Ziel gewählt: das große Gebäude. Dort lebten die Russen. Nicht die Soldaten, sondern jene, die von den Soldaten beschützt wurden. Ein Wohnblock mitten auf dem Berg, dachte er. Für wen bauten die Russen ein Haus, wie man es sonst nur in Städten findet? Für Menschen, die Komfort brauchten, für Menschen, die an etwas arbeiteten, das die Amerikaner fürchteten. Leute, die der Bogenschütze gnadenlos töten würde.

Der Major legte sich neben ihn.

«Die Männer sind gut getarnt», meldete er und richtete sein Fernglas auf das Ziel. Es war so dunkel, daß der Bogenschütze gerade sein Profil erkennen konnte. «Wir haben das Gelände von unserem letzten Beobachtungspunkt aus falsch eingeschätzt. Es wird drei Stunden dauern, bis wir dort sind.»

«Eher vier.»

«Diese Wachtürme gefallen mir nicht», stellte der Major fest. Beide Männer fröstelten. Eine kräftige Brise war aufgekommen, und sie befanden sich nun nicht mehr im Windschatten des Berges. Allen Männern stand eine harte Nacht bevor. «Auf jedem sind ein oder zwei Maschinengewehre, die uns beim Angriff vom Hang fegen können.»

«Keine Suchscheinwerfer», merkte der Bogenschütze an.

«Dann benutzen sie bestimmt Nachtsichtgeräte. Mit denen kenne ich mich aus.»

«Wie gut sind die?»

«Ihre Reichweite ist beschränkt. Über eine Entfernung wie zu uns erkennt man durch sie große Objekte wie Lkw. Einen Mann sieht man vor diesem zerklüfteten Hintergrund über dreitausend Meter. Für ihre Zwecke reicht das gut. Die Türme müssen zuerst ausgeschaltet werden. Setzen Sie die Mörser gegen sie ein.»

«Nein.» Der Bogenschütze schüttelte den Kopf. «Wir haben nur knapp hundert Granaten; die sind für die Kaserne bestimmt. Wenn wir alle schlafenden Soldaten töten können, haben wir es nachher im Komplex selbst einfacher.»

«Wenn uns die MG-Schützen auf den Türmen aber kommen sehen, ist die Hälfte unserer Männer tot, ehe die Soldaten überhaupt aufwachen», gab der Major zu bedenken.

Der Bogenschütze grunzte. Sein Kamerad hatte recht. Zwei Türme waren so positioniert, daß von ihnen aus der Hang unter dem Plateau bestrichen werden konnte. Und diesen Hang mußten seine Männer erklimmen. Er konnte der Bedrohung mit seinen eigenen MG begegnen, doch solche Duelle gewann meist der Verteidiger. Der Wind zerrte an ihnen. Beide Männer mußten jetzt Schutz suchen, wenn sie keine Erfrierungen riskieren wollten.

«Verfluchte Kälte!» stieß der Major hervor.

«Ist es auf den Türmen auch kalt?» fragte der Bogenschütze nach kurzem Nachdenken.

«Sogar noch kälter als hier. Dort ist man dem Wind ungeschützt ausgesetzt.»

«Was haben die russischen Soldaten an?»

Der Major lachte in sich hinein. «Sachen wie wir. Immerhin tragen wir ihre Uniformen.»

Der Bogenschütze nickte, hatte plötzlich einen Einfall und stand auf. Kurz darauf kam er mit einem Stinger-Abschußgerät zurück und setzte es zusammen. Die Suchgeräte wurden von seinen Männern unter der Kleidung getragen, um die Batterien vor der Kälte zu schützen. Fachmännisch setzte er die Waffe zusammen, aktivierte sie und visierte den nächsten Wachturm an...

«Hören Sie mal», sagte er und reichte dem Major das Gerät.

«Ah!» Er grinste breit.

Clark – offenbar ein systematischer Mann, wie Mancuso beim Zuschauen feststellte – breitete seine Ausrüstung aus und prüfte sie. Die Kleidung des Mannes sah gewöhnlich, aber schäbig aus.

«In Kiew gekauft», erklärte Clark. «Wer sich hier als Einheimischer ausgeben will, darf nicht im Maßanzug rumlaufen.» Er hatte auch einen

Tarnoverall zum Drüberziehen, russische Ausweise und eine kleine Pistole mit Schalldämpfer.

«So eine habe ich noch nie gesehen», meinte der Captain.

«Wer eine großkalibrige Waffe dämpfen will, braucht einen ellenlangen Schalldämpfer, wie ihn die Jungs vom FBI an ihren Kanonen haben. Ich aber brauche eine Waffe, die in die Hosentasche paßt. Wir ziehen hier keinen Fernsehkrimi ab, Captain. Richtig dämpfen läßt sich nur ein kleines Kaliber, ein Geschoß also, das die Schallgeschwindigkeit nicht erreicht, und der Verschluß muß versiegelt sein. Dann hört man nämlich nichts. Hier drinnen würden die Stahlwände das bißchen Schall reflektieren, aber im Freien merkt niemand was. Der Schalldämpfer wird so aufgesetzt und einmal gedreht» – Clark demonstrierte das – «und nun haben Sie einen Schuß. Der Schalldämpfer sperrt nämlich die Mechanik. Wenn Sie noch einen Schuß abgeben wollen, müssen Sie ihn zurückdrehen und die Waffe von Hand spannen.»

«Sie wollen mit einer Zweiundzwanziger, die nur je einen Schuß abgibt, an Land?»

«So wird das gemacht, Captain.»

«Mußten Sie jemals –»

«Das möchte und darf ich Ihnen nicht verraten.» Clark grinste. «Schiß habe ich schon, aber dafür werde ich bezahlt.»

«Wenn aber etwas –»

«Dann machen Sie, daß Sie verschwinden. Vergessen Sie nicht, Captain, ich bin ermächtigt, Ihnen diesen Befehl zu erteilen. Aber vorgekommen ist so etwas noch nie. Machen Sie sich also keine Sorgen. Ich zerbreche mir eh schon den Kopf – auch für Sie.»

25

Maria Gerasimowa und ihrer Tochter Katrin wurde die VIP-Behandlung zuteil, die den nächsten Angehörigen eines Mitglieds des Politbüros zusteht. Eine KGB-Limousine holte sie von ihrer Achtzimmerwohnung im Kutusowski-Prospekt ab und brachte sie zum Wnukowo-Flughafen, der überwiegend für Inlandflüge benutzt wird. Dort wurden sie in einen für die *wlasti* reservierten Saal geführt, bekamen die Mäntel abgenommen und Kaffee angeboten.

Maria Gerasimowa, eine nun etwas streng wirkende frühere Schönheit, wußte, daß etwas nicht stimmte. Ihr Mann hatte sie angewiesen, zu einer bestimmten Zeit an einem bestimmten Ort zu sein, keine Fragen zu stellen, sondern nur zu versprechen, dieser Anweisung ohne Rücksicht auf die Konsequenzen zu folgen.

Ihre Tochter ahnte von alledem nichts. Katrin studierte im ersten Semester an der Staatsuniversität Wirtschaftswissenschaften, gab sich vorwiegend mit den Kindern ähnlich privilegierter Leute ab und war noch nie in einer irgendwie bedrohlichen Situation gewesen. Nun saß sie schweigend neben ihrer Mutter und blätterte in einer Zeitschrift.

Als sie ihren Kaffee ausgetrunken hatten, wurde ihr Flug aufgerufen. Sie blieben sitzen. Ohne sie durfte die Maschine nicht abfliegen. Auf den letzten Aufruf hin brachte man ihnen ihre Mäntel und geleitete sie zu dem Bus, der sie zum Flugzeug bringen sollte. In der Maschine bekamen sie Plätze in der vorderen Hälfte der Kabine. Man bezeichnete sie zwar nicht als «Erste Klasse», aber sie waren breiter, boten mehr Fußraum und waren reserviert. Um zehn Uhr Moskauer Zeit hob die Maschine ab, machte einen Zwischenstopp in Leningrad und landete kurz nach eins in Tallinn.

«Nun, Oberst, haben Sie eine Gesamtübersicht über die Aktivitäten des Filitow angefertigt?» fragte Gerasimow lässig. Watutin merkte sofort, daß er mit anderen Dingen beschäftigt war. Seltsam, er hätte mehr

Interesse zeigen sollen. Immerhin trat in einer Stunde das Politbüro zusammen.

«Genosse Vorsitzender, über diesen Fall werden Bücher geschrieben werden. Filitow hatte Zugang zu fast allen unseren militärischen Geheimnissen und war sogar an der Formulierung unserer Verteidigungspolitik beteiligt. Ich brauchte weitere dreißig Seiten nur für einen groben Umriß seiner Taten. Das detaillierte Verhör wird mehrere Monate in Anspruch nehmen.»

«Gründlichkeit ist wichtiger als Tempo», meinte Gerasimow wegwerfend.

Watutin reagierte nicht. «Wie Sie wünschen, Genosse Vorsitzender.»

«Und wenn Sie mich nun entschuldigen würden – heute vormittag tritt das Politbüro zusammen.»

Oberst Watutin nahm Haltung an, machte auf den Hacken kehrt und ging. Im Vorzimmer traf er Golowko, den er von der KGB-Akademie her flüchtig kannte.

«Oberst Golowko», sagte der Sekretär des Vorsitzenden gerade, «der Vorsitzende muß nun fort und bittet Sie, morgen früh um zehn wiederzukommen.»

«Aber –»

«Er geht gerade», sagte der Sekretär.

«Gut», erwiderte Golowko und erhob sich. Zusammen mit Watutin verließ er den Raum.

«Der Vorsitzende hat viel zu tun», bemerkte Watutin auf dem Weg nach draußen.

«Geht uns das nicht allen so?» versetzte der andere Mann, als sich die Tür hinter ihnen geschlossen hatte. «Seit vier Uhr früh habe ich an diesem verdammten Bericht gesessen, und jetzt will er ihn nicht einmal sehen. Na, ich gehe jetzt erst mal anständig frühstücken. Und was treibt ihr Zweier so, Klementi Wladimirowitsch?»

«Wir haben einen Haufen Arbeit.» Auch er war früh gekommen, um seine Schreibarbeiten zu erledigen, und sein Magen knurrte vernehmlich.

«Mann, hast du Kohldampf. Kommst du mit?»

Watutin nickte und ging mit zur Kantine. Offiziere vom Oberst aufwärts hatten eine eigene Messe, in der Kellner in weißen Jacketts servierten. Der Raum war niemals leer, denn beim KGB wird rund um die Uhr gearbeitet. Außerdem war das Essen vorzüglich. In der Messe war es still. Selbst über Sport wurde hier nur im Flüsterton geredet.

«Hast du nicht inzwischen mit den Abrüstungsverhandlungen zu tun?» fragte Watutin beim Tee.

«Ja, ich spiele das Kindermädchen für Diplomaten. Weißt du was? Die Amerikaner meinen doch tatsächlich, ich wäre bei der GRU.» Golowko zog die Brauen hoch – teils, um sich über die Amerikaner lustig zu machen, teils aber auch, um seinem Klassenkameraden zu zeigen, wie wichtig sein Posten war.

«Wirklich?» Watutin war überrascht. «Da hätte ich sie aber für besser informiert gehalten – zumindest... na ja –» Er zuckte die Achseln, um anzudeuten, daß er nicht weitergehen durfte. Auch ich habe meine Geheimnisse, Sergej Nikolajewitsch.

«Den Vorsitzenden beschäftigt wohl die Sitzung des Politbüros. Man hört Gerüchte –»

«Er ist noch nicht soweit», sagte Watutin mit der ruhigen Selbstsicherheit des Insiders.

«Bist du sicher?»

«Ganz sicher.»

«Und wo stehst du?» fragte Golowko.

«Wo stehst *du*?» versetzte Watutin. Beide tauschten einen amüsierten Blick, doch dann wurde Golowko ernst.

«Narmonow braucht eine Chance. Das Abrüstungsabkommen ist günstig für uns.»

«Meinst du wirklich?» Watutin wußte nicht, was er von der Sache halten sollte.

«Ja. Ich bin inzwischen Experte für die Waffen beider Seiten. Ich weiß, was wir haben, ich weiß auch, was die anderen haben. Genug ist genug. Einen Toten braucht man nicht mehrmals zu erschießen. Es gibt bessere Verwendungszwecke für unser Geld. Einiges muß geändert werden.»

«Paß auf, was du da sagst», warnte Watutin. Golowko war zu oft gereist, hatte den Westen gesehen, und viele KGB-Offiziere kehrten mit wundersamen Geschichten zurück – wenn die Sowjetunion nur dies, das oder jenes auf die Beine brächte... Watutin spürte die Wahrheit daran, war aber von Natur aus vorsichtig; ein typischer «Zweier» eben, der nach Gefahren Ausschau hielt, während Golowko vom Ersten Hauptdirektorat auf Gelegenheiten erpicht war.

«Sind wir nicht die Wächter? Wenn wir nicht frei sprechen können, wer dann», sagte Golowko und trat dann den Rückzug an. «Natürlich nur mit Vorsicht und immer unter der Führung der Partei –, doch selbst die Partei weiß, daß etwas geschehen muß.»

«Nur schade, daß die Partei nicht einsieht, wie nötig ihre Wächter den Schlaf haben. Übermüdete Männer machen Fehler, Sergej Nikolajewitsch.»

Golowko musterte kurz sein Rührei und senkte dann die Stimme noch weiter. «Klementi... nehmen wir einmal an, ich wüßte, daß sich ein hoher KGB-Offizier mit einem hohen CIA-Offizier trifft?»

«Wie hoch?»

«Höher als der Chef eines Hauptdirektorats», erwiderte Golowko und sagte damit Watutin, wer es war, ohne Namen oder Titel zu nennen. «Nehmen wir einmal an, daß ich die Treffs arrangiere und daß er mir sagt, den Inhalt der Gespräche bräuchte ich nicht zu kennen. Und nehmen wir schließlich einmal an, daß sich dieser hohe Offizier... seltsam verhält. Was sollte ich da tun?» fragte er und bekam eine Antwort direkt aus der Dienstvorschrift:

«Selbstverständlich dem Zweiten Direktorat Meldung erstatten.»

Golowko blieb fast sein Frühstück im Hals stecken. «Prächtige Idee. Und anschließend kann ich mir gleich mit einer Rasierklinge die Kehle durchschneiden und dem Verein die Mühe eines Verhörs ersparen. Manche Leute sind über jeden Verdacht erhaben – oder so hochgestellt, daß es niemand wagt, sie zu verdächtigen.»

«Sergej, eines habe ich im Lauf der letzten Wochen gelernt: ‹Über jeden Verdacht erhaben› ist niemand. Wir hatten einen Fall ganz oben im Verteidigungsministerium... unglaublich.» Watutin winkte einem Kellner und bestellte noch eine Kanne Tee. Die Unterbrechung gab dem anderen eine Chance zum Nachdenken. Golowko hatte sich mit strategischen Waffen beschäftigt und kannte sich daher im Verteidigungsministerium gut aus. Wer konnte es sein? Es gab nicht viele Männer, die das KGB zu verdächtigen nicht in der Lage war, aber...

«Filitow?»

Watutin wurde blaß und machte einen Fehler: «Woher weißt du das?»

«Himmel noch mal, der Mann hat *mich* im vergangenen Jahr über Mittelstreckenwaffen informiert. Wie ich höre, war er krank. Sag mal, soll das ein Witz sein?»

«An dieser Sache ist überhaupt nichts Komisches. Viel kann ich nicht sagen, und es darf auch nicht weiterdringen. Ja, Filitow arbeitete für... eine fremde Macht. Er hat gestanden; die erste Phase der Vernehmung ist abgeschlossen.»

«Aber dieser Mann weiß doch *alles*! Davon muß unser Verhandlungsteam erfahren. Dieser Fall verändert die gesamte Basis der Abrüstungsverhandlungen», sagte Golowko.

Darüber hatte Watutin noch nicht nachgedacht, aber politische Entscheidungen standen ihm nicht zu. Immerhin war er nichts als ein Polizist mit Sonderaufgaben. Golowkos Einschätzung mochte richtig sein, aber Vorschriften waren Vorschriften.

«Das Ganze ist im Augenblick noch streng geheim, Sergej Nikolajewitsch. Vergiß das nicht.»

«Das Aufsplittern von Informationen kann sich für und gegen uns auswirken, Klementi», warnte Golowko und fragte sich, ob er den Unterhändlern einen Tip geben sollte.

«Wohl wahr», stimmte Watutin zu.

«Wann haben sie ihn verhaftet?» fragte Golowko und bekam die Antwort. *Der Zeitpunkt...* Er holte tief Luft und vergaß die Abrüstungsverhandlungen. «Der Vorsitzende hat sich mindestens zweimal mit einem hohen CIA-Offizier getroffen –»

«Wo und wann?»

«Sonntagabend und gestern vormittag. Der Amerikaner heißt Ryan. Er gehört zum Verhandlungsteam, ist aber vom Geheimdienst, wenn auch kein Agent wie ich einmal. Was hältst du davon?»

«Bist du sicher, daß er kein Agent ist?»

«Absolut. Ich kann dir sogar sagen, an welchem Schreibtisch er in Langley sitzt.»

Watutin trank seinen Tee aus und schenkte nach, schmierte sich ein Butterbrot und dachte nach. Es gab genug Möglichkeiten, eine Antwort hinauszuzögern, doch...

«Eigentlich geht es doch nur um ungewöhnliche Aktivitäten. Vielleicht ist der Vorsitzende mit etwas beschäftigt, das so geheim ist, daß selbst –»

«Gewiß, oder vielleicht soll es auch nur so aussehen», bemerkte Golowko.

«Du denkst wie ein ‹Einser›, Sergej. Na schön. Normalerweise – dieser Fall ist aber nicht normal – würden wir die Informationen zusammenstellen und an den Direktor des Zweiten Hauptdirektorats leiten. Der Vorsitzende hat Leibwächter; die könnte man zur Seite nehmen und diskret befragen. Und zu wem müßte dann mein Chef gehen?» war Watutins nächste, rhetorische Frage. «Zu einem Mitglied des Politbüros vermutlich oder dem Sekretär des ZK. Doch die Filitow-Affäre wird ganz unauffällig behandelt. Ich vermute, daß der Vorsitzende beabsichtigt, sie als Druckmittel gegen den Verteidigungsminister und Wanejew zu benutzen...»

«*Wie bitte?*»

«Wanejews Tochter spionierte für den Westen – genauer gesagt, arbeitete sie als Kurier. Wir haben ein Geständnis aus ihr herausgeholt und –»

«Warum kam das nicht an die Öffentlichkeit?»

«Die Frau ist auf Anweisung des Vorsitzenden wieder an ihrem Arbeitsplatz», erwiderte Watutin.

«Klementi, hast du eine Ahnung, was hier vorgeht?»

«Nein, inzwischen nicht mehr. Ich nahm an, der Vorsitzende wollte seine politische Position stärken, aber nach diesen Treffs mit dem CIA-Mann... Sag mal, bist du da auch *ganz* sicher?»

«Ich habe die Begegnungen selbst arrangiert», wiederholte Golowko. «Die erste muß schon vor dem Eintreffen des Amerikaners abgemacht worden sein; ich hab mich nur um die Details gekümmert. Ryan ersuchte um die zweite. Er steckte mir einen Zettel zu – ungefähr so geschickt wie ein Anfänger bei seinem ersten Job. Gestern trafen sie sich im Barrikade-Kino. Klementi, hier tut sich etwas sehr Merkwürdiges.»

«So sieht es aus. Wir haben aber keine Beweise –»

«Was soll das heißen?»

«Sergej, Ermittlungen sind mein Beruf. Wir haben nichts als unzusammenhängende Informationen, für die sich leicht eine Erklärung finden mag. Nichts versaut eine Ermittlung so gründlich wie Hast. Ehe wir handeln, müssen wir erst Fakten sammeln und analysieren. Erst dann können wir zu meinem Chef gehen, und *der* kann dann weitere Maßnahmen genehmigen. Meinst du vielleicht, zwei Oberste könnten so etwas einfach von sich aus unternehmen? Schreibe alles auf, was du weißt, und bringe es mir. Bis wann schaffst du das?»

«In zwei Stunden beginnt wieder eine Verhandlungsrunde. Die dauert bis sechzehn Uhr; anschließend gibt es einen Empfang. Die Amerikaner fliegen um zweiundzwanzig Uhr ab.»

«Kannst du dir den Empfang ersparen?»

«Ja, wenn ich mir Mühe gebe.»

«Dann komm um sechzehn Uhr dreißig in mein Büro», sagte Watutin förmlich. Golowko lächelte.

«Zu Befehl, Genosse Oberst.»

«Marschall Jasow, wie steht Ihr Ministerium dazu?» fragte Narmonow.

«Mindestens sechs Stunden», erwiderte der Verteidigungsminister. «Innerhalb dieses Zeitraums sollte es uns gelingen, die hochgeheimen Objekte zu verstecken. Am liebsten wäre es uns natürlich, wenn unsere Anlagen überhaupt nicht inspiziert würden. Andererseits bringt uns die Untersuchung amerikanischer Stützpunkte nachrichtendienstliche Vorteile.»

Der Außenminister nickte. «Die Amerikaner werden zwar eine kürzere Vorwarnzeit verlangen, aber ich glaube, daß wir uns auf sechs Stunden einigen können.»

«Einspruch!» Die Mitglieder des Politbüros wandten die Köpfe zu dem Ideologen Alexandrow, der wieder einmal rot angelaufen war. «Schlimm genug schon, daß wir überhaupt unsere Waffenbestände reduzieren, aber es ist der reinste Wahnsinn, die Amerikaner in unseren Fabriken herumspionieren zu lassen.»

«Michail Petrowitsch, dieses Thema haben wir bereits behandelt», sagte Generalsekretär Narmonow geduldig. «Weitere Diskussionsbeiträge?» Er sah in die Runde. Es wurde genickt. Der Generalsekretär hakte das Thema auf seinem Notizblock ab und machte eine Geste zum Außenminister hin. «Also mindestens sechs Stunden.»

Der Außenminister instruierte flüsternd einen Assistenten, der sofort den Raum verließ, um den Chefunterhändler anzurufen. Dann beugte er sich vor. «Bleibt nur noch die Frage, welche Waffen abgeschafft werden sollen. Das ist natürlich der härteste Brocken, der eine weitere lange Sitzung erfordert.»

«In drei Monaten soll das Gipfeltreffen stattfinden», bemerkte Narmonow.

«Ja, bis dahin sollte die Entscheidung gefallen sein. Bei Sondierungsgesprächen sind wir nicht auf ernsthafte Hindernisse gestoßen.»

«Und die amerikanischen Verteidigungssysteme?» fragte Alexandrow. Nun schauten alle den Vorsitzenden des KGB an.

«Unsere Anstrengungen, das amerikanische Programm Tea Clipper zu infiltrieren, gehen weiter. Wie sie wissen, ist es unserem Hellen Stern vergleichbar, aber nicht so weit fortgeschritten», sagte Gerasimow und schaute von seinem Notizblock auf.

«Wir reduzieren unsere Raketen um die Hälfte, und die Amerikaner lernen, den Rest abzuschießen», murrte Alexandrow.

«Und sie halbieren ihren Raketenbestand, während wir auf das gleiche Ziel hinarbeiten», fuhr Narmonow fort. «Michail Petrowitsch, wir arbeiten seit dreißig Jahren auf diesem Gebiet, und zwar viel intensiver als die Amerikaner.»

«Außerdem sind wir mit unseren Tests weiter», betonte Jasow. «Und –»

«Darüber wissen sie Bescheid», sagte Gerasimow und bezog sich auf den Test, den die Amerikaner von dem Flugzeug Cobra Belle aus überwacht hatten. «Vergessen Sie nicht, daß die USA ebenfalls Geheimdienste haben.»

«Die Amerikaner haben aber nichts verlauten lassen», meinte Narmonow.

«Hin und wieder reden die Amerikaner nur widerwillig über solche Dinge. Sie beschweren sich zwar über manche technischen Aspekte unserer Verteidigungsaktivitäten, erwähnen aber nicht alle, um ihre Methoden der Nachrichtenbeschaffung nicht zu verraten», erklärte Gerasimow. «Es ist möglich, daß sie ähnliche Tests durchgeführt haben, von denen wir nichts wissen. Die Amerikaner sind nämlich auch in der Lage, Geheimnisse zu wahren.» Bea Taussig hatte keine Gelegenheit mehr gehabt, das KGB über den Computertest zu informieren. Gerasimow lehnte sich zurück, um andere reden zu lassen.

«Kurz: Beide Seiten machen weiter wie bisher», summierte Narmonow.

«Es sei denn, wir rängen ihnen einen Kompromiß ab», meinte der Außenminister. «Was unwahrscheinlich ist. Ist hier jemand der Auffassung, wir sollten unser Raketenabwehrprogramm beschränken?» Niemand hob die Hand. «Wie können wir dann erwarten, daß sich die Amerikaner anders verhalten?»

«Und wenn sie uns überholen?» bemerkte Alexandrow.

«Eine sehr relevante Bemerkung, Michail Petrowitsch.» Narmonow packte die Gelegenheit beim Schopf. «Warum sind uns die Amerikaner eigentlich immer voraus?» fragte er die versammelten Häuptlinge seines Landes. «Nicht etwa, weil sie zaubern können», fuhr er fort, «sondern weil wir es zulassen, weil unsere Wirtschaft nicht so leistungsfähig ist, wie sie sein könnte. Marschall Jasow fehlt das Handwerkszeug für unsere Männer in Uniform, unser Volk genießt nicht den Lebensstandard, den es inzwischen erwartet, und wir sind nicht in der Lage, dem Westen als Ebenbürtige entgegenzutreten.»

«Dank unserer Waffen sind wir ebenbürtig!» wandte Alexandrow ein.

«Welchen Vorteil bringt uns das, wenn auch der Westen über Waffen verfügt? Ist es denn genug, mit dem Westen gleichzuziehen? Für Parität sorgen unsere Raketen», sagte Narmonow, «aber eine große Nation muß mehr können als nur töten. Wir können den Westen nicht mit Kernwaffen schlagen – es sei denn, wir wollten die Welt den Chinesen überlassen.» Narmonow machte eine Pause. «Genossen, wenn wir siegen wollen, müssen wir unsere Wirtschaft in Gang bringen!»

«Sie funktioniert doch», sagte Alexandrow.

«Wo denn? Weiß das hier jemand?» fragte Wanejew und löste eine hitzige Diskussion aus, die Narmonow benutzte, um die Stärke der Opposition abzuschätzen. Er hielt seine Fraktion für deutlich stärker als die Alexandrows. Hatte er den Abrüstungsvertrag erst einmal in der Tasche, war seine Position weiter gestärkt, und wenn es dann um die Verteilung der eingesparten Gelder ging, geriet Alexandrow, der als Ideologe keinen Einfluß auf die Wirtschaft hatte, ins Hintertreffen. Narmonow war also siegessicher. Mit Jasow im Rücken und Wanejew in der Tasche konnte er die Konfrontation gewinnen, sich das KGB gefügig machen und Alexandrow in den Ruhestand schicken.

Zuvor aber mußte das Abrüstungsabkommen unter Dach und Fach gebracht werden, auch wenn das kleine Zugeständnisse bedeutete. Den Westen würde das überraschen, aber dort würde man eines Tages noch überraschter sein über die wirtschaftlichen Leistungen des Hauptrivalen. Narmonows kurzfristiges Ziel war sein politisches Überleben. Anschließend galt es, die Volkswirtschaft zu beleben. Es gab auch noch ein anderes Fernziel, eines, das sich seit drei Generationen nicht verändert hatte, eines, vor dem der Westen auf immer neue Weise die Augen verschloß. Narmonow hatte es zwar nicht im Auge, aber es existierte trotzdem.

Zum Glück die letzte Verhandlungsrunde, sagte sich Ryan. Die Nervosität war zurückgekehrt, obwohl eigentlich kein Anlaß zur Sorge bestand. Ryan hatte seltsamerweise keine Ahnung, was mit Gerasimows Familie geschehen sollte – das war eine Information, die er nach dem Geheimdienstprinzip «Need to know» nicht zu kennen brauchte. Die Methode, Gerasimow und KARDINAL außer Landes zu schaffen, war so atemberaubend simpel, daß sie Ryan niemals eingefallen wäre. Das war Ritters Idee gewesen, und für solche Sachen hatte der barsche alte Knochen ein Flair.

Diesmal hatten die Russen als erste das Wort und schlugen gleich eine zehnstündige Vorwarnzeit für Überraschungsinspektionen vor. Ernie Allen verlangte in seiner Erwiderung drei Stunden. Zwei Stunden darauf lauteten die respektiven Verhandlungspositionen sieben und fünf. Noch zwei Stunden später sagten die Amerikaner *six*, und der russische Chefunterhändler nickte: *da*. Beide Männer erhoben sich und schüttelten sich über den Tisch hinweg die Hand. Jack war froh, daß es endlich vorbei war, hätte selbst aber auf fünf Stunden bestanden. Immerhin hatte er sich mit Golowko auf vier geeinigt.

Es gab sogar einigen Applaus, als man sich erhob, und Jack stellte sich vor der nächsten Herrentoilette an. Wenige Minuten später kehrte er zurück und fand Golowko vor.

«Ihr habt es uns aber leichtgemacht», meinte der KGB-Offizier.

«Euer Glück, daß nicht ich verhandelt habe», stimmte Jack zu. «Was für ein Umstand wegen ein paar Kleinigkeiten!»

«Das nennen Sie Kleinigkeiten?»

«Verglichen mit dem Gesamtbild... nun ja, sie sind wichtig, aber nicht übermäßig wichtig. Na, wenigstens können wir jetzt heimfliegen», merkte Jack an, und dabei schlich sich ein etwas bedrückter Unterton in seine Stimme.

«Freuen Sie sich schon darauf?»

«Im Grunde auch nicht, aber es ist das geringere Übel.» *Diesmal ist es nicht der Flug, der mir Muffensausen macht.*

Die Flugzeugbesatzung hatte im Hotel *Ukrania* an der Moskwa gewohnt und bestieg nun einen Bus, der über die Brücke und den Kalinina-Prospekt in Richtung Osten zum Flughafen fuhr.

Als Colonel von Eich eintraf, wurde die Bodencrew unter der Aufsicht eines Chief Master Sergeant gerade mit dem Auftanken fertig und ging dann an Bord, um die umgebaute 707 startklar für den Rückflug zum

Luftstützpunkt Andrews zu machen. Der Pilot versammelte fünf seiner Leute im Cockpit und weihte sie über die «etwas ungewöhnlichen» Einzelheiten des bevorstehenden Fluges ein.

«Das ist allerdings ungewöhnlich, Sir», schnaufte der Chief.

«Ohne so was wäre das Leben doch nur langweilig», meinte von Eich. «Alles klar?» Rundum wurde genickt. «Dann an die Arbeit, Leute.» Pilot und Kopilot gingen mit ihren Checklisten hinaus, um die Prüfung auf Flugklarheit vorzunehmen. Die Maschinen des 89. Lufttransportgeschwaders hatten 700 000 unfallfreie Flugstunden hinter sich. Von Eich fragte sich, ob die kommende Nacht diese Tradition brechen würde.

«Es ist soweit», sagte Clark.

Es war schon schwierig gewesen, bis an diesen Startpunkt zu kommen. Clarks Ausrüstung befand sich bereits in dem wasserdichten Schacht zwischen Angriffszentrale und dem oberen Turmluk. Der Rest des Turmes war geflutet. Ein Matrose hatte sich erboten, ihn zu begleiten; hinter ihm wurde das untere Luk geschlossen. Mancuso griff nach einem Telefonhörer. «Funktionsprüfung.»

«Ich empfange Sie laut und deutlich, Sir», erwiderte Clark. «Ich bin auf Ihren Befehl hin bereit.»

«Berühren Sie das Luk erst, wenn ich es sage.»

«Aye, aye, Captain.»

Der Captain drehte sich um. «Ich überwache das Steuern», verkündete er; der WO bestätigte den Befehl. «Tauchoffizier, anblasen. Wir gehen vom Grund. Maschinenraum, klarhalten.»

«Aye.» Der Tauchoffizier gab die entsprechenden Anweisungen. Elektrische Trimmpumpen drückten anderthalb Tonnen Seewasser aus den Tanks, und *Dallas* richtete sich langsam auf. Mancuso schaute sich um. Alle Mann waren auf Gefechtsstation. Der Feuerleittrupp stand bereit. Ramius war beim Navigator. Die Waffenkonsolen waren bemannt. Alle vier Torpedorohre waren geladen, eines hatte man bereits geflutet.

«Brücke an Sonar. Meldung?»

«Negativ. Keine Signale, Sir.»

«Danke. Tauchoffizier, auf neunzig Fuß gehen.»

«Neunzig, Fuß, aye.»

Ehe das Boot Vortrieb bekam, mußte es sich vom Grund gelöst haben. Die Tiefenanzeige schlug langsam aus, als der Chief das Boot allmählich und geschickt austrimmte.

«Tiefe neunzig, Sir. Wird schwer zu halten sein.»

«Fahrt fünf Knoten, Kurs null-drei-acht.» Der Rudergänger bestätigte den Befehl.

Mancuso sah zu, bis der Kreiselkompaß Nordostkurs anzeigte. Fünf

Minuten später waren sie unter der Eisdecke heraus und gingen auf Periskoptiefe.

«Sehrohr ausfahren!» befahl Mancuso. Ein Maat drehte am Rad, und der Captain trat an das hochgleitende Instrument, als das Okular überm Deck erschien. «Halt.»

Das Objektiv blieb einen Fuß unter der Wasseroberfläche. Mancuso hielt nach Schatten und Eis Ausschau, sah aber nichts. «Zwei Fuß höher.» Er war nun auf den Knien. «Zwei Fuß höher und halt.»

Mancuso benutzte das schlanke Angriffssehrohr, nicht das größere Suchperiskop, das zwar lichtstärker war, aber auch ein stärkeres Radarecho zurückwarf. Seit zwölf Stunden brannte im Boot Rotlicht, das das Essen unappetitlich aussehen ließ, aber das Nachtsehvermögen der Besatzung verbesserte. Langsam suchte er den Horizont ab. Nichts zu sehen als Treibeis.

«Alles klar», verkündete er. «ESM ausfahren.» Hydraulisches Zischen, als der Mast mit den elektronischen Sensoren ausgefahren wurde. Die dünne Glasfiberantenne war nur einen Zentimeter dick und für Radar fast unsichtbar. «Sehrohr einfahren.»

«Ich empfange das eine Oberflächen-Suchradar in null-drei-acht», meldete der ESM-Techniker und gab Frequenz und Impulscharakteristika an. «Schwaches Signal.»

«Auf geht's, Männer.» Mancuso griff nach dem Brückentelefon. «Sind Sie bereit?»

«Jawohl, Sir.»

«Halten Sie sich klar. Viel Glück.» Der Captain legte auf und drehte sich um. «An die Oberfläche gehen und zum Alarmtauchen klarhalten.»

Das Ganze dauerte vier Minuten. *Dallas'* schwarzer Turm durchbrach die Oberfläche und wandte dem nächsten sowjetischen Radar die Schmalseite zu. Es war mehr als knifflig, die Tiefe zu halten.

«Los, Clark!»

«Los.»

Die Russen werden wegen des vielen Treibeises ein unscharfes Radarbild haben, dachte Mancuso und sah zu, wie die Anzeige des Luks von einem Strich (zu) auf einen Kreis (auf) umsprang.

Der Brückenschacht endete auf einer Plattform knapp unter der Turmbrücke. Clark drehte das Luk auf und kletterte hinaus, hievte dann mit Hilfe des Matrosen das Schlauchboot nach oben. Nun stand er auf der winzigen Brücke des U-Bootes, legte das Schlauchboot quer aufs Deck und zog an der Leine der Aufblasautomatik. Das schrille Pfeifen der Preßluft klang wie ein Schrei in der Nacht; Clark verzog das Gesicht. Sobald das Gummigewebe prall war, ließ er den Matrosen das Luk schließen und griff nach dem Brückentelefon.

«Hier alles klar, Luk geschlossen. Wir sehen uns in zwei Stunden.»
«Viel Glück», sagte Mancuso noch einmal.

Oben kletterte Clark geschickt in sein Schlauchboot, als *Dallas* unter ihm zu versinken begann, und schaltete den elektrischen Außenborder ein. Im Boot selbst wurde das untere Turmluk kurz geöffnet, um den Matrosen durchzulassen, und dann vom Captain verschlossen.

«Klar zum Tauchen», meldete der Chief, als alle Anzeigen auf Strich umgesprungen waren.

«Das war's dann», stellte Mancuso fest. «Mr. Goodman, Sie überwachen das Ruder. Sie wissen, was Sie zu tun haben.»

Der WO bestätigte den Befehl; der Captain ging nach vorne zum Sonarraum. Lieutenant Goodman ließ das Boot sofort tauchen und steuerte auf den Grund zu.

Jones im Sonar, dachte Mancuso, wie in der guten alten Zeit. Das Boot wurde ausgetrimmt und richtete sein Bugsonar auf den Kurs, den Clark genommen hatte. Eine Minute später traf Ramius zur Beobachtung ein.

«Warum sind Sie nicht ans Sehrohr gekommen?» fragte Mancuso.

«Es tut weh, wenn man die Heimat sehen kann, aber weiß, daß man nie –»

«Da fährt er.» Jones tippte mit dem Zeigefinger auf einen Monitor. «Achtzehn Knoten. Ziemlich leise für einen Außenborder. Elektromotor?»

«Ja.»

«Dann kann ich nur hoffen, daß er gute Batterien hat, Skipper.»

«Lithiumzellen mit rotierender Anode. Ich hab mich erkundigt.»

«Gut.» Jones grunzte, schüttelte eine Zigarette aus der Packung und bot sie dem Captain an, der für den Augenblick vergaß, daß er das Rauchen mal wieder aufgegeben hatte. Jones gab ihm Feuer und setzte eine versonnene Miene auf.

«Wissen Sie, Sir, jetzt weiß ich wieder, weshalb ich aufgehört habe –» Jones' Stimme verklang; er sah zu, wie sich die Sonarschleppe von Clarks Boot in der Ferne verlor. Er verdrehte den Hals und lauschte. In *Dallas* herrschte Totenstille; Spannung lag in der Luft.

Clark lag fast platt in seinem Schlauchboot. Das Fahrzeug aus gummibeschichtetem Nylongewebe war graugrün gestreift und kaum vom Meer zu unterscheiden. Man hatte erwogen, es wegen des Treibeises, das es in dieser Gegend im Winter gab, mit weißen Flecken zu versehen, diesen Plan aber auf die Erkenntnis hin, daß die Fahrrinne von einem Eisbrecher freigehalten wurde, wieder fallenlassen: Ein sich rasch bewegender weißer Fleck auf dunkler Oberfläche war keine gute Tarnung mehr. Clarks Hauptsorge war das Radar. Der Turm des U-Bootes mochte in dem Wirrwarr aus Eisschollen nicht erfaßt worden sein, aber wenn die russische Radaranlage über einen Detektor für sich rasch bewegende Objekte verfügte, konnte der simple Computer, der die reflektierten Signale überwachte, durchaus auf etwas ansprechen, das mit 33 Kilometern dahinrauschte. Das Boot selbst hatte nur dreißig Zentimeter Freibord; der Motor ragte etwas höher auf, war aber mit einer radarabsorbierenden Substanz beschichtet. Clark war bedacht, den Kopf nicht über die Ebene des Außenbordmotors zu heben, und fragte sich erneut, ob die wenigen Gegenstände aus Metall, die er bei sich trug, groß genug waren, um auf einem Radarschirm zu erscheinen. Gewiß, diese Sorge war irrational, denn auf die Teile sprach noch nicht einmal ein Metalldetektor des Typs, wie er auf Flughäfen verwendet wird, an, aber einsame Männer in gefährlichen Gegenden neigen halt zu geistiger Hyperaktivität. Als Dummkopf ist man besser dran, entschied er. Intelligenz ließ einen nur erkennen, was alles schiefgehen konnte.

Die Küste war als Reihe von Punkten am Horizont deutlich zu erkennen. Eigentlich sah sie ganz normal aus –, war aber feindliches Territorium. Diese Erkenntnis löste ein heftigeres Frösteln aus als die saubere Nachtluft.

Wenigstens war die See ruhig. Etwas Seegang hätte zwar für günstigere Radarbedingungen gesorgt, aber auf der glatten Oberfläche kam er rascher voran, und Tempo bewirkte immer, daß er sich wohler fühlte. Er schaute nach achtern. Das Boot zog praktisch kein Kielwasser hinter sich her, und die geringe Turbulenz wollte er noch weiter verringern, indem er kurz vorm Hafen langsamer fuhr.

Geduld, sagte er sich überflüssigerweise.

Die ersten Tonnen tauchten auf; nun wußte er, wie weit es noch bis zur Küste war. Er setzte die Geschwindigkeit auf zehn, fünf, dann drei Knoten herab. Das Summen des Elektromotors war kaum hörbar. Clark legte die Pinne um und steuerte auf eine wacklige Anlegestelle mit vom Eis vieler Winter abgewetzten und splittrigen Pfählen zu. Er schaute durch sein Nachtsichtgerät und suchte die Gegend ab. Nirgendwo Bewegung. Dann klangen Geräusche übers Wasser; hauptsächlich von Autos, auch Musik. Es war immerhin Freitagabend; in den Restaurants wurde wohl gefeiert und getanzt. Sein Plan kalkulierte das Nachtleben sogar ein – in Estland geht es lebhafter zu als im Rest des Landes –, aber an der Anlegestelle war niemand. Er legte an und machte sein Boot sehr sorgfältig fest – wenn es wegtrieb, saß er in der Tinte. Dann schlüpfte er aus seinem Overall, nahm die Pistole und kletterte eine Leiter hinauf. Zum ersten Mal fiel ihm der typische Hafengeruch auf: Bilgenöl und faulendes Holz. Im Norden war ein Dutzend Fischerboote vertäut; im

Süden wurde offenbar eine neue Hafenanlage gebaut. Clark schaute auf seine Uhr, eine abgewetzte russische «Pilot», und suchte nach einem Platz, an dem er sich verstecken und abwarten konnte. Noch vierzig Minuten Zeit. Bei der Berechnung der Fahrzeit hatte er kabbelige See einkalkuliert. Nun gab ihm die Flaute nur zusätzliche Gelegenheit, über den Wahnwitz dieser ganzen Operation nachzudenken.

Boris Filipowitsch Morosow ging an seiner Baracke entlang und schaute zum Himmel. Die Scheinwerfer bei Heller Stern verwandelten den Himmel in einen niedrigen Dom aus fallenden Flocken.

«Wer da?» fragte eine Stimme mit Autorität.

«Morosow», antwortete der junge Ingenieur, als eine Gestalt ins Licht kam. Er sah die breite Mütze eines hohen Armeeoffiziers.

«Guten Abend, Genosse Ingenieur. Sie sind beim Spiegelteam, nicht wahr?» fragte Bondarenko.

«Kennen wir uns?»

«Nein.» Der Oberst schüttelte den Kopf. «Wissen Sie, wer ich bin?»

«Jawohl, Genosse Oberst.»

Bondarenko wies zum Himmel. «Herrlich, nicht wahr? Eine Entschädigung für das Leben in dieser Wildnis.»

«Das macht nichts, Genosse Oberst. Wir stehen an der vordersten Linie einer bedeutsamen Entwicklung.»

«Das hört man gern! Denkt Ihr ganzes Team so?»

«Jawohl, Genosse Oberst. Ich habe mich freiwillig gemeldet.»

«So? Woher wußten Sie denn von der Existenz dieses Projekts?» fragte der Oberst verwundert.

«Ich war vergangenen Herbst mit dem Komsomol hier und ahnte, woran hier gearbeitet wird», erwiderte Morosow und fügte hinzu: «Da wußte ich, wohin ich wollte.»

Bondarenko musterte den jungen Mann mit sichtbarem Wohlwollen. «Wie läuft die Arbeit?»

«Ich hatte mich als Student mit Lasern beschäftigt und gehofft, auch auf diesem Gebiet eingesetzt zu werden, aber mein Abteilungsleiter steckte mich zu den Spiegeln.» Morosow lachte.

«Fühlen Sie sich dort nicht wohl?»

«Doch – bitte verstehen Sie mich nicht falsch. Ich wußte nur nicht, wie wichtig die Spiegelgruppe ist. Inzwischen habe ich dazugelernt. Wir versuchen nun, die Spiegel einer präziseren Computersteuerung anzupassen. Und ich werde vielleicht bald stellvertretender Abteilungsleiter», erklärte Morosow stolz. «Mit Computern kenne ich mich nämlich auch aus.»

«Wer ist Ihr Abteilungsleiter? Goworow?»

«Jawohl. Ein brillanter Ingenieur, wenn ich mir die Bemerkung erlauben darf. Kann ich Sie etwas fragen?»

«Gewiß.»

«Gerüchten zufolge sollen Sie der neue stellvertretende Leiter des Projekts werden.»

«Da mag etwas dran sein», gestand Bondarenko zu.

«Darf ich dann einen Vorschlag machen, Genosse?» fragte Morosow.

«Nur zu.»

«Es gibt hier viele Junggesellen –»

«Und nicht genug unverheiratete Frauen?»

«Laborassistentinnen werden jedenfalls gebraucht.»

«Ich werde mir Ihren Vorschlag merken, Genosse Ingenieur», erwiderte Bondarenko lachend. «Es ist auch ein Wohnblock geplant, um die Enge zu lindern. Wie ist es in den Baracken?»

«Die Atmosphäre ist kameradschaftlich. Und die Astronomie- und Schachgruppen sind sehr aktiv.»

«Ah, ich habe schon lange nicht mehr richtig Schach gespielt. Ist die Konkurrenz hart?» fragte der Oberst.

Der jüngere Mann lachte. «Ja – sogar fanatisch.»

Fünftausend Meter weiter dankte der Bogenschütze Allah. Es schneite, und die Flocken erzeugten jenen Zauber, den Poeten und Soldaten so lieben. Die Stille war hör-, ja *fühl*bar, als der Schnee alles Geräusch verschluckte. Rundum reduzierte ein weißer Vorhang die Sichtweite auf zweihundert Meter. Er versammelte seine Gruppenführer und begann, den Angriff zu organisieren. Wenige Minuten später marschierten sie in taktischer Formation los. Der Bogenschütze war an der Spitze der ersten Gruppe, der Major blieb bei der anderen.

Der Untergrund war überraschend fest. Die Russen hatten überall den Schutt ihrer Sprengungen hingekippt, und die Felssplitter waren zwar schneebedeckt, aber nicht rutschig, was günstig war, denn sie kamen auf ihrem Weg einem hundert Meter tiefen Abgrund gefährlich nahe. Die Orientierung war schwierig. Der Bogenschütze hatte stundenlang das Ziel beobachtet und kannte jede Kurve des Berges – das glaubte er zumindest. Nun aber schlichen sich die Zweifel ein, und er mußte sich bewußt auf die Operation konzentrieren. Vorm Aufbruch hatte er sich ein Dutzend Orientierungspunkte eingeprägt. Hier ein Felsblock, dort eine Senke, diese Biegung nach links, jene nach rechts. Anfangs schienen sie überhaupt nicht voranzukommen; dann aber, als sie sich dem Ziel näherten, ging es irgendwie immer schneller. Den ganzen Weg über ließen sie sich von den Lichtern leiten. Die Russen müssen sich sehr sicher fühlen, um da oben eine solche Festbeleuchtung zu veranstalten, dachte der Bogenschütze. Es fuhr sogar ein Wagen vorbei, dem Geräusch nach zu urteilen ein Bus, dessen Scheinwerfer sich ins Schneegestöber bohrten. Die Besatzungen der Wachtürme waren nun im Hintertreffen, denn ihre nach außen gerichteten Suchscheinwerfer, die Eindringlinge blenden sollten, bewirkten das Gegenteil: ein Gutteil des Lichtes wurde vom Schnee reflektiert und nahm den bewaffneten Soldaten das Nachtsehvermögen. Endlich erreichte der erste Trupp den letzten Haltepunkt. Der Bogenschütze stellte seine Männer auf und wartete, bis der Rest aufgeschlossen hatte. Das nahm eine halbe Stunde in Anspruch. Seine Männer waren zu dreien oder zu vieren gruppiert; die *mudschaheddin* nutzten die Zeit, um Wasser zu trinken und in Vorbereitung auf die Schlacht und ihr Nachspiel ihre Seelen Allah anzubefehlen.

Der Major traf ein. «Unglaublich», flüsterte er.

«Allah ist mit uns», erwiderte der Bogenschütze.

«Wahrlich, so muß es sein.» Sie waren nun nur noch fünfhundert Meter von der Anlage entfernt und noch immer nicht entdeckt worden.

«Wie weit können wir noch heran, ehe –»

«Noch hundert Meter. Ihre Nachtsichtgeräte reichen bei Schnee rund vierhundert Meter weit. Und der nächste Wachturm liegt sechshundert Meter in dieser Richtung.» Der Major schaute auf die Uhr und dachte kurz nach. «Wenn hier die gleichen Regeln gelten wie in Kabul, ist in einer Stunde Wachablösung. Wer jetzt Dienst tut, ist müde und friert, und die Ablösungen schlafen noch. Der richtige Zeitpunkt für uns.»

«Viel Glück dann», sagte der Bogenschütze. Die beiden Männer umarmten sich.

««Was sollten wir den Streit für die Sache Allahs fürchten, da wir Vertriebene sind mit unseren Kindern?»»

««Und als sie Goliath und seinen Kriegern gegenübertraten, riefen sie: „O Herr, erfülle unsere Herzen mit Mut. Laß uns fest stehen, und steh uns bei wider die Ungläubigen."»»

Keiner der beiden fand es seltsam, daß sich das Zitat aus dem Koran auf den Kampf des Volkes Israel gegen die Philister bezog. Auch Moslems kennen David und Saul. Der Major lächelte nicht einmal und eilte dann zu seinen Männern.

Der Bogenschütze wandte sich ab und winkte seinem Raketenteam. Zwei schulterten ihre Stinger und folgten ihrem Führer. Noch eine Anhöhe, dann schauten sie hinab auf die Wachtürme. Zu seiner Überraschung konnte er von dieser Stelle drei ausmachen; er ließ eine dritte Rakete holen. Der Bogenschütze gab seine Anweisungen und kehrte zurück zum Trupp. Auf der Anhöhe begannen die Zielsuchgeräte ihr tödliches Zwitschern. Die Wachtürme waren entgegen seiner Befürchtung doch geheizt – und die Stinger sprachen nur auf Wärmestrahlung an.

Nun beorderte der Bogenschütze seine Mörserbedienungen nach vorne. Die Gruppe des Majors verschwand zur Linken im Schneegestöber. Dieser Verband sollte die Laseranlage selbst angreifen, während der Bogenschütze und seine achtzig Mann sich die Wohnquartiere vornehmen wollten. Nun waren sie an der Reihe. Der Bogenschütze führte sie bis an den Rand des Flutlichts und erblickte einen vermummten Wachposten. Noch zehn Minuten. Der Bogenschütze holte sein Funkgerät heraus. Sie hatten nur vier und bislang nicht gewagt, sie zu benutzen, um nicht von den Russen entdeckt zu werden.

Wir hätten die Hunde nicht abschaffen sollen, sagte sich Bondarenko. Sobald ich mich hier eingerichtet habe, kommen mir wieder welche her. Er ging im Lager spazieren, freute sich an Kälte und Schnee und nutzte die Stille, um seine Gedanken zu sammeln. Hier mußte einiges geändert werden. Es wurde ein richtiger Soldat gebraucht. General Pokryschkin verließ sich zu sehr auf die Sicherheitsvorkehrungen, und die KGB-Truppen waren zu faul. Zum Beispiel schickten sie nachts keine Streifen hinaus. Das sei in diesem Terrain zu gefährlich, hatte der Kommandeur erklärt; wer der Anlage zu nahe käme, würde von den Streifen am Tag entdeckt. Auf den Wachtürmen gäbe es Nachtsichtgeräte, und die ganze Anlage sei hell beleuchtet. Nachtsichtgeräte aber büßten bei solchem Wetter achtzig Prozent ihrer Leistung ein. Wenn nun da draußen Afghanen lauern? fragte er sich. Was dann? Bondarenko nahm sich vor, gleich am Morgen Oberst Nikolajew im *Speznas*-HQ und die Elitetruppe einen Übungsangriff auf die Anlage durchführen zu lassen – nur, um diesen KGB-Idioten zu demonstrieren, wie verwundbar sie sind. Er schaute hangaufwärts. Dort stand ein KGB-Posten und schlug sich zum Aufwärmen die Arme an die Seiten. Sein Gewehr hatte er übergehängt, er würde also vier Sekunden brauchen, um es von der Schulter zu nehmen, zu entsichern und zu zielen. Wenn da draußen jemand ist, der sich auf sein Handwerk versteht, bist du schon in einer Sekunde tot ... Nun, sagte sich Bondarenko, der stellvertretende Kommandeur der KGB-Truppen soll ein scharfer Hund sein. Wenn diese *Tschekisti* schon Soldat spielen wollten, sollten sie sich gefälligst zusammenreißen. Der Oberst machte kehrt und ging zurück zu seinem Wohnblock.

Gerasimows Wagen hielt vor dem Verwaltungseingang des Lefortowo-Gefängnisses. Sein Chauffeur blieb beim Fahrzeug; sein Leibwächter folgte ihm ins Gebäude. Der Vorsitzende des KGB hielt dem Posten seinen Ausweis hin und schritt weiter, wandte sich nach links zur Verwaltung. Der Gefängnisdirektor war natürlich nicht in seinem Büro, aber Gerasimow traf einen Stellvertreter an, der mit dem Ausfüllen von Formularen beschäftigt war.

«Guten Abend.» Der Mann riß die Augen auf.

«Genosse Vorsitzender! Man hatte mir nicht –»

«Sie sollten auch nichts wissen.»

«Wie kann ich Ihnen –»

«Bringen Sie mir sofort den Gefangenen Filitow», bellte Gerasimow. «Auf der Stelle!»

«Zu Befehl!» Der stellvertretende Gefängnisdirektor sprang auf die Beine und rannte in ein Nebenzimmer. Keine Minute später kam er wieder zurück. «Es wird fünf Minuten dauern.»

«Er muß ordentlich angezogen sein», sagte Gerasimow.

«In Uniform?» fragte der Mann.

«Quatsch!» fauchte der Vorsitzende. «In Zivil. Er muß präsentabel aussehen. Sie haben doch seine Sachen hier, oder?»

«Jawohl, Genosse Vorsitzender, aber –»

«Ich habe nicht die ganze Nacht Zeit», meinte Gerasimow leise. Nichts ist gefährlicher als ein leiser KGB-Vorsitzender. Der Verwaltungsbeamte flog praktisch aus dem Zimmer.

Acht Minuten später erschien Filitow. Er trug zwar seinen Anzug, aber das Hemd war noch nicht zugeknöpft, und die Krawatte hing ihm lose um den Hals. Der stellvertretende Gefängnisdirektor hatte einen abgewetzten Mantel überm Arm. Filitow schaute erst verwirrt um sich und erkannte dann Gerasimow.

«Was soll das?»

«Sie kommen mit mir, Filitow. Machen Sie Ihr Hemd zu und versuchen Sie wenigstens, wie ein anständiger Mensch auszusehen!»

Mischa verkniff sich nur mit Mühe eine Entgegnung. Der Blick aber, den er dem Vorsitzenden zuwarf, ließ die Hand des Leibwächters zukken. Er knöpfte das Hemd zu und band sich die Krawatte. Am Ende saß der Knoten schief, weil er keinen Spiegel hatte.

«Nun, Genosse Vorsitzender, wenn Sie nun bitte hier unterschreiben wollten –»

«Übertragen Sie mir etwa die Verantwortung für diesen Kriminellen?»

«Was –»

«*Handschellen, Mann!*» brüllte Gerasimow.

Der stellvertretende Gefängnisdirektor hatte ein Paar im Schreibtisch, das er Filitow anlegte. Fast hätte er den Schlüssel eingesteckt, sah aber dann Gerasimows ausgestreckte Hand.

«Danke. Morgen abend bringe ich ihn wieder zurück.»

«Sie müssen aber noch unterschreiben –» Aber Gerasimow entfernte sich schon.

«Wenn man so viele Untergebene hat», sagte Gerasimow zu seinem Leibwächter, «müssen darunter auch ein paar Begriffsstutzige sein.»

«Genau, Genosse Vorsitzender.» Der Leibwächter war ein enorm durchtrainierter Mann und ehemaliger Agent, der alle Formen des bewaffneten und unbewaffneten Kampfes beherrschte. Mischa spürte das an seinem festen Griff.

«Filitow», sagte der Vorsitzende über die Schulter hinweg, «wir machen einen kurzen Flug. Ihnen wird nichts geschehen. Wenn Sie sich benehmen, bekommen Sie sogar eine ordentliche Mahlzeit. Wenn Sie sich nicht benehmen, wird Wassili hier dafür sorgen, daß Sie es bereuen. Ist das klar?»

«Klar, Genosse *Tschekist.*»

Der Leibwächter fuhr zusammen, stieß dann die Tür auf. Draußen salutierten die Wachposten und wurden mit einem Nicken bedacht. Der Fahrer hielt die Fondtür auf. Gerasimow blieb stehen und drehte sich um.

«Setzen Sie ihn nach hinten zu mir, Wassili. Sie können vom Beifahrersitz aus auf ihn aufpassen.»

«Wie Sie wünschen, Genosse.»

«Scheremetjewo», befahl Gerasimow dem Fahrer. «Zur Frachthalle auf der Südseite.»

Die Fahrzeugkolonne erreichte das Flughafengelände, bog vor der Zufahrt zum Passagierterminal nach rechts ab und wandte sich zu den Abstellplätzen. Die Sicherheitsmaßnahmen waren scharf, wie Ryan feststellte; überall bewaffnete Soldaten in KGB-Uniformen. Sie passierten ein neues, aber noch unbenutztes Terminal.

Die Limousine blieb mit einem Ruck neben der 707 stehen. Ryan stieg aus, verabschiedete sich von seinem Begleiter und nahm seinen Aktenkoffer und seine Reisetasche entgegen. Dann wandte er sich zur Fluggasttreppe.

«Ich hoffe, daß Sie einen angenehmen Aufenthalt hatten», sagte sein Begleiter, ein Beamter des sowjetischen Außenministeriums.

«Irgendwann komme ich einmal wieder und schaue mir die Stadt an», erwiderte Ryan und gab dem Mann die Hand.

«Das wäre uns ein Vergnügen.»

Kann ich mir denken, dachte Ryan auf den Stufen. In der Maschine schaute er ins Cockpit. Auf dem Notsitz saß ein russischer Offizier, der bei der Verständigung mit den sowjetischen Luftlotsen assistieren sollte. Er starrte auf die verhängte Kommunikationskonsole der Präsidentenmaschine. Ryan nickte dem Piloten zu und bekam ein Augenzwinkern zur Antwort.

«Wenn ich an die politischen Dimensionen denke, bekomme ich das kalte Grausen», sagte Watutin. Er verglich in der KGB-Zentrale am Dserschinski-Platz mit Golowko ihre schriftlichen Unterlagen.

«Stalin ist tot. Man kann uns nicht einfach erschießen, nur weil wir uns an die Vorschriften halten.»

«Wirklich? Was, wenn Filitow mit Wissen des Vorsitzenden spionierte?»

«Lächerlich.» Golowko winkte ab.

«Wirklich? Gerasimow befaßte sich früher mit Dissidenten. Was, wenn er dabei Westkontakte bekam?»

«Jetzt denkst du wirklich wie ein Zweier.»

«Streng doch du mal deinen Kopf an. Wir nehmen Filitow fest; unmittelbar danach trifft sich der Vorsitzende mit einem CIA-Mann. Hat es so etwas je gegeben?»

«Ich habe Geschichten im Zusammenhang mit Philby gehört, aber – nein, das war erst nach seiner Flucht.»

«Ein unglaublicher Zufall!», meinte Watutin und rieb sich die Augen. «Wir bekommen bei der Ausbildung eingeschärft, nicht an Zufälle zu glauben –»

«*Twoju mat'!*» stieß Golowko hervor. Watutin schaute ärgerlich auf und sah, wie sein Freund die Augen verdrehte. «Wie konnte ich das nur vergessen! Beim letzten Besuch der Amerikaner hat Ryan mit Filitow gesprochen! Die beiden kamen wie durch Zufall zusammen, und –»

Watutin griff nach dem Hörer und wählte. «Geben Sie mir die Nachtaufsicht. Hier spricht Oberst Watutin. Wecken Sie den Gefangenen Filitow. Ich möchte ihn im Lauf der nächsten Stunde sprechen... Wie bitte? Wer? Ah, gut. Vielen Dank.» Der Oberst vom Zweiten Hauptdirektorat erhob sich. «Der Vorsitzende Gerasimow hat vor fünfzehn Minuten Filitow aus Lefortowo geholt.»

«Wo steht dein Wagen?»

«Ich lasse einen kommen.»

«Nein», sagte Golowko. «Dein Privatfahrzeug.»

26

Noch bestand keine Eile. Während die Kabinencrew die Fluggäste unterbrachte, ging Colonel von Eich die Checkliste durch. Die VC-137 wurde von einem mobilen Generator mit Strom versorgt, mit dessen Hilfe später auch die Triebwerke angelassen werden sollten, ohne daß man die Bordbatterien strapazierte. Er schaute auf seine Armbanduhr und hoffte, daß alles planmäßig verlief.

Hinten in der Kabine nahm Ryan auf den Sitzreihen gleich bei der VIP-Abteilung Platz. Der Chief sollte nicht mit dem Rest der Crew, sondern gleich auf der anderen Seite des Mittelgangs sitzen. Ryan hätte am liebsten noch einen weiteren Mann zur Unterstützung dabeigehabt, aber da ein sowjetischer Offizier an Bord war, durften sie nichts tun, was aus dem Rahmen fiel. Alles mußte ganz normal wirken.

Auf dem Flugdeck kam der Pilot zum Ende der Checkliste.

«Alles an Bord?»

«Ja, Sir. Bereit zum Türenschließen.»

«Behalten Sie die Kontrolleuchte für die Crewtür im Auge. Die macht Mätzchen», schärfte von Eich dem Bordingenieur ein.

«Probleme?» fragte der sowjetische Pilot vom Notsitz her. Plötzlichen Druckabfall nimmt jeder Flieger ernst.

«Jedesmal, wenn wir die Tür prüfen, ist sie in Ordnung. Liegt wohl an einem defekten Relais hinter der Konsole, das wir noch nicht gefunden haben. Die Türdichtung habe ich persönlich inspiziert», versicherte er dem Russen. «Es muß an der Elektrik liegen.»

«Startbereit», sagte der Bordingenieur.

«Okay.» Der Pilot überzeugte sich mit einem Blick nach draußen, daß die Fluggasttreppen weggeschoben worden waren; die Crew setzte Kopfhörer auf. «Links alles klar.»

«Rechts alles klar», sagte der Kopilot.

«Start eins.» Knöpfe wurden gedrückt, Schalter umgelegt, und das Schaufelrad der linken äußeren Turbine begann sich zu drehen. Die

Nadeln mehrerer Instrumente zuckten und pendelten sich bald in normalen Leerlaufstellungen ein. Der mobile Generator wurde weggezogen.

«Start vier», sagte der Pilot und schaltete sein Mikrophon in die Bordsprechanlage ein. «Meine Damen und Herren, hier spricht Colonel von Eich. Wir lassen nun die Triebwerke an und werden in fünf Minuten losrollen. Bitte, schnallen Sie sich an und stellen Sie das Rauchen ein.»

Ryan hätte für eine Zigarette einen Mord begangen. Der Chief warf ihm einen Blick zu und lächelte. Siehst so aus, als würdest du mit der Sache fertig, dachte Ryan. Der Chief Master Sergeant ging zwar auf die fünfzig zu, hatte aber die Statur eines Football-Verteidigers.

«Alles klar?» fragte Jack. Es bestand keine Gefahr, daß jemand mithörte. Der Lärm der Triebwerke war hier hinten fast unerträglich.

«Auf Ihr Zeichen hin bereit.»

«Sie werden schon merken, wenn es soweit ist.»

«Hm, noch nicht da», murrte Gerasimow. Die Frachthalle war geschlossen und lag von den Sicherheitsflutlichtern abgesehen dunkel da.

«Soll ich mal durchrufen?» fragte der Fahrer.

«Nein, keine Eile. Was –» Ein Wächter in Uniform hielt sie an. Einen Kontrollpunkt hatten sie bereits passiert. «Ach ja, die Amerikaner fliegen ab. Deshalb die Umstände.»

Der Posten trat ans Fahrerfenster und verlangte Passierscheine. Der Fahrer machte nur eine Geste zum Fond.

«Guten Abend, Gefreiter», sagte Gerasimow und hielt seinen Ausweis hoch. Der junge Mann stand stramm. «In wenigen Minuten kommt eine Maschine für mich. Sie muß wegen der Amerikaner aufgehalten worden sein. Sind alle Sicherheitskräfte im Einsatz?»

«Jawohl, Genosse Vorsitzender!»

«Da ich schon hier bin, könnte ich gleich eine kurze Inspektion vornehmen. Wer ist Ihr Kommandeur?»

«Major Sarudin, Gen –»

«Was geht denn hier –» Ein Leutnant kam herüber, trat neben den Gefreiten und sah dann, wer im Auto saß.

«Leutnant, wo ist Major Sarudin?»

«Auf dem Turm, Genosse Vorsitzender. Das ist der beste Platz –»

«Teilen Sie ihm über Funk mit, daß ich den Sicherheitskordon zu inspizieren beabsichtige und ihm später meine Meinung mitteilen werde. Weiter», befahl er dem Chauffeur. «Nach rechts.»

«Scheremetjewo Tower, hier 971. Erbitte Genehmigung, an Startbahn 25R zu rollen», sagte von Eich in sein Mikrophon.

«971, Genehmigung erteilt. Nach links auf Rollbahn eins einbiegen. Wind aus zwo-acht-eins, vierzig Kilometer.»
«Verstanden. Ende», sagte der Pilot. «Na, dann setzen wir den Vogel mal in Bewegung.» Der Kopilot drückte die Schubregler nach vorne, das Flugzeug begann zu rollen. Ein Mann mit zwei Leuchtstäben wies ihnen den Weg. Das kleine Steuerrad für die Bugräder war wie üblich schwergängig, und die von einem äußeren Triebwerk bewegte Maschine beschrieb eine träge Kurve. Von Eich verhielt sich vorsichtig; die Rollbahnen waren so holprig, daß er befürchtete, etwas zu beschädigen. Schließlich bog er nach rechts auf Rollbahn fünf ein.

«Die Männer scheinen wachsam zu sein», bemerkte Wassili, als sie Startbahn 25L überquerten. Der Fahrer hatte das Licht ausgeschaltet und hielt sich am Rand. Es rollte eine Maschine an, und sowohl Fahrer als auch Leibwächter behielten diese Gefahr im Auge. Daß Gerasimow den Schlüssel aus seiner Tasche nahm und dem verdutzten Filitow die Handschellen öffnete, sahen sie nicht. Dann holte der Vorsitzende eine automatische Pistole unter dem Mantel hervor.

«Verdammt – da ist ein Auto», sagte Colonel von Eich. «Was hat das hier verloren?»
«Keine Sorge, an dem kommen wir gut vorbei», meinte der Kopilot. «Es fährt ganz am Rand.»
«Ist doch wohl der Gipfel.» Der Pilot bog nach rechts zum Anfang der Startbahn ab. «Was ist das für ein Sonntagsfahrer?»
«Was jetzt kommt, wird Ihnen auch nicht gefallen», sagte der Bordingenieur. «Das Licht für die hintere Tür ist wieder an.»
«Verdammte Scheiße!» fluchte von Eich über die Bordsprechanlage und schaltete sich in den Kabinenkreis ein. «Chief, prüfen Sie die hintere Tür.»
«Jetzt geht's los», sagte der Sergeant. Ryan schnallte sich ab, tat ein paar Schritte und sah zu, wie der Sergeant am Türgriff hantierte.
«Da ist irgendwo ein Kurzschluß», sagte der Bordingenieur im Cockpit. «Gerade ist die hintere Kabinenbeleuchtung ausgefallen. Die Sicherung sprang heraus und läßt sich nicht wieder eindrücken.»
«Defekte Sicherung?» fragte Colonel von Eich.
«Ich kann sie ja mal versuchsweise austauschen», meinte der Ingenieur.
«Tun Sie das. Ich sage jetzt den Leuten da hinten, warum es auf einmal finster ist.» Alles gelogen, aber alle waren angeschnallt und konnten nicht sehen, was am hinteren Ende der Kabine vor sich ging.

«Wo ist der Vorsitzende?» fragte Watutin den Leutnant.

«Er führt eine Inspektion durch. Wer sind Sie?»

«Oberst Watutin – dies ist Oberst Golowko. Los, wo ist der Vorsitzende?»

Der Leutnant schluckte, verhaspelte sich und wies dann in die entsprechende Richtung.

«Wassili», sagte der Vorsitzende. Wirklich schade. Sein Leibwächter drehte sich um und starrte in die Mündung einer Pistole. «Ihre Waffe, bitte.»

«Aber –»

«Keine Zeit für lange Erklärungen.» Er nahm dem Mann die Waffe ab und steckte sie ein. Dann reichte er ihm die Handschellen. «Die sind für Sie beide. Hände durchs Lenkrad.»

Der Fahrer war entgeistert, aber beide taten wie geheißen. Wassili ließ einen Stahlring um sein linkes Handgelenk einschnappen, langte durchs Steuerrad und befestigte den anderen am Arm des Fahrers. Inzwischen zog Gerasimow das Funkgerät aus der Halterung und steckte es ein.

«Zündschlüssel!» befahl Gerasimow. Der Fahrer zog sie ab und gab sie ihm mit der freien Linken. Der nächste Wachposten war hundert Meter entfernt, das Flugzeug nur noch zwanzig. Der Vorsitzende des Staatssicherheitskomitees öffnete zum ersten Mal seit Monaten selbst die Wagentür. «Kommen Sie mit, Oberst Filitow.»

Mischa war ebenso überrascht wie die anderen, folgte aber. Unter den Augen aller Anwesenden gingen Gerasimow und Filitow auf die VC-137 mit dem rot-weiß-blauen Seitenruder zu. Wie auf Kommando öffnete sich die Tür.

«Beeilung, bitte.» Ryan warf eine Strickleiter hinab.

Filitow versagten die Beine. Der Wind und der Abgasstrom der Triebwerke ließen die Strickleiter flattern, und er bekam trotz Gerasimows Hilfe die Füße nicht auf die Sprossen.

«Verdammt! Sieh dir das an!» rief Golowko. «Los!»

Watutin gab keine Antwort, sondern trat das Gaspedal durch und schaltete Fernlicht an.

«Probleme», meinte der Chief, als er den Wagen nahen sah. Auch ein Mann mit einem Gewehr kam auf sie zugeeilt. *Mach zu, Opa!* feuerte er den «Kardinal des Kreml» an.

«Mist!» Ryan stieß den Sergeant beiseite und sprang hinunter. Ein zu tiefer Sprung; er landete unglücklich, verstauchte sich den rechten Knöchel und riß sich am linken Knie die Hosen auf. Jack ignorierte den

Schmerz und sprang auf die Beine. Er packte Filitow an der linken Schulter, Gerasimow ergriff seine rechte, und gemeinsam hoben sie ihn so hoch, daß der Sergeant ihn von oben ergreifen und an Bord zerren konnte. Dann kam Gerasimow an die Reihe, unterstützt von Ryan. Nun war Jack dran –, aber sein linkes Knie war bereits steif, und das rechte Bein mit dem verstauchten Knöchel versagte ihm glatt den Dienst. Er fluchte so laut, daß man ihn über den Triebwerklärm hinweg hören konnte, und versuchte sich hochzuhanteln, verlor aber den Halt und fiel auf den Asphalt.

«*Stoi, stoi!*» rief ein Bewaffneter ganz in seiner Nähe. Jack schaute hoch zur Tür des Flugzeuges.

«*Los!*» brüllte er. «Tür zu und abhauen!»

Der Chief folgte ohne Zögern, langte nach draußen und zog die Tür zu. Nachdem sie fest in der Dichtung saß, machte der Sergeant dem Piloten über die Bordsprechanlage Meldung.

«Tower, hier 971, wir rollen an. Ende.» Der Pilot schob die Leistungshebel in die Startstellung.

Der Rückstoß der Triebwerke schleuderte alle vier – inzwischen war auch der Mann mit dem Gewehr zur Stelle – von der Startbahn. Jack lag auf dem Bauch und sah zu, wie das rote Blinklicht oben auf dem hohen Seitenruder schrumpfte und sich dann in die Luft erhob. Als letztes sah er das rote Glühen der Infrarotstörer, die die VC-137 gegen Boden-Luft-Raketen schützten. Beinahe hätte er zu lachen angefangen, aber dann drehte man ihn um und hielt ihm eine Pistole vors Gesicht.

«Hallo, Sergej», sagte Ryan zu Oberst Golowko.

«Bereit», wurde dem Bogenschützen über Funk gemeldet. Er hob eine Pistole und schoß eine Leuchtkugel ab, die direkt über einer der Werkstätten explodierte.

Dann passierte alles auf einmal. Links von ihm wurden drei Stinger abgeschossen; jede fegte auf einen Wachturm oder, genauer gesagt, die elektrischen Heizöfen darin zu. Die jeweils zwei Posten auf den Türmen nahmen gerade noch überrascht das Signal mitten über der Anlage wahr, und nur einer der sechs sah die heranjagende gelbe Feuerspur – zu spät für eine Reaktion. Alle drei Raketen trafen; die Sprengköpfe mit je drei Kilo Explosivstoff detonierten. Knapp fünf Sekunden nach Abschuß der Leuchtkugel waren die Wachtürme ausgeschaltet und mit ihnen die Maschinengewehre, die die Laseranlage schützen sollten.

Als nächster starb der Posten vor dem Bogenschützen im Kugelhagel aus vierzig Gewehren. Dann begannen sich die Mörser einzuschießen, und der Bogenschütze leitete ihr Feuer über Funk auf das Gebäude, in dem er die Wachmannschaft vermutete.

Das Geräusch automatischer Waffen ist unverwechselbar. Oberst Bondarenko hatte gerade von der herrlichen, aber eiskalten Natur genug und war auf dem Weg zurück in sein Quartier, als der Lärm ihn wie angewurzelt stehenbleiben ließ. Erst nahm er an, ein KGB-Posten habe versehentlich seine Waffe abgefeuert, doch dieser Eindruck hielt sich nur eine Sekunde lang. Er hörte über sich einen scharfen Knall, schaute auf und sah die Leuchtkugel. Gleichzeitig vernahm er die Detonationen von der Laseranlage her, und seine Verblüffung wich auf der Stelle der instinktiven Reaktion eines Berufssoldaten, der sich einem Angriff ausgesetzt sieht. Die KGB-Baracke lag zweihundert Meter rechts von ihm, und er rannte auf sie zu, so schnell er konnte.

Mörsergranaten trafen die große neue Werkstatt hinter der Baracke. Aus dem KGB-Quartier stolperten Männer, als er eintraf, und er mußte stehenbleiben und die Hände heben, um nicht erschossen zu werden.

«Ich bin Oberst Bondarenko! Wo ist Ihr Offizier?»

«Hier!» Ein junger Leutnant kam heraus. «Was –» Die nächste Mörsergranate traf die Rückseite der Baracke.

«Folgen Sie mir!» brüllte Bondarenko und lief von dem offensichtlichen Ziel weg.

«Was ist –»

«Wir werden angegriffen. Leutnant! Wie stark ist Ihre Truppe?»

Der Mann drehte sich um und zählte. Bondarenko war schneller. Einundvierzig Mann mit Gewehren, aber ohne schwere Waffen oder Funkgeräte. Er kam zwar ohne Maschinengewehre aus, aber Funkgeräte waren lebenswichtig.

Die Hunde, dachte er, sie hätten die Hunde behalten sollen ...

Die taktische Situation war miserabel und drohte noch schlimmer zu werden. Eine Reihe von Explosionen zerriß die Nacht.

«Die Laser, wir müssen die –» stieß der Leutnant hervor, aber Oberst Bondarenko packte ihn an der Schulter.

«Wir können neue Maschinen bauen», sagte Bondarenko mit Nachdruck, «aber keine neuen Wissenschaftler. Wir besetzen jetzt den Wohnblock und halten ihn, bis Entsatz kommt. Schicken Sie einen guten Feldwebel zu den Junggesellenquartieren und schaffen Sie die Männer in den Wohnblock.»

«Nein, Genosse Oberst. Ich habe den Befehl, die Laser zu schützen, und ich muß mich –»

«Ich befehle Ihnen, Ihre Männer zu rufen –»

«*Nein!*» schrie ihn der Leutnant an.

Bondarenko schlug ihn mit dem Gewehrkolben nieder, entsicherte die Waffe und jagte ihm zwei Kugeln in die Brust. Dann drehte er sich um. «Wer ist hier der beste Feldwebel?»

«Ich, Genosse Oberst», sagte ein junger Mann zittrig.

«Ich bin Oberst Bondarenko, und ich habe hier den Befehl!» donnerte der Offizier. «Gehen Sie mit vier Mann zum Junggesellenquartier und schaffen Sie alle in den Wohnblock. Und zwar so schnell Sie können.» Der Feldwebel wies auf vier andere und rannte los. «Der Rest folgt mir!» Er führte sie ins Schneegestöber. Zu Spekulationen über das, was sie erwartete, blieb ihm keine Zeit. Sie hatten keine zehn Meter zurückgelegt, als alle Lichter der Anlage verloschen.

Am Tor zum Laser-Komplex stand ein GAZ-Geländewagen mit einem im Heck montierten schweren MG. General Pokryschkin rannte auf die ersten Explosionen hin aus dem Gebäude der Steuerzentrale und stellte mit Entsetzen fest, daß von seinen drei Wachtürmen nur noch brennende Stümpfe übrig waren. Der Befehlshaber der KGB-Abteilung kam mit seinem Fahrzeug zu ihm hinuntergerast.

«Wir werden angegriffen», meldete er überflüssigerweise.

«Sammeln Sie Ihre Männer hier.» Pokryschkin hob den Kopf und sah Soldaten rennen. Sie trugen zwar sowjetische Uniformen, aber er ahnte irgendwie, daß es keine Russen waren. Der General stieg auf den Geländewagen und schwang den Lauf des MG über den Kopf des verdutzten KGB-Offiziers hinweg herum. Beim ersten Druck auf den Abzug geschah nichts; er mußte erst mit einem Zug am Zuführhebel eine Patrone in die Kammer transportieren. Beim zweiten Versuch fielen drei Männer in der Garbe. Der Kommandeur der Wachabteilung bedurfte nun keiner weiteren Ermunterung mehr und bellte hastige Befehle in sein Funkgerät. Es breitete sich zwangsläufig Konfusion aus, denn beide Seiten trugen identische Waffen und Uniformen. Doch die Afghanen waren in der Überzahl.

Morosow war mit mehreren seiner unverheirateten Freunde auf den Lärm hin nach draußen getreten. Er gehörte zu den wenigen, die nicht über militärische Erfahrungen vom Wehrdienst her verfügten, aber das war unerheblich – es hatte nämlich niemand die geringste Ahnung, was zu tun war. Fünf Männer in Uniform, die Gewehre trugen, kamen aus der Finsternis angerannt.

«Los! Alle mitkommen!» Feuer ganz in der Nähe; zwei KGB-Soldaten fielen, einer tot, der andere verwundet. Der Verletzte schoß zurück, leerte mit einem langen Feuerstoß sein Magazin. Aus der Nacht drang ein Schrei, gefolgt von Rufen. Morosow rannte in die Baracke und rief alle Mann zur Tür. Die Ingenieure ließen sich das nicht zweimal sagen.

«Los, rauf auf den Berg und in den Wohnblock!» rief der Feldwebel. «So schnell ihr könnt!» Die vier KGB-Soldaten trieben sie an, hielten nach Zielen Ausschau, sahen aber nur Blitze. Überall pfiffen nun Geschosse. Ein weiterer KGB-Soldat hauchte sein Leben aus, aber der Feldwebel erwischte den Schützen. Als der letzte Ingenieur die Baracke verlassen hatte, schnappte er sich die übrigen Gewehre und half seinem verwundeten Kameraden den Berg hoch.

Der Bogenschütze erkannte zu spät, daß seine achtzig Männer überfordert waren. Zuviel Gelände zu sichern, zu viele Gebäude, aber auch eine Menge Ungläubige, und die zu töten waren seine Männer hier. Er sah zu, wie ein Bus von einer Panzerfaust RPG-7 zur Explosion gebracht wurde, brennend von der Straße abkam und den Abhang hinunterstürzte. Mit Sprengstoff beladene Männer eilten in die Gebäude und fanden ölglänzende Werkzeugmaschinen, an denen sie die Ladungen anbrachten und sich dann rasch entfernten, ehe die Explosionen Brände auslösten. Zu spät hatte der Bogenschütze erkannt, in welchem Gebäude sich die Wachmannschaft befand, und nun, da dieses in Flammen stand, führte er seinen Trupp heran, um die Überlebenden niederzumachen. Auch hier kam er zu spät, aber das wußte er noch nicht. Eine Mörsergranate hatte die Freileitung unterbrochen, die den ganzen Komplex mit Strom versorgte, und seine Männer wurden von den Mündungsblitzen ihrer eigenen Waffen ihres Nachtsehvermögens beraubt.

«Gut gemacht, Feldwebel!» lobte Bondarenko den jungen Mann. Die Ingenieure hatte er bereits nach oben befohlen. «Wir nehmen um das Gebäude herum Aufstellung. Mag sein, daß wir zurückgedrängt werden; in diesem Fall verteidigen wir das Erdgeschoß. Die Mauern sind aus Beton. Panzerfäuste können uns gefährlich werden; Kugeln aber nicht. Schicken Sie einen Mann ins Haus; der soll feststellen, welche Männer militärische Erfahrung haben, und ihnen diese beiden Gewehre geben. Wenn jemand fällt, wird seine Waffe an einen anderen weitergegeben, der sie gebrauchen kann. Ich gehe nun hinein und sehe nach, ob noch ein Telefon funktioniert –»

«Im Büro im Erdgeschoß steht ein Funkgerät», erklärte der Feldwebel. «Jedes Gebäude hat eins.»

«Gut! Halten Sie die Stellung, Feldwebel, ich bin in zwei Minuten wieder da.» Bondarenko eilte hinein. Das Funkgerät hing an der Wand, und er stellte zu seiner Erleichterung fest, daß es ein batteriegetriebenes Militärmodell war. Der Oberst hängte es sich über die Schulter und hastete wieder hinaus.

Die Angreifer – wer waren sie wohl? fragte er sich – hatten schlecht geplant. Erstens war es ihnen vor dem Sturm nicht gelungen, die KGB-Baracke zu identifizieren; zweitens hatten sie die Unterkünfte nicht rasch genug angegriffen. Nun gingen sie zwar vor, stießen aber auf eine Linie von KGB-Soldaten im Schnee. Es waren zwar nur Grenztruppen, aber sie hatten wenigstens eine Grundausbildung hinter sich und, wichtiger noch, wußten, daß es kein Entkommen gab. Der junge Feldwebel war ein guter Mann, wie er sah, der seinen Leuten Mut zusprach und ihnen Anweisungen gab. Der Oberst schaltete das Funkgerät ein.

«Hier Oberst G. I. Bondarenko bei Projekt Heller Stern. Wir werden angegriffen. Ich wiederhole: Heller Stern wird angegriffen. Alle Einheiten dieses Funkkreises sofort melden. Ende.»

«Gennadi, hier Pokryschkin im Laser-Komplex. Wir sitzen in der Steuerzentrale. Wie sieht es bei Ihnen aus?»

«Ich bin im Wohnblock und habe alle Zivilisten, die wir finden konnten, ins Gebäude gebracht. Ich habe vierzig Mann und versuche, das Haus zu halten. Wie sieht es mit Unterstützung aus?»

«Gennadi, von hier aus können wir Ihnen nicht helfen. Können Sie das Haus halten?»

«Fragen Sie mich in zwanzig Minuten noch einmal.»

«Schützen Sie meine Leute, Oberst. Schützen Sie meine Leute!» schrie Pokryschkin ins Mikrophon.

«Bis in den Tod, Genosse General. Ende.» Bondarenko behielt das Funkgerät auf dem Rücken und griff nach seinem Gewehr. «Feldwebel!»

«Hier, Genosse Oberst!» Der junge Mann erschien. «Bislang tasten sie uns nur ab, greifen noch nicht an –»

«Sie suchen nach Schwachstellen.» Bondarenko ging auf die Knie. Geschosse pfiffen durch die Luft, aber noch war das Feuer nicht konzentriert. Über und hinter den beiden zersplitterten Fensterscheiben. Kugeln bohrten sich in die vorgefertigten Betonplatten, aus denen das Gebäude bestand; Splitter flogen. «Nehmen Sie an der gegenüberliegenden Ecke Stellung. Sie übernehmen die Verteidigung der Nord- und Ostmauer; ich kümmere mich um die beiden anderen. Ihre Männer sollen nur schießen, wenn sie Ziele haben –»

«Habe ich bereits befohlen, Genosse.»

«Gut!» Bondarenko hieb dem jungen Mann auf die Schulter. «Weichen Sie nur zurück, wenn es unbedingt sein muß, und geben Sie mir in diesem Fall vorher Bescheid. Die Menschen in diesem Gebäude sind unersetzlich und müssen unbedingt überleben. Los!» Der Oberst sah dem Feldwebel wohlwollend nach und rannte dann zu seiner Ecke des Gebäudes.

Nun hatte er zwanzig – nein, er zählte nur achtzehn Mann, die in ihren Tarnuniformen nur schwer auszumachen waren. Er lief von einem zum anderen, gebückt unter der Last des Funkgeräts, stellte sie in gleichmäßigen Abständen auf und schärfte ihnen ein, mit der Munition sparsam umzugehen. Gerade, als er die Linie im Westen kontrolliert hatte, drang ein Chor menschlicher Stimmen aus der Dunkelheit.

«Sie kommen!» schrie ein Schütze.

«Noch nicht schießen!» brüllte der Oberst.

Wie durch einen Zauber waren die rennenden Gestalten plötzlich da – eine Linie von Männern, die aus der Hüfte mit Kalaschnikows schossen. Er ließ sie bis auf fünfzig Meter herankommen.

«Feuer!» Zehn sah er sofort fallen. Der Rest zögerte und blieb stehen, wich dann zurück und verlor dabei noch zwei Mann. Bondarenko hörte Schüsse von der anderen Seite des Gebäudes her und fragte sich, ob der Feldwebel gehalten hatte. Schreie in der Nähe bedeuteten ihm, daß es unter seinen Männern Opfer gegeben hatte. Bei einer Inspektion stellte er fest: nur noch fünfzehn Mann.

Der Steigflug war ganz normal verlaufen. Der Russe auf dem Notsitz hinter Colonel von Eich warf hin und wieder einen Blick auf die Elektrikkonsole.

«Was macht die Elektrik?» fragte der Pilot etwas gereizt.

«Keine Probleme mit Triebwerken und Hydraulik. Scheint nur am Lichtkreis zu liegen», erwiderte der Bordingenieur und schaltete unauffällig die Positionslichter an Heck und Tragflächenenden ab.

«Na denn –» Die Instrumentenbeleuchtung im Cockpit funktionierte natürlich; darüber hinaus hatte und brauchte die Besatzung kein Licht. «Das reparieren wir in Shannon.»

«Colonel.» Die Stimme des Chiefs im Kopfhörer des Piloten.

«Sprechen Sie», sagte der Bordingenieur, nachdem er sich überzeugt hatte, daß der Kopfhörer des Russen nicht auf diesen Kanal eingestellt war.

«Sprechen Sie, Sergeant.»

«Wir haben unsere beiden neuen Passagiere, Sir, aber Mr. Ryan – blieb zurück, Colonel.»

«Bitte wiederholen», sagte von Eich.

«Er sagte, wir sollten losfliegen, Sir. Zwei Bewaffnete bedrohten ihn ... da rief er, wir sollten verschwinden.»

Von Eich schnaufte. «Na schön. Wie sieht's hinten aus?»

«Ich habe sie in die letzte Reihe gesetzt, Sir, und glaube kaum, daß bei dem Triebwerkslärm jemand etwas gemerkt hat.»

«Sehen Sie zu, daß das so bleibt.»

«Jawohl, Sir. Freddie sorgt dafür, daß der Rest der Passagiere vorn bleibt. Die hintere Toilette ist kaputt, Sir.»

«Pech», bemerkte der Pilot. «Sollen sie halt vorne pinkeln.»

«Jawohl, Colonel.»

«Noch fünfundsiebzig Minuten», verkündete der Navigator.

Verdammt, Ryan, dachte der Pilot. Hoffentlich wird es für dich nicht zu schlimm...

«Ich sollte Sie auf der Stelle erschießen!» rief Golowko.

Sie saßen im Wagen des Vorsitzenden; Ryan sah sich vier höchst aufgebrachten KGB-Offizieren gegenüber. Die größte Wut schien der Mann auf dem Beifahrersitz zu haben, Gerasimows Leibwächter. Er schien die Lust zu verspüren, einfach zuzuschlagen, und Ryan war froh, daß die Rücklehne sie trennte. Nun war es an der Zeit, Golowko zu besänftigen.

«Sergej, das würde einen unglaublichen internationalen Zwischenfall provozieren», meinte Jack ruhig. Das Gespräch wurde in Russisch weitergeführt. Er konnte sie zwar nicht verstehen, aber dem Tonfall nach zu urteilen, stand fest, daß die Männer ratlos waren. Und das war Ryan ganz recht.

Clark ging gerade eine drei Blocks vom Meer entfernte Straße entlang, als er sie sah. Es war elf Uhr fünfundvierzig. Zum Glück waren sie pünktlich. In diesem Teil der Stadt gab es Restaurants und sogar Discos; sie kamen aus einer, als er sie entdeckte. Zwei Frauen, so gekleidet, wie er es erwartete, und ein männlicher Begleiter. Der Leibwächter. Gut, daß bislang alles nach Plan verlaufen war. Clark zählte ein Dutzend anderer Menschen auf dem Gehsteig, teils laute Menschen, teils stille Pärchen, viele etwas unsicher auf den Beinen. Er behielt seine drei Zielpersonen im Auge und ging näher heran.

Der Leibwächter war ein Profi, der rechts von ihnen ging und seine Schußhand frei hielt. Clark zog sich das Halstuch zurecht und griff dann in die Tasche. Er ging nun zehn Meter hinter ihnen, ein ganz normaler Mann, der an einem kalten Februarabend heimwärts strebte, eine Pelzmütze auf dem Kopf hatte und den Kopf gesenkt hielt, um sein Gesicht vorm Wind zu schützen. Nun konnte er ihre Stimmen hören. Es wurde russisch gesprochen. Nun war es soweit.

«*Russki*», sagte Clark mit Moskauer Zungenschlag. «Sind also nicht alle hier eingebildete Balten?»

«Tallinn ist eine ehrwürdige alte Stadt, Genosse», versetzte die ältere Frau. «Zeigen Sie Respekt.»

Jetzt. Clark holte mit den schwankenden Schritten eines Angetrunkenen auf.

«'tschuldigung, gute Frau. Angenehmen Abend noch», sagte er beim Vorbeigehen, lief den Frauen vor die Füße und prallte mit dem Leibwächter zusammen. «Nichts für ungut, Genosse –» Der Mann sah eine

Pistole, die auf sein Gesicht gerichtet war. «Nach links in die Gasse. Hände hoch, Genosse.»

Clark fand die entsetzte Miene des armen Teufels fast amüsant. Er packte den Mann am Kragen und hielt ihn auf Armeslänge.

«Mutter –» rief Katrin verängstigt.

«Still, mein Kind. Tu, was der Mann sagt.»

«Aber –»

«An die Wand», befahl Clark dem Leibwächter, hielt die Waffe auf den Hinterkopf des Mannes gerichtet und nahm sie in die linke Hand. Dann versetzte er ihm mit der Rechten einen scharfen Handkantenschlag an den Hals. Der Leibwächter ging zu Boden; Clark legte ihm Handschellen an, knebelte ihn, band ihm die Fußgelenke zusammen und schleppte ihn in die dunkelste Ecke der Gasse.

«So, meine Damen, würden Sie nun bitte mit mir kommen?»

«Was geht hier vor?» fragte Katrin.

«Das weiß ich selbst nicht», gestand ihre Mutter. «Vater sagte mir nur –»

«Mein Fräulein, Ihr Vater hat beschlossen, einmal nach Amerika zu fahren, und er möchte, daß Sie ihn begleiten», sagte Clark in makellosem Russisch.

Katrin wurde blaß. «Das ist doch Verrat... das glaube ich nicht.»

«Ich soll tun, was dieser Mann mir befiehlt, hat Vater gesagt», meinte Maria.

«Und er?» Katrin wies auf den Leibwächter.

«Ihm ist nichts geschehen. Wir töten keine Menschen. Das ist schlecht fürs Geschäft», sagte Clark, führte sie zurück auf die Straße und wandte sich nach links zum Hafen.

Der Major hatte seine Männer in zwei Gruppen aufgeteilt. Die kleinere brachte wahllos Sprengsätze an, die größere hatte fast alle angreifenden KGB-Truppen niedergeschossen und nun um den Bunker der Steuerzentrale Aufstellung genommen. Seine Männer hatten den KGB-Kommandeur getötet und sich sein Fahrzeug mit dem schweren MG genommen. Mit dieser Waffe jagten sie nun Geschosse durch die Sehschlitze des Stahlbetongebäudes.

Drinnen hatte nun General Pokryschkin den Befehl. Zur Verfügung standen ihm rund dreißig leichtbewaffnete KGB-Soldaten mit nur wenig Munition. Ein Leutnant lenkte die Verteidigung, so gut er konnte; der General versuchte über Funk Hilfe zu holen.

«Eine Stunde wird es aber dauern», sagte ein Regimentskommandeur. «Meine Männer rücken gerade aus.»

«Kommen Sie, so schnell Sie können!» rief Pokryschkin. «Hier gibt es

Tote.» Er hatte an Hubschrauber gedacht, aber die konnten in diesem Wetter überhaupt nichts ausrichten. Er legte das Funkgerät hin und griff nach seiner Dienstpistole. Von draußen kam Lärm. Auf dem ganzen Komplex wurden technische Einrichtungen gesprengt. Eine Katastrophe, aber seine Leute waren wichtiger. Im Bunker befand sich fast ein Drittel seiner Ingenieure.

Auf der anderen Seite der meterdicken Bunkermauer versuchte sich der Major noch immer klarzuwerden, wie diese Struktur zu knacken war. Seine RPG-Geschosse rissen nur Splitter aus der Mauer, und in der Finsternis war es schwer, durch die Sehschlitze zu zielen. Zwar ließen sich MG-Garben mit Hilfe von Leuchtspurgeschosen auf die Schlitze richten, aber die zeigten nicht genug Wirkung.

Finde die schwachen Punkte, sagte er sich. Nimm dir Zeit zum Nachdenken. Er befahl seinen Männern, stetig weiterzufeuern, und schlich um das Gebäude herum.

«Wie sieht es aus?» quäkte es aus seinem Funkgerät.

«Rund fünfzig haben wir ausgeschaltet. Der Rest sitzt in einem Bunker; wir versuchen gerade, an ihn ranzukommen. Und Ihr Ziel?»

«Der Wohnblock», erwiderte der Bogenschütze. «Da sitzen sie und –» Aus dem Lautsprecher drangen Schüsse. «Die kriegen wir bald.»

«Noch dreißig Minuten, dann müssen wir weg, mein Freund!» mahnte der Major.

«Gut!» Das Gerät verstummte.

Der Bogenschütze ist ein guter, tapferer Mann, dachte der Major und schaute sich die Nordwand des Bunkers an, hat aber nur eine einwöchige Ausbildung genossen, gerade eine Woche, um das, was er sich angeeignet hatte, in einen Zusammenhang zu bringen und die Erkenntnisse, für die andere ihr Blut vergossen hatten, weiterzugeben...

Endlich. Er hatte einen toten Winkel gefunden.

Die letzten Mörsergranaten landeten auf dem Dach des Wohnblocks. Bondarenko sah zu und lächelte. Endlich machte der Gegner einen Fehler. Die 88-mm-Granaten konnten das Dach aus Beton nicht durchschlagen. Wären sie auf die Umgebung des Hauses gezielt gewesen, hätte er durch die Splitterwirkung viele Männer verloren. Nun hatte er noch zehn Soldaten, zwei davon verwundet. Mit den Gewehren der Gefallenen feuerte man nun aus den Fenstern des ersten Stockwerks. Vor seiner Stellung lagen zwanzig Leichen; außerhalb seiner Sichtweite liefen die Angreifer – Afghanen, dessen war er sich nun sicher – ziellos umher. Zum ersten Mal hatte Bondarenko das Gefühl, sie könnten vielleicht doch noch knapp davonkommen. Der General hatte über Funk mitgeteilt, von Nurek sei ein motorisiertes Schützenregiment unterwegs.

Das feindliche Gewehrfeuer kam nun sporadisch. Mit stärkeren Kräften hätte der Oberst nun einen Gegenangriff gestartet, um den Feind aus dem Gleichgewicht zu bringen, aber er saß mit seinen wenigen Leuten, die zwei Flanken des Gebäudes decken sollten, fest.

Er erwog den Rückzug ins Gebäude. Drinnen waren seine Männer geschützter, aber durch Wände seiner Übersicht und Kontrolle entzogen. Wichen sie ins Gebäude zurück und gingen in den ersten Stock, gaben sie den afghanischen Pionieren die Chance, das Gebäude mit Sprengladungen zum Einsturz zu bringen. Bondarenko lauschte den vereinzelten Gewehrschüssen und den Schreien der Sterbenden und Verwundeten und war bemüht, zu einer Entscheidung zu gelangen.

Zweihundert Meter weiter war der Bogenschütze im Begriff, ihm diese Last abzunehmen. Von seinen Verlusten zu der falschen Annahme verleitet, dieser Teil des Gebäudes würde am heftigsten verteidigt, führte er den Rest seiner Männer auf die andere Seite. Das nahm fünf Minuten in Anspruch; mittlerweile belegten zurückgelassene *mudschaheddin* die russischen Linien mit stetigem Feuer. Ihnen waren die Mörsergranaten und RPG-Projektile ausgegangen; außer über Gewehre verfügten sie nur noch über ein paar Handgranaten und sechs Sprengladungen. Rundum brannte es; gelborangefarbene Flammen loderten auf und schmolzen den Schnee. Er hörte die Schreie seiner Verwundeten, als er seine verbliebenen fünfzig Mann formierte. Sie planten, massiert anzugreifen, hinter dem Mann, der sie hierhergeführt hatte. Der Bogenschütze entsicherte sein AK-47 und dachte an die ersten drei, die er damit getötet hatte.

Bondarenko fuhr herum, als er die Schreie von der anderen Seite des Gebäudes hörte. Zeit, etwas zu unternehmen; hoffentlich der richtige Schritt:

«Alles zurück ins Haus! Schnell!» Zwei seiner verbliebenen zehn Mann waren verwundet und mußten gestützt werden. Der Rückzug nahm über zwei Minuten in Anspruch; mittlerweile zerrissen erneute Gewehrsalven die Nacht. Bondarenko rannte mit fünf Leuten ins Haus, durch den Hauptkorridor im Erdgeschoß und auf der anderen Seite wieder nach draußen.

Er konnte nicht beurteilen, ob hier ein Durchbruch stattgefunden hatte, oder ob seine Männer auch hier zurückwichen; wieder konnte er nicht schießen, weil beide Seiten identische Uniformen trugen. Dann feuerte einer, der auf das Gebäude zurannte; der Oberst ging auf ein Knie und streckte ihn mit einer Garbe nieder. Weitere Gestalten tauchten auf, und er hätte beinahe geschossen, hörte dann aber ihre Rufe.

«*Naschi, naschi!*» Er zählte acht. Zuletzt kam der Feldwebel, der an beiden Beinen verwundet war.

«Es waren einfach zu viele, wir schafften es nicht –»

«Los, rein!» befahl Bondarenko. «Sind Sie noch kampffähig?»

«Klar!» Die beiden schauten sich um. Von einzelnen Zimmern aus konnten sie sich nicht verteidigen, sondern mußten in den Gängen und Treppenhäusern in Stellung gehen.

«Hilfe ist unterwegs. Aus Nurek kommt ein Regiment. Wir müssen nur durchhalten!» sagte Bondarenko zu seinen Männern. Wann der Entsatz eintreffen sollte, verschwieg er. Zwei Zivilisten mit Gewehren kamen herunter.

«Brauchen Sie Hilfe?» fragte Morosow. Er hatte sich zwar vor dem Wehrdienst gedrückt, aber nun festgestellt, daß ein Gewehr gar nicht so schwer zu handhaben ist.

«Wie sieht's oben aus?» fragte Bondarenko.

«Mein Abteilungsleiter ist tot. Die Waffe habe ich ihm abgenommen. Viele sind verwundet, der Rest hat Angst, so wie ich.»

«Halten Sie sich an den Feldwebel», meinte Bondarenko. «Wenn Sie den Kopf nicht verlieren, Genosse Ingenieur, kommen wir vielleicht lebend davon. Hilfe ist auf dem Weg.»

«Hoffentlich beeilen sich die Kerle.» Morosow half dem Feldwebel, der sogar noch jünger war als er, zum anderen Ende des Korridors. Bondarenko postierte die eine Hälfte seiner Männer im Treppenhaus und die andere bei den Aufzügen. Von draußen hörten sie Stimmengewirr, aber geschossen wurde im Augenblick nicht.

«Die Leiter hinunter – Vorsicht», sagte Clark. «Unten ist ein Querträger; auf dem können Sie stehen.»

Maria starrte angewidert auf das schleimige Holz und gehorchte wie im Traum. Ihre Tochter folgte. Clark kam als letzter, trat um sie herum und stieg ins Boot, löste die Leine und ruderte zu der Stelle, wo die Frauen standen. Das Boot lag einen Meter tiefer als der Träger.

«Eine nach der anderen. Sie zuerst, Katrin. Langsam, ich fange Sie auf.» Katrin, deren Knie zitterten, sprang und landete wie ein Sack im Boot. Nun war Maria an der Reihe. Katrin versuchte zu helfen, bewegte dabei das Boot, und Maria verlor den Halt, schrie auf und fiel ins Wasser.

«Was ist da los?» rief jemand vom Land her.

Clark kümmerte sich nicht darum, packte Maria an den Händen und zog sie an Bord. Sie bekam vor Kälte kaum Luft, aber das konnte Clark nicht ändern. Als er den Elektromotor einschaltete und aufs Meer hinaussteuerte, hörte er rasche Schritte am Kai.

«*Stoi!*» rief jemand. Ein Polizist, erkannte Clark, ausgerechnet ein Polizist. Er drehte sich um und sah den Schein einer Taschenlampe. Der

Lichtstrahl erreichte das Boot nicht, erhellte aber das Kielwasser. Clark hob sein Funkgerät.

«Onkel Joe, hier Willy. Sind auf dem Weg. Die Sonne scheint!»

«Klingt, als wären sie entdeckt worden», sagte der Fernmeldeoffizier zu Mancuso.

«Ist ja großartig.» Der Captain ging nach vorne. «Goodman, gehen Sie auf Kurs null-acht-fünf. Halten Sie mit zehn Knoten auf die Küste zu.»

«Brücke, hier Sonar, Kontakt in zwei-neun-sechs, Dieselmaschine», verkündete Jones. «Doppelschraube.»

«Muß die KGB-Fregatte sein, die hier patrouilliert – wahrscheinlich eine Grischa», sagte Ramius.

Mancuso wies schweigend auf den Feuerleittrupp. Der sollte das seewärtige Ziel aufs Korn nehmen, während *Dallas* in Sehrohrtiefe und mit ausgefahrener Antenne auf die Küste zuhielt.

«971, hier Welikije-Luki-Zentrale. Gehen Sie auf neuen Kurs eins-null-vier», wies eine russische Stimme Colonel von Eich an. Der Pilot drückte auf den Sendeknopf am Knüppel.

«Luki, bitte wiederholen. Over.»

«971, Sie haben Anweisung, auf neuen Kurs eins-null-vier zu gehen und nach Moskau zurückzukehren. Over.»

«Äh, danke, Luki, negativ, wir bleiben laut Flugplan auf zwei-acht-sechs. Over.»

«971, Sie haben Befehl, nach Moskau zurückzukehren!» beharrte der Fluglotse.

«Roger. Danke. Out.» Von Eich überzeugte sich davon, daß der Autopilot dem richtigen Kurs folgte, und hielt weiter nach anderen Flugzeugen Ausschau.

«Sie drehen ja gar nicht um», sagte der Russe über die Sprechanlage.

«Nein.» Von Eich drehte sich um und schaute den Mann an. «Meines Wissens haben wir nichts vergessen.»

«Man hat Ihnen aber befohlen –»

«In dieser Maschine habe ich das Kommando, und ich habe den Befehl, nach Shannon zu fliegen», erklärte der Pilot.

«Aber...» Der Russe ließ seine Gurte aufschnappen und wollte aufstehen.

«Hinsetzen!» befahl der Pilot. «Ohne meine Genehmigung verläßt niemand das Flugdeck. Sie sind hier Gast und tun gefälligst, was ich sage!» Von Eich gab dem Bordingenieur ein Zeichen, der daraufhin einen weiteren Kippschalter, den für die Kabinenbeleuchtung, umlegte. Nun war die VC-137 völlig verdunkelt. Der Pilot ging wieder auf Sendung.

«Luki, hier 971. Wir haben eine elektrische Fehlfunktion, und ich möchte keine radikale Kursänderung vornehmen, ehe sie behoben ist. Verstanden? Over.»

«Was für eine Fehlfunktion?» fragte der Controller. Der Pilot fragte sich, was dem Mann mitgeteilt worden war, und tischte die nächsten Lügen auf.

«Luki, genau wissen wir das noch nicht. Wir haben einen Spannungsverlust. Die gesamte Beleuchtung ist ausgefallen; im Augenblick ist der Vogel völlig dunkel. Ich wiederhole: Wir fliegen ohne Licht. Das macht mir etwas Kummer. Ablenkungen kann ich im Augenblick nicht gebrauchen.» Das brachte ihm zwei Minuten Funkstille ein und ließ ihn zwanzig Meilen weiter nach Westen vordringen.

«971, ich habe Moskau Ihr Problem mitgeteilt. Sie haben Anweisung, sofort umzukehren. Es wird alles für eine Notlandung freigemacht», bot der Luftlotse an.

«Roger, vielen Dank, Luki, aber ich möchte im Augenblick dennoch keine Kursänderung riskieren. Wir sind bemüht, den Fehler zu beheben. Bitte, bleiben Sie auf Empfang. Wir melden uns wieder. Out.» Colonel von Eich schaute auf die Uhr am Instrumentenbrett. Noch dreißig Minuten bis zur Küste.

«Wie bitte?» fragte Major Zarudin ungläubig. «*Wer* ist in die Maschine gestiegen?»

«Der Vorsitzende Gerasimow und ein verhafteter Spion», erwiderte Watutin.

«In eine amerikanische Maschine? Wollen Sie etwa sagen, daß der *KGB-Vorsitzende* in einem amerikanischen Flugzeug flieht?» Der für die Sicherheit am Flughafen zuständige Offizier hatte, wie es seinem Auftrag entsprach, den Fall übernommen. Nun stellte er fest, daß er es mit zwei Obersten, einem Oberstleutnant, einem Fahrer und einem Amerikaner zu tun hatte – und der verrücktesten Geschichte, die ihm je untergekommen war. «Da muß ich um Anweisungen ersuchen.»

«Mein Rang ist höher als Ihrer!» sagte Golowko.

«Aber nicht höher als der meines Vorgesetzten!» betonte Zarudin und griff nach dem Telefon. Er hatte die Fluglotsen anweisen können, die amerikanische Maschine zur Rückkehr aufzufordern; daß der Befehl mißachtet wurde, wunderte ihn nicht.

Ryan saß ganz still da, atmete kaum und bewegte noch nicht einmal den Kopf. Solange die nicht die Beherrschung verlieren, bist du ganz sicher, sagte er sich. Golowko war zu schlau, um etwas Unsinniges zu tun. Er wußte, wer Ryan war, und er wußte auch, was geschehen würde, wenn ein akkreditiertes Mitglied einer diplomatischen Delegation auch nur einen Kratzer abbekam. Etwas blessiert war Ryan schon: Sein Knöchel schmerzte teuflisch, und sein Knie blutete, aber das hatte er sich selbst zuzuschreiben. Golowko starrte ihn finster an. Ryan erwiderte den Blick aber nicht, sondern kämpfte seine Angst nieder und versuchte, gelassen auszusehen.

«Wo ist seine Familie?» fragte Watutin.

«Gestern nach Tallinn geflogen», antwortete Wassili lahm. «Um Verwandte zu besuchen –»

Nun ging es für alle zu Ende. Bondarenkos Männer hatten nur noch je ein halbes Magazin. Zwei waren Handgranaten, die der Feind ins Gebäude geworfen hatte, zum Opfer gefallen. Der Oberst hatte mit ansehen müssen, wie sich ein Schütze über eine Granate warf, um seine Kameraden zu schützen; er wurde zerrissen. Das Blut des Jungen bedeckte die Fliesen wie nasse Farbe. An der Tür lagen übereinander die Leichen von sechs Afghanen. Wie weit war das motorisierte Regiment noch entfernt? Eine Stunde, das war nur eine kurze Zeitspanne – ein halber Film, eine Fernsehsendung, ein angenehmer Abendspaziergang, aber eine Ewigkeit, wenn auf einen geschossen wurde. Jede Sekunde schien sich endlos hinzuziehen, der Sekundenzeiger stand auf der Stelle, und schnell ging nur das Herz. Einen Nahkampf erlebte er erst zum zweiten Mal. Nach dem ersten hatte er einen Orden bekommen; sollte auf den zweiten sein Begräbnis folgen? Das durfte er nicht zulassen. In den Stockwerken über ihm befanden sich Hunderte von Menschen – Ingenieure, Wissenschaftler, ihre Frauen und Kinder – deren Leben von seiner Fähigkeit abhing, die afghanischen Angreifer nur eine knappe Stunde lang aufzuhalten.

Er hatte versagt. Seine Männer hatten ihn mit der Führung betraut, aber der Bogenschütze hatte sie im Stich gelassen. Rundum Leichen im Schnee; jede schien ihn anzuklagen. Er konnte einzelne Feinde töten und Flugzeuge vom Himmel holen, aber große Verbände hatte er nie führen gelernt. Lastete Allahs Fluch auf ihm, weil er russische Flieger gefoltert hatte? Nein! Noch gab es Feinde, die getötet werden mußten. Mit einem Wink befahl er seinen Männern, durch zerbrochene Fenster ins Erdgeschoß zu dringen.

Der Major führte an der Spitze, wie es die *mudschaheddin* erwarteten. Zehn hatte er an den Bunker herangebracht und unter dem Schutz des Sperrfeuers den Rest seiner Kompanie an die Wand dicht beim Haupteingang geführt. Es klappt alles, dachte er. Fünf Mann hatte er verloren, aber für eine solche Operation war das nicht viel. In Gedanken bedankte er sich bei den Russen für die gründliche Ausbildung.

Der Haupteingang hatte eine Stahltür, an deren beiden unteren Ecken er Sprengladungen anbrachte. Russisches Gewehrfeuer fegte ihm über den Kopf, aber die Bunkerinsassen wußten nicht, wo er war. Er machte die Ladung scharf, zog an der Zündleine und rannte um die Ecke.

Pokryschkin fuhr zusammen, als es geschah, fuhr herum und sah die schwere Stahltür durch den Raum fliegen und gegen ein Steuerpult prallen. Der KGB-Leutnant wurde von der Druckwelle auf der Stelle getötet, und als Pokryschkins Männer losstürmten, um die Bresche in der Wand zu halten, kamen drei weitere Sprengsätze hereingeflogen. Eine Fluchtmöglichkeit gab es nicht. Die KGB-Truppen feuerten weiter und erschossen einen der Angreifer in der Tür, doch dann gingen die Ladungen los.

Ein seltsam hohler Knall, dachte der Major. Der Explosionsdruck wurde von den dicken Betonmauern zurückgehalten. Eine Minute später stürmte er seinen Männern voraus hinein. Elektrische Anlagen schlugen Funken, bald mußten Brände ausbrechen, aber soweit er sehen konnte, lagen alle Bunkerinsassen am Boden. Rasch gingen seine Männer von einem zum anderen, griffen sich die Waffen und erschossen jene, die nur bewußtlos waren. Der Major sah einen russischen Offizier mit Generalssternen. Der Mann blutete aus Nase und Ohren und versuchte eine Pistole zu heben, als der Major ihn niederschoß. Nach einer Minute waren alle tot. Das Gebäude füllte sich rasch mit dickem, beißendem Rauch. Er beorderte seine Männer nach draußen.

«Wir sind hier fertig», sagte er in sein Funkgerät. Keine Antwort. «Sind Sie noch da?»

Der Bogenschütze stand neben einer halboffenen Tür an der Wand. Sein Funkgerät war ausgeschaltet. Direkt vor dem Zimmer, in dem er sich befand, stand ein Soldat und schaute den Korridor entlang. Es war soweit. Der Guerilla stieß mit dem Gewehrlauf die Tür auf und erschoß den Russen, ehe der sich umdrehen konnte. Dann brüllte er einen Befehl, und fünf Mann stürmten aus Zimmern hervor, aber zwei fielen, ehe sie einen Schuß abgeben konnten. Links und rechts im Korridor sah er nur Mündungsblitze und halbverborgene Silhouetten.

Fünfzig Meter weiter reagierte Bondarenko auf die neue Bedrohung. Er befahl seinen Männern, in Deckung zu bleiben, und identifizierte und beschoß dann im Schein der Notbeleuchtung mit mörderischer Präzision die Eindringlinge. Der Korridor glich nun einem Schießstand; mit zwei Feuerstößen erwischte er zwei Männer. Ein weiterer kam auf ihn zugestürzt, brüllte etwas Unverständliches und feuerte unablässig. Bondarenkos Schüsse gingen zu seinem Erstaunen daneben, aber jemand anderer zielte besser. Weiter Schüsse; der von den Wänden widerhallende Lärm machte alle taub. Dann war da nur noch ein Feind. Der Oberst sah noch zwei seiner Soldaten fallen, und ein Geschoß des letzten Afghanen traf nur Zentimeter von seinem Gesicht entfernt den Beton. Splitter fuhren Bondarenko ins Auge und gegen die Wange; der jähe Schmerz ließ ihn zurückzucken. Der Oberst wich aus der Feuerlinie zurück, holte tief Atem und sprang in den Korridor. Der Mann war keine zehn Meter entfernt.

Der Augenblick dehnte sich zu einer Ewigkeit, als beide Männer zielten. Bondarenko sah die Augen des Mannes. Ein junges Gesicht, aber der Haß in den Augen ließ dem Oberst fast das Herz stillstehen. Doch Bondarenko war zuerst Soldat. Der erste Schuß des Afghanen ging daneben. Seiner saß.

Der Bogenschütze spürte beim Fallen einen Schlag in der Brust, aber keinen Schmerz. Er wollte noch die Waffe nach links reißen, aber seine Hände versagten den Dienst und ließen sie fallen. Er brach langsam zusammen, fiel erst auf die Knie, dann rückwärts zu Boden. Es war vorbei, endlich. Dann stand der Mann neben ihm. Eigentlich kein grausames Gesicht, dachte der Bogenschütze. Ein Ungläubiger und ein Feind, aber doch immerhin auch ein Mensch. Er sah Neugier. Der will wissen, wer ich bin. Mit seinem letzten Atemzug stieß der Bogenschütze hervor: «*Allahu akbar!*» Allah ist groß.

«Stimmt wohl», sagte Bondarenko zu der Leiche. Den Ausruf kannte er gut genug. Er sah, daß der Mann ein Funkgerät hatte. Nun machte es ein Geräusch; der Oberst bückte sich und griff danach.

«Sind Sie das?» drang es gleich darauf aus dem Gerät. Gefragt wurde in Paschtu, aber die Antwort kam auf russisch.

«Alles erledigt hier», sagte Bondarenko.

Der Major starrte einen Augenblick lang das Funkgerät an und pfiff dann den Rest seiner Männer zusammen. Die Gruppe des Bogenschützen kannte den Weg zum Sammelpunkt; nun galt es nur, heil heimzukommen. Er zählte seine Männer. Elf gefallen, sechs verwundet. Mit etwas Glück konnte er die Grenze erreichen, ehe es zu schneien aufhörte. Fünf Minuten später marschierten seine Männer den Berg hinunter.

«Sichern!» befahl Bondarenko seinen verbliebenen sechs Mann. «Waffen einsammeln und verteilen.» Wahrscheinlich ist es vorbei, sagte er sich, aber «sicher» konnten sie sich erst nach Eintreffen des Mot-Schützenregiments fühlen.

«Morosow!» rief er dann. Einen Augenblick später erschien der Ingenieur.

«Jawohl, Oberst?»

«Gibt es oben einen Arzt?»

«Jawohl, mehrere – ich gehe einen holen.»

Der Oberst stellte fest, daß er schwitzte. Er setzte das Funkgerät ab und stellte verdutzt fest, daß es von zwei Kugeln getroffen worden war. Sehr erstaunt war er, als er an einem Trageriemen Blut entdeckte. Er war verwundet worden, ohne es zu merken. Der Feldwebel kam zu ihm und schaute sich die Verletzung an.

«Nur ein Streifschuß, Genosse. Wie an meinen Beinen.»

«Helfen Sie mir bitte aus dem Mantel.» Bondarenko schlüpfte aus dem knielangen Armeemantel und nahm sich das Band des Rotbannerordens von der Uniform. Er steckte es dem jungen Mann an den Kragen. «Sie haben etwas Besseres verdient, aber mehr kann ich im Augenblick nicht tun.»

«Sehrohr ausfahren!» Mancuso benutzte nun das Suchperiskop mit dem Lichtverstärker. «Immer noch nichts –» Er bewegte sich im Kreis und schaute nach Westen. «Verflucht, Topplicht in zwei-sieben-null –»

«Das ist unser Sonarkontakt», stellte Lieutenant Goodman überflüssigerweise fest.

«Sonar, können Sie den Kontakt identifizieren?»

«Negativ», erwiderte Jones. «Widerhall vom Eis; die akustischen Bedingungen sind miserabel. Doppelschraube und Diesel, mehr steht nicht fest.»

Mancuso schaltete die Fernsehkamera des Sehrohrs ein. Ramius brauchte nur einen Blick auf den Bildschirm zu werfen. «Grischa.»

Mancuso warf dem Feuerleittrupp einen Blick zu. «Zielkoordinaten?»

«Noch etwas ungenau», erwiderte der Waffenoffizier. «Liegt am Eis», fügte er hinzu und meinte damit, daß das Treibeis den Torpedo Mark-48 beim Oberflächenangriff verwirren konnte. «Sir», meinte er nach einer Gedankenpause, «wenn das eine Grischa ist, warum empfangen wir dann keine Radarsignale?»

«Neuer Kontakt in null-acht-sechs!» rief Jones. «Klingt wie unser Freund. In dieser Richtung noch etwas anderes, hochdrehende Schraube, definitiv neuer Kontakt, Sir, sagen wir in ... null-acht-drei.»

«Zwei Fuß höher gehen», befahl Mancuso dem Rudergänger. Das Periskop tauchte weiter auf. «Ah, da ist er, knapp über der Kimm ... drei Meilen entfernt. Hinter ihm ein Licht!» Er klappte die Griffe hoch; das Sehrohr wurde sofort eingefahren. «Schnell, ihm entgegen! Zwei Drittel voraus.»

Der Navigator trug die Position des Schlauchboots ein und berechnete die Distanz.

Clark sah zurück zur Küste. Ein Suchscheinwerfer tastete das Wasser ab. Wer war das? Er wußte nicht, ob die Polizei über Boote verfügte, aber es mußten hier KGB-Grenztruppen stationiert sein: die hatten eine eigene kleine Marine *und* eine kleine Luftwaffe. Doch wie einsatzbereit waren diese Verbände an einem Freitagabend? Wohl wachsamer als an jenem Tag, an dem Matthias Rust beschloß, mal nach Moskau zu fliegen... durch diesen Sektor. Wo blieb *Dallas*? Clark hob sein Funkgerät.

«Onkel Joe, hier Willy. Die Sonne steigt höher, und wir sind weit von zu Hause.»

«Er ist in der Nähe, sagt er, Sir», meldete ein Funker.

«Navigator?» fragte Mancuso.

Der Mann sah von seinem Kartentisch auf. «Ich gab ihm fünfzehn Knoten. Wir sollten nun bis auf fünfhundert Yard heran sein.»

«Ein Drittel voraus!» befahl der Captain. «Sehrohr ausfahren!» Das geölte Stahlrohr glitt nach oben.

«Captain, Radarsender achteraus, Richtung zwei-sechs-acht. Ein Don-zwei», rief der ESM-Techniker.

«Sonar an Brücke: Beide Feindkontakte haben die Geschwindigkeit erhöht. Fahrt um zwanzig Knoten; die Grischa beschleunigt weiter, Sir», sagte Jones. «Ziel als Grischa identifiziert. Kontakt im Osten noch nicht identifiziert; eine Schraube, wahrscheinlich Gasturbine, läuft rund zwanzig Knoten.»

«Distanz rund sechstausend Yard», meldete der Feuerleittrupp.

«Jetzt wird's unterhaltsam», merkte Mancuso an. «Ich habe sie. Richtung?»

«Null-neun-eins.»

«Distanz.» Mancuso schaltete den Laser-Entfernungsmesser des Sehrohrs ein.

«Sechshundert Yard.»

«Koordinaten zur Grischa?» fragte er den Feuerleittrupp.

«Eingestellt für Rohr zwei und vier. Luken noch geschlossen, Sir.»

«Soll auch so bleiben.» Mancuso ging zum unteren Turmluk. «IA, Sie überwachen das Steuern. Ich kümmere mich persönlich um die Bergung. Bringen wir das hinter uns.»

«Maschinen stopp», sagte der Erste Offizier. Mancuso öffnete das Luk und kletterte die Leiter zur Turmbrücke hoch. Hinter ihm wurde das untere Luk geschlossen. Rundum hörte er das Wasser rauschen, dann das Klatschen der Wellen an der Oberfläche. Die Sprechanlage verkündete, er könne das obere Luk öffnen. Mancuso drehte am Handrad und stemmte sich gegen den schweren Stahldeckel. Er bekam kaltes Seewasser ins Gesicht, kümmerte sich aber nicht darum und kletterte auf die Brücke.

Zuerst schaute er nach achtern. Da schimmerte das Topplicht der Grischa über der Kimm. Nun schaute er nach vorne und zog eine Taschenlampe aus der Hüfttasche, richtete sie auf das Schlauchboot und blinkte im Morsecode D.

«Ein Licht, ein Licht!» rief Maria. Clark drehte sich um, sah es und steuerte darauf zu. Dann aber erblickte er etwas anderes.

Das Patrouillenboot lag noch gut zwei Meilen hinter Clark und tastete mit seinem Suchscheinwerfer die falsche Stelle ab. Der Captain wandte sich nach Westen um und hielt nach dem anderen Kontakt Ausschau. Mancuso wußte zwar, daß Grischas mit Suchscheinwerfern ausgerüstet waren, hatte dieser Tatsache aber bislang nicht viel Beachtung geschenkt. Was gingen ein U-Boot schließlich Suchscheinwerfer an? Eine ganze Menge, wenn es aufgetaucht ist, sagte sich der Captain nun. Das Schiff war noch so weit entfernt, daß er von ihm aus auch mit Licht nicht ausgemacht werden konnte, aber das würde sich rasch ändern. Zu spät erkannte er, daß *Dallas* inzwischen mit Radar erfaßt worden war.

«Hierher, Clark, schnell!» schrie er übers Wasser und schwenkte die Taschenlampe. Die nächsten Sekunden schienen eine Ewigkeit zu dauern. Dann war das Schlauchboot da.

«Helfen Sie den Frauen», sagte Clark und hielt die Geschwindigkeit des U-Boots. *Dallas* machte zwangsläufig etwas Fahrt, um die kritische Tiefe – nicht ganz an der Oberfläche, nicht ganz getaucht – zu halten. Die beiden Frauen gelangten hinüber, vor Angst und Kälte zitternd. Clark wartete einen Augenblick und befestigte dann einen kleinen Kasten am Außenbordmotor.

«Die Leiter hinunter», befahl Mancuso den Frauen.

Clark kletterte an Bord und sagte etwas auf russisch, wandte sich dann in Englisch an Mancuso. «In fünf Minuten geht das Ding hoch.»

Die Frauen waren schon auf halbem Weg nach unten. Clark folgte ihnen, und dann kam Mancuso, nachdem er noch einen Blick auf das Schlauchboot geworfen hatte. Das letzte, was er sah, war das Hafenpatrouillenboot, das nun direkt auf ihn zulief. Er ließ sich in den Tunnelschacht hinunter und zog hinter sich das Luk zu. Dann drückte er auf den Knopf der Sprechanlage. «Tauchen und losfahren!»

Unter ihnen öffnete sich das zweite Luk, und er hörte den Ersten Offizier. «Auf neunzig Fuß gehen, zwei Drittel voraus, Ruder hart Backbord!»

Unten wurden die Frauen von einem verdutzten Maat in Empfang genommen. Clark nahm sie am Arm und führte sie in seine Unterkunft. Mancuso begab sich nach achtern und übernahm das Kommando.

«ESM meldet Funkverkehr auf VHF ganz in der Nähe», sagte der IA. «Wahrscheinlich reden die Grischas miteinander.»

«Neuer Kurs drei-fünf-null. Verschwinden wir unters Eis. Sie wissen wohl, daß wir hier sind – oder mindestens, daß da jemand herumschleicht. Navigator, wie sieht die Karte aus?»

«Wir werden bald abdrehen müssen», wandte der Navigator ein. «Empfehle neuen Kurs zwei-neun-eins.» Mancuso befahl die Kursänderung sofort.

«Tiefe nun fünfundachtzig Fuß; wir pendeln aus», meldete der Tauchoffizier. «Fahrt achtzehn Knoten.» Ein kurzer Schlag verkündete die Zerstörung des Schlauchbootes und seines Motors.

«Gut, Leute, nun brauchen wir uns bloß noch dünnezumachen», sagte Mancuso der Besatzung in der Zentrale. Ein schriller, peitschender Ton verriet ihnen, daß das nicht so leicht war.

«Hier Sonar. Wir werden angepeilt. Das ist ein Grischa-Todesstrahl», verkündete Jones. «Todesstrahl» war die Slangbezeichnung für das russische Aktiv-Sonar. «Wahrscheinlich hat er uns.»

«Wir sind nun unterm Eis», meinte der Navigator.

«Distanz zum Ziel?»

«Knapp viertausend Meter», erwiderte der Waffenoffizier. «Rohr zwei und vier klar.»

Der Haken war nur, daß sie nicht schießen durften. *Dallas* befand sich in russischen Gewässern und durfte sich auch dann nicht wehren, wenn es von der Grischa unter Feuer genommen wurde: das wäre nämlich eine Kriegshandlung gewesen. Mancuso schaute auf die Seekarte. Dreißig Fuß Wasser unterm Kiel, gerade mal zwanzig überm Turm – abzüglich der Dicke des Eises...

«Marko?» fragte der Captain.

«Er wird erst um Anweisungen ersuchen», schätzte Ramius. «Je mehr Zeit er hat, desto größer die Chance, daß er schießt.»

«Gut. Volle Kraft voraus», befahl Mancuso. Mit dreißig Knoten konnte er in zehn Minuten in internationalen Gewässern sein.

«Grischa passiert uns an backbord voraus», meldete Jones. Mancuso ging in den Sonarraum.

«Was gibt's?» fragte der Captain.

«Die Hochfrequenzgeräte funktionieren im Eis ziemlich gut. Er fährt Schlangenlinien und sucht.»

Mancuso griff nach einem Hörer. «Zwei Lärmbojen raus.»

An der Backbordseite des U-Bootes wurden zwei blasenerzeugende Köder ausgestoßen.

«Gut, Mancuso», bemerkte Ramius. «Sein Sonar wird sich auf die konzentrieren. Im Eis kann er nicht so gut manövrieren.»

«In einer Minute wissen wir das genau.» Gerade, als er das sagte, erschütterte eine Explosion achteraus das Boot. Ein weiblicher Schrei hallte durch das Vorderteil des Fahrzeugs.

«AK voraus!» schrie der Captain zur Zentrale.

«Die Köder», sagte Ramius. «Erstaunlich, daß er so schnell geschossen hat –»

«Sonarleistung ist weg, Skipper», sagte Mancuso, als Signale des Strömungsgeräusches seinen Bildschirm erfüllten. Mancuso und Ramius begaben sich nach achtern. Der Navigator hatte ihren Kurs eingezeichnet.

«Verdammt, wir müssen hier durch, wo das Eis aufhört. Wetten, daß er das weiß?» Mancuso schaute auf. Sie wurden noch immer angepeilt; er durfte immer noch nicht schießen. Und diese Grischa mochte immer noch Glück haben...

«Mancuso, lassen Sie mich ans Funkgerät!» rief Ramius.

«So etwas tun wir nicht –» wehrte Mancuso ab. Ausweichen, lautete die amerikanische U-Doktrin, den Feind niemals wissen lassen, daß überhaupt ein Boot da war.

«Ich weiß, Captain. Aber wir sind kein amerikanisches Boot, sondern ein sowjetisches.» Bart Mancuso nickte. Diese Karte hatte er noch nie ausgespielt.

«Auf Antennentiefe gehen!»

Ein Funktechniker stellte die von den KGB-Grenztruppen benutzte Frequenz ein, und sowie *Dallas* das Eis durchbrochen hatte, wurde die dünne VHF-Antenne ausgefahren. Auch das Sehrohr stieg auf.

«Da ist er! Direkt voraus. Sehrohr einfahren!»

«Radarkontakt in zwei-acht-eins», verkündete der Lautsprecher.

Der Kapitän der Grischa kam von einer siebentägigen Patrouillenfahrt in der Ostsee zurück und hatte sich auf vier Tage Urlaub gefreut. Dann aber war ein Funkspruch von der Polizei Tallinn eingegangen: Ein fremdes Wasserfahrzeug habe sich vom Hafen entfernt. Anschließend etwas vom KGB, dann eine kleine Explosion in der Nähe des Polizeibootes, gefolgt von mehreren Sonarkontakten. Der neunundzwanzigjährige Leutnant zur See, der das Kommando auf diesem Schiff gerade erst seit drei Monaten hatte, schätzte die Lage ein und feuerte auf das, was sein Sonarmann als eindeutigen U-Kontakt bezeichnet hatte. Nun aber fragte er sich, ob das nicht ein böser Fehler gewesen war. Fest stand für ihn nur, daß er keine Ahnung hatte, was eigentlich vorging. Hatte er es aber mit einem U-Boot zu tun, würde sich dieses nach Westen wenden.

Und nun hatte er einen Radarkontakt voraus. Im Lautsprecher des Funkgeräts knisterte es.

«Feuer einstellen, Sie Idiot!» schrie eine metallisch klingende Stimme ihn dreimal an.

«Wer sind Sie?» erwiderte der Kapitän der Grischa.

«*Nowosibirsk Komsomolez!* Wie kommen Sie dazu, bei einer Übung mit scharfer Munition zu schießen? Sind Sie verrückt geworden? Wer sind *Sie*?»

Der junge Offizier starrte auf sein Mikrophon und stieß eine Verwünschung aus. *Nowosibirsk Komsomolez* war in Kronstadt stationiert und gehörte zu *Speznas*...

«Wir sind die *Krepkij*.»

«Danke. Ich werde diesen Vorfall zur Sprache bringen. Ende!»

Der Kapitän schaute seine Brückenbesatzung an. «Was für eine Übung –?»

«Pech», meinte Marko und hängte das Mikrophon ein. «Er hat richtig reagiert. Jetzt dauert es erst einmal ein paar Minuten, bis er Kontakt mit seinem Stützpunkt aufgenommen hat, und dann –»

«Das genügt uns. Jedenfalls wissen sie immer noch nicht, was eigentlich los war.» Mancuso drehte sich um. «Navigator, wie kommen wir am schnellsten hier raus?»

«Empfehle zwei-sieben-fünf; Distanz beträgt zehntausend Meter.»

Die verbleibende Entfernung legten sie mit vierunddreißig Knoten rasch zurück. Zehn Minuten später befand sich das Boot wieder in internationalen Gewässern. Mancuso ließ tiefer tauchen und die Geschwindigkeit auf ein Drittel verringern. Dann ging er zurück in den Sonarraum.

«So, das wär's dann wohl», erklärte er.

«Sir, worum ging es eigentlich?» fragte Jones.

«Ich weiß nicht, was ich Ihnen sagen darf.»

«Wie heißt sie?» Von seinem Platz aus konnte Jones in den Gang sehen.

«Das weiß ich selbst nicht. Ich gehe mal fragen.» Mancuso ging hinaus und klopfte an die Tür von Clarks Kajüte.

«Wer da?»

«Raten Sie mal», sagte Mancuso. Clark machte auf. Der Captain erblickte eine präsentabel gekleidete junge Frau mit nassen Füßen. Aus der Dusche kam gerade eine ältere Frau, die die Khakiuniform des Leitenden Ingenieurs von *Dallas* trug und nasse Sachen überm Arm hatte. Letztere überreichte sie Mancuso und sagte etwas auf russisch.

«Das soll in die Reinigung, Skipper», dolmetschte Clark und begann zu lachen. «Darf ich Ihnen unsere neuen Gäste vorstellen? Mrs. Gerasimow und ihre Tochter Katrin.»

«Was ist an den Damen so besonders?» fragte Mancuso.
«Mein Vater ist Chef des KGB!» sagte Katrin.
Um ein Haar hätte der Captain die Kleider fallen gelassen.

«Wir haben Gesellschaft», sagte der Kopilot. Von rechts näherten sich blinkende Lichter; das mußten zwei Jäger sein.

«Noch zwanzig Minuten bis zur Küste», meldete der Navigator. Der Pilot hatte sie schon lange ausgemacht.

«Scheiße!» stieß von Eich hervor. Die Jäger zischten keine zweihundert Meter über ihm vorbei. Einen Augenblick später wurde die VC-137 von ihrer Turbulenz durchgeschüttelt.

«Engure, hier U.S. Air Force Flug 971. Wir hatten gerade einen Beinahe-Zusammenstoß. Was geht hier vor?»

«Lassen Sie mich mit dem sowjetischen Offizier sprechen!» sagte eine Stimme, die nicht so klang, als ob sie einem Luftlotsen gehörte.

«Für dieses Flugzeug spreche ich!» erwiderte Colonel von Eich. «Wir fliegen in elftausendsechshundert Meter auf Kurs zwei-acht-sechs, unserem Flugplan entsprechend. Wir befinden uns in einem designierten Luftkorridor und haben Probleme mit der Bordelektrik. Es ist also völlig überflüssig, daß Ihre Burschen da um uns rumdüsen! Wir sind ein amerikanisches Flugzeug und haben Diplomaten an Bord. Wollen Sie vielleicht den Dritten Weltkrieg anzetteln? Over!»

«971, Sie haben Anweisung, umzukehren!»

«Negativ! Wir haben Probleme mit der Elektrik und können die Anweisung nicht befolgen. Wir fliegen unbeleuchtet, und diese Spinner haben uns mit ihren MiGs beinahe gerammt! Wollen Sie uns etwa umbringen? Over!»

«Sie haben einen Sowjetbürger entführt und müssen sofort nach Moskau zurückkehren!»

«Würden Sie das bitte noch einmal wiederholen?» bat von Eich.

Doch dazu sollte der Sprecher, ein Hauptmann der Luftwaffe, nicht kommen. Er hatte nämlich inzwischen einen KGB-General im Rücken, der ihn wütend zurechtwies, weil er den letzten Satz über einen offenen Kanal gesendet hatte.

«Sie müssen die Maschine aufhalten!» tobte der General.

«Kein Problem. Dann weise ich meine MiG an, sie abzuschießen», versetzte der Hauptmann. «Wollen Sie mir diesen Befehl geben, Genosse General?»

«Dazu bin ich nicht befugt. Sie müssen das Flugzeug aufhalten.»

«Das geht nicht. Abschießen können wir es, aber einfach anhalten ist unmöglich.»

«Haben Sie Lust, erschossen zu werden?» fragte der General.

«Verdammt, wo ist die Mühle jetzt?» fragte der Foxbat-Pilot seinen Flügelmann. Das amerikanische Flugzeug hatten sie nur einmal zu Gesicht bekommen, einen kurzen, gespenstischen Augenblick lang. Sie konnten den Eindringling – der eigentlich keiner war, weil er sich entfernte – mit Radar erfassen und mit radargelenkten Raketen abschießen, aber so dicht am Ziel und in der Nacht... Das Ziel flog ohne Licht, und wenn sie versuchten, es zu finden, riskierten sie, was amerikanische Düsenjägerpiloten im Scherz «Fox-4» nennen: Zusammenstoß in der Luft; ein rascher und spektakulärer Tod für alle Beteiligten.

«Hammer-Führer, hier Werkzeugkasten. Gehen Sie an das Ziel heran und zwingen Sie es zur Umkehr», sagte der Hauptmann. «Ziel ist nun an zwölf und auf Ihrer Höhe; Distanz dreitausend Meter.»

«Das weiß ich», murmelte der Pilot vor sich hin. Er hatte die Verkehrsmaschine zwar im Radar, aber noch nicht visuell erfaßt, und die Radarortung war nicht präzise genug, um ihn vor einer bevorstehenden Kollision warnen zu können. Außerdem mußte er auf die andere MiG an seinem Flügel achten.

«Zurückbleiben», befahl er seinem Flügelmann. «Das erledige ich allein.» Er erhöhte den Schub leicht und drückte den Steuerknüppel um eine Haaresbreite nach rechts. Die MiG ist ein schweres, träges, nicht sehr manövrierfähiges Kampfflugzeug. Der Pilot hatte unter jeder Tragfläche zwei Luft-Luft-Raketen hängen, und wenn er das andere Flugzeug aufhalten wollte, brauchte er nur... Doch anstatt ihn tun zu lassen, was er gelernt hatte, befahl ihm so ein Esel vom KGB...

Da! Vor ihm war etwas verschwunden. Er zog den Knüppel ganz leicht an, um ein paar hundert Meter Höhe zu gewinnen, und... ja! Er konnte die Boeing überm Meer erkennen. Langsam und behutsam holte er auf, bis er parallel und hundert Meter über dem Ziel flog.

«Lichter rechts», sagte der Kopilot. «Kampfflugzeug. Den Typ kann ich nicht identifizieren.»

«Was würden Sie an seiner Stelle tun?» fragte von Eich.

«Nach Westen abzischen!» *Oder uns abschießen...*

Hinter ihnen saß der russische Pilot, der eigentlich nur an Bord war, um in Notfällen russisch zu reden, angeschnallt auf dem Notsitz und hatte keine Ahnung, was vor sich ging. Moskau verlangte, daß sie umkehrten. Warum, wußte er nicht.

«Achtung, er schiebt sich zu uns rüber.»

So vorsichtig wie möglich manövrierte der MiG-Pilot seine Maschine nach links. Er wollte sich über die Kanzel der Boeing setzen, um dann sanft die Höhe zu reduzieren und sie nach unten zu drängen. Das erforderte großes Geschick, und er konnte nur hoffen, daß sich der amerikanische Pilot ebensogut auf sein Handwerk verstand. Er ging in eine Position, aus der er sehen konnte, doch...

Die MiG-25, als Abfangjäger konzipiert, bietet dem Piloten nur begrenzte Sicht. Nun konnte er die Maschine, mit der er in Formation flog, nicht mehr sehen. Er schaute nach vorn. Die Küste war nur noch wenige Kilometer entfernt. Selbst wenn es ihm gelingen sollte, den Amerikaner zum Tiefergehen zu zwingen, würde er bis dahin längst über der Ostsee sein, wo es nicht mehr darauf ankam. Der Pilot zog den Knüppel an und drehte im Steigflug nach rechts ab. Dann machte er kehrt.

«Werkzeugkasten, hier Hammer-Führer», meldete er. «Der Amerikaner bleibt auf Kurs. Ich habe versucht, ihn abzudrängen, kann aber ohne ausdrücklichen Befehl nicht mit ihm kollidieren.»

Der Hauptmann hatte mit angesehen, wie die beiden Leuchtflecke auf seinem Radarschirm verschmolzen. Was, zum Teufel, geht hier vor? fragte er sich entsetzt. Das war doch eine amerikanische Maschine! Die durfte man nicht zur Umkehr zwingen, und wer bekam die Schuld, wenn dabei etwas passierte? Er traf seine Entscheidung.

«Zum Stützpunkt zurückkehren. Ende.»

«Das werden Sie mir büßen!» tobte der KGB-General. Da war er im Irrtum.

«Dem Himmel sei gedankt», seufzte von Eich, als sie die Küste überflogen. Dann rief er den Kabinensteward. «Was machen die Passagiere?»

«Die meisten schlafen. Müssen ganz schön gefeiert haben. Wann wird der Strom wieder angestellt?»

«Wie sieht es mit der Elektrizität aus?» fragte von Eich den Bordingenieur.

«Scheint eine schadhafte Sicherung gewesen zu sein, Sir. Ich glaube, ich hab sie repariert.»

Der Pilot schaute aus dem Fenster. Die Positionslichter an den Tragflächenenden brannten wieder. Auch die Kabinenbeleuchtung funktionierte. Nur ganz hinten blieb es dunkel. Sie passierten Wentspils und gingen auf Kurs zwei-fünf-neun. Er atmete langsam aus. Noch zweieinhalb Stunden Flugzeit bis Shannon. «Jetzt hätte ich Lust auf einen Kaffee», sagte er.

27

Watutin beschloß, den Chef seines Direktorats anzurufen, der den Ersten Stellvertretenden Vorsitzenden des KGB verständigte, welcher sich wiederum an eine andere Stelle wandte und dann zum Flughafen, wo alle warteten, zurückrief. Watutin merkte sich die Anweisungen, führte alle zu Gerasimows Wagen und nannte ein Ziel, das Jack nicht verstand. Das Auto fuhr durch die menschenleeren Straßen von Moskau – es war schon nach Mitternacht –, und Ryan, der zwischen den beiden KGB-Offizieren eingeklemmt saß, hoffte, daß man ihn zu seiner Botschaft bringen würde, doch sie fuhren weiter, durchquerten mit hoher Geschwindigkeit die Stadt und erreichten bald die Wälder. Nun bekam er Angst. Die diplomatische Immunität schien auf dem Flugplatz mehr wert gewesen zu sein als hier im Wald.

Nach einer Stunde verlangsamte der Wagen die Fahrt und bog von der asphaltierten Straße auf einen gewundenen Waldweg ab. Überall waren Uniformierte mit Gewehren, wie Ryan feststellte. Wo bin ich? fragte er sich und vergaß die Schmerzen, die ihm Knie und Knöchel bereiteten. Warum bringt man mich hierher?

Einfach umbringen können sie mich nicht. Ich habe einen Diplomatenpaß und bin von zu vielen Menschen lebend gesehen worden. Wahrscheinlich hat der Botschafter schon ... Nein, der Botschafter war über den Fall nicht informiert worden. Wenn die Nachricht von seinem Zurückbleiben nicht von der Maschine aus über Funk nach Washington gegangen war, wußte niemand ... Aber können die mich einfach umlegen?

Die Tür wurde aufgerissen. Golowko stieg aus und zog Ryan mit sich. Fest stand für Jack nun nur, daß Widerstand sinnlos war.

Ein ganz normales Holzhaus im Wald, durch dessen Fenster gelbes Licht schimmerte. Überall standen Bewaffnete in Uniform herum und starrten ihn an. Ein Offizier kam und durchsuchte Ryan gründlich, entlockte ihm ein schmerzliches Stöhnen, als er zu dem aufgeschürften

Knie kam. Zu Ryans Überraschung entschuldigte sich der Mann flüchtig und nickte dann Golowko und Watutin zu, die ihre Pistolen abgaben und Ryan ins Haus führten.

In der Diele nahm ihnen ein Mann die Mäntel ab. Zwei andere, die Zivil trugen, waren offensichtlich von Polizei oder KGB. Ryan wurde noch einmal durchsucht und stellte überrascht fest, daß man auch Watutin und Golowko abtastete. Dann führte einer sie durch eine Tür.

Andrej Iljitsch Narmonow, der Generalsekretär der KPdSU, saß auf einem Polstersessel vorm Kamin. Er erhob sich, als die vier Männer den Raum betraten, und wies sie mit einer Geste an, auf dem Sofa gegenüber Platz zu nehmen. Der vierte Mann, ein Leibwächter, nahm hinter dem sowjetischen Regierungschef Aufstellung. Narmonow sprach Russisch; Golowko dolmetschte.

«Sie heißen?»

«John Ryan, Sir», erwiderte Jack. Der Generalsekretär wies auf einen Sessel gegenüber und stellte fest, daß Ryan hinkte.

«Anatoli», sagte er zu seinem Leibwächter, der Ryan am Arm nahm und mit ihm in ein Badezimmer ging. Ryan säuberte die Wunde; der Leibwächter, der ihn nicht aus den Augen ließ, reichte ihm ein Pflaster und führte ihn dann wieder zurück.

Watutin hatte sich inzwischen entfernt, aber Golowko war noch da. Anatoli stellte sich wieder hinter Narmonow.

«Die Wärme tut gut», meinte Ryan. «Vielen Dank, daß ich mein Knie verbinden durfte.»

«Von Golowko höre ich, daß wir mit der Verletzung nichts zu tun hatten. Stimmt das?»

«Jawohl, Sir. Daran bin ich selbst schuld. Niemand hat mich mißhandelt.» Narmonow musterte ihn eine halbe Minute lang neugierig und sprach dann.

«Ich hatte Ihre Hilfe nicht nötig.»

«Ich weiß nicht genau, wovon Sie sprechen, Sir», log Ryan.

«Glauben Sie wirklich, Gerasimow könne mich stürzen?»

«Sir, ich verstehe nicht. Ich hatte lediglich den Auftrag, das Leben eines unserer Agenten zu retten. Um das zu erreichen, mußten wir den Vorsitzenden Gerasimow in Mißkredit bringen. Es war nur eine Frage des Angelns mit dem richtigen Köder.»

«Nach dem richtigen Fisch», kommentierte Narmonow, dessen Miene nicht zu seinem amüsierten Ton passen wollte. «Und Oberst Filitow war Ihr Agent?»

«Jawohl, Sir.»

«Das habe ich gerade erst erfahren.»

Dann wissen Sie, daß auch Jasow unter Druck stand. Wie knapp war das wohl, Genosse Generalsekretär? Ryan verkniff sich die Frage, auf die vermutlich auch Narmonow keine Antwort wußte.

«Wissen Sie, weshalb er zum Verräter wurde?»

«Nein. Ich erfuhr nur, was ich unbedingt wissen mußte.»

«Über den Angriff auf unser Projekt Heller Stern sind Sie dann wohl auch nicht informiert?»

«Wie bitte?» Man sah Jack die Überraschung an.

«Ryan, verkaufen Sie mich nicht für dumm. Der Name ist Ihnen ein Begriff.»

«Ich kenne die Anlage; sie liegt südlich von Duschanbe. Ist sie angegriffen worden?»

«Hab ich's doch gewußt. Jawohl, das war eine Kriegshandlung», merkte Narmonow an.

«Sir, vor einigen Tagen entführten KGB-Offiziere einen amerikanischen SDI-Wissenschaftler. Der Befehl kam von Gerasimow persönlich. Der Entführte, Major Alan Gregory, wurde befreit.»

«Das glaube ich nicht», sagte Golowko, ehe er übersetzte. Narmonow ärgerte sich über die Unterbrechung, doch dann setzte die Schockwirkung von Ryans Erklärung ein.

«Einer Ihrer Agenten wurde festgenommen und lebt. Es ist wirklich wahr, Sir», versicherte Ryan.

Narmonow schüttelte den Kopf, stand auf und warf ein Scheit aufs Feuer. «Der pure Wahnsinn», sagte er zum Kamin gewandt. «Die Lage ist doch durchaus zufriedenstellend.»

«Das verstehe ich nicht ganz», meinte Ryan.

«Auf der Welt herrscht Stabilität, oder? Trotzdem arbeitet Ihr Land auf eine Veränderung hin und zwingt uns zu ähnlichen Maßnahmen.» Daß die ABM-Anlage bei Sari Schagan seit über dreißig Jahren in Betrieb war, tat hier im Augenblick nichts zur Sache.

«Ist denn die Fähigkeit, jede Stadt, jedes Haus in meinem Land zu verbrennen wie diese Scheite hier –»

«Das gilt auch für mein Land, Ryan», sagte Narmonow.

«Jawohl – für Ihres und eine Reihe anderer Länder. Sie können so gut wie jeden Zivilisten in meinem Land töten; wir sind in der Lage, alle Ihre Bürger hinzuschlachten, binnen sechzig Minuten. Und das bezeichnen wir als *Stabilität*?»

«Es ist Stabilität, Ryan», sagte Narmonow.

«Nein, Sir, es ist der kodifizierte Wahnsinn, wie ihn die Formel MAD – Mutually Assured Destruction, die sichere Vernichtung beider Seiten, ausdrückt.»

«Bislang hat es aber funktioniert, oder?»

«Sir, ist es denn ein Zeichen von Stabilität, wenn mehrere hundert

Millionen Menschen eine knappe Stunde vom Tod entfernt sind? Ist das nicht rückschrittlich?»

«Doch wenn wir unsere Kernwaffen niemals einsetzen?»

«Es besteht aber die Gefahr, daß jemand einen Fehler macht. Bis man den bemerkt, kann es für uns alle schon zu spät sein. Diese verdammten Raketen sind viel zu einfach zu bedienen. Man drückt auf den Knopf, sie fliegen los, und dann explodieren sie auch wahrscheinlich, weil nichts sie aufhalten kann. Solange ihnen nichts im Weg steht, sind sie zu gefährlich.»

«Seien Sie doch realistisch, Ryan. Glauben Sie denn im Ernst, daß Atomwaffen jemals abgeschafft werden können?» fragte Narmonow.

«Nein, alle werden wir nie los, das weiß ich. Es wird uns immer die Fähigkeit bleiben, einander schwere Verluste zuzufügen, aber wir können diese Option komplizieren. Geben wir allen einen Grund mehr, nicht auf den Knopf zu drücken. Das ist nicht destabilisierend, Sir, sondern nur vernünftig.»

«Sie klingen wie Ihr Präsident.» Das wurde von einem Lächeln begleitet.

«Der Mann hat recht.» Ryan lächelte zurück.

«Schlimm genug, daß ich mich mit einem Amerikaner herumstreiten muß. Lassen wir die Diskussion. Was haben Sie mit Gerasimow vor?» fragte der Generalsekretär.

«Aus naheliegenden Gründen werden wir die Sache sehr diskret behandeln», erwiderte Ryan und hoffte nur, daß er recht hatte.

«Er würde meiner Regierung großen Schaden zufügen, wenn sein Überlaufen an die Öffentlichkeit käme. Ich schlage vor, daß er bei einem Flugzeugabsturz ums Leben kam –»

«Ich werde den Vorschlag mit Ihrer Zustimmung an meine Regierung weitergeben. Auch Filitow braucht nicht in den Nachrichten aufzutauchen. Es besteht kein Anlaß, unsere Beziehungen zu belasten. Schließlich liegt der Abrüstungsvertrag in unser beider Interesse. Denken Sie nur an das viele Geld, das wir dabei sparen.»

«So viel ist es auch wieder nicht», schränkte Narmonow ein. «Nur ein paar Prozent der Verteidigungsausgaben.»

«‹Eine Milliarde hier, eine Milliarde da, das läppert sich auch zusammen›, sagt man bei unserer Regierung», meinte Ryan und bekam ein Lachen zur Antwort. «Darf ich Ihnen eine Frage stellen, Sir?»

«Bitte.»

«Was haben Sie mit dem eingesparten Geld vor? Darüber soll ich mir nämlich Gedanken machen.»

«Dann machen Sie mir einmal ein paar Vorschläge. Wie kommen Sie auf die Idee, daß ich das schon weiß?» Narmonow erhob sich. «So, nun zurück zu Ihrer Botschaft. Richten Sie aus, es sei für beide Seiten besser, wenn diese Geschichte niemals publik wird.»

Eine halbe Stunde später wurde Ryan an der US-Botschaft abgesetzt und flog am Tag darauf ab.

Die VC-137 landete wegen Gegenwind über der Nordsee mit zehnminütiger Verspätung in Shannon. Nachdem die anderen Passagiere ausgestiegen waren, verließen vier Männer, die Parkas der Air Force trugen, die Maschine und bestiegen einen Wagen, der sie zu einem Flugzeug des 89. Lufttransportgeschwaders, einem umgebauten Gulfstream-III, brachte.

«Tag, Mischa.» Mary Pat Foley empfing ihn an der Tür und führte ihn nach vorne. «So, jetzt gibt's etwas zu essen und zu trinken, und dann geht's heim. Kommen Sie, Mischa.» Sie ergriff seinen Arm und führte ihn an seinen Platz.

Drei Meter weiter wurde Gerasimow von Robert Ritter begrüßt.

«Wo ist meine Familie?» fragte Gerasimow.

«In Sicherheit. In zwei Tagen sind sie in Washington. Im Augenblick befinden sich Ihre Frau und Ihre Tochter auf einem Schiff der US Navy in internationalen Gewässern.»

«Soll ich mich nun bei Ihnen bedanken?»

«Wir hoffen nur auf Ihre Mitarbeit.»

«Sie haben viel Glück gehabt», merkte Gerasimow an.

«Allerdings», erwiderte Ritter.

Bondarenko sah sich das Schlachtfeld an. Die Afghanen hatten siebenundvierzig Leichen zurückgelassen, von den Überresten weiterer ganz zu schweigen. Nur zwei Laserinstallationen waren noch intakt. Zerstört waren alle Werkhallen, das Theater und das Junggesellenquartier. Das Lazarett war weitgehend unversehrt und voller Verwundeter. Positiv war, daß er drei Viertel der Techniker und Wissenschaftler und fast alle ihre Angehörigen gerettet hatte. Inzwischen waren vier Generale zur Stelle, die ihm Orden und eine Beförderung versprachen, aber die einzige Belohnung, auf die es wirklich ankam, hatte er schon: Seine Leute waren in Sicherheit. Nun schaute er vom Dach des Wohnblocks über die Anlage.

«Es gibt viel zu tun», stellte jemand fest. Der Oberst, der bald zum General ernannt werden sollte, drehte sich um.

«Ach, Morosow. Zwei Laser haben wir noch. Werkstätten und Laboratorien bauen wir wieder auf. In einem Jahr läuft der Laden wieder.»

Epilog

Ortiz war nicht überrascht, als der Major allein zurückkehrte. Der Bericht über die Schlacht nahm eine Stunde in Anspruch, und wieder erhielt der CIA-Offizier ein paar Rucksäcke voller russischer Geräte. Die Gruppe des Bogenschützen hatte sich den Rückzugsweg freigekämpft, und von den fast zweihundert Mann, die das Flüchtlingslager verlassen hatten, kehrten an diesem Frühlingsanfang keine fünfzig zurück. Der Major setzte sich sofort mit den Führern anderer Gruppen in Verbindung, und bald machten neue kampfeslustige Krieger seine Verluste wett. Die Übereinkunft, die der Bogenschütze mit Ortiz gehabt hatte, blieb in Kraft.

«Sie wollen schon wieder zurück nach Afghanistan?» fragte der CIA-Offizier den neuen Anführer.

«Natürlich. Jetzt sind wir am Gewinnen», erwiderte der Major mit einer Zuversicht, über die er sich selbst wundern mußte.

Ortiz sah sie bei Einbruch der Nacht losziehen, eine lange Reihe wilder Krieger, nun geführt von einem Berufssoldaten. Er konnte nur hoffen, daß das einen Unterschied machen würde.

Gerasimow und Filitow sahen einander nie wieder. Die Vernehmungen nahmen Wochen in Anspruch und wurden an verschiedenen Orten durchgeführt. Filitow kam nach Camp Peary in Virginia, wo er einem jungen Major mit Brille erzählte, was er von dem Durchbruch bei der Laserleitung im Gedächtnis behalten hatte. Der alte Mann fand es seltsam, daß dieser Junge Dinge, die er sich gemerkt, aber nie richtig verstanden hatte, so aufregend fand. Dann befragte man ihn ausgiebig über seine zweite Karriere als Spion. Eine ganze Generation von Agenten kam ihn besuchen, um mit ihm zu essen und spazierenzugehen, von den Trinkgelagen, die sich KARDINAL auch von den Ärzten nicht verbieten ließ, ganz zu schweigen. Seine Unterkunft wurde streng bewacht und sogar abgehört. Seine Bewacher wußten, daß er im Schlaf sprach.

Ein CIA-Offizier, der kurz vor der Pensionierung stand, sah von seiner Zeitung auf, als es wieder losging. Alle seine Freunde sind tot, und er trifft sie nur noch im Traum. Das Gemurmel verstummte, und der Babysitter des KARDINALs las weiter.

Generalmajor Grigori Dalmatow hatte als Militärattaché an der Sowjetbotschaft in Washington Repräsentationspflichten, die im Konflikt mit seinem Hauptauftrag, dem Sammeln von Nachrichten nämlich, standen. So war er etwas verärgert, als man ihn aus dem Pentagon anrief und ersuchte, im Verteidigungsministerium zu erscheinen – und in voller Uniform dazu.

General Ben Crofter, Stabschef der US Army, empfing ihn und schritt mit ihm zum Hubschrauberlandeplatz des Pentagons, wo sie zu Dalmatows Erstaunen einen Helikopter der Marine bestiegen und nach Camp David flogen. Marinesoldaten in Paradeuniform standen stramm, als sie ausstiegen, und eskortierten sie in den Wald. Wenige Minuten darauf erreichten sie eine Lichtung. Dalmatow hatte nicht gewußt, daß hier Birken standen. Sie befanden sich über einer Hügelkuppe, von der aus man einen weiten Blick übers Land hatte.

Und im Boden war ein rechteckiges Loch, genau sechs Fuß tief. Seltsamerweise fehlte ein Grabstein, und der Rasen war sorgfältig ausgestochen und aufgeschichtet worden, um wieder zurückgelegt zu werden.

In der Umgebung konnte Dalmatow am Waldrand weitere Marineinfanteristen ausmachen, die Tarnanzüge und Pistolengürtel trugen. Dann erschien ein Jeep. Zwei Marines in Paradeuniform stiegen aus und bauten rund um das Loch ein Gestell auf. Nun kam ein leichter Lkw aus dem Wald, gefolgt von weiteren Jeeps. Auf der Ladefläche des Lkw lag ein Sarg aus poliertem Eichenholz. Kurz vor dem Loch hielt der Lkw an. Eine Ehrengarde trat an.

«Darf ich fragen, warum ich hier bin?» fragte Dalmatow, als er es nicht mehr aushielt.

«Sie waren bei den Panzern, nicht wahr?»

«Jawohl, General Crofter, wie Sie auch.»

«Da haben Sie Ihren Grund.»

Die sechsköpfige Ehrengarde hob den Sarg auf das Gestell. Ein Sergeant entfernte den Deckel. Crofter ging näher. Dalmatow schaute in den Sarg und fuhr zusammen.

«Mischa!»

«Ich dachte mir, daß Sie ihn kennen», sagte eine neue Stimme. Dalmatow wirbelte herum.

«Sie sind Ryan.» Anwesend waren unter anderem auch Ritter von der CIA und General Parks.

«Jawohl, Sir.»

Der Russe wies auf den Sarg. «Woher... wie kommen Sie –»

«Ich komme gerade aus Moskau. Der Generalsekretär war so freundlich, mir die Uniform und die Auszeichnungen des Obersten zu geben, und meinte, er zöge es vor, ihn als Kriegshelden in Erinnerung zu behalten. Wir hoffen, Sie werden Ihrem Volk mitteilen, daß Oberst Michail Semjonowitsch Filitow, dreifacher Held der Sowjetunion, friedlich im Schlaf gestorben ist.»

Dalmatow wurde rot. «Er hat sein Land verraten. Ich denke nicht daran, hier zu stehen und –»

«General», sagte Ryan scharf, «ich muß wohl klarstellen, daß Ihr Generalsekretär anderer Auffassung ist. Es kann gut sein, daß dieser Mann für Ihr – und unser – Land eine große Heldentat vollbracht hat. Sagen Sie, General, an wie vielen Schlachten haben Sie teilgenommen? Wie viele Wunden haben Sie für Ihr Land empfangen? Können Sie es wagen, diesen Mann einen Verräter zu nennen?» Ryan machte eine Geste zu dem Sergeant hin, der den Sarg schloß. Ein anderer Marineinfanterist legte eine sowjetische Flagge darüber. Am Kopfende des Grabes nahmen Schützen Aufstellung. Ryan zog ein Papier hervor und verlas Mischas Tapferkeitsauszeichnungen. Die Schützen schossen Salut. Ein Trompeter blies den Zapfenstreich.

Dalmatow nahm Haltung an und salutierte. Ryan fand es schade, daß die Zeremonie geheim bleiben mußte, aber sie war in ihrer Schlichtheit würdevoll, und das schien angemessen.

«Warum ausgerechnet an dieser Stelle?» fragte Dalmatow nachher.

«Ich hätte den Heldenfriedhof Arlington vorgezogen, aber dort wäre das Grab wohl aufgefallen. Hinter diesen Hügeln fand die Schlacht von Antietam statt. Am blutigsten Tag unseres Bürgerkriegs schlug die Union nach verzweifeltem Kampf General Lees erste Invasion zurück. Der Ort schien uns angemessen», erklärte Ryan. «Wenn ein Held schon anonym begraben werden muß, dann wenigstens in der Nähe der Stelle, an der seine Kameraden fielen.»

«*Seine* Kameraden?»

«Irgendwie kämpfen wir ja alle für eine Sache, an die wir glauben. Das ist uns gemeinsam», meinte Jack, ging zu seinem Wagen und ließ Dalmatow mit diesem Gedanken zurück.